Otto Behaghel

Germania

37. Jahrgang

Anatiposi

Otto Behaghel

Germania

37. Jahrgang

Unveränderter Nachdruck der Originalausgabe von 1892.

1. Auflage 2023 | ISBN: 978-3-38200-739-3

Anatiposi Verlag ist ein Imprint der Outlook Verlagsgesellschaft mbH.

Verlag: Outlook Verlag GmbH, Zeilweg 44, 60439 Frankfurt, Deutschland
Vertretungsberechtigt: E. Roepke, Zeilweg 44, 60439 Frankfurt, Deutschland
Druck: Books on Demand GmbH, In de Tarpen 42, 22848 Norderstedt, Deutschland

GERMANIA.

VIERTELJAHRSSCHRIFT

FÜR

DEUTSCHE ALTERTHUMSKUNDE.

BEGRÜNDET VON FRANZ PFEIFFER.

FORTGESETZT VON KARL BARTSCH.

JETZT HERAUSGEGEBEN

VON

OTTO BEHAGHEL.

SIEBENUNDDREISSIGSTER JAHRGANG.

NEUE REIHE FÜNFUNDZWANZIGSTER JAHRGANG.

WIEN.

VERLAG VON CARL GEROLD'S SOHN.

1892.

INHALT.

Seite

Kritische Bemerkungen zum Waltharius. Von Hermann **Althof** 1
Zu W. Hauffs „Abner". (Nachtrag zu Germ. 36, 310.) Von Ludwig **Fränkel** . 38
Straßburger Bruchstück des Wilhelm von Österreich. Von F. **Lauchert** . . . 39
Eine ältere deutsche Bearbeitung von Robert Le Diable. Von Karl **Borinski** 44
Mittheilungen. Von F. W. E. **Roth** 62
I. Urkundliches über Hadamar von Laber 62
II. Gedichte und geistliche Lieder 63
III. Volkslieder 64
IV. Aus Wiesbadener Handschriften und Incunabeln 66
Zum Ezzoleich. Von Friedrich **Weidling** 69
Parzivalstudien. I. Von Paul **Hagen** 74
Kleinigkeiten. Von Gustav **Ehrismann** 104
I. Himelstelle 104
II. Steiboum 105
III. Bergfrît 106
IV. Andelang 106
V. *so egih guot, s' egih guot* 107
Zur Geschichte des deutschen Vocalismus. Von Hermann **Fischer** 108
Im Streit um den Streit der drei Brüder. Von Siegfr. **Szamatólski** 110
Aberglaube und Beschwörungsformeln aus der Lünneburger Haide. (Beiträge zur Volkskunde.) Von W. **Poeck** 114
Zu W. Hauffs „Abner". (Zusätze zu Germ. 36, 308—310.) Von Ludwig **Fränkel** 120
Parzivalstudien. II. Von Paul **Hagen** 121
Wolfram von Eschenbach. — Chrestien von Troies. — Der wälsche Peredur 121
Über die Heimat des Minnesingers Wachsmuot von Künzingen. Von Fr. **Grimm** 146
Vornamenlose Minnesinger. Von Fr. **Grimme** 150
1. Goeli 150
2. Der Dürner 152
3. Der Püller 155
4. Der Schenk von Limburg 159
5. von Stamheim 161
6. Der Kanzler 165
Zum armen Heinrich. Von R. **Sprenger** 171
Zu Konrads von Fußesbrunnen Kindheit Jesu. Von Demselben 173
Zu Ulrichs von Lichtenstein Frauendienst. Von Demselben 174
Zu Ulrichs von Lichtenstein Frauenbuch. Von Demselben 180
Zum Schlegel des Rüdeger von Hunkhofen. Von Demselben 181
Winkelsehen. Von Demselben 182
Mnl. *Proiël*. Von Demselben 183
Ein Bruchstück aus Bruder Philipps Marienleben. Von P. **Mitzschke** . . . 183
Aus einem Erfurter Lateinisch-deutschen Glossar des Jahres 1410. Von Demselben 185
Verschmelzung von Präposition + Artikel mit folgender Ortsbezeichnung. Von Demselben 188
Mittheilungen aus mittelhochdeutschen Handschriften und alten Drucken. Von F. W. E. **Roth** 191
I. Aus Handschriften 191
II. Aus alten Drucken 194

Seite
Nachtrag, den Verfasser der Robertbearbeitung betreffend. Von K. Borinski . 201
Über die Quellen der Hans Sachsischen Dramen. Von A. L. Stiefel . . . 203
Nachträge und Berichtigungen 203
H. Sachs und Hugo von Trimberg 224
Ein lateinisches Gedicht. Von J. Werner 230
Zu den Konungasǫgur. Von G. Morgenstern. 231
Mittheilungen 240. 375
Berichtigungen. 240. 375. 440
Austrônia. Von Th. v. Grienberger 241
Über althochdeutsche Orthographie. Von Fr. Kauffmann 243
Mhd. *Töre*. Von Adalb. Jeitteles 264
Zu Germania XXXXIII, 313 ff. Von Demselben 268
Zu Germania XXXVI, 262 ff. Von Demselben 268
Einige Bemerkungen über den Gebrauch der Fremdwörter bei Gottfried von Straßburg. I. II. Von R. F. Kaindl. 272
Mittheilungen. Von F. W. E. Roth 282
1. Aus Handschriften 282
2. Aus Druckwerken 287
Zu den „Mittheilungen“ von F. W. E. Roth. Von O. Behaghel 296
Zu Lexers Mhd. Handwörterbuch. Von R. Sprenger 367
Die Wortbildung der Mundart von Krofdorf. Von Eduard David 377
Basler Bruchstücke des Lekenspiegels. Von Gust. Binz 410
Zu Albers Tnugdalus. Von R. Sprenger 414
Zum Meier Helmbrecht. Von Demselben 414
Zur Vogelbeize. Von Demselben 415
Zu Konrads von Megenberg Buch der Natur. Von Demselben 415
Lurlenberg. Von Demselben 416
Zu „*sîn*“ in Gottfrieds Tristan V. 559. Von R. F. Kaindl 416
Zu Reinke de Vos. Von Ed. Damköhler 417
Mischungen von Schriftsprache und Mundart in Rheinhessen. Von H. Reis . . 423
Volksräthsel. Von Karl Hartmann 426
Die Vorsilben *miss-* und *voll-* im Germanischen. Von G. Ehrismann . . . 435
Zu mhd. *Töre*. Von G. Roethe 439
Zur strophischen Bearbeitung des Herzog Ernst. Von R. Sprenger 440

LITTERATUR.

Lienhart Hans, Laut- und Flexionslehre der Mundart des mittleren Zornthales im Elsaß. Von P. Schild 233
Richard Haage, Dietrich Scherenberg und sein Spiel von Frau Jutten. Von R. Bechstein 235
H. Reis, Beiträge zur Syntax der Mainzer Mundart. Von H. Wunderlich . . 488
Grotefend, Bruchstück des Rolandsliedes. Von O. Glöde 367
F. von Meyenn, Ein historisches Volkslied aus dem Jahre 1657. Von Demselben 367
O. Behaghel und J. H. Gallée, Altsächsische Grammatik. Von Friedr. Kauffmann 368
Erwiderung auf Germania XXXVII, S. 110—114. Von A. L. Stiefel und L. Fränkel 374
Aufruf 376

BIBLIOGRAPHIE.

Bibliographische Übersicht der Erscheinungen auf dem Gebiete der germanischen Philologie im Jahre 1888. Von Karl Gustav Ehrismann 297. 441
Verzeichniß der Mitarbeiter und ihrer Beiträge in Band 25—37 der Germania. Von G. Ehrismann 490

GERMANIA.

VIERTELJAHRSSCHRIFT

FÜR

DEUTSCHE ALTERTHUMSKUNDE.

BEGRÜNDET VON FRANZ PFEIFFER.

FORTGESETZT VON KARL BARTSCH.

JETZT HERAUSGEGEBEN

VON

OTTO BEHAGHEL.

SIEBENUNDDREISSIGSTER JAHRGANG.
NEUE REIHE FÜNFUNDZWANZIGSTER JAHRGANG.
ERSTES HEFT.

WIEN.

VERLAG VON CARL GEROLD'S SOHN.

1892.

KRITISCHE BEMERKUNGEN ZUM WALTHARIUS.

Ekkehards Sang von Walther und Hildegunde hat sich, dem fortschreitenden Verständnisse der Dichtung entsprechend, einer gesteigerten Werthschätzung zu erfreuen gehabt. Während man vor hundert Jahren dem „barbarischen" Verfasser kaum den Namen eines Dichters zugestehen wollte, übertrifft das Epos nach der Ansicht Linnigs, seines neuesten Bearbeiters, „an künstlerischem Werthe eigentlich Alles, was wir an Gedichten aus der Heldensage besitzen, das Nibelungenlied nicht ausgenommen", und deutsche Dichter, deren Namen unter den besten genannt werden, Gustav Schwab, Victor von Scheffel und Karl Simrock haben es nicht verschmäht, ihre Muse in den Dienst Ekkehards zu stellen, indem sie das Gedicht seines lateinischen Gewandes und des „virgilianischen Flitters" entkleideten und in gereimten deutschen Übersetzungen weiteren Kreisen zugänglich machten. So verdienstlich diese Übertragungen aber auch sind, so dürfen wir uns doch nicht verhehlen, daß der Reim und die von Schwab, Geyder, Simrock und Linnig gewählte Nibelungenstrophe den Bearbeitern manchen Zwang auferlegten und die Genauigkeit der Wiedergabe beeinträchtigen mußten; abgesehen davon, daß die genannten Dichter vieles willkürlich verändert, manches nicht unerheblich gekürzt (besonders Scheffel) und manches erweitert haben (besonders Linnig), so daß jeder von ihnen mehr eine Umdichtung als eine Übersetzung bietet. Wenn aber der Waltharius, in deutsches Gewand gekleidet, eine Stelle in unserer Litteratur finden soll, so ist es wünschenswerth, daß nicht lediglich der poetische Inhalt der Dichtung zum Ausdruck komme, sondern daß überhaupt möglichst die Gestalt gewahrt bleibe, welche der Dichter des zehnten Jahrhunderts seinem Werke zu verleihen für gut befunden hat. Die geeignete Form für eine Übersetzung des Waltharius kann daher meines Erachtens, wie spröde sich auch die Muttersprache dem heroischen Verse der Alten gegenüber verhalten mag, nur die hexametrische sein. Eine solche hat (nach dem ersten unvollkommenen Versuche von Klemm 1827)

San Marte (A. Schulz) im Jahre 1853 geliefert; allein wenn dieses Buch wegen der beigegebenen Erläuterungen auch heute noch sehr werthvoll ist, so genügt doch die Übersetzung einestheils zu wenig den Ansprüchen, die in formaler Beziehung an dieselbe zu stellen sind, und anderentheils ist sie inhaltlich in vieler Beziehung veraltet. Eine neue, dem Original möglichst genau angepaßte und den jetzigen Stand der Forschung berücksichtigende Übertragung blieb daher noch immer wünschenswerth, und nur weil eine derartige Arbeit bisher von einem Berufeneren nicht geboten ist, habe ich eine solche in Angriff genommen, die ebenso wie eine neue Ausgabe der Urschrift mit sprachlichen und sachlichen Anmerkungen in Kürze erscheinen wird.

Wer sich mit der Litteratur des Walthariliedes beschäftigt, kann lebhaft W. Meyer nachempfinden, der in seiner epochemachenden Abhandlung (Philologische Bemerkungen zum Waltharius. Sitzungsberichte der Münchener Akad. d. Wiss., philos.-philol.-histor. Classe, 1873. S. 358—398) über die Disciplinlosigkeit der Herausgeber und Übersetzer des Gedichtes klagt, von denen oft der eine oder mehrere das entschieden Richtige getroffen haben, ohne bei den Nachfolgern Beachtung zu finden, die dem Dichter ihre eigenen Verkehrtheiten unterschieben. Er vergleicht nicht mit Unrecht das genauere Studium dieser Dichtung mit der Mühsal jenes, der durch einen wilden Dornenwald sich durchhauen mußte, bis er in das verzauberte Schloß mit der schlafenden Prinzessin gelangte. Meyer u. A. haben unter den Dornen wacker aufgeräumt, doch sind immer noch manche stehen geblieben und andere wieder gewachsen; daher möge es mir im Folgenden verstattet sein, vorläufig über einige bisher mißverstandene, oder verschieden aufgefaßte Stellen im Waltharius meine Ansicht darzulegen.

Zu V. 146 ff. Als Attila seinen Günstling Walther, um ihn an sich zu fesseln, zum Lohne für seine Dienste mit einer hunnischen Fürstentochter vermählen will, antwortet dieser:

„Vestra quidem pietas est, quod modici famulatus
Causam conspicitis, sed quod mea segnia mentis
Intuitu fertis, numquam meruisse valerem."

(*segnia* hat B, *senia* bT, *sergia* AC, *seria* LD)[1]). Über diese vielbesprochene Stelle hat Meyer a. a. O. S. 366 ff. gehandelt und sich

[1]) Leider haben die Herausgeber die Waltharius-Handschriften verschieden benannt. Ich bediene mich der von Peiper eingeführten Bezeichnungen: B = Brüsseler, b = Pariser, T = Trierer, A = Karlsruher, C = Stuttgarter, D = Wiener, L = Leipziger, I = Engelberger Hs.

mit überzeugenden Gründen für die Lesart der von ihm mit Recht am höchsten geschätzten Brüsseler Handschrift *segnia* = segniter a me facta entschieden. E. Müller, der augenscheinlich Meyers und Pannenborgs Bemerkungen zum Waltharius nicht gekannt hat, spricht sich Bd. IX der Ztschr. f. deutsche Philologie, S. 172, wie vor ihm bereits Du Méril (Poésies populaires latines antérieures au douzième siècle. Paris, 1843) für *seria* = Geschäfte, Pflichten, Leistungen aus unter Hinweis auf Virg. Bucol. VII, 17, was freilich (N. B. ebenso wie in den beiden von Du Méril in seiner Note zu V. 147 citierten Stellen Horat. Sat. I, 1, 27 und Ovid. Trist. I, 8, 31) nur im Zusammenhange und durch den Gegensatz zu *ludus* deutlich werde, und bei unserem Dichter eine Unklarheit oder Gedankenlosigkeit voraussetzt. Während ich also mit Meyer *segnia* lese, kann ich dessen Meinung, *modici famulatus causa* bedeute die „Verhältnisse eines bescheidenen Dieners" (*famulatus* = *famulantis*), nicht beipflichten. *Causa* ist hier wie öfters im Waltharius = *res*, und *res modici famulatus* eine Umschreibung für *modicus famulatus* = bescheidene Dienstleistung. Meyers weitere Deutung, Walther sage, er könne es niemals verdienen, daß Attila in Rücksicht auf Walthers besseres Wollen dessen Schwachheiten und Lässigkeiten (*segnia*) entschuldige, scheint mir ebensowenig das Richtige zu treffen wie Müllers Übersetzung: „Aber nie möchte ich verdienen können, daß Ihr meine Dienste, meine Leistungen (*seria*) mit Rücksicht auf meine Gesinnung anschlagt." Beide fassen *mens* als *mens Waltharii* und *mentis intuitu* als einen Genetivus objectivus auf; doch ich meine, wenn Walther seine Leistungen auch als noch so bescheidene hinstellte, gegen die Anerkennung seines guten Willens brauchte er sich doch nicht so sehr zu sträuben. Wir werden daher *mens* besser als *mens Attilae* und *mentis intuitu* als Genetivus subjectivus auffassen und mit J. Grimm (Gr. und Schmeller, lateinische Gedichte des zehnten und elften Jahrhunderts. Göttingen 1838, S. 71) übersetzen: „Es ist gnädig von Euch, daß Ihr meinen geringen Dienst anseht, doch nie werde ich verdienen können, daß Ihr Euch meine Leistungen so zu Herzen nehmt, *mentis intuitu fertis*", oder in Betracht zieht, ihnen eine solche Berücksichtigung zu Theil werden lasset, oder ähnlich.

Zu V. 282. Als Walther Hildegunde seinen Plan zu der gemeinsamen Flucht mittheilt, räth er ihr, bei dem von ihm zu veranstaltenden Gastmahle nur wenig zu trinken:

„Tu tamen interea mediocriter utere vino
Atque sitim vix ad mensam restinguere cura."

Linnig nennt S. 92 der zweiten Auflage seines „Walther von Aquitanien“ (Paderborn 1884) diese Worte Walthers unverständlich, „weil der Mönch, dem die Anwesenheit der Frauen bei dem Trinkgelage anstößig war, „Helche“ mit ihrem Gefolge beim Beginn des Zechtourniers den Saal verlassen läßt.“ Eine befriedigende Erklärung erhält jene Mahnung seiner Meinung nach erst durch die Verse 12633 ff. im Biterolf, wo Hildegunde scherzend zu Rüdiger von Bechelaren spricht:

„Der helt gedâhte ninder mîn,
wie ich im schankte mînen wîn,
dô ich von den Hiunen reit,
den ich vil ellende meit
Etzelen und sînen recken truoc.“

Wir können allerdings aus Walthers Worten, die er V. 284 an Hildegunde richtet: „Cum reliqui surgant, ad opuscula nota recurre“, sowie aus V. 324: „Tandem dilectam vocat ad semet mulierem“ schließen, daß die Frauen sich nach dem Aufheben der Tafel entfernt haben, aber trotzdem ist Walthers Mahnung in V. 282 keineswegs überflüssig. Sie bezieht sich nämlich gar nicht auf das „Zechtournier“, sondern Hildegunde soll „ad mensam“ beim Essen, wenig trinken, und daß die Geladenen nicht trocken an der Tafel saßen, folgt aus V. 299. Denn wenn während der Mahlzeit nicht auch getrunken werden sollte, so hätte man den Wein und besonders das fervens migma, „den Glühwein“, (vgl. unten zu V. 299) nicht zugleich mit den Speisen auf den Tisch zu stellen brauchen. Ein Widerspruch ist also hier gar nicht vorhanden, und der Dichter hat keineswegs einen alten Bestandtheil der Sage gedankenlos in sein Werk hineingearbeitet, wie Linnig annimmt.

Zu V. 299 ff. Bei der Schilderung des Gastmahles heißt es u. A.:

„Atque exquisitum fervebat migma per auram.
Aurea bissina tantum stant gausape vasa,
Et pigmentatus crateres Bacchus adornat.“

Die Lesart *per aurum* in V. 299, die alle Handschriften außer B bieten, und für die sich Grimm, Du Méril, San Marte, Peiper und Linnig entschlossen haben, verwirft Meyer S. 388 mit Recht, da gleich unmittelbar nach dem fraglichen Worte der goldenen Gefäße gedacht wird. Auch übersetzt er gleich San Marte *fervebat* richtig mit „dampfte“, will aber unter *migma* nicht Wein, der erst V. 301 an die Reihe komme, sondern die Sauce der Speisen verstehen. Doch wäre es auffallend, wenn dieser bei der knappen Schilderung der Tafelgenüsse besonders gedacht worden wäre; auch kommt die Tunke meines Wissens sonst nicht unter dieser Bezeichnung vor. Ebensowenig finde ich Belege für Fischers Erklärung, der *migma* mit „Zugemüse" übersetzt (Sitten und Gebräuche der Europäer im fünften und sechsten Jahrhundert. Frankfurt a./O. 1784. S. 209). Linnig S. 116 hält *migma* für eine kühne Latinisierung von Meth. In dem Berichte des Priscus über seine Reise an Attilas Hof wird allerdings der Meth (*κάμον*, *medus*, cf. Niebuhr, Corpus scriptor. hist. byzant. I, 183) als ein Getränk der Skythen erwähnt, bei dem später geschilderten Gastmahle des Königs jedoch nur Wein, das Getränk der Reichen, aufgetragen. Die von Linnig angenommene Latinisierung wäre aber eine so kühne, daß der Dichter von seinen Zeitgenossen schwerlich verstanden worden wäre. *Migma* heißt Mischung der verschiedensten Art, aber ein gegohrenes Getränk, Meth (medus, medo) oder Bier, wird man wohl auch heute nicht als einen „Mischtrank" bezeichnen. Du Méril spricht unbestimmt von einem „breuvage composé de différents ingrédients", Reiffenberg (Französische Übersetzung in: Annuaire de la bibliothèque royale de Belgique 1841, 1842, 1844) identificiert die „boisson exquise et mélangée" mit dem *môraz* des Nibelungenliedes, „liqueur préparée avec du jus de mûres et du miel". Klemm versteht unter *migma* den *lûtertranc*. Meyers und Linnigs Einwurf, das fragliche Wort könne nicht Wein bedeuten, weil wir dann eine höchst unpassende Wiederholung hätten, ist hinfällig, denn es finden sich in den mittelalterlichen Epen zahlreiche Beispiele (vgl. A. Schultz, höfisches Leben zur Zeit der Minnesinger, 1. Bd., an mehreren O.), daß verschiedene Arten von Wein hintereinander genannt werden, von denen ich hier als Parallelstelle nur anführe 'Wiener Meerfahrt' 233: „*dar nâch trunken si den wîn, den gewermet, disen kalt.*" Ich verstehe daher an unserer Stelle (die Wackernagel in seinem Aufsatze *Mete, bier, wîn, lît, lûtertranc* in Haupts Ztschr. f. deutsches Alterthum VI, S. 261 ff. nicht berücksichtigt, obwohl er V. 301 citiert) unter *migma* eine warme Bowle, vielleicht aus weißem (vinum album bullitum cum ruta bei Du Cange), mit Gewürzen oder Kräutern versetztem Wein und Honig gemischt, und glaube als Belegstelle die bei Du Cange citierte Angabe der Acta Murensia anführen zu können, die berichtet: „Abbas Udalricus constituit, ut singulis annis 13 talenta pigmentorum darentur ad migma faciendum in nativitate S. Martini." Das andere neben diesem Glühwein genannte Getränk, der pigmentatus Bacchus (*gepîmentetêr wîn*), ist der oft erwähnte *clâret* oder der *lûtertranc* und wurde kalt getrunken.

Zu V. 336 ff. Als uns der Dichter in echt epischer Weise schildert, wie Walther sich bei seiner Flucht aus dem Hunnenlande rüstet, heißt es u. A.:

„Et levum femur ancipiti praecinxerat ense
Atque alio dextrum pro ritu Pannoniarum;
Is tamen ex una tantum dat vulnera parte."

Dieses zweite Schwert hält Scheffel für einen „krummen Säbel", ein „krummes Halbschwert", ebenso Linnig („Hunnensäbel"). Ich habe nichts darüber gefunden, daß die Hunnen sich krummer Säbel bedienten, auch sagt der Dichter nicht, daß die Waffe hunnischen Ursprungs war; Walthers Brünne war wenigstens kein hunnisches Fabricat, vgl. V. 965. Das kurze, rechtsseitig getragene Schwert spielt in unserem Gedichte eine bedeutende Rolle, denn Walther entscheidet mit ihm den Kampf gegen Hagen, und bei der Schilderung desselben bezeichnet es der Dichter V. 1390 ausdrücklich als semispata = ahd. *sahs,* jene gerade, kurze, schwere, dem modernen Waidmesser ähnliche einschneidige Hiebwaffe. Diese ist aber echt germanisch und wurde ebenso, wie es im Waltharius geschildert wird, neben dem Langschwerte, *spatha,* geführt, wie zahlreiche Gräberfunde aus merovingischer Zeit und verschiedene alte Quellen, darunter auch Beowulf, beweisen (Belege siehe bei San Marte, Zur Waffenkunde des älteren deutschen Mittelalters. Quedlinburg 1867, S. 128 ff.). Später ist die Führung zweier Schwerter nicht mehr üblich, und es wird statt des *sahs* nur ein kleines Dolchmesser getragen. Ekkehard kannte die alte Sitte wohl nicht mehr, und daher mochte ihm die Angabe seiner Quelle, die vielleicht auch wie er selbst nur Walthers Waffen ausführlicher beschrieb, auffallen. Er hielt die Bewaffnung mit zwei Schwertern für eine lediglich hunnische Sitte, und wie er V. 919 die *anceps bipennis* Gerwigs als eine den Franken früherer Zeit eigenthümliche Waffe bezeichnet, so glaubte er auch hier eine Erklärung hinsetzen zu müssen.

Zu V. 397. Attila, untröstlich über Walthers Flucht, hat eine schlaflose Nacht und wirft sich auf dem Lager umher. V. 396:

„Et modo subrectus fulcro consederat amens;
Nec juvat hoc, demum surgens discurrit in urbem,
Atque (Meyer: Adque) thorum veniens simul attigit atque reliquit."

Während alle Handschriften in V. 397 *urbe* oder *urbem* haben, hat Grimm *orbe* und Peiper *orbem* in den Text gesetzt. Diese Conjectur haben alle späteren Übersetzer angenommen:

Reiffenberg: „marche précipitamment en revenant sur lui-même";

San Marte:

„— — Aufstehend zuletzt irrt um er im Zimmer,
Kehrt zurück zum Lager und läßt es wieder im Kreislauf";
Geyder: „Und bald mit schnellen Schritten er rings das Zimmer maß";
Scheffel: „Dann sprang er aus dem Lager und lief herum im Kreis";
Simrock: „Lief wie vom Alb besessen umher im Schlafgemach";
Linnig, 1. Aufl.: „Dann in der Kemenate tobt er umher wie toll";
2. Aufl.: „Daß durch die Kammer tobend er rund läuft im Kreis."

Im Gegensatz zu ihnen hat Pannenborg in seiner Besprechung der Peiper'schen Waltharius-Ausgabe, Götting. gel. Anz., 1873, St. 29, die Lesart der Handschriften vertheidigt. Er übersetzt: „endlich steht er auf und rennt in die Burg hinaus". Allein nach dem Berichte des Priscus war der Wohnsitz des Hunnenkönigs von vielen Gebäuden umgeben (cf. Jordanes, c. 34: vicus ad instar civitatis amplissimae), und auch unser Dichter hat an eine Stadt gedacht (vgl. V. 817: ex Avarum sedibus altis); wir können daher *urbs* getrost mit Stadt oder Hauptstadt übersetzen. Doch für die Auffassung Pannenborgs ist das hier ziemlich gleichgiltig; jedenfalls geht Attila nach ihm in die freie Luft hinaus. Das fände ich an und für sich durchaus nicht auffällig (vgl. das Verhalten des über den Tod des Patroclus untröstlichen Achilles, Ilias 24, 3 ff.), wohl aber in diesem Zusammenhange. Attila hat sich erhoben und sich aufs Bett gesetzt; man erwartet, daß er nun zunächst in seinem Schlafgemache mit hastigen Schritten herumgehe, wie man das allerdings in einem solchen Zustande zu thun pflegt, ohne daß man dabei gerade eine Peripherie zu beschreiben braucht (vgl. Pannenborgs Einwand S. 1138). Aber er thut das nach Pannenborg nicht, sondern rennt gleich hinaus. Auffallend wäre dann aber, daß seiner Rückkehr gar nicht gedacht ist; wäre es nicht eine höchst sonderbare Ausdrucksweise, wenn der Dichter sagte: Attila lief ins Freie hinaus, und wenn er an sein Bett kam, so berührte er es nur, um es gleich darauf wieder zu verlassen? Da das Bett nicht draußen, sondern in seinem Gemache stand und er auf seiner Wanderung dasselbe wahrscheinlich wiederholt berührte und wieder verließ, so müssen wir auch annehmen, daß er seine ruhelosen Wanderungen auf den Raum seines Zimmers beschränkte, und ich glaube daher, die Grimm'sche Conjectur nicht verwerfen zu dürfen.

Zu V. 438. Den in V. 438 erwähnten r e g a l i s c o c u s, reliquorum quippe magister, welcher die von Walther gefangenen Fische selbst dem Fährmann abnimmt, mit Würze zubereitet und aufträgt, hält Reiffenberg und mit ihm Du Méril, Linnig und Specht (Gastmähler und Trinkgelage bei den Deutschen, Stuttgart 1887. S. 11) für den aus dem Nibelungenliede bekannten Küchenmeister Rûmolt, und auch Grimm a. a. O., S. 386 versteht unter *regalis cocus* den Inhaber des Hofamtes. Doch hatte jener auserwählte Degen mit den übrigen Hofchargen „*des hoves und der êren*" zu pflegen, und damit verträgt sich nicht das Stehen am rauchenden Kochherde. Der von Du Méril citierte Rath Rûmolts an König Gunther: Parcival, von Bartsch VIII, 689:

„*er bat in lange sniten bæn*
und ineme kezzel umbedræn"

beweist nichts gegen diese Auffassung. Dem „dapifer" ist der magister reliquorum cocorum unterstellt, der Oberkoch, den wir Deutschen gewöhnlich chef de cuisine nennen. Letzterer ist im Waltharius gemeint.

Zu V. 621 ff. Hagen warnt den König vor dem Kampfe mit Walther und beruft sich auf einen bedeutungsvollen Traum. „Ich sah", erzählt er, „wie Dir ein Bär im Kampfe ein Bein abriß, und als ich Dir zu Hilfe kam,"

„Me petit atque oculum cum dentibus eruit unum." (V. 627.)

Die Worte *cum dentibus* haben auffallender Weise Molter, Klemm, Grimm, Reiffenberg, San Marte, Scheffel und Linnig als ablativus instrumenti aufgefaßt, während doch die Erfüllung des Traumes V. 1364, bezw. V. 1393 ff., wo Hagen ein Auge und sechs Backenzähne verliert, klar beweist, wie es zu verstehen ist. (richtig bei Geyder, Simrock und Schwab, welcher letztere aber von dem Verluste dreier Zähne spricht). Linnig will aber, obwohl er S. 111 den Traum Kosberas, der Gattin Högnis, im Atlamâl als Parallelstelle anführt, an unserer Stelle von einem Bären nichts wissen, denn in der Thidrekssage (die, beiläufig bemerkt, etwa 300 Jahre später entstanden sein dürfte als der Waltharius), wirft Walther dem ihn beim Mahle überfallenden Hagen (Högni) mit einem Eberknochen ein Auge aus, und daher muß Hagen nach Linnig auch hier von einem Eber geträumt haben und der Bär „irrthümlich" in das lateinische Gedicht hineingerathen sein. Zur Unterstützung seiner Ansicht führt er merkwürdiger Weise an, daß das Beiwort *mordicus* in V. 625 zu *ursus* nicht passe. Allein das hat schon Peiper in seiner Anmerkung zu dem gedachten Verse zurückgewiesen (vgl. auch E. Müller S. 168), und ich brauche daher nicht weiter hierauf einzugehen, doch meint auch Müller, daß der Bär in gewissem Sinne irrthümlich in den Text gekommen und die Verwechslung durch die nahe Berührung zwischen ahd. *përo* = ursus und ahd. *pêr* = aper erleichtert worden sei, daß in Ekkehards Vorlage wirklich noch der Eber gemeint war. Ich werde auf den verhängnißvollen Eberknochen gleich noch zurückkommen und hier nur bemerken, weßwegen es mir nicht einleuchten will, daß Hagen von einem Eber geträumt habe. Allerdings ist Walther V. 899 mit einem solchen verglichen, wo er sich vor den Streichen Patafrieds, vor Zorn mit den Zähnen knirschend, deckt: „Et spumantis apri frendens de more tacebat.“ Im Traume sieht aber Hagen Walther in verzweiflungsvollem Kampfe in der Gestalt eines wilden Thieres, welches dem Könige ein Bein abreißt. Ich glaube nicht, daß ein Wildschwein das fertig bringt. Ferner, bei allem Respect vor dem schwarzborstigen Recken: mit einem Bären ist er doch an Furchtbarkeit des Angriffs und Zähigkeit des Widerstandes nicht zu vergleichen, und nur dieses, das stärkste, tapferste und gefürchtetste unserer wilden Thiere, der König des deutschen Waldes, kann in diesem Falle ein würdiger Vertreter des königlichen Helden Walthari sein. Schließlich weist ja Ekkehard auch geradezu auf die Erfüllung des Traumbildes hin, wenn er V. 1337 ff. den Recken mit den von Molossern umstellten und sich wüthend vertheidigenden numidischen Bären vergleicht.

Zu V. 1436. Linnig hat aber seine Ansicht noch durch den Hinweis auf V. 1436 zu stützen gesucht, wo Walther, als die versöhnten Helden Scherzreden miteinander wechseln, zu Hagen sagt: „Si venor cervos, carnem vitabis aprinam.“ Schwab übersetzt das unrichtig: „Ich jage nach den Hirschen, und du verfehlst das Schwein“, und Simrock ähnlich: „Wenn ich den Hirsch erjage, verfehlt die Sau dein Spieß.“ Diese „dunkle“ Stelle hat den Erklärern viele Schwierigkeiten gemacht. Nach Linnig enthalten die Worte eine Warnung an Hagen, sich vor Eberbraten zu hüten, die durch den in der Thidrekssage erzählten Vorgang (siehe San Marte, Beilage III, S. 181) ihre Erklärung findet. Vergl. auch Schweitzer, de poemate latino Walthario. Paris 1889, S. 12. Nun pflegt ja wohl Jemand, der einen Andern beim Streite verletzt hat, diesem zuzurufen: ein ander Mal hüte dich vor mir! aber schwerlich: hüte dich vor dem Instrumente, mit dem ich dir die Verletzung zugefügt habe! zumal wenn dieses wie hier ein als Waffe ganz ungeeigneter und nur in der Verlegenheit ergriffener Gegenstand ist. Aber es ist in V. 1436 auch gar nicht einmal von einem Eberknochen die Rede, sondern von zu vermeidendem Eberfleische, welches dem Hagen der Thidrekssage doch nichts zu Leide gethan hat! Doch davon abgesehen, Hagen hat sein Auge schon verloren, und die Warnung käme daher zu spät, könnte also nur höhnisch gemeint sein. Zu einem solchen Hohne ist aber keine Veranlassung, denn die Helden haben einander ihre schweren Wunden vergeben, witzeln über die Folgen der erlittenen Verletzungen und geben einander scherzhaft gemeinte Rathschläge, wie diese wieder gut zu machen seien. Walther hat seine rechte Hand verloren; Folge: er geht einhändig daher; Abhilfe: binde dir einen ausgestopften Handschuh an den Armstumpf. Jetzt ist es an Walther zu erwidern. Hagen hat *a.* ein Auge und *b.* sechs Backenzähne verloren; Folgen: er wird *a.* scheeläugig drein schauen und *b.* Eberfleisch oder (species pro genere) Fleisch überhaupt vermeiden müssen, weil er es nicht kauen kann. Abhilfe: koche dir Mehlbrei; den kannst du *a.* zu heilsamen Umschlägen verwenden, damit dein Auge besser wird, und *b.* ohne zu kauen, essen. Ich meine, das ist sonnenklar!

Grimm hat diese Stelle offenbar viel beschäftigt. S. 97 wirft er die sonderbare Frage auf: „Galt die alte Heldenspeise Einäugigen für ungesund?" S. 105 zieht er zuerst den fatalen Eberknochen zur Erklärung heran, und im Nachtrage S. 384 weist er auf eine Stelle bei Abbo I, 129 hin, wo eine normännische Frau ihren aus dem Kampfe geflohenen Mann fragt:

„Non tibi nunc Cererem vel apros Bacchumque litavi?"

und bemerkt dazu richtig, daß aper hier neben Brot und Wein das beliebte Fleisch ausdrücke. Die vollen Consequenzen hat dann Du Méril hieraus gezogen: „— — Parce qu'elle est dure et que Hagano avait perdu une partie de ses dents. Le sanglier était le mets par excellence des peuples du Nord." Ihm haben sich Reiffenberg und Geyder (Anmerkungen zum Waltharius. Ztschr. f. d. Alterth. IX, S. 166) angeschlossen, ohne aber bei den späteren Übersetzern der Dichtung Beachtung gefunden zu haben.

Zu V. 727. Von dem dritten Gegner Walthers, dem Bogenschützen, den die neuaufgefundenen Innsbrucker Bruchstücke allein richtig Werinhardus nennen, welchen Namen schon Grimm vermuthete, während Peiper Ewurhardus in den Text setzte, heißt es V. 726 ff.:

„Quamlibet ex longa generatus stirpe nepotum,
O vir clare, tuus cognatus et artis amator,
Pandare, etc."

Was San Marte übersetzt:

„O du herrlicher Mann, uralten Geschlechtes der Ahnen
Blühender Sproß, — dein Verwandter ja warst und Gönner der Kunst auch,
Pandarus, du" etc.

Das lautet, als ob die beiden alten Helden die Rolle eines Mäcenas gespielt hätten. Vor artis haben wir tuae zu ergänzen; die Kunst, welche Pandarus und Werinhard lieben, ist natürlich die Kunst, mit dem Bogen zu schießen. Linnig übersetzt richtig: „Der Bogenkünste befliß er sich etc.“

Zu V. 765 ff. Der Sachse Eckefried ruft, ehe er seinen Speer wirft, Walther, der bisher im Kampfe unberührt geblieben ist, zu:

V. 761 „Dic, ait, an corpus vegetet tractabile temet,
Sive per aerias fallas, maledicte, figuras?
Saltibus assuetus Faunus mihi quippe videris.“
Illeque sublato dedit haec responsa cachinno:
„Celtica lingua probat te ex illa gente creatum,
Cui natura dedit reliquos ludendo praeire etc.“

Klemm gibt die beiden letzten Verse wieder:

„Du stammst ab von dem Volk, es beweist es die keltische Sprache,
Dem die Natur es verliehn, vor andern zu ragen an Leichtsinn.“

Schwab:

„Man hörts an deiner Sprache, du bist vom Stamm der Celten,
Die führen auf der Zunge allein des Schwertes Blitz
Und wissen wohl zu siegen mit eines eitlen Wortes Witz.“

Nach beider Annahme hält Walther also seinen Gegner für einen Gallier (vergleiche auch Klemms Note: „eitel französischer Wind, glatte Worte und Betrug etc.“), doch hat Walther ihn an seiner Sprache richtig als Sachsen erkannt. „Celtica lingua, bemerkt Grimm S. 86, ist wohl nichts anderes als welsche, unverständliche Sprache; das mußte für Walther, der bloß mit Franken verkehrt hatte, die sächsische Sprache sein.“ Aber Walther lacht über Eckefrieds Worte und antwortet ihm; also war ihm dessen Sprache nicht unverständlich. San Marte gibt celtica lingua mit „Rotwälsch“, Geyder und Linnig mit „Kauderwälsch“ wieder, „weil die Sachsen sich mancher Worte bedienen, die nicht bei allen Stämmen verständlich waren.“ Doch handelt es sich hier wohl nicht um Verschiedenheiten in Bezug auf den Wortschatz, die bei den wenigen Worten Ekkefrieds V. 761—763 wohl kaum hervortraten, sondern eher um die Unterschiede im Vocalismus und Consonantismus, die zur Zeit Eckehards ebenso wie heutigen Tages die nieder- und oberdeutschen Mundarten charakterisieren. Simrock hat die Stelle richtig aufgefaßt und die heutige celtica lingua hochdeutsch treffend gekennzeichnet, wenn er Walther spottend sagen läßt:

„Listfahle, zum Geskenke skickt dir der Skrat diesen Skaft.“

Übrigens habe ich anderswo weder den Ausdruck celticus = fremdländisch noch auch Belege dafür gefunden, daß die Sachsen sich vor den anderen deutschen Stämmen „ludendo“ auszeichnen; auch Wackernagels Aufsatz über „die Spottnamen der Völker“ in Haupts Ztschr. f. d. Alterth. VI, S. 254 ff. enthält nichts darüber, und bezügliche Nachweise wären mir sehr erwünscht. Dieses ludere wird verschieden übersetzt; Grimm: „trügerischem Volk entstammst du“; Scheffel:

„Ich kenne solches Wälschen,
Ihr seid das rechte Volk zum Trügen und zum Fälschen“;

Simrock:

„Du stammst aus Listfahlen, wo man sehr listig ist“;

Linnig:

„So listig wie des Sachsen keine andre Zunge spricht.“

Allein Eckefried hat weder von Trug und Falschheit noch von List eine Probe gegeben, die eine solche Deutung der Worte Walthers rechtfertigen könnte, man müßte denn mit Engelmann, Germanias Sagenborn, Stuttgart 1889, I, S. 68 annehmen, daß Eckefried „durch schlaue Spottworte den grimmen Gegner aus seiner Stellung hätte herauslocken wollen“, oder List ironisch verstehen. Nach meiner Meinung sagt Walther, höchlich darüber belustigt, daß er für einen Waldschrat (Glossae Lindenbrogianae 11. sec. Haupts Ztschr. V: Fauni = silvestres homines, id est „*waltscrechel*“) gehalten wird: „Du bist ein komischer Gesell, da du so thust, als ob ich nicht ein Mensch von Fleisch und Bein wäre; aber ihr Sachsen pflegt ja Possen zu treiben.“ So faßt auch Reiffenberg die Sache auf: „né parmi ce peuple le plus bouffon de l'univers“ und „ce peuple à qui la nature a donné de l'emporter sur tous les autres par le talent de la plaisanterie“, und Geyder spricht ebenso von dem „Volk, das gerne treibt arge Possen.“

Zu V. 771 ff. Eckefried schleudert seinen Speer auf Walther:

„Ferratam cornum graviter jacit; illa retorto
Emicat amento: quam durus fregerat umbo.“

Grimm sagt, daß die Lanze, „gebrochen vom harten Schilde, am Riemen zurückfährt.“ So faßte auch schon Klemm die Stelle auf:

„Der glänzte, zurück vom
Riemen gezogen, und war von des Schildknopfs Härte gebrochen“;

San Marte übersetzt:

„Splitternd am Schild doch prallt er zurück am haltenden Riemen“;

Geyder: „Obwohl mit starkem Eisen sie rings beschlagen war,
Zerbrach sie doch am Schilde, den Walther ihr hielt dar,
Und fuhr zurück am Riemen."

Auch bei Reiffenberg und Scheffel zerbricht die Lanze. An dieser Auffassung ist zweierlei auszusetzen. Zunächst ist fregit schwerlich richtig übersetzt. Eine Lanze kann wohl zerbrechen oder zersplittern, wenn sie auf einen festen Gegenstand gestoßen wird, also doppelten Widerstand findet, aber nicht, wenn man sie gegen einen harten umbo schleudert: dann prallt sie ab, ihre Kraft wird gebrochen. Das scheinen Schwab, Simrock und Linnig recht verstanden zu haben, wenigstens sagen sie nicht, daß der Speer zerbrach. Bei Schwab fliegt die Lanze zurück, bei Simrock macht sie „Linksumkehr", und bei allen drei Übersetzern biegt sich die Spitze, was zwar wahrscheinlich ist, aber nicht dasteht. Falsch ist zweitens, daß die geschleuderte Waffe am Riemen zurückfährt, also der Schütze den letzteren in der Hand behält. Das amentum (Vocabularius optimus ed. Wackernagel 1847: „*schuosriem*") ist nach Servius „lorum, quo media hasta religatur et jactitur", und hat denselben Zweck wie die in die Geschützseele unserer Feuerwaffen eingeschnittenen gewundenen Züge, nämlich den, dem Geschosse eine rotierende Bewegung zu verleihen; daher retorquere = torquere amentum (vergl. auch Meyer S. 391) wie bei Virg. Aen. 9, 665. Das amentum ist nur kurz und wird nicht an seinem Ende vom Schützen in der Hand behalten. Das beweist klar die einzige Stelle, an der es Cäsar nennt, bell. gall. 5, 48, wo ein an dem Schußriemen befestigter Brief in das Lager befördert wird.

Zu V. 983. Daher ist San Marte auch im Irrthum, wenn er S. 162 seiner „Waffenkunde" das in V. 772 genannte amentum mit dem triplex funis (in V. 983) identificiert, an welchem der tridens befestigt ist, den Helmnod aus der Ferne in Walthers Schild wirft, denn jener funis ist ein langes Seil, lang genug, daß die vier Kämpfer gleichzeitig daran ziehen können. Ich spreche hier natürlich von amentum als einem technischen Ausdrucke der Waffenkunde; als ein amentum im weiteren Sinne könnte man ja allenfalls jenen funis auch wohl bezeichnen. Wenigstens finde ich im Vocab. opt. amentum unter der Rubrik „de piscibus" auch mit „*zügseil*" übersetzt.

Zu V. 799. Hadawart, der fünfte Gegner Walthers, V. 781

„tunc a Gunthario clipeum sibi postulat ipsum"

und ruft Walther zu V. 798:

„— Parmam deponito pictam:

Hanc mea sors quaerit, regis quoque sponsio prestat."

Dazu bemerkt Geyder in seinen Anm. z. W. S. 162: „Der König hatte nicht das Recht, frei über die Kriegsbeute zu verfügen; Volk und Adel theilten sich in die eroberte fahrende Habe, die man auf einen Haufen trug. Der König konnte auf etwas Besonderes daraus keinen Anspruch machen; es wurde alles verlost. Grimm, Rechtsalterthümer S. 246, 249. Unter einander konnten sich die Theilnehmer an der Beute vergleichen, das dem einen Zugefallene konnte er einem andern überlassen; so erkläre ich die regis sponsio." San Marte S. 143 will die Beute in zwei Theile theilen: auf den Schatz habe der König als auf sein früheres Eigenthum Anspruch gemacht, Walthers Waffen dagegen gehörten zur Kriegsbeute, und wenn Hadawart sich den Schild vom Könige zusichern ließ, so müsse vorausgesetzt werden, daß dieses durch Vergleich mit dem Könige und seinen Mitkämpfern für den Fall geschehen, daß der Schild in das Los des Königs falle. Ich glaube, daß beide Erklärer im Irrthum sind, denn wenn hier von einem eigentlichen Losantheil die Rede wäre, so hätte Hadawart nicht bloß den König, sondern auch alle seine Genossen bitten müssen, ihrerseits auf die von ihm begehrte Waffe zu verzichten; davon ist aber nichts gesagt. Die Worte Gunthers V. 471—472:

„Gazam, quam Gibicho regi transmisit eo,
Nunc mihi cunctipotens huc in mea regna remisit"

sind ein schlechter Vorwand für die von dem habgierigen Könige beabsichtigte Beraubung Walthers, denn er konnte sich wohl denken, daß der Fremde nicht den von Gibicho den Hunnen lange Jahre hindurch vertragsmäßig gezahlten Tribut mit sich führe, auf welchen Gunther auch gar keinen rechtlichen Anspruch machen konnte. Es handelt sich hier nicht um einen Volkskrieg, von dessen Beute der König als Herzog ebenso wie die Mitglieder des Heerbannes nur einen bestimmten Antheil erhält (wie an der von San Marte citierten Stelle bei Gregor von Tours hist. Franc. 2, 27, wo ein Krieger dem Könige Clodovech einen Krug, den er sich außer seinem Antheil an der gemeinsamen Beute von dem versammelten Kriegsvolke ausbittet, abschlägt), sondern um einen Raubzug, zu dem ein Senior seine Gefolgsmannschaft aufgeboten hat. Die gesammte dabei gemachte Beute gehört dem Könige[1]), der selbstverständlich als milder Herr seinen Mannen einen angemessenen Antheil (sors) zukommen lassen wird.

[1]) In einem Denkmale von allerdings zweifelhafter Echtheit, Urk. Karls d. Gr., Grandidier S. 108 heißt es: res peregrinorum propria sunt regis. Vgl. Waitz, Deutsche Verfassungsgeschichte IV², S. 29.

Daher räth Hagen dem Könige, er möge Walther in Frieden lassen und die von ihm angebotenen hundert Goldbauge annehmen, denn V. 618:

„Hac potis es decorare, pater, tecum comitantes",

und daher bittet Hadawart sich nur vom Könige und nicht auch von den anderen Genossen für den Fall des Sieges Walthers Schild aus. So erkläre ich mir die sponsio regis.

Zu V. 840 ff. Walther hat Hadawart mit seiner Lanze das Schwert aus der Hand geschlagen, dem der bestürzte Eigenthümer eilig nachläuft. Walther aber:

„Insequitur dicens: „Quonam ruis? Accipe scutum!
Sic ait atque hastam manibus levat ocius ambis
Et ferit. Ille cadit, clipeus super intonat ingens.
Nec tardat juvenis: pede collum pressit et hasta
Divellens parmam telluri infixerat illum."

Dazu sagt Meyer S. 393: „Diese Verse hat nur Molter (Prinz Walther von Aquitanien, Karlsruhe 1782 u. 1818) vollständig verstanden. Walther wirft nicht seine Lanze, sondern faßt sie mit beiden Händen und stößt sie in den Rücken des Fliehenden." Ich glaube, das ist auch nicht richtig. Walther stößt nicht, sondern schlägt, den fliehenden Feind einholend, ihn mit der hochgeschwungenen Waffe zu Boden; im anderen Falle hätte er auch wohl die Brust des Besiegten nicht noch einmal zu durchbohren brauchen. In ähnlicher Weise schlägt König Hagen im Gudrunliede Str. 511 (vergl. 514) seine Gegner nieder:

„von sîner gêrstangen hinder sich gesaz
vil manic ritter edele"

und Olivier im Rolandsliede V. 4367:

then spiez er ûf huof,
uber thaz houbet er in sluoh,
thaz ime thie ougen ûz sprungen.

Linnig allein sagt richtig in der zweiten Auflage seines „Walther von Aquitanien":

„er gab dem Läufer mit der Lanze einen Schlag",

hat aber wieder in anderer Beziehung die Situation falsch aufgefaßt, denn er fährt fort:

„daß er auf dem Gesichte lang am Boden lag."

Ekkehard sagt jedoch, daß der große Schild (natürlich nicht, wie Simrock meint, derjenige Walthers) dröhnend auf ihn fiel. Nun pflegte man ja auf der Flucht den an der Schildfessel getragenen Schild auf den Rücken zu nehmen (vergl. V. 202: „Cuncti mox terga dederunt versis scutis." Nibel. v. Lachmann, Str. 2244:

„Dô der alte Hildebrant der wunden reht enphant,
dô vorht er schaden mêre von der Hagen hant:
den schilt warf über rukke der Dietrîches man;
mit der starken wunden der helt dô Hagenen entran“ u. a.).

Doch dazu fand der überraschte Hadawart wohl keine Zeit. Walther muß ihn, wohl durch einen Schlag auf den Kopf, rücklings zu Boden gestreckt haben, so daß er unter dem vorgehaltenen Schilde lag, denn der Sieger setzte dem Gefällten den Fuß auf den Hals und nicht (wie bei Linnig) auf den Nacken und spießt ihn dann an die Erde.

Zu V. 874. Hagen ruft klagend seinem in den Kampf ziehenden Neffen Patafried zu, V. 873:

„Quis nuper ductam refovebit, care, maritam,
Cui nec rapta spei pueri ludicra dedisti?“

So Scheffel und Holder mit B, während Peiper mit bTC rapte hat. Reiffenberg hat die Stelle ganz mißverstanden; er übersetzt: „Qui pourra consoler ta jeune épouse à qui tu as laissé le doux espoir d'être mère aussi?“ Meyer zieht rapta vor und erklärt es: „Du hinterläßt ihr nicht die ludicra, worauf sogar die Hoffnung ihr entrissen ist.“ Die angenommenen Lesarten befriedigten mich nicht, und da ich in dem kritischen Apparate der von mir zunächst benutzten Scheffel-Holder'schen Ausgabe keinen Rath fand, nahm ich meine Zuflucht zu der Conjectur raptā spe pueri und sah nachträglich durch Peipers Angaben unter dem Texte meine Vermuthung bestätigt, denn die Handschrift D hat nicht, wie Holder angibt, gleich B nur rapta als Abweichung von den übrigen, sondern statt rapta spei = spe rapta. Diese Lesart, meine ich, müssen wir in den Text aufnehmen, wodurch der Vers auch metrisch verbessert wird. Dann heißt es: „Du hinterläßt deiner jungen Gattin keine Kurzweil, keinen Trost, da ihr die Hoffnung auf einen Sohn (durch deinen Tod) geraubt ist.“ Doch können wir den Genetiv pueri auch zu ludicra ziehen, ohne daß sachlich etwas geändert wird.

Zu V. 930. Von dem erbitterten Kampfe zwischen Walther und Gerwig sagt der Dichter u. a. V. 929 f.:

„Hic ferit, ille cavet, petit iste, flectitur ille:
Ad studium fors et virtus miscentur in unum.“

San Marte gibt den letzten Vers wieder:

„Und mit der Kunst gehn Muth und Kraft (er hat fors mit
la force verwechselt wie auch Geyder) in streitbarem Bunde.“

Simrock: „Des Kampfes Lose mischten Glück und Tugend wunderlich“; und Linnig: „So rangen Vorsicht und Eifer einen harten Strauß.“

Das trifft aber alles die Sache nicht. Meyer will in V. 930 für *ad*, welches alle Handschriften bieten, *ac* setzen und entscheidet sich für Klemms Auffassung:

„Eifer und Glück und Tugend, sie alle sind hier im Spiele."

Doch es bedarf hier wohl keiner Änderung. Fors et virtus miscentur in unum hat Ekkehard aus Aen. 12, 713 herübergenommen (Voß: „Zufall mengt sich und Tapferkeit unter einander") und ad studium hinzugesetzt. Wie wäre es, wenn wir studium metonymisch für das durch das studium Erstrebte, das Ziel, setzten?[1]) Miscentur ad studium ist zwar kein schönes Latein, aber „in qua scribebat, barbara terra fuit." Ich schlage vor zu übersetzen:

„Glück und Tapferkeit sind hier vereint, um das Ziel zu erreichen."

An Tapferkeit sind die beiden Kämpfer gleich wie Äneas und Turnus, aber wer das Ziel erreicht, das entscheidet hier wie dort die fors.

Zu V. 1040. Walther hat seinen Schild, an dem vier Gegner zerrten, endlich fahren lassen, ist voran gestürmt, hat dem Trogus die Waden zerhauen und dessen beiseit gelegten Schild an sich genommen. Trogus hat darauf einen großen Stein ergriffen und auf den Gegner geschleudert, aber nur seinen eigenen Schild damit zerschmettert. Dann heißt es von ihm weiter, V. 1036 ff.:

„Moxque genu posito viridem vacuaverat sedem
Atque ardens animis vibratu terruit auras.
Et si non quivit virtutem ostendere factis,
Corde tamen habitum patefecit et ore virilem.
Nec manes ridere videns audaciter inquit:
„O mihi si clipeus vel sic modo adesset amicus!
Fors tibi victoriam de me, non inclita virtus
Contulit; ad scutum mucronem tollito nostrum!"

Den viel mißverstandenen V. 1041 haben Meyer S. 374 und Pannenborg in seiner Besprechung der Scheffel-Holder'schen Waltharius-Ausgabe, Gött. gel. Anz. 1875, St. 5 richtig gedeutet, doch gehen über V. 1040 die Ansichten noch auseinander. Grimm übersetzt: „Und als er keine Geister lachen sah, da rief er kühn:" u. s. w. San Marte: „Und rief (noch hat er nicht die Unhold' lachen gesehen) u. s. w." Simrock: „Ob ihn der Tod anlachte, er übersah es wild." Während diese drei, wie auch Reiffenberg, Geyder und Scheffel, die

[1]) Ich bemerke nachträglich, daß Reiffenberg derselben Ansicht ist: „Des deux côtés le sort et la bravoure semblent conspirer au même but."

ähnlich übersetzen, sich an die Überlieferung gehalten haben, meint Pannenborg, statt nec dürfe man vielleicht nunc lesen. Ich halte das für keine Verbesserung. Der Participialsatz enthält offenbar den Grund zu audaciter inquit. Nun kann wohl der Umstand, daß jemand das Hohnlachen der Geister nicht sieht, d. h. den bevorstehenden Tod noch nicht ahnt, ihn zu kühner Rede veranlassen, schwerlich aber das Gegentheil. Der Dichter schildert uns Trogus in einer zweifachen Lage. Zuerst ist er zwar schwer verwundet auf die Kniee gesunken und seines Schildes beraubt, aber er hat dennoch die Hoffnung nicht verloren, sondern greift zum Schwerte, und wenn er auch den Feind nicht anzugreifen vermag, so schwingt er die Waffe doch ardens animis in der Luft und fordert Walther trotzig auf, sich auch das Schwert zu holen. Als dieser ihm aber darauf noch die rechte Hand abgeschlagen hat, da sieht er die Todesgeister lachen und bricht, zu weiterem Widerstande unfähig, verzweifelnd (V. 1056: „seu desperaverat") in bittere Schmähungen aus.

Zu V. 1051. Als Tanastus dem Trogus zu Hilfe eilt, V. 1050

„Hinc indignatus iram convertit ad ipsum
Waltharius humerumque ejus de cardine vellit
Perque latus ducto suffudit viscera ferro."

Schwab faßt das so auf, als ob Walther dem Gegner aus der Achsel das Schulterblatt heraus und dazu ins Eingeweide gehauen habe; ähnlich auch San Marte, Geyder, Simrock und Linnig. Alle fünf geben vellere mit „hauen", oder „schlagen" wieder und scheinen an einen einzigen furchtbaren Schwerthieb zu denken. Grimm übersetzt unklarer „er riß ihm die Schulter von oben ab und öffnete die Seite", Klemm ähnlich:

„riß ihm ganz sogleich herunter die Schulter,
Drauf nach der Seite lenkend das Schwert, durchhaut er die Därme",

und Reiffenberg: „Walther lui détache l'épaule et fait descendre son épée du flanc dans les entrailles." Auch diese drei verstehen augenscheinlich „reißen" bezw. „détacher" von dem Schwerte, doch weiß man nicht recht, ob sie ein einmaliges oder zweimaliges Ausholen mit der Waffe annehmen. Meiner Ansicht nach kann man aber vellere nicht gut mit hauen übersetzen und auf gladius beziehen, und haben wir die Stelle anders aufzufassen. Walther hat seinen eigenen Schild (V. 1017) fahren lassen und dann den des Trogus ergriffen, welcher ihm jedoch gleich darauf durch einen Steinwurf zerschmettert wurde (V. 1034). Er hat die unbrauchbar gewordene Waffe fortgeworfen und packt nun den sich nah an ihn herandrängenden Tanast mit der jetzt frei gewordenen Linken am Arme, reißt ihm die Kugel aus der Schulter und durchbohrt den also wehrlos gemachten Feind mit dem Schwerte.

Zu V. 1053: „Ave! procumbens submurmurat ore Tanastus.“ Grimm denkt dabei an einen „lauten Schrei“, und auch San Marte meint S. 153: „Sollte im Deutschen nicht ein bloßer Schmerzensruf gestanden haben?“ Doch gibt er ebenso wie Geyder, Simrock und Linnig ave mit „Leb wohl!“ wieder. Peiper liest statt ave mit A salve, wozu Reiffenberg bemerkt: „Ce salut ironique du guerrier mourant à son vainqueur et son meurtrier est tout à fait dans le goût des moeurs barbares.“ Linnig hat dagegen den erläuternden Zusatz „o Bruder!“, während Simrock noch hinzufügt: „so grüßt' er scheidend den Freund und blickt' ihn zärtlich an.“

Da haben nun aber Scheffel und Holder in den Casus S. Galli, Mon. Germ. S. S. II, 57 eine Stelle gefunden, wo es von Geraldus' „seligem Sterben mit Gruß der Geistererscheinung und Lächeln“ heißt:

„Cum visis laete sanctis dixisset „Avete!“
Fratres arrisit Gerolt animamque remisit.“

„Wer den Waltharius liest“, fahren dann die Herausgeber fort, „wird hienach nicht mehr in Zweifel sein, wie V. 1053 das viel mißverstandene, sogar mit dem deutschen Schmerzensrufe „*au wê mir, wê!*“ erklärte letzte Todesmurmeln des durchbohrt niedersinkenden Tanastus gemeint ist. Er sieht in der Vision der Todesstunde die Gestalt eines Schutzgeistes und ruft, wie Gerald selbst im Tode gerufen: ave!“

Ich bezweifle das sehr. Wenn der fromme Gerald vor seinem Hinscheiden die Gestalten der Heiligen, denen er sein ganzes Leben geweiht hat, vor sich sieht und freudig begrüßt, so ist das leicht erklärlich, aber den Recken Tanastus stelle ich mir als einen weniger frommen Mann vor. Doch davon abgesehen, welche Unklarheit der Darstellung wird nach Scheffels und Holders Auffassung bei dem Dichter, welche Combinationsgabe bei dem Leser vorausgesetzt! Und was soll denn dieser an einen Schutzgeist gerichtete Gruß, der zu dem Vorhergehenden nicht in der allergeringsten Beziehung steht, hier überhaupt? Wenn wir aus den auf Gerald bezüglichen Versen für unser Gedicht durchaus etwas lernen sollen, so ist es nur dies: Wie dort das ave Personen zugerufen wird, die kurz vorher genannt sind, so muß das auch im Waltharius der Fall sein. In den Versen der Casus S. Galli ist unmittelbar vorher von den Heiligen die Rede, in unserer Dichtung (abgesehen von Walther, der nicht in Betracht kommt, falls wir nicht wie Reiffenberg einen ironisch gemeinten Gruß annehmen wollen) von Trogus, dem Freunde des Tanastus. Ihm gilt der letzte Gruß des Sterbenden:

„Kann dir die Hand nicht geben —
Bleib du im ew'gen Leben
Mein treuer Kamerad!"

Dann schildert uns der Dichter V. 1060 ff., wie die beiden Freunde, nachdem auch Trogus dem Schwerte Walthers zum Opfer gefallen ist, im Tode vereint am Boden liegen:

„Ecce simul caesi volvuntur pulvere amici,
Crebris foedatum ferientes calcibus arvum."

Man hat hier wieder einmal einer gelehrten Hypothese zu Liebe die einfachste Erklärung der Stelle verschmäht und das Gedicht einer Schönheit beraubt, die bereits mehrere Übersetzer wohl gewürdigt hatten.

Zu V. 1086 ff. Nachdem Walther elf Feinde getödtet hat, flieht König Gunther entsetzt zu dem abseits weilenden grollenden Hagen und sucht ihn zur Aufnahme des Kampfes zu bewegen, indem er ihm u. a. die Folgen seiner Weigerung vorhält. Er sagt V. 1084 ff.:

„Non modicum patimur dampnum de caede virorum,
Dedecus at tantum superabit Francia nunquam.
Antea quis fuimus subjecti (nach A und C), sibila dantes
„Francorum", dicent, „exercitus omnis ab uno,
Pro pudor! ignotum vel quo, est impune necatus!"

Peiper hat dies subjecti auf die Hunnen bezogen, was Pannenborg in seiner Besprechung der Peiper'schen Ausgabe zurückgewiesen hat. Auch Müller a. a. O. S. 172 erscheint diese Beziehung gesucht, weil man 1. gewiß mehr an spottende Feinde denke, die vorher besiegt waren und nun voll Schadenfreude die Schande und den Untergang ihres Bedrängers sehen oder vernehmen, und 2. weil die Hunnen, wenn sie davon hörten, gerade am besten hätten wissen müssen, wer der Sieger war, also für sie das „ignotum vel quo" nicht passe. Nach Müller ist antea quis fuimus subjecti nicht als nähere Bestimmung des Subjectes von dicent, sondern als Anfang der Spottrede zu nehmen, und er übersetzt dem entsprechend: „Jene Franken, denen wir früher unterthan waren", so werden (die Völker) spottend sagen, „jene Franken sind, ein ganzes Heer und, welche Schmach! von einem unbekannten Manne vernichtet worden."

Wenn es aber, wie Pannenborg sagt und Müller zugibt, für die Franken unmöglich der höchste Grad der Schande sein konnte, von den längst fernen Hunnen, ihren früheren Besiegern, geschmäht zu werden, so konnte ihnen auch nicht so viel daran gelegen sein, wenn Völker über sie spotteten, die ihnen früher einmal unterthan waren, also jetzt in keiner näheren Beziehung mehr zu ihnen standen. Aber ich wüßte auch solche Völker gar nicht zu nennen, die sich von der Frankenherrschaft befreit hätten, und auf die Müller jene Äußerung beziehen könnte. Die Lesart subjecti ist eben unhaltbar, doch einer Conjectur (Holder schlägt sublati vor) bedarf es nicht, weil das bereits von Reiffenberg richtig aufgefaßte („ceux qui naguère nous redoutaient") und von Meyer und Pannenborg vertheidigte suspecti (in BbT) in der Bedeutung „furchtbar", „gefürchtet" (vgl. V. 1140, 1179, 1384; auch 568 suspicio) einen sehr guten Sinn gibt. Denn das mußte allerdings für den stolzen König der Gipfel der Schmach sein, und das konnte verhängnißvolle Folgen für ihn haben, wenn diejenigen, denen die Franken bisher Furcht eingeflößt und die sie dadurch im Zaume gehalten hatten, sich über eine schmähliche Niederlage derselben lustig machen konnten.

Zu V. 1093 ff. Den lange unbeugsamen Hagen bittet der König immer flehentlicher, ihm zu Willen zu sein, V. 1093:

„Cujus subnixe rogitantis acumine motus,
Erubuit, domini vultum replicabat honorem
Virtutis propriae, qui fors vilesceret inde,
Si quocumque modo in rebus sibi parceret istis."

So lesen und interpungieren Neigebaur (Ausgabe nach der Brüsseler Handschrift, München 1853) sowie Scheffel und Holder. Bei Grimm finden wir dagegen abgetheilt: „Erubuit domini vultum, replicabat honorem Virtutis propriae, qui etc." Dementsprechend übersetzt San Marte:

„Tief ergreift ihn das stachelnde Wort des jämmerlich Fleh'nden,
Dem er die Schamröth' trieb ins Gesicht; er erwäget der eignen
Tapferkeit glänzenden Ruhm, wie leicht er möchte geschwärzt sein,
Zög' er sich hierbei zurück, aus welchem Grund es auch sein mag."

Gegen diese Übersetzung spricht zunächst der Umstand, daß erubescere entweder intransitiv „erröthen" oder transitiv „etwas scheuen" (cf. Aen. 2, 542: jura fidemque supplicis erubuit), „sich vor etwas schämen", aber nicht „jemanden erröthen machen" heißt. Wenn ich Grimm recht verstehe, faßt er die Stelle so auf: Hagen erröthete, schämte sich vor dem Angesichte seines Herrn und bedachte den Ruhm seiner eigenen Tapferkeit, welcher vielleicht Einbuße erleiden könnte, wenn er sich irgendwie in dieser Lage schonen wollte. Dann ist in Übereinstimmung mit allen übrigen Erklärern (Scheffel sagt wenigstens zweideutig: „So er noch länger säumte, die Ehre litte Noth") honor als honor Haganonis aufgefaßt und virtutis propriae auf das Subject von replicabat bezogen. Sprachlich läßt sich das wohl rechtfertigen; wäre es aber nicht sehr auffallend, wenn der Dichter sagte: Hagen, durch die flehenden Bitten Gunthers erschüttert, schämte sich endlich vor dem Angesichte seines vor ihm sich demüthigenden Königs und dachte an — seine eigene werthe Person? Ich schlage daher vor, propriae virtutis (proprius = suus öfters im Waltharius) auf das Subject von vilesceret (qui = dominus) zu beziehen, lese statt honorem, womit ich nichts anzufangen weiß, mit A und C honore, fasse es aber nicht wie Peiper = propter honorem, sondern als ablativus limitationis zu vilesceret, interpungiere:

„Erubuit, domini vultum replicabat, honore
Virtutis propriae qui fors vilesceret inde" etc.

und übersetze:

„Dringender flehte jedoch der unglückselige König,
Und bewegt von der Bitten Gewalt, erröthete Hagen,
Blickte darauf dem Herrn ins Gesicht und bedachte, wie dieser
Könnte an Heldenruhme vielleicht Einbuße erleiden,
Wollte er irgendwie sich schonen in solcher Bedrängniß."

So steht Hagen in einem ganz anderen Lichte da, wenn er nicht um der eigenen Ehre willen die Pflicht der Freundschaft hintansetzt, sondern wie Rüdiger von Bechelaren das Interesse seines königlichen Herrn über Alles stellt, und diese meine Auffassung allein paßt auch zu dem Folgenden, wo Hagen V. 1109 sagt: „proprius dolor succumbit honori regis."

Zu V. 1272 ff. Doch scheint auf den ersten Blick dazu V. 1272 ff. nicht zu stimmen, wo Hagen auf Walthers eindringliche Mahnung, des alten Bruderbundes eingedenk zu sein, erwidert:

„Cetera fors tulerim, si vel dolor unus abesset:
Unice enim clarum, rutilum, blandum, pretiosum
Carpsisti florem mucronis falce tenellum";

wenigstens meint Meyer S. 396, Hagen widerspräche hier dem, was er V. 1112 gesagt habe:

„Nam propter carum fateor tibi domne nepotem,
Promissam fidei normam corrumpere nollem."

Den scheinbaren Widerspruch erkläre ich mir so: Walther hat in seiner Anrede an Hagen der Vasallenpflicht desselben mit keinem

Worte gedacht, sondern nur von ihrem alten Freundschaftsbunde gesprochen, sich also auf ein Pietätsverhältniß berufen, welches er von seinem idealen Standpunkte aus (sagt er doch V. 1257 zu Hagen sogar:

„Quippe tui facies patris obliviscier egit,
Tecum degenti mihi patria viluit ampla")

für heiliger hält als das Verhältniß des Vasallen zu seinem Senior. Wenn Hagen daher sein feindseliges Verhalten vor Walther rechtfertigen will, so kann er, obwohl er hier wie im Nibelungenliede, freilich in edlerer Gestalt als dort, die Rolle des über alles getreuen Dienstmannes vertritt, nicht seine Vasallenpflicht als Beweggrund anführen, sondern muß sich ebenfalls auf ein Pietätsverhältniß berufen, und das thut er, indem er auf seine Pflicht hinweist, für seinen geliebten, von Walther erschlagenen Neffen Blutrache zu üben.

Zu V. 1269 ff. Doch ich muß nachträglich auf Hagens Worte hinweisen, die er früher, V. 1269 ff. an Walther gerichtet hat. Er wirft ihm dort vor, seine Freunde und Verwandten getödtet zu haben, obwohl er ihn habe erkennen müssen:

„Excusare nequis, quin me tunc affore nosses.
Cujus si facies latuit, tamen arma videbas
Nota satis habituque virum rescire valebas,"

Das habe ich anfangs mit den früheren Übersetzern so aufgefaßt: wenn du auch mein Gesicht nicht sehen konntest (entweder weil es verdeckt war durch Theile des Helmes oder wegen der zu großen Entfernung), so sahest du doch meine Waffen, die dir genugsam bekannt sind, und konntest mich an der Haltung (Reiffenberg: „extérieur", Geyder: „mein ganzes Wesen", Scheffel: „Gestalt") erkennen. Doch habe ich später Bedenken getragen, die Übersetzung habitus = Haltung oder Gestalt beizubehalten, denn wie darf Hagen Walther vorwerfen, daß er ihn nicht an den Waffen und an der Haltung erkannt habe, da er doch selbst, als er mit den übrigen Verfolgern vor Walthers Lager ankam, nicht wußte, ob der vor demselben stehende Recke wirklich sein Freund war, und dem Könige rieth, einen Boten abzusenden, um den Fremden nach Heimat, Namen und Herkunft zu fragen? (vergl. V. 575 ff.). Ist das auch eine von den Verkehrtheiten und Unklarheiten, die man dem „poeta adeo barbarus passim, ut saepe (a Biestero) non intelligatur" aufzuhalsen beliebt hat, oder haben wir die Stelle etwa anders als bisher aufzufassen? Vielleicht ist Letzteres der Fall. Walther hatte in der That schon aus der Ferne Hagen erkannt, und zwar an den Abzeichen seines Helmes (V. 556 „galeam

Haganonis Aspicit et noscens etc.") und nicht an seiner Haltung. Ich glaube auch, daß es überhaupt wohl nicht leicht ist, einen schwergepanzerten Mann, zumal wenn derselbe zu Pferde sitzt, von ferne an der Haltung unter zwölf Genossen heraus zu erkennen, und ich möchte habitus in V. 1271 nicht wie in V. 1039 („Corde tamen habitum (Trogus) patefecit et ore virilem"), sondern wie in V. 1192 auffassen, wo ähnlich wie an unserer Stelle 1. von arma und 2. von armorum habitus = Rüstung die Rede ist:

„Aggreditur juvenis caesos spoliarier armis
Armorumque habitu, tunicas et caetera linquens."

Weswegen hat denn aber Hagen seinen Freund Walther nicht auch an dessen ihm wohlbekannten Waffen und der Rüstung erkannt, wie Biterolf V. 616?:

„Dô sach ouch Biterolf der degen
An dem schilde guot genuoc
Bî dem wâpen, daz er truoc,
Daz er was von Spanjelant."

Die Antwort darauf ergibt sich leicht: Walthers Brünne und Helm waren, wie wir aus V. 263 ff. wissen, aus Attilas Schatzkammer entwendet und nicht Walthers gewöhnliche Waffen, und etwaige Abzeichen, wie die auf dem Schilde, hatte Walther, der ja bei seiner Flucht sogar die betretenen Wege und das freie Land mied, sicher entfernt oder unkenntlich gemacht, wie uns das in den Epen der späteren Zeit öfters erzählt wird, z. B. Alphart Str. 432:

„Alsô Witege und Heime daz ze rehte ersach,
Ir iegelîch sîn zeichen von sînem helme brach;
Die schilde si swungen hinder sich zehant,
Daz si in dem strîte niemanne wurden erkant"

und ähnlich Str. 446. Unser Dichter, weit entfernt von der oft ermüdenden Weitschweifigkeit seiner späteren Nachfolger, hat nur einzelne Partien seiner Dichtung und diese mit großer Meisterschaft in detaillierter Ausführung gezeichnet und fordert von uns, wenn er das übrige mit nur wenigen kräftigen Umrissen vor Augen führt, daß wir zwischen den Zeilen zu lesen wissen.

Zu V. 1099. Hagen antwortet dem Könige, als dieser ihn flehentlich gebeten hat, gemeinsam mit ihm den Kampf gegen den siegreichen Walther aufzunehmen, V. 1098 ff.:

„Quo me domne vocas? Quo te sequar, inclite princeps?
Quae nequeunt fieri, spondet fiducia cordi:
Quis tam desipiens quandoque fuisse probatur,
Qui saltu baratrum sponte attemptarit apertum?"

Schwab, Grimm und Simrock lassen V. 1099 unberücksichtigt, bei San Marte aber finden wir:

„Du sinnst mir Unmögliches an zu versprechen“,

während Linnig und Scheffel herauslesen:

„Was mir unmöglich däuchte, du hast es mich gelehrt“

und:

„Was nimmer sonst geschah, die Treue heißt's geschehn.“

Reiffenberg übersetzt: „La fidélité veut-elle que l'on tente l'impossible?“ und Geyder: „Unmögliches verlangst du.“ Die Stelle ist von ihnen allen mißverstanden worden; Klemm allein hat das Richtige getroffen:

„Es verspricht des Herzens Vertraun, was nimmer geschehn kann.“

Spondere cordi heißt nämlich wie spondere animo bei Livius 28, 38 und spondere sibi bei Justinus 3, 4 u. a. sich etwas gewiß versprechen, zuverlässig glauben, gewiß hoffen. Also sagt Hagen warnend zu Gunther: deine Zuversicht läßt dich gewiß hoffen, was nicht geschehen kann; wir werden, falls wir Walther angreifen, ebensowenig unversehrt davon kommen, als wenn wir in einen offenen Abgrund springen.

Zu V. 1104.

„Nam scio Waltharium per campos sic fore acerbum,
Ut tali castro nec non statione locatus
Ingentem cuneum velut unum t e m p n a t homullum.
Et licet huc cunctos equites simul atque pedestres
Francia misisset, sic his ceu fecerat istis.“

Tempnat lesen Grimm, Du Méril, Peiper und Scheffel-Holder mit den meisten Handschriften. Doch hatte Walther wahrlich keine Veranlassung, seine Gegner gering zu schätzen, denn sie hatten bis auf den König Gunther alle mannhaft gestritten, und der Sieg war ihm keineswegs leicht geworden. Wohl aber hat der Held vor seiner Felsenkluft sich gegen die übermächtigen Gegner zur Wehr gesetzt und sie bestanden = t e m p t a r e. Dieses Wort erwartet man; es wird auch von drei Handschriften geboten: temptat haben B und I, temptet D, und ich glaube, daß wir die erstere Lesart in den Text aufnehmen müssen.

Meyer hält nämlich S. 383 temptat mit Unrecht für verderbt, vielmehr ist der Conjunctiv temptet und demnach tempnat in Folge eines Mißverständnisses in den Text hineincorrigiert worden. Denn ut in V. 1104 heißt gar nicht „daß“, sondern ist dem vorhergehenden sic correspondierend und mit „wie“ zu übersetzen und fordert den

Indicativ. Diese Stelle ist mir ein neuer Beweis für die Güte der Brüsseler Handschrift. Sie ist nämlich nicht so aufzufassen, wie dies z. B. von Reiffenberg geschehen ist: „Car, je le sais, Walther est si formidable sur le champ de bataille, que quand même il ne serait point favorisé par cette position, il ne s'inquiéterait pas plus d'un gros bataillon que de l'homme le plus faible; et si la France envoyait contre lui tous ses cavaliers et fantassins, il les traiterait comme il a fait ceux si.“ Hagen behauptet vielmehr, daß Walther freilich auch im freien Felde sich ebenso furchtbar zeigen würde, wie hier vor seiner Felsenkluft, wo er einen ingens cuneus (allerdings nur 12, bezw. 13 Mann, doch nennt der Dichter diese auch V. 1087 übertreibend „ein ganzes fränkisches Heer“) bestanden hat. Hier könne man aber gar nichts gegen ihn ausrichten, und wenn auch alle fränkischen Krieger zu Fuß und zu Roß kämen, es würde ihnen hier ebenso ergehen, wie den erschlagenen elf Genossen. Die einzige Möglichkeit, Walther zu überwinden, sei daher, ihn aus seiner günstigen Stellung herauszulocken, und bei einem Überfalle auf offenem Felde würden dann Gunther und Hagen zusammen vielleicht vollbringen können, was sonst die gesammte fränkische Streitmacht nicht vermöchte.

Zu V. 1195. Von Walthers Aufbruch aus seinem Felsenlager am Morgen nach dem Kampfe heißt es:

„Quattuor his oneravit equos, sponsamque vocatam
Imposuit quinto, sextum conscenderat ipse,
Et primus vallo perrexerat ipse revulso.
At dum constricti penetratur semita callis,
Circumquaque oculis explorans omnia puris,
Auribus arrectis ventos captavit et auras,
Si vel mussantes sentiret vel gradientes
Sive superborum crepitantia frena virorum,
Seu saltem ferrata sonum daret ungula equorum.
Postquam cuncta silere videt, prevortit onustas
Quadrupedes, mulierem etiam praecedere jussit.
Scrinia gestantem comprendens ipse caballum
Audet inire viam consueto cinctus amictu.“

Meyer will beim Abzuge der Flüchtlinge zwei verschiedene Marschordnungen unterscheiden. Walther sei stets da, wo die größte Gefahr drohe, und da beim Passieren des langen Engweges nur ein Angriff von vorn zu fürchten gewesen, so sei Walther voran geritten. Auf der Straße aber, wo hauptsächlich ein Angriff von hinten zu erwarten gewesen, hätten die vier Saumrosse den Zug eröffnet, an der sichersten Stelle sei Hildegunde gefolgt und am Ende des Zuges Walther geritten.

Ich glaube nicht, daß wir hier zwischen semita Engweg und via Landstraße zu unterscheiden haben, und fasse die Situation anders auf. V. 1197 tritt Walther meiner Meinung nach die Fahrt noch gar nicht an, sondern reitet zuerst etwas voran, um ungestört lauschen zu können. Als er dann Alles still gefunden hat, kehrt er zurück, und nun erst bricht er mit Hildegunde und den Saumrossen auf, audet inire viam. Er wird von seinem Aufbruche an bis zum Zusammentreffen mit Gunther und Hagen stets am Ende des Zuges geritten sein, dicht hinter Hildegunde. Dabei konnte er sie genügend beschirmen; gegen eine Überraschung von vorn schützten die vorangetriebenen Rosse, mochten sie nun auf dem engen Pfade hinter- oder auf offenem Felde nebeneinander gehen.

Zu V. 1217. Die Worte, mit denen Walther, als er Hildegundens Aufforderung, sich durch die Flucht vor dem gemeinsamen Angriffe Gunthers und Hagens zu retten, zurückweist:

1217 „Est satius pulchram per vulnera quaerere mortem
Quam solum amissis palando evadere rebus“

hat San Marte merkwürdig mißverstanden:

„Besser gewiß, einen schönen Tod durch Wunden zu suchen,
Als hinter Schanzen geduckt und geplündert vom Platze zu weichen!“

Wenn Walther noch hinter dem vor seinem Lager von ihm aufgeschlagenen Pfahlwerke (V. 1155: „ecce viam vallo praemuniit artam Undique praecisis spinis simul et paliuris“), an welches San Marte doch wohl denkt, sich befände und nicht auf freiem Felde, so hätte er dem Angriffe der beiden Feinde minder besorgt entgegensehen können und ohne Furcht, geplündert zu entfliehen. San Marte hat palari = umherschweifen mit palare = bepfählen verwechselt.

Zu V. 1230. Gunther und Hagen sprengen aus dem Hinterhalte auf Walther los, und Ersterer schreit ihn an:

1229 Eminus affatu compellat valde superbo:
„Hostis atrox, nisu deluderis! Ecce latebrae
Protinus absistunt, ex quis de more liciscae
Dentibus infrendens rabidis latrare solebas.“

(deludis T, deludens C). Die meisten Übersetzer sind der Stelle: „nisu deluderis“ augenscheinlich aus dem Wege gegangen. Bei San Marte finden wir: „Grimmiger Feind, du höhnst noch mit Trotz!“

Deludere heißt transitiv „zum Besten haben, äffen, foppen, verspotten, täuschen", dann intransitiv „aufhören zu spielen"; nisus gibt Peiper im Glossar mit „studium", also Streben, San Marte besser mit „Trotz" wieder. Wenn wir nun eine der beiden überlieferten activen Formen wählen, so würde die Stelle entweder zu übersetzen sein wie bei San Marte oder „du hörst auf zu spielen in Bezug auf deinen Trotz, dein trotziges Spiel ist zu Ende, du hast ausgespielt".

San Martes Übersetzung scheint mir jedoch nicht empfehlenswerth zu sein, da Gunther doch noch gar nicht weiß, ob der die heransprengenden Feinde erwartende Walther bei seinem früheren Widerstande verharren wird. In der That verhandelt er ja erst auch lange mit Hagen und bietet ihm zur Sühne einen Schild voll Goldspangen an. Wenn wir aber deludere intransitiv auffassen, so entspricht der Sinn mehr dem affatus superbus und den gleich darauf folgenden höhnischen Worten des triumphierenden Königs. Wollen wir jedoch, der Mehrzahl der Handschriften folgend, deluderis lesen und nisu als ablativus limitationis auffassen, so haben wir zu übersetzen: „Du wirst verspottet in Bezug auf deinen Trotz, dein trotziger Widerstand hilft dir nun nichts mehr." Das ist auch ungefähr so viel wie: „Dein trotziges Spiel ist zu Ende", so daß meine beiden Erklärungen sachlich auf dasselbe hinauskommen. Reiffenberg scheint die Stelle ähnlich aufgefaßt zu haben, wenn er frei übersetzt: „Féroce ennemi, tu prends d'inutiles précautions."

Zu V. 1249. Walther beklagt sich darüber, wie sehr er durch Hagens Verhalten ihm gegenüber enttäuscht worden sei; er habe geglaubt, daß der Jugendfreund ihn freudig begrüßen, gastfreundlich pflegen und in die Heimat geleiten würde, und fährt dann V. 1249 fort:

„Sollicitusque fui, quorsum tua munera ferrem."

Über diese Stelle handelt Meyer S. 396, dem die gewöhnlichen Übersetzungen: „wohin ich deine Geschenke trüge" oder „an seinen Gastgeschenken tragen wir fürwahr noch schwer" unpassend erscheinen. Er glaubt, der Dichter habe quorsum mit quousque verwechselt, und übersetzt (ähnlich wie Reiffenberg: „Ma seule inquiétude était de savoir comment me dérober à tes dons") die letzten Worte des Verses: „wie weit ich deine Gefälligkeiten annähme." Ziemlich dasselbe sagt Simrock:

„Deine Gaben abzulehnen, schuf meinem Herzen Pein."

Diese Auffassung zu theilen bin ich vor Allem deswegen nicht geneigt, weil wir dabei zu einer Conjectur greifen und dem Dichter einen Fehler anhängen müssen, was sonst der vorsichtigen, conservativen Art, in der Meyer vorgeht, nicht entspricht. Nach meiner Meinung ist der Sinn des von allen Handschriften in übereinstimmender Weise überlieferten Verses: ich war besorgt, wohin ich deine vielen Geschenke brächte, wo ich sie ließe, unterbrächte, wie ich sie nach Hause schaffen sollte. Das meint gewiß auch Schwab, wenn er etwas unbeholfen übersetzt:

„Ja mir ward gar schon bange, wo ich's fänd' aufzuheben,
Was du mir würd'st an Haben (Gaben?), an überreichen geben."

Die beiden Flüchtlinge hatten ja, um schneller vorwärts zu kommen, nur ein einziges Saumthier mitgenommen, den „Löwen", der an den beiden Schreinen und den Felleisen mit Speisen, nothwendigen Geräthschaften und Kleidern genug zu tragen hatte. Scheffel, der sich nicht veranlaßt gesehen hat, die mancherlei Fehler seiner Jugendarbeit in den späteren Ausgaben seiner Übersetzung zu verbessern, meint das allerdings nicht und hat (wohl durch Grimm, S. 80, bezw. die Thiđrekssaga verführt, wie auch Heinzel, über die Walthersage, Wiener Sitzungsberichte 1888, Bd. 117, S. 61), abweichend von allen anderen Übersetzern, noch obendrein Walther nebst Hildegunde auf den armen bepackten Gaul gesetzt. „Welch' häßliches Bild!" ruft Meyer aus. Ja, und welch' häßliche Bilder haben die Künstler, durch die Autorität eines Scheffel verführt, geschaffen, Bilder, auf denen Walther und Hildegunde, zwischen Sack und Pack wie auf einem Wüstenschiffe hockend, ihre Straße ziehen!

Zu V. 1289. Als Gunther und Hagen Walther angreifen,

1287 „Primus maligeram collectis viribus hastam
Direxit Hagano dirupta pace. Sed illam
Turbine terribilem tanto et stridore volantem
Alpharides semet cernens tolerare nequire,
Sollers obliqui delusit tegmine scuti."

Über diese Stelle handelt Lindenschmit in seinem vortrefflichen Handbuche der deutschen Alterthumskunde I, S. 174. Man findet daselbst eine 43 Ctm. lange Lanzenspitze aus Bessungen abgebildet, bei der die Seitenflächen der blattförmigen Klinge nicht in gleicher Ebene liegen und sich die eine höher, die andere tiefer an die Rippe schließt. Diese merkwürdige Bildung der Speerklinge, die sonst nur einige angelsächsische Gräberfunde zeigen, soll nach Kemble und Ackermann eine Rotation der Lanze während des Wurfes zum Zwecke haben, entsprechend den gleichartigen indischen Lanzen und den südafrikanischen Asagaien. Lindenschmit meint, daß hierdurch vielleicht der sonst dunkle und für eine Wurflanze unzutreffende Ausdruck, mit welchem in unserer Dichtung der Speerwurf Hagens als „wirbelnd“ bezeichnet werde, sich erkläre. Ob aber die gedachte Form der Speerklinge auch bei einer so schweren Waffe wie der abgebildeten den angegebenen Zweck zu erfüllen geeignet ist, möchte ich bezweifeln; wohl aber ist dieses vierkantige Eisen dazu angethan, besonders furchtbare Wunden zu verursachen. Wir haben in V. 1289 unter turbo nicht die Rotation der Lanze, sondern wenn wir den Begriff urgieren wollen, den Wirbel der Luft, der auch den stridor verursacht, zu verstehen. Besser fassen wir aber turbo einfach als vehemens motus auf, wie es wiederholt bei Virgil vorkommt, z. B. Aen. 12, 320 und 855, wo von fliegenden Pfeilen und dem eiligen Fluge einer der Diren die Rede ist. Daher bin ich auch berechtigt, in V. 529 „quo turbine torqueat hastam“ zu übersetzen: „wie gewaltig die Lanze er schwinget“; die Worte quo turbine bei Geraldus sind in anderen Handschriften auch durch die Glosse quanta vi verdrängt.

Zu V. 1298 ff. Gunther wirft seinen Speer nach Walther V. 1294 ff.:

„Tunc pectore magno,
Sed modica vi, fraxineum hastile superbus
Jecit Guntharius, volitans quod adhaesit in ima
Waltharii parma, quam mox dum concutit ipse,
Excidit ignavum de ligni vulnere ferrum.“

San Marte übersetzt das: „Er zieht aus dem verwundeten Holz des Schafts ohnmächtiges Eisen“, hat also excĭdit mit excīdit verwechselt. Gleich darauf übersetzt er V. 1300:

„Franci mox stringunt acies“:

„Die Franken schreiten zum Kampf“, wobei er wohl an bellum (aciem) stringere = „sich zum Kriege rüsten“ gedacht hat.

Zu V. 1326. Als Gunther den vergebens auf Walther geschleuderten und am Boden liegenden Speer heimlich an sich nehmen will, bemerkt Walther die Bewegung des Feindes, tritt schnell mit dem Fuße auf das Geschoß

„Ac regem furto captum sic increpitavit,
Ut jam perculso sub cuspide genua labarent.“

Das hat San Marte unrichtig aufgefaßt:

„Und überrascht bei dem Gaunerwerk den erschrockenen König,
Daß in die Kniee er sank mit dem glücklich ergriffenen Spieße“,

und ebenfalls falsch Reiffenberg: „Il punit la ruse du roi en le faisant tomber sur ses genoux d'un coup d'épée", desgleichen den zweiten Vers auch Klemm:

„-- so scheltend den König, den über'm Stehlen ertappten,
Daß schon unter der bohrenden Spitze die Kniee ihm wankten".

Increpitavit gibt Klemm richtig wieder und ebenso Simrock mit „anfahren". Walther donnert den König so an, daß diesem vor Schreck die Kniee zittern, gleichsam als wäre er schon von der cuspis des Gegners getroffen (zu sub cu-pide vergl. V. 991: „ferro tibi finis, calve, sub isto!") Reiffenberg und Simrock übersetzen cuspis mit Schwert, allein Walther vertheidigt sich bis V. 1356 mit der Lanze gegen die mit brevibus gladiorum telis (V. 1308) bewaffneten beiden Gegner.

Zu V. 1343.

„Taliter in nonam conflictus fluxerat horam."

So lesen alle Handschriften mit Ausnahme der Pariser, welche undam hat, was Grimm in seinen Text aufnahm. Er erinnert dabei an Ovid. Trist. I, 2, 49 und an den Umstand, daß die Wellen Dreischlag haben und die neunte Welle die allerstärkste ist. San Marte hat S. 156 noch einige Parallelstellen angeführt. Grimm will es nicht einleuchten, daß der letzte Kampf sich bis zur neunten Stunde, also bis weit in den Nachmittag erstreckt habe, doch hat schon Geyder in seinen Anm. z. W. S. 165 darauf aufmerksam gemacht, daß nach V. 1345 die Sonne heiß auf die Kämpfer herabgeschienen habe. Pannenborg meint Götting. gel. Anz. 1873, S. 1135, „es möchte noch immer zu beherzigen sein, was Grimm über unda gesagt hat". Letzterer nennt S. 74 die Redensart mit unda eine „dichterische Zeitbestimmung". Ich gebe zu, daß der Ausdruck ein dichterischer ist, aber eine Zeitbestimmung enthält er meiner Meinung nach überhaupt nicht. Denn unter der neunten Welle wäre der höchste Punkt, die Entscheidung zu verstehen, und wenn ich sage: der Kampf wogte von der zweiten Stunde (V. 1285: „Hora secunda fuit, qua tres hi congrediuntur"), also von acht Uhr Morgens bis zum höchsten Punkte, so habe ich zwar einen terminus a quo, aber keinen terminus ad quem angegeben und also weder, wie Grimm meint, über „die Schnellheit des raschen Streites" noch über seine lange Dauer das Allergeringste gesagt, denn ein Kampf kann auch schon wenige Augenblicke, nachdem er begonnen, bis zum höchsten, kritischen Punkte gediehen sein. Ganz anders aber, wenn ich sage: er dauerte von der zweiten bis zur neunten Tagesstunde; dann habe ich etwa sieben Stunden, freilich eine sehr lange Zeit! Aber darum eben war der unerhörte labor bellandi, die *„grôze arebeit"* des Helden vom Wasichensteine auch werth, daß noch Jahrhunderte lang der Dichter Mund davon sang. Auch ein anderer sagenberühmter Kampf, der Beowulfs gegen Grendels Mutter, währte bis zur None des Tages, und Procop schildert uns (de bell. goth. 4, 35), wie in der Schlacht am Vesuv im Jahre 552 der Heldenkönig Tejas vor der Phalanx seiner Ostgothen mit Schild und Lanze gegen die anstürmende Schaar der tapfersten Römer den dritten Theil des Tages unablässig focht, bis beim Wechseln des Schildes ein feindlicher Speerwurf dem heroischen Kampfe vorzeitig ein Ende machte. Wem jedoch trotzdem die Dauer des Kampfes als eine allzugroße erscheint, der möge sich erinnern, daß die Hyperbel eine poetische Figur ist.

Ich will hier zum Schlusse noch einige auf den Waltharius bezügliche Bemerkungen Dieters in der „Anglia“ besprechen.

Dieter meint a. a. O. 10, 227 ff., daß sowohl in dem angelsächsischen Waldere-Epos wie in der ursprünglichen Fassung der Sage überhaupt Hagen erst durch den Hilferuf des verwundeten Gunther veranlaßt, den Kampf gegen Walther aufgenommen habe, und glaubt in dem lateinischen Gedichte Anzeichen dafür zu finden, daß auch in Ekkehards Vorlage nur von Einzelkämpfen die Rede gewesen sei. Ich gedenke, meine Ansicht über die ags. Fragmente ein andermal darzulegen und beschränke mich hier auf die Bemerkung, daß meiner Meinung nach der gemeinsame Angriff Mehrerer auf Walther sehr wohl ein alter Zug der Sage sein kann, was übrigens Dieter später a. a. O. 11, 163 selbst zugegeben hat. Daß Walther erst von einzelnen Kämpfern, dann von mehreren gleichzeitig angegriffen wird, fordert nicht nur die Ökonomie der Dichtung, die uns den Helden bis zur Katastrophe in immer größerer Gefahr vorführen muß, sondern es liegt auch in der Natur der Sache. Ritterlicher Sinn (so nehme ich an trotz Fischer, zu den Waldere-Fragmenten 1886, S. 14), Unterschätzung des furchtbaren Gegners, Wunsch sich vor Anderen Ruhm zu erwerben (V. 854), die vortrefflichen Waffen des Feindes zu gewinnen (V. 781) oder persönlich den Tod eines Verwandten zu rächen (V. 690), veranlassen die fränkischen Helden, als wäre es ein Spiel, Walther im Einzelkampfe zu bestehen. Nachdem dieser aber acht Gegner einen nach dem anderen getödtet hat, erkennt man den furchtbaren Ernst der Lage, die Unmöglichkeit, auf die bisherige Weise zum Ziele zu gelangen und sieht sich genöthigt, wenn man nicht auf die reiche Beute verzichten, den Tod der Freunde ungerächt lassen und mit Schmach bedeckt nach Hause zurückkehren will, die

Kampfweise zu ändern. Daher (zweiter Act des Kampfes) der gemeinsame Angriff von Helmnod, Trogus, Tanastus und Gunther, sowie (dritter Act, höchster Grad der Gefahr) der auf freiem Felde aus dem Hinterhalte erfolgende Überfall Gunthers und des grimmen Hagen, den Walther nach V. 567 allein von Allen fürchtete. Auch der junge Alphart wird, nachdem er so viele Gegner im Einzelkampfe besiegt hat, von Wittich und Heime gleichzeitig angegriffen und erst auf diese Weise überwältigt. Ekkehard hat aber offenbar geglaubt, die Einzelkämpfe noch besonders begründen zu müssen, und zwar durch die eigenthümliche Beschaffenheit des Kampfplatzes, doch verwickelt er sich hierbei in Unklarheiten und Widersprüche. Nach seiner Schilderung befand sich vor der Felsengrotte, in welcher Walther und Hildegunde ihr Lager aufgeschlagen hatten, ein Raum, der Gestrüpp (V. 836) und einen oder mehrere Bäume trug (V. 960), und auf dem die Kämpfe ausgefochten wurden, groß genug, um ein Roß auf demselben zu tummeln (V. 932). Zu diesem Raum führte ein schmaler Zugang (constricti semita callis V. 1198), den aber ein Reiter passieren konnte, und nichts hinderte bei einer solchen Beschaffenheit der Örtlichkeit die zurückbleibenden Genossen, wenn sie sonst gewollt hätten, denselben Weg wie der Vordermann einzuschlagen und diesem zu Hilfe zu eilen. Trotzdem behauptet der Dichter, dies sei nicht möglich gewesen, V. 692:

„Namque angusta loci solum concurrere soli
Cogebant, nec quisquam alii succurrere quivit“,

und V. 957: „— semita, ut antea dixi,
Cogebat binos bello decernere solos.“

Er widerspricht sich aber offenbar später selbst, wenn er schildert, wie die vier Gegner Walther den Schild entreißen (V. 982 ff.), und wie Tanastus seinen verwundeten Freund Trogus vor dem Streiche Walthers mit seinem Schilde deckt.

Dieter sucht seine Ansicht, daß ursprünglich Gunther zunächst allein Walther bestanden und Hagen erst später in den Kampf eingegriffen habe, durch den Hinweis zu begründen, daß die Schilderung des Traumes V. 623 ff., vergl. oben S. 8, von der Darstellung des wirklichen Kampfes zwischen Gunther und Hagen einerseits und Walther andererseits V. 1280 ff. abweiche. Gunther kämpfe in dem Traumgesichte zunächst mit dem Bären allein, und Hagen eile erst später dem verwundeten Könige zu Hilfe. Wir müssen aber bedenken, daß wir nicht jeden kleinen Zug des Traumbildes in der Wirklichkeit wiedersuchen dürfen, zumal die Verhältnisse auf der Jagd und im Kampfe doch wesentlich verschieden sind. Hagen hat wohl nicht geträumt, daß er beim Jagen mit Gunther Schulter an Schulter vorandrang und sie beide gleichzeitig auf den Bären stießen. Sie werden sich wahrscheinlich auf der Pirsche getrennt haben wie die Helden im 16. Abenteuer des Nibelungenliedes Str. 930 bei Bartsch:

„Welle wir uns scheiden“, sprach dô Hagene,
„ê daz wir beginnen hie ze jagene!
Dâ bî wir mügen bekennen, ich und die herren mîn,
wer die besten jägere an dirre waltreise sîn“,

und erst auf das Hilferufen des Königs ist Hagen zum Schutze des Jagdgenossen herbeigeeilt. Hätte Hagen aber in der Wirklichkeit die Verwundung und Kampfunfähigkeit Gunthers abwarten und dann erst herbeieilen wollen, so wäre es sicher um den König geschehen gewesen, denn Walther liebte schnelle und gründliche Arbeit. Vermochte doch im Waltharius Hagen, obwohl er dicht neben seinem Herrn focht, diesen nur dadurch zu retten, daß er blitzschnell mit dem eigenen Haupte den Hieb auffing (V. 1370), der den Schwerverwundeten zur „hungrigen Hölle“ senden sollte.

Ferner hält es Dieter für einigermaßen zweifelhaft, ob eine psychologische Erklärung der plötzlich eintretenden Sinnesänderung Hagens (V. 1098 ff.) möglich sei. Den scheinbaren Widerspruch zwischen V. 1112 ff. und V. 1272 ff., auf den auch er hinweist, habe ich oben schon berührt; im Übrigen scheint mir der Entschluß Hagens, sich schließlich doch noch am Kampfe zu betheiligen, wohl erklärlich. Als er sich grollend auf den nahen Hügel zurückzog, war der siegesgewisse König von elf erprobten Recken umgeben und glaubte, die Hilfe des vermeintlichen Feiglings entbehren zu können. Doch das Blatt hat sich später furchtbar gewandt: alle elf Recken sind erschlagen, der König ist entsetzt geflohen, seine Ehre und die des fränkischen Namens steht auf dem Spiele, und Hagen allein kann helfen. Dadurch, daß der König letzteres anerkennt, nimmt er thatsächlich die schmähliche Beleidigung (V. 629 ff.) zurück, und seine versöhnenden Worte im Verein mit den flehentlichen und demüthigen Bitten bewirken endlich, daß die Vasallenpflicht über die Freundestreue den schwer errungenen Sieg davonträgt.

Ich kann Dieter auch nicht beistimmen, wenn er den Ausgang des Ganzen für nicht unbedenklich hält. Nach seiner Ansicht durfte Hagen, wenn er um der Ehre des Königs willen den Kampf gegen Walther aufnahm, sich nicht schließlich mit dem Gegner versöhnen, nachdem noch dazu Gunther von diesem verwundet worden war; auch hätte der stolze König unmöglich in die Versöhnung willigen können. Allerdings hat Gunther den Kampf erneuert, um seine Ehre wieder herzustellen, denn von der Beute, nach der ihn anfangs so sehr gelüstete, ist später nicht mehr die Rede. Aber der Ehre des vorher schmählich geflohenen Königs ist nach Beendigung des Kampfes genug gethan; Gunther hat nach Kräften gekämpft, bis er schwer verwundet wurde, und diese Wunde ist von seinem Vasallen bitter gerächt worden. Nachdem aber auch Walther seine Verstümmelung dem Gegner vergolten hat, ist der Weg zur Versöhnung gebahnt. Außerdem aber zwingt die Gewalt der Thatsachen die Kämpfer zum Einstellen der Feindseligkeiten: sie können einfach nicht weiter kämpfen, denn sie sind omni corpore lassi (V. 1422) und der König wie auch Walther in Gefahr zu verbluten. Daß jetzt die Jungfrau als versöhnendes Element hinzutritt, die Wunden verbindet und die lechzenden Zungen kühlt, daß Hagen zum Fortschaffen des wunden Herrn der Hilfe Walthers bedarf, macht die Versöhnung vollständig.

Nach Dieter ist aber auch die klägliche Rolle, welche Gunther am Schlusse der Dichtung spielt, mit dem Vorhergehenden unvereinbar, und er fragt, wie der stolze Herrscher die Mißachtung hätte ertragen können, mit der ihn Walther V. 1413 ff. behandelt, ohne an Rache zu denken. Nun, großsprecherische Leute werden gewöhnlich im Unglück sehr kleinlaut: doch ich glaube, wir verkennen den Charakter Walthers, wenn wir annehmen, daß er, der früher auf die Schmähungen des Königs nur mit Schweigen antwortete (V. 1237), jetzt den verwundeten Gegner und nunmehrigen Gast durch beleidigende Rede gekränkt hätte. Seine Worte sind an Hildegunde beziehungsweise Hagen gerichtet, und wir haben uns die Situation so vorzustellen, daß die beiden wiederversöhnten Freunde nahe bei einander sitzen, während der so schwer verstümmelte Gunther abseits sich vor Schmerzen windet (V. 1405 und 1444), unfähig, den Vorgängen in seiner Umgebung zu folgen, wie er ja auch an den Scherzreden Hagens und Walthers sich nicht betheiligt. Die Kritik seines Herrn muß sich Hagen wohl gefallen lassen, denn er kann nicht umhin, ihre Berechtigung anzuerkennen; muß er doch auch den Vorwurf Walthers hinnehmen, ihm fehle noch etwas zu einem ganzen Helden, nämlich daß er (um die Stelle mit Simon Dach's Worten wiederzugeben) „Treu' erzeigen und Freundschaft halten kann".

Ich halte also die Gründe, durch welche Dieter seine Ansicht zu stützen sucht, für hinfällig. Daß Ekkehard sich bemüht hat, in die Einzelkämpfe kunstvolle Abwechslung hineinzubringen, gebe ich zu; gewiß hat er sich auch sonst manche Zusätze und Änderungen erlaubt, denn er ist sicher nicht bloßer Übersetzer einer volksmäßigen Dichtung, wie Scheffel und Holder S. 130 ff. annehmen, sondern ein Kunstdichter, der einen volksmäßigen Stoff mit großem Verständniß bearbeitet hat. Doch ich sehe nicht ein, weswegen gerade ein Autor des zehnten Jahrhunderts, wie Dieter meint, es so unerträglich hätte finden müssen, wenn Hagen in der ursprünglichen Gestaltung der Sage wirklich erst nach der Verwundung des Königs den Kampf aufgenommen hätte. Hielt die ältere Zeit, aus der die Vorlage Ekkehards stammte, ein solches Verhalten des Vasallen Hagen für gerechtfertigt, so brauchte sich der nichtritterliche Epigone darüber keine Gedanken zu machen und deswegen keine Änderung vorzunehmen, denn die Treue der Gefolgschaft war sicher schon in den Tagen des Tacitus nicht geringer geachtet als später im Mittelalter.

Im 11. Bande der Anglia S. 159 ff. hat Dieter noch einige Punkte im Waltharius berührt, auf die ich ebenfalls in Kürze eingehen will.

Er meint, daß das altenglische Epos den Stempel höheren Alters trage, da Gunther in dem Waldere-Fragment B, V. 14 als „*wine Burgenda*“ erscheine, während ihn Ekkehard als Frankenkönig bezeichne. Letztere Auffassung hätte aber erst eintreten können, nachdem das burgundische Reich im fränkischen aufgegangen sei. Ich glaube, die Sache verhält sich anders: der Waltharius weist auf die ältere Zeit hin, in welcher Aquitanien, Franken und Burgund noch nebeneinander bestanden; darauf hat schon San Marte W. v. A. S. 35 aufmerksam gemacht. Erst eine spätere Zeit hat den nordischen (gothischen) Gunnar beziehungsweise fränkischen Gunther mit dem Burgundenkönige Gundicar identificiert, der im Jahre 436 mit einem großen Theile seines Volkes von hunnischen Hilfstruppen des Aetius erschlagen wurde. Vergl. San Marte a. a. O.: „So wie der Atli der Eddalieder gewiß älter als Etzel und nach diesem erst eine Anlehnung der Sage an ihn stattfand, so scheint auch erst durch spätere Anschmiegung an den welthistorischen Burgundenkönig Gundicarius — — Günther als Burgundenkönig mit seinem Sitz zu Worms, was ganz unhistorisch ist, fixiert worden zu sein. Die Edda weiß von einem burgundischen Reiche nichts.“ Erst als man in den am Rhein ansässigen Giukingen der Sigurdssage die in der Lex Burgundionum genannten Könige zu sehen glaubte, konnte man burgundischen Herrschern Worms als Residenz anweisen, denn in dieser Stadt haben wohl fränkische Könige, z. B. Karl der Große, aber niemals burgundische Hof gehalten. Der burgundische Stamm, der seine Sitze am oberen Rhein nur wenige Jahre zu behaupten vermochte, hat schwerlich, wie dies W. Grimm, Heldensage 3. Aufl. S. 390 annimmt, früher eine Rolle in der deutschen Heldensage gespielt als die seit uralter Zeit am Rhein ansässigen Sugambrer-Franken, und wenn das Nibelungenlied Gunther und die Seinen bald als Burgunden, bald als Nibelungen (vergl. Waltharius V. 555 „Franci nebulones“) bezeichnet, die Klage sie bald Burgunden, bald Rheinfranken nennt und auch der Biterolf mit den Bezeichnungen Rheinfranken, Franken und Burgunden abwechselt, so dürfte diese Unklarheit darauf zurückzuführen sein, daß selbst im späteren Mittelalter die jüngere Auffassung die Erinnerung an das ältere Verhältniß nicht ganz zu verdrängen im Stande war.

Dieter hält auch die Auffassung des Nibelungenliedes, nach welcher Etzel Hagen heimsandte und nur Walther mit Hildegunde entrann (Nib. B. 1756) für älter als die Ekkehards, und zwar weil die Darstellung von Hagens Rückkehr in die Heimat in dem lateinischen Epos am wenigsten befriedige, als ob die Erzeugnisse der Kunstpoesie sich durch mangelhafte Darstellung von den volksmäßigen Gedichten unterschieden. Ob Gunthers Zinsverweigerung Folgen hatte, ob Attila den flüchtigen Hagen verfolgen ließ u. s. w. (vergl. Dieter S. 161), danach haben wir Ekkehard nicht zu fragen. Für dergleichen Abschweifungen war in der knappen Schilderung von Walthers und Hildegundens Flucht kein Raum; ist der Dichter doch, nachdem er das Ende des furchtbaren Kampfes und die glückliche Rettung des Paares geschildert hat, schnell zum Ende geeilt, ohne über die weiteren Reiseerlebnisse, die Ankunft und Aufnahme in der Heimat sowie die Hochzeitsfeier ausführlicher zu berichten. Die Antwort auf Dieters Frage, warum Walther und Hildegunde sich Hagen bei dessen Entweichung nicht angeschlossen hätten, ergibt sich aus den bei Ekkehard geschilderten Verhältnissen. Hagen ist aus Furcht vor der Rache der Hunnen sofort nach dem Eintreffen der Nachricht von Gunthers Zinsverweigerung flüchtig geworden:

V. 119 „Hoc ubi jam primum Hagano cognoverat exul,
Nocte fugam molitur.“

Walther und Hildegunde hatten es nicht so eilig; auch würde die gleichzeitige Flucht aller drei Geiseln sicher eher an den Tag gekommen sein als die alleinige Entweichung Hagens, dessen Abwesenheit der zurückbleibende Walther leicht so lange bemänteln konnte, bis der Freund einen großen Vorsprung gewonnen hatte. Da ferner Walther wohl nicht oft Gelegenheit fand, Hildegunde ohne Zeugen zu sprechen und die gemeinsame Flucht viele Vorbereitungen erforderte (vergl. V. 261 ff.), so mußte Walther schon aus diesen Gründen die Ausführung seiner Pläne (V. 144) auf eine spätere Zeit verschieben.

Der wohlmotivierten Flucht Hagens in der lateinischen Dichtung steht die unmotivierte Entlassung des Geisels im Nibelungenliede gegenüber, dem sich das aus dem 13. Jahrhundert stammende mhd. Gedicht angeschlossen zu haben scheint (vergl. über die betr. Fragmente Heinzel a. a. O. S. 13 ff.). Ich halte es für unzweifelhaft, daß die letztgedachte Gestaltung der Sage die jüngere ist. Die Werbung Etzels um die Hand Kriemhildens bei den königlichen Brüdern hat ein friedliches Verhältniß zwischen Hunnen und Burgunden zur Voraussetzung. Von Abfall und Zinsverweigerung Gunthers, von irgend einer Veranlassung zu verhaltenem Groll ist im Nibelungenliede nirgends die Rede und durfte auch nicht die Rede sein, denn lediglich die Rachsucht Kriemhildens mußte den Kampf zwischen den beiden befreundeten Völkern heraufbeschwören und den Untergang der Wormser Helden herbeiführen. Wenn aber der Dichter den in der Walthersage überlieferten Abfall König Gunthers nicht erwähnen durfte, so ergab sich daraus, daß auch die mit demselben in Zusammenhang stehende Flucht Hagens in eine freiwillige Entlassung umgeändert werden mußte, wenn in dem Gedichte frühere Beziehungen Hagens zum Hunnenherrscher berührt wurden.

WEIMAR, im Juli 1891. HERMANN ALTHOF.

ZU W. HAUFFS „ABNER“.

(Nachtrag zu Germania XXXVI, 310.)

Die mir unbekannt gebliebene Vorlage Wilhelm Hauffs zu seinem Märchen „Abner der Jude, der nichts gesehen hat“, ist, worauf mich S. Szamatólski in Berlin freundlich aufmerksam macht, Voltaire, Zadig, chap. III ('Le chien et le cheval'), und zwar hat der schwäbische Erzähler zum größten Theile wörtlich übersetzt. Voltaire hinwiederum geht auf eine aus dem Italienischen abgeleitete französische Version zurück; der Stoff findet sich übrigens bereits in 'Tausend und Eine Nacht'. Alles Nähere gibt W. Seele, Voltaires Roman Zadig, ou la destinée. Eine Quellenforschung (Dissertation. Leipzig, G. Fock, 1891).

LEIPZIG. LUDWIG FRÄNKEL.

STRASSBURGER BRUCHSTÜCK DES WILHELM VON ÖSTERREICH.

Die kais. Universitäts- und Landesbibliothek in Straßburg besitzt zwei zusammenhängende Blätter einer Handschrift von Johanns von Würzburg Wilhelm von Österreich, die einem Einbande entnommen sind. Das Bruchstück bietet zwei Stellen aus der Partie des Gedichtes, wo Parklise zuerst auftritt; dazwischen fehlen die inneren Blätter der Lage. Es ist eine Pergamenthandschrift, wohl noch aus dem 14. Jahrhundert, zweispaltig, die Spalte zu 32 Zeilen. Die Anfangsbuchstaben von Abschnitten sind roth oder blau gemalt. Der folgende Abdruck gibt den Text buchstäblich wieder, nur mit Auflösung der Abkürzungen; Herr Prof. Barack hatte die Freundlichkeit, mir dazu seine eigene Abschrift zu überlassen. Dazu habe ich die Gothaer Handschrift verglichen und die bemerkenswerthen Varianten der letzteren unter dem Texte beigefügt, mit Ausnahme bloß orthographischer Verschiedenheiten und mundartlicher Abweichungen im Vocalismus. Ebenso ist das am äußeren Rande des ersten Blattes Weggeschnittene aus der Gothaer Handschrift ergänzt.

Der Vocalismus unserer Handschrift weist deutlich auf mitteldeutsche Herkunft. Wir haben hier vor Allem die Form *sal* 2ª 1, 26; *sals* 1ª 1, 5. Ferner *a* für oberd. *o* in *ader* 1ª 1, 14; 1ª 2, 9. *o* für *a*: *docht er* 2ᵇ 2, 2; *noch* 1ᵇ 2, 17. *i* für *e*: *hirzoge* 2ª 2, 7; ferner in der Form *iz* 1ª 1, 24; 1ᵇ 1, 22 (*ez* 1ª 2, 9). *e* für *i*: *ich sehe* 1ª 2, 7. Vermeidung des Umlauts von *u*. *ē* für *ae*: *were* : *swere* 1ᵇ 2, 25 f. *ie* für *î*: *bie* 1ª 1, 29; *ez sie* 1ª 2, 9. *ô* statt des Umlauts *oe*. *û* für *iu* (einmal im Reime *eu*: *leute* : *verneute* 1ª 1, 12 f.), *uo* (mit Ausnahmen) und *üe* (*zefuren* : *ruren* 1ᵇ 2, 9 f.). Sonst zu bemerken: *ie* für *i*: *siehet, wieder, friede*. *au* für *ou*: *betraug, schauwen* : *frauwen*. *eu* für *öu*: *freuden*.

Was das Verhältniß zur Gothaer Handschrift betrifft, so ist unser Text insofern incorrecter, als er einige sinnstörende Fehler enthält, die aus jener ihre Berichtigung finden. Bemerkenswerth ist, daß in dem kurzen Stücke mehrmals *w* für *v* verschrieben ist: 1ª 1, 24 *wirt* für *vert*, 1ᵇ 1, 32 *warn* für *varn*, 2ª 1, 8 *gewalt* für *gevält*, 21 *warn* für *varn*; umgekehrt 1ᵇ 2, 9 *vinde* für *winde*. Ausgefallen ist ein Vers nach 1ᵇ 1, 27, während wir anderseits einen Vers haben (2ᵇ 2, 10), der in G. fehlt. Daneben finden sich andere Varianten, die Beachtung verdienen, wie 1ª 1, 19 f. Ferner hat unser Text nicht die Eigenthümlichkeit des Gothaer, ein *e* abzuwerfen oder auszustoßen, wodurch in G. häufig das Metrum gestört wird; vgl. 1^b 1, 11; 2^a 1, 14; 2^b 2, 3; in den Reimworten z. B. 1^b 2, 9 f.; 27 f.; 2^a 1, 1 f. 3 f. Im Übrigen läßt sich der relative Werth der aus unserem Bruchstück gewonnenen Varianten für die Textkritik der betreffenden Partien natürlich ohne Vergleichung der anderen Handschriften nicht entscheiden, was die Sache eines etwaigen künftigen Herausgebers des Gedichtes sein wird.

STRASSBURG. F. LAUCHERT.

Bl. 1^a, Sp. 1.

Vnde im daz ere gebutet[1])
Daz er mit tihtes vnder bint
Bescheidet die sin wert sint
Mit kluger rede lere
Der sals nu haben vnere
Daz er hie vor die werden
Daz man sie het vf erden
Als die propheten hie vor
Die lute kerent nu die or
Da von mit der gehorde
Wer affen mit der torde
Mit sinnen claffen leute
Man wil nu gar verneute
Die die da singen ader sagen
Da von man laster schande tragen
Siehet durch der laster sinne
Sie haszent der zuht vnminne
Vnd mag ich doch gelaszen niht[2])
Ich muz den werden min getiht,
Teilen mit ist iz niht gut
Doch weiz ich wol swaz edel mût
Ist der nimmet vnd nimet den willen min
Swa aber die tugent losen sin
Den wirt iz durch der oren tor
Als die stimme in berges kor
Den schal wieder giltet
Sus er mine rede schiltet
Vnd moset mir den wizzen kern
Hie bie nu zuhtig man lern
Daz du die selben fliehest
Vnd din sinne zu den ziehest
Die tugent vnd ere minnen

Sp. 2.

So laze mich [got gewinnen]
Die freude die da [niht zergat]
Der tufel verkerere[n hat]
Bereit ein lesterliche[s bat]
Habe tugent lieb daz i[st min rat]
Der rede moht ich [niht enbern]
Want ich sehe zu[ht vnd ere gern]
Swie ich ir selber doch n[iht enhan]
Ez sie frauwe ader [man]
Swaz gerne horet von [tugenden lesen]
Dem muz ich deste holde[r wesen]
Hie mit wil ich die r[ede lan]
Vnd aber griffen ein a[nder an]
Die abenture sit sie [mich]
Daz zu er kos dar vm[m wil ich]
Durch die bosen ez ni[ht lan]
Swie lutzel ich der tuge[nt kan

Sp. 1, *Z.* 1 vnd. er. 2 tihtens. 6 daz ert. 9 daz or. 10 dervon. 11 *f.* wafen was der torde | mit sim claffen lûte. 14 die die singen. 16 siht durch der selben sinne. 19 *f.* ez mûzz... | getailt mit werden. 21 was. 22 der nimt den willen min. 24 der vert ez. 25 stimm. 27 min rede. 28 maset. 29 hie bi zûchtic man nu lern.

Sp. 2, *Z* 1 lazz. 5 hab. 7 wan ich sih. 8 selbe. 10 gern hort. 13 vnd aber ain ander grifen an. 15 dar zu. 17 ir tugent.

[1]) Gothaer Hs. S. 287, Sp. 2, Z. 24.

[2]) Gotha S. 288, Sp. 1.

Gesagen noch ir wirde[kait]
Doch ist min tvmmer si[n berait]
Dar zu mit siner mu[gent]
Durch willen aller tvg[ent]
Hie vor ein wiser m[aister was]
An eim alten buc[h ich las]
Er was geheizen dede[lus]
Gelesen han ich von im [sus]
Daz er in nigromanc[ie was] [1]
Der beste fur war wisz[et daz]
Der einer ie vf erden [wart]
Der het ein svn vnd [ain tohter zart]
Die was [daz schönst bilde]
Daz sit [in ainem schilde]
Furt [der kûnc von sorbiait]

Bl. 1^{b}, Sp. 1.

[ainen grifen sie] reit
[In swelch la]nt sie wolte
[vliegend] der vf ime dolte
[Wan sin] von iugende hatte erzogen
[dedelus si]e niht betrogen
[Het mit] der schwarzen buche kunst
[auch het si]e von ir schone die gunst
[Daz man si]e minnete swa sie was
[von ainer] künigin ich las
[Div hiez cri]spin von belgalgan
[der was i]r dienest vnder tan
[Vnd was i]r gesinde
[nieman] was sa geswinde
[Daz er mo]hte vz ir richen kummen
[vngevlog]en han ich vernummen
[Da von het di]e iuncfrauwe wert
[div den gr]iffen fur ein pfert
[Rait swar] sie in hin hiez
[senftic]lich er nieder liez
[Swen]ne sie wolt zur erden
[ich sait iv] von der werden
[Wol wunde]rs vil sa wurde iz zu lang
[ir grife]n ein tufel vor swang
[In aines] griffen gestalt
[er schain] als ein zuhter alt
[Da von der] griffe nach im flueg
[an der zu]ht er in betraug
[Er wand er het in vz gebrût]
[er tet als no]ch manig vogel tut
[Der sinem vater] fluget nach
[Swa der ivncvravn hin] was gach
[Dar hiez si vor den tivuel] warn
[kainen weg getorst er sp]arn

Bl. 1^{b}, Sp. 2.

Vor der kunst die sie kvnde [2]
Sie was in der selben stvnde
Von nygromancie die beste erkant
Die man vnder dem hymmel vant
Ir name was parklyse
Sie was schone vnd wise
Daz har was ir geflohten
Gulden gevar ir mohten
Die vinde is wol zu furen
Swanne sich der griffe ruren
Mit sime gefider in luften wart
Ir gewant was nach kunglicher art
Geworht vz einem larikant
Manig richer stein dar vz erkant
Det siner tugent schin
Sus quam parklise pfin
Gevarn gegen frigia
Der tufel daz (?) ir tet kunt daz da
Solte sin ein grosser strit
Dar vmbe sie da zu der selben zit

18 nah. 23 ainem. 27 bost.

Bl. 1^{b}, *Sp*, 1, *Z.* 2 wolt. 3 ers vf im dolt. 4 von tugenden het. 7 von ir schon. 8 minnet. 9 kůnginne. 11 dienst. 12 ingesinde. 14 vz dem riche komen. 16 ivncfrawen. 19 er si nider ließ. 20 zu der. 22 so wůrd es ze lanc. 23 der tivuel vorswanc. 26 grif. 28 *fehlt in Str.* 32 varn.

Bl. 1^{b}, *Sp.* 2, *Z.* 2 zu der. 3 div best. 6 schŏn. 9 winde. *f.* sefůrn : růrn. 11 mit sim. 13 vz aim. 14 bekant 18 tet ir kunt. 19 wolt sin. 20 (da *fehlt*).

---

[1]) Gotha S. 288, Sp. 2.

[2]) Gotha S. 289^{a}, Sp. 1.

Was kvmmen dar durch schauwen
Sie hetten gerne ir frauwen
Erloset von des tufels svn
Sie wolte spehen ob sa frvm
Da kein ritter were
Der irre frauwen swere
Zur storte vnde sie erloste
Noch dem selben troste
Was parklyse dar gevarn
Sie wiste wol daz zu beiden scharn
Die besten quemen die in der werlt
Moht gehan da von daz velt

Bl. 2ª, Sp. 1[1]).

Wie er ir helfen mohte
Swaz im zu tv̊ne dohte
Dez lide er durch sie gerne
Venus der minne sterne
Riht sich da sie wart geborn
Die natur hat vz erkorn
Sie ist nach dem wunsche gema[lt]
An ir hat niht gewalt
Swem glücke git ir minne
Vzzen schone vnde inne
Ist sie wol gelutert
Gepolieret vnd getutert
Daz ir wiplich genuht
Guzzet kraft in menlich ruht
In ir wiplich truwe
Von dines herzen ruwe
Erkentes du sie als ich
Hie mit wil ich dem hohesten dich
Empfelhen waz wilt tv tvn
Got gebe dir friede vnd svn

Ich wil warn des ist zit
Miner frauwen ding sa lit
Daz sie noch mir erlanget
Ir herze iamer dranget
Daz ir kleine wipheit
Sal tragen die herzenleit
Von einer solchen freise
Ach got vnd solt die reise
Ymmer gepfaden zu ir
[Wizze daz so lieb mir]
Geschehe in dieser werlte niht
Kent sie dich vnd din siht

Sp. 2.

Als ich sie von dir han [vernvmen][2])
Ez wer ir tot mohtestu niht kvme[n]
Zu ir anegesihte
Din ritterliche geschihte
Müze dich noch wisen dar
Sa wirdestu freuden erst gewar
Der iunge hirzoge sprach
Geherete mir ist vngemaht
Daz ir mich hat vor einen zagen
Ich getar die abenture iagen
In den tot durch eine maget
Der herze vnd sinne nie versaget
Dienest in ritterlichen mût
Auch hat ir truwe sich behut
Gen mir ane masen meil
Hette ich tusent libe teil
Daz zu swaz altissimus
Ie geschuf daz muste alsus

22 si het gern. 24 si wolt spehn, 26 ir vr. 27 zerstort vnd sie er lost. 28 trost. 30 si west wol. 31 *f.* kamen die div welt | moht gehan.

Bl. 2ª, *Sp.* 1, *Z.* 1 gehelfen mo̊ht. 2 zu tůnn to̊ht. 3 lith er ... gern. 4 stern. 6 hat si vzerkorn. 8 gevalt. 9 gelůcke, 10 scho̊n vnd. 11 so gelůtert. 12 gepoliert. 14 givzzt. 16 wær dins h. r. 20 geb dir vrid. 21 varn. 23 belanget. 24 hertz. 28 scho̊lt din raiste. *V.* 30 *gans abgerieben.* 31 in dirre welt. 32 din sit.

Sp. 2, *Z.* 1 [vernumen] (*verwischt*). 2 mo̊htstu. 3 angesihte. 4 geschicht. 5 můzz dich wisen noch dar. 6 wirstu. 8 gehertiv. 10 tar die auentůr iagen. 11 magt. 12 hertz. versagt. 13 dienst. 16 het ich. 17 dar zů. 18 must.

---

[1]) Gotha 296ᵇ, Sp. 1, Z. 9.

[2]) G. Sp. 2.

Durch sie sterben willeclich
Ach ach aglye solt ich dich
Ymmer me gesehen an
In im ir minne sa ser empran
Er was nahen verscheiden
Da er dath an ir leiden
Ruwelich beswerde
Herre got der werde
Schrei er mit suftzen großen
Man moht da horen bozzen
Daz herze in der vorbruste
Sus twungen in geluste
Daz sin menlicher schin
Wart verwandelt von der pin

Bl. 2b, Sp. 1.

Doch treip er iz taugen
Parklise sprach min augen
Hant wol an dir erkant
Daz du bist in ir liebe ermant
Gehabe dich ritterliche
Ich weiz din wirde richen
Wirt sit du hast willen
Daz du din herze wilt billen
Mit menlichem mûte
Die kusche zarte gute [1])
Mag dich wol ergeszen
Ob dich hie truwen lezzen
Kan noch iren truwen
Min frauwe diner ruwen
Kan dir wol entstricken
Ir wiplichez schicken
Sencket sa herzen
Daz ez vm mutes smerzen
Vnd [v]remde liebe sweinet
Gen swem sie sich ver einet
Der hat den wunsch vf erden
Hoch gedinge die werden
Freuwet nu gehabe dich wol
Dine herzenlichen dol
Werdent dir verwandelt
Ob dich ir wipheit handelt
Kein wandel nieman bieten
Mir kan des ich mich nieten
Wolle in miner irrekeit
Ich wil der kuschen herzeleit
Truten vor wollust
Mins herzen hohest gelust

Sp. 2.

Gescheidet nummer sich von ir
Docht er swie ich ir doch empir
Doch hat min sele von ir trost
Got helf ir daz sie werde erlost
Schier vz herzen leide
Ach lebendiger scheide
Daz du mich niht kanst sterben
Vnd mich doch kanst enterben
Der reinsten fruht der ie wart
Von ir kerter (er) sine vart
Hin durch das wilde geruwe
Vnselde muz uch schuhe
Des wunschet uch min gemûte
Der hoheste uch behûte
Habent quecken mût verzaget niht
Ywer wirdekeit man wirden siht
Mit lobe in luften noch falken gir
Hie mit gip din vrlob mir
Gedriet in einem strange
Vnd auch in dri gange
Iegelich teil gewaltig
Vnd doch ein valtig

20 schol. 23 das er nahen was verschaiden. 24 daht. 29 hertz. vorbrust. 30 gelust.

Bl. 2b, *Sp.* 1, *Z.* 3 habent. 5 gehab. 8 hertz. 9 mût. 10 div zart kůsche gůt. 11 ergetzen. 12 triwe. 13 irn. 15 kan dir noch. 16 wiplich. 17 sincket so ze hertzen. 18 vnmûtes. 20 wem. 23 gehab. 29 welle. 30 hertzen lait. 31 fůr wol nůst. 32 mines hertzen hoch gelůst.

Sp. 2, *Z.* 1 geschaident. 2 doch ir enbir. 3 sel. 4 werd. 9 div ie wart. 10 *fehlt in G.* 11 hie durch daz wilt gerûhe. 12 můzz. 13 wunscht. gemůt. 14 hȯhst. behůt. 15 habt kecken mût. 16 ivr. 17 mit lob in luft. 21 ieglich.

[1]) Gotha S. 297, Sp. 1,

Puncte in einem cirkel
Vnd ein ewig wirkel
Sin selbes vnd daz von im gat
Des alten iunges geistes hat
Gewundert alle wunder
Des drilich sich doch vnder
Vnd in der maget wammen vielt
Die sin geist was vnd doch wielt
Sines hohen ceptres
In dem selben da ers

25 sin selbs. 26 ivngen. 28 dest. 29 magt. 30 geschaft. 32 in im selben.

EINE ÄLTERE DEUTSCHE BEARBEITUNG VON ROBERT LE DIABLE.

Bei dem Interesse, welches die nachfolgende, bislang einzige ältere deutsche Bearbeitung der auf romanischem Gebiete so bedeutsamen und verbreiteten Robertsage bietet, haben wir geglaubt, sie ganz mittheilen zu müssen trotz ihrer meist inhaltsleeren Breiten und ihrer weniger epischen als geschwätzigen und unfruchtbaren Tautologien. Ein Künstler war der Mönch nicht, dessen Arbeit wahrscheinlich den beiden bairischen Schreibern aus dem 15. Jahrh. vorgelegen hat, welche die für sie jedenfalls höchst eindrucksvolle und unterhaltende Novelle als schmackhafte Zukost ihren Legendaren hinzufügten. Cgm. Mon. 537 (A), ein kalendarisch geordnetes Martyrologium, das durch seine völlig gleiche Einrichtung sich als Schluß (es bringt die Monate September — December) des Cgm. 535 mit den vier ersten Monaten erweist, ohne daß der zugehörige zweite mittlere Theil auffindbar wäre, ist eine schön miniirte kalligraphische Leistung, durchweg von einer Hand (stellenweise auf Pergament) geschrieben. Das sehr sorgfältige kalendarische Register verweist am Schluß mit besonderer Betonung auf unsere den Band beschließende Geschichte: „Item wer ein schonen leigend vnd ystori wil lesen von einem kunig von franckenreich dy in dem collender nicht beschriben ist, der such es an dem plat ... CCCCLV plat." Cgm. Mon. 539 (B), viel weniger umfangreich, als 'ein passional vō fremdē heilligē' bezeichnet, ist dagegen von mehreren Händen stellenweise so barbarisch geschrieben, als ob sich hier nur ein dazu verurtheilter Pönitentiar mit seinem Pensum abfinde. Die Einrichtung ist nicht kalendarisch, sondern durchaus zufällig, wie sich dies schon in dem ungeordneten Register spiegelt. Überdies fehlen einige Blätter (desunt aliqua [6] folia) bereits seit der Neupaginierung des Codex, die daher von der alten differiert. Diese alte Paginierung beweist übrigens, was ein Blick auf Handschrift, Lagen und Register bestätigt, daß der letzte, unsere Geschichte mit enthaltende Theil von circa 40 Blättern hinzugekommen ist. Denn die Paginierung des Codex ist durchwegs schwarz, die des hinzugebundenen Theiles roth und von einer falschen neuen Ziffer (CCLXXII an CCLXXVI) ausgehend. Die Handschrift in diesem Theile und dem bez. Zusatz im Register weicht insofern radical ab, als sie anzeigt, daß ihre schmalen, länglichen, zarten und in ihrer Unbeholfenheit doch sauberen Buchstaben von einer Schreiberin herrühren. Den weiblichen Charakter könnte man hier auch in der Wahl des interessanteren Inhalts (Kaiser Karel, Vorwiegen von Ritterlegenden), sowie ganz besonders in einer Eigenthümlichkeit der Textvariation (von dem liben, liben heiligen St. Cirillus 282b. vbel, vbel leben s. u. 47, 15. der arme, arme pusser s. 55, 22 u. dgl.) leicht herauserkennen. Das zugehörige, ganz durcheinandergeworfene Zusatzregister weist übrigens auf Stücke (von den 60 rittern, von St. Saturninus), die nicht darin enthalten sind. Ferner stellt dies Register unsere Geschichte, zugleich mit (jedoch nach) der vom heiligen David, gleichfalls an den Schluß, obwohl sie nach Lage und Paginierung den Anfang bildet, wobei aber zu beachten, daß die beiden Erzählungen gerade eine Lage für sich bilden. Wie wenig Sorgfalt auf den Codex verwendet worden, beweist die namentlich im Haupttheile sehr oberflächliche, partienweise ganz fehlende Rubricierung, während in A die Rubricierung überreich und z. B. in unserer Geschichte in Bezug auf die Abschnitte sehr sorgfältig ist. Diese Abschnittszeichen (¶ rubr.) kennt B nicht, die Rubricierung beschränkt sich hier auf Titel und oft nur auf wesentliche Namen sowie heilige Worte.

Die Sprache zeigt die bairischen Eigenthümlichkeiten mitunter recht ausgeprägt. Das durchgehende *p* im Anlaut (*pusser, pat*), die einheitliche Aussprache von *d* und *t*, die zu Erweichung der Tenuis im Anlaut führt (*det, dot*), aber auch gelegentliche Bewahrung echten *t's* (*hunten*), ja mehrmals in B das charakteristische *b* für *w* im Anlaut (B. Gr. §. 124 *kurtzbeil, unbaren, albegen*) seien für den Consonantismus; *au* für *a* (laug vgl. B. Gr. §. 71), das allbekannte *ai* für *ei* (*mainten, gelaidiget* etc.), *ei* für *e* (*leigend*), die Neigung *o* zu *u* zu verdumpfen (*gelubnuss, schuns, sulch, kumen* ptc., *genumen*) seien für den Vocalismus angeführt. Widerstand gegen die Bezeichnung des Umlauts ist bei allen Vocalen bemerkbar, das Suffix *nuss* sowie bairische Specifica in der Wortbildung, das bekannte vieldeutige *resch* (*rœsch*), *strunzel* (Lanzensplitter vgl. B. W. aus Cgm. 537) fehlen nicht. Gleichwohl findet sich gelegentlich auch noch in A, wo die neue Vocalisation sonst schon ganz fest ist, noch ein altes *i* (*strit*), häufiger noch in B, wo auch noch der alte Anlaut in *scholn* vielfach durchgeführt ist. Auch sonst haben A und B Besonderheiten; A zeichnet das häufigere Auftreten von Svarabhakti zwischen *r* + Lab. (vgl. Holtzmann Gr. I. 1. 319) aus (*arem, paremherzig, beschirem*), B liebt umgekehrt Synkope von Vocalen (*kung* u. dgl.), ferner hat es eine eigenthümliche durchgehende Neigung zur graphischen Trennung der gewöhnlichsten und einfachsten Vorsilben vom Stamm und der Wortzusammensetzungen überhaupt. In der Orthographie im engeren Sinne zeigt sich A namentlich in der durchgeführten Consonantendoppelung (vgl. Kluge, von Luther bis Lessing s. 2[e]. Wülcker, Germania 28, 195) viel einheitlicher, als das mitunter sinntrübend unbeholfene B. Die Zusammenwerfung von *s* und *ss* (vgl. Wülcker a. a. O. 201) ist beiden gemein, im Einzelnen zeigt sich aber auch hierin zwischen beiden Hss. keine Übereinstimmung. Die Abhängigkeit der Hss. voneinander (und nicht von einer gemeinsamen Vorlage) läßt sich daher nicht mit Sicherheit behaupten. Daß zwar, s. u. 54, 38, übereinstimmend das Verbum (weisen) fehlt, ist auffallend genug. Denn daß von zwei Abschreibern einer Vorlage nicht einer auf die naheliegende Ergänzung hätte kommen sollen, ist allerdings weniger wahrscheinlich, als daß vielmehr einer vom andern die Lücke herübernimmt.

Interpunction habe ich in einer, wesentlich litterarhistorischen Zwecken dienenden Ausgabe hinzufügen zu müssen geglaubt. Die Markierung der Abschnitte folgt den bereits angedeuteten Rubricierungen von A. Die Abweichungen in B sind unten vollzählig aufgeführt; des Abschriftsverhältnisses wegen auch die rein graphischen.

Nu vecht sich an gar ein schon Istoria die lustig zuhoren ist,

An den zeitn̄ do was eī kunig des lanndes franckēreich der het niht erbn̄ das was im gar leit vmb das seī herschafft kumen solt an fremd erben. Do sein weip dy kunigynn vernam das sich der kunig ser betrubet vmb das er keine erben moht gehabn̄ zu seinem lannde, do vil sie auch in betrupnuss vnd besorget der fursst wurd ir vngnedig von sulcher sach wegen dass sy jm keinen erben pracht. Darvmb so pat sie got vn̄ det uil gelubde das er ir ein erben gebe vnd do das alles niht enhalff das sy keinen erben mocht enpfahen vō jrem hern do det sie als ein verzagtes weip die da verzaget an der genad gotz vnd rufet an den teufel vmb einē erbn̄. Do geschach das got dem teufel verhengtt vō sulcher verzweifelūg [wegen] das dy kuniginn swang' wart eines kindes vnd do die zeit kam do gepar die fraw einen son. Des kindes wart der kunig vnd alles sein volk gar fro vnd das kint wart

1 Istorie. 3 In landes. 3 scholt. 4 fraw die kunig. 6 vngendig 7 solcher. 8 gelube. er *fehlt.* einem. 10 verzagt. gotes. 12 [ ] *Randergänzung.* kunig. 14 kunig gar fro vnd als sein volk.

in grosser hut bewart. Aber das kint det nah sein' art als jm dann zugehort vnd angeporen was vñ wie gutlich mã jm det das halff alles niht, sunder es schrei tag vnd nacht das nymãt kein rwe bey jm moht gehaben. V nddo das kint wart das jm dy zene wurden her fur gen, do peyss es der Ammen dy wartzeln ab von jren prusten, das kein fraw das kint niht mer wolt muttern. Vnd do das kint kame zu vir oder zu funff jaren das es wart reden do hub es an zu fluchen vnd zu schelltñ, das nymant kein gut wort võ jm vernam. Darzu so moht mã das kint niht geleren, das es wollt peten oder got anruffen wollt. Vnd wenn mã anderen kint zu jm liss durch kurtzweil, so wurden sie alwegen von jm geleidiget das erwerge lewt jre kint jre kint niht zu jm woltñ (g) lassñ gen. Do nu das kint also aufwuchse das es kam zu sein jaren, do starb sein vater der kunig von franckenreich. Alzuhant do vnterzohe sich der jung furst des kunigreichs vnd regiret das also das aller menichlichen sein lop [ubel] preiset vnd wes er mit den lewten began es wer im schimpf oder in ernst so wurden allzeit dy lewt võ jm beschediget. Auch so geschahe alwegẽ wẽ es sich fuget das er wolt zu schimpfflichñ sachñ reitñ, es wer zu stechẽ oder durniren od' zu tentzñ so stiss er dẽ lewten arem vnd peyn ab. Was er dann an einẽ tantz so det er mit den frawen des selbñ gleichen das jn all menschñ wurdñ meidñ vñ vlihẽ, das nymãt kein'ley kurtzweil mit jm wolt beginnen.

Nu geschah zu einẽ zeitñ das ein grosser hoff wart aussgeruffet yn dem lande zu frankenreich. Zu dẽ hoffe komẽ uil furstñ vnd herñ dy dar zu besant vnd geladen wurdñ. Vnd do der jung kunig võ frankenreich das ver nam das ein sulcher grosser hoff ander'n herren verkundet was vñ heten in niht darzu beruffet, das v'smehet jm gar ser vnd er bereittet sich heimlichñ vñ kã auch ga' kostenlichñ zu dem selbñ hoffe. Do das dy furstñ vnd dy herñ vernamẽ das der jũg kunig võ franckenreich auch zu dẽ hoffe kũmẽ was, do erschrackẽ sy gar ser vnd lissñ den hoffe wider ruffen, das er ab ging, wann nymant wolt keinerley kurtzweil nach schimpfs mit jm beginnen. Des schamet sich der kunig gar sere wann er verstand wol das, das es von seinẽ schulden was. Darvmb so beruffet er sein ret vnd sprach also: Ir seht vnd erkent wol das der hoff võ meinen wegẽ ist abgangẽ vñ nymant wil keins schimpfs mit mir beginnen. Das kumt von meinẽ schulden, wann ich erkenn wol das dy lewt alwegẽ võ meinẽ schimpf schaden nemen vnd enpfahñ, das doch wider meinẽ willen geschiht vnd ist mir ein getrewes leit. Darvmb so beger ich von euch, das ir mir wollet sagen, wie ich meĩ lebẽ von jugẽt auf als ich von muter leib geporn pin herpracht hab, wan nymant weiss pass dañ ir wie meĩ lebñ herkũmẽ ist. Darnah do traten sein ret zu sãmen vnd antwurtẽ dẽ her'n mit rat vnd sprachñ zu jm also: Her

2 gutlichen. 5 wertzel. 7 schelleten. 9 got wolt anr. 10 ändern. kurtzbeil. 11 gelaidiget. 15 [ ] *Randerg. von A* vbel vbel. luten beging. er. 16 ersten. 17 so *fehlt*. 19 arm od' pein. 21 treiben. 24 junk. kũg *Randerg.* 25 solch. ander. 26 nit. geladen. versmahet. 27 beraittet. selben *fehlt*. 31 schemet. er *durchstrichen*. kung. 33 rett. 34 ab gangen. schimp. 35 er kenn. 36 albegen. 40 her kumen.

als ew' genad vō vns begert euch zu sagen wie ewer leben herkūmen sey als ir dan̄ von muter leib geporen seit, also beger wir von ewern genadn̄ ob wir euch sagen werdn̄, das ir dan̄ vil leicht nit gern horē werdet, das wir darvmb jn ewer vngenade niht vallen. Vnd do er in eī sulchs versprach das sie da vor gesichert werē, do sagen sy jm alle ding gar eigentlichn̄, wie er vō jugent her piss auf vnd als er dan̄ vō mut' leib geporen wart jn vntugenden gelebt het vnd was er begūnen het, das di lewt alwegen vō jm schaden empfingen vnd swerlichn̄ geleidiget wurdn̄. Aber vō was sachn̄ vn̄ schulden das geschehn̄ sei her', des enwissen wir niht vn̄ kūnen ewern genadn̄ da vō nihtz gesagen. Sol ab' vmb sulch sach ymāt wissen, da wert ir vnser frawen dy kunigin̄ ewer mut' vmb fragē. Also schide d' furst trawrig wider heim vnd was gar vnmutig vn̄ do er kom in sein purck, do er dan̄ wonūg het, do ging er zu stund zu sein' muter in ir gemach vnd was gar ernsthaft vnd wolt sein swert vn̄ sein geret nach sein' gewōheit niht vō jm thun. Des het sein muter an jm niht gewont, darvmb so erschrak sie gar ser, wan̄ sy sahe vnd erkant wol, das der furst vnmutig was vnd ir vil dy sache ein, wie sie in vō der hilff des teuffels enpfangē vnd geporē het. Darvmb so was si in grossn̄ sorgē. Dar nah do hub der jūg kunig an zu redn̄ mit sein' mut' vnd sprach also: Muter du solt mich einer sach berichten darvmb ich dich wil fragn̄. Das kan nymāt als wol getun als du, wann du pist mein muter vn̄ hast mich zu der werlt geporen. Nu han ich vernūmen, wie das ich vō mein' jugent als du mich geporn hast, ein poser mensch gewesen sein vnd han alwegē ein teufelisch lebn̄ gefurt, also das ich kein gut ny hab mugē gethan. Vnd wes ich mit den lewten begonnen hab, so seī alwegen dy lewt vō mir geleidiget vnd betrubt worden, das mir doch alzeit eī getrewes leit gewesē ist. Aber vō wem ich das han, das enweiss ich niht vnd nymāt der kan mich seī als wol vnterrichten, als du maht getan, wie meīen sachn̄ ist vnd was mēschn̄ ich pin, wan̄ du hast mich geporē vnd hast mich zu der werlt pracht. Darvmb so vnt'richt mich des ich dich gefraget han. Nu was dy kunigin̄ seī muter vō vorht wegen so ser erschracken das sy dem hern jrē svn kein antwurt moht gebn̄ vnd sweig still. Do das der kunig sahe do sprach er zu ir also: Muter hab keī forht vnd er schrick niht! Du solt vō mir gesichert sein ob du mir dy warheit sagest vn̄ mich der sach bescheidest, darvmb ich dich gefraget han. Do dy kuniginn seī mut' vernam, das sy vō jrē son irs lebens gesichert was, do wa't sy fro vnd kam wider zu ir selber, das sie mocht geredn̄ vnd saget jm alle ding wie sein vater in grosser betrupn' was vmb das er keinē erbē het vnd das seī reich dy fremdn̄ soltn̄ besitzn̄. Darvmb so het sy angeruft got den her'n das er ir geb

3 wurden. 5 solch, for. 6 dinck. auf *ausgestrichen und an den Rand gestellt. B* jugent auf piss her vnd. 7 vndugenten. begangen. 8 gelaidiget. 10 en wiss. niht sagen. 11 sag. 11 fragen (*statt* frawen). 15 gerecht. 16 dun. gewant. dor vmb. erschrack. 18 fil. 19 geporn. 20 scholt mir. 22 getan. 24 menchs. 24 sey. 26 begangen. 28 nit. 32. 33 erschrocken. 37 kunig. 39 dinck. 41 an geruft.

einē erbn̄ vnd do si des vō got niht gewert wart do ruffet sie dē posen geist an. Do wart ich gewert vn̄ gepar euch zu der werlt vn̄ also ist es mir mit euch ergāgen.

Do der kunig sulche wort also vernā vō sein' mut', do erschrack er ga' ser vnd sprach zu ir also: Muter, also vernym ich an deinē wortn̄ das ich pin eī kint vnd ein svn des teuffels. Darvmb so wil ich von dir gen vnd wil ein naht niht pleibn̄ da ich dy andern pin als lang, das ich furbass gotes kint geheissen werde vnd niht des teufels kint. Vnd er nam sein swert vō sein' seitn̄ vnd gab das sein' mut' vnd sprach zu ir also: Nu vn̄ beschirem deī reich furbass selber, das dut dir grosse not! Vnd er ging heimlich vō jr auss dem lande vn̄ verstellet sich mit fremden cleidn', das in nymant bekant vnd er kam zu einē prister, vn̄ peichtet sein sonde mit clag vnd rewe seins hertzn̄. Aber der prister west in niht ausszurichtn̄ vnd weiset in fur einē pischof. Do kam er fur den pischoff vnd beclaget sich seiner svndn̄ mit heissn̄ zeheren. Do der pischof seine wo't vernam, do dauht es in gar ein fremde sach sein, der gleichn̄ er vor niht mer vernūmē het vnd wesst sich darnuss niht zu richtn̄ vnd weiset in fur den pabest. Alzuhãt do hub er sich auf vnd ging gen rom vnd kam fur den pabest selber vn̄ peichtet sein svnde mit grosser jnnigkeit vnd rew seines hertzn̄. Do d' pabest sulh fremd svnd ho't vnd vernam, do verstūd er sich niht wie er in sollt aussrichtn̄ vnd was er im zu puss solt setzn̄ wann [es] was sulcher sach vor niht mer fur in kumē vnd er sprach gar gutlichn̄ zu jm also: Liber svn, Es wonet ein einsidel hie pey vir meille jn eīem walde, der ist meī peichtvater vnd ist gar ein heiliger frūmer mensch. Zu dem ge vnd sag im das ich dich zu jm gesant hab vnd peicht jm dein svnde, dy du begangen hast. Der wirt dich aussrichtn̄, wan̄ got der ist mit jm. Do wart der arem mensch ga' fro vnd kom in den walt vnd vant den Einsidel, als jm dan̄ der pabest gesaget het vnd vnt'weiset, vnd uil fur in nyder vn̄ peichtet jm sein svnde mit grosser rew. Do er seī peicht im volpraht het, do erschrack der Einsidel gar ser vnd verstūd sich niht wie er den armen menschen solt aussrichten vnd was er jm zu puss solt setzn̄. Vnd er sprach zu jm also: Liber svn, ich wil morgent ein messe lesen vnd wil got den almechtigen pitn̄, das er mir zu erkēnen gebe, wie ich dich sulle aussrichtn̄, wan̄ ich sulcher dat vor niht mer gehort noch v'nūmē hā, vn̄ pei der messe soltu morgent knyen vnd solt got pitn̄ mit andaht, das er mir zu erkennē gebe, was ich dir vmb dein svnd zu puss setzn̄ sull. Also trat der heilig Einsidel fru uber vnd lass ein messe mit grosser andaht vnd pat got, das er jm zu erkennen gebe was er dē armē menschn̄ solt zu puss gebn̄ fur sein svnde. Vnd der arem mensch knyet pei der messe

7 gin. bei andern? 10 beschirm. furpas. 13 rew. 16 zehern. 17 for. 18 dar auss. pabst. 19 kom. 20 seine. 21 pabst selber di. 22 scholt. zu *fehlt.* es *aus der Correctur zu entnehmen. In B* es *gestrichen und* er *gesetzt.* 25 peicht vater. 30 vnter weist. vil. 31 rewe. vol prachte. der schãck. 34 al mechtigen. 36 solch'. pey. 38 baz. 41 sunt. arm. pey·

vñ pade got das er jm wolt genad beweisen vmb sein svnde. Do nu der einsidel dy messe volpraht het, do liss sich ein hant her ab durch das gewelle vñ leget einē priff auf den althar, das het der arem sūder gesehñ. Do nā d' einsidel den priff vnd lass in. An dem vand er geschribñ, das er dē sunder solt zu puss setzñ, das er sechs gantze jar solt ungerett sein vnd solt mit nymāt redñ, als lang piss dass er wol erkent das dy sechs jar aussgangen wern. Darnach stund an dem priff, das er auff seine pein vnd auf seine fuss niht solt tretten vnd solt auch den himel mit bedachtem mut niht ansehñ, svnder er solt krichñ auf dem ertrich als ein vihe. Darzu so sollt er kein'ley speiss essē noh vō nymāt nemē oder enpfahñ, dañ was er einē hunde mit seinē munde auss seinē mūde meht genemē. Das solt er tun als lang piss das dy sechs jar vergangen werē. Do der Einsidel dy grossñ hertn pusse dy er der armē svnd' solt setzñ fur sein svnde, vernam, do gewan er ein gross mitleidñ vnd leget sich fur den althar vnd weinet gar jnniclichñ vñ besorget sein natur di moht der hertn puss niht erleidē. Vnd do er also lang lag vnd gar jnniclichñ weinet, do trat der svnder hinzu vnd beruret den Einsidel vnd sprach also: Heiliger vater, ich han wol gesehē, das ein hant einē priff geleget hat auf den altar den ir habt gelesen. Nu pit ich euch das ir mir sagen wolt, was an dem priff geschribñ stet. Do der einsidel das hort, das er das gotlich zeichñ gesehē hat, do wart er fro vnd stund auf vnd sprach zu dē arem svnde also: Liber svn, so dir got der her' sulche gnad getan vnd gebñ hat dastu seine wunderzeichē gesehñ hast, so wil ich dir sagen, was mir got an dē priff verkūdet hat, das ich dir zu puss sol setzñ fur dein svnde. Vnd er saget jm was an dē priffe geschribñ [wer] stund vnd wart aber gar jnniclichē weinē. Do antwurt der svnder gar frolichñ dem Einsidel vnd sprach also: Heiliger vater dy puss dy mir got der almechtige hat auf gesatzt fur mein svnde, dy wil ich gern tun, wañ ich weis vnd erkenn wol, het ich dy puss nit mugen volpringē, der parmhertzig got het mir ein sulch puss niht aufgesatzt. Darvmb so dancke ich got sein' grossñ paremhertzikeit, das er sulch genad an gelegt hat, das ich sein kint sol geheissñ werdñ vnd niht mer ein kint des teufels. Vnt er schide sich mit grossñ frewdn vō dē Einsidel vnd kam vō [das] dē [lant gen j] einsprechñ des heiligē geistes in das lāt gen pullen an des kunigs hoff gen Napels. Do kroch er auf dē ertreich als ein vihe vnd hub seī augē niht auff in den himel sunder sy stundñ stetz gē der erdñ, vnd was man in fraget, so gab er nymāt kein antwurt. Er nā auch vō nymāt keinerlei speise vnd wenn in wart hūgern, so kroch er zu den hūdñ vnd nā ga' ebñ war, wenn mā in das prot furwarff, das mā an des

1 pat. 2 vol pracht. 3 gewelbe. auff. altar. arm. 6 svlt. pis er. 7 prif. 10 fihe. so *fehlt.* 12 mohte ge nemen. 12 pis dis. 13 puss. 14 dem. 15 mit leiden. altar. 16 besorgt. 17 wainet. 20 ewch. 22 armen sunder. 23 hat vnd geben. 24 wunder wunderzeichen. 25 ge ver kundet. 26 [wa]. 27 gar *fehlt.* 29 gesetzt. sund. 30 er kenne. vol pringen. 31 pus. auf gesatzt. 32 parmh. solch. sein sein. 34 grossen. kom. 36 ertrich. 38 fragt. 39 speiss. wen. 40 hunten. fur warff.

kuniges tische auf hub, so uil er mit den hunndn̄ zu vnd nam in das prote mit seinē mūde auss jren meulern. Das liss jm die hunde gar gutlichn̄ vnd begertn̄ jm kein leit zu thun. Do das dy din' sahn̄, dy den hundn̄ zessen gaben, do gingē sy fur dē kunig vnd sprachn̄ zu jm also: Her' es ist ein [ritter?] narr kūmē an ewern hoff, der hat ein gewonheit, das ir des gleichn̄ vō keinem toren niht mer vernūmen habt. Er wil mit nymāt redn̄, so kreucht er auf der erdn̄ als ein vihe, so wil er auch nihtz essen dañ was er den hundn̄ mit seinē mūde genemē mag. Do der kunig das also vernā vnd das sähe, do daucht er im (*Corr.* esim) gar ein fremde sach vn̄ befalh, das mā jm solt eī heusslein machn̄ bei den hundn̄ vmb das dy hund sein gewontn̄. Also maht mā jm ein heusslein zu den hundn̄ vor der pvrg. Dy gewontn̄ sein, dassie jm gutlichn̄ lissn̄ was er in mit seinē mūde genemē moht. Vnd weñ er dañ gessn̄ het, das er genūck het, so kroch er wid' in sein heusslein. Das lebē treib er etwi manichē tag an.

Nu geschah darnach zu einen zeitn̄ das der kunig vō napels grossen [crig?] crig vnd feintschafft gewan wider dy Turcken vnd dy vnglaubigen das er sich versprach einē streit mit in zu thun vnd stercket sich, mit grosser maht wider sie. Vnd auf den tag als der streit solt geschehen zwischn̄ den cristglaubigē vn̄ dē heidn̄, do wart ein engel vō got gesant zu dē heuslein, jn dē der arē pusser lag pey den hunden vnter der purge des kuniges vn̄ praht dem ein schons weiss ross vnd einē ritters gezeug, der dañ zu einē streit gehort vnd leget den pusser an vnd furt in zu dem streit, das er dē kunig solt helfen [*Corr.* herfen] streitn̄ wid' dy vnglaubigē. Also sass er auf das ross vnd kam als mā den streit wolt anhebn̄. Vnd er bestellet den streit vnd dy spitzn̄ gar weisslichn̄ vnd gab dem volk gutn̄ trost das sie manhaft wurdē zu streitn̄. Vnd er hub den streit an vnd was der forderst an dē streit vnd mahet dy heidn̄ fluchtig, das der mererteil erslagen wart an der fluht. Vnd do die cristn̄ dē streit also gewūnē hetn̄ vnd in wol vnd glucklichn̄ gangen hette, do kam der Engel gotes vn̄ furt den weissen ritter wider zu seinē heusslein, das vnt' des kunigs fessten stande pey den hundn̄ vnd nā den ritterszeug vnd das ross vnd zoh es vō dannē.

Darnach do der kunig mit seinē fursten vnd hern vn̄ mit seinē dinern, dy jm geholffen hetn̄, wider heim was kūmē mit grossē freuden vnd jm glucklichen vn̄ wol gangen het, do fraget meniclichn̄ nach dem weissen ritter, der den streit so weisslichn̄ angefangen vn̄ bestellet vnd auch so ritterlichn̄ gestritn̄ het wer der wer gewesen vn̄ wo er hin kūmē

1 kungs. hube. vil. hunten. 2 prot. mit dem. 3 gutlich. leide. dun. 4 kung. 6 geleichen. torn. 7 auf dem erthrich. 8 auch *fehlt*. 9 als (*statt* also). 10 befalhe. 12 purck. 12. 13 gutlich. 13 den. 14 genuck. 15 etwen mangen. 16 dar nach. 17. 18 vngelaubigen. 18 zu haben. sterckt. 19. 20 ge schehen. 20 cristen gelaub. 21 heusslein. arm puser. 22 purck. schuns. 23 eines. 24 scholt. 24. 25 helffen streitten. 27 strost. streisten. 28 strit. foderst. machet. 29 merertail. 32 kunges festen. 33 des. 34 herr̄. 35 haim. 36 gelucklich. er gangen. 37 meinclichen. an gef. bestelt. 39 gestritten. gewessen.

wer. Do sprachñ sie all: Wir habñ in wol gesehen, das er gar menlichñ vnd ritterlichñ gestritñ hat vnd hat die feind vnd dy vnglaubigē fluchtig machet mit seiner bestellung dy er det in dem streit. Vnd wer er niht gewesen, so moht es vns so glucklichñ niht sein ergangen wider dy vngelaubigen. Vnd do nymāt west wer der weiss ritt' was gewesen vnd jn nymant bekañte, do was der kunig gar leit, das er dē ritter, der jm zu sulchem streit so gar erlichñ vnd ritterlichñ geholffen het, niht solt dancken vñ soll jn darvmb begabñ nah seinē verdinē.

Darnach uber das ander jar do stercktñ sich dy turckē und dy vnglaubigē ab' mit grosser macht wider den kunig vō napels vñ meintñ mit gewalt in seī lant zu zihñ. Do das der cristenlich kunig vernam, do besant er aber seī furstē vnd sein herñ vnd stercket sich wider dy vnglaubē vnd gepot aller meniclichē dy in den streit wurden zihñ, ob der weiss ritter jm zu hilff wider dy vnglaubigen aber kūmē wurde das sy jm dañ gehorsam vnd vntertenig werē in dem streit vnd besund' so lase vnd erwelt der kunig auss seinē volk vir vñ zweintzig gar redlicher manne, ob jm der weiss ritter [aber] aber zu dem streit zu hilff kūmen wurde, das dy soltñ besunder auf in warten vnd ob sy mit der hilffe gotes ir feinde aber uber wūndñ vnd das er dañ aber wolt hin weck reitñ das sy in dañ mit gewalt behiltñ vnd das sy jm dē ritter prechtñ, das er in moht erkennē vnd jm sulcher erlicher hilff, die er jm vnd der heiligen cristenheit beweiset het moht gedanckñ vnd vmb in mocht verdinē.

Also versprachñ sich dy turken vnd dy vnglaubigē aber eines streites zu thun mit cristenlichem kunig, vnd auf dy zeit als der streit aber solt geschehñ, do kam der engel gotz aber zu dē aremē pusser fur sein heusslein in dem er lag bei den hundñ vñ praht jm das weiss ross vnd den kostenlichñ ritt' zeug vnd det in an vnd furt in zu dem streit dem kunig vnd der heiligen cristenheit zu trost vn zu hilffe wider dy vnglaubigen. Vnd vmb dy zeit als mā den streit wolt anvahñ do kam aber der weiss ritter vnd bestellet den streit vnd dy spitzen gar ordenlichñ vñ weisslichñ. Do dy furstñ vnd dy herñ den weisen ritt' ersahñ das er in ab' zu hillffe kūmē was, do wurden sie gar fro vnd waren seinen reten gehorsam vnd was er sy hiss vnd mit in schicket, des was aller meniclichē willig vnd fleissig zu thun vnd wurdñ vō sein' anweissung menlichñ vnd gar willig zu steitñ wider dy vnglaubigen. Also vinge der weiss ritter aber den streit vnd was der forderst an der spitzñ vñ rennet dy vnglaubigē vō [der spitzen] einander das sy aber fluchtig vn verzagt wurdñ, das sy vō dem willen gotz vō dem cristenlichem volk alzumal erslagen wurdñ vnd gewūnen in ires lañdes uil an.

4 nit gewessen. er gangen. 6 gewessen. jar. 7 solchem. 8 scholt. scholt jm. 10 vō napels *fehlt.* mainten. 11 ver nam. 12 dye. 13 vngelawbigen. in streit. 14 wurd. 15 vnter denig. strit. 16 laz. er welt. zwaintzig. 18 scholten. barten. 19 wunden. den. 22 mocht. 25 [zu] eines str. dun. 26 geschenhen. 27 pey. 29 die. 30 anfahen. 33 *gleichfalls* hillffe. 34. 35 alle meniglichen. 36 jar. 39 gotes. 40 all zu mall. gebūnen.

Do nu der streit zu gangē vnd gewūnen was worden vō den cristglaubigē, do hub sich der weiss ritter aber vō dannen. Des wurden dy xxiiii menn' gewar [fro], den von gepotz wegē des kuniges ernstlichen gepotñ was, das sy auf den weissen ritter soltñ warten vnd soltñ in bezwungē zu dem kunig pringē, das er in moht erkennē. Also ritñ sy in an vñ hetñ in gern behabt, als (jn) dañ vō dē kunig gepotñ was. Aber seī ross, das was so resche vnd so mehtig, das er sich von in allen prach. Vnd ein' (auss in) der volget dem weissen ritter nach vnd meīt, er wolt das ross stechñ mit dē spisse, das er must pleibñ. Also stach er den ritter durch sein pein, das der spiss ab prach vnd dy struntzel pleib jm stecken in dē rechtñ pein. Aber er entreyt in allen, das sy in niht mochtñ behaben vnd kam wider zu seinē heusslein vnd zoh sich auss. Do kam der engel gotes vnd furt das ross vñ dē ritterszeuge mit jm hin. Darnach do nā der weiss ritter vnd der arem pusser dy struntzel dy im dannoch in seinē pein steckt vñ zoch sie herauss vñ warff sie von jm hin vnd kroch wider in sein heuslein, in dē er stetz lag bey dē hunden.

Nu het der kunig ein tocht', dy was ein stuñjnn, das sy niht moht geredñ noch gehoren, was mā von ir saget, dy het dise ding in der purge irs vaters allers gesehñ, wie der engel kom vñ das ross vnd den ritters zeug praht fur das heusslein [vnd das ross vnd den ritterszeug praht] vnd den armē pusser an leget vnd in auch wider auss halff zihñ, dy het auch dy struntzel dy dē weissen ritter in dem pein was gestecket da mit er gestochen was auf gehabñ vnd het sy mit einē seidein tuch vmb wundñ vnd het sy mit fleiss behaltñ. Aber sy moht dise dinck nymāt gesagē noch offenpar gemachen. Do nu der streit also glucklichñ ergangen was vnd der vnglaubigen vnzellichen uil erslagen wordñ von den cristñ, do wart dē kunig gesaget wie das der weiss ritter ab' bei in wer gewesen in dem streit aber so fursichtichlichiñ bestalt vnd aussgeriht het vnd auch so menlichñ mit sein selbs leib gestritñ vnd gefochtē het das sy an in zu sulchē glucklichñ sachñ niht hetñ mugen pringē.

Do der kunig dise ding also v'nam vnd das in der weiss ritter aber entgangen was vnd in niht pracht hetn vnd das sy in also verwuñt hetñ, do erschrack er gar ser vnd was jm zu mal leit vnd er liss gepitñ vnd aussruffen in allen sein lanndñ, das aller meniclich soltñ suchñ vnd fragen nah dem weissñ ritt' der jm vnd der heiligen cristenheit zu sulchñ erlichñ streitñ so ritterlichñ geholffen het. Mit dem wolt er sein lant vnd sein kunigreich teilē vnd nach seinē tode, so sollt er

1 jr. 1. 2 dem cristen glaubendigen. 3 potz. 4 scholten. 5 pey bezwgen. 5 kung. mvcht. 8 auss in [allen prach] *spätere Tilgung.* 11 stecket. entran. 12 da. kom. 13 kom. 13. 14 des ritteres zeuge. 14 Dor nach. arm. 17 lang. dē den. 18 stumyn. 19 dinck. 23 Sie. dy *fehlt.* weisen. gesteckt. 24 seiden. 26 offen war. 27 er gangen. vil. wurden. 28 kung. 29 bestelt het. 31 het zu. 33 dinck. 34. 35 verwunt. 34 vnd in niht praht *hinter* verwunt heten. 35 er schrack. 36 aus ruffen. mencklichen. 38 solchen. riterlichen. 39 kunckreich. dot.

den andern teil seines lanndes erbn̄, wan̄ er keīen erbn̄ niht enhet, der das reich nach seinē tode moht verwesen. Das gepot kam aus vnd erhal in weitn̄ lan̄dn̄. Darvmb so det sich ein graff auss vnd nam sich an vnd gab fur das er wer der weiss ritter der dem kunig von napels geholffen het in dem streit wider dy vngelaubigē. Vnd er het erforscht vnd gar eigentlichē war genūmē, wi sich der weiss rither gehaltn̄ het in dem streit vnd wie er in sein rechts pein gestochen was worden vmb das er in sein woitn̄ vn̄ in seiner fur gab sinen glaubn̄ gemachn̄ mochte vnd das er sulche sach redlichn̄ mocht fur pringen, das er der selb weiss ritter wer. Vnd dar vmb so liss er jm ein wūdn stechē in sein rechtz pein, da bey mā in moht erkennē dass er d' selb weiss ritter wer. Auch so liss der selb graff kauffē trewhundert weisse pferd vnd kleidet sich vnd all seī diner in weisse cleid' vnd bereittet 20 sich gar kostenlichen, das er erlichn̄ dē kunig moht zu hoff kūmē.|

Do das dem kunig gesaget vn̄ enpotn̄ wart, das der weiss ritter, der im geholffen het zu streitn̄ wider dy vngelaubigē, kūmē solt, do wart er gar fro vnd liss jm gar costenliche cleinat machen da mit er in begabn̄ wolt vnd er reit jm weit engegen vnd enpfing in mit grossen eren vnd wirdikeit vnd det jm grosse zuht. Darnach do pat der graff den kunig das er sein rete sollt zu jme fordern, so wolt er jm offēparen vnd kuntlichn̄ machen, das er der selb weiss ritter wer der jm in dem streit wider dy vnglaubigen geholffen het. Do das geschahe do hub der graf an vnd saget dē kunig vnd seinē reten gar eigentlichn̄, als er dan̄ gelernt vnd erfarn het, wie es dē weissen ritter ergāgen was jn dem streitt, das er der selb ritter wer. Auch so liss er dy wūden sehen, die er jm het lassen stechn̄, da bey mā solt erkennē, das er der selb ritt' wer, der in dem streit was gestochn̄ wordn̄.

Do d' kunig vnd sein her̄n vnd rete sulcher kuntschafft sahen vn̄ hortn̄, do glaubtn̄ sie alzumal, das er d' selb ritter wer, der jm geholffen het in dem streit wider dy vnglaubigen. Vmb sulch valscheit vnd vntrew dy der graff angefangen het zu volpringen, do geschah vō dē willen gotes vnd durch das ein sprechn̄ des heiligen geistes, das des kuniges toch' wart redn̄, dy ein stum̄ geporn was vnd ny kein wort auss jrē mūd gehort was wordn̄, dy hub vor jrē vat' vnd vor den furstn̄ [an] vnd her̄n an vnd sprah zu dē kunig also: Vat' diser vngetrew falsch graff der meint dich zu betrigē mit seinē vnwarē wortn̄. Darvmb so gee mit samt deinen retn̄ mit mir so wil ich dir den weissn̄ ritt' der dir ritterlichn̄ geholffē hat in deinē streitn̄ wid' dy vnglaubigen ( ). Vnd dy jūckfraw des kuniges tochter dy ging mit jrem vater vnd mit dē her̄n zu dem heusslein, jn dem der arem pusser lag bei den hundn̄

1 kainen. enthet. 2 dot. ver wessen. 3 er hal. lan̄ten. 5 geholfen. 6 wie. ritter. 7 rechtes. 9 solche. 10 stecken. 11 pey. mohten. 13 cleid det. weise. claider. beraittet. 14 herlichen? kūg. 15 kung. entpotn̄. 17 cleinet. 20 im fodern. 23 retten. 24 ess. er gangen. 26 er kennen. 29 gelawbten. alzu mal. 30 vngelavbigen. valsheit. 33 kūge. stum. 34 jrm. 35 sprach. 36 vnbaren. 38 ( ) *fehlt übereinstimmend das Verbum* (weisen). 40 arm.

vnd sie det das heusslein auf vnd weiset jrem vater vnd den her̄n den armē pusser vnd sprach also: Vater das ist der weiss ritt' der dir geholffen hat wyder dy vnglaubigē, wann ich allein hab gesehn̄, das zu zweyen mal ein engel gotz kam vnd praht jm ein weiss ross vnd einē ritters gezeug vn̄ det in an vnd furt in dā zu deinē streit. Darnah do weiset dy jūckfraw jrē vater vnd den her̄n dy struntzeln dy dē ritt' durch sein pein gestochn̄ was wordn̄ vnd weiset jm dy wūdn̄ dy dā noch niht gar geheilt was an dē pein des armen menschen.

Do nu der kunig vnd sein fursten vnd hern̄ sahn̄ sulh grosse wūder zeichen dy got der her' durh sein tochter getan hat, das sie was redn̄ wordn̄ vnd das er auch dē weissen ritter fundn̄ het, der jm so ritterlichn̄ geholffn̄ het wider sei feinde, do wart er gar fro vnd all sein furstn̄ vnd her̄n vnd alles seī volk dy freutn̄ sich mit samt jm mit grossen freudn̄.⌋ Darnach do liss der kunig dē posen falschn̄ graffen schentlichn̄ weisen aus seinē lannde vnd liss jm nemē was er het vn̄ allen seinē dinern. Do nu der pabest zu rom vrnūmē [het] vnd gehort het, das der kunig von napels sulch gross menig volks der vnglaubigen heiden erslagen vnd gedotet het, do hub er sich auf vnd reit zu dē kunig gen napels vmb das er jm wolt danck sagē sulcher dat die er zu erē der heiligē cristenheyt an dē vnglaubigē begangen vnd getan het. Vnd do der pabest also in grossn̄ freudn̄ etlichē tag bei dē kunig gewesē ⌊was, do hub der kunig an vnd saget dē pabest von dem armē pusser, den er fur einē torē so lang zeit gehabt het vnd wie er jm durch dē Engel gotes zu hillff was kūmen. Er saget jm auch das er mit nymant wolt reden vnd das er kraich auf der erdn̄. Er liss den pabest auch sehn̄ wie er sein speisse nam mit den hundn̄. Vnd do der pabst sulch vngehorte ding sah vnd hort, des het er ein gross verwundern vnd do er den pusser als gar eigentlichn̄ ansah, do bedauht in, wie das er in vor mer het gesehn̄ vnd sein peicht gehort het vnd er wart in fragen vnd sprach also: Ich gepeut dir pey dem gewalt gotz, den er mir verlihn̄ vnd gebn̄ hat dir vnd allen cristn̄ menschn̄ zu gepitn̄ ob du seist der mensch der mir sullch sach zu der zeit gepeiht hat mit grosser rew seins hertzn. Der arem pusser bekant den pabst wol vnd wolt jm ab' sein' frag' niht antwurtn̄, wan̄ dy zeit sein̄er puss dy im von got selber was auf gesatzt dy was noch niht vergāgen. Darvmb so sweig er stille. Do hub der pabest an dē kunig zu sagē vnd sprach also: Mir ist wol wissentlichn̄ das diser mensch vo' etlichn̄ zeitn̄ zu mir kūmē ist vnd hat mir sulch seī svnde gepeicht, Darvmb ich jm keine puss west zu setzn̄, wan̄ sulcher fremder sach vor niht mer fur mich kūmē ist. Dar vmb so weiset ich in zu einē peichtfat', der ein heilig' Einsidel ist vnd hat sein wonūg vir meill vō rom in einē walde, das in der sollt auss richtn̄ vnd solt jm eī puss auf setzn̄ uber sein sunde. Wie in der

1 weisset. jrm. 4 mallen. gotes. 5 zu dem. 6 jrm. 9 solh. 10 het. 11 weissen. 12 feint. 13 als sein v. mit sam mit jm. 14 kunik. possen. 16 papst. het *ungetilgt.* 17 so gross. 18 vnd gedotet *fehlt.* rait. 19 kung. solche danck. 20 vngelevbigen. 21 grosen frewen. 22 armen armen. 25 kroch. lis. 27 vn gehorte. ver wundern. 32 solch. 35 gesetzt. 38 solch sunde. 40 (meinem?) peicht vater. 42 scholt. geben auf setzen.

selbe meī peichtfater hat auss gericht, des enweiss ich niht. Darvmb so wil ich jm schreibn̄, das er zu mir her kūme vnd vns sag wie es vmb disen mēschen gelegen sey. Vnd do der Einsidel kam vō gepotz wegen des pabstes vnd den armē pusser ansahe, Alzuhant do bekāt er in wol vnd auf den tag als er kūmen was, da waren dy sechs jar aussgangen. Da fraget in der Einsidel vnd sprach also: Liber svn, ist dy zeit deiner puss vergangē, dy ich dir han aufgesatzt vb' dein svnde durch dy verkundung des almechtigen gotes, so beger ich von dir, dastu mit mir redest vnd mir sagest des ich dich dan̄ frag. Ist ab' dy zeit dein' puss noch nit vergangē, so beger ich nicht, dastu mit mir redest, sondern du solt dein puss haltn̄ als sy dir dann vō got durh mich ist aufgesatzt. Alzuhant do richtet sich der kunig vō franckreich auf gar frolichē den vor nymāt bekannt het vnd redet mit dem Einsidel vnd sprach zu jm also: Heiliger vater dy zeit dy mir durch di verkundūg gotes ist auffgesatzt von dein' heilikeit, jn der ich meī svnd gepusset han, dy zeit ist heut an dem tag als du kūmē pist aussgangē vnd ich han ein hoffenūge, jch sull nu furbass ein kynt gotes geheissn̄ werden vnd niht ein kint des teufels.

Do nu der pabest vnd der kunig von Napels vnd dy andern furstn̄ vnd hern hortn̄ vnd sahn̄ dy grossn̄ wūderzeichn̄ dy got durch den edeln furstn̄ von franckenreich getan het, do wurdn̄ sie gar fro vnd hetn̄ gross frewde vnd frolockn̄. Vnd der kunig von Napels der het jm sein tochter gern gebn̄ dy ein schone jūchfraw was, mit der got d' her' auch gross wūderzeichn̄ gethan het vnd het jm sein kunigreich vnd alles sein lant gern vntertenig gemachet. Ab' er begert keines zeitlichn̄ gutz noch weltlicher eren niht mer, sonder er gīg zu seinē peichtvater, zu dem heiligen Einsidel vnd uil fur in nyder vnd pat in gar demuticlichen vnd sprach also: Heiliger vater, jch pit dich vmb dye ere gotz dastu mich mit dir heim furest, vnd lass mich furbass deinē vntertenigen svn sein, das ich mug ein kint gotes geheissen werden, vnd nicht ein kint des teufels als ich dann leider gewesen pin.

Do der heilig Einsidel sahe vnd erkant die grossen rew vnd andacht dy der edel mensch het, do furt er in mit frewdn̄ mit jm heim in seine zellen. Da lebet er furbass in grosser heilikeit pei dē Einsidel vnd was jm gehorsam vnd vntertenig piss an sein ennde. Amen.

In dem ungemein weiten Kreise der Bearbeitungen des vielfach als romanischer Typus in Anspruch genommenen, dem deutschen Faust gegenübergestellten Stoffes (s. neuerdings die fleißigen Zusammenstellungen von Karl Breul in seiner Ausgabe des Sir Gowther,

1 ent waiss. 3 Einsydel. kom. 4 pobst. 5 sech. 6 Eynsidel. 7 auss vnd ver gangen. 9 das jch dich fraget. 11 sunder. 12 auf gesetzt. 13 Eynsidel. 16 gepuset. 17 vnd ich ein hoffnunge hab. schul. fur pas. geheisen. 19 past. 22 thochter. 24 vnder denig. 27 dymutiglichen. 29 last. vnterdenigen. 30 nit. 31 gewessen. 32 er kant. grosē. 34 sein. groser. 35 waz. vnd *fehlt.* vnterdenig.

Oppeln 1886), spielt die unsere nicht bloß als Repräsentantin des deutschen Gebietes, wo Ed. du Méril z. B. (Études sur quelques points d'Archéol. et d'hist. litt. p. 291) ihn als traditionell circulierend nur voraussetzen konnte und noch K. Breul (a. a. O. S. 50. 66) ihn in Abrede stellt, eine Rolle[1]). Sie ist zugleich durch ihre Fassung des Stoffes für dessen Geschichte, Stammbaum und Charakteristik von erheblicher Bedeutung. Eine Fühlung mit jenem Kreise weist sie völlig ab und geht in dem Gerippe thatsächlicher Momente der Robertsage, die sich aus der sehr allgemein gehaltenen Umkleidung alsbald leicht herausschälen lassen, unmittelbar auf die älteste Fassung zurück, in der uns die Geschichte von Sündenleben, Umkehr und Buße des Teufelskindes erzählt wird, auf die Legende, die der Dominikaner Etienne de Bourbon im 13. Jahrhundert in seiner Anecdoten- und Legendensammlung (Lib. III de eis que pertinent ad donum scientie Nr. 168) unter der Devise 'de multiplici utilitate penitentie' mittheilt (Ausg. von Lacoy de la Marche, Paris 1877, S. 145—148). Da K. Breul a. a. O. S. 208—210 diese Version ganz zum Abdruck gebracht hat, so glauben wir es an dieser Stelle unterlassen zu können und wenden uns gleich zu der Untersuchung der zunächst sehr plausiblen Frage, ob nicht unsere Erzählung einfach eine rein mechanische Aufquellung und äußerliche Verbreiterung jenes kurzen, älteren, auf dem gemeinsamen geistlichen Boden gepflanzten Keimes darstelle.

Diese Annahme unterliegt aber mehrfachen Bedenken. Zunächst ein hauptsächliches: in der lateinischen Prosa des Etienne (L. P.) hat das Kind bereits seinen Namen, Robert, wenn auch der ständige Beiname erst später hinzutritt. In der deutschen Prosa ist es noch ganz allgemein der 'kunig von franckenreich'. Daß aus dem 'quidam comes' des französischen Verf. der L. P. hier gleich „ein französischer König" werden mochte, ließe sich aus deutscher Eigenart erklären, wie deutsche Reichsverhältnisse aus der D. P. ganz eigenthümlichen Episode des ausgeschriebenen 'hofes', zu dem die Fürsten dann nicht erscheinen wollen, hervorschauen. Allein daß sich ein deutscher Erzähler des MA. keinen Namen entgehen läßt, wo er ihn haben kann, könnte allein schon als Gegenbeweis gegen die Bezie-

---

[1]) Der Schmeller'sche handschriftliche Katalog, der unsere Erzählung aufführt, bemerkt ihre Zugehörigkeit zum Robertkreise nicht. Eine Andeutung hiervon brachte erst ihre Aufzählung in der Neuauflage von Gödekes Grundriß I². 235. Unter den deutschen Bearbeitern in neuerer Zeit ist Görres der einzige, der mit seiner ganz individuellen Fassung in seinen 'teutschen Volksbüchern' (die freilich ebensowohl bloße Phantasie sein kann) auf eine originale deutsche Version weisen könnte.

hung von D. P. auf L. P. gelten. Einen Anstoß im Namen Robert für den Deutschen 'zu wittern (Ruprecht v. d. Pfalz!), führt zu sehr auf bodenlose Hypothese, als daß man die Fährte weiter verfolgen könnte.

Die Taufe bleibt mit der Namengebung in D. P. weg. Von der ungeheuren Schändlichkeit dieses Jugendlebens, zu der sich das trockene Argument schon in L. P. findet (post major alios percuciebat, post quem occurrebat destruebat et rapiebat, post virgines rapiebat et deflorabat et conjugatas, homines capiebat et occidebat etc.), und die sich mit der Zeit, namentlich in der normännischen Chronik, zu einer ausgesuchten Verruchtheit steigert, davon ist in D. P. nur der curiose Zug aus dem Säuglingsdasein (mammas nutricum mordebat) übrig geblieben. Es ist nicht bloß die langhin in Deutschland bei Darstellungen von Wüstheit und Rauflust aus geistlicher und gelehrter Sphäre zu spürende redactio in usum delphini, die hier in Anschlag zu bringen ist. Auch in der anderen ältesten französischen Darstellung, im Roman (R) de Robert le Diable (in Versen aus dem 13. Jahrh. herausgeg. von Trébutien, Paris 1837, 4⁰, leider nur in einem Abzug von 130 Exemplaren) zeigt sich die Schilderung des Charakters des Sünders noch in milderem Lichte. Allein eine so ausgesprochene Parteinahme für diesen Charakter, wie in D. P., ist doch im ganzen Umkreis der Bearbeitungen nicht erhört. Man sieht hier deutlich das Bestreben, nicht auf ihn selbst, sondern Alles noch auf die Schuld seiner Geburt zu schieben. Daher flucht und schilt er mit seinen ersten Worten, kann kein Gebet erlernen, 'beleidigt' und 'beschädigt', wie betont wird, wider Willen und zu seinem eigenen Leidwesen seine Gespielen und später seine Unterthanen. Er spielt da wirklich von Anfang an eine traurige Rolle als Teufel, er ist, wie man das vielleicht heute ausdrücken würde, ein Teufel, der seinen Beruf verfehlt hat. Auch der gravierende Umstand, daß der Ritterschlag ihn nicht von seinen verbrecherischen Neigungen zurückzubringen vermag (auch bereits in L. P.: factus miles, fit magis scelestus), erscheint darum nicht in der D. P.; hier folgt Robert seinem Vater ganz legal in den Regierungsgeschäften, ohne daß er ihn zu Tode ärgert, wie in der diesen Zug gleichfalls enthaltenden englischen Romanze von Sir Gowther. Einzig vor Allem ist in D. P. das Motiv seiner Sinneswandlung; es ist nämlich echt deutsch: verletztes Standesgefühl. Weder, wie in den meisten Bearbeitungen, die Angst und die Flucht des Volkes, noch die Andeutung des furchtbaren Bekenntnisses seiner Geburt (in L. P. durch die Mutter, in

Sir Gowther, wo der Schauplatz nach Österreich verlegt ist, durch einen alten Grafen, vgl. die Räthe in D. P.), noch tödtliche Verwundung, wie in der normännischen Chronik, noch endlich die Erscheinung Christi, wie im spanischen Drama: nein, der verletzte Stolz, daß eine Versammlung von Großen (der 'hof', ein Anklang an das Turnier in R. und den Volksbüchern) ihn ausschließt, bringt ihn zur Erkenntniß der auf ihm lastenden Schuld. In der sich nun daran schließenden Scene mit der Mutter, dem Höhepunkt der Fabel[1]) (die Parallele mit Shakespeares Hamlet drängt sich von selbst auf) motiviert D. P. nicht wie L. P. und die sich daran schließende Reihe den Schreck der Mutter mit dem (im Volksbuch noch blutenden) Schwerte, das der Held unter furchtbaren Drohungen auf die Mutter zieht. Es ist vielmehr das Bewußtsein der eigenen Schuld, das sie verstummen und von dem nur ein verändertes Benehmen zeigenden Sohne sich das Leben sichern läßt. Mehr als Richter denn als Schuldner beschließt er denn auch die Scene, er wirft ihr das Königserbe, das die Schuld seiner unseligen Geburt trägt, gleichsam vor die Füße und entzieht sich dem Anblicke der Welt.

Förmlich methodisch geht er nun an sein Entsündigungswerk. Kirchlich wie seine Schuld ist seine Sühne. Er hält — ein der D. P. ganz eigener Zug — den Instanzenweg der Beichte inne: er geht vom Priester zum Bischof, vom Bischof erst nach Rom, zum Papst. Der Papst — eine Steigerung des Effects, in der die Bearbeitungen sich scheiden — schickt ihn auch hier zu einem heiligen Einsiedler, dieser muß aber noch dazu sein eigener Beichtvater sein. Den himmlischen Brief, der die Festsetzung seiner Buße enthält, hat nun D. P. wieder mit L. P. gemein, aber gerade die so natürliche Botin in L. P., die Entsündigungstaube des heiligen Geistes, ist hier durch eine Hand, die sich — sehr unplastisch — durch das Gewölbe schiebt, ersetzt. Nicht minder seltsam sind hier die fast selbstverständlichen sieben Jahre der Buße (die übrigens in L. P. noch nicht begrenzt sind) auf sechs reduciert. Dagegen ist die gräßliche (jedoch nicht für Robert ausschließlich charakteristische) Form der Buße in D. P. in ihrer ganzen Vollständigkeit — ein förmliches Compendium der Robertbußen — ausgemalt. Es wird ihm hier ausdrücklich angesagt, auf allen Vieren zu kriechen, während in der Chronik Robert sich auch die Buße, den Hunden seine Nahrung zu verdanken, selbst auferlegt.

[1]) Man beachte selbst in unserer Darstellung die im Wechsel der indirecten mit der directen Rede (S. 49, 2) zum Ausdruck kommende Erregung.

Bedeutsam ist auch das sonst wiederkehrende Verbot, gen Himmel zu sehen. Auch hier wird dem Bewährer so eigenartiger Bußen von der Welt das Prädicat eines 'narren' beigelegt. Von der Verübung wirklicher Narrenstreiche zur Erheiterung einer Tischgesellschaft, wie sie sich die englischen Romanzen natürlich nicht schenken können (s. W. J. Thoms, Early English Prose Romances I, 35 f. W. Carew Hazlitt, Remains of the early popular poetry of England p. 235), hält ihn jedoch D. P. selbstverständlich völlig fern.

Die Stätte der Heldenthaten, zu denen die himmlische Gnade dem großen Büßer nun Gelegenheit gibt, ist nicht die allgemeine 'civitas regia' von L. P., die in den meisten Bearbeitungen zum 'Kaiserhof von Rom' erhöht ist, sondern 'das lant Pullen' und 'des kunigs hoff Napels'. Wir betonen diesen Zug von D. P. als lehrreiche Bestätigung unserer bereits (in einem, Robert betreffenden Aufsatze der Zs. für Völkerpsychologie und Sprachwissensch. 1888) vertretenen Ansicht, daß diejenigen Forscher, die die Möglichkeit einer historischen Unterlage der Sage in Erwägung zogen (Nisard, Uhland u. A.), besser gethan hätten, statt an die normännischen Herzoge und ihre Ahnen, lieber an die italienischen Normannen und unter ihnen an den furchtbaren, vom apulischen Räuber zum Herzog erhöhten, zum Helfer und Retter des Kaisers und des mächtigsten Papstes „bekehrten“ Robert Guiscard zu denken. Die 'barbari' von L. P. findet man in den 'ungelaubigen' von D. P. wieder, daneben im 15. Jahrh. nothwendiger als im 13. auch die 'Turcs' von R. Die für R. ganz besonders anziehende Ausmalung der Kämpfe mit ihnen klingt jedoch in D. P. nur in stereotypen Formeln an, die nothwendig nur einmal wiederkehren können; daher die Türkenschlacht sich hier auch nur, wie in L. P., zweimal wiederholt, und nicht dreimal, wie in R. Damit fällt von selbst die Anregung zu einer Veränderung der himmlischen Ausrüstung des Helden weg, die im Sir Gowther (Strophe 34. 41. 49) den Weg über die drei bedeutsamen Farbensymbole: schwarz, roth, weiß (bezw. silbern) für Roß und Rüstung innehält. Allein nicht einmal die charakteristische Auszeichnung der Rüstung in L. P., rothes Kreuz auf weißer Rüstung (eum armavit armis albis cum cruce rubea, die Templerordenstracht)[1]) fühlt D. P. sich nachzuahmen versucht. Nirgends wohl zeigt es sich so deutlich als

[1]) Ich finde in dem sich hierin offenbarenden directen Bezug auf die Templeisen, den diese völlig gralrittermäßige, sogar durch den charakteristischen Longinusstich ausgezeichnete himmlische Sendung eines unbekannten Nothhelfers auszeichnet, einen werthvollen sagengeschichtlichen Zug. Die Verbindung des Teufels-

in dieser hervorstechenden, den mittelalterlichen Sinn besonders fesselnden Partie, daß D. P. bei all' ihrer äußerlichen Aufbauschung doch von einer an bestimmten Zügen noch armen, ja noch einfacheren Vorlage abhängt, als es selbst L. P. ist. Denn D. P. spricht wohl von dem „weißen Ritter" gibt sich aber bei der Schilderung der Scene, in der der Engel die Rüstung bringt, nicht einmal die Mühe, die Farbe der Rüstung (des 'ritters gezeug') anzudeuten, sondern begnügt sich mit dem weißen Roß. Auch den Zug von L. P., daß Robert, lebhaft mit dem König und der Christenheit fühlend, für sie betet und dadurch die Erscheinung des Engels bewirkt, läßt D. P. vermissen, ebenso wie die feierliche Weihung der Waffen am Brunnen. Hier wie überall ist der Held von D. P. passiv, und Alles vollzieht sich hier mechanisch, ganz ersichtlich die Ausführung einer ursprünglichen, trockenen, unvermittelten Anecdote. So fehlt denn natürlich auch die feinere romanhafte Ausschmückung des Verhältnisses zur Königstochter und des Eingreifens des falschen Grafen (des 'senescallus' in L. P.), in der sich die späteren Bearbeitungen ergehen. Nur insofern versteht sich D. P. zu einer kleinen, allerdings sehr steifen Concession an den Romangeschmack, als sie die stumme Königstochter, die sie so lange als unbeachtete Mißgeburt behandelt, mit einem Male am Schluß zu einer 'schonen junckfraw' macht, um das asketische Verdienst des Helden noch zu erhöhen. Denn daß D. P. die älteste asketische Fassung des Schlußes von L. P. und R. bietet, wonach sich der Held mit seinem Eremiten in den Wald zurückzieht, statt die ihm angetragene schöne Prinzessin zu heiraten, sein herrenloses Reich zu regieren und Vater des Paladins (Thoms a. a. O. 55, Hazlitt 262) Karls des Großen, des Helden Richard 'sans Peur' zu werden — die jüngere volksthümliche, meist vorbildliche Fassung —, das kann nach Allem, zumal in der Umgebung, in der die Novelle auftritt, nicht überraschen.

Der Schluß aber, den man aus diesem Verhältnisse von D. P. zu den einzelnen Momenten des Robertstoffes ziehen muß, weist dieser Bearbeitung eine bedeutsame Stellung in der Geschichte seiner Ausbildung an. Bietet D. P., wie sich das mit Nothwendigkeit 1. aus der Abwesenheit des Namens des Helden, 2. dem Mangel aller ausschmückenden Variationen, 3. des durchaus selbständigen, von dem im Verlaufe des

kindes mit dem Gral vollzieht sich äußerlich in Roberts „Halbbruder" (denn der Teufel ist der gemeinsame Vater) Merlin, jedenfalls auf französischem Boden. (Den Roman des Robert de Borron s. jetzt in der Ausg. von Gast. Paris u. Ulrich. Paris 1886. 2 Bde.)

13.—15. Jahrh. sich herausbildenden Typus abweichenden, das ursprüngliche Schlußmotiv bewahrenden Gestaltung ergibt, eine Form des Stoffes dar, die noch rudimentärer ist, als L. P., so haben wir in D. P. die thatsächliche Vermittlung einer Fassung vor uns, die sie mit L. P. als Vorlage theilt. Wenn nun der seine Quellen litterarhistorisch genau verzeichnende Etienne (vgl. Ed. Lacoy, Préf. XIV sq.) von dieser Erzählung (p. 145 a. a. O.) sagt, daß er sie von zwei geistlichen Gewährsmännern und einem, der sie gelesen, gehört habe (audivi a duobus fratribus, a fratre, qui hoc se legisse asserebat), so können wir darin mit Fug diejenige, jedenfalls lateinische, Fassung vermuthen, die mindestens bereits in der ersten Hälfte des 13. Jahrh. in den Klöstern bekannt war. Es hat dies auch äußerlich schon mehr Wahrscheinlichkeit, als daß das auch in Frankreich nicht übermäßig verbreitete Werk Etiennes (s. Lacoy a. a. O. XIX ff.) irgendwie nach Baiern gedrungen sei, um in diesem Falle so auffallend lückenhaft benutzt zu werden. In Form wie in Inhalt wird jene Fassung sich von dem Typus einer 'conversio' nicht unterschieden haben, wie Caesarius von Heisterbach sie uns überliefert, und über deren politischen und socialen Hintergrund ich mich bereits in der genannten Abhandlung über Robert ausgelassen habe. Daß dadurch die geistliche Wurzel des mythologisch und poetisch so beziehungsreichen Stoffes, und zwar genau in der Richtung, wie ich sie wahrscheinlich zu machen bemüht war, noch entschiedener hervortritt, ist ein weiterer Gewinn, den wir D. P. entnehmen können.

MÜNCHEN. KARL BORINSKI.

MITTHEILUNGEN.

I. Urkundliches über Hademar von Laber.

Hademar von Laber, der Verfasser des allegorischen Werkchens 'Die Jagd' betitelt, kommt 1244 und 1277 urkundlich vor. Am 4. Juni 1244 erklärte bei Hemsbach a. d. Bergstraße Erzbischof Wernher von Mainz, daß er mit Lodewig Pfalzgrafen eine Rachtung durch den Heinrich Grafen von Wilnowe (Weilnau in Nassau), Reinhard von Hagenawe, Giselbert Vicedom und Friedrich von Rudensheim (Rüdesheim am Rhein), Philipp Marschalk von Frawenstein und Wolffram Schultheissen von Frankenfort für den Erzbischof, für den Pfalzgrafen Ulrich von Wirtemberg, Ludewig von Otingen, Grafen, Hermann von Hornheim, Albert Luczemann, Hademar de Laber und Philipp von Hoenfels als Schiedsleute machte und sie sich verpflichteten, die von diesen mit dem Burggrafen Friedrich von Nürnberg und Dither Grafen von Catzenellenbogen gemachte Sühne zu halten. Diese stellten fest, daß der Erzbischof dem Pfalzgrafen seine Lehen ertheile und den Besitz von Schloß Weinheim nebst der neuen Stadt daselbst, sowie die Leute zwischen der Neustadt und Weinheim zusichere. pridie Nonas Junii. apud Hemspach. Die Urkunde steht im Pfälzer Copialbuch der öffentlichen Bibliothek zu Stuttgart (Hs. Folio hist. Nr. 395).

Hademar kommt nochmals 1277 am 24. April vor. An diesem Tage erklärten zu Heidelberg Hermann, Rudolf und Hesso, Markgrafen von Baden, daß sie dem Pfalzgrafen Ludewig ihr Schloß Lyndenfels als ihr Eigenthum für 2350 Mark verkauften. Da sie kein Siegel hatten, verbürgte sich und siegelte mit einer stattlichen Reihe von geistlichen und weltlichen Würdenträgern auch hadmarus de Laber. VIII. kal. Maii. Heidelberg. Ebendaselbst, Hademar von Laber erscheint wohl als Pfälzer Lehensmann hier in den Urkunden und lebte am Hofe Ludwigs Pfalzgrafen bei Rhein.

II. Gedichte und geistliche Lieder.

Ein mittelhochdeutscher Sammelband von Predigten enthält folgende Lieder:

1. Dicz ist von einer tôten frawen, die ir man nach fûrte manichen tag.

Wer trûwe gilt mit vntrûwen,
der solte nummer haben ruwen,
Ob deme selbin leid gescheche,
Vntruwe gen truwe ist ein schmeche,
die ein fromis hertze solte hassen etc.

2. Dicz ist von der gotis geburte.

Ein wort daz wart von obirland
Mit eime engil her abe gesand
Zu einer magit reine Maria genant.
Nu merkint, wye der engil sprach,
Do er die kusche reine sach etc.

3. Dicz ist von den sechs cronen.

Dye alten fromen haint vns geseit,
Daz dogint ist ein eren kleit,
Zucht ein schoner mantil drüber,
Schame ein gurtil aller dribe,
Bescheidenheit ein schapel fein,
Messikeit ein togent rein,
Virswisigenheit ein edelstein.
Ich wunsch, es wolde sein,
Ein yeclich fromis wip
Drug solich cleide an yrem lip etc.

Diese Lieder stehen auch in einer Hs. saeculi XV des Staatsarchivs zu Wiesbaden, welche Friedemann in der Zeitschrift für die Archive Deutschlands I, 73—74 beschrieb. Auch eine Hs. der Würzburger Univers.-Bibliothek saec. XV enthält dieselben. Cf. Haupt, Zs. f. d. Alterth. III, 3, 430 und Mone, Anzeiger VII (1838), 235.

Diese Texte weichen von den oben gegebenen Proben ab, und bieten letztere hierzu Lesarten.

Ein Einblattdruck, Folio, o. O. u. J. Elf Strophen, wovon jede mit 'Maria' anfängt und einem Initial (Maria mit dem Kinde) in Holzschnitt hat den Titel: Ein hubsch lied von Marien der hoichgelopten Junckfrawen vnd Muter | Gottes des Almechtigen | .

Maria zart von edler art,
ein ros an alle doren,
Du hast auss macht
her wieder pracht,
das vorlang was verloren etc.

Der Druck gehört dem 15.—16. Jahrhundert an. Cf. Hoffmann von Fallersleben, Kirchenlied ed. III„ S. 454, der diesen Druck nicht kannte. Wackernagel Nr. 148.

Ein Einblattdruck, Folio, o. O. u. J., mit einem Initial (Gott Vater den gekreuzigten Christus vor sich haltend) in Holzschnitt, hat den Titel: Eyn newes lied vom bittern leyden vnss heren Jhesu Christ. |

O Jhesu Christ deyn leiden ist
gar gross vnd schwer etc.

Im Ganzen sieben Strophen.

Mitten steht: Wer es singt vnd list vnd dass nachfolgend gebett spricht, hat VI tusent VI hondert vnd lXVI tag ablasz. Dann das Gebet: Ich bidden dich lieue here Jhesu Christ durch die minne, die du hattis zů allen menschen, da du hiemlischer kunig heyngis an dem cruce etc.

Das Lied ohne das Gebet und den Vermerk des Ablasses bei Hoffmann ed. III, 470 nach Arnt von Aichs Liederbuch 1519, Nr. 21.

III. Volkslieder.

1. Ein hübsch New lied von ainer Vischerin von Was-|serburg, Wie sie vm̄ ain Schreiber warb, Im thon vom Bayrischen krig | An einem dornstag es geschach, Oder jm rayen thon vō becken knecht | vō Vlm. Ein newes lied thů ich eüch verjehen vn̄ was zů Vlm | einem Becken knecht ist geschehen . Zů singen. |

Nun wölt jr hören ein news gedicht,
vn̄ was zu Wasserburg geschehen ist etc.

Einblattdruck o. O. u. J. Folio, Mainzer Stadtbibliothek, leider mehrfach mit Tinte durchstrichen und deshalb in der Lesung unsicher.

2. Ein hübsch new Lied vom land wirtemberg wie es | erobert vnd eingenomen, im . XXX iiij . Jar . vn̄ ingts (!) im thon, wies Frewlin | von Brithania, oder im thon von der schlacht Pauia zu singen.

Ich lob Gott in dem höchsten thron,
er hatt kain diener nie verlorn etc.

Einblattdruck, Folio, o. O. u. J. (1534), welchen Weller, Annalen I, 130 ungenau beschreibt, und dessen Text von Liliencron, Die historischen Volkslieder der Deutschen IV, n. 452 graphisch abweicht. Stadtbibliothek zu Mainz.

3. Links Randbordüre, darin oben der Adler des Evangelisten Johannes, dann St. Peter (stehende Figur mit dem Schlüssel), unten der Ochse des Lucas.

AVG. | Ein Chrystlich New Lied, jm thon . Was wirt es noch. |

1.

AVGspurg ain haupt an Christū glaupt,
des Reich mit seyner leer gezieret,
Ain lange zeit, weyt aussgebrayt,
gepredigt glert vnnd rain gefüeret,
Darwider tobt die Bäbstisch rot,
mit geschwindē fet vnnd griffen,
Das ewig wort, der sünder hordt,
gesigt mit hellen schrifften.

2.

Fürdert Gots eer, got vnser herr,
wil keinen menschen die selb gebē,
Dye jm hat ghraubt des Rōmisch haupt,
sich yber gotes stul erhebet
mit seinem gsetz, gots wort verletzt,
gar Jāmerlich verkeret
das ewig wort, der sunder hort,
hatt sich seins valsch erwöret.

3.

Gottes gebot, man halten soll,
dann werd wir singen in das leben,
die liebe hon, gen jederman,
so wirt got seinen feinden geben,
nach jrem thon, der sundē lon,
die sein wort hond verlassen,
Das ewig wort, der sunder hort,
Klingt hell inns Reiches strassen.

4.

Wort gots des leicht, des Babstumb weycht,
die vinsternus mags liecht nit dulden,
So es her glantzt, die hertzen pflantzt,
fiert sie wider zů Gotes huldē,
wer des annimbt, wirt nit geschent,
er die nur got vertrawen,
das ewig wort, der sünder hort,
wol vnser hertz erpawen.

5.

Lob er sey got, der yetzūd hat,
des lang geschray seiner armē ghöret,
Zů schendē gmacht, der pfaffen pracht,
dies Euangelj gots verkerent,
got vnser sterck yetz In vns wirck,
die werck vnd frucht des glaubens,
das haylig wort, der sunder hort,
zu Augspurg frey erlaubet.

Stadtbibliothek Mainz.

6. Ein schön New Lied. Von dem Graffen vnd thewren Ritter vnnd Helden Graff Niclaus von Serin, wie er so ritterlich in Ungern gestritten. Im thon, wie man das Lied von Olmitz singt. Getruckt, Im Jahr 1625. Octavo. 4 Blatt.

Unbekannter Druck des Liedes:

Wie gerne wolt ich singen
so ficht mich trauwren an etc.

Fehlt bei Gödeke, Grundriß; frühere Drucke bei Weller s. v.

IV. Aus Wiesbadener Handschriften und Incunabeln.

Nr. 50. Folio, Papier, 207 Blatt, 15. Jahrhundert. Eintrag: Codex monasterii sancti Florini in Schonaw ord. sancti Benedicti Treveren. dioc. unionis Bursfeldensis. Quem qui distraxerit, sit anathema maranatha. Anfang: Hye begynnt eyn lere von tzwulferley sternen der gebrech, die den menschen hindern an eym vortgunden leben vnd sint geschrefen vss des priors predigaten czu den predigern czu collen in dem begyn der reformacien da selbs vnd forther diss gantz boich. — Hye begynnt der prologus. Nebenan von anderer Hand: circa annum domini 1460.

Nr. 51. Folio, Papier, 15. Jahrh. Anfang fehlt. Aufschrift des Bandes: Spiritualia varia in germania antiquo. Niederdeutscher (mittelfränk.? O. B.) erbaulicher Text. Beginnt: begynnet dat irste boech von profectus religiosorum, dat ist von vortgange geitstlicher menschen. Eintrag: Diss boich ist des junffrauwen cloesters zu schoenauwe (16. Jahrh.) Beide Bücher bieten für Mystik manches Interessante.

Nr. 52. Großoctavo, Papier, 15. Jahrhundert. Rückenaufschrift: Porto, theologische Schriften, deutsch 1469 Ms. Am Anfange defect. Enthält in Gesprächsform eine theologische Abhandlung über die zehn Gebote. Beginnt: die eyne hiesche lia, die dat wirckende leuen beduyt. Die ander hiesch rachel, de dat schauwende leuen beduyt vnd eyne jecliche etc. Schluß: Dyt boich wart geendet of sente margreten dach. In dem jair vnsers herren MCCCC LX VIII (welche Zahl ausgestrichen ist und roth darunter steht: MCCCC LXIX). Got sy gelouet vnd geeret. Es scheint dieses eine niederdeutsche (? O. B.) Übertragung von Gersons Werkchen „von den zehn Geboten, von der Beicht und der Kunst zu sterben" zu sein. Angebunden, aber wahrscheinlich am Anfange ebenfalls defect, ähnlichen Inhalts. Anfang: Vf den heiligen paisch auent in dem leuen vns. herren dat LXVIII capittel. Vff den oister auent zu morgen stoinden zu samen yn dem huise etc. Schluß: dit boich wart geendet (*wart geendet!*) off sent paulinus dach MCCCC LXIX. ach biddet got vor die arme schryuers, dat sy werde eyne selige lyders, got sy gebenediet amen.

Nr. 66. Folio, Papier, 15.—16. Jahrhundert in Urkundenschrift. Deutscher Text des Belial von Jacobus de Theramo. „In dem namen der heiligen vnd ungeteilten Drufaltikait" etc. Mit 33 blattgroßen colorierten, auf den Text bezüglichen Federzeichnungen.

Nr. 68. Klein Duodez, Pergament, 15. Jahrhundert, 126 Blatt, Blatt 1—2 fehlen. Erbaulicher Text mit Anfängen von geistlichen

Liedern, niederdeutsch. Anfang: ze got, wie der gerechte man dieser lilien si gelich etc.

Nr. 75. Quarto, Papier, 16.—17. Jahrhundert, 219 Blatt. „Chronica vnnd Altes herkommen der Landtgrauen zu Döringenn vnd Hessen. Auch der Hernn von Hennenberg vnnd der Fürstenn von Anhalt." Von anderer Hand, wahrscheinlich der des hessischen Geschichtsschreibers Ayrmann: Liber hic collatus cum alio veteri Ms. minus tamen pleno. NB. Hirssfeld in hoc semper scribitur Herrsfeld, It. von Dornberg, von Dörmberg. Auf dem Titel der Vermerk: Ex bibliotheca Johannis Strengeri dicasterii Marpurgensis secretarii. Anno 1540. Wahrscheinlich gehörte die Hs. später dem Ayrmann. Mit Senckenberg, sel. V, 301. 510 verglichen, hat die Hs. ältere Sprachformen aufzuweisen, und die Cap. 1—11, 13, sowie 15—17, welche bei Senckenberg fehlen, enthält dieselbe. Der Zusatz am Ende 892—1230 fehlt im Ms., welches für Neuherausgabe Werth haben dürfte.

Über andere Hss. cf. Wenck, hess. L.-G. I, praef. XIV, §. 9.

Von bei Hain fehlenden Incunabeln ist vorhanden: Vita Esopi fabulatoris clarissimi e greco latina per Rimicium facta ad reuerendissimum patrem dominum Anthonium Tituli sancti Chrisogoni prespiterum Cardinalem. Das leben des hochberümten fabeltichters Esopi, auss kriechischer zungen in lateyn durch Rimicium gemachet etc. Am Anfange blattgroßer colorierter Holzschnitt (Aesopus). o. O. u. J. Folio. Angebunden: Die vorred Romuli philosophi in das bůch esopi. o. O. u. J. von gleichem Drucker.

Die casus in terminis VI libri decretalium von Meckenlocher. Straßburg (Flach) 1490, Folio, haben am Ende diesen Eintrag von einer Hand des 16. Jahrhunderts:

Eyn bewerter dranck vor die pestilentz, dardurch vvil menschen geholffen ist. Geschrieben 1503 zu Arnstein, aus welchem Kloster die Incunabel stammt.

Die Ausgabe des Bartholomaeus de Glanvilla: de proprietatibus rerum Nürnberg 1483 (Koburger), Folio, besitzt auf den Deckeln innen aufgeklebte Pergamentblätter des XV.—XVI. Jahrhunderts, die einen vielfach verriebenen und unlesbaren deutschen Text bieten, den ich hier mittheile. Vorsatzblatt des Rückendeckels:

Ave. Gegrusset sistu magit rein
Maria vzerwiltis vas,
Daz vme erkorn da got allein,
Der vmmer ist vnd auch vor waz.

Zu mûter wolde habin kerne
Dan dich du luter spiegil glas,
Want alle dogint vil gemeine
Din reines hercze ye gar besaz.

Regina. Kunigin uber alle ding
Hat dich gesast der werde crist,
Der von dir ein jungeling
Wart mit wunderlicher list,
Von dem du neme den vrsprung,
Des muter worden du mogist,
Das vns nit lecze des dufels twyng,
Des hilf vns maria zû aller frist.

Celorum. Der engel vagit vnd konig her
.... nach vnser not herab ist kummen
Die[1] ....

Angelorum. ... der engel wunderlich ....
Das ....
D........................
.... auch gekunde.....
.... vnser selden ane f........
.... vil vnges.........
...........susse maget des ha....
.... das ye er ging die selbe......

O Maria. ....
.... suse magit .....
.... hoffen eze......
Daz got su dir gerucht ....
Dry konnige den ein ster(n)........
Der sie kunde gefurn zu ....
Da din kindelin yn beh...........
Dan daz sie were gabe wolde ......

Flos. Blume ober allen blumen
Ich loben dich der ferte......
Daz zu dir in den tempel (kam)
Symeon der wol gelerte (man)
Din kint er in sin arme (nam)
Daz yme sin augin nert........
Dan ...... war er blint v......
Daz got yme da er wer.........

Virginum. Aller junfrauwen krantz........
Ich lobin dich der jamer[2].....

Vorsatzblatt des Vorderdeckels:

Was zu dem brode ....
....

---

[1]) Der Rest ist abgeschnitten.
[2]) Bricht ab.

Precis.

....
...................lobe sagen
Daz er der ....wort genoz
Und wolte vor vns daz cruce dragen,
Blut vnd wasser von yme floz,
Daz vns von sinden hat getwagen
Er leit auch vil manchen harten stoz,
Vnd wort vil jemerlich verslagen.

Ad filium.

Zu dem sone vil vserlesin
Hilf vns magit wole getan
.... von alle sin genesen
Der wolte auch werlichin vfferstan.

Bricht ab. Die Rückseite der Blätter blieb unbeschrieben. Die Incunabel stammt aus der Arnsteiner Abtei (Nassau) und hat den Besitzeintrag derselben: Liber sancte Marie sanctique Nicolai patronorum (in) Arensteyn. Ob das Bruchstück der Rest eines Passionals oder geistlichen Spiels oder eine Versetübung ist, bleibt unklar.

WIESBADEN. F. W. E. ROTH.

ZUM EZZOLEICH.

Die letzten der nunmehr zu einer ziemlich stattlichen Reihe herangewachsenen Untersuchungen über den Ezzoleich sind die von Wilmanns ('Ezzos Gesang von den Wundern Christi', Bonner Progr. 1887) und von John Meier (in seinen 'Stud. zur Sprach- und Litt.-Gesch. der Rheinlande' in PBB 16, 64 ff.). Beide stehen sich bezüglich der Frage über Verfasser und Entstehungsort unseres Gedichtes diametral entgegen. Es ist also in den 42 Jahren, die seit der ersten Veröffentlichung des Liedes durch Diemer ('Deutsche Gedichte des 11. und 12. Jhs.', Wien 1849) verflossen, noch nicht gelungen, eine Einigung über jene Cardinalfrage zu erzielen, und es würde daher unangebracht erscheinen, ohne neues urkundliches Material die Untersuchung nochmals aufzunehmen —, wäre es nicht nöthig, einigen Behauptungen Meiers entgegenzutreten und ließen sich nicht andererseits für Wilmanns Aufstellungen, freilich mit theilweiser Modificierung derselben, einige neue Stützpunkte gewinnen.

Von den beiden Nachrichten, die uns 1. in der ersten Strophe des Liedes, wie es die Hs. V überliefert, und 2. in der Vita Altmanni (M. G. SS. XII, 230) über Verfasser und Entstehung des Ezzoleichs enthalten sind, glaube ich der ersteren authentische Geltung zusprechen zu dürfen. Ein hierhin zielender Versuch ist wohl um so mehr gerechtfertigt, als es nicht ohne Weiteres zulässig erscheint, die durch die Überlieferung nun einmal gegebene Beziehung jener Strophe auf das ganze Gedicht bei Seite zu schieben.

Ich bin nun zunächst mit Wilmanns der Ansicht, daß Bischof Gunther von Bamberg das Lied zur Feier einer kirchlichen Reform — als Festcantate — dichten ließ, und glaube, daß diese Reform (vielleicht angedeutet in V. 2 in der Ausg. von Waag, MSD ebenda) sehr wohl in der Gründung und Besetzung des Collegiatstiftes St. Gangolph gefunden werden kann; dies ist einmal die hervorragendste Schöpfung Gunthers, und sodann stimmt das Jahr der Gründung (1063) ziemlich zu dem durch die Vita gegebenen Jahre 1065. Der Zusammenhang der VV. 3—8 nun, welche Näheres über die Entstehung des Liedes angeben, ist folgender: Gunther gab den Auftrag zur Abfassung des Liedes seiner Geistlichkeit insgesammt; alle, die das Talent dazu besaßen, besprachen sich über die Aufgabe und übertrugen dann Ezzo die eigentliche Abfassung, nicht ohne ihn mit ihrem Rathe bei derselben zu unterstützen.

Diese so entstandene erste Niederschrift aber begann mit den Worten: '*Nu wil ich iu herron...*' und ward von Wille componiert. So wurde dann das Lied am Tage der Einweihung des Stiftes, wohl von Ezzo selbst, vorgetragen; an den Vortrag schloß sich der Einzug in das Stift — *munechen.* Den Anstoß, den man an diesem Ausdrucke genommen, hat Wilmanns beseitigt; ich füge hinzu, daß dem Dichter wahrscheinlich ein deutsches, jenen Act in kirchenrechtlichem Sinne präcis bezeichnendes Wort gefehlt haben dürfte, resp. daß er, gesetzt er habe ein solches zur Verfügung gehabt, doch lieber den einfacheren, allgemeineren und dabei markanteren Ausdruck brauchen wollte.

Das Lied dürften die Bamberger Geistlichen jener Zeit sich bald eingeprägt haben, und auf der Pilgerfahrt von 1065 wird es oft gesungen worden sein (Wilm.). Ich nehme nun ferner an, daß gleich nach der Entstehung des Originals Ezzo selbst oder einer seiner Collegen, der auswärtigen und späteren einheimischen Leser gedenkend, eine Copie anfertigte und dieser Copie erst die Einleitungsstrophe als Vorwort, zur Orientierung der mit dem Vorgange von 1063 nicht bekannten Leser voraussetzte. Das Fehlen dieser Strophe in der Hs. S erklärt sich dann sehr leicht, wenn wir folgendes Hss.-Verhältniß annehmen:

X^1 (Ezzos Original) X^2 (die 1. Copie mit der Einleitungsstrophe)

X^1	X^2
|	|
Y^1	Y^2
|	|
S	Z
	|
	V.

Bei dieser Annahme wird auch das Argument Pauls (Waag, p. XIII, Anm.) gegen die Authenticität der Einleitungsstrophe hinfällig; denn beim Vortrage wurde die erste Strophe selbstverständlich weggelassen; ein Widerspruch aber zwischen dem „Vorwort" und dem eigentlichen Gedichte (Paul findet in V. 13—15 u. 21 f. einen Gegensatz des 'Dichters' zu 'Ezzo') läßt sich dann nicht mehr construieren.

Was übrigens V. 15 *von dem mînem sinne* anlangt, so sei darüber Folgendes bemerkt. Es ist dies der einzige Vers, der noch Anstoß erregen könnte, nachdem die Differenzen V 23—30: S. 9—16 und V 21 f. 31—36 durch Giske (Germ. 28, p. 92) ihre Erklärung gefunden haben. Die in V. 15 der Hs. V abweichende Lesart dürfte entweder dadurch zu erklären sein, daß der Schreiber von V resp. der nächsten Vorlage dieser Hs. eine Reimänderung im Auge gehabt hat, oder wir haben in jener Vorlage eine Dittographie anzunehmen: *von dem angenge* | *von dem angenge;* — der dreimal ziemlich gleichlautende Anfang der Verse S 3—5 macht das sehr wahrscheinlich; der Schreiber half dann dem Mangel einer Reimzeile, der sich nach Beseitigung der Dittographie einstellte, durch Einfügung des Verses *von dem mînem sinne*' ab.

Einen neuen Weg schlug Meier a. a. O. zur Bekämpfung der Giltigkeit der ersten Strophe ein. Aber der Umstand, daß — äußerlich! — Ezzo in der ersten Strophe mit den Worten: '*Ezzo begunde scrîben*' abgethan wird, während dem Componisten — scheinbar! — drei Verse gewidmet werden: '*Wille vant die wîse ... munechen*' —, berechtigt gar nicht, einen Causalnexus in den VV. 8—10 zu construieren, der V. 7 gegenüber ein Ganzes bilden könnte; es ist gezwungen zu übersetzen: „da die Weise, die Wille gefunden hatte, so herrlich war, so eilten alle, sich zu mönchen". Vielmehr liegt ein ganz einfaches temporales Verhältniß vor: erst wurde der Text gedichtet, dann wurde er componiert, und nunmehr fand der mit '*munechen*' bezeichnete Act statt. Übrigens hieße ein Verfahren, wie es M. hier einschlägt, an Stelle eines zwar nicht absolut sicheren, aber immerhin wahrscheinlichen Vorganges etwas vollständig Unerklärliches setzen, denn von der Composition Willes und ihrer vermeintlichen Wirkung wissen wir gar nichts.

Anders aber scheint es mit der von Meier zuerst mit aller Schärfe ausgesprochenen Thatsache zu stehen, daß nicht bloß der Text von S, sondern auch der von V auf obd. Gebiet hinweist. Wollten wir aber nun mit ihm daraus schließen, daß das Original füglich auch alemannisch gewesen sein muß und mithin nicht in Bamberg und nicht von Ezzo verfaßt sein kann, so würden wir damit auch unserer ganzen Frage ein schnelles Ende bereiten. Die ganze Reihe aber der oben angeführten Punkte, die für die Echtheit unserer Strophe sprechen, läßt sich nicht ohne Weiteres beseitigen. Wir können auch ganz bequem auf anderem Wege zum Ziele kommen. Die Thatsache, daß die ganze hsl. Überlieferung des Ezzoleichs obd. ist, läßt sich nicht wegleugnen; keineswegs ist jedoch damit gesagt, daß das Original nicht fränkisch gewesen sein kann; bietet uns doch auch sonst unsere altdeutsche Litteratur ähnliche Beispiele. Nur einen Einwand könnte man im vorliegenden Falle erheben: der gänzliche Mangel auch nur einer Spur von einem fränkischen Fragmente unseres Gedichtes sei auffällig. Es ist das allerdings ein unangenehmer Zufall. Und doch läßt sich vielleicht auch diesem Einwande einigermaßen die Spitze nehmen. Wir bemerkten oben, daß das Lied im Kreise der zeitgenössischen Bamberger Geistlichkeit oft vorgetragen resp. gesungen und demgemäß auch bald memoriert worden sein dürfte; von den beiden fränkischen Originalen X^1 und X^2 mögen daher wohl gar keine weiteren Abschriften in demselben Dialecte genommen worden sein; sicher war Y^1 bereits eine Umschreibung in alem. Dialect. Ich vermuthe zweitens, daß die Hs. X^2 überhaupt nicht allzu lange in Bamberg blieb; es ist nämlich nicht undenkbar, daß dieselbe von Konrad, dem Genossen Ezzos, der nach 1065 als Propst nach dem von Passau aus gegründeten Kloster Göttweich berufen wurde (vita Altm.: 'qui postea in nostro loco canonicis praelatus propositus fuit'), mitgenommen wurde. Aus dieser Hs. dürfte schon in Göttweich, wo — wie aus der vita erhellt — das Lied in hohen Ehren gestanden haben muß, eine Umschreibung ins Oberdeutsche geflossen sein, und aus dieser wieder die directe Vorlage der Vorauer Hs.

Die wenigen Einzelheiten, die Meier gegen die Möglichkeit fränkischen Ursprungs unseres Gedichtes anführt [*der heilige âtem* statt *geist*: V. 51. 198. 403. 413 (MSD 1, 29. 11, 6. 27, 9. 28, 7), wozu zu bemerken, daß 1. V. 51 der interpolierten Strophe IV (in V), und V. 198 und 413 Strophen, die meines Erachtens wegen der Anzahl von 14 Versen nicht ganz unverdächtig sind, angehören, und 2. der Gebrauch von *geist* in V. 73 (MSD 2, 7) und in der entsprechenden Stelle der Hs. S der Hypothese einigermaßen den Boden entzieht; — — sowie endlich V. 319 *lâchen* und 322 *lâchenduom* (MSD 20, 9. 12)] können wenig beweisen, zumal diese Eigenthümlichkeiten auf Rechnung der Hs. V speciell zu setzen sind.

Warum endlich Meier nach Giskes Vorgang die Hss. V und S auf eine Vorlage zurückführt und nicht S überhaupt als das Original ansieht, da er ja doch alemannischen Ursprung des Gedichtes annimmt, ist nicht klar. Eine Prüfung nämlich der von Giske angeführten „paläographischen Gründe" dafür, daß S eine Abschrift sein muß, dürfte ergeben, daß die paar Correcturen von Schreibfehlern in der Hs. — es sind deren vier — ebenso gut vom Dichter selbst herrühren können.

Es ist bei den voraufgehenden Darlegungen nur die eine der zwei Überlieferungen, die uns zur Lösung der Frage über die Autorschaft Ezzos zur Verfügung stehen, berücksichtigt worden; über die andere, in der vita Altmanni enthaltene, läßt sich auch kaum etwas Neues beibringen. Was der Biograph über die Zeit und den Ort der Abfassung sagt, ist nicht zu halten; man wird überhaupt sich bezüglich dieses Punktes an die Kritik halten müssen, die Müllenhoff und im Anschluß an ihn Wilmanns an dem Verfasser der Vita geübt haben. Außerdem sei hier auf die Charakteristik, die Wattenbach (Deutschlands Gesch.-Quellen 2, 69) von dem Biographen Altmanns gibt, hingewiesen; es erhellt aus dieser, daß auch sonst nicht allzuviel auf ihn zu geben ist.

Vollauf berechtigt aber sind wir, die Bezeichnung unseres Liedes als 'cantilena de miraculis Christi' von dem Biographen anzunehmen. In der Hauptsache genügt es, hier wieder auf die ausführliche Darlegung bei Diemer (Wiener Sitzungsber. 25, p. 279 ff.) hinzuweisen. Von den reichen, aus der prosaischen wie poetischen Litteratur des MA. entnommenen Belegen Diemers, die die in der mittelalterlichen Theologie viel weiter als in der heutigen gehende Identificierung des 'Weltschöpfers' Christus mit der Person Gottes darthun, führe ich hier nur an 1. Arnst. Marienlied, Waag X, 100 ff.; MSD 38, 100 ff.: *du bis muoder ires hêren, ... de bit eineme worte gescuof du werlt alle* u. s. w. 2. Nabuchodonosor, Waag IV, 1 f.; MSD 36, 1 f.: *ê got giborin wurdi, dô wîlt er aller dirri werihi.* 3. Nab., W. IV, 51 ff., 127 ff.; MSD 36, 6, 2 ff., 37, 6, 3 ff.: *wir giloubin ani den Crist der gischûf alliz daz dir ist* u. s. w. 4. Leben Jesu, Diemer, dte. Ged.

229, 1 ff.: *do Got hie in erde geborn wolt werden do hiz er iz vor sagen.* 5. Lobl. auf Maria, Diemer 309, 17: *daz gip du mir heiliger Crist. du da scephaere bist.* 6. Bamberger Glaube u. Beichte, MSD 91, 24: *Ich gloubo daz der gotes sun, durch den dir al gitân ist, swaz giscaffines ist* ...

Diemer geht auch nicht zu weit, wenn er Ezzol. V. 56 ff. und 67 ff. (MSD 1, 33 ff., 2, 1 ff.) lieber direct auf Christus, als auf Gott den Vater bezieht. Christus ist die Hauptperson des Gedichtes, um ihn dreht sich Alles, wenn er auch erst V. 119 (MSD 4, 11) direct genannt wird. Nicht erwähnt ist bei Diemer V. 139 f. (MSD 6, 7 f.): *der was der vrône vorbote von dem geweltigen gote*, wo sich die Mission des Täufers sehr wohl auf Christus selbst zurückführen läßt; ferner V. 272 (MSD 16, 10), sowie die besonders markante Stelle V. 285 f. (MSD 18, 11 f.): *nû rîcheset sîn magenkraft uber alle sîne hantgescaft.*

Es ergibt sich aus all diesen Beispielen, daß der Verfasser der Vita Altmanni in nicht nur ausreichender, sondern sogar höchst treffender Weise den Inhalt, oder besser die Tendenz unseres Liedes mit jenem Titel bezeichnet hat: Ezzos Gesang ist eine gedrängte, aber schwungvolle Darstellung des durch die miracula Christi, d. h. Gottes, vollzogenen Heilswerkes.

JENA. FRIEDRICH WEIDLING.

PARZIVALSTUDIEN. I.

Bekanntlich hat Lachmann [1]) behauptet, daß Wolfram vom fünften Buche des Parzival an in Absätzen zu 30 Zeilen gedichtet habe. Gegen diese Ansicht haben San Marte [2]) und Bartsch begründeten Einspruch erhoben. San Marte (Über W. v. E. Rittergedicht

---

[1]) Vorrede zu Wolfram S. IX, Zu den Nibel. 1235—39. Vgl. Haupt Zs. f. d. Alterth. XI, 49: „Gedichtet aber hat Wolfram jenes eingeschobene Stück von zwei Abschnitten zu 30 Zeilen (114, 5—116, 5), nachdem er seiner Erzählung, an der er bekanntlich lange arbeitete und die er nicht auf einmal herausgab, eine durch 30 theilbare Verssumme zu geben beschlossen hatte und diese Theilbarkeit, die vom fünften Buche an auch durch die einzelnen Bücher durchgeführt ist, durch Zusätze oder Auslassungen wenigstens für die gesammte Verssumme auch der ersten vier Bücher durchsetzte.“ „Im Iwein wie im Parzival und Wilhelm ist diese Zeilenzählung durchaus unzweifelhaft. Sie ist auch keine unbegreifliche oder nutzlose Grille der Dichter, wie ich ein anderes Mal zeigen will.“

[2]) Seinen Ausführungen hat sich angeschlossen C. Bock, P. B. B. XI, S. 194.

Wilhelm von Orange, Quedlinburg und Leipzig 1871, S. 115 ff.) bemerkt, daß von 604 Str. des Parz. und 467 Str. des Willehalm

a) ohne Interpunction mit ununterbrochenem Satze in die folgende Str. übergehen: Parz. 75, Wh. 89 = 164;

b) mit Komma, Kolon oder Semikolon einen kurzen Ruhepunkt machen: Parz. 122, Wh. 89 = 211;

c) mit Punkt, Ausrufungs- oder Fragezeichen den vollen Satz schließen: Parz. 407, Wh. 289 = 696.

„Eine Regel, bei welcher neben 696 angeblich richtigen Fällen 375, also über ein Drittel der Summe, Ausnahmen herlaufen, ist keine Regel mehr". „Mögen selbst Wolfram und Hartmann diese Abschnitte auch so nach ihrer Bestimmung des Formates im Urmanuscript haben schreiben lassen, gewiß aber ist es falsch und unnachweislich, daß sie danach gedichtet und ihr Gedicht nach dieser Elle gemessen haben, wie Lachmann a. a. O. apodiktisch behauptet". „Ich habe mich dazu nie entschließen können, einem so begabten, selbständigen Dichter eine so wunderliche Kunstform zuzutrauen und beizulegen, die äußerlich für Ohr und Gedanken schlechthin unerkennbar ist, auf die er daher unmöglich einen Werth gelegt haben kann". Bartsch sagt in der Einleitung zur Ausgabe S. XIX: „Wenn, wie Lachmann annimmt, vom fünften Buche des Parzival an Wolfram offenbar gewollt hat, daß jeder Abschnitt 30 Zeilen zähle und sie durch große Anfangsbuchstaben bezeichnen ließ, so muß man sich wundern, daß er hier nicht auch einen Sinnabschnitt machte. Es gibt eine einfachere Erklärungsweise jener großen Buchstaben. Sie hängen mit der Beschaffenheit der Urhandschrift zusammen, die in diesem Falle natürlich kein Autograph sein, aber unter Aufsicht des Dichters gefertigt sein konnte. In ihr hatte jede Seite oder Columne 30 Zeilen, und die erste Zeile jeder Seite war, was man auch sonst in Handschriften findet, mit einer größeren Initiale versehen. Diese Initialen gingen nun auch in spätere Abschriften über, die mit der ursprünglichen Seiteneintheilung nicht stimmten. Aus demselben Grunde finden wir in anderen Gedichten, wie in Ulrichs von Türheim Willehalm, Abschnitte von je 40 Zeilen".

Dieser Ansicht von Bartsch und San Marte müssen wir beitreten aus folgenden Überlegungen: 1. Es ist schlechterdings kein Grund einzusehen für ein so seltsames Beginnen eines Dichters, in Absätzen von 30 Zeilen zu dichten, ohne daß diese auch Sinnesabschnitte sind. 2. Lachmann sagt in der Vorrede S. IX: „Jene größeren Abschnitte dagegen, die ich beziffert und durch große Anfangsbuchstaben bezeichnet habe, sind mit geringer Nachhilfe aus den besseren Handschriften genommen, in denen sie meistens mit gemalten Initialen anfangen .... Ich durfte daher die großen Anfangsbuchstaben, obgleich sie sehr oft nicht auf Abtheilungen des Sinnes treffen, nicht übergehen". Wir werden dies weiter unten genauer zu untersuchen haben und bemerken vorläufig nur, daß in den ersten vier Büchern die großen Anfangsbuchstaben meist nach 28, 30 oder 32 Zeilen wiederkehren, ja im vierten Buche fast durchweg nach 32 Zeilen. Diese Thatsache spricht deutlich genug für die Erklärung von Bartsch; denn entweder liegt auch hier eine Absicht des Dichters vor — und das wird Niemand behaupten wollen — oder es sind auch die späteren Abschnitte von genau 30 Zeilen auf die Einrichtung der Handschrift zurückzuführen. Ferner fallen auch vom fünften Buch an die großen Anfangsbuchstaben in der Ausgabe Lachmanns durchaus nicht immer mit dem Beginn jener von Lachmann bezifferten Abschnitte von 30 Zeilen zusammen, in denen Wolfram gedichtet haben soll. Wie ist also diese Ansicht mit der Überlieferung vereinbar? Es ist doch wohl jedem Schreiber zuzutrauen, daß er einen großen Anfangsbuchstaben, wenn überhaupt, auch wieder an derselben Stelle setzt, an der er ihn in seiner Vorlage gefunden hat, nicht aber wiederholt zwei Verse früher oder später. Da dies aber der Fall ist, bliebe nichts übrig, als jedesmal da — vom fünften Buch ab — eine Interpolation oder Lücke anzunehmen, wo die großen Anfangsbuchstaben nicht nach einem Zwischenraume von genau 30 Zeilen gesetzt sind. Daß Lachmann selbst sich dieser Schlußfolgerung nicht entzogen hat, scheint mir aus der Bemerkung in der Vorrede S. IX hervorzugehen, daß die großen Anfangsbuchstaben für und wider die Echtheit vieler Verse entscheidend seien, während er thatsächlich im ganzen Parzival allerdings nur zwei Verse in Str. 257 gestrichen hat. Ein Nachweis in der angedeuteten Richtung ist nicht erbracht worden und wird auch nicht überzeugend dargethan werden können.

Somit glauben wir berechtigt zu sein, die großen Anfangsbuchstaben auf die Einrichtung der Handschrift zurückführen und uns der Frage zuwenden zu dürfen, welchen kritischen Werth sie unter dieser Voraussetzung haben. Möglichkeiten mancherlei Art können eine stets gleiche Anzahl von Zeilen auf einer Seite des Originals gestört und gehindert haben. Es empfiehlt sich daher zunächst, einmal von den großen Anfangsbuchstaben ganz abzusehen und, soweit sonst möglich, festzustellen, welche Verse wir nach der uns vorliegenden Überlieferung als ursprünglich anzusetzen haben. Wir werden keinen Vers antasten dürfen, der in beiden Handschriftenclassen steht, also auch die beiden Zeilen, die allein im ganzen Parzival von Lachmann für unecht erklärt worden sind, zunächst als echt gelten lassen. Unsere Untersuchung wird sich vielmehr vorläufig darauf beschränken müssen, ob diejenigen Verse, welche in einer Handschriftenclasse fehlen, in dieser ausgelassen oder aber in der anderen später hinzugedichtet worden sind; auch die Fälle, in denen nur einer der beiden Hauptvertreter jeder Classe in Betracht kommt, wollen wir nicht außer Acht lassen, während die Berücksichtigung nur einer geringeren Handschrift unnöthig erscheint.

I.

Ein bloßes Versehen liegt vor.

In G fehlen 228, 17—24 und 228, 28—229, 19. Der Schreiber irrt von dem Wort *wan* 228, 17 ab auf 228, 25 *man*, dann wieder von 228, 28 *wan* auf 229, 20 *wan*. Sein Auge war so ausschließlich auf den Anfang der Zeilen gerichtet, daß er im zweiten Falle auch nicht durch das Fehlen des Reimwortes zu *komn* auf sein Versehen aufmerksam wurde. Ebenso wandte der Schreiber von G in Str. 497 statt auf *pflac* V. 19 auf V. 23 *sach* seiner Vorlage sein Auge zurück. Er ließ dadurch V. 20—23 aus, Verse, die, wie man sofort sieht, echt und unentbehrlich sind. Auch in D finden sich solche Flüchtigkeitsfehler. Von 732, 19 *sol ich* irrte das Auge des Schreibers ab auf 732, 23 *sol ich;* dadurch fielen 732, 19—22 aus. Ebenso hat in Str. 799 der Schreiber von D statt auf *pflæge* V. 24 seiner Vorlage zurückzusehen, seinen Blick auf *pflac* V. 26 gewandt und dadurch 799, 25 und 26 ausgelassen. Ein Beispiel des gleichen Versehens auch aus der späteren Überlieferung bietet d, die 588, 29—589, 16 ausläßt, weil sie von *bekant* in 588, 28 auf *unbekant* 589, 16 übersprang.

II.

Besonders einem Schreiber haben die vielen Namen, die bei Wolfram vorkommen, Schwierigkeiten und Verdruß bereitet; mochte er sie für unnöthig halten oder wahrscheinlicher mit ihrer Entzifferung nicht recht fertig werden können, genug, er ließ sie fort, wo es anging. Die Stellen sind:

1. 87, 27—30

des muoter hiez Bêâflûrs,
unt sîn vater Pansâmûrs:
die wâren von der feien art:
daz kint hiez Lîahturteltart.

Die Verse fehlen in G.

2. 125, 15. 16

si hiez Imâne
von der Bêafontâne

fehlen Gd.

3. 203, 19. 20

scharpf genuoc, von ritters hant.
betwungen ist der scheneschlant.

fehlen G. Daß das letzte Wort G Mühe verursacht haben muß, zeigt 204, 8, wo die Handschrift *sinschalt* daraus macht, und der Umstand, daß an unserer Stelle zwei Handschriften derselben Classe *smetschalant* bezw. *schenechant* bieten.

4. 255, 9 u. 10

die werden Garschiloyen
und Repans de schoyen

fehlen G.

5. 301, 19. 20

roin Ingûse de Bahtarliez
alsus diu getriuwe hiez.

fehlen G.

6. 736, 15. 16

Thopedissimonte
unt Assigarzîonte

fehlen in der Classe Ggg.

7. 770, 5—30 fehlen in der Classe Ggg. Der ganze Abschnitt 770 enthält nur Namen, die ersten vier Zeilen desselben brachten auch die Handschriften dieser Classe mit Mühe und Noth zu Stande — einige Namen mußten ja folgen auf die Worte 769, 29. 30 *der heiden sprach: ich nenne sie die mir die rîter fûerent hie* —, dann aber wurde es ihnen zu bunt.

8. Dasselbe ist der Fall in Str. 772, in welcher 23 Zeilen mit Namen ausgefüllt werden. Hier begnügten sich Ggg damit, nur die ersten beiden Verse wiederzugeben und dann V. 23, der nothwendig war wegen des Reimes. Dagegen haben Str. 791, in der die Aufzählung der Steine enthalten ist, auch diese Handschriften unverkürzt erhalten.

An den drei letzten Stellen haben Ggg die Auslassungen gemeinsam, an den übrigen G allein (einmal mit d), während gg dann die Namen meist verstümmelt darbieten; vermuthlich verfuhr also die der ganzen Recension zu Grunde liegende Handschrift mit den Namen wenig sorgsam.

III.

Man wird, zumal im Hinblick auf die bisher angeführten Stellen, geneigt sein, G in allen Fällen als unzuverlässig anzusehen, in denen sie allein den übrigen Handschriften der eigenen wie der anderen Classe gegenübersteht. Es fehlen [1]) in G: 1. I, 23. 24. 2. 30, 21. 22. 3. 35, 23—36, 2. 4. 134, 27—135, 6. 5. 230, 1. 2. 6. 233, 29. 30. 7. 270, 29. 30. 8. 275, 27—30; dem entsprechend hat G V. 26 geändert. 9. 330, 25—30. 10. 374, 5. 6. 11. 668, 1. 2. 12. 743, 21. 22. Die unter 5, 6, 7, 8, 9 und 11 angeführten Verse waren die ersten bezw. letzten auf einer Seite des Originals und daher einem Ausfall in der weiteren Überlieferung besonders ausgesetzt. Auch sonst liegt kein Grund vor, an der Echtheit der in G nicht überlieferten Verse zu zweifeln. Für Kritik und Erklärung ist das Fehlen von 1, 23. 24 wichtig und muß näher erörtert werden.

Daß die beiden Verse nicht etwa in Folge von Flüchtigkeit ausgelassen wurden, beweist der Umstand, daß V. 25 anders und zu dem Fehlen der beiden Verse passend lautet. Ein Grund, wenn V. 23—25 so wie sie in den anderen Handschriften überliefert sind, auch G vorlagen, eine Auslassung und Änderung vorzunehmen, lag nicht gerade sehr nahe. Wohl aber sind, wenn im Original V. 25 so wie in G lautete, beide durch die Überlieferung gegebenen Varianten leicht zu erklären: V. 23. 24 waren als parenthetischer Zusatz vom Dichter gesetzt. Dies entging einem Schreiber, und er änderte deshalb V. 25 so um, wie er in den meisten Handschriften steht; G dagegen ließ die beiden in Parenthese stehenden Verse einfach aus und bewahrte V. 25 in der ursprünglichen Fassung. Daher glauben wir, daß im Original folgender Wortlaut stand:

die gebent antlützes roum
— doch mac mit stæte niht gesîn
dirre trüebe lîhte schîn —
und machent kurze fröude alwâr.

Bei dieser Reconstruction des Originals haben die Verse zugleich den Sinn, der unseres Erachtens durch den ganzen Zusammenhang gefordert wird. Der Eingang zum Parz. ist bekanntlich besprochen von Lachmann in den Abhandlungen der Berliner Akademie 1835 S. 227 ff., von Kläden in v. d. Hagens Germania 5, 222 ff., von Paul P. B. B. II, 66 ff., von Baier, Germ. 25, 403. Es sind V. 15—18 zweifellos

[1]) Einzelne Verse hat die erste Hand von G nicht ausgelassen, wohl aber die zweite, so 471, 22; 604, 26; 673, 7; 791, 8; 794, 10.

mit Lachmann und Paul dahin zu erklären, daß die *tumben* nicht im Stande sind, den vorgetragenen Lehren gemäß zu handeln. Warum nicht? Weil bei ihnen keine *stæte* und *triwe* vorausgesetzt werden darf; sie hören die Lehre wohl und verstehen sie auch; statt sie aber zur Richtschnur ihres Handelns zu machen, schlagen sie sie bald in den Wind. Dies veranschaulichen die Bilder 1, 15—2, 4. Die Lehren verschwinden so schnell vor ihren Augen, wie ein aufgescheuchter Hase, sie haben bei den *tumben* eine so vergängliche Dauer, wie ein Spiegelbild oder das Sehvermögen des Blinden, dem es nur in flüchtigen Traumbildern zu Theil wird; so schnell wie das Feüer im Wasser erlöscht, wie der Thau vor den Strahlen der Sonne vergeht, so rasch sind die Lehren den unstäten Gedanken der *tumben* entschwunden. Spiegel und Traum des Blinden sind also darin gleich (*gelîchet* lesen wir mit den Handschriften, *gelîchent* D, *geleichet* Lachmann), daß sie etwas zeigen, das keine *stæte* hat, etwas, das so schnell wieder entschwindet, wie der im voraufgehenden Verse erwähnte aufgescheuchte Hase. Daß sie darin gleichen, führt Wolfram in V. 22—25 aus: *die* (bezieht sich nur auf *zin anderhalp ame glase;* statt des streng grammatischen Sing. der Plur. wie öfter; vgl. Paul Mhd. Gr. §. 230) *gebent antlützes roum:* die Spiegel geben das Bild eines Antlitzes. Mit diesen Worten hat der Dichter noch nicht das gesagt, worauf es besonders ankommt, daß nämlich das Spiegelbild bald wieder spurlos verschwindet; er macht daher den parenthetischen Zusatz: *doch mac mit stæte niht gesîn dirre trüebe lîhte schîn.* Dann fährt er fort: *unde machent kurze fröude alwâr.* Subject ist das zweite der vorher genannten Substantiva *des blinden troum:* diese gewähren nur eine kurze Freude; hier hat der Dichter durch das Adjectivum „*kurz*" die Vergänglichkeit, die er hervorheben wollte, genügend gekennzeichnet: mit dem Traume des Blinden ist auch seine Freude, sehen zu können, vorbei.

Gegen unsere Ansicht läßt sich auch der Einwand nicht geltend machen, den Paul a. a. O. S. 69 gegen Klädens Parallelstellung der Gleichnisse vom Hasen, vom Spiegel und vom Traum des Blinden erhebt: „Bei dieser Auffassung aber würde Wolfram selbst seine Lehre als etwas Trügerisches, Nichtiges darstellen. Daß nur das Bild, welches der *tumbe* davon empfängt, so ist, wird nirgends angedeutet. Es würde aussehen, als ob die Schuld nicht an ihm, sondern an der Lehre läge. Lachmanns Auffassung stimmt näher mit meiner überein, nur daß er die Beziehung zum Vorhergehenden etwas anders faßt: er meint, es sei ein neues Gleichniß, das der *tumbe* merken soll, damit er den unsicheren Halt der Untreue vermeide". Somit scheint Paul, der seine Ansicht nicht näher dargelegt hat, in den Gleichnissen vom Spiegel und Traum das Falsche, Unwahre, Trügerische ausgedrückt zu sehen, ebenso wie Lachmann a. a. O. S. 237: „Freilich aber hat der Dichter neben den Spiegel absichtlich nicht des Armen Traum gestellt, sondern den Blinden, dem mit Träumen wohl ist (Renner 7900), weil er den falschen Schein des Gesichts im Spiegel und im Traume des Blinden zusammenfassen wollte, *die gebent antlützes roum*". Diese Erklärung wird aber erst in den Text getragen durch die Änderung der handschriftlichen Überlieferung *gelîchet* V. 21 in *geleichet*. Mit dieser Änderung würde sodann weniger zutreffend als charakteristische Eigenthümlichkeit des Spiegelbildes hingestellt, daß es ein falscher Schein, ein trügerisches Bild sei, während es doch thatsächlich „*alwâr*" ist, aber „*mit stæte niht gesîn mac*". Auch können bei der gewöhnlichen Auffassung die Worte *die gebent antlützes roum* sich nur auf Spiegel und Traum zugleich beziehen, wobei dann in Folge dieser Verbindung die Traumgestalten des Blinden auf ein Antlitz beschränkt blieben und auch der Spiegel „kurze Freude" verursachen würde. Vielmehr gewährt der Spiegel ein Bild, welches nicht (wie ein Gemälde) bleibend ist, und ebenso der Traum des Blinden eine Freude, die keinen Bestand hat; die Worte *stæte* und *kurze* sind zu betonen. Auf Grund der handschriftlichen Überlieferung sowohl wie aus sachlichen Gründen lesen wir daher V. 20—25:

zin anderhalp ame glase
gelîchet und des blinden troum.
die gebent antlützes roum
— doch mac mit stæte niht gesîn
dirre trüebe lîhte schîn —
und machent kurze fröude alwâr.

IV.

An der Echtheit der in D allein fehlenden Verse werden wir ebenfalls nicht zweifeln dürfen: 1. 113, 15. 16[1]). 2. 153, 27. 28. 3. 184, 9—18. 21—26 hat D absichtlich beseitigt. 4. 248, 29. 30. 5. 638, 19. 20-

[1]) Diese Verse sind von Bock, P. B. B. XI, 193 verdächtigt worden; zwar stimmen wir ihm darin bei, daß 113, 23—26 als Worte des Dichters zu fassen sind, das aber scheint doch wenig glaublich, daß als man diese Verse zur Rede der Herzeloyde zog, 113, 15. 16 hinzugedichtet wurden, da, wie Bock meint, ein Schreiber die dann entstehende Unschicklichkeit selbst empfand und nun im Voraus diese Worte der Herzeloyde durch einen Hinweis auf ihre demüthige, nicht leichtfertige Gesinnung zu motivieren suchte.

V.

Auch in den folgenden Fällen scheint jeder Zweifel ausgeschlossen: 1. 53, 23—26. 2. 71, 15. 16. 3. 84, 11. 12. 4. 116, 17. 18 fehlen in Gg. 5. 140, 11—14 fehlen Ggg. 6. 159, 3. 4 fehlen Ggg. 7. 172, 5. 6 fehlen Dd. 8. 185, 17. 18 fehlen Dd. 9. 203, 23. 24 fehlen Dd. 10. 208, 21. 22 fehlen in der Classe G. 11. 312, 24. 25 fehlen Gg. 12. 317, 1. 2 fehlen Gg. 13. 318, 5—8 fehlen in der Classe G. 14. 323, 7. 8 fehlen in der Classe G. 15. 355, 3. 4 fehlen Gg. 16. 386, 13. 14 fehlen Gg. 17. 597, 25. 26 fehlen Gg. 18. 653, 11—14 fehlen Gg. 19. 699, 9—12 fehlen Gg; 725, 9—14 hat G[b] ausgelassen. 20. 736, 23. 24 fehlen in der Classe G. 21. 793, 21. 22 fehlen in der Classe G.

VI.

Es bleiben nun noch folgende näher zu erörtende Stellen übrig:

1. 48, 25. 26 fehlen Gg, sind aber in gg erhalten in der Fassung:

hie was ouch rîter mêr durch in:
der ist ein teil gescheiden hin.

während die Handschriften der anderen Classe statt '*hie was*' bieten '*ich brâht*'. Ein Anlaß, ein ursprüngliches '*hie was*' in '*ich brâht*' zu ändern, mag sich doch wohl leichter geboten haben, als umgekehrt ein ursprüngliches '*ich brâht*' in '*hie was*'; daher glauben wir, daß gg den Wortlaut des Originals bewahrt haben, zumal da die von Lachmann und Bartsch in den Text gesetzte Lesart der Classe D sachlich anstößig ist; denn daß von *Kaylets* eigenen Rittern ein Theil fortgegangen sei, wäre wunderlich, und die in den folgenden Versen angegebenen Scharen kann er doch nicht gebracht haben. Alles fügt sich dagegen trefflich, wenn die ursprüngliche Lesart *hie was ouch* wieder eingesetzt wird.

2. 52, 3—8 fehlen Dd und der Umstand, daß g sie nach 53, 14 also an anderer Stelle als Ggg hat, trägt auch nicht gerade zum Vertrauen auf ihre Echtheit bei. Der Gedankengang ist nach Dd angemessener. 52, 2 dieselben Fürsten, die es früher waren, erhielten ihr Lehen wieder; daran schließt sich passend unmittelbar an 52, 9: nur das Herzogthum des verstorbenen Prôtyzilas wurde jetzt an Lahfilirost schahtelacunt verliehen. Gestört wird dieser Zusammenhang durch die Erwähnung derer von Zazamanc 52, 3—8. Daß dem Gahmuret die Königsherrschaft in Azagouc, die ihm ja nicht wie Zazamanc durch die Vermählung mit Belakane anheimfällt, übertragen wird, daß er die Fürsten dieses Reiches von Neuem belehnt, mußte ausführlicher erzählt werden; eine Bemerkung über die Fürsten von

Zazamanc war aber hier weder am Platze noch nöthig, nachdem Belakane den Gahmuret als König von Zazamanc und ihren Gatten anerkannt hatte 45, 24—27:

diu ê hiez magt, diu was nu wîp;
diu in her ûz fuorte an ir hant.
si sprach: mîn lîp und mîn lant
ist disem rîter undertân.

Dagegen kann ein Interpolator hier die von Zazamanc angebracht haben, wenn er 52, 2 anders auffaßte, als der Zusammenhang erforderte (d. h. dieselben Fürsten, die es früher waren, erhielten ihr Leben wieder mit Ausnahme des Prôtyzilas); wenn er erwartete, daß auf „*die êrren*“ andere später folgten: er ließ daher nach den Fürsten von Azagouc, die die ersten waren, die von Zazamanc sich herandrängen. Aus den angeführten Gründen glauben wir die in Dd fehlenden Verse 52, 3—8 Wolfram absprechen zu müssen.

3. 91, 1. 2 fehlen Gg. Nothwendig sind die beiden Zeilen nicht. An 90, 29. 30: Bei Belakane mußte ich thatenlos sein, konnte sich ganz wohl unmittelbar anschließen 91, 3: hier habe ich viele ritterliche Übungen getrieben. Man liest deutlich genug zwischen den Zeilen: Ich bin von Belakane fortgegangen, um mich nicht zu verliegen, nicht etwa (V. 4—6) wegen ihrer schwarzen Farbe. Was bedeuten nun die in Gg fehlenden zwei Verse:

dô wânde ich daz mich rîterschaft
næm von ungemüetes kraft.

Um welches *ungemüete* handelt es sich? Um den unbefriedigten Thatendrang? Dann sind die beiden Verse nichtssagend und enthalten den selbstverständlichen Gedanken: Ich glaubte, daß ritterliches Thun mir die durch Sehnsucht nach demselben hervorgerufene Unlust nehmen würde. Oder um seine jetzige Sehnsucht nach Belakane? Dazu paßt nicht *dô wânde ich.* Die Verse, die somit auch vielleicht Anstoß mögen erregt haben, sind als ein mehr parenthetischer Zusatz entbehrlich und daher von Gg ausgelassen, während umgekehrt ein Anlaß zu einer Zudichtung sich hier kaum geboten hätte. Demnach sind die Verse echt und enthalten folgenden Gedanken: Ich glaubte, daß ritterliches Leben und Treiben mich bald von dem Schmerz über die Trennung von Belakane befreien würde. Damals also, als er seine Gattin verließ, hat Gahmuret diese Erwartung gehegt; sie ist nicht in Erfüllung gegangen vgl. 90, 17—26.

4. 96, 17. 18 fehlen Gg wohl durch Flüchtigkeit, weil der Reim dieser beiden Verse für das Auge eine gewisse Ähnlichkeit mit dem

der beiden vorhergehenden bietet. Übrigens ist in V. 16 mit Ggg und Bartsch „*herze*“ zu schreiben, wofür die andere Recension und Lachmann die gewöhnlichere Form eingesetzt haben.

5. 101, 3. 4 *dâ wart daz varnde volc vil geil.*
die enphiengen rîcher gâbe teil.

fehlen Dd. Man könnte daran denken, daß ein Zudichter die Fahrenden in den ursprünglichen Text gebracht hätte; auch

6. 103, 3. 4 fehlen Dd und sind entbehrlich. Dennoch sind sie wie auch 101, 3. 4 echt; denn wenn man beachtet, daß in Dd 101, 3. 4 und 103, 3. 4, also je zwei Verse in einem Abstande von gerade 60 Versen fehlen, wird man dies in Zusammenhang bringen müssen mit irgend einer Störung in der weiter zurückliegenden Überlieferung; es ist möglich, daß in der Vorlage von D die beiden Verspaare ein Blatt eröffneten oder schlossen, dessen Seiten je 60 Verse füllten, daß dieses Blatt oben oder unten beschädigt war, so daß jedesmal jene Verspaare dadurch in Verlust geriethen.

7. 140, 1. 2 *du bist geborn von triuwen,*
daz er dich sus kan riuwen

fehlen in der Classe D, sind aber echt und werden gestützt durch
252, 18. 19 *got lôn dir daz dich dô sô rou*
mîn friwent, der mir zer tjost lac tôt.

Bock (P. B. B. XI, 195) hat die Verse 140, 1. 2 für unecht erklärt. Allein selbst wenn seine Beobachtung, daß Wolfram *bern* nur im eigentlichen Sinne mit *von* verbinde, im übertragenen dagegen mit *ûz*, richtig wäre, würde sie nichts gegen 140, 1. 2 beweisen: die erste Stelle der Verbindung mit *ûz* findet sich erst in Buch 13, würde also nicht zeigen, daß Wolfram schon im dritten Buche den angeblichen (man vergleiche z. B. nur Parz. 591, 6, Wh. 131, 1 mit Wh. 91, 28) Unterschied gemacht haben müßte; kommen doch auch, wie Behaghel (Germania 34, 487 ff.) dargethan hat, gewisse Reimbindungen in den ersten drei Büchern gar nicht vor, während dann auf je 555 Verse ein Beispiel entfällt.

8. Str. 336 und 337 haben nur D, d (Heidelb. 339), g (Heidelb. 364) und g^a (der alte Druck); sie fehlen in den drei Münchener und der Hamburger Handschrift. „Sie sind“, wie Bartsch zu VI, 1740 meinte, „vom Dichter nachträglich erst hinzugefügt worden, vielleicht weil man ihn aufmerksam gemacht, daß er über das Verbleiben der versammelt Gewesenen etwas sagen müßte, und weil es passend erschien, hier, wo die Erzählung eine Wendung nimmt, zurückzublicken“. Vielleicht liegt eine andere Auffassung näher. Es ist nach den Aus-

führungen Sprengers (Germania 20, 432 ff.) wohl als gesichert anzunehmen, daß Buch 1—6 zusammen in Abschriften verbreitet gewesen sind. Jene 60 Verse standen also auf dem letzten Blatt im Original wie in den ersten Abschriften und waren so äußeren Einwirkungen besonders ausgesetzt. Möglich wäre auch, daß, als das Werk weitergeführt wurde, ein Schreiber diesen zusammenfassenden Schluß der ersten sechs Bücher beseitigt hätte. Wie dem auch sei, an der Echtheit von Str. 336 und 337 ist nicht zu zweifeln.

9. 584, 14—18. *si kom einen engen pfat*
in Gâwânes herze,
daz aller sîn smerze
von disem kumber gar verswant.
ez was iedoch ein kurzin want,

Statt dieser fünf Verse bieten GG^{a}g nur die Worte: *ez was iedoch ein engez phat.* Da diese Worte weder durch unbeabsichtigte noch absichtliche Entstellung aus der Lesart der anderen Classe — umgekehrt läßt sich, wenn auch dieser die Überlieferung von GG^{a}g vorlag, die dann nothwendig erscheinende Änderung und Erweiterung leicht begreifen — hervorgehen konnten, so geben sie die Lesart des Originals. Es kommt nur darauf an, sie zu erklären.

1. Es heißt V. 22 *niemen sol des lachen.* Da an sich der Inhalt der Erzählung, daß der verwundete Gawan auch noch unter der Liebespein zu leiden hat, Spott und Lachen gänzlich ausschließt, kann das warnende Verbot des Dichters nur darin begründet sein, daß er in den voraufgehenden Versen seinem Humor nachgegeben, mit Worten und in der Ausdrucksweise gescherzt hat. Thatsächlich hat Wolfram das ja auch gethan, wenn er sagt, daß ein *sô grôz wîp in sô kleiner stat sich verbarc* (V. 12. 13). Mit V. 22 kehrt er vom Scherz zum Ernst zurück.

2. Gerade am Anfange des zwölften Buches tritt deutlich die Einwirkung und der Einfluß eines bestimmten Abschnittes einer anderen Dichtung zu Tage. Schon die doppelte Bezugnahme auf *frou Camille* bei Wolfram 504, 25 ff. und 589, 8 (außerdem Wh. 229, 29) zeigt, daß dem Dichter diese Episode bei Heinrich von Veldeke besonders im Gedächtniß haften geblieben war. Außer der Erwähnung des Sarges der Camille 598, 8 finden sich unmittelbar darauf ebenfalls zu Anfang des zwölften Buches noch zwei weitere Reminiscenzen an die Camille-Episode der Eneide: 1. *der meister Jêometras* 589, 14; vgl. Veldeke En. 9404 *dat meisterde Geometras.* 2. klingen die Verse Parz. 590, 7 ff. an En. 9562 ff. an. Ich glaube, wir dürfen zu diesen

von Behaghel in der Ausgabe der Eneide S. CCXIV ff. angeführten Parallelstellen noch die folgende hinzufügen. Es werden von Wolfram 589, 17—22 acht Edelsteine aufgezählt, aus denen die Fenster bestanden, ebenso wie bei Heinrich von Veldeke 9470—3, und zwar kehren bei Wolfram, der über so viele Namen verfügte, daß er mit ihnen die ganze Str. 791 ausfüllte, hier sechs der von Veldeke angeführten wieder mit dem gleichen Reime *rubbîne* : *sardîne* (Veld.: *rubînen* : *sardînen*):

Veldeke 9468 ff.:	Wolfram 589, 17 ff.:
et hadde in vier sinnen	*adamas und amatiste*
goeder venster viere	*(diu âventiure uns wizzen lât)*
van granâte end van saphîre,	*thôpazje und grânât,*
van smaragden ende van rubînen,	*crisolte, rubbîne,*
van crisolîten end van sardînen,	*smârâde, sardîne,*
topazien end berillen.	*sus wârn diu venster rîche.*

Es unterliegt also keinem Zweifel, daß Wolfram am Anfange des zwölften Buches unter dem Eindrucke des angegebenen Abschnittes der Eneide stand.

Weil nun die — wie wir sahen ursprüngliche — Überlieferung von V. 14—18 lautet: *ez was iedoch ein engez phat*, weil Wolfram gerade an dieser Stelle mit Worten und in der Ausdrucksweise scherzt, da er endlich hier am Anfange des zwölften Buches von jenem Camille-Abschnitt der Eneide beeinflußt ist, so ist nur eine orthographische Änderung des wahrscheinlich schon im Original falsch niedergeschriebenen Wortes vorzunehmen und zu schreiben: *ez was iedoch ein engez vat.* Wolfram hat also das niederdeutsche [1]) Reimwort, das gerade in der Camille-Episode wiederholt (V. 9486, 9533, 9554) vorkommt, hier scherzhaft gebraucht statt der hochdeutschen Form, in derselben Bedeutung wie Hartmann [2]). Ein gleichartiges niederdeutsches Reimwort (: *nat*) ist übrigens auch von dem Thüringer Heinrich von Morungen [3]) angewandt worden. Statt V. 12—19 wird Wolfram also gedichtet haben:

---

[1]) Einige Wolframs Sprache und Vers sonst fremde Reime hat auf Veldekes Einfluß zurückgeführt Behaghel, Eneide S. CCXIX.

[2]) Er. 1495. Iw. 257. 258. 273. „*ob minne unde haz nie mê besâzen ein vaz, doch wonte in disem vazze minne bî hazze alsô daz minne noch haz gerûmden gâhes daz vaz.*"

[3]) Statt der MSF. 131, 7 in den Text gesetzten Worte *wart ein bat* ist wohl sicher im Anschluß an die Überlieferung *wart ich nas* BC mit Bartsch, Liederd.

wie kom daz sich dâ verbarc
sô lanc[1]) *wîp in sô kurze*[1]) *stat?*
ez was iedoch ein engez vat,
dâ sô lanc wîp inne saz,

Wie die Änderung und Erweiterung in der anderen Classe hieraus entstand, ist unschwer zu sehen. Man faßte das '*phat*' geschriebene Wort natürlich als 'Pfad' auf und mußte nun, da Orgeluse nicht wohl in einem engen 'Wege' sitzen konnte, ändern: fast von selbst ergab sich *si kom* für *ez was*, wohin sie kam, war nicht zweifelhaft: in *Gâwânes herze*, darauf mußte selbstverständlich *smerze* reimen: *daz aller sîn smerze;* der körperliche Schmerz wurde durch den Liebeskummer verdrängt: *von disem kumber gar verswant;* man mußte endlich wegen der Worte: *dâ sô lanc wîp inne saz* einen bildlich gebrauchten Ausdruck des Raumes haben, der zugleich ein Reimwort zu dem vorhergehenden Verse abgab und bezeichnete das Herz Gawans nun nicht gerade sehr glücklich als eine '*want*'. Als Adjectivum schien wegen des Gegensatzes zu dem '*lanc wîp*' des folgenden Verses '*kurz*' erforderlich, und damit nun V. 13 nicht ebenfalls dieselben Adjectiva vorkämen, ersetzte man sie hier durch '*grôz*' und '*klein*'. Mit dem engen Wege (*si kom einen engen phat in Gâwânes herze*) sollten wohl die Augen gemeint sein. Vgl. 593, 16—18: *durch sîn herze enge kom alsus diu herzogîn, durch sîniu ougen oben în.* Heinrich von Morungen M. S. F. 127, 4—9:

der enzwei gebræche mir daz herze mîn,
der möhte sie
schône drinne schouwen.
sie kam her
dur diu ganzen ougen
sunder tür gegangen.

10. 595, 3. 4 haben Ggg wohl absichtlich, weil sie in V. 5 '*ouch*' nicht bieten, ausgelassen; dagegen hat Str. 594 in Handschriften dieser Classe vier Plusverse, die aber schwerlich echt sind. Nach 594, 18 scheint G, und aus demselben Grunde aber in anderen Worten, g

---

XIV, 166 *wart ich nat* herzustellen. Beiläufig: Morungen liebt es, das Strahlende der Schönheit seiner Dame zu rühmen, und auch Wolfram nennt seine Frauengestalten oft *klâr* oder *lieht*. Vgl. Burdach, Reinmar und Walther S. 48.

[1]) Auch in diesem Verse schließen wir uns jetzt natürlich GG^ag an; den Accusativ haben nur G und G^a treu bewahrt, während die übrigen Handschriften geändert haben. Vgl. Nib. 613, 1. Dieselbe Anschauung und Construction bei Klopstock und Wieland, Grimms Wb. s. v. „verbergen".

zwei Zeilen eingeschoben zu haben, weil der correcte Nachsatz wäre: „so will ich den Kampf mit ihm aufnehmen“. Ebenfalls der größeren Deutlichkeit wegen scheint G nach 594, 28 zwei Verse eingeschoben zu haben. Wolfram sagt hier: Selbst wenn Ihr im Kampfe nicht erliegt, so könnt Ihr noch in Folge der früheren Wunden den Tod finden, wenn Ihr die Rüstung anlegt. Vgl. Bartsch in den Anmerkungen.

11. 654, 23. 24 fehlen Gg. V. 25 und 26 fehlen Ddg; darauf, daß g sämmtliche vier Verse hatte, ist kein Gewicht zu legen, da anderseits g ja auch mit Dd übereinstimmend V. 25 und 26 wegläßt; in beiden Fällen ist Beeinflussung durch die andere Handschriftenclasse anzunehmen. Lachmann setzt alle vier Verse in den Text. Dann würden wir den höchst seltsamen Zufall vorauszusetzen haben, daß an dieser Stelle zwei verschiedene Schreiber von vier echten Versen der eine dieses, der andere jenes Paar, sei es absichtlich, sei es durch ein Versehen, ausließen. Zweitens würden wir dem Dichter den Vorwurf ganz unnöthiger Weitschweifigkeit [1]) an dieser Stelle machen müssen. V. 23. 24. 25 enthalten nichts weiter, als jeder den durch V. 27 ausgedrückten Gedanken, daß Gawans Sorge schwand; V. 26 ist überflüssig, da der Knappe schon vorher seine Verschwiegenheit bewährt hat nach der Erzählung des Dichters in Str. 653. Aus diesen Gründen ist es weit wahrscheinlicher, daß statt zweier Verse des Originals hier in jeder Handschriftenclasse zwei andere Verse gedichtet und eingesetzt worden sind, indem beide Interpolatoren sich dabei an die bei Wolfram folgende Zeile '*al sîner sorge er gar vergaz*' anlehnten. Der Anlaß zu dieser Einsetzung zweier Verse von verschiedenen Schreibern an derselben Stelle wird kein anderer gewesen sein, als die Unleserlichkeit von zwei Versen der Vorlage. Demnach vermuthen wir, daß hier zwei echte Verse in Verlust gerathen und daß sowohl V. 23. 24 Ddg als V. 25. 26 Gg zu ihrem Ersatze gedichtet sind.

---

[1]) Dieses Bedenken hat in anderer Weise C. Bock, P. B. B. XI, S. 194 geltend gemacht. Er glaubt, daß die in Ddg überlieferten Verse die echten sind und meint: „der Autor der in Gg sich findenden wollte wohl die lästige Wiederholung durch Einschiebung eines der vorhergehenden Erzählung entnommenen Zwischengedankens erträglicher machen.“ Wir können ihm hierin nicht beistimmen, weil so den Dichter der Vorwurf einer „lästigen Wiederholung“ treffen würde, während der Interpolator thöricht gehandelt hätte: in der Absicht, die lästige Wiederholung zu beseitigen, hätte er sie durch Zudichtung eines weiteren Verses desselben Inhalts: *Gâwân ûz sorge in fröude trat* noch gesteigert.

VII.

Aus der handschriftlichen Überlieferung und anderen Gründen haben wir den Schluß gezogen, daß 52, 3—8. 584, 14—18 unecht sind und daß 654, 23—26 an die Stelle von zwei echten verlorenen getreten sind. Andererseits glauben wir in zwei Fällen den Ausfall von echten Versen in allen Handschriften annehmen zu dürfen.

1. 69, 29—70, 6. Lachmann hat den 8 Versen diese Stelle angewiesen, während sie in den Handschriften erst hinter 71, 6 stehen. Nun läßt sich ja freilich nicht in Abrede stellen, daß nach der Überlieferung die Beschreibung der Rüstung Gahmurets in auffallender Weise auseinandergerissen wird[1]). Aber widerum spricht gegen die Lachmann'sche Anordnung der Verse, daß auf diese Weise 70, 7 *ez wart dâ harte guot getân* der Dichter fortfahren würde „von dem Turnier zu erzählen, als ob gar keine Unterbrechung der Darstellung stattgefunden hätte" [2]). Durch die Umstellung der 8 Verse würden also die Bedenken nicht beseitigt, sondern nur verändert werden. Demnach ist an der Überlieferung festzuhalten.

Zu beachten ist, daß, als das Verhältniß Gahmurets zur Ampflîse zuerst erwähnt wird, 12, 7 sich die Worte *kleinœtes tûsent marke wert* finden, an welche 71, 6 *wand ez was maneger marke wert* anklingt. Man hat aus der Ähnlichkeit des Ausdrucks geschlossen[3]), der Dichter sei dadurch an Ampflîse erinnert worden und habe so die 8 Verse, um die es sich handelt, eingefügt. Die Möglichkeit aber einer derartigen auf bloßer Gleichheit einiger Worte beruhenden Gedankenverbindung ist schwer einzusehen; sie würde erst dann wahrscheinlich, wenn sachliche Verknüpfungspunkte hinzutreten würden. Nach einer anderen Ansicht[4]) haben wir es „hier sicher mit einem späteren Einschub zu thun, den der Dichter selbst (?) in seinem Originale hinzufügt". „Jedenfalls wollte er seine Leser auf eine Geschichte aufmerksam machen, die er erst 76, 1 erzählt." Damit ist aber nicht erklärt, warum Wolfram es gerade an dieser auffälligen Stelle that; auch sieht man nicht, was ihn überhaupt zu einem vorläufigen Hinweis auf die Str. 76 gegebene Erzählung hätte veranlassen können.

---

[1]) Vgl. Bock, P. B. B. XI, S. 187. Kinzel, Zs. f. d. Phil. 21, S. 56.
[2]) Vgl. Bötticher, Zs. f. d. Phil. 13, S. 429. Bock a. a. O.
[3]) Bock a. a. O.
[4]) Kinzel a. a. O.

Über folgende Frage müssen wir suchen uns Klarheit zu verschaffen. Wie kommt es, daß jene 8 Verse, in denen der Tod des Königs von Frankreich und die Gesandtschaft der Ampflîse erwähnt werden, an dieser Stelle stehen inmitten der Beschreibung der Bewaffnung Gahmurets. Zuerst ist die jetzt in Gahmurets Besitz befindliche Rüstung Isenharts erwähnt 70, 13—26, dann der nicht zu ihr gehörige Schild 70, 27—71, 6, darauf folgen jene 8 Verse 69, 29 bis 70, 6, endlich von 71, 7—28 die Beschreibung des Waffenrocks. Auffallend ist, daß trotz dieser Beschreibung in 22 Versen nicht erzählt wird — und dies lag noch besonders nahe nach der Art der vorausgegangenen Erwähnung jenes *harnas* V. 14—18 —, wie Gahmuret in den Besitz dieses Waffenrocks gelangt ist, sondern daß dies beiläufig bemerkt wird 81, 25 u. 26:

dich hât ein werdez wîp gesant
bî disem ritter in diz lant.

Dies *werde wîp* ist natürlich Ampflise; vgl. 77, 8—10:

du solt ouch mîn ritter sîn
ime lande ze Wâleis
vor der houbtstat ze Kanvoleis.

Gerade an der Stelle nun, an der wir die Erwähnung, daß der Waffenrock eine Gabe Ampflisens ist, vermissen, finden wir jene 8 Verse, die von ihrer Liebe und vom Tode ihres Gatten erzählen. So unpassend diese Verse auf den ersten Blick an ihrer Stelle erscheinen, so wohlberechtigt würden sie sein, wenn die von uns vermißte Angabe über den Waffenrock sich an sie angeschlossen haben würde. Aus diesem Grunde halte ich eine Lücke hinter jenen 8 Versen für wahrscheinlich. Dieselbe ergibt sich auch noch aus einer zweiten Überlegung. Wolfram sagt 76, 1 von der Ampflise: *ein wîp diech ê genennet hân.* Ihren Namen finden wir aber nicht an den beiden Stellen, an denen Andeutungen auf sie enthalten sind 12, 3—14. 69, 29—70, 6. Also hat der Name in verlorenen Versen gestanden, für welche der geeignetste Platz eben nach 76, 6 anzusetzen wäre. Nun gewinnt auch die Ähnlichkeit des Ausdrucks 12, 7 *kleinœtes tûsent marke wert* und 71, 6 *wand ez was maneger marke wert* vielleicht eine andere Bedeutung. Da Wolfram mit denselben Worten 53, 3 und 70, 19 *ûf erde niht sô guotes was* den gleichen Helm beschreibt, so ließe sich nach Analogie dieser Stellen vermuthen, daß das in Str. 12 erwähnte Kleinod identisch ist mit dem Zierat des in Str. 71 beschriebenen Schildes. Wie dem auch sei, mag auch Schild und Schildesschmuck nicht von Ampflisen herrühren, das war in den ausgefallenen Versen erzählt, daß der Waffenrock eine Gabe von ihr war. Wolfram leitet das ein mit den an ihrer Stelle scheinbar so auffälligen Versen *Nu was ouch rois de Franze tôt* u. s. w. Auch der Name der Ampflise war in dieser Lücke erwähnt, vielleicht waren auch einige Angaben über das Verhältniß Gahmurets zur Ampflise gemacht, die dann 87, 7 ff. 94, 21 ff. 97, 13 ff. ergänzt und erweitert wurden[1]). Endlich ist zu vermuthen, daß auch über die Botschaft der Ampflise in der Lücke schon einige Mittheilungen gemacht waren. In den Worten 70, 4 u. 5 nämlich, *ob er noch wider in daz lant .wær komen von der heidenschaft* kann es sich augenscheinlich nur um Anschouwe handeln; demnach ist das auch gemeint in dem vorhergehenden Verse *hete aldar nâch im gesant*. Also Ampflise schickt Boten in das Heimatland Gahmurets, dieselben Boten überbringen Str. 76 u. 77 dem Gahmuret Nachricht und Brief von ihr, in dem auch die Worte stehen:

du solt ouch mîn ritter sîn
ime lande ze Wâleis
vor der houbtstat ze Kanvoleiz.

Nicht ausdrücklich vom Dichter erwähnt — aber wahrscheinlich ebenfalls in der Lücke erzählt — ist, daß die Boten aus Anjou wieder zu der Königin zurückkehren mit der Nachricht, Gahmuret sei bei dem Turnier vor Kanvoleiz, daß die Königin sie wieder aussendet mit dem Brief, in dem sie Gahmuret aufträgt, er solle ebenda ihr Ritter sein.

2. 585, 28 *als ir ę wol* (*wol ê* G^a, *wol* Eg) *habit virnomen* (*habt vernom̄n* G^a) G G^a g.

Es ist unmöglich, daß diese Worte aus der in den Ausgaben eingesetzten Lesart der anderen Handschriften hervorgingen: *an dem iu dienst wart benomn*. Ebensowenig ist ihr Dasein etwa durch Abirren des Schreibers auf 585, 18 oder 586, 11 zu erklären, allein schon weil diese Zeilen nicht völlig gleichlautend sind mit dem, was G G^{a}g hier bieten. Also haben G G^{a}g den echten Wortlaut von 585, 28 erhalten: *als ir ê wol habt vernomn*. Mit dem Vorhergehenden scheint nun allerdings dieser Vers inhaltlich nicht recht verbunden werden zu können: daher auch wohl die Änderung in den anderen Handschriften. Außerdem führt Wolfram hier ja, wie der Zusammenhang zeigt, lauter Beispiele für die Qual und Tod bringende Macht der Minne an. Inwiefern Ither hierher gehört, hat er aber weder hier angedeutet noch in Str. 499, der einzigen Stelle, an welcher er das Liebesverhältniß Ithers zu Lammire erwähnt. Es liegt daher die Ver-

[1]) „Wobei übrigens zu bewundern ist, wie viel Wolfram da in wenigen Andeutungen sagt.“ Bötticher a. a. O. S. 430.

muthung nahe, daß nach V. 28 Verse ausgefallen sind, daß Wolfram mit den Worten *als ir ê wol habt vernomn* auf das in Str. 499 Erzählte kurz zurückgriff und nun hinzufügte, inwiefern auch Ither und Lammire die Macht der Minne erfuhren, daß ihnen „*ouch von minne ist worden wê*" (586, 15).

VIII.

Wenden wir uns nach diesen Erörterungen der Frage nach dem kritischen Werth der großen Anfangsbuchstaben zu. Es sind zunächst nach der Ausgabe Lachmanns die großen Anfangsbuchstaben und die durch sie gebildeten Abschnitte anzugeben, woraus zugleich ersichtlich ist, wie oft diese von den durch Lachmann bezifferten Absätzen abweichen.

Buch I. 1, 1—2, 23 = 52. —3, 25 = 32. —4, 27 = 32. —5, 29 = 32. —6, 29 = 30. —8, 1 = 32. —9, 3 = 32. —9, 29 = 26. —11, 1 = 32. —12, 3 = 32. —13, 3 = 32. —14, 3 = 30. —15, 5 = 32. —16, 11 = 36. —17, 15 = 34. —18, 17 = 32. —19, 17 = 30. —20, 19 = 32. —21, 19 = 30. —22, 19 = 30. —23, 19 = 30. —24, 21 = 32. —25, 23 = 32. —26, 25 = 32. —27, 25 = 30. —28, 27 = 32. —29, 27 = 30. —30, 29 = 32. —31, 27 = 28. —32, 29 = 32. —33, 29 = 30. —34, 29 = 30. —35, 29 = 30. —37, 1 = 32. —38, 1 = 30. —39, 1 = 30. —40, 3 = 32. —41, 3 = 30. —42, 3 = 30. —43, 3 = 30. —44, 1 = 28. —45, 1 = 30. —46, 3 = 32. —46, 27 = 24. —48, 5 = 38. —49, 7 = 32. —50, 7 = 30. —51, 9 = 32. —52, 17 = 38. —53, 19 = 32. —54, 21 = 32. —55, 21 = 30. —56, 27 = 36. —57, 27 = 30. —58, 27 = 30.

Buch II. 58, 27—59, 27 = 30. —60, 27 = 30. —61, 27 = 30. —62, 27 = 30. —63, 27 = 30. —64, 29 = 32. —65, 29 = 30. —66, 29 = 30. —67, 29 = 30. —68, 29 = 30. —69, 29 = 30. 70, 7—71, 7 = 30. —69, 29—70, 7 = 8 (so die Handschriften; Lachmann hat die letzten beiden Abschnitte umgestellt). 71, 7—72, 9 = 32. —73, 7 = 28. —74, 5 = 28. —75, 3 = 28. —76, 1 = 28. —77, 1 = 30. —77, 29 = 28. —79, 3 = 34. —80, 3 = 30. —81, 5 = 32. —82, 5 = 30. —83, 5 = 30. —84, 5 = 30. —85, 5 = 30. —86, 5 = 30. —87, 7 = 32. —88, 7 = 30. —89, 7 = 30. —90, 7 = 30. —91, 9 = 32, —92, 9 = 30. —93, 11 = 32. —94, 11 = 30. —95, 11 = 30. —96, 11 = 30. —97, 13 = 32. —98, 15 = 32. —99, 17 = 32. —100, 19 = 32. —101, 21 = 32. —102, 23 = 32. —103, 25 = 32. —104, 25 = 30. —105, 27 = 32. —106, 29 = 32. —107, 29 = 30. —109, 1 = 32. —110, 3 = 32. —111, 3 = 30. —112, 5 = 32. —113, 5 = 30. —114, 5 = 30. —115, 5 = 30. —116, 5 = 30.

Buch III. 116, 5–117,7 = 32. — 118, 7 = 30. — 119, 9 = 32. — 120, 11 = 32. — 121, 13 = 32. — 122, 13 = 30. — 123, 13 = 30. — 124, 15 = 32. — 125, 17 = 32. — 126, 19 = 32. — 127, 21 = 32. — 129, 5 = 44. — 130, 3 = 28. — 131, 3 = 30. — 132, 1 = 28. — 133, 3 = 32. — 134, 5 = 32. — 135, 7 = 32. 136, 9 = 32. — 137, 9 = 30. — 138, 9[1]) = 30. — 139, 9 = 30. — 140, 9 = 30. — 141, 11 = 32. — 142, 13 = 32. — 143, 15 = 32. — 144, 17 = 32. — 145, 17 = 30. — 146, 19 = 32. — 147, 19 = 30. — 148, 19 = 30. — 150, 21 = 32. — 151, 21 = 30. — 152, 23 = 32. — 153, 23 = 30. — 154, 27 = 34. — 155, 29 = 32. — 156, 29 = 30. — 158, 1 = 32. — 159, 1 = 30. — 160, 1 = 30. — 161, 1 = 30. — 162, 1 = 30. — 163, 3 = 32. — 164, 5 = 32. — 165, 5 = 30. — 166, 5 = 30. — 167, 5 = 30. — 168, 7 = 32. — 169, 5 = 28. — 170, 7 = 32. — 171, 7 = 30. — 172, 7 = 30. — 173, 7 = 30. — 174, 7 = 30. — 175, 7 = 30. — 176, 9 = 32. — 177, 9 = 30. — 177, 11 = 32. — 179, 13 = 32.

Buch IV. 179, 13—180, 15 = 32. — 181, 17 = 32. — 182, 19 = 32. — 183, 21 = 32. — 185, 21[2]) = 60. — 186, 21 = 30. — 187, 23 = 32. — 187, 23—224, 1 = 34 Abschnitte von je 32 Versen.

Buch V. 224, 1—225, 1 = 30. — 226, 1 = 30. — 227, 7 = 36. — 228, 1 = 24. — 251, 1 = 23 Abschnitte von je 30 Versen. — 251, 29 = 28. — 253, 1 = 32. — 253, 27 = 26. — 255, 1 = 34. — 256, 1 = 30. — 257, 1 = 30. — 258, 1 = 32 (30 L). — 259, 5 = 34. — 260, 3 = 28. — 261, 1 = 28. — 262, 1 = 30. — 263, 1 = 30. — 264, 1 = 30. — 265, 1 = 30. — 266, 3 = 32. — 266, 29 = 26. — 268, 1 = 32. — 269, 1 = 30. — 270, 1 = 30. — 271, 1 = 30. — 272, 1 = 30. — 273, 1 = 30. — 274, 1 = 30. — 274, 29 = 28. — 276, 1 = 32. — 277, 1 = 30. — 277, 29 = 28. — 278, 27 = 28. — 280, 1 = 34.

Buch VI. 280, 1—286, 1 = 6 Abschnitte von je 30 Versen. — 287, 5 = 34. — 288, 3 = 28. — 289, 3 = 30. — 290, 3 = 30. — 291, 1 = 28. — 292, 1 = 30. — 293, 5 = 34. — 294, 1 = 26. — 295, 1 = 30. — 296, 1 = 30. — 296, 29 = 28. — 298, 1 = 32. — 299, 3 = 32. — 300, 1 = 28. — 305, 1 = 5 Abschnitte von je 30 Versen. — 305, 27 = 26. — 306, 29 = 32. — 308, 1 = 32. — 311, 1 = 3 Abschnitte von je 30 Versen. — 311, 29 = 28. — 313, 1 = 32. — 325, 1 = 12 Abschnitte von je 30 Versen. — 326, 5 = 34. — 327, 5 = 30. — 328, 1 = 26. — 338, 1 = 10 Abschnitte von je 30 Versen.

[1]) Bei Lachmann steht 138, 9 kein großer Anfangsbuchstabe; aber offenbar liegt hier ein Versehen vor, da 138, 9 in D eine Abtheilung nach Art der Bücher vorgenommen ist. Vgl. Vorrede S. IX.

[2]) 184, 9—18. 21—26; 185, 17—18 fehlen in D.

Buch VII. 338, 1—339, 1 = 30. —340, 1 = 30. —341, 3 = 32. —342, 1 = 28. —343, 1 = 30. —344, 1 = 30. —345, 1 = 30. —346, 3 = 32. —347, 1 = 28. —384, 1 = 37 Abschnitte von je 30 Versen. —384, 29 = 28. —386, 1 = 32. —398, 1 = 12 Abschnitte von je 30 Versen.

Buch VIII. 398, 1—406, 1 = 8 Abschnitte zu je 30 Versen. —407, 3 = 32. — 408, 1 = 28. —409, 3 = 32. —412, 3 = 3 Abschnitte von je 30 Versen. —413, 1 = 28. —433, 1 = 20 Abschnitte von je 30 Versen.

Buch IX. 433, 1—438, 1 = 5 Abschnitte von je 30 Versen. —438, 29 = 28. —440, 1 = 32. —503, 1 = 63 Abschnitte von je 30 Versen.

Buch X. 503, 1—553, 1 = 50 Abschnitte von je 30 Versen.

Buch XI. 553, 1—562, 1 = 9 Abschnitte von je 30 Versen. 562, 1—564, 1 = 00. —577, 1 = 13 Abschnitte von je 30 Versen. —577, 1—578, 3 = 32. —579, 1 = 28. —583, 1 = 4 Abschnitte von je 30 Versen.

Buch XII. 583, 1—584, 1 = 30. —585, 5 = 34. —585, 29 = 24. 586, 29 = 30. —588, 1 = 32. —595, 1 = 7 Abschnitte von je 30 Versen. —595, 29 = 28. —597, 1 = 32. —627, 1 = 30 Abschnitte von je 30 Versen.

Buch XIII. 627, 1—654, 1 = 27 Abschnitte von 30 Versen. 654, 1—655, 3 = 32. —663, 3 = 8 Abschnitte von je 30 Versen, —664, 1 = 28. —677, 1 = 13 Abschnitte von je 30 Versen. —678, 3 = 32. —679, 1 = 28.

Buch XIV—XVI. 679, 1—682, 1 = 3 Abschnitte von je 30 Versen. —683, 3 = 32. —684, 1 = 28. Von 684, 1 bis zum Schluß des Werkes kehren die großen Anfangsbuchstaben regelmäßig nach einem Zwischenraum von 30 Versen wieder.

Aus dieser Übersicht erhellt unseres Erachtens deutlich genug, daß die großen Anfangsbuchstaben auf die Einrichtung des Originals zurückzuführen sind. Buch 1—6 weisen ein anderes Verhältniß auf als Buch 7—16 und müssen daher gesondert betrachtet werden nach den letzten zehn Büchern, in denen, wie schon ein flüchtiger Blick lehrt, die größere Regelmäßigkeit herrscht.

Was Buch 7—16 betrifft, so bemerken wir, daß öfter auf einen Abschnitt von 28 Zeilen ein solcher von 32 und ebenso auf 32 Zeilen unmittelbar wieder 28 folgen. Hier hat also der Schreiber, da wo ihm seine Absicht, immer 30 Verse auf eine Spalte oder Seite zu bringen, nicht gelang, gleich auf der folgenden den Ausgleich wiederhergestellt, so daß beide zusammen 60 ergaben. Dies ist der Fall in VII. 3mal, in VIII. 2mal (im zweiten Fall ist der Ausgleich erst nach drei anderen Abschnitten erfolgt), in IX. 1mal, in XI. 1mal, in XII. 1mal, in XIII. 1mal, in XIV. 1mal. Nach Abzug dieser Stellen fallen in den letzten zehn Büchern nur folgende Abschnitte wegen ihrer Unregelmäßigkeit auf: 584, 1—585, 5 = 34; 585, 29 = 24; 586, 29 —588, 1 = 32; 654, 1—655, 3 = 32; 663, 3—664, 1 = 28. Daraus gewinnen wir eine willkommene Bestätigung der Richtigkeit unserer obigen Erörterung, daß 584, 1—585, 5 vier Verse unecht seien, daß 585, 5—29 eine Lücke anzusetzen war, daß 654, 1—655, 3 zwei Verse mehr als das Original enthielten. Wir sehen nun, daß in der nach 585, 28 vermutheten Lücke vier Verse ausgefallen sind, weil 585, 5—29 dann 28 Zeilen ergeben, die nach einem Zwischenraum von 30 Versen sich mit den folgenden (586, 29—588, 1) 32 Versen in der üblichen Weise zu 60 ergänzen. Somit bleiben einzig und allein in den sämmtlichen zehn letzten Büchern die 28 Verse 663, 3—664, 1 übrig. Eben weil sie ganz vereinzelt stehen, ist es höchst wahrscheinlich, daß hier im Original 2 Verse mehr gestanden haben; wenn auch nichts Wesentliches vermißt wird, so ist doch ein Ausfall zweier Verse (z. B. nach V. 18) recht wohl denkbar.

2. Buch 1—6. Hier fällt ganz besonders auf, daß 69, 29—70, 6 schon nach einem Zwischenraume von acht Versen die großen Anfangsbuchstaben wiederkehren. Dies ist ein weiterer Beweis für die von uns hier angesetzte Lücke. Auch der bemerkenswerth umfangreiche Absatz von 38 Zeilen 51, 9—52, 17 verringert sich auf 32 bei unserer Ansicht, daß 52, 3—8 nicht von Wolfram herrühren. Die noch auffallendere Zahl von 44 Versen finden wir 127, 21—129, 5. Da verdächtige Verse hier nicht vorhanden sind, ist nur an einen Ausfall von echten Versen zu denken. Dies ergibt sich auch aus Folgendem. Es heißt 147, 30 ff.:

er sprach „got halde iuch [hêrren] alle
benamn den künec und des wîp.
mir gebôt mîn muoter an den lîp,
daz ich die gruozte sunder:
unt die ob [der] tavelrunder
von rehtem prîse heten stat,
die selben si mich gruezen bat.“

Von diesem Gebot der Mutter hat Wolfram nach der uns vorliegenden Überlieferung nichts berichtet, als er die Lehren der Mutter erwähnt. Daß er es hier aber thatsächlich gethan hat, daran werden wir um so weniger zweifeln, als sowohl Chrestien wie das Mabinogi an dieser Stelle den Rath der Mutter, Parzival solle an Arthurs Hof ziehen, erwähnen. Abgesehen von diesen drei Fällen werden wir in den ersten sechs Büchern die großen Anfangsbuchstaben als ein ergänzendes Kriterium kaum höchstens einmal, wie es scheint, verwenden dürfen. In I—III scheint der Schreiber des Originals überhaupt nicht die Absicht oder die Übung gehabt zu haben, eine bestimmte Zahl von Verspaaren auf jeder Seite, wenn möglich, zu erreichen; in IV hat er, mit Ausnahme dreier Absätze von je 30 Versen, stets eine Seite mit 32 Zeilen ausgefüllt. In V sind, abgesehen von 257, 1—258, 1 = 32 Zeilen nur Abschnitte von 30 Zeilen oder solche, die sich mit anderen zu 60 oder 90 ergänzen, nämlich 226, 1—228, 1 (36 + 24), 251, 1— 253, 1 (28 + 32), 253, 1—255, 1 (26 + 34), 258, 1—261, 1 (34 + 28 + 28), 265, 1—268, 1 (32 + 26 + 32), 274, 1—276, 1 (28 + 32), 277, 1—280, 1 (28 + 28 + 34). Lachmann hat daher wohl das Richtige getroffen, wenn er 257, 23. 24 für unecht erklärte. Auch in VI kommen außer Absätzen von 30 Versen nur solche vor, die sich in der üblichen Weise ergänzen, nämlich 286, 1—287, 5—288, 3, 290, 3—291, 1 (34 + 28 + nach einem Zwischenraume von zwei Abschnitten zu je 30 Versen 28), 292, 1—294, 1 (34 + 26), 296, 1—298, 1 (28 + 32), 298, 1—300, 1 (32 + 28), 305, 1—308, 1 (26 + 32 + 32), 311, 1—313, 1 (28 + 32), 325, 1—326, 5. 327, 5—328, 1 (34 + nach einem Absatz von 30 Versen, 26).

Wir stehen am Schlusse. Wenn wir auch Lachmann darin nicht beistimmen können, daß Wolfram in Absätzen von 30 Zeilen gedichtet hat, die keine Sinnesabschnitte sind, so glauben wir doch andererseits die Thatsache anerkennen zu müssen, daß mitunter Wolfram allerdings in 30 Versen, also auf einer Seite oder Spalte etwas Zusammengehöriges abgeschlossen hat. Die beiden augenfälligsten Beispiele sind Str. 770 (dagegen Str. 772 V. 1—23) und 791, die ganz durch die Namen von Personen bezw. Steinen ausgefüllt werden; dann der Schluß des ganzen Werkes in Str. 827, der Rückblick in Str. 336, das Schlußwort in Str. 337 und sonst hin und wieder. Man darf eben nicht vergessen, daß gerade für Wolfram die bestimmte Zeilenzahl der Seiten des Originals von einer besonderen Bedeutung war, da für den des Lesens und Schreibens nach seiner eigenen Aussage unkundigen Dichter die Zählung ein wichtiges Mittel der Controle für die Zuverlässigkeit seines Schreibers bildete. Was den Werth der Handschriften betrifft, so haben wir mehrfach Gelegenheit gehabt für die Classe G einzutreten und sind der Ansicht, daß dieselbe auch sonst noch an verschiedenen Stellen den Vorzug verdient. Doch wenden wir uns jetzt einer anderen vielbehandelten Frage zu.

Zelt und Harnisch in den beiden ersten Büchern.

Wolframs Bericht über die Rüstung, das Zelt und den Tod des Isenhart bereitet bekanntlich dem Verständniß mancherlei Schwierigkeiten, die trotz verschiedener Erklärungsversuche [1]) noch nicht als beseitigt angesehen werden können. Es handelt sich um folgende Stellen: 16, 4—10. 26, 9—28, 9. 50, 28—51, 18. 52, 17—53, 11. 54, 11—16. 58, 9—19. 61, 8—17. 64, 13—18. 70, 13—21. Als besonders auffällig kommt in Betracht 27, 15—18.

1. Diese Stelle haben Lachmann und Haupt in ihren Vorlesungen, wie Zacher a. a. O. mittheilt, folgendermaßen erklärt, jener: weil der Harnisch im Zelte liege, so werde das Zelt Harnisch genannt, dieser: das Zelt habe die Form eines Harnisch gehabt. Beide Erklärungen setzen jedoch eine gar zu wunderliche Anschauungs- und Ausdrucksweise voraus und stehen auch mit den übrigen Stellen nicht durchweg im Einklange. Da Lachmann und Haupt selbst zugeben, daß Unklarheiten an manchen derselben bestehen bleiben, ist es unnöthig, ihre Ansichten im Einzelnen zu verfolgen.

2. Eine von Bartsch in der ersten Auflage seiner Ausgabe aufgestellte, in der zweiten Auflage wieder aufgegebene Vermuthung ist von Bötticher und Zacher wieder aufgenommen worden. Darnach soll Wolfram sich eng an eine französische Vorlage angeschlossen, das in derselben gebrauchte Wort '*helberc*' als '*halberc*' aufgefaßt und so gedankenlos übersetzt haben, daß er ein Zelt von einem Harnisch nicht unterschied. Hiermit ist aber die Ansicht zugleich auch schon widerlegt; denn mit Recht sagt Paul a. a. O.: „So oft Wolfram übrigens seine Quelle mißverstanden hat, so hat er sich doch so sehr wie nur irgend ein Dichter vor Widersprüchen innerhalb seiner Erzählung zu hüten gewußt, die immer auf klarer und bestimmter Anschauung beruht. Widersprüche der albernsten Art müßten wir ihm aber zuschreiben, wenn wir ihm eine Vermengung von Harnisch und Zelt Schuld gäben.“ Welche Unzulänglichkeiten ferner bei einem Versuche, die übrigen Stellen mit dieser Erklärung in Einklang zu bringen, sich ergeben, hat Zacher schon größtentheils selbst in seinem Aufsatze vorgebracht. Es sei daher nur im Anschluß an Fulda a. a. O.

[1]) Vgl. die beiden Auflagen der Ausgabe von Bartsch, San Marte Germania 2, 85 ff., Paul, P. B. B. II, 71 u. 72, Bötticher, Zs. f. d. Phil. 13, 383—395, Zacher ebendaselbst S. 395—420, Fulda, Germania 31, 41—49.

S. 45 erwähnt, daß an spätere Zusätze von Wolfram, die Lachmann, Haupt und Zacher vermutheten, nicht zu denken ist, weil Wolfram, wenn er seinen Irrthum später gemerkt hätte, diesen einfach beseitigt, nicht aber durch Zusätze die Verwirrung noch größer gemacht haben würde.

3. San Marte, dem sich Paul a. a. O. und Bartsch in der zweiten Auflage seiner Ausgabe [1]) anschließen, setzt nicht, wie Lachmann, die Klammer hinter '*stêt*', sondern schon hinter '*enwec*', und faßt die so in Parenthese stehenden Worte: *daz als ein palas dort stêt, daz ist ein hôch gezelt, daz brâhten Schotten ûf diz velt* als einen die Erzählung lebhaft unterbrechenden Zwischensatz. Aber eine derartige Parenthese würde hier ja inhaltlich außer allem Zusammenhange stehen. Eine psychologisch erklärliche Gedankenverbindung ließe sich höchstens durch die Annahme herstellen, daß Isenharts Leiche in jenem Zelte liege. Jedoch auch in diesem Falle hätte der Dichter nicht nur die Hauptsache verschwiegen, sondern das Verständniß unmöglich gemacht, da die Mittheilung, daß Isenharts Leiche im Lager einbalsamiert liege, unserer Stelle nicht etwa vorangeht, sondern erst 51, 12 folgt.

4. Fulda endlich setzt nach *enwec* ein Semikolon und faßt die Stelle so auf: „Er gab um meinetwillen seine Rüstung fort; was als ein Palast dort steht, das ist ein geräumiges Zelt, welches Schotten auf dies Feld brachten. Als [auch] dessen der Held sich entäußert hatte, da schonte er sein Leben nicht mehr.“ Aber auch bei dieser Ansicht ist der Bericht Wolframs über den Tod, das Zelt und die Rüstung des Isenhart keineswegs frei von Unklarheiten und Widersprüchen. *a*) Belakane will also Isenharts Treue auf die Probe stellen durch ein Opfer, das ihm schwer fällt. Wolfram würde dann V. 19—21 gesagt haben: Als er dies Opfer gebracht, das Zelt verschenkt hatte, da schonte er sein Leben nicht mehr. Wenn nun auch daraus Niemand entnehmen wird, daß ihn der Kummer über den Verlust des Zeltes in den Tod getrieben habe, so bleibt es doch auffallend, daß die Hauptsache, das nothwendige Zwischenglied zwischen der Hingabe des Zeltes und dem Lebensüberdruß des Isenhart, verschwiegen wird: auch dann gewährte ihm Belakane ihre Minne noch nicht, und daher suchte er den Tod. Beiläufig: man müßte doch wahrscheinlich voraussetzen, daß Belakane dem Isenhart Erhörung zugesichert habe, falls er jene seltsame Probe der Treue bestände und jenes Opfer

[1]) Vgl. auch Litterar. Centralblatt 1871, S. 513.

brâchte; *frou Belakâne diu süeze valsches âne* hätte ihre Zusage dann doch nicht erfüllt. *b*) Es heißt 52, 27—29:

ez suct uns Isenhartes lebn,
daz Fridebrande wart gegebn
diu zierde unsers landes.

diu zierde des landes bezieht Fulda auf Zelt und Rüstung zugleich. Der Dichter würde also sagen, daß die Verschenkung der Rüstung und des Zeltes dem Isenhart das Leben geraubt habe. Das ist ja aber nicht der Fall. Es würde hier wieder die nothwendige Motivierung fehlen, daß trotz der dargebrachten Opfer Belakane dem Isenhart die Erhörung versagt hat. Dies, und nicht der Verlust des Zeltes, führt seinen Tod herbei. c) Merkwürdig ist, daß Fridebrand auch das Zelt aus seiner Heimat — dahin müßte ihm doch das Geschenk geschickt sein — mitbringt, als er den Rachezug für den gefallenen Isenhart unternimmt; daß er dann andererseits, als er heimkehrte, es vor Patelamunt zurückgelassen hat. Auffallend ist, daß in Str. 27 nicht erwähnt wird, wem Isenhart Zelt und Rüstung geschenkt hat, und ebensowenig in Str. 52 erzählt wird, von wem Fridebrand Zelt und Rüstung erhalten hat. Endlich bleibt man im Unklaren darüber, weshalb Fridebrand die Rüstung zurücksendet, weshalb er sie an Belakane schickt, während doch die Fürsten sie für Gahmuret zu erbitten scheinen. Etwa anzunehmen, der Schottenkönig entsage durch Rückgabe der Rüstung der Rache für den Tod seines Verwandten, geht kaum an, weil er ja jene Rüstung schon vor dem Tode Isenharts zum Geschenk erhalten hat.

Dies sind die verschiedenen Ansichten und die Gründe, aus welchen wir keiner derselben beistimmen konnten. Wir müssen daher einen neuen Versuch wagen, in der ziemlich verwickelten Sache Klarheit zu schaffen.

1. 16, 4—10. Der Dichter berichtet: Isenhart hat den Tod gesucht, weil Belakane, welcher er seine Dienste gewidmet hatte, ihm nie Erhörung gewährte.

2. 26, 9—28, 9. Belakane erzählt dem Gahmuret das Folgende. Isenhart verrichtet ruhmvolle Thaten in der Hoffnung, dadurch die Liebe der Belakane zu erringen (26, 27 *dô ich sîn dienst nâch minne enphienc.* 27, 11. 12. *dem helde erwarp mîn magetuom an rîterschefte manegen ruom*). Belakane zögert jedoch, ihm das höchste Liebesglück zu gewähren, theils aus Scham (27, 9. 10 *nu hât mîn schamndiu wîpheit sîn lôn erlenget und mîn leit*), theils um seine Treue auf die Probe zu stellen (27, 13. 14 *dô versuocht i'n ob er kunde sîn ein friunt*).

Dieselbe bewährt sich (27, 14 *daz wart vil balde schîn*). Isenhart wendet sich nicht etwa dem Dienst einer anderen Dame zu, sondern gibt die schützende Rüstung preis (27, 15 *er gap*[1]) *sîn harnas enwec*, d. h. nach 58, 12. 13 *den adamas* (Helm), *ein swert, einn halsperc und zwuo hosen*), weil Belakane ihm ihre Liebe zu gewähren zaudert (27, 15 *durch mich*. 27, 9. 10. 13. 14 vgl. 16, 9. 10) und zieht so '*blôz*'[2]) (d. h. also nur mit Schild und Speer bewaffnet, ohne die er selbstverständlich keine '*tjost*' thun konnte) auf *âventiure* aus, um auf diese Weise den sichern Tod im Kampfe zu suchen (V. 21 *des lebens in dâ nâch verdrôz*). Wir haben bei unserer Erklärung die Worte V. 16—18 übergangen und wollen, bevor wir dieselben erörtern, zunächst sehen, ob sich die übrigen Stellen unserer Auffassung fügen: Nicht auf einen wunderlichen Wunsch der Belakane hat Isenhart ein kostbares Besitzthum an irgend Jemanden (nach Schottland hin?) verschenkt sondern wegen der Zurückhaltung der Geliebten den Tod aufgesucht dadurch, daß er ohne Rüstung auf Kämpfe auszieht. Die Mannen vermuthen als Ursache dieser Tollkühnheit und Verzweiflung ihres Königs mit Unrecht Treulosigkeit seiner Geliebten (27, 1. 2 *verrâtens ich doch wênic kan, swie mich des zîhen sîne man*. V. 3 *er was mir lieber danne in*. V. 8 *er gap mir manege pîne*). Ob auch Razalic diese Ansicht hat, ist nicht ganz klar; er sagt 50, 29 *er wart in ir dienste erslagen*. 51, 2 *umbe ir minne er gap den lîp*.

3. 52, 17—53, 11. 53, 3—6 sind sicher mit Paul a. a. O. zur Rede der Fürsten zu ziehen. Daß von der Rüstung nur der Helm genannt wird, ist nicht befremdlich, da er das kostbarste[3]) Stück derselben ist: *ûf erde niht sô guotes was* (53, 3. 70, 19). Aus 53, 3—6

[1]) Man hat bei *enwec geben* immer an ein Verschenken gedacht. Aber wie man absolut sagt: einen Freund, Alles, Leben, Stellung, Ehre hingeben, fortgeben, weggeben, preisgeben und dadurch nur die Trennung und Verzichtleistung auf etwas bezeichnet, ohne daß dasselbe in den Besitz eines Anderen übergeht, so brauchen auch die Worte *er gap sîn harnas enwec* schon an sich nichts weiter zu bedeuten, als daß er auf das Tragen der Rüstung verzichtete. Dieser Sinn lag außerdem nahe nach Analogie der Redensart *daz swert ûf geben*. Wie Wolfram 186, 26. 27 sagt *durch die gotes minne heten se ûf gegebn ir swert*, so sagt er hier *er gap sîn harnas enwec*. Wie jene dem Schwert und so dem Kampf überhaupt, so entsagte Isenhart der schützenden Rüstung, um den Heldentod zu finden.

[2]) Mit Unrecht behauptet Bötticher a. a. O. S. 388, in der Bewaffnung Isenharts und seines Gegners trete nicht der geringste Unterschied hervor. Daß Isenhart, wie Bötticher will, in voller Rüstung auf Kämpfe auszieht, ist doch unmöglich ein Zeichen des Lebensüberdrusses; das thut ja jeder Ritter im Dienst seiner Dame.

[3]) Vgl. Fulda a. a. O. S. 44. Zacher a. a. O. S. 415.

ergibt sich, daß mit 52, 29 *'diu zierde unsers landes'* nichts anderes gemeint sein kann, als der Helm bezw. die Rüstung. V. 27—29 *'ez zuct uns Isenhartes lebn, daz Fridebrande wart gegebn diu zierde unsers landes'* bedeuten demnach: Es entriß uns Isenharts Leben, was dem Fridebrand gegeben wurde, nämlich die Rüstung. In den nächsten drei Versen *'sîn freude diu stuont phandes, er stêt hie selbe ouch ame rê. unvergolten dienst im tet ze wê'* erinnert der Dichter noch einmal wieder daran, daß Isenhart aus Gram über den unbelohnten Minnedienst den Tod gesucht habe; da dieser in ritterlicher Art nur dadurch für Isenhart erreichbar war, daß er die Rüstung preisgab und so auf Kampf auszog, konnte Wolfram recht wohl auch die Rüstung als die nächstliegende Ursache des Todes [1]) bezeichnen mit den Worten: *ez zuct uns Isenhartes lebn diu zierde unsers landes.* Auch V. 28 widerspricht unserer Auffassung nicht, die in Abrede stellt, daß Isenhart seinen Harnisch verschenkt habe. Wolfram sagt ja nicht etwa *'daz er Fridebrande hât gegebn'*, sondern *'daz Fridebrande wart gegebn'*, ohne denjenigen zu nennen, der gegeben hat. Darunter können demnach nur die Redenden verstanden sein: *uns* heißt es im vorhergehenden Verse, *unsers* im folgenden; um so eher konnte sich Wolfram ein abermaliges *von uns* in dem in Frage stehenden Verse sparen. Die Fürsten haben also nach dem Tode Isenharts dessen kostbare Rüstung an Fridebrand gegeben. Weshalb? Einmal, weil er der nächste Verwandte des Gefallenen war. Weiter aber, V. 27—29 müssen inhaltlich in irgend einem bestimmten Verhältniß zu den beiden vorhergehenden Versen stehen, das, wenn auch vielleicht nicht deutlich ausgedrückt, doch dem Dichter vor Augen schweben mußte. Nun enthalten V. 25. 26 die Bitte, dem Gahmuret das Zelt zu lassen *umb âventiure gelt;* das kann doch wohl nur heißen: zur Vergeltung für sein kühnes Unternehmen, seine tapferen Thaten. Und wie dem Gahmuret das Zelt gegeben werden soll als Lohn für seine Heldenthaten, so ist dem Fridebrand die Rüstung gegeben als Lohn für seine Verdienste im Kampf, die alle anderen überstrahlten vgl. 24, 30 ff.. Die Worte *umb âventiure gelt* und *wart gegebn* bilden das, wie es scheint, einzig mögliche Verbindungsglied in dem Gedankengange des Dichters, das den Versen 27—29 den inneren Zusammenhang mit V. 25. 26 verleiht. Die Fürsten bitten also: Laßt Gahmuret das Zelt, Fridebrand, der nächste Verwandte des Verstorbenen, hat ja schon den kostbaren Helm als Lohn für sein Heldenthum erhalten. Daraus, daß

[1]) Ähnlich heißt es von Ither 161, 4 *sîn harnasch im verlôs den lîp.*

Hiuteger in seiner Antwort freiwillig gelobt, daß er sogar (nicht nur den Helm, das kostbarste Stück des *harnas*, sondern) die Rüstung vollständig (V. 9 vgl. 58, 17. 23, 12) und unversehrt (V. 10) wieder zurückgeben wolle, darf man schließen, daß er die Bitte der Fürsten erfüllt und im Namen des Fridebrand erst recht allen Ansprüchen auf das Zelt entsagt. Allem Anscheine nach ist ja das Zelt noch nicht, wie die Rüstung, in den rechtmäßigen Besitz der Schotten übergegangen; jedenfalls hat Fridebrand diese in seine Heimat mitgenommen, jenes zurückgelassen. Doch war natürlich er als der nächste Verwandte des Verstorbenen zumeist berechtigt, Ansprüche auf das Zelt zu erheben. Außer ihm konnte nur noch Razalic in Frage kommen (41, 11—13. 43, 24. 51, 4), der ja aber eben durch seine Bitte schon seine Verzichtleistung ausspricht. Ging schon aus der Antwort Hiutegers hervor, daß er das Zelt dem Gahmuret überläßt, so wird dies noch bestätigt dadurch, daß dieser 54, 11—16 über dasselbe wie über sein Eigenthum verfügt. Unsere Ansicht, daß dem Fridebrand die Rüstung als Ehrengabe für seinen Rachezug gegen Belakane überlassen wurde, gewinnt eine Stütze durch 58, 9—19: Der Schottenkönig schickt die Rüstung an Belakane und bittet sie um Verzeihung für seinen gegen sie unternommenen Rachezug. Beides steht nur dann in einem inneren Zusammenhange, wenn durch eben diesen Kampf Fridebrand die Rüstung erworben hat. Nur so versteht man auch, wie Hiuteger die Rücksendung des *harnas* ohne Einschränkung geloben konnte, damit also die Einwilligung seines Herrn als selbstverständlich voraussetzte. In der That konnte Fridebrand nach einem solchen Ausgange des Kampfes die Rüstung nicht wohl behalten. Hatte er sie erhalten als Belohnung für den Schaden, den er der Belakane im Kriege zugefügt hatte, so war sie jetzt auch der geeignetste Ersatz für diesen Schaden, das beste Mittel, ihre Verzeihung zu erhalten, die Aussöhnung mit ihr zu bewirken vgl. 70, 13—21.

Die Stellen des zweiten Buches:

1. 61, 8—17. Aus diesen Versen ergibt sich mit Sicherheit, daß das Zelt, das Gahmuret (52, 25. 26. 54, 11—16) erhalten hat, im Besitz des Isenhart gewesen ist: *umb unvergolten minnen gelt wart ez ein künec âne: des twang in Belacâne* (61, 10—12).

2. 64, 13—18. Dieses Zelt ist dem Gahmuret überlassen auf die Bitte des Razalic.

3. 70, 13—21. Hier wird noch einmal ausdrücklich (vgl. 58, 9—19) gesagt, daß Fridebrand durch Rückgabe der Rüstung Ersatz leistete für den durch den Kampf verursachten Schaden. Wieder wird,

wie in Str. 53, nur der Helm als das kostbarste Stück genannt, während wir ja aus Str. 58 wissen, daß *swert, halsperc* und *zwuo hosen* auch noch dazu gehören.

So ist Alles klar und wohl verständlich. Freilich haben wir bei unserer Erörterung die Worte 27, 16—18 noch ganz außer Acht gelassen. Sicher ist nach Str. 61, daß dem Isenhart das Zelt gehört hat, aus dem bestimmten Artikel 52, 25 *daz gezelt* folgt, daß es schon vorher erwähnt ist; es ist aber nur an der jetzt zu besprechenden Stelle 27, 16—18 die Rede davon. Man erwartet demnach, daß Wolfram gleich hier, wo er zuerst vom Zelte spricht, es als früheres Eigenthum Isenharts bezeichnet. Statt dieser, wie es scheint nothwendigen Angabe, finden wir eine entbehrliche '*als ein palas*', entbehrlich, weil schon durch das Beiwort '*hôch*' das Zelt genügend gepriesen und hervorgehoben ist. Damit ergibt sich die Frage: Könnte diese entbehrliche Angabe aus der vermißten nothwendigen durch ein Versehen in der Überlieferung entstanden sein? Mit anderen Worten: Sollte etwa aus einem von Wolfram dictierten '*hal ein*' oder '*hal sîn*' schon in der ersten Niederschrift ein '*al ein*' oder '*al sîn*' geworden sein, welches weiterhin nur zu leicht zu dem überlieferten '*als ein*' verändert werden konnte? Wolfram hätte also, wenn wir '*hal sîn*' statt des überlieferten '*als ein*' einsetzen dürfen, gesagt:

Er gap durch mich sîn harnas
enwec, daz hal[1]) *sîn palas*
dort stêt. daz ist ein hôch gezelt,
daz brâhten Schotten ûf diz velt.

Also: Um meinetwillen gab er seinen Harnisch preis. Diesen barg sein Palast (*ἀπὸ κοινοῦ*), der dort steht. Er aber suchte nun *mange âventiure blôz* (V. 22). Zu den Worten 'er gab seinen Harnisch preis'; würde ergänzend hinzugefügt sein: 'er ließ ihn in seinem Palast zurück, der dort steht.' Damit nun der Leser nicht die ihm geläufige Vorstellung von einem Palast fälschlich auf den Isenharts übertrage, sagt der Dichter '*daz ist ein hôch gezelt*', unter diesem Palast ist ein kostbares Zelt zu verstehen. Natürlich: Isenhart ist ja ein morgenländischer Fürst. Zur Aufklärung endlich darüber, wie es kommt, daß

---

[1]) Daß wie das deutsche *heln* auch das griechische *καλύπτειν* und lateinische celare von den Dichtern in mannigfachen Wendungen und Verbindungen gebraucht wird, ist ja aus Homer, Pindar, den Tragikern und Horaz bekannt. Wie der lateinische Dichter von den im Meer befindlichen Fischen sagt: utra magis pisces et echinos aequora celent (Epist. 1, 15, 23), so würde Wolfram von der im Palast zurückgelassenen Rüstung nach unserer Vermuthung sagen: *daz hal sîn palas.*

das Zelt des Königs von Azagouc vor Patelamunt steht, setzt Wolfram hinzu: *daz brâhten Schotten ûf diz velt.* Damit ist alles Nothwendige gesagt. Daß übrigens die Schotten und nicht Isenharts Mannen das Zelt hergebracht haben, ist nicht auffällig; es wurde eben während des Krieges dem nächsten Verwandten des Verstorbenen und vornehmsten Helden, dem Schottenkönig, überlassen, der aus der Ferne zur Rache herbeigeeilt war; selbstverständlich erscheint es mir auch, daß Isenharts einbalsamierte Leiche in diesem Königszelt aufgebahrt liegt. Derartige für den Gang der Erzählung nebensächliche Details brauchten natürlich nicht erwähnt zu werden; alles Nothwendige würde, wenn unsere Ansicht richtig ist, hier und an allen anderen in Betracht kommenden Stellen der Dichter deutlich gesagt haben.

An einer Stelle allerdings konnten wir den Zusammenhang mehr errathen, als daß er vom Dichter ausdrücklich und klar angegeben war: bei der Verbindung von 52, 25. 26 mit den folgenden Versen. Beachtenswerth ist es, daß es in jenen, obwohl sämmtliche Fürsten die Bitte vorbringen, heißt '*lât mîme hêrren*', während in den unmittelbar sich anschließenden Versen, wie man ja auch zunächst erwartet, das Pronomen im Plural steht '*uns*' '*unsers landes*'. Merkwürdig ist nun die Anwendung des Singulars des Pronomens bei der Bitte um das Zelt, weil es 64, 15 ff. heißt: *stüend ein gezelt, daz Gahmurete durch des küenen Razalîges bete beleip vor Pâtelamunt.* Aus dieser Stelle würde sich als einfachste Erklärung der etwas sprunghaften Verbindung von V. 25. 26 mit dem folgenden, sowie für den Singular *mîme* die Vermuthung ergeben, daß Wolfram eine Quelle vorlag, in der zwei Reden enthalten waren, eine des Razalic, in welcher er um Überlassung des Zeltes an Gahmuret bittet, eine zweite der übrigen Fürsten, in der sie um Rückgabe der Rüstung nachsuchen; daß Wolfram beide Reden in eine zusammengezogen hat.

LÜBECK. PAUL HAGEN.

KLEINIGKEITEN.

I. Himelstelle.

Reichliche Belege dafür hat Bech Germania 32, 119 gegeben, ohne indessen auf die eigentliche Bedeutung des vielbesprochenen Wortes (Haupt in seiner Zs. 15, 258, Strauch zum Marner I, 35, O. Zingerle Zs. f. d. Alterth. 26, 98) einzugehen. Zingerle hält das

Wort mit dem von ihm nachgewiesenen „*berestelle*“ zusammen, läßt jedoch die Frage offen, wie dieses zu der Bedeutung „altitudo montium“ gelangen kann. Man hat darunter wohl entweder „Viehstellen, Gehege für Weidevieh“ (Buck, obd. Flurnamenbuch S. 268) auf Bergen zu verstehen; oder Gerichtsstellen (Woeste Zs. f. d. Philol. 9, 225). Solche Gerichtsstätten waren häufig auf Berghöhen gelegen (Grimm, D. Rechtsalterthümer S. 800 ff., Vilmar Idiotikon S. 398: „Stellberg, Versammlungsort für Gerichtshandlungen“). Also Gerichtsstelle auf einer Bergeshöhe.

Ebenso mag *himelstelle* ursprünglich als Tribunal des höchsten Richters gedacht sein. Neun sind der Himmel, gemäß den neun Engelchören, oder sieben nach Ordnung der Planeten, oder drei nach der Vision Pauli (2. Kor. 12, 1); im obersten ist Gott selbst, dort ist sein Thron, sein Gerichtshof, z. B. im Lucidarius, im heil. Georg V. 3370 ff. (der Meißner: *dîn cepter, dîn trôn, dîn himelstelle*).

Volksthümlich ist der Ausdruck wohl nie gewesen, sondern nur ein auf Erfindung irgend eines Poeten beruhender dichterischer terminus technicus; er kommt nur im Reime vor und bietet da einen bequemen Gleichklang zu *zellen* oder *zeln*. Darum hat sich mit ihm auch nicht bei allen, die ihn gebrauchen, die oben entwickelte Grundbedeutung klar verbunden. Ein oder der andere mochte an *Gestelle* gedacht und dies im Sinne von Thron aufgefaßt haben.

Schwierigkeit macht die Form. Dat. Ac. pl. *steln* können Reimfreiheiten sein, um so leichter, wenn dabei Doppelformen wie *zellen* und *zeln* vorschwebten. Vielleicht ist jedoch darin noch, sowie in nd. *stel* (ntr.) und in den Compositionsgliedern *stel-*, eine Substantivbildung aus der nicht erweiterten Wurzel *stel* erhalten (vgl. skr. *sthala*, gr. *στόλος*, lit. *stalis*), die auch in ags. *stäl* gegenüber *steall* vorliegt.

II. Stelboum.

In dem sogen. Summarium Heinrici findet sich für *hesperus* die eigenthümliche Übersetzung *stelboum* (gloss. trev. 22[b], gemäß J. Grimm Mythologie[4] 2, 603 — Hoffmanns Ausgabe ist mir unzugänglich —: *stelbom*, Münchner Hs., nach Graff Diut. 3, 245: *stelbon*). Jacob Grimms a. a. O. gegebene Deutung wird von Haupt in seiner Zeitschrift 15, 258 mit Recht verworfen. Er erwartet Aufklärung durch richtige Auslegung des ersten Compositionsgliedes; dann kommen gelegentlich noch auf das Wort zu sprechen Woeste, Zs. f. deutsche Philol. 9, 224 und Bech, Germ. 32, 119. Eher wird jedoch die Betrachtung des zweiten Gliedes den Gedankengang erkennen lassen, durch welchen der Glossator zu seiner weit abliegenden Übersetzung gelangte. Baum ist nämlich im Mittelalter auch eine Bezeichnung der großen Kirchenleuchter, vgl. fürs nd.: Lübben, mnd. Handwörterbuch S. 60, fürs md.: Vilmar, Idiotikon S. 28, fürs obd.: Schmid, schwäb. Wörterbuch S. 48. *Stelboum* also, gebildet wie *stelbanc*, *stelbret* etc., ist soviel wie Leuchter. — Der Übersetzer nun dachte bei Hesperus zugleich an den anderen Namen dieses Sternes, Lucifer *liehttragaere*, und letzteres konnte ihm den Gedanken an Leuchter, candelabrum, nahe bringen. *liehttragaere* verwendete er später zur Wiedergabe von ceroferarius (Graff, Sprachschatz V, 500, Diutiska III, 250). — Übrigens trifft *stelboum* in der Bedeutung zusammen mit *selbboum* (Graff, Sprachschatz III, 123, Schmeller, Fr. II, 264), stipes candelabri (Doc. Misc. I, 234).

III. Bergfrît.

Die Länge des î wird bewiesen durch die Form *bergfreit*, welche im bairisch-österreichischen Dialect gebräuchlich war, vgl. Schmeller. Fr. 1, 264 (Regensburger Chronik), die Handschriften des Apollonius von Tyrus zu V. 18963, s. Strobl im Wörterbuch zu seiner Ausgabe S. 192. Diesen Formen stehen die mit kurzer Wurzelsilbe, besonders nd. *berchvrede*, zur Seite, wie *Friedhof* dem mundartlichen *Freithof*.

IV. Andelang.

Überliefert sind die Formen *andelangus* und *andelago* (Grimm, D. Rechtsalterth. S. 196—199). Im ersten Gliede sieht Michelsen (über die festuca notata) mittellatein. *wantus* (altnord. *vǫttr*). Dies ist sprachlich unmöglich, da germ. *w* im Romanischen zu *gu* geworden wäre, worauf schon H. Rückert, Zs. f. deutsche Philologie 3, S. 191, aufmerksam machte, ohne jedoch darum an der Richtigkeit von Michelsens Etymologie zu zweifeln. Das seltene *wandilago* ist vielmehr erst durch Vermischung mit jenem *wantus* entstanden. Näher liegt es, an das dem Sinne ganz entsprechende mhd. *hendling* zu denken. Die Aphärese des *h* findet sich auch bei fränkischen Wörtern seit dem achten Jahrhundert häufig, und früher ist *andelangus* nicht belegt. Auffallend ist dann eher das *a* des Suffixes, da die Endung *-ang* bezw. *-lang* germ. selten ist, man könnte allenfalls *verscanga* Freck. Heb. (Paul, Beitr. 6, 197) und dessen Übergang in altfranz. *fresange* vergleichen. *a* könnte aber auch erst in dem latinisierten Worte statt *i* eingedrungen und hier eine willkürliche Änderung sein, da das Wort doch nur ein gelehrt juristischer Ausdruck war.

Andelago, die zweite Überlieferung, möchte ich mit Cleasby-Vigfusson S. 237 auf das im Altnord. erhaltene *handlag* (mhd. *hantlege*, wie *orlag* : *orlege*, neutr. *es- os* Stamm) zurückführen, ein durch Handschlag abgeschlossener Vertrag, vgl. *hantveste, hantvride*. In der Bedeutung berühren sich die beiden Wörter nahe, *andelangus* ist nur ein noch ausgeprägteres Symbol für die Übergabe als *hantlag*. Ist diese Vermischung der zwei sich nahestehenden Bezeichnungen richtig, dann wäre noch eine andere Erklärung für *a* in *andelang* möglich: es könnte unter Einfluß der Endung *-lago* eingetreten sein.

Wie verhält sich aber zu diesen lateinischen Formeln das seit Anfang des 14. Jahrhunderts überlieferte Verbum mhd. *andelagen*? Der Mangel des *h* verbietet, es direct von Hand abzuleiten und ist auch der Hauptgrund, weshalb J. Grimm es verwarf, *andelangus* mit „Hand" in Verbindung zu bringen (D. Rechtsalterth. S. 198). Nun erscheint jenes Verbum hauptsächlich in Rechtsurkunden, und es wäre wohl möglich, daß es erst aus lat. *andelago* gebildet wurde, das sich als abgeblaßter notarieller terminus technicus mochte erhalten haben, nachdem die ursprüngliche Bedeutung längst in Vergessenheit gerathen war.

V. *so egih guot, s'egih guot.*

Dieser formelhafte Ausdruck ist ahd. zweimal belegt, in Notkers Psalmen 82, 7 (*so êgih kuôt*) und im Georgslied (*shegih guot*, MS. D.[2] S. 320); dann hat Jacob Grimm auf Lachmanns Rath *sêgih guot* in Reinbots Georg V. 4750 eingeführt für das handschriftliche *sage gut* (Kl. Schriften 1, 93) und Jänicke, nach einer Conjectur Haupts, im Biterolf V. 8026 *sêgih* ergänzt in eine Lücke vor *guot*. Man leitet *egih* von *eigan* ab, = *sô eige ich guot*, so möge mir Gut zu Theil werden (Grimm, Gr. III[1], 243). Aber dem widerspricht der Wurzelvocal, auch wäre dies an einer der sicheren ahd. Stellen, bei Notker, ein zu starker Ausdruck der Betheuerung, wo es offenbar nur so viel heißen soll als: nämlich, das heißt. In *egih* möchte ich einen Rest der idg. Wurzel *āgh* vermuthen, die im Skrt. Perf. *āha*, gr. *ἦ* (dazu *ἠμί*), lat. *ājo, adāgium*, armen. *asel* erhalten ist. Und zwar ist *egi* regelmäßiger Optativ, entweder des Präsens (wie ahd. *gê* = *ga-î*), wenn die Wurzel *āgh* nach der zweiten Sanskrit-Classe flectierte (Möller, Zs. f. vergl. Sprachforsch. 24, 475 nimmt *agh-mi* an), für welche Annahme gr. *ἠμί* eine freilich nur schwache Stütze bietet (Osthoff Perfect S. 175 f.); oder des Perfects, Skrt. *āha*, welches „Präsens- und Perfectbedeutung hat, also Präteritopräsens ist" (Osthoff a. a. O.), mit regelrechter Tiefstufe der Wurzel. *So egih guot* ist also soviel als: so möge ich Passendes sagen, oder: um mich richtig bezw. deutlich auszudrücken (ähnlich dem südd. „*gut umsprich*"), was ganz der Stelle bei Notker entspricht. — Der Circumflex bei Notker deutet allerdings auf Länge des *e*. Aber was soll das für ein ahd. langes *e* vor *g* sein? Wenn die Accentuierung wirklich ihre Berechtigung hat, so könnte die Verlängerung des *e* unter Beeinflussung der Interjection *sêgi* eingedrungen sein.

PFORZHEIM. G. EHRISMANN.

ZUR GESCHICHTE DES DEUTSCHEN VOCALISMUS.

Petrus Nigri hat sowohl in seinem lateinischen Tractatus de perfidia Judaeorum (der Titel wird verschieden angegeben) von 1475 als in seiner deutschen Schrift „Stern Meschiah" von 1477 kurze grammatische Regeln über die hebräische Sprache gegeben, von welchen einige für den Vocalismus des Deutschen, speciell des Schwäbischen, von Interesse sind Der Vollständigkeit wegen gebe ich auch die entsprechenden Stellen aus Conrad Pellicans hebräischer Grammatik, welche 1503 verfaßt, 1504 erschienen ist, obwohl diese Angaben deutlich aus Petrus Nigri, an dem Pellican hebräisch gelernt hat, geschöpft und daher ohne selbständigen Werth sind. Es handelt sich um die Aussprache der Vocale Pathach, Qamez, Zere, Segol und Schewa. Orthographie und Interpunction habe ich geregelt.

1. Pathach: Tract.: *patah est linula sine puncto et ponitur pro a italico ...... hatef patah et est a italicum.*

Stern: *pātah bedeutet ein klar a. ...... Das pātah bedeutet ein klar a, als die Walhen reden. ...... hatef patah ein clars a in der gurgel.*

Pellican: *Primum patsah vocatur .... significans litteram cui jungitur, [in] a clarum vel emense deflecti.*

Die Benennung als „italienisches *a*" ist ja noch heutzutage üblich; zu dem *als die Walhen reden* vgl. Aventins Ausdruck von *dem rechten a, so die Schwaben und Wahlen reden*; Kauffmann, Gesch. der schwäb. Mundart, S. 36. Was *emense* sein soll, weiß ich nicht.

2. Qamez: Tract.: *qamez est linea parva cum puncto sub littera posita et ponitur pro* a *schwevico* ...... *hatef qamez et est* a *schwevicum.*

Stern: *qamez bedeutet ein tunkel oder grob* a. ...... *qamez bedeutet ein grob* a, *als die Schwaben machen, ein mittele stimm zwischen* a *und* o *und nach der gewonheit der Jüden in deutschem land.*

Pellican: *Secundum cometz vocatur* ...... *significans* a *suevicum, quod inter* a *clarum et* o *medium profertur possetque nostris litteris taliter scribi* å.

Interessant ist hier nicht sowohl die vielleicht von Pellican ganz selbständig erfundene Bezeichnung å, welche sich an ähnliche Zeichen (Kauffmann S. 44) anreiht, als vielmehr die Bezeichnung des Lautes *ǫ* als „schwäbisches *a*“. Leider weiß man nicht, aus welchem Theil Deutschlands Petrus Nigri war; Pellican aber hat ihn hier ziemlich mechanisch benutzt, denn ihm als Elsäßer konnte der Laut ǫ kein fremder sein. Jedenfalls haben wir hier ein weiteres Zeugniß für die Existenz des Lautes *ǫ* im Schwäbischen des 15. Jahrh. Für mhd. *ŏ* in der Stellung vor *r* und für germ. *ai* (als erster Bestandtheil des Diphthongs) ist schwäbisches ǫ aus jener Zeit schon anderweitig bezeugt, Kauffmann S. 71. 90 f. Aber die Bezeichnung als „schwäbisches *a*“ wird doch wohl auf den etymologischen Werth < mhd. *â* hinweisen, und in dieser Function war schwäbisches *ǫ* bisher erst aus dem 16. Jahrh. nachgewiesen, Kauffm. S. 47.

3. Zere und Segol: Tract.: *zere sunt duo puncta sub littera collateraliter posita et ponuntur pro* e *italico; zegol sunt tria puncta triangulariter composita sub littera et ponuntur pro* e *schwevico* ...... *hatef zegol et est* e *schwevicum.*

Stern: *zere bedeutet ein tunkel oder ein grobs* e. *zegol bedeutet ein hochs schwebisch* e. ...... *hatef zegol ein clar* e *in der gorgel.* ...... *zere bedeutet ein tunkels oder ein niders* e, *als wir gebrauchen in disem wort* meer, *wenn es bedeutet das wasser. Aber zegol bedeutet ein hochs und ein clars* e, *welichs wir brauchen, wenn wir sprechen: Ich hab gehöret gute* meer.

Pellican: *Tertium zere dicitur* .... *deflectens supraposita sibi litteram in* e *obscurum et proprie pronuntiatum.* .... *Quartum est segol* .... *deducens litteram supra positam in* e *clarum vel suevicum.* .... *Unde quatenus illorum differentia facilius commendetur memoriae, sumantur vulgaria haec duo nomina* mer: *significatum hujus dictionis mare:* *et* mer: *id est fabula vel rumor. In quorum primo posita vocalis est zere, in secundo segol. Sed in hac dictione latina zere* [?] *prima vocalis segol, secunda zere.*

Vielleicht kann das von P. Nigri gebrauchte deutsche Beispiel einen kleinen Fingerzeig für die Heimat des Mannes geben, denn es weist hin auf Unterscheidung von mhd. *ĕ*, gesprochen *e*, und mhd. *æ*, gesprochen *ę*. Außerdem mag die Bezeichnung „schwäbisches *e*" sich auf den schwäbischen Lautwerth von mhd. *ë* beziehen, wofür z. B. im Bairischen, in Fällen der Verlängerung auch im Fränkischen *ę* (bis zu *æ*) gesprochen wird. Wieder hat Pellican die Bezeichnung mechanisch entlehnt, denn auch seine Mundart hat *ę* gewiß gekannt. Schwäbisch *ę* für mhd. *æ*, *ë* und den zweiten Umlaut von *ā* ist übrigens schon für das 13. Jahrh. nachgewiesen, Kauffm. S. 50. 51.

4. Schewa: Tract.: *scheba sunt duo puncta sub littera supra se posita et significat* ē.

Stern: *scheba bedeutet ein kurz* e *oder die endung. .... Von scheba geben die Jüden von Hispania soliche lere. .... Wenn das scheba wirt gesetzt über* [unter] *den ersten buchstaben, so liset man es für ein kurz* e.

Pellican: *Quintum scheva dicitur .... significans* e *breve, quod nostri Judaei legunt medium inter* o *et* e *per nasum ..... Sub prima dictionis littera positum pro* e *brevi legendum est* [daß dies spanisch-jüdische Aussprache ist, sagt nur P. Nigri, nicht Pellican].

Offenbar gehen diese Bezeichnungen auf den Reductionsvocal *ə* in unbetonten Silben, dessen Lautähnlichkeit mit nasalem *a*, *e* oder *o* Pellican aufgefallen sein muß. Derselbe ist ja aber sicher schon viel früher vorhanden gewesen.

Eberhard Nestle hat die Freundlichkeit gehabt, mich auf diese Quellen aufmerksam zu machen.

TÜBINGEN. HERMANN FISCHER.

IM STREIT UM DEN STREIT DER DREI BRÜDER.

Die schöne Eigenschaft altcultivierter Wissenschaftsbezirke, daß in gemeinsamem Schaffen an ihren Aufgaben gearbeitet wird, entwickelt sich leicht zu dem Übelstande, daß die zu eng stehenden Arbeiter einander im Werke hindern. Wer eine Stufe echten Metalls gefördert hat, muß heute darauf vorbereitet sein, daß sein Nachbar die todte Stelle nochmals nachschürft und ihm werthloses Schlackenwerk nachträgt, dem durch die Vergoldung mit schwächlichen Vermuthungen, oft sogar nur durch einen nie eingelösten Wechsel auf künftige, 'vorbehaltene' Untersuchungen ein gewisser Schimmer verliehen wird. Durch dieses Wiederaufnahmeverfahren entstehen in vielen Fragen Processe, die eben dadurch endlos werden, daß die Querulanten niemals zum Stuhle des Richters kommen.

Vorzüglich gelten diese Betrachtungen der Litteraturgeschichte und hier zumeist dem heute so gerne angebauten Theile, der sogenannten vergleichenden Litteraturgeschichte. Wer in diesen Dingen mitspricht, muß es sich bisher stets noch gefallen lassen, daß ihm eine wohlweise Bibliographengelahrtheit ins Wort fällt, die sich um die inneren Zusammenhänge nicht kümmert und mit dem Schutt ihrer 'Nachträge' den aus der Masse herausgearbeiteten Aufbau verunziert.

In einem Aufsatz 'Beroaldus-Franck als Quelle für Hans Sachs' (VfLG 2, 90—97) habe ich die Entwicklung des 'Streites der drei Brüder' vom 15. bis zum 17. Jahrhundert verfolgt und vor Allem die Filiation Beroaldus-Franck-Sachs als solche erwiesen. Der kleinen Arbeit sind zwei Nachträge zu Theil geworden.

Zunächst hat L. Fränkel in einem Artikel über 'Die Fabel vom Streite der drei lasterhaften Brüder im 17. Jahrh.' (Zs. f. Volkskunde II, 289 ff.) meinen Aufsatz mit einem zusammengerafften Blüthenkranz von Nachträgen umgeben. Während ich mich damit begnügt habe, den 'Streit' unter Hinweis auf des Verfassers klare Aussprüche in seiner Vorrede als eine übermüthige Verspottung scholastischen Wesens durch einen sattelfesten Humanisten und als eine Nachahmung akademischer Disputationen zu charakterisieren, zerrt L. Fränkel mittelalterliche Streitpoesie im Allgemeinen und die provenzalische im Besonderen herbei und verkündet gesperrt: 'Der zu Grunde liegende Gedanke ist nachgewiesenermaßen uralt volksthümlich.' 'Die Zugehörigkeit unserer Erzählung zu dieser Sippe' sucht er auch dadurch zu beweisen, daß ein Compilator des 17. Jahrh. mit dem Streit der Brüder eine andere Schrift des Beroaldus zusammengedruckt hat; aber diese ist ebenfalls disputatorischen, d. h. gerade nicht volksthümlichen Ursprungs. Hieran knüpft L. Fränkel einige ihm gelegentlich zugefallene Angaben über Schriften gegen Trunkenheit, Unkeuschheit und Spiel, ohne zu beachten, daß die Eigenthümlichkeit des Beroaldus eben in der Personification der drei Laster in den Brüdern besteht, und daß im Übrigen die Zahl der Schriften gegen diese drei Hauptlaster als solche im 15./17. Jahrh. Legion ist. Damit erledigt sich zugleich die Behauptung eines Zusammenhangs zwischen Beroaldus und Jan van Nyenborgh. Aus dem bedeutungslosen Stückwerk von weiteren Citaten aus der Trink-,

Buhl- und Spiellitteratur kommt nur eine Nummer als wirklicher Nachtrag für meine Arbeit in Betracht: es ist L. Fränkel gelungen, zu der von mir zuerst besprochenen Umgestaltung des Streites aus dem 17. Jahrh., der Ausgabe von 1655 — einen Nachdruck von 1669 nachzuweisen. Der Lorbeer dieses Fundes genügte L. Fränkel jedoch nicht; und so schlang er um ihn die güldene Kette einer kühnen Hypothese: aus den beiden Voraussetzungen, daß erstens die Ausgabe von 1669 sich als Anhang zu einer Ausgabe des Jus potandi von 1669 findet, daß es zweitens noch frühere Ausgaben des Jus potandi, z. B. von 1616 gibt, zog er den Schluß, den er allerdings nur mit einer gewissen Verschleierung hinstellt: es muß auch Ausgaben vom 'Streit' vor 1655 gegeben haben. Ich habe die Ausgaben des Jus potandi von 1616, 1626 und 1627 durchgesehen und den Anhang nicht gefunden; ja sogar in der Ausgabe von 1697 fehlt er: das wäre sehr auffallend, wenn man nicht bei dieser Gelegenheit bemerkte, was L. Fränkel nicht gesehen hat, daß nämlich alle diese Ausgaben in lateinischer Sprache abgefaßt sind und nur die von 1669 in deutscher. So lange also L. Fränkel uns nicht frühere deutsche Ausgaben des Jus potandi nachweisen kann, wird er auch keine früheren Ausgaben des 'Streites' versprechen dürfen.

Enger an den Gegenstand hält sich A. L. Stiefel im bezüglichen Abschnitt seiner Untersuchungen 'Über die Quellen der Hans Sachsischen Dramen' (Germania 36, 4 ff.). Aber auch er zahlt mit Wechseln auf zukünftige Beweisführungen für seine Behauptungen, die nicht unbedeutend von den Ergebnissen meiner Untersuchung abweichen: er verkündet von Neuem ohne einen einzigen Beleg den Zusammenhang zwischen den beiden Übersetzungen des Wimpfeling und des Franck, den ich schon Knod gegenüber — mit einer genetischen Erklärung des Irrthums — bestritten habe. In diesen Dingen hilft nun einmal ein beharrliches Wiederholen unbewiesener Behauptungen nichts: der Zweifler, der eben nur die allgemeine Behauptung durch Negation bestreiten kann, darf und muß die Beweisführung billig dem Gegner zuschieben. Für einen Zusammenhang zwischen Wimpfeling und H. Sachs führt Stiefel drei Parallelen an, die er nicht hätte für beweisend halten können, wenn er auch die Parallelstellen der Franckschen Übersetzung daneben gesetzt hätte. Vielleicht gelingt ihm die Beibringung beweisender Parallelen bei der versprochenen späteren Neuvergleichung. Sicher wird er aber bei einer solchen die Entdeckung machen, daß ihn sein Gedächtniß bezüglich der bildlichen Beigaben zu Wimpfelings Übersetzung — denen er eine ähnliche Wirkung auf H. Sachs zuschreiben möchte, wie ich sie für Francks Illustration aufgewiesen habe — ganz and gar verlassen hat. Augenscheinlich haben sich in seiner Erinnerung die Bilder bei Wimpfeling und meine Angaben über das ihm unbekannte Bild des Franck (vgl. II, 91) ineinander gewirrt, wenn er schreibt: „Auf denselben (den Bildern des W.) sehen wir die Brüder, den Spieler mit Karten und Würfeln, den Buhlen mit einem Mädchen auf dem Schoß und den Trinker mit dem Trinkglas, vor einem Richter, der, mit dem Stabe ausgerüstet, ernst dasitzt, ... zu den Füßen des Richters liegt der Geldbeutel (man vgl. Sachs nach V. 42). Daß die Bilder uns nur *einen* Richter zeigen, daß jeder der drei Brüder einzeln als der Sprechende erscheint, ist um so merkwürdiger, als Beroaldo ausdrücklich im Argument sagt 'Res agitur apud iudices', und auch Wimpf. übersetzt: 'diese sach ist vor *etlichen richtern* gehandelt worden', und als ferner im Texte Buhler und Spieler gemeinsam sprechen." Bei dieser Beschreibung hat Stiefel die Bilder Francks und Wimpfelings mit einander combiniert, wie etwa die alten Dramenillustratoren ihre einzelnen Bilderplatten (vgl. Wimpfeling selbst) gruppierten. Bei dem Buhler Wimpfelings findet sich kein Elslin, wohl aber bei dem des Franck; aber auch dieser hat sie nicht auf dem Schoß: diese Scene findet sich erst auf dem Bild des jüngeren Frölinkint, den übrigens Stiefel gar nicht kennt. Die Vereinzelung des Richters, die ich als charakteristische Einführung Francks hervorgehoben habe, ist auf den Bildern W.s nicht zu finden: neben dem stabführenden Richter sind klar und deutlich auf einer wenig niedrigeren Erhöhung drei Beisitzer zu erkennen, die dem Gang der Verhandlungen folgen, indem sie theils den Richter, theils den Sprechenden anblicken. Was nun endlich den zu Füßen des Richters befindlichen Gegenstand anbelangt, so sehe ich darin nicht sowohl einen Geldbeutel als ein — Hündlein, und dieser Ansicht wird Stiefel nach nochmaliger Prüfung des Gegenstandes wohl zustimmen können, ohne einen Vergleich mit Polonius befürchten zu müssen. Übrigens eine gewöhnliche Begleiterscheinung des Priesters in den Illustrationen jener Zeit. Vgl. z. B. Dürers kleine Passion Bll. 14, 16, 17. Bezüglich der angeblichen Soloscenen der drei Brüder wird man sich eines endgiltigen Urtheils begeben müssen, bis einmal ein vollständiges Exemplar des W. sich gefunden hat: in dem einzigen bisher bekannten Exemplar in München fehlt das Bild zur Rede des Trinkers gegen den Buhler mit dem Anfang der Rede vollständig; von dem Bild zu des Buhlers und des Spielers Reden gegen den Säufer ist die dritte Platte abgeschnitten. Auf dem Bild zur Rede des Trinkers gegen den Spieler stehen diese beiden Brüder zusammen.

Möge es diesem Streit nicht so ergehen wie dem zu Grunde liegenden 'Streit', über den nach Franck 'dz vrteil noch in der federn steckt; vnnd vnder den richtern hangt, biß der öberst richter es außspricht vn̄ dy sach entschleust vnd entscheit'.

BERLIN, Juli 1891. SIEGFRIED SZAMATÓLSKI.

ABERGLAUBE UND BESCHWÖRUNGSFORMELN AUS DER LÜNEBURGER HAIDE.

(Beiträge zur Volkskunde.)

Nachstehende Notizen sind im September 1888 in Dorfschaften der Lüneburger Haide, in der Nähe der Stadt Buxtehude, nach mündlichen Mittheilungen von mir gesammelt und aufgezeichnet worden. So kurz die Zeit war, welche ich dieser Beschäftigung widmen konnte, so hat sie mich doch gelehrt, daß diese Gegend dem Sammler und Forscher ein wahrhaft unerschöpfliches Arbeitsfeld bietet. Soll jedoch die Wissenschaft vollen Nutzen von diesem Arbeitsfelde ziehen, so lasse man keine Zeit länger müssig verstreichen, sondern gehe ungesäumt an die Hebung des Schatzes — in einigen Jahrzehnten dürfte es vielleicht zu spät sein. Nur das alternde Geschlecht, und unter diesem vorzugsweise wieder die Frauen, bewahrt die Vermächtnisse der Vergangenheit treu im Gedächtniß; das junge Volk wendet sich fremd ab von den alten Sitten und Gebräuchen und läßt die Sagen der Voreltern der Vergessenheit anheimfallen. Alte und Junge habe ich nach Sagen, Sitten und Gebräuchen des Haidelandes gefragt — die Alten gaben mir gern und bereitwillig Auskunft, wo sie konnten; die Jungen lächelten überlegen und meinten, alte Sitten und Gebräuche — das sei altmodischer Kram; alte Sagen — Niemand kenne sie mehr außer den Großmüttern; alte Beschwörungsformeln — Niemand glaube mehr an ihre Wirksamkeit, denn die alten Leute. Aber alte Leute sterben dahin; verschmähen die eigenen Kinder eines der kostbarsten Vermächtnisse, das sie zu geben haben, so mögen Andere darauf bedacht sein, dasselbe in Empfang zu nehmen und es vor einem ewigen Begrabenwerden zu bewahren.

1. Man darf die Wiege des Kindes nicht mit dem Arme überspannen, sonst bekommt dasselbe „Hattspann“ (Herzbeklemmung). Um das „Hattspann“ zu vertreiben, macht man über der Brust des Kindes dreimal das Zeichen des Kreuzes und spricht dazu:

Herzspann, weich' von des Kindes Rippen
Wie der Herr Jesus in der Krippen,

doch darf nicht Amen dabei gesagt werden.[1])

2. Wenn die kleinen Kinder in Folge von Erkältung an Steifheit der Glieder leiden (plattdeutsch: „wenn se anwussen sünd“), so hebt man das Übel, indem man erst den linken Fuß und den rechten Arm, dann den rechten Fuß und den linken Arm des Kindes in die Höhe hebt. Dies wiederholt man drei Abende hinter einander und zwar an jedem Abend dreimal.

3. Wenn ein Kind von Krämpfen überfallen wird, so muß man demselben ein schwarzseidenes Tuch, welches durch Erbschaft einer Familie gehörig ist (pl. Arwdook = Erbtuch), über das Gesicht breiten, und die Krämpfe werden schwinden.

4. Wenn das Kind nicht in der Wiege liegt, so darf dieselbe nicht geschaukelt werden, sonst bekommt das Kind Kopfschmerzen.

5. Wenn die Mutter vom ersten Kirchgang nach Hause zurückkehrt, so muß sie gleich nach dem Eintritt in das Haus das Gesangbuch auf die Decke des Säuglings legen, sonst hat das Kind kein Glück. (Diese Sitte wird in der Gegend von B. sorgfältig von jeder Mutter beobachtet.)

6. Die Kinder dürfen an einem Montag nicht zum ersten Male zur Schule geschickt werden. Sprichwort: Maandag ward keen Waaken old = Montag wird keine Wochen alt.

7. Wenn dreizehn Kinder eingesegnet werden, so stirbt innerhalb eines Jahres eines derselben.

8. Wenn während der Einsegnung eines der beiden Altarlichter erlischt, so bedeutet das den baldigen Tod eines der einzusegnenden Kinder.

9. Wenn zum Polterabend recht viel Geschirr zertöpfert wird (pl.: wenn düchdig Pulterabend smäten ward), dann leben die Brautleute als Ehepaar glücklich zusammen.

10. Wenn eine Braut getraut wird, so muß sie etwas Salz und Brot in die Tasche stecken, dann haben die Hexen keine Macht über sie.

---

[1]) Diese Beschränkung gilt in der Gegend von Buxtehude von sämmtlichen Beschwörungsformeln.

11. Wenn die Braut tanzt (am Hochzeitstage), so darf der Stuhl derselben nicht kalt werden, sonst stirbt sie bald. Daher pflegt sich während des Tanzes der Braut einer ihrer Verwandten auf den von ihr verlassenen Stuhl zu setzen.

12. Vor das Brautpaar werden während des Hochzeitsmahles zwei Kerzen hingestellt. Wenn eine derselben erlischt, so bedeutet das den baldigen Tod entweder des Bräutigams oder der Braut.

13. Wenn ein Kranker sterben wird, so hört er kurz vorher ein dreimaliges Klopfen; d. i. das Klopfen, durch welches der Sargdeckel geschlossen wird.

14. Ebenso hört er vorher die Säge knirschen, mit welcher die Bretter zum Sarge geschnitten werden.

15. Wenn in einem Hause Bretter lagern und dieselben bewegen sich oder geben ein Geräusch von sich, so ist das ein Zeichen, daß daraus ein Sarg gezimmert wird.

16. Wenn Jemand im Orte sterben wird, so bewegen sich des Abends vorher die Werkzeuge, mit denen der Sarg gezimmert wird, so daß der Tischler es hört.

17. Wenn eine Henne kräht oder eine Eule hinter dem Fenster schreit, so stirbt bald Jemand im Hause.

18. Wenn ein Mensch mit dem Tode ringt und nicht zum Sterben kommen kann, so legt man ihm das Todtenhemd unter den Kopf, dann stirbt er leichter.

19. Wenn auf das Todtenhemd eine Thräne fällt, so hat der Todte keine Ruhe im Grabe.

20. Man darf dem Todten keinen Namen (in die Wäsche eingenäht oder -gestickt) mit in das Grab geben, sonst stirbt die ganze Familie aus.

21. So lange der Todte im Hause liegt (besonders kurz vor der Beerdigung), dürfen keine Stiefel geputzt und kein Sand gestreut werden. Ebenso darf kein Kaffee gekocht werden, und die Verwandten dürfen bei Tische nicht aufwarten, sonst stirbt bald noch jemand aus der Familie.

22. Der Todte muß mit den Füßen hinausgetragen werden, sonst „holt er bald jemanden nach“.

23. Dasselbe ist der Fall, wenn der Todte die Augen nicht ganz geschlossen hat,

24. wenn er lächelt,

25. wenn er einen Sonntag über im Hause aufgebahrt verbleibt.

26. Bevor der Sarg geschlossen wird, müssen die Verwandten dem Todten die Hand geben.

27. Wenn jemand von einem Todten Ungeziefer (Läuse) bekommt (eine solche Laus nennt man Arwlûs = Erblaus), so werden diese so lange an ihm haften, bis er eine Laus, in eine Federpose eingeschlossen, einem anderen Todten mit ins Grab gibt.

---

28. Wenn jemand am Ostermorgen vor Sonnenaufgang fließendes Wasser schöpft, so bleibt dasselbe stets frisch und hilft gegen allerlei Krankheiten, besonders gegen schlimme Augen. Ähnliches gilt vom Taufwasser, wenn man solches aufhebt.

29. Wenn man sich in der Nacht des 1. Mai zwischen 12 und 1 Uhr auf einen Kreuzweg unter zwei dachförmig zusammengestellte Eggen setzt, so kann man die Hexen nach dem Blocksberge reiten sehen.

30. Wenn man am Weihnachtsabend nach dem Abendessen unter den Tisch sieht und findet ein Haferkorn, so geräth der Hafer gut; findet man ein Roggenkorn, so geräth der Roggen besser.

31. In der Sylvesternacht zwischen 12 und 1 Uhr hänge man sich ein Tischtuch über den Kopf und gehe rücklings aus der Hausthür. Sieht man auf dem Hause einen Sarg, so stirbt im folgenden Jahre jemand im Hause, erblickt man eine Wiege, so wird ein Kind geboren, und sieht man den „Schatz", so findet eine Hochzeit statt.

32. Wer in der Nacht vom 24. auf den 25. December zwischen 12 und 1 Uhr geboren wird, besitzt die Fähigkeit des „Hellsehens": (pl.: dat Hellseen; hê kan spôkkieken = er kann Spuk sehen). Kurz vor einem Begebniß wird des Nachts, wenn er im Bette liegt, geklopft, eine unsichtbare Macht zwingt ihn, aufzustehen und vor die Hausthür zu treten, woselbst er die Ereignisse der Zukunft in geisterhafter Gestalt an sich vorüberziehen sieht (z. B. einen Leichen-, einen Hochzeitszug u. a. m.).

Variante: Wenn ein Leichenzug an ihm vorbeizieht, so wird der Hellseher gezwungen, bis zum Kirchhofe mitzugehen. Der mit dem Hellsehen Behaftete kann sich dadurch von diesem Zustande befreien, daß er einen Anderen, wenn das Klopfen (s. o.) ertönt, weckt und sich von diesem über die linke Schulter sehen läßt —; oder: auf den linken (rechten) Fuß treten und über die linke Schulter sehen läßt — das Hellsehen geht sodaan von ihm auf den betreffenden Anderen über.

33. Wenn man zum h. Abendmahl an den Altar tritt, so darf man sich nicht um und über die linke Schulter sehen, sonst kann man Böses und Gutes der Zukunft vorhersehen.

34. Wenn jemand einen Tropfen seines Blutes in den Schnitt eines Apfels oder einer Birne bringt, verdeckt dann den Schnitt wieder und gibt die Frucht einem Anderen, ohne daß dieser um das Blut weiß, zu essen, so zwingt er denselben dadurch, ihm überall hin zu folgen.

35. Geht man auf den Handel oder sonst ein Geschäft aus, und es begegnet einem ein altes Weib, so bringt dieselbe kein Glück. Diese ungünstige Wirkung kann jedoch dadurch aufgehoben werden, daß man an die Frau, bevor man sie begrüßt, eine Frage richtet, auf welche sie mit „ja" antworten muß.

---

36. Magenkrämpfe werden dadurch geheilt, daß man die Magengegend mit der Hand eines Todten dreimal kreuzweis bestreicht und dazu spricht: „Im Namen des Vaters und des Sohnes und des heiligen Geistes", doch ohne Amen zu sagen, wie oben. Auch Geschwüre und ähnliche Krankheiten können auf diese Weise geheilt werden.

37. Brandwunden zu besprechen:

Brand, steh' stille
Es ist Gottes Wille,
Brand, du sollst stille stehn
Und nicht weiter gehn.
Im Namen Gottes des Vaters etc.

Dabei wird das verbrannte Glied dreimal kreuzweis mit der Hand überstrichen.

38. Feuer zu besprechen:

Feuer, ich gebiete dir,
Daß du sollst stille stehn
Und nicht weiter gehn.
Im Namen etc.

39. Blutungen zu bespr. ähnlich.

40. Warzen zu bespr. Wenn der Mond noch nicht voll ist, gehe man drei Abende hintereinander in den Mondenschein, sehe den Mond an und spreche dreimal hintereinander, indem man die Warzen dreimal kreuzweis überstreicht:

Wat ik anseh, dat gewinn'
Wat ik wasch, dat verswinn'!
Im Namen etc.

41. Andere Formel:

Wat ik knîp, vergeiht
Un wat ik seh, dat bliwt.
Im Namen etc.

Während des Spruches kneipe man jede Warze mit den Fingern.

---

42. Eine eigenthümliche Sitte, die Sitte des „Pingstbüdel"- oder „Pingstbeutel"-Umzuges hat sich bis heute fast in allen Dorfschaften der Lüneburger Haide bewahrt.

Zu Pfingsten wählen die Schulkinder einen Knaben aus ihrer Mitte zum „Pingstbeutel". Am Nachmittage des ersten Pfingsttages wird dieser, mit Blumen geschmückt, auf einen bekränzten Wagen gesetzt, welcher von zwei Knaben gezogen und von der sämmtlichen Schuljugend geleitet wird. Vor jedem Hause wird angehalten und gesungen:

Pingstbeutel, Hawergrütt',
Bôkwêtenstroh
Tôkum (künftig) Jahr is't ôk noch sô!
Haken un Stâken (Stangen)
Morgen wüllt wî den' Pingstbeutel kâken
Un mit de Been in de Lûken hâken (hängen).

Zwei Mädchen gehen sodann mit einem Armkorb und einer Sparbüchse in das Haus, um die Gabe, die gewöhnlich aus Eiern oder Geld besteht, in Empfang zu nehmen. Dann geht der Zug weiter. Wird jedoch nichts gegeben oder haben die Leute die Thüren verschlossen, so singt der Schwarm:

Rull, rull, rull,
Dat ôl Wîf is dull,
Witten Twîrn un swatten Twîrn,
Dat ôl Wîf, dat gift nich gîrn.
Rull, rull, rull,
Dat ôl Wîf is dull!

Ist die Fahrt zu Ende, so wird das Geld vertheilt, die Eier verkauft oder gekocht verzehrt, und die Gesellschaft geht auseinander.

---

43. Die Sage vom wilden Jäger findet sich auch in der Lüneburger Haide, wenigstens wissen alte Leute viel davon zu erzählen, daß „de Helljäger" [1]) des Nachts mit seinem Gefolge unter Hunde-

[1]) cf. *dat Hellsehn* = *dat Spôkkieken* = *das Spuksehen*, also „Helljäger", wohl so viel wie „spukhafter Jäger". Doch ist nicht ausgeschlossen, daß das Wort mit „Hölle", plattdeutsch „de Höll" zusammenhängt.

geheul durch die Luft ziehe. Es geht folgende Sage vom „Helljäger“:

Ein beherzter Mann, der den Lärm und das Geheul in den Lüften über sich hörte, stimmte muthig in letzteres mit ein. Als die wilde Jagd über seinem Kopfe dahin braust, fliegt aus den Wolken eine Pferdekeule hernieder, und eine Stimme ruft: „Hest mit jagen holpen, kannst ök'n Peerschinken kriegen.“

W. POECK.

ZU W. HAUFFS „ABNER“.

Zusätze zu Germ. 36, 308—310.

Die von Wilh. Seele, „Voltaire, Roman Zadig ou la destinée“, eine Quellenforschung (Dissertation, Leipzig, G. Fock, 1891), S. 18 bis 24 in den Vordergrund gerückte Fassung des Stoffes aus dem 16. Jahrhundert „Peregrinaggio de tre figliuoli del Re de Serendippo“ ist neuerdings in den von Varnhagen geleiteten „Erlanger Beiträgen zur englischen Philologie“, Heft 10, nach dem ältesten Drucke von 1557 (Seele nimmt noch den von 1584 an) als „Peregrinaggio di tre giovani, figliuoli del re di Serendippo. Per opra di M. Christoforo Armeno dalla persiana nell' italiana lingua trapportato“ durch H. Gaßner (Erlangen 1891) herausgegeben worden. Eine ungeahnte Fülle von neuem Material, insbesondere aus orientalischen Litteraturen, bietet die Abhandlung von G. Huth „Die Reisen der drei Söhne des Königs von Serendippo“. Ein Beitrag zur vergleichenden Märchenkunde, Zeitschr. f. vergl. Litt.-Gesch. N. F. II, 404—414 und III, 303—330, woran sich Siegmund Fraenkels Aufsatz „Die Scharfsinnsproben“ ebd. III, 220—235 anschließt. — Anhangsweise füge ich noch den Germ. 36, 309 von mir gegebenen Notizen zu Andersens „Der Reisekamerad“ den Hinweis auf Simrock, „Der gute Gerhard und die dankbaren Todten“ (1856) und den Volksroman „Herpin“ von dessen Sohn Löw und dem erkenntlichen Ritter (s. Goedeke, Grundriß I, §. 96, 20) hinzu, zu den ebenda unten zusammengestellten Parallelen vom schnee- oder eisähnlichen Menschenherzen, Max Waldau, Cordula (Hamburg 1851) S. 168:

Er rafft sich mühsam auf zum Dank,
Da über der weichen Stimme Klang
Ihm schier das Eis im Herzen sprang.

L. FRÄNKEL.

INHALT.

Seite

Kritische Bemerkungen zum Waltharius. Von Hermann Althof . . 1

Zu W. Hauffs „Abner“. (Nachtrag zu Germ. 36, 310.) Von Ludwig Fränkel 38

Straßburger Bruchstück des Wilhelm von Österreich. Von F. Lauchert. 39

Eine ältere deutsche Bearbeitung von Robert Le Diable. Von Karl Borinski 44

Mittheilungen. Von F. W. E. Roth 62

I. Urkundliches über Hademar von Laber 62

II. Gedichte und geistliche Lieder 63

III. Volkslieder 64

IV. Aus Wiesbadener Handschriften und Incunabeln 66

Zum Ezzoleich. Von Friedrich Weidling 69

Parzivalstudien. I. Von Paul Hagen 74

Kleinigkeiten. Von Gustav Ehrismann 104

I. Himelstelle 104

II. Stelboum 105

III. Bergfrît 106

IV. Andelang 106

V. *so egih guot, s' egih guot* 107

Zur Geschichte des deutschen Vocalismus. Von Hermann Fischer . 108

Im Streit um den Streit der drei Brüder. Von Siegfr. Szamatólski 110

Aberglaube und Beschwörungsformeln aus der Lüneburger Haide. (Beiträge zur Volkskunde.) Von W. Poeck 114

Zu W. Hauffs „Abner“. (Zusätze zu Germ. 36, 308—310.) Von Ludwig Fränkel 120

Buchdruckerei von Carl Gerold's Sohn in Wien.

GERMANIA.

VIERTELJAHRSSCHRIFT

FÜR

DEUTSCHE ALTERTHUMSKUNDE.

BEGRÜNDET VON FRANZ PFEIFFER.

FORTGESETZT VON KARL BARTSCH.

JETZT HERAUSGEGEBEN

VON

OTTO BEHAGHEL.

SIEBENUNDDREISSIGSTER JAHRGANG.
NEUE REIHE FÜNFUNDZWANZIGSTER JAHRGANG.
ZWEITES HEFT.

WIEN.
VERLAG VON CARL GEROLD'S SOHN.
1892.

PARZIVALSTUDIEN. II.

Wolfram von Eschenbach. — Chrestien von Troies. — Der wälsche Peredur.

Aus den drei Darstellungen der Parzivalsage, die in Chrestiens und Wolframs Gedichten und im kymrisch-bretonischen Peredur vorliegen, sollen im Folgenden diejenigen Züge hervorgehoben werden, welche zur Entscheidung der vielumstrittenen Fragen nach ihrer Quelle und Abhängigkeit wichtig sind. Was zunächst den Werth und die Stellung des keltischen Werkes[1]) betrifft, so haben die Ursprünglichkeit desselben Villemarqué[2]) und San Marte[2]) behauptet, während Zarncke[3]), Birch-Hirschfeld[4]) und neuerdings Golther[5]) die wälsche Erzählung für eine mehr oder weniger directe Wiedergabe des conte du graal halten[6]). W. Förster[7]) ist der Ansicht, daß die Mabinogion von Geraint und der Dame von der Quelle einfache Copien Chrestiens sind, während Peredur „neben viel Christianischem auch

[1]) The Mabinogion from the Llyfr Coch o Hergest by Lady Charl. Guest. London 1838—1849. 3 Bde. Deutsche Übersetzung unseres Mab. bei San Marte, Arthursage. Leipzig 1842. S. 176 ff.

Neuer Abdruck des Hergestmanuscripts von Rhys und Evans, the text of the mabinogion from the red book of Hergest. Oxford 1887. Französische Übersetzung nach dieser Ausgabe von Loth, les mabinogion. Paris 1889. 2 Bde. Unser Mabinogi II, 45 ff.

[2]) Villemarqué, Contes populaires des anciens Bretons u. s. w. Paris 1842 und Les Romans de la Table Ronde et Les Contes des Anciens Bretons 1861 hält das Mabinogi für die unmittelbare Quelle des conte du graal; San Marte, Arthursage. Leipzig 1842, für „die älteste bis jetzt bekannte Quelle der Parzivalsage".

[3]) Paul u. Braune, Beitr. III, 207.

[4]) Die Sage vom Gral. Leipzig 1877. S. 204 ff.

[5]) Münchener Sitzungsberichte, Jahrg. 1890. II, 174 ff.

[6]) Dieser Ansicht schließt sich auch Heinzel, Über die französischen Gralromane (Denkschriften der Wiener Akademie, Band 40) Wien 1891 an S. 22: „Übrigens ist die Abhängigkeit des Peredur von Chrestien durch Birch-Hirschfeld 207 und Golther 191 bewiesen, insofern sich in dem Märchen Mißverständnisse des französischen Textes zeigen."

[7]) Einleitung zum zweiten Bande der Ausgabe Chrestiens. Halle 1887.

Eigenthümliches bietet". Nutt[1]) nimmt an, daß der Verfasser unseres Mabinogi ein wälsches Original mit Entlehnungen aus Chrestien und anderswoher ausgeschmückt und vereinigt habe. Gaston Paris[2]) endlich glaubt, daß eine anglonormännische, auf keltischen Erzählungen kleineren Umfanges beruhende Dichtung gemeinsame Quelle für Chrestien und die Mabinogion sei. Eine gemeinsame die Parzivalsage behandelnde Vorlage behaupten auch wir. Da ist zunächst der Nachweis erforderlich, daß die Gründe, die für eine Benützung des conte du graal durch den Verfasser des uns vorliegenden Mabinogi sprechen sollen, keine überzeugende Kraft haben.

I.

1. Als Peredur zuerst Ritter[3]) sieht und fragt, wer jene seien, antwortet seine Mutter: „Es sind Engel, mein Sohn". Darüber bemerkt Birch-Hirschfeld a. a. O. S. 207, dem Nutt S. 133, Golther S. 190 beistimmen: „Diese Antwort ist höchst albern, da es gar nicht im Interesse der Mutter liegt, ihrem Sohne die Ritter als etwas Liebenswerthes darzustellen. Aber dem Verfasser des Mabinogi waren aus Chrestien noch die Worte Percevals erinnerlich, in die er ausbricht beim ersten Anblick der Ritter:

Ha, sire Dex, merchi!
Ce sont angle que je voi ci!

Wie natürlich erscheint dieser Ausruf des unerfahrenen Knaben; aber der wälsche Märchenschreiber wußte nicht mehr, wer die Worte eigentlich sprach und legte sie nun einer ganz falschen Person bei." Die Antwort der Mutter ist jedoch nicht „höchst albern", sondern nach dem ganzen Zusammenhange wohl passend. Man denke doch nur daran, wie sehr es der Mutter darauf ankommt, ihren Sohn vom Ritterthum fern zu halten. Darum kann und will sie dem jungen Peredur auf seine directe Frage nicht die wahre Antwort geben, sondern muß zu *der witze kraft* (Wolfram 117, 27 u. 28:

[1]) Studies on the Legend of the Holy Grail. London 1888. S. 132 ff. 144.

[2]) Romania X. XII. Hist. litt. XXX.

[3]) „c'étaient Gwalchmei, fils de Gwyar; Gweir Gwystyl et Owein, fils d'Uryen." Im Sir Perceval (herausgegeben von Halliwell, The Thornton Romances. London 1844) sind ebenfalls drei Ritter:

One was Ewayne fytz Asoure,
Another was Gawayne with honour,
And Kay the bolde baratour.

Perceval fragt, wer von ihnen Gott sei, der, wie seine Mutter ihm erzählte, diese ganze Welt geschaffen habe. Bei Wolfram erscheint Karnahkarnanz mit drei Rittern, bei Chrestien sind es fünf.

nu habt iuch an der witze kraft
und helt in alle rîterschaft)

ihre Zuflucht nehmen: sie gibt die Ritter für Engel aus, um durch eine solche Antwort die Bekanntschaft ihres Sohnes mit ritterlichem Wesen zu hindern. Darum fällt sie ohnmächtig nieder, als sie sieht, daß ihre Nothlüge keinen Erfolg gehabt hat, als Peredur zu ihr zurückkehrt mit der Bemerkung: „Mutter, jene waren keine Engel, sondern wackere Ritter“[1]). Demnach liegt in dieser für sich keinen Anstoß bietenden Erzählung schwerlich ein Mißverständniß Chrestiens vor, vielmehr ist wohl die abweichende Darstellung bei ihm und Wolfram kunstvollerer poetischer Gestaltung zuzuschreiben.

2. Bei Chrestien heißt es V. 1740—48:

De pucele a moult ki le baise,
s'ele le gésir (*Var.* bésier) vos consent;
et, se elle plus en deffent,
ce laissier le volés por moi;
et, si ele a aniel en doi,
çainte çainture u aumosnière
se par amor u par proière
le vos done, bon m'ert et bel
que vous enportés son anel.

Im Mabinogi S. 49, Loth: „Si tu vois de beaux joyaux, prends et donne à autrui, et tu acquerras ainsi réputation. Si tu vois une belle femme, fais-lui la cour, quand même elle ne voudrait pas de toi, et elle t'en estimera meilleur et plus puissant qu'auparavant.“ Zu dem Satz „quand même elle ne voudrait pas de toi“ bemerkt Nutt S. 150: „the Mabinogi gives the direct opposite of Chrestien, whom he has evidently misunderstood.“ Aber es steht vielmehr die verfeinerte Darstellung Chrestiens (: die Dame soll ihre Einwilligung geben) gerade an dieser Stelle im Widerspruch zu seiner Erzählung V. 1887 ff. (: Perceval raubt der Dame wider ihren Willen Ring und Kuß) und paßt weniger zu derselben als die Angabe im Mabinogi. War wirklich der Rath der Mutter so gewesen, wie Chrestien ihn erzählt, dann handelt Perceval, der sich doch ausdrücklich V. 1889. 1906 auf jenen Rath beruft, demselben direct entgegen. Nach dem ganzen Zusammenhange muß aber der junge unerfahrene Perceval, the great fool, die Ermahnungen seiner Mutter streng, jedoch miß-

[1]) „Et il retourna vers sa mère et ses gens. „Mère“, dit-il, „ce ne sont pas des anges les gens de tout à l'heure, mais des chevaliers ordonnés“. La mère tomba évanouie.“ Vgl. Wolfram 125, 29—126, 2.

Eigenthümliches bietet". Nutt[1]) nimmt an, daß der Verfasser unseres Mabinogi ein wälsches Original mit Entlehnungen aus Chrestien und anderswoher ausgeschmückt und vereinigt habe. Gaston Paris[2]) endlich glaubt, daß eine anglonormännische, auf keltischen Erzählungen kleineren Umfanges beruhende Dichtung gemeinsame Quelle für Chrestien und die Mabinogion sei. Eine gemeinsame die Parzivalsage behandelnde Vorlage behaupten auch wir. Da ist zunächst der Nachweis erforderlich, daß die Gründe, die für eine Benützung des conte du graal durch den Verfasser des uns vorliegenden Mabinogi sprechen sollen, keine überzeugende Kraft haben.

I.

1. Als Peredur zuerst Ritter[3]) sieht und fragt, wer jene seien, antwortet seine Mutter: „Es sind Engel, mein Sohn". Darüber bemerkt Birch-Hirschfeld a. a. O. S. 207, dem Nutt S. 133, Golther S. 190 beistimmen: „Diese Antwort ist höchst albern, da es gar nicht im Interesse der Mutter liegt, ihrem Sohne die Ritter als etwas Liebenswerthes darzustellen. Aber dem Verfasser des Mabinogi waren aus Chrestien noch die Worte Percevals erinnerlich, in die er ausbricht beim ersten Anblick der Ritter:

Ha, sire Dex, merchi!
Ce sont angle que je voi ci!

Wie natürlich erscheint dieser Ausruf des unerfahrenen Knaben; aber der wälsche Märchenschreiber wußte nicht mehr, wer die Worte eigentlich sprach und legte sie nun einer ganz falschen Person bei." Die Antwort der Mutter ist jedoch nicht „höchst albern", sondern nach dem ganzen Zusammenhange wohl passend. Man denke doch nur daran, wie sehr es der Mutter darauf ankommt, ihren Sohn vom Ritterthum fern zu halten. Darum kann und will sie dem jungen Peredur auf seine directe Frage nicht die wahre Antwort geben, sondern muß zu *der witze kraft* (Wolfram 117, 27 u. 28:

---

[1]) Studies on the Legend of the Holy Grail. London 1888. S. 132 ff. 144.

[2]) Romania X. XII. Hist. litt. XXX.

[3]) „c'étaient Gwalchmei, fils de Gwyar; Gweir Gwystyl et Owein, fils d'Uryen." Im Sir Perceval (herausgegeben von Halliwell, The Thornton Romances. London 1844) sind ebenfalls drei Ritter:

One was Ewayne fytz Asoure,
Another was Gawayne with honour,
And Kay the bolde baratour.

Perceval fragt, wer von ihnen Gott sei, der, wie seine Mutter ihm erzählte, diese ganze Welt geschaffen habe. Bei Wolfram erscheint Karnahkarnanz mit drei Rittern, bei Chrestien sind es fünf.

nu habt iuch an der witze kraft
und helt in alle rîterschaft)

ihre Zuflucht nehmen: sie gibt die Ritter für Engel aus, um durch eine solche Antwort die Bekanntschaft ihres Sohnes mit ritterlichem Wesen zu hindern. Darum fällt sie ohnmächtig nieder, als sie sieht, daß ihre Nothlüge keinen Erfolg gehabt hat, als Peredur zu ihr zurückkehrt mit der Bemerkung: „Mutter, jene waren keine Engel, sondern wackere Ritter“ [1]). Demnach liegt in dieser für sich keinen Anstoß bietenden Erzählung schwerlich ein Mißverständniß Chrestiens vor, vielmehr ist wohl die abweichende Darstellung bei ihm und Wolfram kunstvollerer poetischer Gestaltung zuzuschreiben.

2. Bei Chrestien heißt es V. 1740—48:

De pucele a moult ki le baise,
s'ele le gésir (*Var.* bésier) vos consent;
et, se elle plus en deffent,
ce laissier le volés por moi;
et, si ele a aniel en doi,
çainte çainture u aumosnière
se par amor u par proière
le vos done, bon m'ert et bel
que vous enportés son anel.

Im Mabinogi S. 49, Loth: „Si tu vois de beaux joyaux, prends et donne à autrui, et tu acquerras ainsi réputation. Si tu vois une belle femme, fais-lui la cour, quand même elle ne voudrait pas de toi, et elle t'en estimera meilleur et plus puissant qu'auparavant.“ Zu dem Satz „quand même elle ne voudrait pas de toi“ bemerkt Nutt S. 150: „the Mabinogi gives the direct opposite of Chrestien, whom he has e v i d e n t l y misunderstood.“ Aber es steht vielmehr die verfeinerte Darstellung Chrestiens (: die Dame soll ihre Einwilligung geben) gerade an dieser Stelle im Widerspruch zu seiner Erzählung V. 1887 ff. (: Perceval raubt der Dame wider ihren Willen Ring und Kuß) und paßt weniger zu derselben als die Angabe im Mabinogi. War wirklich der Rath der Mutter so gewesen, wie Chrestien ihn erzählt, dann handelt Perceval, der sich doch ausdrücklich V. 1889. 1906 auf jenen Rath beruft, demselben direct entgegen. Nach dem ganzen Zusammenhange muß aber der junge unerfahrene Perceval, the great fool, die Ermahnungen seiner Mutter streng, jedoch miß-

[1]) „Et il retourna vers sa mère et ses gens. „Mère“, dit-il, „ce ne sont pas des anges les gens de tout à l'heure, mais des chevaliers ordonnés“. La mère tomba évanouie.“ Vgl. Wolfram 125, 29—126, 2.

Die Weissagung des Narren hat Wolfram gar nicht, und wenn er auch den Thoren Chrestiens nicht ganz unterdrückt, so bezeichnet er ihn doch als einen nur scheinbaren Narren; 152, 23. 24:

der verswigen Antanor
der durch swîgen dûht ein tôr.

153, 11: *dem witzehaften tôren.* Antanor gilt seines Schweigens wegen als ein solcher. Also auf die Stummheit desselben legt Wolfram deutlich genug den Nachdruck 152, 27 u. 28. 153, 7: *sît iwer êrste rede mir dröut*; durch diese erste Rede wird Keyens Zorn erregt. Undenkbar ist es nun, daß sowohl Wolfram als der keltische Erzähler beide ihre angeblich gemeinsame einzige Quelle, den Chrestien, dahin abgeändert hätten, daß sie 1. das Motiv des Nichtsprechens einführten; 2. abweichend von Chrestien (nicht nur die Jungfrau bezw. Zwergin, sondern auch) den Antanor bezw. Zwerg bestraft werden lassen. Im conte du graal heißt es von ihm 2248 ff.:

Si le bouta el fu ardant,
del pié, par courous et par ire,
por çou que li sos soloit dire u. s. w.

Im Mabinogi dagegen: „Et il lui donna un tel soufflet qu'il le jeta à terre évanoui.“ Ebenso bei Wolfram 153, 10 ff.:

mit slegen vil gerûnet
dem witzehaften tôren
mit fiusten in sîn ôren.

Aus den angeführten Gründen ist das Mabinogi in der Zwergepisode nicht von Chrestien abhängig und dieser hier nicht die einzige Quelle Wolframs. Der Bericht des Letzteren steht künstlerisch am höchsten, während bei Chrestien die Begrüßung durch die Jungfrau überflüssig und die Motivierung der Bestrafung des Narren (nur weil er das vorausgesagt hat, was die Jungfrau thut, ohne durch eigene Rede den Zorn des Seneschalls herauszufordern) minder gut ist.

4. Im Mabinogi ist der Greis, der die Lehren ertheilt, gleich dem von den Hexen bedrängten König lahm und Peredurs Oheim; beide lassen ihn einige Übungen mit Waffen ausführen. Daraus folgt nach Birch-Hirschfeld[1]) S. 207: „Hier hat der Fischerkönig Chre-

[1]) Ebenso Golther S. 188: „Der Ritter, von dem Perceval Unterweisung empfängt (Chrestiens Gornemans) und der Gralkönig sind sinnlos miteinander verwechselt, indem der erstere als lahm bezeichnet wird (S. 56, Z. 19), während beim Gralkönig keines Gebrechens Erwähnung geschieht; wohl aber wird beim Fluche der Gralsbotin (S. 97, Z. 3) die Sache richtig dargestellt: tu es allé à la cour du roi boîteux.“ Nutt S. 134. 138. 144. 190 gibt wenigstens die Möglichkeit zu, daß die im Zauberschloß stattfindende Schwertprobe im Mabinogi eine ältere Gestalt hat als bei Chrestien.

stiens seine Lahmheit und Verwandtschaft mit Perceval mit übertragen auf Gornemant, und dieser wieder etwas von seiner Lehrweisheit auf den Fischerkönig." Ein Anlaß allerdings zu einer derartigen Übertragung und Verwechslung ist nicht ersichtlich. Unerklärt bleiben bei der Annahme auch die Thatsachen, daß trotz jener Vermengung zwei verschiedene Persönlichkeiten bestehen bleiben und daß der Besuch Peredurs bei jeder der beiden in überraschend gleichartiger Weise geschildert wird. Endlich finden sich noch anderweitige Spuren der in der keltischen Erzählung gegebenen Überlieferung. Es wäre doch ein sonderbarer Zufall, wenn der Verfasser des Mabinogi durch seine ungenaue Wiedergabe des conte du graal in einem wesentlichen Punkte Übereinstimmung erzielt hätte mit einer anderen (und zwar nach Birch-Hirschfeld der ältesten) Bearbeitung der Sage. Denn im Perceval des Robert de Boron heißt es nach Birch-Hirschfeld S. 175: „Perceval hätte gern gefragt, wenn er nicht gefürchtet hätte, dem Wirthe zu mißfallen. Und er dachte den ganzen Abend darau und erinnerte sich des Biedermannes, dem er gebeichtet, der ihm verboten hatte geschwätzig zu sein und nicht zu neugierig." Dieser Ehrenmann ist Eremit und Onkel des Perceval. Auch hier erfolgt also wie im Mabinogi das Verbot zu fragen durch einen Onkel des Helden. Andererseits ist bei Gerbert (Potoin VI, 181 ff.) Gornumant schwer bedrängt und zum Tode verwundet (seine vier Söhne tragen ihn) von Feinden, die von einer Zauberin unterstützt und wieder vom Tode auferweckt werden (durch „une poison, qui a servi au Christ dans le sépulcre et qui sert dans les mains de la sorcière à ressusciter les morts et à rejoindre les têtes coupées"). Dieselbe erkennt in Perceval sogleich ihren Sieger p. 185; dieser heilt Gornumant p. 187. Also hier entspricht Gornumant genau dem Onkel Peredurs im Mabinogi, der durch die Hexe gelähmt ist; diese weiß ebenfalls, daß sie der Voraussage gemäß nur von Peredur bezwungen werden kann. Nehmen wir die Berichte Roberts und Gerberts zusammen, so hat auch hier „der Fischerkönig seine Lahmheit und Verwandtschaft mit Perceval mit übertragen auf Gornumant" gerade wie in dem angeblich sinnlos verwechselnden Mabinogi. In dieser Übereinstimmung ist vielmehr ein deutlicher Beweis gegeben dafür, daß in der keltischen Erzählung eine andere von Chrestien unabhängige Tradition vorliegt. Auf diese, in der von zwei lahmen Onkeln des Helden die Rede ist, dürfte vielleicht das Vorkommen von zwei kranken, mit dem Helden verwandten Königen zurückzuführen sein, zumal da für die Gedichte selbst deren einer vollkommen bedeutungslos ist. Bei Wolfram liegt Anfortas siech an der Wunde nieder, während Titurel, der Großvater desselben, *ein siechtuom heizet pôgrât treit er, die leme helfelôs* (501, 26 u. 27). Dazu bemerkt Birch-Hirschfeld S. 281: „Wolfram läßt den Vater (es ist vielmehr der Großvater) des Anfortas noch leben; Veranlassung mag hierzu die etwas dunkle Stelle bei Chrestien 7791 ff. gegeben haben.“ Auch hier wird, nach der Erklärung und Auffassung von Birch-Hirschfeld, die ganz entbehrliche Nebenfigur eines Vaters des Fischerkönigs eingeführt. Allerdings ist die Stelle unklar, und wir möchten zweifeln, ob V. 7792 richtig überliefert ist. Wie dies aber auch sein möge, jedenfalls ist es beachtenswerth, daß auch im Mab. zwei alte und sieche Verwandte des Helden vorkommen. Wie die Gralerzählungen sich in diesem Punkte verhalten, hat Heinzel, Über die französischen Gralromane, S. 65 dargelegt.

5. Auch in dem Punkte, auf den „wir am meisten Gewicht zu legen haben“, können wir Birch-Hirschfeld, S. 208 nicht beistimmen: „Im Mabinogi bildet die blutende Lanze und die Schüssel nur eine vorübergehende Episode, durchaus aber nicht die Angelpunkte, um die sich die Handlung des Märchens dreht. Sie erscheinen einmal ganz vorübergehend und sind dann verschwunden, und man kann sich ihre Erwähnung nur erklären als blasse Reminiscenz aus Chrestiens unvollendetem Gedichte, wird aber nicht hier einen Ausgangspunkt der Entwicklung erkennen wollen. Dies würde schon deshalb unmöglich sein, weil die Lanze doch noch am meisten hervortritt im Mabinogi, weniger die Schüssel, während die älteste französische Graldichtung allein von einer Schüssel etwas wußte.“ Es ist aber weder richtig, daß der Lanze eine größere Bedeutung beigelegt wird als der Schüssel, noch auch, daß beide unwesentlich sind. Die Schüssel mit dem blutigen Haupt des Vetters und die Lanze, durch die vermuthlich der Onkel verwundet worden war, stehen ja gerade in einem unlösbaren Zusammenhange mit der wichtigsten That des Helden, mit der das Mabinogi schließt, daß er nämlich einer Prophezeiung gemäß als Bluträcher seiner Verwandten auftritt und die Hexen erschlägt, die seinen Onkel gelähmt und seinen Vetter getödtet haben.

6. Nutt hat S. 135 und 136 einige besonders augenfällige Übereinstimmungen zwischen dem Mabinogi und Chrestien angeführt. Eine dieser Ähnlichkeiten ist nur in der keltischen Erzählung, nicht bei dem französischen Dichter aus dem ganzen Zusammenhange zu verstehen. Im Mabinogi (S. 97 Loth) wirft das häßliche Mädchen

dem Peredur vor: „Tu es allé à la cour du roi boîteux, tu y as vu le jeune homme avec la lance rouge, au bout de laquelle il y avait une goutte de sang qui se changea en un torrent coulant jusque sur le poing du jeune homme; tu as vu là encore d'autres prodiges: tu n'en as demandé ni le sens ni la cause! Si tu l'avais fait, le roi aurait obtenu la santé pour lui et la paix pour ses Etats, tandis que désormais il n'y verra que combats et guerres, chevaliers tués, femmes laissées veuves, dames sans moyens de subsistance; et tout cela à cause de toi". In der keltischen Erzählung sind es die Hexen, die den König bedrängen, ihn selbst gelähmt und den Vetter Peredurs getödtet haben. Daß diese Feinde des Königs auch seine Ritter nicht geschont haben, darf man nach dem ganzen Zusammenhange als selbstverständlich voraussetzen. Da nur Peredur nach der Bestimmung des Schicksals jene Hexen erschlagen kann, so hat er durch das Unterlassen der Frage den weiteren Fortgang der Kämpfe und den Tod der Ritter gewissermaßen verschuldet. Hier ist also Alles verständlich. Ebenso heißt es nun aber auch bei Chrestien V. 6048 ff.:

Car, se tu demandé l'éusses,
li rices roi qui moult s'esmaie
fust or tost garis de sa plaie
et si tenist sa tière en pais,
dont il n'en tenra point jamais;
et sés-tu qu'il en avenra
del roi qui tière ne tenra
ne n'iert de ses plaies garis?
Dames en perdront lor maris,
tières en seront essilies,
et pucièles desconsellies;
orfenes, veves en remanront
et maint chevalier en morront;
tout cil mal avenront par toi.

Nun werden aber von dem französischen Dichter keine Feinde des Gralkönigs erwähnt[1]), die Perceval allein zu besiegen vermag. Dem-

[1]) Die Annahme, daß er es gethan haben würde, wenn er sein Gedicht vollendet hätte, bleibt eine bloße, nicht weiter begründete Vermuthung. Birch-Hirschfeld S. 279: „Dagegen deutet Chrestien einen Gedanken an, dem er im Verlaufe seiner Darstellung wohl noch deutlicheren Ausdruck gegeben haben würde. Es ist dies der Gedanke, daß der König sein Land verlieren wird in Folge seiner Verwundung (V. 4765 f. und 6051), und daß Krieg und Noth entstehen würden, falls er nicht geheilt werde (V. 6051 ff.)."

nach kann das Mabinogi hier nicht aus Chrestien stammen, sondern umgekehrt, Chrestien[1] muß hier eine ähnliche Form der Erzählung, wie sie das Mabinogi gibt, benutzt haben. Es zeigt sich auch hier die höhere Kunst Wolframs (oder Kyots), bei dem nichts jenen Versen entspricht, die mit der Erzählung der Dichter nicht im Einklange stehen.

7. Wiederum auf ein Mißverständniß[2]) führt Nutt S. 135 die Worte zurück, welche den Aufenthalt Peredurs auf der Gralsburg abschließen: Le lendemain il partit avec le congé de son oncle (S. 60 Loth). Aber wie soll diese Bemerkung entstanden sein aus den Versen Chrestiens, an die Nutt denkt:

> Et trueve le pont abaiscié,
> c'on li avoit ensi laissié
> por ce que rien nel detenist,
> de quele eure qu'il venist
> que il ne passat sans arriest (4565—69).

Zu der Darstellung des französischen Dichters paßt freilich jener Schluß der Gralsscene nicht, aber zunächst handelt es sich doch darum, ob er mit dem Bericht des Mabinogi selbst im Widerspruch steht. Und das ist keineswegs der Fall. Der Onkel selbst sagt dem Peredur, daß er damals zu dem schwierigsten Kampf (offenbar dem nach vielen anderen Thaten geschilderten Kampf mit den Hexen) noch nicht fähig ist: „Tu n'as que les deux tiers de ta force, il te reste encore la troisième partie à acquérir. Quand tu l'auras entière, personne ne sera capable de lutter avec toi.“ Er selbst treibt ihn also an sich zu vervollkommnen und das heißt doch fortzuziehen und Kämpfe aufzusuchen. Dazu stimmt: „Le lendemain il partit avec le congé de son oncle.“ Und auch das Formelhafte dieser Bemerkung, die so ganz dem Ton und den Anschauungen in der Erzählung entspricht, läßt sich für ihre Ursprünglichkeit geltend machen. Vgl. S. 48, Loth: „tu veux donc partir? Oui, répondit-il, avec ta permission.“ Vgl. S. 58, Loth: „Aussitôt le jour, Peredur se leva, prit son cheval et, avec la permission de son oncle, sortit.“ S. 68, Loth:

---

[1]) Heinzel, Über die französischen Gralromane, S. 13: „Die Erfindung, daß durch Percevals unterlassene Frage unheilvolle Kriege entstehen sollen, weil der Fischerkönig in Folge derselben regierungsunfähig — bleibt, nicht wird, ist sehr auffällig und gewiß nicht ursprünglich.“

[2]) Ebenso Golther S. 189: „Die Gralsscene ist lächerlich mißverstanden, wenn es am Schlusse (S. 60, Z. 14) heißt: „le lendemain il partit avec le congé de son oncle“.

„Avec la permission, dit alors Peredur, je partirai.“ S. 70, Loth: „Avec la permission de la comtesse, il alla, en compagnie de la sorcière, a la cour des sorcières.“ Vgl. S. 80 und 94. Jene Schlußworte der Gralsscene wie die ganze Darstellung derselben in der keltischen Erzählung geben eine von dem französischen Gedichte völlig verschiedene Auffassung wieder; daß dieselbe aber aus Chrestien und nur aus ihm stammen kann, dafür liegen keinerlei Anhaltspunkte vor und sind keine Gründe beigebracht worden. Umgekehrt dagegen ist es klar, daß die Verbindung der Gralsage mit der Arthursage gerade hier am Vereinigungspunkte weitgehende Änderungen der ursprünglichen Erzählung herbeiführen konnte.

8. Nutt hat S. 135 die Frage aufgeworfen: „Can, too, the two nuns, who bring in bread and wine, be due to the „II Abéies“, which Perceval sees on entering Blanchefleur's town.“ Darnach hat Golther S. 191 die Behauptung aufgestellt: „Man versteht nicht, weßhalb das Mabinogi Nonnen als die Aufwärterinnen nennt; der Grund liegt offenbar im Texte Chrestiens 2948 ff., 4121 ff., wo allerdings Klosterfrauen erwähnt werden.“ Offenbar nicht; denn bei Chrestien greifen die Nonnen (und Mönche) in die Haupthandlung nicht ein, hingegen im Mabinogi ist dies der Fall; diesen wohlbegründeten Zusammenhang aber kann der keltische Erzähler nimmermehr durch ein Mißverständniß der Textworte Chrestiens hergestellt haben. Es ist falsch, daß man nicht versteht, „weßhalb das Mab. Nonnen als die Aufwärterinnen nennt“. Die Nonnen bringen Lebensmittel aus ihrem Kloster herbei (der von Golther gewählte Ausdruck „Aufwärterinnen“ kennzeichnet ihre Thätigkeit ungenau), in deren Besitz sie allein noch sind, weil sie als Nonnen allein überall ungehindert Zutritt haben; das wird ausdrücklich angegeben S. 65, Loth: „nous n'avions plus que ce que les nonnains que tu as vues pouvaient nous apporter de nourriture, grâce à la liberté qu'elles avaient de parcourir les domaines et le pays.“

9. Ferner bemerkt Golther S. 191: „S. 64, Z. 12—24 hat das Mab. den französischen Text thöricht ausgelegt. Die Ritter der bedrängten Jungfrau (Blanchefleur) zwingen sie, in der Nacht an das Bett des Gastes sich zu begeben, während bei Chrestien Blanchefleur dies im Geheimen thut. Die sinnlose und unschöne Änderung des Mab. versteht sich am ehesten aus den lobenden, beifälligen Bemerkungen der Ritter über Perceval (Chrestien 3054—66), wie gut er zu ihrer jungfräulichen Herrin passen würde.“ Es ist doch immerhin sehr fraglich, ob diese Abweichung unschön und sinnlos ist, daß die

Herrin auf die Bitten und Vorstellungen ihrer Milchbrüder hin dem Helden ihre Liebe anträgt, von dem sie Rettung erwarten; folgt doch auch bei Chrestien Laudine dem Zureden ihrer Zofe Lunete, wo es sich sogar um den Mörder des Gatten handelt. Und soll dann das Mabinogi auch weiter darin „mißverständlich“, „thöricht“, „sinnlos“ und „unschön“ geändert haben, wenn es erzählt, daß der Held ihre Liebe nicht annehmen will, bevor er sie verdient hat, S. 65, Loth: „va te reposer, ma sœur; je ne te quitterai pas, quoique je ne veuille rien faire de ce que tu m'offres, avant d'avoir su par expérience jusqu'à quel point je puis vous secourir“? Dagegen bei Chrestien 3256—61:

Ensi giurent tote la nuit,
li uns vers l'autre, boce à boce,
jusqu'al demain que jors aproce;
tant li fist la nuit de solas
que bouce à bouce, bras à bras,
dormirent tant qu'il ajorna.

Und gerade in diesem Punkte weicht auch Wolfram wieder von Chrestien ab und stimmt zwar nicht in der Motivierung (vgl. 193, 1—14), aber in der Thatsache mit dem Mab. überein, vgl. 193, 29 ff.:

si sprach „welt ir iuch êren,
sölhe mâze gein mir kêren
daz ir mit mir ringet niht,
mîn ligen aldâ bî iu geschiht“,
des wart ein vride von im getân:
si smouc sich an daz bette sân.

Daß auch in der Hochzeitsnacht *die künegîn er maget liez*, haben wieder Wolfram 201, 19 ff. und Gerbert VI, S. 211 gemeinsam. Es ist demnach dieser Zug, der sich im Mab., bei Wolfram und bei Gerbert findet, ursprünglich, während Chrestien hier von der Vorlage abgewichen ist. In der keltischen Erzählung fügt sich Alles wohl aneinander, auch S. 66, Loth, daß das Mädchen am anderen Morgen zu Peredur eilt und ihm das Herannahen unzähliger Feinde meldet. Auch hier wieder müßte der keltische Erzähler (und zugleich auch wieder Wolfram, bei dem nichts Entsprechendes steht) seine angebliche Quelle verbessert haben, in der 3262 ff. das Mädchen bei Tagesanbruch sich von Peredur entfernt und en méisme l'eure wieder zurückkommt mit der seltsamen, ihrem früheren Werben und Klagen direct entgegengesetzten Bitte, er möge ein mellor ostel aufsuchen, ù plus ait pain et vin et sel et autre bien que en cestui (3286. 7).

10. „Daß der Minnezauber der drei auf den Schnee gefallenen Blutstropfen auch im Mabinogi wiederkehren würde, war zu erwarten.“ (Birch-Hirschfeld S. 207.) Dagegen hat Zimmer Keltische Studien II, S. 200 ff., dem sich auch Nutt S. 137 anschließt, in überzeugender Weise dargethan, daß das Mab. hier eine ältere Fassung dieses aus der irischen Sage stammenden Zuges darbietet als Chrestien, bei dem der Rabe fehlt, mit dessen Farbe die Schwärze des Haares verglichen wird, bei dem die drei Farben zu drei Blutstropfen abgeschwächt seien; „ein 'confuser, alberner' Prosabearbeiter Chrestiens hätte sein abgeblaßtes Bild nicht zu jenem frischen anmuthigen des Mabinogi umgestaltet.“ Golther S. 186 hat trotzdem die Ansicht Birch-Hirschfelds wieder aufgenommen, nur daß er hier an eine absichtliche Änderung im Mab. denkt: „Das Mab., welches einen französischen Stoff behandelt, sucht diesen hin und wieder den wälschen Verhältnissen anzupassen. Während Chrestien Percevals Geliebte Blanchefleur, dem ritterlich-höfischen Schönheitsideal entsprechend[1]), natürlich mit leuchtenden goldgelben Haaren schildert (3005, 6), hat bereits hier das Mab. das wälsche Ideal dafür eingesetzt: ses cheveux et ses sourcils étaient plus noirs que le jais (Loth II, S. 63, Z. 22). Gerade weil dieser Vergleich der keltischen Sage so geläufig ist, lag er dem Mabinogischreiber nahe genug.“ An und für sich läßt sich die Möglichkeit einer solchen späten äußerlichen Zuthat eines uralten Märchenzuges nicht in Abrede stellen. Auch die consequente Einführung desselben an drei verschiedenen Stellen, S. 63, 70, 74 Loth, wäre an sich noch denkbar, aber auch bei diesem Mabinogischreiber, der angeblich so viele Thorheiten und Mißverständnisse begangen haben soll? Übrigens sagt Chrestien nichts über das Haar der im Walde an der Leiche des Geliebten klagenden Jungfrau. Im Mab. heißt es auch hier S. 60, Loth: „Il vit une femme brune, accomplie, près d'un cheval tout harnaché, et à côté d'elle un cadavre.“ Daß der keltische Erzähler hier nicht das wälsche Ideal einsetzte, sondern sich an seine Vorlage hielt, ist wahrscheinlich, weil auch Wolfram von Sigune sagt 138, 18: *ir langen zöpfe brûne* und 252, 30: *dîn reideleht lanc prûnez hâr.*

---

[1]) Dies ist der Grund zu seiner Umgestaltung des Bildes, die Zwischenstufe und unmittelbare Vorlage, die Zimmer, Keltische Studien II, S. 206 annimmt, daher nicht nothwendig. Die Dichter der Zeit „lassen nur das goldblonde Haar gelten“. Über das Schönheitsideal A. Schultz, quid de perfecta corporis humani pulchritudine Germani saeculi XII et XIII senserint. Das höfische Leben zur Zeit der Minnesinger I. 1879. S. 165 ff.

11. „Als Beweis für den genauen Anschluß des Mab. an Chrestiens Worte dient noch folgende Stelle. Wie bereits erwähnt, hat das Mab. die Abenteuer Gauvains stark gekürzt. Nach dem Bericht vom Aufenthalt Gwalchmei's auf der Burg des Ritters (bei Chrestien Guigambresil), wo er die Liebe der Schwester des letzteren im Sturme erobert, schließt Mab. S. 101: „l'histoire n'en dit pas davantage au sujet de Gwalchmei à propos de cette expédition. pour Peredur, il marcha devant lui"; genau an derselben Stelle sagt Chrestien 7588:

de monsignor Gauvain se taist
ici li contes à estal;
si commence de Perceval."

So Golther S. 191. Aber diese Übereinstimmung ist aus einer Bemerkung der gemeinsamen Vorlage (l'histoire, li contes) zu erklären, weil das Mab. sich auf dieselbe Quelle beruft in Abschnitten, die Chrestien überhaupt nicht hat. S. 96 Loth: „Peredur gouverna avec l'impératrice pendant quatorze ans, à ce que dit l'histoire", S. 110, Loth: „voilà ce qu'on raconte au sujet du château des Merveilles."

12. Aus dem Umstande, daß einzelne Abschnitte des Mabinogi sich bei Chrestien nicht finden, läßt sich überhaupt kein Schluß ziehen: Auslassungen auf der einen Seite sind eben so gut möglich als Hinzufügungen auf der anderen. Jedenfalls ist hier nicht, wie Birch-Hirschfeld S. 207 meint, „der klarste Beweis" gegeben dafür, daß mit dem Inhalt von Chrestiens Gedicht andere Erzählungen schlecht zusammengearbeitet seien.

Nachdem wir so die einzelnen Punkte besprochen haben, welche zur Begründung der Ansicht, daß Chrestien die Quelle des Mab. sei, beigebracht worden sind, weisen wir noch auf die Widersprüche und unwahrscheinlichen Annahmen hin, welche mit jener Meinung verbunden sind. Ein Beispiel genauer Übereinstimmung des conte du graal [1]) mit dem Peredur führt Golther S. 178—183 an, indem er S. 72 ff., Loth und V. 5968 ff. gegenüberstellt. Einerseits soll also die wälsche Bearbeitung sich fast wörtlich an das französische Gedicht angeschlossen,

[1]) Der Behauptung Golthers (S. 185), daß Chrestien, wenn er nicht vom Mab. ausgeschrieben sei, „überhaupt nicht ein Fünkchen von selbständiger dichterischer Thätigkeit zukomme, weder in Bezug auf die stoffliche Behandlung noch hinsichtlich des Wortlautes", können wir nicht beipflichten. Abgesehen von einzelnen Stellen, an denen, wie an der angeführten, des Dichters Thätigkeit sich im Wesentlichen auf Versbau und Reimbildung beschränkt haben mag, war doch noch Raum genug für eine selbständige Darstellung und eigenartige Ausschmückung des überlieferten Stoffes, zumal in einer Zeit, in welcher die meisten Dichter nur nachahmen, nicht erfinden.

andererseits aber die gröbsten sachlichen Fehler und Mißverständnisse begangen, Chrestiens Gornemans und den Gralkönig sinnlos mit einander verwechselt haben, wie die an der Leiche des Geliebten trauernde Jungfrau und die Geliebte des Orgellous. Um die Ansicht aufrecht erhalten zu können, müssen die Vertreter derselben folgende Annahmen aufstellen: 1. Häufige Mißverständnisse. 2. Wiederholte Unordnung der Überlieferung (Golther S. 188. 192). 3. Daß in einzelnen Fällen unmittelbar nach der französischen Handschrift gearbeitet, in anderen dagegen nur der Inhalt in seinen Hauptzügen nach dem Gedächtniß wiedergegeben sei (Golther S. 192). 4. Daß der wälsche Bearbeiter in den übrigen Theilen seiner Erzählung (S. 45—47, 15. 69, 9—70, 20. 75, 19—96, 4. 102, 16 bis zum Schluß) die französischen Fortsetzer (Golther S. 196), 5. daß er hier außerdem echt kymrische Geschichten benutzt habe (Golther S. 196), 6. daß diese Theile mitunter auch zurückzuführen sind „auf reine Erfindung einer von der geistlosen, langweiligen späteren französischen Abenteuerromanfabrication beeinflußten Phantasie, die plan- und ziellos ein Abenteuer ans andere reiht" (Golther S. 197). Das sind der Hypothesen doch zu viele. Endlich gilt auch hier das, was Zimmer gegen Nutts Ansicht (Gött. Gel. Anz. 1890, S. 514) vorgebracht hat: „Keine Spur einer solchen Thätigkeit, wie sie Nutt dem Urheber des wälschen Textes von Peredur ab Efrawc zuschreibt, ist jedoch zu beobachten: der Bearbeiter sucht sein Werk seinem Publicum mundgerecht zu machen, er paßt die Vorlage nach Kräften Einheimischem an; hieraus erklären sich Auslassungen und geringe Zusätze, Übertreibungen in Schilderungen und Vergröberungen. Im Großen und Ganzen bleibt aber der Bearbeiter streng bei der Stange, d. h. seiner Vorlage. Von einem Ausstrecken der Hände in all directions for material kann keine Rede sein. Diese welschen Texte sind keine Compilationen nach fremden und einheimischen Quellen, sondern welsche Bearbeitungen fremder Vorlagen."

II.

Es mögen noch einige Züge älterer Tradition hinzugefügt werden, die in der keltischen Erzählung bewahrt zu sein scheinen.

1. Mit Recht bemerkt Nutt S. 139: „The whole of the incidents connected with the Castle of the Chessboard, which appear at such length in both the Conte du Graal and the Didot-Perceval, but without being in any way connected with the main thread of the story form in the Mabinogi an integral portion of that main thread." Denn

hier ist die Verbindung der Ereignisse gegeben durch die Person des Vetters, der Peredur antreibt und ihm in den folgenden Gestalten erscheint: 1. des schwarzen und häßlichen Mädchens am Hofe Arthurs; 2. des schwarzen Mädchens, als er das Schachbrett in den See wirft; dasselbe treibt ihn an, den schwarzen Mann zu tödten und den Hirsch zu jagen; 3. der Dame, die ihn von der Jagd zum Kampf mit dem schwarzen Manne am Stein treibt. Am Schluß gibt er sich als Vetter zu erkennen, der ihm in diesen verschiedenen Gestalten erschienen sei und früher das blutige Haupt des von den Hexen getödteten Vetters auf der Schüssel getragen habe. Es ist kaum glaublich, daß der Mabinogischreiber in die einzelnen Abenteuer Gautiers und Roberts hier den Zusammenhang gebracht, sie zugleich mit der Gralepisode in Verbindung gesetzt und dieser die abweichende Gestalt gegeben hätte. Demnach nehmen wir hier treuere Wiedergabe einer älteren gemeinsamen Vorlage an.

2. Bei Chrestien und Wolfram wird Arthurs Ritterschaft von dem rothen Ritter dadurch beleidigt, daß dieser eine Schale von des Königs Tafel nimmt. So konnte wohl die rohere Erzählung, die uns im Mabinogi entgegentritt, von den Dichtern abgeändert werden, die auch nicht die Handlung selbst schildern, sondern sie von dem rothen Ritter erzählen lassen. Eine absichtliche Veränderung und Vergröberung in der keltischen Erzählung liegt dagegen bei Weitem nicht so nahe. Es heißt hier S. 51 Loth: „Un page de la chambre servait à boire à Gwenhwyvar d'une coupe d'or. Le chevalier en jeta le contenu sur le visage et le sein de la reine, et lui donna un grand soufflet.“ Hiermit ist die keltische Volkssage (The Knight of the Red Shield Campbell n. 52) zu vergleichen, in welcher es nach Nutt S. 156 heißt: „before there was any more talk between them, he put over the fist and he struck the King between the mouth and the nose.“

3. Nutt S. 156 macht aufmerksam auf die Bedeutung, welche die Voraussage der Größe und der Thaten des Helden in dem Kreise der Erzählungen hat, zu dem auch unsere Sage gehört. Dieser Zug tritt bei Chrestien verwischt und undeutlich hervor V. 4345 u. 46:

> biaus frère, ceste espée
> vous fu jugie et destinée,

im Mab. dagegen oft und klar. Abgesehen von dem Gruß der Zwerge S. 57 Loth: „le plus habile à se battre à l'épée dans cette île, ce sera toi.“ S. 59: „Tu es le premier joueur d'épée de tout le royaume. Tu n'as que les deux tiers de ta force, il te reste encore la troisième partie à acquérir. Quand tu l'auras entière, personne ne sera capable de lutter avec toi." S. 70: „C'est la destinée: nous savons que nous aurons à souffrir de toi." S. 109: „Il est prédit que tu les vengeras. qui, d'après le sort, devait les tuer."

4. Kei ist, wie Zimmer Gött. Gel. Anz. 1890, S. 517. 525. 830 bemerkt, in den altwelschen Gedichten und in der rein kymrischen Erzählung Kilhwch und Olwen „der hervorragendste, kühnste und tapferste Held nächst Arthur." Dann ist Kei, wie Zimmer a. a. O. S. 830 vermuthet, nach der Figur des Ganelon umgebildet, als die Charlemagnesage Einfluß auf die Arthursage gewann. Diese später gewöhnliche ungünstige Auffassung war offenbar in der von uns angenommenen gemeinsamen Vorlage noch nicht ganz durchgedrungen. Denn es heißt im Mab. S. 56, Loth: „Kei fut blâmé par Arthur, et en devint lui même soucieux", ferner S. 72, Loth: „Arthur fut peiné de l'accident arrivé à Kei, car il l'aimait beaucoup." Ebenso Chrestien V. 5708/9:

> mais li rois ot moult grant pesance
> del senescal qui est bléciés

und V. 5716/7:

> li rois ki moult ot le cuer tendre
> et moult l'amoit de bon corage.

Eine solche Bemerkung konnte schwerlich noch Wolfram (unabhängig von Kyot) zu der Ehrenrettung veranlassen, wie wir sie lesen in Str. 296, 16—23:

> *man saget in manegen landen wît,*
> *daz Keie Artûs scheneschalt*
> *mit siten wære ein ribbalt:*
> *des sagent in mîniu mære blôz:*
> *er was der werdekeit genôz.*
> *swie kleine ich des die volge hân,*
> *getriwe und ellenthaft ein man*
> *was Keie: des giht mein munt.*

III.

Auf Grund der vorstehenden Ausführungen glauben wir zu der Annahme einer älteren gemeinsamen Vorlage (X) berechtigt zu sein, welche Chrestien (V. 7588 de monsignor Gauvain se taist | ici li contes à estal; | si commence de Perceval) und das Mab. (S. 101, Loth: „l'histoire n'en dit pas davantage au sujet de Gwalchmei à propos de cette expédition. pour Peredur, il marcha devant lui") an derselben

Stelle erwähnen. Wir denken uns dieselbe als eine französische [1]) Bearbeitung und Zusammenfassung von einzelnen, bei den aremorikanischen Bretonen vorhandenen Sagenerzählungen [2]). Es ist von vornherein anzunehmen, daß absichtliche Änderungen derselben von den französischen Dichtern, zumal nachdem die Gralsage mit der Arthursage in Verbindung gebracht worden war, eben weil sie Dichtungen schufen, weit häufiger vorgenommen sind als von jenem kymrischen Erzähler des Peredur, der ein rein stoffliches, kein künstlerisches Interesse hatte. Daher möchten wir annehmen, daß hier jene gemeinsame Vorlage im Wesentlichen noch erhalten ist, ja daß die hier im Verlauf der Erzählung eintretenden Widersprüche und Ungenauigkeiten nur aus der Vereinigung von ursprünglich einzelnen, damals zuerst zu einem Ganzen verarbeiteten aremorikanischen Erzählungen zu erklären sind. Die folgende Erörterung soll diese Annahme begründen.

1. In einen zusammenhängenden Bericht von Peredurs Thaten paßt wenig, für ursprünglich einzelne Erzählungen trefflich, der selbständige mit Arthur anhebende Eingang [3]) und Beginn, den wir z. B. treffen S. 82, Loth: „Arthur était à Kaerllion sur Wysc. Un jour, il alla chasser avec Peredur."

S. 96, Loth: „Arthur se trouvait à Kaerllion [4]) sur Wysc, sa principale cour. Quatre hommes, au milieu de la salle, étaient assis sur un manteau de paile."

2. Der unterlassenen Frage nach den Wundern wird eine besondere Bedeutung beigelegt in der Erzählung von den Vorwürfen des häßlichen Mädchens [5]). Motiviert wird sie in dem Abschnitte

---

[1]) Daß sie nicht anglo-normannisch gewesen ist, daß der Sagenstoff vielmehr von den aremorikanischen Bretonen zu den Franzosen gedrungen ist, hat Zimmer, Gött. Gel. Anz. 1890 wahrscheinlich gemacht.

[2]) Zimmer a. a. O. S. 806: „Die gemeinkeltische Form der epischen Erzählung ist die Prosaerzählung"; „nur die lyrischen und dramatischen Elemente der Erzählung erscheinen in gebundener Rede (Monolog und Dialog), entweder so, daß Strophe um Strophe entspricht oder kleine Gedichte aus mehreren Strophen".

[3]) Vgl. Marie de France Lanval V. 5 ff.: „A Kardoil surjurnot li reis — Artur li prus e li curteis — pur les Escoz e pur les Pis — qui destruieient le pais."

[4]) Ebenso Chrestien an der entsprechenden Stelle V. 5981 ff.: Grand fu la joie que li rois fist de Perceval le Galois, et la roïne et li baron qui l'enmainent à Carlion. Vgl. 5881/2: andui vers Carlion tot droit,
ù li rois Artus cort tenoit.

Vgl. über die Herrschersitze Arthurs Zimmer, Gött. Gel. Anz. 1890, S. 525 ff.

[5]) Sollten diese Vorwürfe etwa in einem ziemlich spät in die Erzählung gekommenen Liede in gebundener Rede geschildert worden sein? Die Ausführlichkeit

von der höfischen Erziehung des Helden durch seinen Onkel. Keine oder nur untergeordnete Bedeutung hat sie in der Erzählung von dem Besuche selbst, als Peredur die Wunder sieht. (Es heißt nur S. 60, Loth: „Malgré cela le vieillard ne rompit pas son entretien avec Peredur; il ne donna pas l'explication de ce fait à Peredur et Peredur ne la lui demanda pas non plus.") Überhaupt nicht erwähnt wird sie in der Schlußerzählung von der Erlösung und Rache [1]). Welchen Zweck sie haben könnte, sieht man nicht; daß sie, als Parzival die Wunder sieht, nutzlos gewesen wäre und keine Erlösung herbeigeführt hätte, ergibt sich daraus, daß Peredur zu der Zeit erst zwei Drittheile seiner Stärke besitzt, seine Hauptaufgabe damals also noch nicht lösen konnte. Demnach scheint die Frage den Erzählungen theilweise fremd gewesen zu sein. Daß sie in den Vorwürfen des schwarzen Mädchens erwähnt wird, kann durch eine (in Liedform eingelegte?) Erweiterung entstanden sein; daß sie auch in der Erzählung von der höfischen Erziehung durch den Onkel eine Rolle spielt, ist nicht hoch anzuschlagen. Denn dieser kleine Abschnitt ist vielleicht erst von dem französischen Redactor der einzelnen aremorikanischen Erzählungen, also von der gemeinsamen Vorlage X eingefügt. Diese Vermuthung stützt sich auf folgende Überlegungen: Die beiden Besuche Peredurs bei seinen Onkeln sind in so auffallend ähnlicher Weise geschildert, daß hier wahrscheinlich nur zwei Recensionen derselben Erzählung vorliegen. Man beachte zunächst die noch im Mab. hervortretende Übereinstimmung im Anfang und Schluß der beiden aufeinander folgenden Berichte:

S. 56, Loth (Anf. von Cap. 6 San Marte):	S. 58, Loth (Anf. von Cap. 7 San Marte):
Il arriva dans un grand bois désert; sur la lisère du bois, il y avait un étang, et de l'autre côté l'étang, un beau château fort.	Il arriva dans un grand bois désert, puis, au bout du bois, à un pré uni, et de l'autre côté du pré, il aperçut un grand château.

und Fülle der Worte an dieser Stelle des Mab. würde dazu stimmen. Gerade hier lag die Liedform nahe; Spott- und Schmählieder bildeten ja mit den Preisgesängen den Hauptbestandtheil der keltischen Lyrik.

[1]) Vgl. Heinzel, Über die französischen Gralromane, S. 184: „Mit dem Motiv von Alter und Krankheit verband sich noch ein anderes, und zwar schon vor der Zeit Chrestiens, das der Rache, welche der Gralheld für einen Mord nehmen soll, der an einem Mitgliede des Gralhauses verübt worden ist und auf zauberhafte Weise Unfruchtbarkeit des Landes verursacht hat, die durch Rache an dem Mörder behoben werden soll. Das Motiv stammt aus einer Sage, die ursprünglich mit der Gralsuche gar nichts zu thun hatte."

S. 58, Loth:	S. 60, Loth:
Quand il fut temps, ils allèrent se coucher. Aussitôt le jour, Peredur se leva, prit son cheval et, avec la permission de son oncle, sortit.	Lorsque le moment de dormir fut arrivé, Peredur se rendit dans une belle chambre. Le lendemain, il partit avec le congé de son oncle.

Beide Male hält sich Peredur bei einem lahmen Oheim auf; Empfang, Mahlzeit, Schwertprobe, Voraussage der zukünftigen Größe, Abschied werden in auffallend gleicher Weise geschildert, zum Theil mit wörtlicher Übereinstimmung: nur anstatt der Wunder und Klagen finden wir bei dem ersten Besuch die ritterliche Unterweisung und das Verbot zu fragen. Eben weil nun zwei wesentlich gleiche Erzählungen an dieser Stelle allein abweichen, liegt die Vermuthung nahe, daß hier eine spätere Änderung gemacht sein könne. Die Schilderung der Wunder und Klagen ist nothwendig, demnach unterliegt nur die ritterliche Unterweisung dem Verdacht. Dieser wird unterstützt durch zwei thatsächliche Bedenken. Die Worte S. 57, Loth: „Tu vas rester maintenant quelque temps avec moi pour apprendre les coutumes et les usages du pays, les belles manières, ainsi que courtoisie, gentillesse et seigneurie“ passen nicht zu S. 58, Loth: „Aussitôt le jour, Peredur se leva, prit son cheval et, avec la permission de son oncle sortit.“ Zweitens steht die ganze Unterweisung an dieser Stelle im Widerspruch zu dem Bericht, daß Peredur von den Hexen im Ritterwesen unterrichtet wird. Vgl. S. 70, Loth: „Tu resteras avec moi pour apprendre la chevalerie et le maniement des armes. .. Il y resta trois semaines de suite.“ S. 109, Loth: „Elle jeta un cri et commenda aux sorcières de fuir en leur disant que c'était Peredur, celui qui avait été à leur école pour apprendre la chevalerie, et qui, d'après le sort, devait les tuer.“ Also hier erhält Peredur seine Ausbildung, deren Form alterthümlicher ist und mit der Voraussage zusammenhängt. Der französische Redactor hingegen wurde durch die in der Erzählung erwähnten Waffenübungen, mit denen nur auf die spätere Größe des Helden hingewiesen werden soll, veranlaßt, den ihm geläufigen Anschauungen vom höfischen Leben Rechnung zu tragen und somit den Peredur von einem älteren Ritter erziehen zu lassen. Darum glauben wir, auf ihn die Worte des Onkels S. 57, Loth: „tu vas rester“ bis S. 58: „mais sur moi qui suis ton maître“ zurückführen zu dürfen und die Verbindung der beiden Berichte, die durch den an die Worte S. 59, Loth: „Je suis ton oncle, le frère de ta mère“ sich anschließenden Zusatz „nous sommes frères, moi et l'homme chez qui tu as logé hier soir“ hergestellt worden ist.

3. Auch die kleine Ungenauigkeit in der Darstellung S. 59, Loth: „Il commençait à causer avec son oncle, lorsqu'il vit venir dans la salle et entrer dans la chambre deux hommes portant une lance énorme: du col de la lance coulaient jusqu' à terre trois ruisseaux de sang“ und S. 60, Loth: „Après quelques instants de silence, entrèrent deux pucelles portant entre elles un grand plat sur lequel était une tête d'homme baignant dans le sang“ verglichen mit S. 109, Loth: „C'est encore moi qui me suis présenté avec la tête sanglante sur le plat, avec la lance de la pointe de laquelle coulait un ruisseau de sang jusque sur mon poing et tout le long de la hampe“ paßt für eine Vereinigung einzelner Erzählungen.

4. Es bleibt nur noch ein Widerspruch im Mabinogi übrig, und dieser wird ebenfalls auf die Vereinigung der einzelnen Erzählungen zurückgehen: die Erzählung von der Begegnung Peredurs und Gwalchmeis kennt nur zwei Gegner des in Gedanken versunkenen Peredur S. 73, Loth; der Bericht vom Kampfe selbst aber erwähnt außer ihnen noch 24 Andere S. 71, Loth.

5. Hat das Mabinogi auch in der Erzählung von der im Walde an der Leiche des Geliebten trauernden Jungfrau die gemeinsame Vorlage treuer bewahrt als die Dichter? Fragen wir zunächst: wer war jener Ritter, der den Schionatulander erschlug? Chrestien nennt ihn nicht bei Namen, Wolfram 141, 9 u. 10 sagt, es sei Orilus, d. h. aber nach Str. 129 der Gemahl der Jeschute. Im Mab. ist es nicht der Gatte der Jeschute; denn dieser macht sich S. 51, Loth, auf, um Peredur zu suchen, und trifft erst S. 68, Loth, mit ihm zusammen; dagegen wird der Ritter, der den Schionatulander erschlagen hat, schon S. 62, Loth, von Peredur besiegt und unter der Bedingung begnadigt, Signue zu heiraten und an Arthurs Hof zu gehen. Nun ersehen wir aus Wolfram Str. 128—141, daß zwei Brüder Lähelîn (dieser keltische Name bei Wolfram stammt sicher noch aus der gemeinsamen Vorlage) und Orilus dem Parzival zwei Länder genommen und zwei seiner Fürsten erschlagen haben. Es ist a priori wahrscheinlich, daß der Held, der so viele Waffenthaten siegreich vollbringt, vor Allem dieses ihm feindliche Brüderpaar besiegt hat. Sagt er doch bei Wolfram, als er von den Thaten des Lähelîn hört, 128, 11 u. 12:

diz rich ich, muoter, ruocht es got:
in verwundet noch mîn gabylôt.

und als er hört, daß der andere Bruder den Schionatulander besiegt hat, 141, 25 ff.:

dô sprach er: „niftel, mir ist leit
dîn kumber und mîn laster breit.
swenne ich daz mac gerechen,
daz wil ich gerne zechen.

Diese beiden Kämpfe werden demnach in der gemeinsamen Vorlage erzählt worden sein: im Mab. allein haben sie sich noch erhalten. Denn daß es sich in dem S. 55, Z. 16 ff., Loth, wie in dem S. 61, Z. 26 ff. erzählten Kampf mit dem Mörder des Schionatulander (der ja nach Wolfram der eine Bruder ist) um jenes Brüderpaar handelt, ist nun an sich wahrscheinlich und ergibt sich auch 1. aus der wörtlichen Übereinstimmung, mit der beide als Feinde Arthurs erscheinen (also ein besonderer Zusammenhang muß zwischen ihnen bestehen), 2. aus den Worten S. 61, Loth: „moi, je suis ta sœur de lait et l'homme que tu vois était mon mari. C'est le chevalier de la clairière du bois qui l'a tué; n'approche pas de lui de peur d'être tué toi aussi.“ — „Ma sœur, tu as tort de me faire des reproches. Pour avoir été si longtemps avec vous[1]), c'est à peine si je pourrai le vaincre; c'eût été bien plus difficile, si j'étais resté plus longtemps.“ Diese Worte gewinnen eine besondere Bedeutung, da wir aus Wolfram wissen, daß der Mörder des Schionatulander den Peredur in seinem Besitzthume geschädigt, daß Schionatulander für ihn gegen Jenen gefallen ist. Also im Mab. ist der eine Bruder, der Mörder des Schionatulander, verschieden von dem Gatten der Jeschute; bei Chrestien deutet auch nichts darauf hin, daß der Ritter, der Schionatulander getödtet hat, identisch ist mit dem Gatten der Jeschute, dem Orguellous de la lande. Bei Wolfram endlich bleibt auffallend, daß er bei dem Kampfe Parzivals mit dem Gatten der Jeschute, obwohl er die Gründe zum Kampfe auseinandersetzt, gar nicht erwähnt, daß derselbe Orilus nach Str. 141 auch einen Fürsten seines Gegners und Geliebten der Sigune erschlagen hat. Alles dies beweist, daß der Gatte der Jeschute und der Mörder des Schionatulander in der Vorlage nicht identisch waren. Daß sie es bei Wolfram sind, mag folgenden Anlaß haben. Die rohe, aber darum ursprüngliche Erzählung des Mab., daß ein Held die Gattin des von ihm Erschlagenen heiratet (auf Befehl Peredurs S. 62, Loth: „à condition que tu prennes cette femme pour

[1]) Der Aufenthalt Sigunens bei der Mutter Parzivals wird auch von Chrestien V. 4774 ff. und Wolfram Str. 140. 141 erwähnt.

épouse et que tu la traites avec tout l'honneur et la considération que tu pourras, pour avoir tué[1]) son mari sans motif.") konnte naturgemäß bei dem feineren Gefühl und den höher entwickelten Anschauungen der Dichter Anstoß erregen. Beseitigten sie dementsprechend die Heirat, so wurde jener eine feindliche Bruder ziemlich bedeutungslos, und es lag nun nahe, ihn mit dem Gatten der Jeschute zu identificieren, besonders wenn dieser auch in der Vorlage, wie im Sir Perceval, nur als der schwarze Ritter bezeichnet worden ist.

Noch auf einem anderen Wege gelangen wir zu demselben Resultate, daß das Mab. in der Darstellung der Sigune-Episode die Vorlage wiedergibt. Bei Wolfram wird in der Erzählung von Sigune, und zwar zweimal der Rath der Lunete angeführt Str. 253, 10 ff.:

ouch was froun Lûneten rât
ninder dâ bî ir gewesen.
diu riet ir frouwen „lât genesen
disen man, der den iweren sluoc:
er mac ergetzen iuch genuoc."

Str. 436, 4 ff.:

ob si worden waer sîn wîp,
dâ hete sich frou Lûnete
gesûmet an sô gœher bete
als si riet ir selber frouwen.
man mac noch dicke schouwen
froun Lûneten rîten zuo
etslîchem râte gar ze fruo.

---

[1]) Schon diese Stelle allein zeigt, daß das Mab. nicht aus Sigune und Jeschute eine Person gemacht hat, wie Golther S. 188 annimmt. Unrichtig ist auch, wenn er S. 204 bemerkt: „Perceval trifft im Wald eine klagende Jungfrau (Wolframs Sigune), welche auch im Sir Perceval, aber sicherlich auf eigene Faust, mit der Jeschute, d. h. mit der Dame, die Perceval einst geküßt und ihres Ringes beraubt hat und die er nun wieder findet und mit ihrem zürnenden Geliebten versöhnt, zu einer Person verschmolzen wurde." Thatsächlich ist nirgends im Sir Perceval von Sigune die Rede; die an den Baum gebundene Frau klagt zwar, aber darüber, daß the blake knyghte sie wegen des Ringwechsels mit Perceval verstoßen hat V. 1820 ff.:

Then herde he faste hym by
als it were a womane cry
scho prayed to mylde Mary
som socoure hir to sende.

Auf den vorliegenden Irrthum Golthers hat auch Heinzel, Über die französischen Gralromane, S. 22 aufmerksam gemacht.

Eigentlich paßt[1]) dies gar nicht bei Wolfram; denn Laudine ist Weib, Sigune Geliebte, und wenn er auch diesen Unterschied durch den Vers: *ob sie worden wær sîn wîp* aufhebt, so kann es sich hier doch nie um Wiedervermählung mit dem Mörder ihres Gatten handeln: und das ist ja gerade das Charakteristische in dem Rathe Lunetens. Vortrefflich paßt aber dieser Hinweis bei Kyot selbst, wenn die gemeinsame Vorlage so wie das Mab. von Sigune erzählte. Aus dieser Bemerkung schimmert noch hervor, daß der Dichter den inneren Widerspruch zwischen den schmerzlichen Klagen der Sigune um den todten Geliebten und ihrer sofortigen Einwilligung in die Ehe mit dem Mörder desselben fühlte und beseitigte. Und daß Kyot so die Sigune zu einem schönen Bilde weiblicher Treue erhob, steht auch mit seiner besonderen Vorliebe für diese von ihm eigentlich erst geschaffene Gestalt in Zusammenhang: so ist das dreimalige Auftreten der Sigune bei Wolfram gegenüber dem einmaligen bei Chrestien, so der Sang von ihrer Liebe in dem sogenannten Titurel zu erklären. Zugleich war natürlich mit jener doppelten Erwähnung des Rathes der Lunete ein Seitenhieb gegen Chrestien geführt, und wenn wir uns außerdem erinnern, daß Kyot auch seine günstigere Auffassung von Kei (hist. litt. 30, 51 c'est peut-être à Chréstien qu'il faut faire remonter les premiers linéaments de ce portrait peu flatté du sénéchal d'Arthur, qui a fini par être une véritable caricature.) energisch geltend machte, gewinnen die Worte Wolframs Str. 827, 1—3 eine besondere Bedeutung:

Ob von Troys meister Christjân
disem mære hât unreht getân,
daz mac wol zürnen Kyot.

6. Aus Wolfram und dem Mab. zusammen haben wir reconstruiert, daß in der gemeinsamen Vorlage Parzival ein feindliches Brüderpaar besiegt hat. An und für sich erwartet man auch, daß er den Mörder seines Vaters bezwungen hat; waren schon jene Kämpfe verdunkelt, so hätten hier die Spuren einer solchen Tradition ganz schwinden können. Sie haben sich aber noch im Sir Perceval erhalten; hier ist der rothe Ritter der Mörder des Vaters, und es ist vielleicht beachtenswert, daß der rothe Ritter auch nach den anderen

[1]) Kinzel, Die Frauen im Parzival, Zs. f. d. Philol. 1889, 21, S. 63 bemerkt zu 436, 4 *ob sie worden wær' sîn wîp*: „Dies soll also wohl heißen: sie war ja noch nicht sein Weib; also paßt Lunetens Beispiel hier nicht, welches sich um Wiedervermählung dreht. Nur diese kann hier im Allgemeinen gemeint sein, nicht der Rath, den Mörder des Gatten zu heiraten."

Darstellungen getödtet, nicht nach ritterlichem Zweikampfe überwunden und begnadigt wird. Außerdem sind noch im Mab. die drei ersten Kämpfe eben jene in eigener Sache, zu denen Peredur natürlich zunächst verpflichtet war. Ein zweiter Punkt, in dem Sir Perceval ältere Tradition bewahrt hat, betrifft den Namen der Gattin des Helden. Golther meint zwar S. 206: „In diesem Namen Acheflour liegt eine offenbare Verderbniß des frz. Blanchefleur vor, d. h. die bei Chrestien namenlose Mutter Percevals (la veuve dame) erhielt den Namen der Gattin Percevals, die dann wiederum mit dem neuen Namen Lufamour bezeichnet wurde.“ Indeß der Name Lufamour wird gleich Condwiramurs bei Wolfram auf dieselbe Quelle zurückgehen, sei es Kyot, sei es die gemeinsame Vorlage. Andererseits aber glauben wir, im Gegensatze zu G. Paris, hist. litt. 30, 254 ff., daß die Ring-Episode im Sir Perceval im Hinblick auf den eigenen Schluß des Gedichtes, Wiedervereinigung Percevals mit seiner Mutter, umgeformt ist. G. Paris meint a. a. O.: „l'aventure de l'anneau, si importante dans le poème anglais, n'a dans le poème français aucune raison d'être“; aber wir sahen oben, daß die Bedeutung dieser Episode eben in der mißverständlichen Auffassung des great fool, des unerfahrenen Parzival liegt. Wenn das Mab. erzählt, daß die Frau den Ring freiwillig gibt, so dürfen wir hier eine Ungenauigkeit annehmen, da die Worte S. 49, Loth: „quand même elle ne voudrait pas de toi“ und S. 50, Loth: „Ma mère, dit Peredur, m'a recommandé, en quelque lieu que je visse nourriture et boisson, d'en prendre“ und „Ma mère m'a recommandé, là où je verrais un beau joyau, de le prendre“ auch auf jene Form deuten, die wir als ursprünglich erkannt haben.

Atque haec hactenus. Es sei noch zum Schlusse erwähnt, daß mehrere der angeführten Beziehungen zwischen Wolfram uud dem Mab. von einem meiner Freunde gleichfalls und der Zeit nach noch früher beobachtet worden sind. Man wird das Übereinstimmende und Abweichende unserer Ansichten im Einzelnen sehen können, sobald derselbe seine Studien über die einschlägigen Fragen veröffentlicht.

LÜBECK. PAUL HAGEN.

ÜBER DIE HEIMAT DES MINNESINGERS WACHSMUOT VON KÜNZINGEN.

Über das Geschlecht, dem der Minnesinger Wachsmuot von Künzingen, oder von Kunzechen, wie ihn Gedrut nennt (die Weingartner Handschrift hat übereinstimmend hiermit die Form von Kunzich), angehört, ist bereits vielfach gehandelt, ohne daß man zu einem befriedigenden Resultate gekommen wäre. Die Stellung des Dichters in der Handschrift C gibt keine näheren Aufschlüsse über seine Heimat, da er zwischen dem Österreicher von Sachsendorf und dem Rheinländer Wilhelm von Heinzenberg seinen Platz hat; der Geschlechtsname des Minnesingers, wie ihn die genannte Handschrift bietet, weist am meisten auf das von der Kinzig, einem Nebenflusse des Rheins, durchströmte Schwarzwaldthal hin. Doch ist bis jetzt ein edles Geschlecht, welches auch nur einen im entferntesten ähnlich klingenden Namen trüge, daselbst noch nicht nachgewiesen, obgleich für keine andere Gegend Deutschlands ein so reiches Urkundenmaterial uns zu Gebote steht als für das Gebiet des heutigen Großherzogthums Baden. Unsere Hoffnung ist denn auch verschwindend klein, daß im Laufe der Jahre wirklich noch im Kinzigthale ein edles Geschlecht von Künzichen aufgefunden werden sollte.

Bei der Schreibung des Namens, wie ihn die Handschrift C überliefert hat, liegt auch der Schluß auf die an der Elz, $3^1/_4$ Meilen NWN von Freiburg gelegene Stadt Kenzingen nahe, nach der sich wirklich ein edles Geschlecht genannt hatte; aber es ist bis jetzt noch nicht gelungen, unter den spärlich erscheinenden Mitgliedern desselben einen Wachsmuot zu ermitteln. Leider auch stimmt das Wappen des Dichters in der Handschrift durchaus nicht überein mit dem sonst bekannten dieses Geschlechtes. Während Siebmacher (HMS IV, 237) in seinem Wappenbuche der genannten Familie zwei rothe Widderhörner im weißen Felde zuschreibt, zeigt die erwähnte Handschrift zwei nach links schauende goldene Fische im blauen Felde. Doch könnte hier dem Zeichner leicht eine kleine Verwechselung untergelaufen sein, da das Wappen der in der Nähe an der Kinzig gelegenen Stadt Gengenbach einen nach links schauenden Fisch aufweist.

Auf eine andere Fährte über die Heimat des Geschlechtes von Kunzich führt uns Schulte in seinem Aufsatze: „*Ein Minnesinger der Baar*". (Schriften des Vereins für Geschichte und Naturgeschichte der Baar zu Donaueschingen V, 112.) Zunächst wendet er sich in demselben gegen die bis jetzt aufgestellten Behauptungen über den Wohnort des Minnesingers und sucht besonders nachzuweisen, daß das Geschlecht sich keinesfalls nach dem Flusse Kinzig genannt haben könne, da es undenkbar sei, daß aus dem in allen Überlieferungen gleichen Vocal der Stammsilbe *u*, *i* oder *e* hätte werden können. Dieser Behauptung können wir nun nicht völlig beistimmen, da der Fluß Kinzig zu Zeiten auch als Künzig vorkommt; so ist auf S. 144 desselben Bandes der Zeitschrift eine Urkunde vom 6. November 1583 mitgetheilt, in welcher sich Graf Heinrich von Fürstenberg auch *herr zue Haussenn im Künntzgerthall* nennt, wodurch Schultes Ansicht hinfällig wird. Dann aber berichtet dieser weiter, daß es einen Burgstall Künsingen in der Baar, nördlich von Löffingen, westlich von Dittishausen, gegeben habe, und daß er auf einem kleinen vorspringenden Hügel, den die Mauchach umfließt, gelegen habe. Der Ort wird zuerst in dem Todtenbuche der Pfarrkirche zu Löffingen erwähnt; demselben ist ein Zinsverzeichniß aus dem 13. Jhdt. vorgeheftet, in dem es heißt: *Ůlricus de Kiungsiggun 1ß de praedio suo.* Aus dem Todtenbuche geht ferner hervor, daß schon vor dem Jahre 1300 Rudolf von Urach als Seelgeräthe an die Kirche zu Löffingen gab: Hof und Mühle zu Künsingen. Schulte schließt daraus, daß das edle Geschlecht von Künsingen schon sehr früh, vielleicht mit Wachsmuot selbst, ausgestorben sei. — So dankenswerth die Mittheilungen Schultes auch sind, so können sie, was den Minnesinger betrifft, nur den Werth von Hypothesen beanspruchen, denen man einige Beachtung schenken muß; denn so lange uns nur ein einziges Mitglied der in der Baar ansässigen Familie bekannt ist, dessen Lebenszeit sich nicht einmal annähernd festsetzen läßt, so lange uns das Wappen nicht bekannt, welches dieselbe geführt, so lange ist es sehr gewagt, ohne Weiteres den Minnesinger dieser beizuzählen, wie Schulte es gethan. Wir können daher seiner Ansicht nicht nur nicht beitreten, sondern wir gehen sogar noch einen Schritt weiter und sagen: der Minnesinger gehörte nicht der Baar an.

Warum sollen wir uns abmühen, in alten Zinsregistern und Urkunden einen Ort Künzich oder Künsingen in der Baar aufzuspüren, während auf einem verhältnißmäßig sehr kleinen Raume sich noch heutzutage drei Orte dieses Namens finden? Das ist der Fall im Gebiete der alten Grafschaft Luxemburg. Hier treffen wir einen Ort mit Namen Cunsingen, der sich also deckte mit der Schreibung in der Handschrift C, hier finden wir zweimal die Bezeichnung Küntzig, wie sie uns auch die Weingartner Handschrift bietet. Über die erste Ortschaft heißt es im 28. Bande der *Publications de la Section Historique de l'Institut R. D. G. de Luxembourg* auf S. 187: *Cunsingen: Il est question de cette localité dans une charte de 14. avril 1313, par laquelle Henri, seigneur de Beaufort, reconnaît avoir reçu de Baudouin, archevêque de Trèves, cent livres, „pro qua pecunie summa eidem domino archiep. recipienti et stipulanti pro se, successoribus etc. ex nunc redditus nostros sive bona in villis de Hemestal et Cunsingen coadjacentibus, videlicet ex duodecim mansionibus apud Hemestal et sex apud Cunsingen, que tenentur singulis annis .....“ — Le record de justice de Constorf du 13. janvier 1555 art. 13 dit que Cuntzingen ressortissait à la haute justice de Constorf. Ce Cunsingen, autrefois village, est aujourd'hui réduit à une ferme dit Kinseckerhof, commune de Bech.*

Ein Dorf Namens Küntzig liegt ferner im Gebiete des heutigen Deutsch-Lothringen in der Nähe von Diedenhofen; über dasselbe heißt es im 18. Bande der *Publications* S. 209:

Küntzig. Village annexé à la mairie de Diestorf, canton de Metzerwies, autrefois compris dans la Seigneurie de Meilburg. Ce nom nous paraît provenu du nom propre germanique de Cunzo. Mais de même que dans le grand-duché de Luxembourg où se trouve également un Kuntzig, qui est Germain, a été substitué à un nom Gaulois bien plus ancien, ainsi ce Kuntzig grand-ducal a porté dès le 8. siècle le nom de Cuminiacum; il porte encore aujourd'hui celui de Clemency.

Der dritte Ort im heutigen Großherzogthum Luxemburg Namens Küntzig ist das eben genannte Clemency, welches, in der Nähe der französischen Grenze, nordöstlich von Longwy gelegen, amtlich den französischen Namen, im Volke dagegen seinen guten alten deutschen noch heute trägt.

Es wären nun die Fragen zu beantworten: haben nach den Luxemburger Orten edle Geschlechter sich genannt, und wenn dies der Fall, hat dann eins von ihnen Anspruch auf den Minnesinger? Leider liegt das Urkundenmaterial, so weit es die alte Grafschaft Luxemburg betrifft, bis jetzt nur sehr unvollständig vor, und die Historische Gesellschaft des Landes hat ihr Augenmerk fast ausschließlich auf die Geschichte der Hauptstadt und des Moselthals gerichtet, so daß besonders die französische Grenze noch kaum behandelt ist. Die Regesten der Grafen von Luxemburg sind ja ziemlich vollständig herausgegeben, leider aber bieten sie uns gar keine Zeugennamen, aus denen wir doch vor Allem unsere Kunde der kleinen Geschlechter schöpfen müssen, und so können wir denn obige beiden Fragen nur unvollständig, aber dennoch wohl befriedigend beantworten.

Ein Geschlecht, welches sich nach dem Örtchen Künsingen genannt hätte, ist mir bis jetzt nicht bekannt geworden, dagegen existierte eine edle Familie in dem Dorfe Kuntzig bei Diedenhofen, von der einige Mitglieder, besonders im 14. Jhdt., sich in Luxemburgischen und Trierer Urkunden finden; desgleichen wohnte ein adeliges Geschlecht von Küntzig im heutigen Clemency, von dem auch vereinzelte Glieder mir bis jetzt begegnet sind. Nach einer Bemerkung auf S. 236 des 37. Bandes der schon genannten *Publications* hat *Monsieur Blanchard, seigneur de Châtelet* ein *Manuscrit généalogique* der Luxemburgischen Adelsfamilien verfaßt, in dem auf S. 351—358 auch Notizen über die Herren von Clemency gegeben werden; dasselbe befindet sich zur Zeit in der Stadtbibliothek zu Luxemburg. Auf diesbezügliche Anfrage erhielt der Unterzeichnete die Antwort, daß das Buch sich leider in solch' traurigem Zustande befände, daß es nicht nach auswärts verliehen werden könne, ja die Benutzung desselben am Orte selbst dadurch sehr erschwert sei, und so ist es ihm bis jetzt nicht möglich gewesen, den Inhalt kennen zu lernen. Wenn uns daher auch unter den Mitgliedern der Familie von Clemency bis jetzt kein Wachsmuot begegnet ist, so wagen wir dennoch zu behaupten, daß der Minnesinger dieser Familie und somit dem Gebiete des heutigen Großherzogthums Luxemburg angehörte. Das in altfranzösischer Sprache verfaßte Verzeichniß der Ritter, welche den Kaiser Heinrich VII. im Jahre 1312 auf seinem Römerzuge begleiteten, weist auch einen *Mosser Johan de Clamassi* auf, und in diesem erblickt *Mauntz* (*Das Gefolge Kaisers Heinrich VII., Münster i. W. 1849, S. 46*) und, ihm folgend, die Luxemburgischen Forscher, einen Edlen *von Clemency*. Das Wappen desselben beschreibt die Handschrift wie folgt: *Lescu dargant seme de cruesetes de goules a dues saumons de goules* — Schild von Silber, besäet mit rothen Kreuzen und zwei rothen Fischen. — Das gleiche Wappen führt *Cûne von Kuntzich eyn wolgeboren knecht*, welcher im Jahre 1343 dem Abte von Prüm einen Lehensrevers ausstellt und sein Siegel an die Urkunde hängt (Mauntz a. a. O. 46), und ebenso findet sich das Wappen in dem Werke *Blanchards* als das der Familie von Clemency, wodurch jeder Zweifel schwindet, daß es wirklich das der genannten Familie sei. Dieses ist nun das einzige uns bis jetzt bekannte Wappen eines edlen Geschlechtes von Küntzich, welches mit dem des Minnesingers Wachsmuot von Kuntzich in der Handschrift C im Allgemeinen, bis auf die Farben, übereinstimmt, welche uns, wie schon oben gesagt, zwei goldene Fische im blauen Felde überliefert. Somit hat das in Luxemburg ansässige Geschlecht wirklich berechtigte Ansprüche auf den Dichter, und wir würden in ihm einen Sänger zu erblicken haben, der dem äußersten Westen des deutschen Sprachgebietes zuzuzählen wäre.

Gehörte nun der Dichter wirklich der Grafschaft Luxemburg an, so würde seine Stellung in der Handschrift C recht gut dazu passen, da er dem an der Nahe ansässigen Wilhelm von Heinzenberg vorangeht, einem Sänger, der ungefähr der gleichen Gegend angehörte; erstreckte sich doch die alte Grafschaft Luxemburg weit die Saar hinauf bis in den Hochwald und fast zur Nahe. Man könnte nun gegen unsere oben dargelegte Ansicht geltend machen, daß die Gedichte Wachsmuots in der Sprache nichts Mundartliches bieten, doch läßt sich hierfür auch leicht eine Erklärung finden. Nach Heinzel: *Geschichte der niederfränkischen Geschäftssprache* S. 344 sind Erminonische Chatten der Hauptbestandtheil der deutschen Bevölkerung, welche die Sitze der Treverer eingenommen, aber auch Allemannen scheinen sich dort erhalten zu haben, was sich aus manchen Erscheinungen in der Sprache beweisen läßt. Zeigte demnach die im 13. Jhdt. in Luxemburg gesprochene Sprache noch viel eigentlich Oberdeutsches, so konnte es dem Schreiber der Handschrift C nicht schwer fallen, sämmtliche mundartliche Reste aus den Gedichten Wachsmuots zu entfernen und sie im reinen schwäbischen Dialecte wiederzugeben [1]).

Ich bin mir wohl bewußt, daß die angeführten Gründe nicht völlig überzeugend und entscheidend sind für die Heimat des Dichters; Gewißheit können wir erst erhalten, wenn der Minnesinger selbst in Luxemburgischen Urkunden nachgewiesen ist. Aber die Ähnlichkeit der Wappen ist doch so groß, daß Luxemburg immer mit weit mehr Recht den Sänger für sich in Anspruch nehmen darf als die Baar, welcher Schulte den Dichter zugesprochen hatte.

METZ, September 1891. **FR. GRIMME.**

VORNAMENLOSE MINNESINGER.

1. Goeli.

In der Germania XXXV, 309 haben wir die Gründe dargelegt, aus welchen wir den Vogt Goeli zu Freiburg für den Minnesinger gleichen Namens halten. Es erübrigt uns noch, die Urkunden näher anzuführen, in denen er auftritt oder doch erwähnt wird.

---

[1]) Diese sprachliche Erörterung scheint mir weder richtig noch nothwendig.
O. B.

1. Als Graf Egeno III. von Freiburg den Johannitern daselbst den Wald im Gründlinger Banne um 26 Mark Silbers verkauft am 9. Juni 1273 zu Freiburg, ist als Zeuge dabei zugegen: „*Golinus advocatus noster.*" (Mone, Zeitschrift 9, 455.)

2. Der gleiche Vogt Goeli ist Zeuge zu Freiburg am 27. August 1280, als Landgraf Johann im Elsaß und Herr zu Werd sich mit dem Grafen Egeno von Freiburg gegen den König Rudolf auf fünf Jahre verbindet. (ib. 9, 473.)

3. Zu Freiburg verkauft Graf Egeno am 17. Juni 1283 sein Schloß Alpenach mit Zugehör an das Johanniterhaus zu Freiburg um 60 Mark Silbers und läßt die darüber aufgenommene Urkunde u. A. auch unterzeichnen von *Goelinus advocatus comitis.* (ib. 10, 104.)

4. Markgraf Heinrich von Hachberg verkauft mit Zustimmung seiner Gemahlin und sämmtlicher Kinder dem Kloster Thennenbach 5 Mark jährlicher Zinsen von seinen Besitzungen in Dorf und Bann Malterdingen um 60 Mark. Hachberg 29. August 1285. Unter den Zeugen der Urkunde findet sich auch *Goelinus, advocatus de Friburg .... cives in Friburg.* (ib. 10, 114.)

5. Am 14. Mai 1286 stellt Vogt *Goeli* selbst eine Urkunde zu Freiburg aus über die Verzichtleistung des Conrad Berger aus Basel auf alle seine Ansprüche an das Kloster Thennenbach wegen eines Hofes zu Theningen. (ib. 10, 229.)

6. *Goeli der voget* ist Zeuge zu Freiburg am 13. Jänner 1289, als der Dompropst Conrad von Constanz seinem Bruder, dem Grafen Egen von Freiburg, die Pfarrkirchen zu Freiburg, Müllheim und Baden verkauft auf fünf Jahre mit dem Rechte, dieselben mit Priestern zu besetzen. (ib. 10, 233.)

Der Hof, welchen der Vogt in der Au zu Freiburg bewohnte, hieß nach ihm der *Göllinshof.* Er scheint ein Lehen der Grafen gewesen zu sein, wenigstens befindet er sich später in deren Besitze.

7. Am 31. März 1316 tritt Graf Egen von Freiburg seinem Sohne Conrad die Herrschaft Freiburg sammt allem Zugehör ab, behält sich aber einige Besitzungen auf Lebenszeit vor, darunter den „*hof den man sprichet voget Göllinshof*". (ib. 12, 232.)

8. Am 30. Juni 1330 gestattet dann Graf Conrad von Freiburg seinem Sohne Friedrich, die obere oder untere Burg in Freiburg mit seiner Familie zu bewohnen oder den *Goelinshof in der Au zu Freiburg*; was aber in denselben Hof gehört, sollen sie gemeinsam genießen. (ib. 13, 95.)

2. Der Dürner.

Der uns nur unter dem Namen „*der Dürner*“ überlieferte Minnesinger, dessen einziges erhaltenes Lied es bedauern läßt, daß nicht mehrere seiner Poesien auf uns gekommen sind, gehörte unzweifelhaft einem adeligen Geschlechte an, da er auf dem Gemälde der Handschrift C einerseits im ritterlichen Kampfe dargestellt ist, andererseits die Abzeichen der Edlen: Wappen, Helm und Zimier führt. Das Wappen des Dichters ist ein sogenanntes sprechendes, da es nach dem Namen einen Kirchthurm mit Glocken zeigt, welcher durch einen Wetterhahn gekrönt ist.

Die Sprache seines Gedichtes erlaubt es, den Dichter als Süddeutschen zu betrachten, und hier am Oberrhein und in Schwaben lassen sich wirklich adelige Familien seines Namens nachweisen. Vorerst ist das reiche und angesehene Geschlecht der Turner in Freiburg i. Br. zu erwähnen, und *Bartsch* (*Deutsche Liederdichter S. LXXIII*) ist wohl geneigt, den Dichter als ein Mitglied dieses zu betrachten. Es besaß ein schönes Schloß in Wiehre, der heutigen südlichen Vorstadt Freiburgs, doch hielten sich die Vertreter des Geschlechtes meistens in letzterer Stadt auf, wo sie zu den einflußreichsten Männern zählten und häufig städtische Ehrenämter bekleideten; so treffen wir sie im Rathe der Stadt, ja sogar das Amt des Bürgermeisters haben sie zu Zeiten innegehabt. Seit dem Jahre 1278 können wir die Geschichte der Familie verfolgen, und das älteste uns bekannte Mitglied ist *Burcard der alte Turner,* welcher bis zum Jahre 1303 zehnmal in Urkunden erscheint, soviel ich habe ermitteln können. Er muß sehr reich gewesen sein, da er am 29. Jänner 1293 vom Grafen Albrecht von Hohenberg die Herrschaft Wisneck im zarten Thale bei Freiburg, die Vogtei über das Kloster St. Märgen auf dem Schwarzwalde u. A. für 1020 Mark Silbers kaufen konnte. (Monument. Hohenberg. $\frac{106}{135}$.) Seine Kinder waren höchst wahrscheinlich *Rudolf I., Johann I.* und *Margaretha,* von denen der erstere sich in den Jahren 1291 bis 1313 nachweisen läßt. Am 11. September 1316 war er sicher schon gestorben, da an diesem Tage „*Margaretha, hern Ruodolfes des Turners seligen elichiu wirtinne, ein burgerin ze Friburg*“, das Regelhaus daselbst gründete und fundierte, „*zwelf armen swesteran iemer me darinne ze belibende.* (Schreiber, Urkb. v. Freiburg I, $\frac{217}{101}$.) Johann I. erscheint nur im Jahre 1305, Margaretha, „*die Turnerinne, mines vorgenannten wirtes seligen swester*“, in der oben erwähnten Urkunde. Etwas später lebten dann *Rudolf II.,* welcher von 1322—1335 in Urkunden sich findet, und *Johann II.,* dessen in den Jahren 1329 bis

1337 Erwähnung geschieht. Wieder einer jüngeren Generation gehören an *Heinrich* (1363—1370), *Hanman* (1370—1395) und *Aberly* (1395), während *Rudolf III.* im Jahre 1406 als das letzte Mitglied der Familie mir in Urkunden begegnet ist. Ob der Bürger *Onuphrius Turner*, der in einer Urkunde des Ritters *Rudolf Turner* am 27. December 1312 (Mone, Zs. 12, 87) erwähnt wird, zu dem genannten Geschlechte gehört, oder ob er dem Bügerstande beizuzählen ist, wage ich nicht zu entscheiden.

Gehört nun der Minnesinger Dürner wirklich der Familie Turner in Freiburg an? Ich möchte es bezweifeln. Zwar blühte gerade gegen das Ende des 13. Jahrhunderts, als die ersten Turner in der Geschichte auftreten, in der alten reichen Stadt Freiburg der Minnegesang in hohem Maße (ich erinnere nur an Walter von Breisach, Goeli u. A.), und es wäre daher nicht zu verwundern, daß auch ein Glied der Turner Anregung zum Dichten bekommen hätte, doch scheint mir Verschiedenes dagegen zu sprechen, daß der Dürner jener Familie angehört habe. Was zunächst den Namen betrifft, so möchte ich bemerken, daß, wenngleich *Turner* und *Dürner* auch auf denselben Namen zurückgehen, ja sozusagen das gleiche Wort sind, niemals der Name der genannten Freiburger Familie in der Form *Dürner* sich zeigt; ja nicht einmal das noch näherliegende *Durner* läßt sich nachweisen. Da nun Freiburg doch noch zu den Städten gerechnet werden muß, welche nicht allzuweit von dem Entstehungsorte der früheren Pariser Handschrift entfernt sind, da außerdem die Familie Turner ein auch über das Weichbild Freiburgs hinaus bekanntes und angesehenes Geschlecht war, so hätte der Verfasser der Handschrift doch wohl kaum eine Schreibung des Namens wählen können, wie sie sich bei der Familie Turner niemals findet. Vielmehr müssen wir annehmen, daß Ersterer über die Sänger am Oberrhein recht gut unterrichtet war, daß, wenn er seinem Dichter den Namen *Dürner* beilegte, dieser auch wirklich den genannten Namen führte, und somit wären die Turner für den Minnesinger nicht weiter in Betracht zu ziehen.

Aber noch mehr: wohl kann man zu Gunsten der Letzteren anführen, daß sie wie der Dichter einen Thurm im Wappen haben. Doch welch' großer Unterschied besteht zwischen beiden! Während der Minnesinger einen Kirchthurm mit Glocke und Wetterhahn sowohl im Schilde als auch als Zimier trägt, zeigt das Wappen der Turner, welches verschiedentlich an Urkunden erhalten ist, eine zinnengekrönte Stadtmauer, aus der sich ein Befestigungsthurm ebenfalls mit Zinnen erhebt. Das Siegel des Rudolf Turner an der Urkunde vom 27. December 1312 hat außerdem noch zu beiden Seiten des Thurmes über den Mauern einen auswärts gekehrten Hundskopf mit ausgereckter Zunge — wahrlich eine größere Verschiedenheit bei sprechenden Wappen kann es kaum geben. Lebte der Dichter Dürner wirklich in der Gegend des Oberrheins, so mußte der Schreiber der Handschrift C über ihn unterrichtet sein, er kannte demnach auch sein Wappen; und da uns nun das Gemälde ein von dem der Familie Turner völlig verschiedenes zeigt, so können wir mit Sicherheit behaupten, daß der Minnesinger nicht als Mitglied derselben anzusehen ist.

Gehörte nun auch der Dichter *Dürner* nicht der Reichsstadt Freiburg selbst an, so haben wir ihn doch in der Nähe dieses Ortes zu suchen. Noch ehe die Familie Turner in der Geschichte auftritt, begegnen uns schon Glieder des Geschlechtes, als dessen Angehörigen wir den Dichter zu betrachten haben. Als nämlich Abt Conrad und sein Convent zu Weingarten den Verkauf zweier Höfe zu Tafertsweiler durch ihren Eigenmann, den Maier von Altdorf, an das Kloster Salem genehmigen, unterschreibt die darüber aufgenommene Urkunde zu Weingarten im Jahre 1246 als Zeuge auch *Bertoldus Durnarius.* (Wirtemberg. Urkb. 4, $\frac{119}{1060}$. Mone, Zs. 35, 267.) Dreißig Jahre später treffen wir dann in unmittelbarer Nähe Freiburgs, in dem im badischen Oberrheinkreise $1^1/_2$ Meilen WSW. von jener Stadt gelegenen Pfarrdorfe Mengen Mitglieder der Familie Dürner. Am 21. Mai 1278 bestätigen daselbst die Brüder Burcard, Ebo und Rüdiger von Rosna als Vögte der betreffenden Verkäufer den Verkauf von Gütern zu Lausheim durch die Brüder Conrad und Heinrich Linder und deren Schwester Diemut an das Kloster Salem mit Zustimmung des *Ulricus dictus Dürner nec non Ulrici et Hartmût filiorum ipsius et Judinthe, sororis ipsius Ulrici.* (Mone, Zs. 38, 74, Codex Salemitanus II, $\frac{204}{587}$.) Unter den Zeugen dieser Urkunde steht ebenfalls *Ulricus dictus Durner* aufgeführt. Wahrscheinlich ist der an obiger Stelle erwähnte *Hartmût* identisch mit dem auch weiterhin sich findenden *Hartman. Ulrich I.* begegnet uns in Urkunden nicht mehr, und im Jahre 1285 war er sicher schon verstorben. Im genannten Jahre nämlich, am 7. Januar, übergibt zu Markdorf Werner von Raderey, genannt Geifting, dem Kloster Salem für eine Mark Silbers sein Eigenthumsrecht an den Besitzungen des Hofes in Enzkofen, genannt Gotfritzhof de Braemen, welche die Brüder *Hartmann und Ulrich, Söhne des verstorbenen Ulrich, genannt Durnaerz, Bürger zu*

Mengen, von ihm bisher als Lehen besaßen. (Cod. Salem. 2, $\frac{305}{682}$.) Die gleichen Brüder, *Hartmannus et Ulricus dicti Durnaer, cives in Maengen*, sind zu Salem am 16. August 1288 Zeugen, als Graf Mangold von Nellenburg beurkundet, daß Heinrich von Magenbuch Güter in Arnoldsberg, mit welchen dieser von ihm, er selbst vom König Rudolf belehnt war, mit seiner Zustimmung an das Kloster Heggbach verkauft habe. (Mone, Zs. 39, 29, Cod. Salem 2, $\frac{349}{732}$.) Dann ist noch eine Urkunde aus Mengen vom 20. April 1295 zu erwähnen, in welcher Berthold von Eberhardsweiler seine Güter und eine Mühle zu Knezenweiler dem Kloster Salem verkauft; auch in dieser erscheint *Ulricus dictus Dyrner* unter den Zeugen. (Mone, Zs. 39, 267, Codex Salem. 2, $\frac{487}{906}$).

Wenn wir Berthold Durnarius mitrechnen dürfen zu der letzterwähnten Familie, so würde der Stammbaum, soweit er sich verfolgen läßt, etwa folgendermaßen sich gestalten:

Berthold
1246

Ulrich I. 1278 — Judintha 1278

(Kinder Ulrichs I.:) Ulrich II. 1278—1295 — Hartmann (Hartmût) 1278—1288

Fragen wir nun, welche der angeführten Personen wohl der Dichter sei, so werden wir schwerlich uns für Berthold entscheiden können; denn der Minnesinger gehört unzweifelhaft frühestens dem Ausgange des 13. Jahrhunderts an, da er in der Handschrift von jüngerer Hand nachgetragen ist. Es bleiben uns somit noch drei Personen, unter denen jedoch keine Entscheidung getroffen werden kann; wir nehmen aber keinen Anstand, eine dieser für den Dichter *Dürner* zu erklären.

3. Der Püller.

Wenngleich zahlreiche Träger des Namens Püller in Baiern und Österreich sich nachweisen lassen (die Freisingen'schen Urbarien bieten besonders reiche Belege), so kann der Minnesinger doch unter diesen nicht gesucht werden; denn die Andeutungen in seinen Gedichten weisen ihn dem Elsaß zu, und da hat denn zuerst Franck in der Germania XXV die richtige Fährte gezeigt, welche wir weiter zu verfolgen haben. Er sieht den Minnesinger in dem Ritter *Conrad von Hohenburg*, der nach ihm seit dem Jahre 1276 den Beinamen *Püller* trägt. Die Stammburg des Geschlechtes ist die jetzt in Trümmern daliegende Feste Hohenburg im Unterelsaß, ungefähr zwei Stunden von Weißenburg entfernt, welche im Jahre 1523 durch Pfalzgraf Ludwig, den Kurfürsten von Trier und den Landgrafen von Hessen auf Mittwoch *post vocem lucinditatis* zwischen 3—4 Uhr Nachmittags angezündet und zerstört wurde. (*Hertzog, Elsaßische Chronik III, 58.*) Der oben genannte Ritter soll, wie Franck angibt, wegen seiner mannhaften Heldenthaten von dem ihm schon früher befreundeten König Rudolf den Beinamen *Püller* erhalten haben, welchen dann seine Nachkommen Jahrhunderte lang als Ehrennamen fortführten.

Ich muß gestehen, daß mir diese letzte Hypothese Francks nicht recht glaublich erscheint; denn daß sie nur eine solche ist, deutet er selbst an, indem er keine Belegstelle für seine Behauptung beibringt, ferner auch dadurch, daß er das Wörtchen „*scheint*" gebraucht. Welch' ehrende Bezeichnung in dem Ausdrucke *Püller* liegen soll, ist mir unverständlich, mag nun der Name mit Apulien in Verbindung gebracht werden, mag er identisch sein mit *bullaere,* d. h. Jemand, der Bullen, Siegel macht, mag er mit *bellen* zusammenhängen, oder endlich gar gleich sein mit *vüller* = Schwelger, immerhin ist er kein solcher, daß ein König ihn zur ehrenden Belohnung verleihe, es sei denn, daß *Püller* gleich *buggeler,* dem lateinischen *armiger,* sein soll, welch' letzteren Titel Mitglieder des Geschlechtes in späteren Jahrhunderten führen. — Auch von den großen Heldenthaten Conrads von Hohenburg ist uns bis jetzt nichts bekannt, wenn man nicht etwa die Abfassung einiger Liebeslieder darunter versteht. Überhaupt scheint mir dies Alles nur erfunden zu sein, um eine Erklärung dafür zu geben, daß Conrad im Jahre 1262, wo er uns zuerst begegnet, den Beinamen *Püller* nicht führt, während er, wie Franck angibt, im Jahre 1276 mit demselben erscheint. Wie wäre es aber nun, wenn sich schon früher der Name *Püller* im Elsaß nachweisen ließe, sogar schon vor der Mitte des 13. Jahrhunderts, um welche Zeit Franck das Dynastengeschlecht zuerst urkundlich auftreten läßt? Wo bliebe dann die ehrende Bezeichnung dieses Titels, wo die Verleihung durch Rudolf von Habsburg der mannhaften Heldenthaten wegen? Und wenn Franck behauptet, daß Conrad seit dem Jahre 1276, also von der Zeit an, wo Rudolf eben seinen Kriegszug begonnen, den Beinamen *Püller* führt, wo soll er da Gelegenheit gehabt haben, sich rühmlich auszuzeichnen? Große Heldenthaten konnte er doch erst wohl in der Folgezeit ausführen, im Verlaufe des für Rudolf glücklichen Krieges.

Ich kann nun den Namen *Puller,* soweit er das Elsaß angeht, schon zum Jahre 1236 nachweisen. Um diese Zeit wollte Kaiser Friedrich II., wie *Godofridus Coloniensis* berichtet, gegen die rebellischen Lombarden einen neuen Kriegszug unternehmen, und er schickte deshalb 500 Mann mensurnis stipendiis conductos ab, welchen er den edlen und kriegskundigen Ritter *Geveardum de Harnesten* zum Anführer gab, damit er bei Verona das folgende Heer des Kaisers erwarte Zu dieser Notiz fügen nun die Straßburger Annalen als Ergänzung hinzu: *Deinde praemisit imperator exercitum in Lombardiam circa festum Philippi et Pauli (1. Mai) ad confortandos suos fautores, quibus praefecit Gotfriedum dictum Pullaere.* (*Huillard-Bréholles, historia diplomatica Friderici II. IV. 838*).

So wie ich die Stelle auffasse, kann unter diesem *Gotfried Püller* kaum ein Italiener verstanden werden, welcher in der Lombardei an der Spitze der kaiserlichen Getreuen stand, sondern nur ein Deutscher, welcher der Anführer des Heeres war und bei seiner Ankunft in Italien ebenfalls auf des Kaisers Befehl die dortigen Anhänger unter seiner Führung vereinigte. Dazu kommt noch als gewichtiger Grund, daß gerade die Straßburger Annalen diese Notiz bringen, gleichsam als hätten sie ein besonderes Interesse daran, den Namen ihres berühmten Landsmannes der Nachwelt zu überliefern, während sonst dieser Anführer nicht weiter bekannt ist. Ich sehe also in dem genannten Gotfried Püller einen Deutschen, einen Elsäßer, einen Vorfahren des von Franck für den Minnesinger gehaltenen Conrad von Hohenburg — denn daß die Bezeichnung *Puliaere* nicht der eigentliche gewöhnliche Geschlechtsname des Feldherrn war, geht aus dem „*dictus*" hervor, und er kann demnach recht gut aus dem Geschlechte von Hohenburg gewesen sein. Ist aber dies der Fall, so ist der Franck'schen Hypothese, daß König Rudolf diesen Ehrentitel *Püller* verliehen habe, jeglicher Boden entzogen, und sie kann auf Glaubwürdigkeit keinen Anspruch mehr machen.

Aber gehörte denn der Minnesinger wirklich den Herren von Hohenburg an? Für diese Frage kann uns einzig das Wappen Auskunft geben, und auf dieses uns stützend, müssen wir dieselbe bejahen. Die frühere Pariser Handschrift legt dem Dichter einen langgetheilten Schild bei, dessen rechte Hälfte golden, die linke blau ist. (HMS IV, 411.) Hertzog, Elsaßische Chronik VI, 176 berichtet über das Wappen: „*Die von Hohenburg haben geführt einen getheilten Schild, der forder theil gelb, der hindertheil blaw, darinnen ein gelber Stern, uff dem Helm ein gelb Jägerhorn, daruff ein Pfawen schwantz, Helm-*

deck blaw unnd gelb." Die altfranzösische Aufzeichnung des Gefolges Kaiser Heinrichs VII. auf seinem Römerzuge im Jahre 1313 beschreibt das Wappen der Hohenburger, wie folgt: *Lescu parti dor et dazour a une mollete dor en lazour.* (*Mauntz, das Gefolge Kaiser Heinrichs VII., S. 58.*)

Alle drei Beschreibungen stimmen in der Theilung und Farbe des Schildes und Wappens überein; mag dem Gemälde in der Handschrift C auch das kleine Sternchen oder Rädchen fehlen, die Verschiedenheit ist nicht so groß, um zwei völlig getrennte Wappen und Familien annehmen zu müssen, vielmehr können wir aus der fast völligen Übereinstimmung der Wappen mit Sicherheit schließen, daß wirklich der Minnesinger Püller den Edlen von Hohenburg angehörte. Späterhin legen überhaupt die Mitglieder dieses Geschlechtes sehr häufig den eigentlichen Geschlechtsnamen ab und nennen sich kurzweg Püller; ein Zweifel an der Zugehörigkeit dieser zu den Hohenburgern kann aber gar nicht laut werden, da hier wiederum uns das Wappen zu Hilfe kommt. Es ist uns dies nämlich an einer Urkunde der Ritter *Johann und Eberhart Püller* vom 27. Februar 1331 erhalten. Nach gütiger Mittheilung des Herrn Stadtarchivars Brucker in Straßburg ist das Wappen Johanns langgetheilt, und in der rechten Ecke befindet sich oben ein sechsstrahliger Stern, während die linke Hälfte gegittert ist. Die Legende lautet: *S. Johannis ....ller milit....* Das Wappen *Eberhards* ist das gleiche, nur wird es von einem Topfhelm gehalten, als dessen Zimier ein Jagdhorn erscheint. Aus der hier gegebenen Beschreibung geht als unzweifelhaft hervor, daß die späterhin einfach als Püller sich findenden Ritter Mitglieder der Edlen von Hohenburg und demnach mit dem Minnesinger *Püller* eines Geschlechtes waren.

Die *Püller von Hohenburg* sind nun ein niederelsäßisches Adelsgeschlecht, und wie *Mauntz* a. a. O. berichtet, ein Zweig des Hauses Fleckenstein, mit welchem sie in ungetheilter Gemeinschaft in der Stadt Sulz, südlich von Weißenburg, und den zugehörigen Orten saßen als Lehensleute der Kölnischen Kirche. Im Jahre 1266 wurden sie Hausgenossen zu Straßburg. Die urkundlichen Nachrichten über die Familie von Hohenburg fließen so äußerst spärlich, daß es uns unmöglich ist, sie genau in ihren Generationen zu verfolgen, vielmehr sind uns nur einige Namen bekannt. Ob *Siegmund von Hohenburg,* der nach Hertzog im Jahre 1042 in dem Turniere zu Halle an der Saale anwesend war, unserem Geschlechte angehörte, ist mehr als zweifelhaft, und die erste ihm bestimmt beizuzählende Person ist, abgesehen von dem oben genannten Pullaere, Conrad der Minnesinger, über den Franck schon das Nähere mitgetheilt hat. Wie Letzterer bemerkt, soll der Dichter um das Jahr 1301 aus den Urkunden verschwinden, doch berichtet Hertzog, dessen Angaben ich aber leider nicht controllieren kann, daß er noch im Jahre 1310 gelebt habe. Wie dem aber auch sei, die Lebenszeit des Sängers fällt in die zweite Hälfte des 13. Jahrhunderts, und seine Lieder ließ er besonders in den Jahren 1270—1280 erklingen. Er hatte drei Söhne, Conrad, Johann und Ludwig, von denen der Letztere wiederum drei Söhne zeugte: Johann, Conrad und Weyrich. Über sie gibt das Urkundenbuch der Stadt Straßburg im 2. und 3. Bande verschiedene Nachrichten, während für das 15. Jahrhundert besonders Hertzog mehrere Notizen bietet.

4. Der Schenk von Limburg.

Die Schenken von Limburg, über deren Abstammung und Verwandtschaft bei *Staelin, Wirtembergische Geschichte 2, 602 ff.* nähere Nachrichten gegeben werden, gehörten dem alten Herzogthum Franken an und hatten ihren Stammsitz bei Hall am Kocher. Von den Mitgliedern begegnen uns im 13. Jahrhundert weitaus am häufigsten der ältere und jüngere Walter, welche zu den treuesten Anhängern der Hohenstaufen zählten; brachte doch dem jüngeren seine Anhänglichkeit späterhin große Verlegenheiten (cf. HMS IV, 129). Er hatte noch einen Bruder, welcher den Namen *Conrad* trug, und in diesem will man den Minnesinger erblicken, den uns die Handschriften leider ohne Vornamen überliefert haben. Er kommt im Gegensatze zu seinem älteren Bruder äußerst selten in Urkunden vor; nach den mir zu Gebote stehenden Zeugnissen läßt er sich in den Jahren 1256—1268 nachweisen, und zwar tritt er uns neunmal in Urkunden entgegen, von denen schon verschiedene bei *v. d. Hagen* (HMS IV, 126 ff.) und *Bartsch, Deutsche Liederdichter LIV* erwähnt wurden. Ich werde mich daher hier darauf beschränken, nur einige Ergänzungen zu geben.

Die erste Nennung Conrads geschieht, soviel mir bekannt geworden, in einer Urkunde des Papstes *Alexander IV.* vom 22. Juni 1256, betreffend das Vogteirecht des Klosters Camberg, von dem *Walter von Limburg miles und sein Bruder Conrad* behaupten, sie hätten es als Pfand von dem König Conrad IV. erhalten. (Staelin 2, 605.) Als zu Kaisersberg am 21. December 1261 *Gerungus miles de Eringen* den Brüdern des Klosters daselbst ein Landgut in Eringen vermacht, mit welchem er von dem Grafen von Öttingen belehnt war, bezeugt die darüber ausgefertigte Urkunde auch *Conradus dapifer* (!) *de Limpurch* (Lang, reg. Boica III, 175). Sicher ist unter dem Genannten auch der Schenk Conrad zu verstehen, wenngleich er hier als Truchseß aufgeführt wird, doch ist von diesem letzten Amte in der Familie der Edlen von Limburg bis jetzt nichts bekannt, und es wird wohl zweifellos ein Versehen anzunehmen sein.

In den folgenden Jahren treffen wir Conrad als treuen Anhänger der Staufer in der Umgebung des unglücklichen Conradin, dem er bis zu seinem traurigen frühen Tode anhing und in dessen Heere er die Alpen überschritt, um dem muthigen Jüngling das Erbe seiner Väter zurückzuerobern. Von welchem Jahre an Conrad in der Umgebung des Herzogs von Schwaben war, ist nicht ganz sicher, vielleicht dürfen wir seine Anwesenheit am Hofe bereits in das Jahr 1265 setzen, wenn wir ihn nämlich mit dem *Conrad von Lupurch* identificieren, welcher am 17. Juli zu Lengenvelt unter den Zeugen ist, als Conradin mit Einwilligung seines Vormundes den Burggrafen Fr. von Nürnberg wegen seiner Verdienste mit der Vogtei in Steinach belehnt. (*Böhmer, reg. imp. V,* $\frac{889}{4800}$.) Während des italienischen Feldzuges treffen wir Conrad dann mit Sicherheit in der Umgebung Conradins, so am 27. December 1267 zu Verona, an welchem Tage er zwei Urkunden des Herzogs bezeugt, zunächst die schon bekannte, durch welche Jener, als er in großer Geldnoth war, seinem Oheim, dem Pfalzgrafen Ludwig, für 1500 Mark die Stadt *Schongau,* das Dorf *Moringen* und den ganzen *Hybisch* verpfändete. (*Böhmer V,* $\frac{899}{4843}$.) Weiterhin bezeugt er desselben Tages am gleichen Orte die Verpfändung der Burgen *Pitengau* und *Ammergau* um 500 Mark Silbers von Seiten Conradins an seinen besonderen Freund, den Grafen Meinhard von Görz und Tirol. (ib. $\frac{899}{4844}$.) Noch im Januar des Jahres 1268 hält sich Schenk Conrad von Limburg in Verona auf und ist am 7. desselben Monats anwesend, als die Brüder Conrad und Werner von Sternenfeld bekunden, daß sie, *cum magna nobis in Verona necessitas incumberet,* für die Baarzahlung von 4 Mark Silbers die ihnen vom Herzog Otto von Baiern in Waldorf bei Heidelberg verpfändeten Güter dem Herzog Ludwig von Baiern resigniert haben. (ib. $\frac{899}{4845}$.) Am 14. Juni 1268 ist Conrad von Limburg mit Conradin in Pisa und bezeugt hier den schon bekannten Schutzbrief desselben für die genannte Stadt. (ib. $\frac{904}{4854}$.) Weiteres ist uns über das Leben des Minnesingers nicht bekannt, doch steht es wohl außer Zweifel, daß er an der am 23. August 1268 stattgehabten Unglücksschlacht bei Tagliacozzo, welche Conradin Thron und Leben kostete, Theil genommen.

Wohl hatte ein großer Theil des deutschen Heeres den letzten Hohenstaufen schon früher verlassen, weil er sich in Geldnoth befand und den fälligen Sold nicht bezahlen konnte, doch war dies schon während des Winteraufenthaltes in Verona geschehen; da aber der Schenk Conrad noch im Juni sich beim Herzog befindet, so ist es völlig sicher, daß er ihm auch bis zur Unglücksschlacht treu geblieben, was sich übrigens von einem Mitgliede der Schenken von Limburg, welche seit langer Zeit eifrige Anhänger der Staufer gewesen, sozusagen von selbst versteht. Vielleicht mag Conrad in der Schlacht gefallen sein und so sein Grab in fremder Erde gefunden haben, soviel aber ist sicher, daß nach dem Jahre 1268 jegliche Nachricht über ihn fehlt. Wie es sich mit der von *v. d. Hagen IV, 128, A. 2* erwähnten Öttinger Urkunde vom Jahre 1275 verhält, in der ein *Conradus dapifer* (!) *de Lintpurg* vorkommen soll (Lang, reg. boic. III, 459), kann ich nicht näher angeben, da mir das betreffende Buch nicht mehr zur Verfügung steht; vorläufig aber möchte ich in v. d. Hagens Angabe berechtigte Zweifel setzen, da seine leider sehr unvollständigen Mittheilungen sich gänzlich mit dem Inhalte der schon erwähnten Urkunde aus dem Jahre 1261 decken. Unbekannt ist uns auch, ob der Sänger verheiratet gewesen und Kinder hinterlassen habe. Jedenfalls war er noch nicht bei Jahren, als der Tod ihn ereilte, was daraus hervorgeht, daß er nur für den kleinen Zeitraum von zwölf Jahren uns in Urkunden begegnet; ferner starb sein älterer Bruder Walter erst in den achtziger Jahren des 13. Jahrhunderts, während der Tod seines Vaters um das Jahr 1250 anzusetzen ist — was Alles auf kein bedeutendes Alter Conrads schließen läßt. Er mag demnach frühestens im dritten Jahrzehnt des 13. Jhdts. geboren sein.

Eine Aufzählung der Limburg'schen Besitzungen finden wir bei Staelin 2, 602; was speciell das Eigenthum Conrads angeht, so erfahren wir aus der Urkunde vom Februar 1263, daß ihm der Kirchensatz in Flein gehörte. (ib. 605.)

5. von Stamheim.

In welcher Gegend Süddeutschlands die Heimat des ohne Vornamen uns überkommenen Minnesingers von Stamheim zu suchen sei, ist noch nicht festgestellt, und die Ansichten der Forscher schwanken sehr bedeutend. Während *v. d. Hagen* und *Barack* sich für Stamheim im schweizerischen Thurgau erklären, denkt *Staelin* an den Ort gleichen Namens bei Ludwigsburg, und wieder Andere wollten ihn im württembergischen Schwarzwaldkreise suchen. Es ist ja schwer, hier eine sichere Entscheidung zu treffen, da wir den Vornamen des Dichters nicht kennen, und Orte Namens *Stamheim* besonders im Süden Deutschlands nicht gerade selten sind. Was aber zunächst *Stamheim* im Thurgau betrifft, so kann ich mich der Ansicht v. d. Hagens nicht anschließen; auch Bartsch hat sich von der Richtigkeit dieser nicht überzeugen können und daher den Dichter in seine Sammlung der Schweizer Minnesinger nicht aufgenommen. Zwar treffen wir häufig das Rechte, wenn wir bei Dichtern der Handschrift C auf Schweizer Heimat schließen, im Falle daß mehrere Orte gleichen Namens in Frage kommen. Bei dem obengenannten Sänger stehen aber einige schwere Bedenken im Wege. Zunächst haben wir seine Stellung in der Handschrift zu berücksichtigen. Er steht zwischen *Brunwart von Augheim,* welcher dem heutigen Baden angehört, und *Goeli,* dessen Wohnsitz, wie ich früher nachgewiesen, in und um Freiburg i. Br. zu suchen ist. Gehören die beiden Dichter auch der unmittelbaren Nähe der Schweiz an, so müßte es uns doch auffallen, daß der Herr *von Stamheim* zwischen ihnen seinen Platz gefunden und nicht unter der großen Zahl der Schweizer Dichter selbst. Der Grund, daß sein Gedicht Ähnlichkeit mit denen *Goelis* habe und daher hier seine Stelle gefunden, ist für *Stamheim* wenigstens nichtssagend, da er jenem vorangeht und deshalb wohl früher in der Handschrift aufgezeichnet wurde als Goeli. Die Stellung des Dichters kann also nicht für die Schweiz als Heimat desselben sprechen. Aber noch mehr zu Ungunsten der Schweiz fällt das Wappen in die Wagschale, welches die Handschrift dem Sänger beilegt, und das völlig verschieden ist von dem des Thurgauer Geschlechtes. Während dieses im Anklang an den Namen zwei Baumstämme, einen belaubten und einen dürren aufweist (HMS IV, 418), führt der Dichter im goldenen Felde einen Raubvogel, wohl einen Sperber. Da nun das thurgauische Stamheim nur wenige Stunden von Zürich, dem wahrscheinlichen Entstehungsorte der Handschrift C, entfernt ist, so müßte dem Maler derselben ein kaum zu entschuldigendes Versehen untergelaufen sein, wenn er dem Dichter ein Wappen beilegte, wie es die Edlen im Thurgau nicht im entferntesten führten. Dies ist jedoch nicht anzunehmen, vielmehr scheint der Verfertiger der Handschrift über den Sänger sogar sehr gut unterrichtet gewesen zu sein, wenn er, trotzdem in seiner Nähe eine Familie *von Stamheim* ansäßig war, diesem ein von jener ganz verschiedenes Wappen beilegte. Er zeigte damit deutlich an, daß der Dichter mit der ihm wohlbekannten Familie in durchaus keinem verwandtschaftlichen Verhältnisse stand, sondern einem völlig anderen Geschlechte angehörte.

Ich glaube, daß wir auf die Verschiedenheit der Wappen hier das größte Gewicht zu legen haben und nicht so leichten Sinnes darüber weggehen dürfen, wie *v. d. Hagen* es gethan, und deshalb ist, wenigstens nach meiner Meinung, die Verlegung der Heimat *Stamheims* in den Thurgau einfach unmöglich.

Nach diesem negativen Resultate ist ein positives sehr leicht. Schon die Stellung des Dichters in der Handschrift führt uns nach *Schwaben* im weitesten Sinne, also in die Gegend des Rheins und des Schwarzwaldes. Weiterhin aber zeigt das Wappen der schwäbischen Edlen von Stamheim den auch bei dem Dichter sich findenden Raubvogel, mag dieser nun auch hier oben weiß, unten roth sein und im schwarzgetheilten, oben rothen, unten weißen Felde stehen. Diese Verschiedenheit der Farben ist nicht so groß, um zu tiefergehenden Zweifeln Anlaß zu geben, vielmehr glauben wir mit Bestimmtheit, daß der Minnesinger diesen schwäbischen Edlen beizuzählen sei, womit auch sehr gut übereinstimmt, daß besonders in Schwaben die Weisen Nitharts am meisten Nachahmung gefunden haben, so gerade bei *Stamheim*. Der Einwand *v. d. Hagens*, daß von den schwäbischen Edlen von *Stamheim* nur erst spätere Vertreter bekannt seien (er führt einen solchen aus dem Jahre 1392 an), ist völlig hinfällig, da uns bereits im 12. Jahrhundert Herren *von Stamheim* in Schwaben begegnen. Glauben wir nun auch mit Recht die Heimat des Dichters nach Schwaben verlegen zu müssen, so können wir doch nicht näher entscheiden, nach welchem Stamheim er sich genannt, ob nach dem Orte im O. A. Ludwigsburg oder im O. A. Calw; auch wissen wir nicht genau, ob nur eine Familie dieses Namens in Schwaben bestand, oder ob aus beiden Orten edle Geschlechter hervorgegangen. Denn die Angaben *Staelins* und *Mones* beruhen wohl beide nur auf Muthmaßungen. Da wir somit zu keinem genauen Resultate kommen, so müssen wir uns mit dem allgemeinen Ergebniß begnügen, daß der Dichter wohl unzweifelhaft dem Bereiche des heutigen Königreichs Württemberg angehörte. Und nach diesen Ausführungen können die anderen Orte Namens Stamheim, so in Baiern, Salzburg, der Wetterau und der Rheinprovinz, nach denen sich auch Edle genannt, keinen Anspruch mehr machen, als Heimat des Dichters angesehen zu werden.

Das älteste mir bekannt gewordene Mitglied der schwäbischen Edlen ist *Conrad von Stammheim*. Als nämlich Kaiser Friedrich I. zu Eßlingen am 18. Mai 1181 die Kirche des heiligen Grabes zu Denkendorf mit ihrem Besitzthume in seinen Schutz nimmt, findet sich der Genannte auch in der Zahl der Zeugen (*Wirtemberg. Urkb*,

II, 427). Derselbe *Cuonrad de Stamheim* ist im gleichen Jahre *in loco qui Ruke dicitur* (dem Sitze Heinrichs von Rugge) Zeuge einer Urkunde, durch welche Pfalzgraf Hugo von Tübingen dem Kloster Herrenalb ein Gut in Asperch übergibt. (*ib. II, 423. Schmid, Pfalzgrafen von Tübingen 3. Mone, Zs. 1, 104.*) Während Schmid den Genannten nach dem Orte Stamheim bei Ludwigsburg sich nennen läßt, stimmt Mone für den bei Calw und macht die Herren von Stamheim zu Dienstleuten der Grafen von Calw. Wir sehen daraus, daß selbst die engsten Localforscher über den Sitz des Geschlechtes nicht einig sind.

Ob der in der Zeit folgende *Dietr. von Stamheim,* welcher am 30. Mai 1210 zu Verzelli eine Bestätigungsurkunde des Kaisers Otto IV. für den Podesta und die Gemeinde von Bologna bezeugt (*Böhmer, Acta imp. V, Nr. 409*), aus dem schwäbischen Geschlechte stammt, läßt sich nicht sicher bestimmen, da er in Deutschland uns sonst nicht begegnet. Da aber im Gefolge des Kaisers eine große Zahl schwäbischer Edler sich befand, so dürfen wir wohl auch den Genannten dem Herzogthum Schwaben zuweisen. Gleicherweise ist nicht sicher, ob *Otto von Stamheim* hierher zu zählen ist, welcher am 22. Juni 1222 Zeuge ist, als Bischof Otto von Würzburg die zwischen den Brüdern Conrad und Gotfried von Hohenlohe und dem deutschen Hause zu Jerusalem getroffene Übereinkunft des dem Letzteren zugesicherten Zehnten in Mergentheim beurkundet. (*W. U. II, 660.*) Hier könnte vielleicht an das in Unterfranken am Main gelegene Stamheim gedacht werden, doch sind uns Edle, die sich nach diesem Orte genannt, sonst nicht bekannt. Dagegen gehört *B. dictus Stamheim* bestimmt dem Schwabenlande an. Er begegnet uns im November 1275, als Walter von Battenheim, Schultheiß in Richensheim, mit Zustimmung des *B. dicti Stamheim,* Vogt in Ensisheim, eine Besitzung in Escholzheim an die Abtei Lützel verkauft. (*Trouillat, histoire de Bâle II,* $\frac{264}{205}$.) Desgleichen ist hierher zu zählen *Conrad von Stamehein,* und dieser ist am 8. Juli 1292 Bürge, als Berthold von Mülhausen den Johannitern zu Heimbach sechs Rententheile an seinem Hofe zu Bruchsal und das Dorf Gondelsheim bei Bretten schenkt. (*Mone, Zs. 13, 13. Monument. Hohenberg.* $\frac{102}{131}$.) Es heißt in der Urkunde: *Sazten wir ainen andern foût der sol dezselben sweren E man im die Burc antwurte und haben in uns ze burgen gegeben den Glaz von Lomershein ainen ritter Cunrade von Stameheim unser fout was ....*

Als endlich am 11. Juni 1314 Adelheild Goldern von Echterdingen reversiert, daß sie für sich und ihren ersten Mann von dem

Kloster Bebenhausen den Hof, welchen ihr Oheim zu Lehen hatte, gegen einen jährlichen Zins von 20 Scheffel Korn auf Lebenszeit empfangen habe, ist unter den Zeugen der darüber aufgenommenen Urkunde auch *Wölveli von Stannhein.* (Mone, Zs. 18, 371.)

Für den Dichter können von den letztgenannten Personen der Zeit nach nur in Betracht kommen *B.* und *Conrad,* von denen der Erstere im Jahre 1275, der Letztere 1292 sich findet, und so lange sich nicht weitere Mitglieder des Geschlechtes nachweisen lassen, nehme ich keinen Anstand, in einem dieser Beiden den Minnesinger zu erblicken.

6. Der Kanzler.

Der Kanzler, welcher in nicht unrühmlicher Weise die glanzvolle Reihe der 140 Minnesinger in der früheren Pariser Handschrift beschließt, wird nach dem übereinstimmenden Urtheil aller Forscher für einen bürgerlichen Sänger gehalten. Weit davon entfernt, daß er ein mächtiger Kanzler des deutschen Reiches gewesen, der die Geschicke seiner Zeit leitete, führte er seinen Namen überhaupt nicht einer amtlichen Stellung wegen; vielmehr ist es ein schlichter, bürgerlicher Dichter, der uns als Letzter der Pariser Handschrift entgegentritt. Dies geht sowohl aus den Andeutungen der Gedichte selbst hervor als auch aus den späteren Überlieferungen, wie sie sich in den Meistersingerschulen erhalten hatten und zu Zeiten von einem Sangesbruder in Reime gebracht wurden. Haben diese Mittheilungen auch keinen großen Werth der Glaubwürdigkeit zu beanspruchen, was das Gewerbe und die Heimat des Dichters angeht, so zeigen sie uns doch wenigstens, daß man bis in die spätesten Zeiten eine Erinnerung an den niederen Stand desselben hatte. Unmöglich aber hätte die Kunde über einen adeligen mächtigen Kanzler im Laufe der Jahrhunderte sich so verblassen können, daß die spätere Zeit in ihm einen gewöhnlichen Handwerker erblickt hätte; denn die Meistersinger berichten über ihn, er sei ein Fischer aus Steiermark gewesen. (HMS IV, 888—894.)

Was zunächst die Heimat des Dichters angeht, so haben diese Zeugnisse durchaus keine Beweiskraft, weil sie alle aus einer Zeit stammen, die zu weit hinter dem Leben des Sängers liegt, um ihnen auch nur den geringsten Grad von Glaubwürdigkeit beilegen zu können. Vielmehr weist uns die Sprache der erhaltenen Gedichte nach dem

Süden Deutschlands [1]), nach dem heutigen Schwaben, wenngleich auch v. d. Hagen wohl geirrt hat, der den Kanzler zu einem Landsmann *Hadloubs* stempeln wollte, gestützt auf die Thatsache, daß in späterer Zeit der Name Kanzler in Zürich sich findet. Wir werden weiter unten sehen, daß dieser Name in ganz Süddeutschland vorkommt und darum die Fixierung des Dichters an einen bestimmten Ort nicht thunlich ist. Wir können also nur ganz allgemein den Dichter für einen Süddeutschen erklären; da er nun, wie noch dargelegt werden wird, ein fahrender Sänger war, so ist es nicht ausgeschlossen, daß er auf seinen Wanderungen auch bis Steiermark gekommen und sich hier eine Zeit lang aufgehalten habe. Die Tradition hiervon mag sich erhalten haben und den späteren Meistersingern bekannt geworden sein, die ihn demnach aus Steiermark stammen ließen — doch können wir hierüber nur Vermuthungen aufstellen.

Auch die andere Nachricht der späteren Zeit, daß *der Kanzler* seines Handwerks ein Fischer gewesen, gehört in das Gebiet der Fabel, und schon v. d. Hagen hat hier richtig erkannt, daß der Dichter, habe er wirklich das genannte Geschäft betrieben, niemals von den Fischern so verächtlich habe sprechen können, wie er es gethan MS. 398. Ich glaube, diese Stelle sagt genug, um die Nachrichten der Meistersinger als unwahr hinzustellen, und so bleibt uns als Kern der Wahrheit aus ihren Mittheilungen nur die Gewißheit, daß der Dichter aus bürgerlichem Geschlechte gewesen, was sich auch auf andere Weise klar darlegen läßt. Betrachten wir zunächst die Stellung des Kanzlers in der Pariser Handschrift, so finden wir, daß er als der Letzte aufgeführt wird. Da nun in der Handschrift eine gewisse Reihenfolge wenigstens im Großen und Ganzen eingehalten ist, daß von dem höchsten Adel zu den bürgerlichen Personen herabgestiegen wird, so gibt uns schon die letzte Stelle unter den 140 Minnesingern einigen Grund, den Dichter als dem Bürgerstande entsprossen hinzustellen. Dazu kommt weiter, daß die Handschrift ihm zwar ein Gemälde widmet, ihm aber kein Wappen oder sonstiges Abzeichen des Ritterthums beilegt, ein Umstand, der von vornherein edle Geburt ausschließt und den Dichter zu einem bürgerlichen Sänger stempelt. Endlich aber bieten uns auch seine Gedichte selbst Andeutungen, welche uns den niederen Stand des Verfassers vor Augen führen. Wir denken hier zunächst an die Stelle (HMS. II, 397, 6),

---

[1]) In seiner Sprache sind Elemente aus sehr verschiedenen Gegenden vereinigt.
O. B.

wo der Dichter sich mit gewisser Ironie als „*Herr Kanzler*“ anreden und diesen Spruch von einem adeligen Herrn ausgehen läßt, um dadurch anzudeuten, daß ihm sonst dieser Titel nicht zukomme. Im selben Gedichte sagt er noch, daß er sich von der „huote“ der Armuth scheiden würde, wenn er die Gunst der Edlen erwürbe. Überhaupt tritt uns da, wo der Kanzler auf sich selbst zu sprechen kommt, die Klage des Dichters über seine niedrige Stellung und Armuth entgegen, und wir haben gar keinen Grund, an der Wahrheit dieser Strophen zu zweifeln. Der Kanzler war eben ein bürgerlicher fahrender Sänger, der in einer Zeit lebte, in welcher das Los dieser Dichter nicht mehr zu den beneidenswerthen gehörte, wo Sinn und Interesse für Kunst und Wissenschaft fast ausgestorben war unter dem ewigen Geklirr der Waffen und der grausen Herrschaft des Faustrechtes, wo die Höfe der Großen, in denen einst das Lied der Sänger tönte, leer und verwaist standen. Denn wie die Form der Kanzler'schen Gedichte klar darthut, müssen sie im letzten Drittel des 13. Jahrhunderts entstanden sein, da der Hofton Meister Boppes nachgeahmt ist und eines der Gedichte sich die überkünstelte, Wort für Wort reimende Manier Conrads von Würzburg zum Muster genommen hat. Die Blüthezeit des Kanzlers fällt demnach ungefähr mit den Tagen des Interregnums zusammen, welches erst mit der Wahl Rudolfs von Habsburg im Jahre 1273 ein Ende fand. Leider hatte jedoch auch dieser neue Herrscher keinen Sinn für die Pflege der Dichtkunst, auch die großen Adelsgeschlechter wandten ihr keine Unterstützung mehr zu, und so sehen wir sie denn mit Riesenschritten ihrem Untergange entgegeneilen. Wie es mit dem Interesse für die Dichtkunst in damaligen Zeiten bestellt war, dafür liefert uns der Kanzler die besten Belege. Immer und immer ermahnt er den Adel zur Milde gegen die fahrenden Sänger, er preiset diese Eigenschaft in den höchsten Tönen und hat für die Kargheit nicht genug Worte des Tadels und Abscheues. „*Willst du Lob haben weit und breit, edler Mann, so habe die rechte Milde lieb!*“ so ruft er aus, und man merkt es ihm an, daß er selbst unter der Kargheit der Großen zu leiden hatte. Denn er war ein fahrender Sänger, der auf die Güte und Milde der Adeligen angewiesen war. So ruft er aus (MS. II, 397):

die herren kargent ane zit,
swar ich der lande var —
mir sint die herren milte niht
mich schiuht ir guot, sam waldiu kra den schüzzen.

An einer anderen Stelle (II, 398, 12) wundert er sich, daß Milde, Treue, Hausehre und rechte Tugend ganz verschwunden sei:

Die da die besten solten wesen,
die wen uns leider werden gar die boesten;
wie sol diu varndiu diet genesen?
wes sol sich künste richer gernder troesten?

Ja, ein künstereicher fahrender Sänger ist der Kanzler, mit der großen Menge der herumziehenden Leute, welche sich Sänger nennen, will er nichts zu thun haben, und zu diesen stellt er sich in förmlichen Gegensatz. Und nur so kann man es begreifen, wenn er über diese Gesellschaft ein so hartes Urtheil fällt, wie es die achte Strophe des zweiten Tones enthält. In dieser antwortet er auf die Frage, wie es komme, daß es eine so große Menge fahrender Sänger gebe, folgendermaßen: Ein Fahrender betrügt, der andere kann gut das Zabelspiel, der dritte lügt am Hofe, der vierte ist ein Possenreißer, der fünfte ist von Sinnen, der sechste ist voll Spott, der siebente kauft Kleider, der achte schmeichelt, der neunte läuft einer Gabe wegen, der zehnte hat eine Dirne, ein Weib, eine Tochter unbewacht; diesen Leuten geben die Herren Neues und Altes ihrer Thorheit wegen, aber um die Kunst verschenken sie ihr Gut nicht.

Es ist dies ein sehr hartes Urtheil, welches der Dichter über die Adeligen und über seine Sangesgenossen fällt, aber es scheint volle Berechtigung zu haben. Wahrlich der Kanzler ist ganz anders geartet als die oben geschilderten Leute; er ist ein Sänger, der es mit der Kunst noch ernst nimmt, der nicht um die Gunst der Großen buhlt und ihnen schmeichelt. Er benützt das Talent, welches ihm Gott gegeben, um die Mängel seiner Zeit zu rügen, unbekümmert um irdischen Ruhm und Ehre, und so steht er wie ein Wächter auf der Zinne und läßt seine Warnungsrufe ins Land erschallen; gegen Geistliche und Edle wendet er sich und stellt ihnen in eindringlichen Worten ihre hohe Aufgabe vor, die sie völlig vergessen; er ermahnt sie, ihre Pflichten zu erfüllen und gießt die Schalen seines Zornes über dieselben aus — leider mögen seine Worte größtentheils unbeachtet verhallt sein, und so sehen wir die beiden Stände, die bis dahin die alleinigen Träger der Cultur gewesen, immer weiter ihrem Verfalle entgegeneilen.

Doch nicht nur ein politischer Dichter ist der Kanzler; oft scheint ihm die reale Wirklichkeit mit ihren unerquicklichen Zuständen unerträglich zu werden, er sucht Erholung und Vergessen, und dieses findet er wiederum in der Poesie. So sehen wir ihn denn zarte Weisen der Liebe anstimmen, und die von ihm uns überkommenen Lieder sind wahrlich nicht zu gering anzuschlagen. Der Dichter hat wirklich Talent und poetische Anlagen; wie er in den Sprüchen seinem Groll im dichterischen Gewande Luft macht, so weiß er hier Alles schön und wohlthuend darzustellen und seine Gedanken treffend wiederzugeben. Und nicht nur die schon bis zum Übermaß von sämmtlichen Dichtern vor ihm erklungenen Seufzer bietet er uns von Neuem, nicht bewegt er sich ausschließlich in längst verbrauchten Bildern und Redensarten, vielmehr tritt uns bei ihm eine ganze Reihe neuer Gedanken und Wendungen entgegen, so daß auch seine Liebeslieder in uns ein gewisses Gefühl der Befriedigung erzeugen und von Neuem uns die Gewißheit geben, daß wir es mit einem eigenartigen, selbständigen Dichter zu thun haben. Und seine Bedeutung ist auch in der späteren Zeit nicht vergessen, vielmehr hat sie große Anerkennung gefunden, wenn auch auf eine etwas merkwürdige Weise. Während Walter von der Vogelweide und andere Größen der Minnesinger im Laufe der Jahrhunderte der Vergessenheit anheimfielen und vollständig dem Gedächtniß der Menge entschwanden, ist das Andenken des Kanzlers wenigstens in den Schulen der Meistersinger stets lebendig geblieben. Er wurde zu den zwölf Meistern und Stiftern jener Schulen gerechnet als ein unerreichtes Muster, und seine Töne, wie der Hofton, süße Ton und güldene Ton haben bis in die spätesten Zeiten häufige Nachahmer gefunden.

Wie wir schon früher sagten, findet sich der Name Kanzler im ganzen Süden Deutschlands vertreten, und es ist daher unmöglich, den Dichter bestimmt einer Gegend oder Stadt zuzutheilen. Um jedoch in etwas einen Beitrag zu genealogischen Forschungen zu geben, führen wir sämmtliche Namensgenossen des Dichters auf, welche uns begegnet sind, da es ja nicht ausgeschlossen ist, daß vielleicht in einem von diesen der Minnesinger zu suchen ist. Indem wir hierbei weniger geographisch als chronologisch vorgehen, begegnet uns als der erste und älteste *Gerhardus Kenzelere* an den Gestaden des Mittelrheins in der Gegend von Bacharach und St. Goar. Er ist im Jahre 1230 Zeuge, als *Volcnand von Geraha* und seine Frau dem Kloster von Eberbach einen Hof in Oppenheim und verschiedene Mansen schenken. (*Rossel, Urkb. der Abtei Eberbach I,* $\frac{302}{178}$.) Sicher ist er ein Vorfahre des *Heinrich Kenzelere,* der uns zweimal begegnet, und zwar zunächst am 13. November 1279, wo er Zeuge ist, als Conrad Ruch und seine Frau Agnes zu Bacharach dem Kloster Otterberg ihren Weingarten im Crucebach beim Kirschbaum vermachen, welcher an den Bacharacher Ritter Heinrich Huno den Zehnten gibt. (*Goerz, Mittelrheinische Regesten IV, 147.*) Derselbe *Kenzelere* findet sich im April 1282 als Schöffe von Bacharach unter den Zeugen, als der Ritter Heinrich von Schonenburg, Schultheiß der Stadt, beurkundet, daß die edle Matrone Hedwig, Witwe des Ritters Heinrich von Waldechen, alle ihre Besitzungen im Bezirke des Dorfes Bacharach zu ihrem Seelenheile dem Kloster Eberbach geschenkt habe. (ib. 211.) *Rudlo Chanzler* führt uns nach Steiermark, und zwar ist er am 31. Juli 1263 zu Neustadt in Steiermark Zeuge, als Rudolf, der Richter von Neustadt, das Übereinkommen zwischen dem Abte *Ulrich von Admont* und *Eberhard dictus Mennil,* betreffend das Drittel eines Weingartens zu Gainfahrn, bestätigt. (*Wichner, Gesch. des Benedictinerstiftes Admont II, 343.*) Eine andere Familie Kanzler war in den sogenannten österreichischen Vorlanden am Oberrhein ansässig, und verschiedene Mitglieder derselben hat uns das habsburgisch-österreichische Urbarbuch aufbewahrt, welches gegen das Ende des 13. Jahrhunderts aufgezeichnet wurde (*edidit Pfeiffer, Stuttgart 1850, S. 246*). So meldet es: *Officium in Frideberg* (*O. A. Saulgau*) *ze Blochingen .... Albrechts des Cancellers guot giltet ze zinse II malter kernen, VI schilling Costenzer. Er git ouch von einem niuwen lêhene II malter kernen, ein swîn, daz V schill. costenzer wert sîn sol. — Cuonrâts des Cancellers guot giltet ze zinse II malter kernen, ein swîn, das V schilling Costenzer wert sin sol.* Weiter heißt es S. 247: *Des alten Cancellers guot giltet ze zinse IIII malter kernen unde XII schill. Costenzer. — Appo der Canceller gît von einem guote II malter kernen, ein swîn, das V schill. Costenzer wert sîn sol. — Hii sunt reditus comitatus de Frideberc .... Item Albertus Kanzeller II maltra tritici, porcum solidorum V. Item idem de novo feodo II maltra tritici, solidos VI .... Item Uolricus Kanzeller maltra II tritici, porcum sol. V .... Item feodum antiqui Cancellarii IIII maltra tritici, solidos XII.* (ib. 302.) — *Officium Sigmaringen: Des Cancellers guot giltet ze zinse in Laitzen III vierteil kernen, III vierteil roggen, ein huon und XXX Eiger.* (ib. 273.) — Endlich: *Ze Enselingen* (*O. A. Sigmaringen*) *Wernher des Cancelers huobe giltet ze zinse IIII malter kernen.* (ib. 265.)

Ebenfalls der Gegend des Oberrheins gehört *Kanzler, der Schulmeister zu Offenburg,* an, welcher uns im ersten Viertel des 14. Jahrhunderts zweimal in Urkunden begegnet. Zunächst urkunden am 19. März 1312 Walter der Schultheiß, Heinrich von Achern .... *Kanzellarius, der schulmeister,* der Rath von Offenburg, daß der Ritter Ulrich Zoller von Kenzingen, Bürger zu Offenburg, dem Kloster auf dem Kniebis einen Hof zu Hofewilre verkauft habe. (Mone, Zs. 37, 394.) Weiter gibt zu Schauenburg im Jahre 1323 *Kanzeler*, *der alte Schulmeister zu Offenburg*, die Stupfenmühle zu Eberswilre, die er von denen von Schauenburg zu Erblehen hatte, dem Conrad von Schauenburg wieder auf, und dieser verleiht sie gegen einen jährlichen Zins von 6 Pfund Pfennigen der Kirche zu Eberswile. (ib. 39, 116.)

Dem Herzogthum Krain gehört der Priester *Nicolaus Cantzler* an, welcher am 16. November 1355 zu Gemona durch Urkunde des Patriarchen von Aquileja zum ständigen Vicar der Filiale Selzach ernannt wird. (*Zahn*, *Cod. dipl. Austriaco-Frisingensis II*, *306.*) Endlich ist noch eine Urkunde vom 22. October 1373 zu erwähnen, in welcher zu Rottweil Graf Johans von Fürstenberg, Herr zu Haselach, die Vogtei in der Kurna, gelegen ob Kurnneg, an die ehrbarin Conrad den Bock, *Heinrich den Kanczler bi der brotloben .... Bürger zu Rottweil* verleiht. (*Riezler*, *Fürstenberg. Urkb. II*, *451.*)

Nehmen wir hierzu noch die von *v. d. Hagen* (IV, 701) gegebenen Notizen über das Vorkommen des Namens Kanzler in Zürich und Tirol, so sehen wir, daß er sich im ganzen Süden Deutschlands nachweisen läßt. Es ist daher nicht erlaubt, aus dem Vorkommen des Namens an einem Orte auf die Heimat des Minnesingers zu schließen, vielmehr läßt sich mit Bestimmtheit nur soviel sagen, daß dieser ganz allgemein Süddeutschland angehört haben muß.

METZ, 12. April 1891. FR. GRIMME.

ZUM ARMEN HEINRICH.

383. '*Ich hân disen schemelîchen spot*
vil wol gedienet umbe got;
wan du sæhe wol hie vor
daz hôh offen stuont mîn tor
nâch wertlîcher wünne
und daz niemen in sîm künne
sînen willen baz hete dan ich:
und was daz doch unmügelich,
wan ich enhete nicht gar.
dô nam ich sîn vil kleine war
der mir daz selbe wunschleben
von sînen gnâden hete gegeben.

Die bisherigen Erklärungen der V. 390 f. genügen nicht. *nicht gar* ist Vermuthung Wackernagels, die Straßburger Hds. hat dafür: *nút vil gar*. Da nun die Heidelberger-Kolocz. Hdschr. V. 390 f. in folgender Form bieten: *daz was harte unmugelich Minen willen hatte* (*hat*) *ich mit vrowen gar,* so vermuthe ich, daß *nut vil* aus *mutwil* entstellt ist, und lese und interpungiere folgendermaßen:

390. *und was daz doch unmügelich.*
wan ich hete muotwillen gar,
dô nam ich sîn vil kleine war
der mir daz selbe wunschleben
von sînen gnâden hete gegeben.

V. 390 beziehe ich auf das zunächst vorhergehende: 'Und war das (daß jemand *sînen willen* besser hatte) auch unmöglich.' *doch* enthält hier, wie oft, nur eine Verstärkung des Nachsatzes, die im Nhd. nicht genau wiederzugeben ist. *muotwille* ist 'böse Willensfreiheit, Sittenlosigkeit' (vgl. außer dem Mhd. Wb. und Lexer auch Schmeller-Frommann I, 1096). *wande* (*wan*): *dô* im Vordersatz und Nachsatz erscheint bei Hartmann öfter, vgl. Beneckes Bemkgn. zu Iwein 736 und 5737, sowie sein Wörterbuch z. Iwein. Der *muotwille* ist es ja, der Adam zu Fall bringt (vgl. Aneg. 15, 30), und der überhaupt die Menschen zur Sünde verleitet. Der Sinn der Verse ist also: 'Weil ich gänzlich bösen Willen hatte, so nahm ich auf Gott keine Rücksicht.'

Nur wenn wir annehmen, daß *muotwillen* ursprünglich im Text gestanden, scheint mir die Abweichung von B zu erklären. Sie ist dadurch veranlaßt, daß der Schreiber *muotwille* in der speciellen Bedeutung = lat. lascivia faßte, vgl. die im Mhd. Wb. angeführte Glosse aus Mones Anzeiger 6, 435 und Weltchron. 54a: Potiphars Weib sprach zu Joseph *in muotwillen gir: slâf bî mir.*

1180. *hin fuort er sî zestunt*
in sîn heimlîch gemach,
da es ir herre niht ensach,
und beslôz in vor der tür
und warf einen rigel für:
er enwolte in niht sehen lân
wie ir ende solte ergân.

Soviel ich sehe, haben alle Herausgeber V. 1183 die Änderung Lachmanns: *im vor die tür* angenommen. Die Lesart der Straßb. Hds. (Heidelb.-Kol. ändern) bedarf aber keiner Verbesserung, da *besliezen* auch „ausschließen" heißt; vgl. die Stelle aus dem Stricker in Wackernagels Leseb. 567, 24: *die sol man vor der porten besliezen allesêre.*

für steht st. *dâ für*, wie auch *mite* st. *dâ mite* gebraucht wird, vgl. Haupt z. Erek 1060.

1281. *Do diu maget rehte ersach*
daz ir ze sterben niht geschach,
dâ was ir muot beswœret mite.
sî brach ir zuht unde ir site:
sî gram unde roufte sich

1284 *si gram u. r. s.* ist Vermuthung Wackernagels, die auch von Haupt und Bech (1295) angenommen ist. Die Überlieferung der Straßb. Hds. lautet: *Zuo grime zart sú sich uñ roufte sich*, die der Heidelb.-Kol. *Sie roufte unde kratzte sich. gram* scheint W. als Praet. von *grimmen* 'tobend brüllen' gefaßt zu haben, während Bech es von *grimmen* (gewöhnlicher *krimmen*) 'kratzen, kneipen' ableitet. Paul schreibt in seiner Ausg. Halle 1882: *ze grimme roufte sî sich.* Ich kann mich keinem dieser Vorschläge anschließen, halte vielmehr *Zuo grime* für einen müßigen Zusatz, während *zart* in der Bedeutung 'riß, kratzte' (siehe die Wbb.) nicht zu beanstanden ist und dadurch geschützt wird, daß in den anderen Hdss. neben *roufte* noch ein *kratzte* überliefert ist, das vom Schreiber offenbar an die Stelle des in dieser Bedeutung nicht mehr gebräuchlichen *zarte* gesetzt wurde. Ich lese demnach: *sî zarte unde roufte sich.*

NORTHEIM. R. SPRENGER.

ZU KONRADS VON FUSSESBRUNNEN KINDHEIT JESU.

2469 (Kochendörffer):

Nu wart gebettet alsô wol,
sô man friunde in friundes hûse sol.

Hds. C hat abweichend:

Nu wart in gebettet harte wol
als man lieben gesten soll

Dies entspricht wörtlich Ulrichs v. Zazichhofen Lanzelet 831 f., ist also wohl keine zufällige Übereinstimmung, sondern bewußte Reminiscenz. Ob auch die Einschiebung des *in* vor *gebettet* nur durch die Parallelstelle aus dem Lanzel. veranlaßt ist? Fast möchte es mir scheinen, als ob es, trotzdem mehrere Hdss. dagegen sind, nicht zu entbehren sei.

NORTHEIM. R. SPRENGER.

ZU ULRICHS VON LICHTENSTEIN FRAUENDIENST.

Dem Frauendienst hat Lachmann 'als einem Werke des zweiten oder dritten Ranges', wie er selbst gesteht (s. S. 681 Z. 20 ff. der Ausg.), nicht dieselbe Sorgfalt zu Theil werden lassen, wie den übrigen von ihm herausgegebenen Werken mittelhochdeutscher Schriftsteller. Vieles hat schon Bechstein in seiner Ausgabe des Gedichtes (Deutsche Dichtungen des Mittelalters hrsg. v. Karl Bartsch, Bd. 6 und 7) richtig gestellt, doch bleibt auch nach ihm noch Manches zu thun. In Folgendem behandle ich einige Stellen, die mir bisher nicht richtig erklärt oder gebessert scheinen.

30, 23. *Sô mich besezen*
nahtes habent die sorge alsam die schar

St. des von L. gesetzten *die sch.* hat die Hds. *dú schar.* Das Mhd. Wb. II², 152, 8 setzt hinter *die* Fragezeichen. Auch Bechsteins Erklärungsversuche können *schar* an dieser Stelle nicht retten; es ist wohl *diu mar* 'quälendes Nachtgespenst, Nachtalp' zu lesen.

67, 29 (198, 5) f. *dâ was ouch der karge man*
von Hakenberc, der wunder kan.

Bechstein bemerkt: „die Bedeutung von *karc* (im Mhd. auch *schlau, listig*) ist die heutige, das beweist die Auslassung über diesen *Hakenberc* in Str. 888, der hier mit dem Vornamen *Heinrîch* erscheint". Wenn wir diese Erklärung annehmen, so würde dies die einzige Stelle sein, wo *karc* bei Ulrich die neuhochdeutsche Bedeutung hat, sonst ist bei ihm *arc* = geizig [1]). Die von B. citierte Strophe lautet

268, 17 ff. (888, 1) *Von Hakenberc der argę Heinrîch*
mit mir dâ stach vil lobelîch.
der was an guote gar verzagt,
und het iedoch sîn lîp bejagt
mit ritterschaft vil hôhen prîs.
der karge was an guote wîs
und was ouch manlîchęs hertzen gar.
diu beidiu diu sint von im wâr.

[1]) Auch Frauenbuch 609, 31 *da sint si tump, dâ sint si karc,* ist *karc* = klug, und Wackernagel (s. d. A.) vermuthet mit Unrecht *milt* st. *tump.* Derselbe Gegensatz findet sich Frauend. 453, 11 (1411, 3) *ze mâzen tump ze mâzen karc.*

B. nimmt *der karge* 67, 29 als gleichbedeutend mit *der arge* 268, 17. Aber nicht hierauf, sondern auf *der karge* 268, 22 bezieht sich obige Stelle. Hier kann jedoch *karc* nur die ältere Bedeutung haben, denn im Gegensatz zu dem Vorhergehenden soll hier ein Lob ausgesprochen werden. Unverständlich ist mir *an guote wîs.* Sollte nicht *an muote wîs* zu lesen sein? Der Fehler könnte entstanden sein, indem das Auge des Schreibers auf V. 19 abirrte.

84, 31 (266, 7 f.) *mit ringen tâtens wê ir liden:*
der wart vil mangez dâ verriden.

Bechstein bemerkt z. d. St. (266, 7): „*mit ringen* mit den Panzerringen, mit den Rüstungen (weil sie schwer und hart waren); *ringen* kann aber auch inf. sein (vgl. *mit vallen* 272, 7), und dieses würde in der Bedeutung annähernd von *dringen* stehen; vgl. zu 276, 5 (87, 13)". Hier ist darauf aufmerksam gemacht, daß Lachmann das hdsl. *gerungen* in *gedrungen* geändert hat, ebenso wie auch *ringen* in *dringen* 282, 4, 5 (88, 28 f.). Daß *mit ringen* 'mit Kämpfen' hier möglich ist, kann nicht geleugnet werden, doch scheint *mit dringen* besser in den Zusammenhang zu passen. Diese Form muß dann aber auch 84, 31 hergestellt werden.

96, 3 (311, 3) *dô muosten dan ze den juden varn*
si al di da gevangen wârn.

St. *dan* hat die Hds. *da hin,* was B. beibehält. Ich vermuthe: *dâ ze den juden.*

109, 12 (348, 8) *ich sprach 'nu vart den gotes haz*
Alsam ein bœswiht von mir hin.

B. erklärt: *vart den gotes haz,* Verwünschungsformel; ähnlich *der sunne haz hin varn* 1310, 6. Allein *der sunne haz* ist Nomin., *den g. haz* Accusativ. Wenn L. diesen beließ, so dachte er wohl an den Accusativus bei Verben der Bewegung (vgl. Haupt, z. Erec² 3106). Da jedoch *in gotes haz varn* stehende Redensart ist, so glaube ich, daß auch hier zu schreiben ist: *nu vart en gotes haz.* Grund der Entstellung war wohl, daß wie für *in* auch für *den* sich die Form *en* findet.

131, 29 (418, 1) *Diu liet ich ûf dem wege sanc*
von mîner vrowen âne danc.
daz kom dâ von. der bote mîn
was ze vert: des moht niht sîn,
daz ichs iht sande ir bî im.

B. schreibt mit der Hds. *ze verte* und erklärt dies S. 329 unter *vart:* 'auf der Fahrt, unterwegs'. Ich finde diese Formel nicht weiter

belegt und vermuthe: *der bote mîn was* *m i r* *ze verre* 'war zu fern von mir'.

137, 16 (430, 8) *dâ von ist mir dîn mengen leit.*

B. bemerkt: *mengen* sw. v. subst. inf.: Müller entscheidet sich Mhd. Wb. II[1], 137a für die Bedeutung von „dein Zwischentragen" mit Hinweis auf *menger* und *mengerîe*. Allein der Zusammenhang verlangt Lüge, Unwahrheit, vgl. 138, 16 (434, 8) *si giht, ich habe gesaget unwâr.* Ich vermuthe:

dâ von ist mir dîn *m e i n e* *leit.*

meine = Falschheit. Der Schreiber dachte wohl an *menige*, welches auch in *meine* zusammengezogen wird.

170, 28 (505, 4) *der kranz gemachet was vil ganz:*
die vedern wârn geslizen abe;
dar an gehangen rîchiu habe,
von silber bleter harte vil.
gebunden was ein ieslîch kil
Von phabesvedern ein koste guot.

Die richtige Interpunction und *an* st. *ein* hat schon B. nach 485, 19 (1534, 1) ff. hergestellt, doch ist ihm entgangen, daß nach 485, 22 (1534, 4) *ganz* in *glanz* zu bessern ist. Die Stelle ist zu lesen:

der kranz gemachet was vil glanz:
die vedern wârn geslizen abe;
dar an gehangen rîchiu habe
von silberbletern harte vil u. s. w.

230, 5 (740, 1) *Si ist lîht sô gefriunt ein wîp,*
daz ez iu gên möht an den lîp,
daz ir sîn müeste schaden hân,
ob ir ez woldet hie verlân.

Für *müeste* V. 8 schreibt B. *müestet.* Allein das Vorhergehende zeigt, daß zu lesen ist:

Si ist lîht sô gefriunt ein wîp,
daz ez iu gên möht an den lîp,
daz sî sîn müeste schaden hân,
ob ir ez woldet hie verlân.

'Sie ist Euch vielleicht so nahestehend, daß es Euch an das Leben gehen möchte, sofern sie Schaden davon haben möchte, wenn Ihr es (das Kleinod) hier laßt'. Vgl. 229, 31 (739, 3): *ez wær vil sêre missetân, wolt ir ditz kleinôt hie verlân. die bader nement ez zehant: da bî dâ wurde sî bekant, diu iuz durch liebe gesant her hât* und 230, 13 (741, 1) *dâ mit ir si und iuch bewart.*

231, 10 (744, 6) *wan zornic muot niht lachen wil.*
daz wart vil volleclîchen schîn
des tages an al den freuden mîn.

B.'s Vermuthung *freunden*, *friunden* scheint mir ansprechend, doch muß dann auch *an* gestrichen werden.

252, 19 (824, 3) *daz man mich in der line dâ sach,*
daz fuogt den biderben ungemach

B. will *dem* st. des hdsl. *den* lesen, was er auf Hadamar bezieht.

Ich glaube aber, daß L. recht hat. Der Sinn der Stelle ist wohl, daß die Ritter es sich mit Kämpfen sauer werden ließen, um von Frau Venus gesehen zu werden. Vgl. V. 25 (825, 1) ff.

294, 25 (992, 5) *dô bat ichs wan die hœhsten dâ:*
die gewerten mich ouch alle sâ,
grâven, vrîen, dienestman.
der hôhen funfzic dâ ich gewan.

Bechstein spricht seine Verwunderung darüber aus, daß zu den *hôhen* auch die *dienestman* gerechnet werden, und vermuthet, daß dies nur geschehe, weil Ulrich selber einer ist. Daß aber *hôch* ein Prädicat ist, welches einer bestimmten Klasse von Dienstleuten zusteht, beweist K. v. Würzburg, Partonopier 1777 ff.:

vor mir hânt ir knie gebogen
zwei hundert grâven dicke.
swaz ich mit den hie schicke,
daz ist allez wol getân.
so vil ich werder frîen hân
und hôher dienestliute,
daz ich ir zal bediute
niht sagen mac ze rehte.

Der Punkt hinter *dienestman* ist demnach zu streichen, dagegen V. 26 hinter *sâ* ein Punkt st. des Kommas zu setzen.

331, 21 (1134, 1) *Dô nam ich her für den napf mîn:*
der kunde heller niht gesîn.

B.'s Erklärung von *hel* = 'helltönend' kann ich nicht billigen und erkläre *heller* als compar. von *hel* (nicht *hël*) ärmlich; vgl. 329, 17 (1126, 1) ff. *Die naht was ich in einer stat, dar inne ich mir bereiten bat ûzsetzen nepfe und swachiu kleit. diu wurden fruo dâ an geleit von mir und von dem boten mîn.* Vgl. auch Schmeller-Frommann I, 1082 unter *hellig*.

339, 5 (1164, 1) *Dô diu juncfrowe kom von dan*
ezen man mich sach hin gân
zuo den siechen aber als ê.

hin in V. 6 ist von L. ergänzt und auch von B. beibehalten. Die Einschiebung verbietet sich aber schon deshalb, weil *gân* hier mit dem inf. *ezen* grammatisch zusammengehört (vgl. Iw. 352. 6545).

353, 18 (1221, 6). Die leichte aus metrischen Gründen vorgenommene Änderung L.'s *von reht* = *reht* wird von B. mit Unrecht verworfen.

356, 5 (1232, 1) *Swaz ir mir êren habt getân*
dâ mit, daz ir mich, vrowe, lân
habet alsô zuo iu lâzen komen

B. streicht *lazen* der Hds. Mir ist eine solche Streichung bedenklich; ich vermuthe:

Swaz ir mir êren habt getân
dâ mit, daz ir mich, vrowe, lân
*habet zuo iu alsô **nâhen** komen.*

Vgl. 350, 17 (1209, 5) *ir sult ez hân für êre, daz ich iuch hân lân in mîne heimlîch komen her: daz widerfuor nie ritter mêr.*

374, 1 (1303, 5) *ez wære ein vrowe hie bî iu,*
diu wære den vollen niht getriu.

Ich vermuthe: *diu wære envollen niht getriu;* vgl. 451, 15 (1403, 7), 563 (LII), 16.

462, 25 (1443, 2) *ein ander tyost sach man uns heben:*
diu wart mit kunst dâ wol geriten
und beidiu collir wert versniten.

B. vermuthet, daß *wert* Zusatz des Schreibers ist und verweist wegen des aus *wart* zu ergänzenden *wurden* auf 1413, 2 (453, 25) ff.: *Diu tyost wart ritterlîch geriten sunder valen und versniten an beiden helmen diu kollir.* Ich vermuthe ein Compositum *collirwerc,* gebildet wie *schiltwerc* 'Rüstung' (s. Lexer II, 742).

482, 22 (1522, 4) *ûf sînem helme der biderbe truoc*
ein kranz von gansvedern wîz:
sîn helme geworht was wol mit flîz:
sîn schilt was gar von golde rôt,
als im sîn hôher muot gebôt.

482, 23 liest die Hds. *gansvedern groz un weiz.* V. 24 ist *was* von L. ergänzt und von B. beibehalten. Ich lese und interpungiere:

ûf sînem helme der biderbe truoc
einn kranz von vedern glanz und wîz:
sîn helme geworht wol mit flîz,
sîn schilt was gar von golde rôt,
als im sîn hôher muot gebôt.

544, 1 (1722, 7) *ein brôsem ich da ligende vant:*
die huob ich weinendẹ ûf zehant.

Daß wirklich an ein Essen des Brosamen zu denken ist, erweist Meier Helmbr. 1905 (mit Lambels Anm.). St. *weinende* ist wohl für Ulrich die bei Wolfram häufige und auch im Nibell. erscheinende verkürzte Form *weinde* anzusetzen.

547, 24 (1730, 8) *ich muost ze pfande ab lâzen dâ*
Mîn süne bêde und ouch zwei kint.

B. meint, unter *kint* seien zweifellos die beiden Töchter Ulrichs gemeint. Nun bezeichnet *kint* zwar an und für sich 'Sohn' und 'Tochter', wenn es allein steht, nicht aber kann *kint* neben *süne* stehend 'Töchter' bedeuten. Es werden Edelknaben, junge Knappen, gemeint sein.

547, 29 (1731, 5) *dô ich der nœt aldâ genas,*
dô wart ichz reht derz ê dâ was.

B. setzt unnöthig vor *derz* ein Komma. Es ist zu übersetzen: 'Als ich von der Noth erlöst wurde, da wurde ich recht derselbe, welcher ich früher gewesen war'. Über das *ez* vor dem Prädicate vgl. die Anm. z. Iwein 2611. Siehe auch zu 575, 9 (1803, 5).

575, 5 (1803, 1) *Ich wær für wâr gesinde dâ*
gerner dannẹ iendert anderswâ.
sît si dar in niht swaches lât,
gewünne ich dâ dann mîne stat,
so würd ichz der ichz noch niht bin.

B., welcher V. 9 ein Komma vor *derz* setzt (vgl. zu 547, 29), meint, daß *ez* hier nicht pleonastisch stehe, sondern auf *gesinde* zu beziehen sei. Das wäre aber ziemlich nichtssagend. Mir scheint der Gedanke folgender: Wenn es mir gelänge zu ihrem Ingesinde angenommen zu werden, so würde ich der, welcher ich noch nicht bin (nämlich ein vollkommen Glücklicher). Vgl. 575, 1 (1802, 5):

und solt ich dâ gesinde sîn,
sô wære ich ûf die triwe mîn
sô gern niht deheine wîs
in dem vil schœnen paradîs,

588, 30 (1832, 4) *gemach er im vil selten tuot.*
B. nimmt hier *gemach* als adv. = bequem. *tuon* bedeutet aber 'schaffen, bereiten', und es ist daher *gemach* ebenso wie 589, 15, 18 (1834, 15, 18) als subst. zu fassen.

NORTHEIM. R. SPRENGER.

ZU ULRICHS VON LICHTENSTEIN FRAUENBUCH.

601, 8 *sagt an, wie lebt ir iuriu jâr?*
ir füllet iuch mit willen an.
ir keiniu ist sô wol getân,
si leg an sich alsölhiu cleit
diu iu ze tragen solten leit
sîn und die iu missestânt.
den lîp ir alle unschône hânt:
daz gît uns hôhes muotes niht.
swâ unser kein ein frouwen siht,
diu sitzt sam si ein swester sî,
wer solte der gerne wesen bî?
ir gepende si in diu ougen leit:
ir ieglîch einen sleier treit:
dâ mit hât si verwunden dâ
den munt, diu wang, dâ bî die prâ.
ir lât an iu niht anders sehen
mit willen, wan der ougen prehen.

sich an vüllen wird bei Lexer III, 563 durch 'sich bedecken, bekleiden' erklärt, ohne daß jedoch außer unserer Stelle ein anderer Beleg für diese Bedeutung gegeben wäre. Unerklärt bleibt *mit willen* V. 9 und 24. Die Frau sucht 603, 1 ff. diese Vorwürfe des Ritters zu widerlegen; ihre Entgegnung beginnt:

ir jeht wir frowen uns fluen an
dâ mit daz wir niht schône hân
mit kleiden nu als ê den lîp.

St. *fullen* 601, 9 haben wir hier also *fluen,* welches an das übrigens noch gebräuchliche mnd. *vlien,* zieren, schmücken (Mnd. Wb. 5, 274) erinnert. Dies kommt auf hochdeutschem Gebiete nicht vor, würde auch dem Zusammenhange nicht entsprechen. Haupt in seiner Zs. 15, 247 vermuthete, daß *fûlen* zu lesen sei. Wenn wir von 601, 8 ff. ausgehen, wo gesagt wird, daß die Frauen sich wie Nonnen tragen, so ergibt sich für das unverständliche *mit willen* : *mit wîlen* 'Nonnenschleiern' (*mit* V. 24 ist = 'vermittels'). Dann kann aber auch kein Zweifel sein, daß in *füllen* ebenso wie in *fluen* 603, 1 das schw. V. *wîlen* 'verschleiern' steckt. Es ist also V. 601, 9 zu lesen:

ir wîlet iuch mit wîlen an.

und 603, 1 ff. muß gelesen werden:

ir jeht, wir frouwen uns wîlen an,
dâ mit daz wir niht schône hân
mit kleiden nu als ê den lîp.

dâ mit hat hier die Bedeutung 'dazu, außerdem'. Es ist also zu übersetzen: 'Ihr sagt, daß wir Frauen uns verschleiern; dazu (behauptet ihr noch), daß wir nicht wie früher den Leib mit Kleidern schön zieren.

NORTHEIM. R. SPRENGER.

ZUM SCHLEGEL DES RÜDEGER VON HUNKHOFEN.

Rüdeger von Hunkhofen, so nennt M. Haupt den Dichter mit Recht, seit er *Hunchofen* im Passauer urbarium Mon. boica 28, 2, 167 als die Heimat des Dichters, wohin auch seine Sprache weist, entdeckte (vgl. seine Ausgabe der Erzählung vom übelen Weibe [1871] S. 71). Auch zu Hartmanns Erec[2] 380 nennt er ihn so, während er ihn zu Neidhart 65, 38 [1858] noch R. von Hundhofen nennt. Dies scheint Ehrismann, Germ. XXV, 403 entgangen zu sein. Seiner Erklärung der V. 316 f. des Schlegels, die er lesen will:

dise zwêne süne sint gar
gedûht in e i n kæskar

schließe ich mich jetzt an, bemerke aber, daß ich dann *gedûht* trotz Schmeller[2] I, 495 nicht für richtig überliefert, sondern aus *gedruht* (gedrückt) entstellt ansehe. Dafür spricht auch die Lesart der Dresdener Hs., die Haupt mit Recht als die relativ beste ansah (*getrukt*). Die Durchsicht der Stellen bei Schmeller ergibt nämlich, daß bair. *dauhen*, wo es nicht dem hochd. *tauchen* entspricht, gleich dem niederd. *dûken* die Bedeutung des gewaltsamen Drückens hat, was für den weichen Käsequark nicht paßt. Für die Lesart *druhst* scheint mir auch die Stelle in Fischarts Gargantua K_3 a: *Was truckst den Käs?* zu sprechen. Mit dem *kæskar* scheint hier übrigens das Gefäß gemeint zu sein, in welchem die Käse zur Aufbewahrung „eingelegt“ werden. Zur Bedeutung der Redensart möchte ich noch vergleichen: alles in einen Topf werfen, d. h. alles gleich behandeln.

Ich habe mich seit Jahren mit einer Ausgabe des textlich vielfach entstellten und von v. d. Hagen nur mangelhaft überlieferten Gedichtes beschäftigt, die nun nahezu vollendet ist.

NORTHEIM. R. SPRENHER.

WINKELSEHEN.

Der substantivierte Infinitiv *winkelsehen* wird im Mhd. Wb. II, 2, S. 281 auf Winkel zurückgeführt, während M. Haupt zu Neidhart 36, 29 nur die Stellen anführt, in welchen dieses Wort sonst begegnet, ohne eine Erklärung hinzuzufügen. Die Stelle bei Neidhart lautet:

Des wil Küenzel meister sîn.
der verbiutet lachen sprechen winkelsehen.
deist durch in getân
des gesmielt dô Jiutelîn.

In Heinrich von Türlins Krone 25050 begegnet *rûnen unde winkelsehen.* Ferner erscheint das Wort Urstende 127, 5 ff.:

dô wart her unde hin
von dem gesinde michel schehen,
wenken unde winkelsehen
und angestlîch gebâren.

Dazu kommt noch 111, 69, wo der Infinitiv als wirkliche Verbform erscheint. Die Stelle lautet nach Berichtigung einiger offenbarer Schreibfehler:

Ich gelîches anders niht.
wan als dâ man hunde siht
vehten mit swînen,
toben unde grînen,
treten unde winkelsehen.

Für diese Stelle paßt die im Mhd. Wb. gegebene Erklärung von *winkelsehen* als '*nach einem Winkel sehen, sich zu verkriechen suchen*' nicht, weil die Tobsucht, in die die Juden gerathen (vgl. 111, 62 f. und die ganze Stelle im Zusammenhange), nicht mit Feigheit gepaart sein kann. Scheinbar würde sie passen Urst. 127, 6. Doch wie läßt sich damit die Stelle im Neidhart und bei Ulrich v. Türtin vereinen, wo wir doch offenbar dasselbe Wort haben? Ich erkläre mir *winkel* in *winkel-sehen* als Adj. gebildet von *winc* (zu *winken* in der Bedeutung 'mit den Augen blinzeln'). Die Bildung ist wie bei *wankel* 'schwankend' von *wank;* der Bedeutung nach ist *wenken, wenkelieren* (außer dem Mhd. Wb. und Lexer vgl. noch Schmellers Bayer. Wb. II², 959) zu vergleichen. Fassen wir *winkelsehen* als 'zwinkern mit den Augen', so erklären sich sämmtliche angeführte Stellen sehr einfach. Bei Neidhart und in der Krone ist es das heimliche Zublinzeln als Zeichen des Einverständnisses zwischen Liebenden; Urst. 127, 7 ist es Zeichen der Verlegenheit und Furcht. Es bliebe also nur noch Urst. 111, 69. Aber auch diese Stelle erklärt sich, wenn wir für *winkelsehen* hier die im Mnd. Wb. 5, 670 angeführte Stelle Eccles. f. 47a (Str. 27, 25) vergleichen. Sie lautet: *De dar wenket mit den oghen, de smedet niht gudes* (annuens oculis fabricat iniqua).

NORTHEIM. R. SPRENGER.

MNL. *PROIÊL.*

Mnl. *proiêl* = Thiergarten wird in Weigands Deutschem Wörterbuche mit *Brühl* (mlat. bróilus, brolius) zusammengestellt. Es ist aber wohl kein Zweifel, daß das mittelniederländische Wort auf frz. *praiel* (*préau*) zurückgeht. Dies geht wiederum auf mlat. pratellum, praticulum zurück und erscheint auch im Mittelniederdeutschen in der Form *priêl, proyêl* in der Bedeutung „Lustgarten". Vgl. Mittelniederd. Wörterb. 3, 376.

NORTHEIM. R. SPRENGER.

EIN BRUCHSTÜCK AUS BRUDER PHILIPPS MARIENLEBEN.

Vor einer Reihe von Jahren fielen in meine Hände zwei kleine Pergamentblättchen von je etwa 9 × 6 Ctm. Umfang, die beim Einbinden oder Heften alter Actenstücke des Staatsarchivs zu Weimar einmal verwendet worden waren. Vorder- wie Rückseite sind mit mittelhochdeutschen Versen beschrieben und zwar von einer Hand des 14. Jahrhunderts. Eine genauere Besichtigung zeigt, daß beide Blättchen ursprünglich nebeneinander zusammengehangen haben. Messer oder Schere hat sie vor Zeiten getrennt, ohne jedoch die Schrift zu beschädigen, da der Schnitt einem freien Zwischenraume in der Mitte der ursprünglichen Breite gefolgt ist. An der Beschaffenheit der Seitenränder läßt sich erkennen, daß man das Pergament aus einer gebundenen Handschrift herausgerissen hat: an der einen Seite sind die Nadelspuren vom Heften noch vorhanden, an der anderen der äußere Schnitt. Die Breite der ursprünglichen Handschrift ist mithin bewahrt. Nicht so die Höhe. Die beiden erhaltenen Blättchen waren nur der obere Theil des ganzen Handschriftenblattes und durch einen nicht ganz gerade verlaufenden Querschnitt davon abgetrennt. Durch F. Bechs Gefälligkeit erhielt ich den Nachweis, daß der Text der Blättchen dem „Marienleben" von Bruder Philipp angehört. Bei Vergleichung des Bruchstückes mit der Rückert'schen Ausgabe des „Marienlebens" (Quedlinburg und Leipzig 1853) zeigte sich, daß die Blättchen nur etwa ein Viertel der ursprünglichen Höhe der Handschrift ausgemacht haben, daß das vollständige Blatt also ungefähr 25 × 18 Ctm. groß d. h. Quartformat gewesen ist. Der Text hat darauf, wie schon angedeutet, in zwei Spalten gestanden, jede Spalte zu etwa 30—32 Zeilen, jeder Vers abgesetzt in einer Zeile für sich. Die Schrift ist deutlich und fest und verräth einen geübten Schreiber; die einzige vorkommende Überschrift ist in rothen Buchstaben ausgeführt. Erhalten sind auf den Blättchen die Verse 8878—8883, 8909—8916, 8939—8945 und 8968—8975 der Rückert'schen Ausgabe. Mit dem Bruchstück, das J. Zacher in der Zs. f. d. Philol. XV, 280 ff. aus den Hardenberg'schen Sammlungen veröffentlicht hat, hängt das hier besprochene trotz mancher Übereinstimmungen nicht zusammen. Die Lesarten weichen stellenweise nicht ganz unerheblich von denen des Jenaer und des Pommersfelder Codex ab, auf denen Rückert seine Ausgabe hauptsächlich aufgebaut hat. Schreibweise und Sprache zeigen jüngere Formen, die Entstehung des Bruchstückes dürfte in Thüringen oder in Hessen zu suchen sein.

Erstes Blättchen. (Vorderseite.)

und von ir den seyn namen
und vuren uz yn gotiz namen.
Si sayten al der werlde mere,
daz Jhesus Crist gotiz son were,
der um al der werlde not
an dem cruce leyt den tot.

Wi Dyonisius Mariam sach.

Zweites Blättchen. (Vorderseite.)

von hemele süse stymmen irclungin.
Czu dem venstir sach her yn
und sach eyn groz lichtiz schyn
recht sam der sunnen here,
doch waz do lichtiz mere.
Ouch sach her, daz di engil sich
irboten ir demúticlich
[ze dienst], Maria [und ein krone]

Zweites Blättchen. (Rückseite.)

der armen Cristinheyt gedachtin.
Di by Marien waren blebin,
ir lebin do mit ir vortrebin.
Maria di süse und di reyne
untfinc si liplich al gemeyne
und gab in trost und lere gut
czu dem [glouben] stetin mut.

Erstes Blättchen. (Rückseite.)

daz her dir an mynir stat
trost gebe und rat.
Maria sprach: Di Cristinheyt
ist mir so lib, alle arbeyt
will ich durch si lydin.
Und wiltu nicht vormydin,
vrunt, du wollist von mir varn.
[Der heilig geist muz dich be]warn.

WEIMAR. P. MITZSCHKE.

AUS EINEM ERFURTER LATEINISCH-DEUTSCHEN GLOSSAR DES JAHRES 1410.

Die gräflich Schönborn'sche Bibliothek zu Pommersfelden bei Bamberg besitzt eine für die Kleinheit der Anstalt (3000 Druckwerke) sehr beträchtliche Anzahl (etwa 350) von Handschriften, darunter viele von hohem Werth. Ein erheblicher Theil dieser Handschriften stammt aus der Bibliothek des ehemaligen Benedictinerklosters zu St. Peter in Erfurt und rührt wahrscheinlich von dem Erbauer des

Pommersfelder Schlosses, Grafen Lothar Franz von Schönborn her, der 1695—1729 Erzbischof von Mainz war und als solcher recht wohl Erwerbungen von Erfurter Klöstern machen konnte. Aus Erfurt stammt vermuthlich auch die Pommersfelder Papierhandschrift 92 = 2723 in Quartformat mit folgendem Inhalte: 1. Eine allgemeine Weltchronik in deutscher Sprache von Erschaffung der Welt bis 1370, mit Nachträgen aus dem 15. Jahrhundert. (Vgl. MGH, Deutsche Chroniken Bd. II); 2. ein Stück der deutschen Legenda Bonifatii; 3. ein lateinisch-deutsches Glossar in verschiedenen Abtheilungen (Hauptwörter, Zeitwörter, Vögel, Fische, Säugethiere, Insecten, Bäume und Sträucher).

Dieses Glossar umfaßt fol. 152ᵇ—207ᵃ der Handschrift und enthält etwa 9000 Worte, zwischen denen stellenweise lateinische Merkverse eingestreut sind. Es ist innerhalb weniger Wochen, nämlich in der Adventzeit des Jahres 1410 geschrieben worden, wie am Schlusse der einzelnen Abtheilungen vermerkt steht. Der Schreiber nennt sich dabei wiederholt, er hieß Konrad von Tanna und war wohl Mönch im Erfurter Peterskloster. Als Verfasser des Glossars ist Konrad von Tanna nicht zu betrachten; er hat, wie aus vielen durch Augenabirrung entstandenen Fehlern hervorgeht, eine Vorlage benutzt, vielleicht aber doch mancherlei eigene Zusätze angebracht und den deutschen Formen oft unwillkürlich thüringische Färbung verliehen. In der germanistischen Litteratur hat das Glossar noch keine Beachtung gefunden, überhaupt scheint es wenig oder gar nicht bekannt zu sein. L. Dieffenbach hat es weder in dem Glossarium latino-germanicum (Frankfurt a. M. 1857), noch in dem Novum glossarium (1867) ausgenutzt. Durch zahlreiche Stichproben konnte ich aber feststellen, daß die beiden von Dieffenbach als 8 und 9 bezeichneten Glossare der Mainzer Stadtbibliothek aus dem Beginne des 15. Jahrhunderts sehr nahe mit der Arbeit des Konrad von Tanna verwandt sein müssen. Als ich im Sommer 1886 die Pommersfelder Bibliothek besuchte, fand ich das in Rede stehende Glossar und hatte später Gelegenheit, eine Anzahl von schwach belegten oder sonst merkwürdigen Wörtern daraus abzuschreiben. Ich gebe sie hier unter Voranstellung der deutschen Ausdrücke in alphabetischer Folge und ohne Rücksicht auf die einzelnen Abtheilungen der Handschrift.

aftirkosunye (obtrectatio, oblocutio).
allencziln, *aleinczel* (gradatim, passim).
lbatlee (longaevus).
anderweider (retractor).
bechereryn (picariatrix).
berwinkel (acentea, pontia) [Pflanze].
birgenosse (rixalis).

bornichin (puteolus).
edirn (arterizare).
eyschunge (nausea).
erbphant (hypotheca).
irjunget (redivivus).
vrouwenwischtuch czwischen beinen (cento).
gerackel (distentus).
gutedilwin (Falernum).
himelstat (paradisus).
hutichin des magetumps (hymen).
junggebererinne (puerpera).
kadolf (cauchaderium).
kaffeloube (theatrum, amphitheatrum).
kalant (synodus).
calmtrangk (nectar).
koterolf oder *garnrogke* (artista).
koczener (fornicator, scortator).
krulysen (calamistrum).
kuteler (fartor).
lantrumer (profugus).
litlernerynne (poëtrida).
manslachtunge (caedes, parricidium).
meidepiße (locinium).
mittagwip (nonaria).
mittelstunde (intervallum).
munke (polenta).
muntstangk (ostedo).
nessilkint (bastardus).
obirgnugunge (abundantia).
obirhengniße (eminentia).
obirkele (frumen).
obirkerer (transfugus).
obirphlichtig werg (supererogationis opus).
peppe (polenta, papatum).
pfadehuch (vespilio, latro).
pfadehuchin (latrocinari).
stende pint (priapismus).
pisker (lumbricus).
queckborn (vivarium).
querchiln (foculare).
querdirlappe (pictamen).
redesamkeit (ratiocinatio).
roteweb (dyssenteria).
roupnehmer (praedator).
ruzvare (basterna).
sarworchte (lorifex).
scheitilbant (disterminale).
schepphenіße (plasma).
seichglaz (urinale).
seichunge (minctio).
seilsteiger (funambulus).
smalczgrumpil (cadula).
snopper (rheumaticus).
sterneherstraze (galaxia).
sterker (histrio).
stiglig (proclivis).
stouwin (phlebotomare).
sulmecher (statuarius).
tendelmargt (asopa).
tomenicz (ergastulum).
torsamikeit (industria).
troumbescheider, *-unge* (conjector, -ura).
unvorschlich (inscrutabilis).
unlerlich (indocilis).
unmenschin (abominare).
unpin (impunis).
unsmegke (insipidus).
uslegelich (interpretativus).
uzschrift (rescriptum, transscriptum).
voglunge (aucupidium).
voranderweiden, *-weiten* (diversificare, ingeminare, iterare, reciprocare, reiterare).
vorderhut an dem pint (praeputium).
vorgift (toxicatio, virus).

vorslunden(explorator).
vorspeher (obsorbere).
wapinfuter (armillum).
waßirstelcze (epistecula).
widergalm (echo).
widergriffig, *-griffunge* (reciprocus, -catio).
widersegelich (relativus).
wurfling (abortivus).
zceneklapperunge (stridor).
zcungeler (bilinguis).

WEIMAR. P. MITZSCHKE.

VERSCHMELZUNG VON PRÄPOSITION + ARTIKEL MIT FOLGENDER ORTSBEZEICHNUNG.

Wie die Einwohner von Attika im Alterthum das allgemeine Wort *ἄστυ* per synecdochen gern zur Bezeichnung von Athen benützten, so galt im byzantinischen Reich bei den Ein- und Umwohnern der Hauptstadt das einfache *πόλις* als Ausdruck für Byzanz. Die türkischen Eroberer hörten aus dem Munde der griechischen Bevölkerung um Byzanz so häufig die Worte *εἰς τὰν πόλιν* (nach neugriechischer Aussprache = is tam bolin), daß sie diese Verbindung als den Namen der Hauptstadt betrachteten und daraus die türkische Bezeichnung für Constantinopel: Istambol (oder Stambul) bildeten. So entstanden auch die türkischen Namen Ismir für Smyrna aus *εἰς Σμύρνην*, Isnik für Nicäa aus *εἰς Νίκαιαν* und Istanko für Kos (auch ins Italienische so übergegangen) aus *εἰς τὰν Κῶ*. Durch eine Verschmelzung mit der Präposition *ἐν* wandelte sich der alte Name der Insel Ios (unter den Sporaden) in Nio, während die größte der Kykladen Naxos, im Mittelalter Naxia genannt, jetzt häufig auch Axia heißt, indem man das stammanlautende n irrthümlich für die verkürzte Präposition *ἐν* betrachtet und daher wegläßt.

Ganz ähnliche Erscheinungen wie hier im Griechischen finden wir auch in der deutschen Sprache. Das überaus häufige Zusammenstehen von Präposition + Artikel und Ortsbezeichnung bewirkte namentlich bei denjenigen Ortsnamen, welche vocalisch anlauten, eine Verschmelzung des Ausdrucks zu einer neuen Einheit. Das Sprachgefühl ward dadurch gestört, man behielt die Stelle der Zusammenschweißung nicht genau im Sinne und ließ gelegentlich bei Abtrennung des eigentlichen Ortsnamens entweder den rechtmäßigen Anlaut desselben weg oder zog den Schlußconsonanten des Artikels unbefugterweise mit zum Namen. An Beispielen[1]) hierfür fehlt es in keiner Gegend Deutschlands; die nachfolgenden Belege sind nur deshalb überwiegend thüringischer Herkunft, weil sie meist bei Studien über Thüringen gesammelt worden sind. Vielleicht regt vorliegender Aufsatz zur Mittheilung gleicher Beobachtungen aus anderen Gegenden an.

Das einzige Beispiel, in dem mir der neutrale Artikel „das" vorgekommen ist, bildet ein prächtiges Seitenstück zu Istambol. Für das Städtchen Kranichfeld an der Ilm braucht der gemeine Mann in dortiger Gegend die Bezeichnung „Insflackn" = in das Flecken.

Das Hinüberziehen von „in der", „zu der" oder „zur" vermag ich ebenfalls nur mit einzelnen Beispielen zu belegen. Statt „Aue" bei Kamburg an der Saale sagt das Volk „Drau" oder „Trau" = in der Au. Das gleichnamige Dorf bei Saalfeld a./S. zieht sich im Volksmunde noch mehr zusammen zu „Rä". Eicha bei Römhild und Aicha bei Sonnetfeld lauten beide „Dräg" oder „Träg" = zu der Eich. Die Rabelsquelle bei Liebenstein heißt eigentlich „zur Abelsquelle". Bei Wunsiedel liegt am Bache Röslau, ein Dorf mit der amtlichen Benennung Tröslau; der Name ist entstanden aus „in der Röslau". Die Wüstung Reumels bei Meiningen geht zurück auf „zur Aimolds"[2]).

Besonders häufig ist das Zusammenfließen von „zum", „am", „im" mit der folgenden Ortsbezeichnung. Viele Ortsnamen beginnen in amtlicher Schreibung jetzt mit einem m, das ihnen von Haus aus nicht zukommt. So ist entstanden Menzenberg (bei Köln) aus „am Enzenberg", Menzenweiler (Württemberg) aus „am Enzenweiler", Möckers (bei Wasungen) aus „zum Öckers", Meimers, früher Meinbrechts (bei Liebenstein) aus „zum Einbrechts", Memels, früher Meinbolds (bei Wasungen) aus „zum Einbolds", Merkenfritz (bei Rüdingen) aus urkundlichem „zum Erkinfredis", Merbelsrod (bei Eisfeld) aus „zum Erlwinsrod", Meschenbach (bei Schalkau und ein zweites bei Koburg) aus „zum Eschenbach", Meernach (bei Gräfenthal) aus „zum Ernich". Die Wüstung Michelsdorf bei Rodch kommt urkundlich 1340 als Igelsdorp vor.

[1]) Rudolf Hildebrandt hat in der Zeitschr. f. deutsche Philol. II, S. 477, Anm. 1 beiläufig auf die Erscheinung hingewiesen und führt folgende Beispiele an: Nesseling für Eßlingen, Melminge für Elbing, Nüchtland für Üchtland; und umgekehrt Assowe für Nassowe, Avare für Navarre.

[2]) In der Gegend von Meiningen gibt es noch jetzt eine ganze Reihe von Orten, die elliptisch nur den genitivus possessivus des Namens vom Erbauer oder ersten Besitzer als Bezeichnung tragen, z. B. Christes, Heinrichs, Eckarts, Albrechts, Hellmers u. a. m.

In anderen Ortsnamen hat zwar die amtliche Schreibung das m zu Anfang nicht angenommen, aber im Volksmunde wird dieser Rest des Klebwortes fast regelmäßig vorgeschlagen, und daß der Brauch sich schon von alter Zeit her schreibt, geht aus dem gelegentlichen urkundlichen Vorkommen solcher Namensformen hervor. So heißt Eichicht (bei Saalfeld a./S.) in der alten Saalfeldographia von S. Liebe „Meichicht“ = im Eichicht und jetzt im Volksmunde nur „Mäg“ = im Eichig, Arles (bei Ebersdorf, Reuß) und Arlas bei Ziegenrück im Volksmunde „Marles“ = im Arles; Ahorn (bei Koburg) im Volksmunde „Marn“ = zu dem Ahorn; Eckarts (bei Wasungen) im Volksmunde „Meckers“ = zum Eckerts; Ebenharz (bei Hildburghausen) ursprünglich Eberharts, im Volksmunde Mebritz oder Meberts = zum Eberharts; Etzdorf (Wüstung bei Gera) urkundlich 1364 „Metzelsdorf“, Essbach und Etzelbach (bei Ziegenrück) im Volksmunde Mespich und Mötzelbach = zum Etzelsdorf; Ibenhain (bei Waltershausen) urkundlich einmal „Mywenhayn“ = im Ibenhain, Arnshaugk (bei Neustadt a. Orla) urkundlich oft Marnshowgk = zum Arnshaugk.

Ob auch Immelborn bei Salzungen in dieselbe Reihe gehört, muß zweifelhaft bleiben; da es sich urkundlich stets mit anlautendem m als Memelbrunn oder ähnlich findet, so könnte wohl auch ein Mimilo im ersten Theile des Namens stecken und das m nur per nefas et falsam analogiam in der jetzigen amtlichen Schreibung abgefallen sein.

Neppendorf (bei Hermannstadt in Siebenbürgen) hieß früher Eppendorf. Hier ist das Schluß-n der Präposition „in“ ohne Zwischentreten des Artikels hinübergezogen worden. Der Neroberg (bei Wiesbaden) hieß ursprünglich Ersberg, zwischen beiden Formen liegt die Gestaltung Nersberg = auf den Ersberg. (Vgl. neben = in eben.) Auch die vielfachen Nobiskrüge (abgelegene Schenken) gehören wenigstens mittelbar hierher, denn das italienische Wort nabisso, aus dem das „Nobis“ umgeformt ist, ist eine Verschmelzung von in abisso.

Auch das einfache „ze“ ist als z manchmal mit dem folgenden Ortsnamen zusammengeflossen. Artenkirchen (bei Landshut) heißt urkundlich einmal „Zartinchiricha“, Edelshausen (bei Ingolstadt) ebenso einmal „Zetileshusir“. Vermuthlich gehört ebenfalls hierher ein Dorf bei Koburg, das amtlich Ziegelsdorf geschrieben wird, nach der urkundlichen Form Zichendorf aber aus „ze Ichendorf“ entstanden zu sein scheint.

WEIMAR. P. MITZSCHKE.

MITTHEILUNGEN AUS MITTELHOCHDEUTSCHEN HANDSCHRIFTEN UND ALTEN DRUCKEN.

I. Aus Handschriften.

1. Die Mainzer Stadtbibliothek besitzt als Nummer 3 eine Großquarto-Hs. des X.—XI. Jahrhunderts auf Pergament, enthaltend die Evangelien in lateinischer Sprache. Die Einbanddecke ist Leder mit einfach gepreßtem Muster, auf dem Vordeckel befinden sich zwei Streifen vergoldetes Kupfer mit Medaillonbildern von Heiligen in Email rheinischer Arbeit (weißblau, blau und grün). Das erste Medaillon oben ist abgefallen, II. S. VINCENTI9. III. S. STEPHAN9 IV. S. LAVRENTI9. V. S. MAVRICI9, unten: I. unbezeichnet, II. S. CANDID9. III. S. EXVPERI9. IV. S. VICTOR. V. ohne Bezeichnung. Alle Bilder sind Brustbilder guter Darstellung. Die Rückdecke bedeckt eine vergoldete Durchausplatte von Kupfer mit dem eingeritzten Bilde des heil. Mauritius in ganzer Figur als Krieger mit Schild und Lanze, als weiterer Schmuck dienen eingeritzte Arabesken. Auf Blatt 1, Rückseite, steht von einer Hand des XIII. Jahrhunderts: Liber statutorum ecclesiae sancti Mauritii Moguntinensis auf neu eingeheftetem Pergament. Die Handschrift stammt aus dem St. Morizstift in Mainz. Blatt 1—6 enthalten Canontafeln der Evangelien unter gemalten Säulenstellungen mit Architraven, welche Blattwerk schmückt. Blatt 7, Vorseite, beginnt der Text mit den Worten: Beatissimo pape Damaso Hieronimus. Blatt 61—72 steht auf neu eingeheftetem Pergament: Juramentum canonicorum ecclesie sancti Mauricii Moguntinensis von einer Hand des XV.—XVI. Jahrhunderts, Blatt 73 folgt die Fortsetzung des alten Evangeliencodex, welcher Blatt 207 abschließt: Explicit evangelium secundum Johannem habet versus mille Dccc. Blatt 208 ist leer.

Der Codex enthält außer dem Texte der Evangelien und dem dazu gehörigen Commentar am Rande eine Menge lateinischer und deutscher Interlinearglossen, welche letztere als Erzeugniß mittelrheinischer Sprachübung des X.—XI. Jahrhunderts die Aufmerksamkeit der Germanisten und einen Abdruck verdienen. Hier folgen einige Proben der altdeutschen Glossen.

Blatt 8, Vorseite: collatione: zisamenebrahti. — de curiosis: forscelen. — Bl. 8, Rückseite: recurrens: uuidarilendi. — ex titulo: zeichine. — Bl. 9, Vorseite: e vicino: darbi. — e regione: daringegini. — Bl. 13, Vorseite: conjugem tuam: sine gemahelun. — natum est: errunan. eruuahsan. — Bl. 16, Vorseite: mittentes: uuerfende. — Bl. 18, Vorseite: repudii: zislezzes etc. etc.

2. Die bischöfliche Seminarbibliothek zu Mainz besitzt eine Kleinquarto-Hs. des XV. Jahrhunderts auf Papier mit Pergament gemischt, welche ehedem dem Fürstbischof Melchior v. Diepenbrok von Breslau gehörte und nach einem Eintrage auf dem Vordeckel an F. Schlosser, von dessen Witwe Sophie, geborenen du Fay, an Bischof Emmanuel v. Ketteler zu Mainz und durch dessen Freigebigkeit mit der Schlosserschen Bibliothek ins Mainzer Seminar gelangte. Auf der Rückseite des Vorsatzblattes steht von einer Hand des XV. Jahrhunderts: Das puch gehort in daz Closter zu Sant katheren prediger orden in Nurnberg, von späterer Hand: das puech gehört dem Closter .... (der Rest ist mit Tinte verschmiert). Blatt 1, Vorseite, steht: N . XXXIIII als Bibliotheksignatur und: „Item an disem puch stet zu dem ersten etlich offenbarung von den wunden unsers hern und von den tropfen seins plutz und wie vil menschen in gemartert haben", fünf Inhaltsangaben, welche den Inhalt des ganzen Sammelbandes nicht erschöpfen. Der Inhalt dieser merkwürdigen Handschrift blieb bislang unbekannt, deshalb folgt hier kurze Angabe.

I. Blatt 1: Ein offenwarung von unsers herren wunden. Es pat ein mensch unsern herrn lang zeit mit grossem ernst, das er im kunt tet und im offent, wie vil der zal seiner wunden wern etc. Am Rande steht die Zahl 1460. Schließt Blatt 4, Rückseite: aber sunderlichen sprechen all tag lxx. miserere so das jar ausser aus kumt, so ist idem tropfen ein verss an dem miserere worden. Mystische Abhandlung ohne weiteren Werth.

II. Blatt 4, Rückseite: Unserm herren Jesu Christo zu ewigem lob und allen den zu grosser besserung, die es lessen oder horen lesen, wil ich ein wenig schreiben von der unczellichen genad und grossen gut, die der milt got hat gethan der heiligen samnung ze kirchperck prediger ordens an geistlichen dingen und an hoher aus genomer genad. (Überschrift in rother Tinte.) Es folgen Erzählungen über das mystische Leben der Nonnen des Klosters Kirchberg bei Ulm, Dominicanerordens, welche sich an die Arbeiten des Gerard de Frachet und der Anna von Munzingen im Predigerordenskloster Adelhausen bei Freiburg i. Br. anreihen und ungedruckt blieben, da diese Handschrift wohl die einzig erhaltene zu sein scheint. Es fehlen alle chronologischen Angaben, das Ganze scheint jedoch in chronologischer Folge von mehreren Verfassern oder Verfasserinnen geschrieben. Einmal kommt die Zahl 1305 als Todesjahr der Schwester Mechtild von Waldeck vor, so daß die Aufzeichnungen das ganze XIV. und einen Theil des XV. Jahrhunderts zu umfassen scheinen, da Blatt 28 die Zahl 1451 als Endpunkt eines Abschnitts vorkommt. Das Ganze gibt einen guten Einblick in das Leben eines Predigerordensnonnenklosters und ist für Geschichte der Mystik trotz mancher überspannter Anschauung von hohem Werth. Ich theile in Anlage I ein größeres Stück des Anfangs und das Ende mit.

III. Blatt 59, Vorseite, unten: Von dem heiligen ellein on fusslein. Ein peurin gewan ein kint an fuss, daz hiess sy ellein etc.

IV. Blatt 60, Vorseite, unten: Von einem hirten, der sein seklein vol pet. Anno domini Mccc lxxii da sagt man für war etc.

V. Blatt 60, Rückseite: Das die pyn ein kirchlein machten. Es het eins mals ein frau vil pyn, die wolten nicht czu nemen etc.

VI. Blatt 61, Vorseite: Von dem schuler, der drei schar sah. Zwen schuler sahen die freiss diser werlt und berieten sich etc. Die Stücke III—VI sind fromme Erzählungen, deren Zugehörigkeit zu einem Werke ich nicht nachweisen kann.

VII. Blatt 62, Vorseite: Unser frauen predig. Dieses sonst inhaltslose Stück bietet am Schlusse durch die Nennung eines Heinrich Lesemeister zu Köln vielleicht einen Beitrag zur Litteratur über Heinrich Seuse, der sich ja zu Cöln aufhielt, und ist deshalb als Anlage II ganz mitgetheilt.

VIII. Blatt 65, Vorseite: Super oracione dominica Erhart Gross sororibus ad sanctam Katherinam capitulum primum. Oportet semper orare et in ea non deficere. Allerlibsten swestern, als ich hab vernomen, das eure innikeit in begir hab noch den reden, die ich hab verschriben vormals umb eurs pittens willen, das ich eur erwirdikaitten aber enwintzk etc. Schließt: dem dann volget ewige selikeit. Amen. Erhart Groß ist in der Litteraturgeschichte nicht näher bekannt.

IX. Blatt 92, Vorseite: Una est columba mea, perfecta mea. Sic scribitur canticorum sexto capitulo. Erwirdigen innigen und auch meyne allerlibsten kynder, die wort oben in der latein verschriben seyn auss dem puch salomonis etc. Schließt: Alleluia globt seistus Maria Amen. Alleluia. Hic sermo spiritualis est virginum sanctimonialium in Nurenberga ad sanctam Katherinam ordinis sancti Dominici.

X. Durchaus Pergament und wie die am Rande beschnittenen Zahlen beweisen, Theil eines besonderen Codex größeren Formats, auch von älterer Hand und in älterer Sprache als der andere Theil des Codex. Beginnt: Audi filia et vide et inclina aurem tuam. Eine mystisch-allegorische Predigt, an Meister Eckhard erinnernd nach Art der Abfassung. Schließt Blatt 110, Vorseite: der ain got mit dem vatter und dem hailigen gaist ewiglich ist Amen. Vgl. Anlage III, woselbst der Anfang mitgetheilt ist.

II. Aus alten Drucken.

1. Das St. Paulusmuseum in Worms besitzt einen Einblattdruck, der weder von Weller, Annalen, noch Goedeke, Grundriß aufgeführt wird. Das Stück enthält den gereimten Text zu einem Bildniß der Margarathe Weyss, geboren zu Rod im Bisthum Speier 1529, welche 26 Monate lang ohne Speise und Trank lebte. Beginnt:

EIn warhafftig Contrafactur
Hie angezeigt, auch recht figur,
Eins junckfrewlins Margreta gnant,
So in dem Bistum Speir vnd landt
Geboren in eim dorff heist Rod,
Durch Gôtlich fürsehung vnd gnad
Im tausent fünff hundert XXIX. jar etc.

Besteht aus zwei Reihen Text, mitten zwei colorierte Holzschnitte. Der Text der zweiten Columne ist unterzeichnet J. W. Z. C. Unten: Also zu drucken gefertiget, durch Hansen Schiessern Maler zu Wormbs, im jar nach der | gepurt Christi M . D . XLII. vnd volendt am XXI. tag Martij. Die Type ist Schwabacher. Darunter vier weitere colorierte Holzschnitte. Das Bild der Margaretha Weiß fehlt, die beigeklebten Holzschnitte stellen Verbrechen und Strafe der Hexen vor und gehörten vielleicht ursprünglich nicht zu dem Drucke. Das Wormser Exemplar ist das vom Antiquariat L. Rosenthal zu München, Catalog 65, Nr. 1511 angezeigte.

2. Ain ûber Schôn lesen | Von den Wilden rauhen menschen | der nachkumen, von den Sûnen Noe, wie Sy in erdgruben | mit wylden tierheûten bedeckt lange zeyt gewonet haben, | vnd wie Sy nachmalen heûser geziemert. Hiemit auch | Augspurg die stat mit aim groben anfang dess rauhen volcks, auffgericht vnnd mit aim teil | zaun vmbgeben, vnd mit aim grab-|en dar vorauff geworffen | worden ist etc. Am Ende: Vnd ge-|druckt durch Mel-|chior Ramminger | Im jar M . D . XXII. | folio, 48 meist falsch numer. Blätter + 3 Blätter mit numer. Register, mit 11 prächtigen Holzschnitten, einer blattgroß von Hanns Scheufelein und mehreren Borduren. Panzer Annalen II, S. 117 abweichend. In meinem Besitz. Von Weller, Annalen und repertorium nicht aufgeführt.

3. Diss biechlin zeygt | an die weÿssagung võ zukunfftiger | betrübtnuss. Wölliche grausa|men betrübtnuss vns klärlichen | aussprechen ist. Sannt Bir-|gitta. Sannt | Sybilla. | Sant Gregorius. Sant | Hilgart. Sant Jo|achim. | Vnd wirt genant die Burde | der welt. 1522. | Mit Randleiste, worin unten zeigende Hand. Quarto, 25 nicht numer. Blätter. In meinem Besitz (nur die drei ersten Blätter). Fehlt bei Weller, repertor.

4. (Caspar Scheidt von Worms) Die Frôlich Heimfart. | Ein newe Poëti-|sche Histori, von Fraw Adelhei|ten, jrem tugentsamen leben, vñ seligen abschied. | Zu löblicher nachgedechtnuss, der Edelen vnd | Tugentreichen Frawen Anna von Erntrawt, | weiland des Edlen vnd Ernuesten Hans Jaco-|ben von Wachenheims ehlichem gemahel. Allen | Adelichen gemütern, besonder Frawen vnd | Junckfrawen nützlich vnd bekümmerten | tröstlich vnnd er-|getzlich. | Holzschnitt. | Am Ende Blatt p. 4, Vorseite: Getruckt zu Wormbs, durch | Grogorium[1]) Hoffman. | Quarto. Signatur A, p. 4 (60 Blätter).—In Wolfenbüttel (171, 32. Qu. 4⁰) Berliñ und germ. Museum. Vgl. Goedeke, Grundriß I, 367. Allgem. d. Biographie XXX, 726.

5. Process, wie es soll | gehalten werden mit den | Widertâüfern. | Getruckt zů Wormbs durch | Paulum vnd Philippum Kôpflein | Gebrûder. | Am Ende: — — — Geschri-|ben zu Wormbs | Anno, | MDLVII. | Phi- |

Letztes Blatt: Philippus Melanthon,
Johannes Brentius,
Johannes Pistorius Niddanus,
Jacobus Andreae Doctor,
Georgius Cargius,
Jacobus Rungius,

subscripserunt. | Rückseite: Druckermarke. Germanisches Museum. Unbekannt.

Anlagen.

I.

Unserm herren Jesu Christo zu ewigem lob und allen den zu grosser besserung, die es lessen oder horen lesen, wil ich ein wenig schreiben von der unczellichen genad und grossen gut, die der milt got hat gethan der heiligen samnung ze kirchperck prediger ordens an geistlichen dingen und an hoher aus genomer genad.

---

[1]) So der Druck.

Es ist ze dem ersten ze wissen, das sant Werendraut von Düren sant Elsbeten tochter, die was nit vollen neün jar alt, da sie in das closter kam, die was gar ein unschuldiger reiner mensch von iren kintlichen tagen uncz an iren tod auss genomen an demutikeit. Ein rechcz miltecz erbermdess hercz und gen allen menschen mit lauterm herczen und gemut dinet sie unsern herrn stettiklichen all ir tag mit gantzem fleiss. Hiczige mynn und begird het sie zu got mit manigfaltigen tugenden. Und mit irem steten fleiss kam sie dar zu, das ir got grosse und uberflusse genad tet, der ich etliche hie ruren will. Man sol wissen, wer zu der genad jubilus komen will, die disse aus genomen andechtige swester vil und dick werlich und offenlich hat gehabt, der muss genczlich frey sein herczen und gemutes von aller anhaftung zergencklicher ding, und muss haben gancze lautrikeit, die unvermengt sey. Diss het disse swester volkumenlich, aber was die genad jubilus sey, das merkt. Es ist ein genad, die unmessig ist und als gross, das sie nyman versweigen mag, und das sie doch niemant volkumenlich gesagen kan an sussigkeit, die so uberflussig ist, das hercz, sel und gemut und alle die andern des menschen durch gossen werden mit unseglicher sussikeit so volicklichen, das nieman so zuchtig ist, der sich enthalten mug in disser genad. Volkummene mynne durch leuchtet in der genad mit gotlichem licht, das ist jubilus, dar nach gen mangerley genad dar ein die hoch und misslich sein in einem mer in dem andern mynner. Sie kam auch dick zu der genad contemplativa. Die genad ist also, das des menschen synn auf geczogen sein in got wunderend und schauend in dem spigel der ewigkeit, die gruntlossen wunder gotes, und weilen neigt sich got wider in die sel, und fleusset in sie mit seiner genad. Denn ligt der mensch in gotlicher schauung und ist ungewaltig sein selbs, und ligt ausswendig, als ob er tod sey. — — —

Am Ende: Got muss sein genad meren
Allen den, die in eren,
Und geb in auch langes leben,
Das sie im reiches lob widergeben,
Und das sie umb in erberben
Ane sunde ersterben,
Und darnach hin zun freüden varen,
Da sie got vahe an seinen arme
Und sich niten der wunne gar
Gemeinschaft aller himel schar

Und der vil reinen süssen,
Die da kumer püssen.
Wer der dinet nach wirdickeit,
Dem ist sie alle stund bereit
Im leben und am ende
An alle misse wende
Kumet sie in den nöten dar.
Sie behutet sie vor bosser schar,
Das ir gewalt nit kan geschaden.
Aller lege sie mussen gedagen
Sie tut sie mit ir genade jagen,
Das sie den sig nit mügen behaben
Vor ires kindes allmacht,
Des helff uns die götlich krafft. —
Diss püchlein sol niemant lesen,
Er merck auch mit fleiss gar eben,
Das got nit ungelont lat
Wer lebet in seiner mynnen rat.
Er wider gibt dort und hie,
Der an seinem lob nie abgelie,
Und darnach sullen wir ymmer streben,
Das wir enpfahen seinen segen,
Von dem wir werden wol behüte
An leib, an herczen und an gemüte,
Biss wir volle zu im kumen,
Aller erst wirt uns das trauren benumen,
Wann er gibt freüd an zal
An allen dingen hab wir die wal,
Das wir ze mal des sein gewert,
Wes unser sel ymmer begert.
Nu lat euch erparmen,
Und pit für die armen,
Die diss puchlein geschriben hat,
Sie got bewar vor missetat,
Und die alten schulde vergebe,
Das sie an alle sorge lebe,
Und sie kome zu gotes reich,
Das wünschet alle geleich Amen. —

Da diss büchlein gesamnet und offenlich durch besserung in dem convent gelesen wart, dar nach sach ein gar selige swester in dem slaf vier augen, die sprachen zu ir, sie wolten diss büchlein erleüchten und beweren, das es an allen dingen nach der warhait geschriben wer. Wer aber die vier augen sein gewesen, das mag ein verstanden hercz aller beste darauff nemen, das es die vier himelischen vihlein wern, die sant Johannes sah, das sie vol augen waren vor in und hinder in, und gaben lob und ere dem lebendigen got, dem siczenden auf dem throne ewicklichen, und der verleihe uns auch, das wir dir edelem erleühter und aller seiner erwelten, die mit irr lere alle die werlt zu götlicher erkantnüss bracht haben, geben ere, und gemeinschaft gewinne in der freüd, dÿ nÿmer zerget Amen. —

Nu wil ich eüch von disem closter verjehen,
Da dise selige dinck inne sint geschehen,
Das ligt in swaben lant
Dacz einer stat ist Ulm genant,
Und daz ich diss büchlein geschriben han,
Da sol nyemant kein rum an verstan
Neüer den gotes freunden zu einer lere,
Got dem seÿ gesagt ere
Nu und ymmer mere Amen.

II.

Unser frauen predig.

Das ist die predig, die unser frau prediget ausz ir selbs mund zu einem mal für einen prediger, da er auf waz gestanden, und wolt haben geprediget, da ward er so kranck, daz er nicht mocht gepredigen. Da stund sie für in auf in aller der weisz, alz ob er ez wer gewesen, und sprach also: Sant Augustinus spricht, welcher mensch recht weis wöll werden, der sol sein recht demuttig. Ist daz er nicht kumpt zu rechter demuttigkeit, so kan er zu rechter warer gotlicher mÿnn nÿmer kumen. Der aller demutigst ist der aller weisest nicht einfaltiglich weis. Er ist unserm hern aller loblichst und der werdest. Der aller demutigest ist unserm hern der aller heymlichst. In der heymlikeit zeiget unser herr dem demuttigen den schacz seiner weissheit. Sant Bernhart spricht: Maria, wer dein grundlose demuttigkeit nit gewesen, so werstu gottes muter nye worden. Daz daz war sey, so sprechen die lerer all sampt, daz Maria gottz muter all tugent hab gehabt an dem aller obersten, da sie ye kein mensch an gewan, daz lest sie allez sein. Und spricht von ir selber also: Er hat an gesehen die diemuttikeit seiner dirn. Mensch du woltest allez daz sich got dir geb hye in dirr zeit nach deines herczen willen, daz mag got nicht getan. Warumb, da ist es uber zeit, und hat er dich in der geschaffen, und dar sol dein begerung wagchsen allzeit. Ist daz du daz thüest, so wil er dir darumb geben, daz sant paulus spricht, daz kein aug nye gesah noch kein or nye gehort, noch kein hercz nye bedencken kund. Wol allen den, die reines herczen sind, wann die sullen got sehen, nit einfaltiglich sehen. Sie sullen in nyessen in voller glorie. Er hat ein wonung gemacht in iren selen, wann sie sullen in nyessen ewiglichen. Unser herr spricht: Waz die sel will, daz wil auch ich, und waz ich wil, daz wil auch sie. Dar umb wil ich nit sunder sie, wann sie en wil nit sunder mich. Sye en sol nit sprechen noch horen noch sehen sunder mich, wann wir sein ein, sie ist mir ein also zart, wenn sie mynnet nicht, denn durch mich, dez ist sie mir ein also zart und ausserwelt. Wann ich han sie ausserwelt, ich und sie wir sein ein daz von genaden, dez han ich sie erwelt. Sie enmag ez nit enpfahen. Wolt sie ez in disem leib, geb ich ir ez in disem leib, sie vermöcht ez nicht. Nu spricht unser her, er het ein menschen funden nach allez seins herczen willen an dem kung davit. So man den david fraget, wo ist dein got? so sprichet er: er ist mir also ze ferr. Sich mensch, seyt daz der spricht, den got selber gelobt hat durch seinen gotlichen mund, wie woltest du denn du armer mensch, daz ez dir wider fur in disem leib, wann dich der gotlich mund nit also gelobt hat. Nu spricht unser herr: Ich schon ir vil in disem leib, ich schon dez meinen, wann er ist mein, so pin ich sein, her nach so wil ich kumen, und wil ir dancken in voller freud. Ich sol der danck sein, ich wil der lon sein, her nach sol sie kumen in volle bekantnuss gotlicher mynn. Ich und sie sullen also vereint werden, alz ich ewig pin. Also sol sie ewig werden in voller glorie wol alle den, die reines herczen sein, sie sullen mich nÿessen, spricht got. We allen den, die sint von unflettigem herczen, sint gehasset von der heiligen drifaltigkeit. Eya liber mensch erparm dich uber dich selben, die weil du pist in disem leib, die zeit, die du kerest zu affenheit, die wil ich von dir vodern, spricht got. Dar umb rat ich dir, daz du dich kerest zu weissheit, ker umb durch die grossen parmherczikeit gottez, wann unser her ist parmherczig. Er begert deiner selikeit, daz du seyst demuttig von herczen, so ludestu got in dein sel. Nu pistu alz ze lind, und daz ist dir als ze schedlich. Du pist dez sicher. Ist daz du dein sel nit got gibst, du solt betrogen werden. Ee du selbs wenest, du armer mensch, warumb gedenckestu nicht, daz du pist ein gestüppe in disem leib. Erparm dich uber dich selb, wann ich pin bereitt, dich zu enpfohen, spricht got. Si lieber mensch, ich wil dein mynn sein, und dein trost, lass dich daz erparmen, daz die zarten sussen edeln mynniglichen gotheit nach dir blanget, denn kein mutter ye belanget nach irm ein geporn kind. Ich mein menscheit umb dich gegeben han, spricht got. Ich pit dich durch die lieb, die ich han zu dir, erparm dich uber dich. und kum zu mir. Daz zeichen wider fur pruder heinrich von und waz lesmeyster zu kolen[1]).

III.

Audi filia et vide et inclina aurem tuam, et obliviscere populum tuum et domum patris tui, quia concupiscit rex speciem tuam, quoniam ipse est dominus deus tuus. Hör tochter meyn sich und naig dein or, vergiss dein folk und dez haus deines vaters, wann begert hat der küng deiner schön, er ist dein herr und dein got. In den heiligen oster tagen nach metten in dez liechten mayen czeit hort ich morgens früe die lieben fögelin iren schöpfer loben mit gedicht und gesang gar manigvaltiklich aller welte nüwikeit; begert neu freud und was gemait, wan erstanden was do krist und alles, daz da lebendig was, erfreut sich gegen der edlen zeit, elemente dientend wit gegen dem frölichen tag, das feur in den lüften schwebt, daz wasser seine trübe liess, süsser wind der nam ich war, die durch wetten berg und tal, unser gart aller durch kual erstund mit plümlein über al und waz der winter e macht val, daz ward alles lentzig gar. O ewiger himelischer kunig Jesus Christus do gedacht ich mit wainenden augen und mit senendem hertzen Eya wie selig und auszerwelt ist in dyser zeit die sel, die ain trauen und hoffen haben mag, daz der herr ir lieb und ainiger trost sey, den himel und erd so frölich lobt, den bekennen ewig weiszhait ist, den suchen ware tugend ist, und den umb vahen seligkait ist. Do schösz mir an stet ein und daucht mich in meiner sel, wie naiswaz gar göttlich. Nu hast du doch oft gelesen in meines jungers bucher, der da haist sant Dyonisius, daz aigenschaft ist und natur aller guten ding, ye besser sy sind, ye mer so sy sich mit eylen und laufen begerent wit spraiten und mit tailen gütiklich; nym war die durch lüchtend sunn, die an disem frügen morgen frölich gegen dir bricht, die mittailt gern iren schein allen dingen. Des kulen mayen fruer morgen tau erkwicti gern alle anger und garten zart. Die lieben fögelin singend mit

[1]) Eine Hand des XIX. Jahrhunderts schrieb darunter mit Bleistift: Bruder Heinrich von Ulm? Heinrich Suso?

kreften schall und begeren, das ir edel getun in aller menschen oren kem. Mugend sich nun dise gute ding nit behaben, sy müszend ir gute mit tailen andern dingen, die doch gemessen güte von mir enpfangen hend in ir geschepft vil minder unuszsprechenlich mag ich mich behalten inn, ich gebe min güte, die mir nit zu vällig ist, mer die mir natur ist allen den, die mich warlich begerend, die mich fliszlich suchend und die aller zitlicher unnüczer hab umb meinen willen urlaub geben. Sag allen den selen und den aller maist, die umb meinen willen ingeschlossen sind, ich hab sie e begert, den sy mich, do ich sprach durch meines propheten Davids mund, zu ayner yeglichen besunderlich: Hör tochter mein, sich und naig dein or, vergiss dein folk und deins vatters hus, wan begert hat der kunig deiner schön, er ist dein herr und dein gott etc. etc.

WIESBADEN. F. W. E. ROTH.

NACHTRAG, DEN VERFASSER DER ROBERT-BEARBEITUNG BETREFFEND.

Nach Abschluß der Abhandlung über den deutschen 'Robert le Diable' in den beiden bair. Hss. des 15. Jahrhunderts fand sich, daß mindestens die eine dieser Handschriften in weiterer Beziehung steht zu einer für deutsche Prosanovellen bereits in Betracht gezogenen Gruppe. Strauch hat im 29. Bde. der Zs. f. deutsch. Alt. von solchen zwei zum Abdruck gebracht: Marina nach Cgm. Kal. 119, die er (a. a. O. 340) dem Niclas von Wyle zuschreibt[1]) und Grisardis (Griseldis) nach Ms. germ. quarto 763 der kgl. Bibl. zu Berlin wahrscheinlich von Albrecht von Eyb. Diese 'Grisardis' ist, wie Strauch in einem Zusatz (a. a. O. 436 ff.) auseinandersetzt, identisch mit der in Goedekes Grundriß 1², 365 aus cgm. 535 aufgeführten Novelle, eben jenes Codex, der den kalendarischen Anfang unseres Martyrologiums cmg. 534 zu bieten scheint, den wir unserem Abdruck des deutschen Robert zu Grunde legten. Dieser cgm. 535 nun ist nach Schmellers handschriftlicher Vermuthung aus Rebdorf, dem bei Eichstädt gelegenen Kloster; und Strauch hat a. a. O. 436 durch Vergleichung mit einem älteren Eichstädter Breviarium und die darin hervortretende Berücksichtigung der Eichstädter Schutzpatronin S.

---

[1]) S. dagegen Max Hermanns Ansicht in der Vierteljahrsschrift für deutsche Littgesch. III, 16 ff.

Walburga diese Herkunft des Codex näher bestimmt, was für die Autorschaft Albrechts von Eyb bei jener Grisardis weitere Bedeutung besitzt. Strauch hat übrigens, soviel ich bemerke, übersehen, daß eine Erlanger Hs. (Nr. 1699 Kp. in 4° aus d. 15. Jh. vgl. Irmischers Katalog p. 240), die im Anfang defect ist, die Grisardis gleichfalls enthält. Nach Irmischers Beschreibung folgen hier von Bl. 4, 6 an die Capitelüberschriften in der Reihenfolge von A und B (nur zwischen den Rubriken von A: *Wie Grisardis von irem vater geleret wardt* und *Wie der marggrave die tugendhaftigen Grisardis in sweren sachen versuchet* etc., fehlt oder ist übersehen: *Von den grossen tugenden, der Grisardis vol was* etc.) jedoch in der Form näher an B als an A. Der fehlende Anfang gehört hierzu, denn die erste Zeile nach dem Defect (*das wort des heiligen ewangelii das spricht also Ein guter pawm pringt gute frucht*), die Irmischer mittheilt, ist aus der Grisardis (bei Strauch a. a. O. 374, 26 f.). Die Hs. ist auch sonst nach dieser Seite interessant (*Eriolus und Lucretia; Mellusina*).

Was nun für unsere Robertbearbeitung durch den mittelbaren Anschluß an diese Handschriftenfiliation zu entnehmen ist, scheint freilich nicht viel und wirkt zunächst verwirrend. Denn ebenso auffallend, wie in der Umgebung des Martyrologiums cgm. 535 die Grisardisnovelle mit ihrem humanistischen Charakter, ihren Citaten alter Autoren, Philosophen und dergl. ist in cgm. 537 die mönchische Unbeholfenheit und der strenge, ja im Vergleiche zu allen sonstigen Fassungen übermäßig kirchliche Charakter der Robertlegende. Die einzige Autorenbeziehung geht auf einen Dominicaner, nämlich bei der Elisabeth (Bl. 259—290) 'durch Br. Dietrich von Thuringen Pred. O.' Dennoch — wenngleich ich einen Anhaltspunkt direct in cgm. 537 für Eichstädt-Rebdorfer Beziehungen nicht anzugeben vermag[1]) — ist schon die äußerliche Möglichkeit seines Anschlusses an jenen für den Zeitraum seiner Abfassung so interessanten litterarischen Kreis von ziemlicher Bedeutung. Die Klosterreform des Bischofs Johann von Aich, die Einwirkung der Persönlichkeit Albrechts von Eyb erklärt den Aufschwung der litterarischen Thätigkeit in diesem Sprengel und somit auch die auffällige Thatsache, daß in die so exclusiv kirchlichen Zwecken dienenden Sammlungen jene weltlichen Geschichten Eingang finden konnten. Bietet sich nun in der Grisardis auch der muthmaßliche Verfasser ungezwungen an, so können wir bei dem-

[1]) Eher in cgm. 539, in dem (Bl. 82—87, Februar) die heilige Walpurg behandelt wird mitten unter den 'fremden heilligen'.

jenigen des Robert uns wenigstens einen Begriff von seiner litterarischen Stellung machen. Auf dem cgm. 535 ist die Jahreszahl 1457 überliefert (vgl. Schmellers Bemerkung ebd. und Strauch a. a. O. 436 Anm.), die Erlanger Handschrift ist geschrieben von 'Hanns München' 1471. Eine Persönlichkeit, wie jener Hieronymus Rottenbeck, den M. Herrmann (Sammelblatt des historischen Vereins zu Eichstädt III, 14 f. u. Anm.) mit einem anderen gleichfalls litterarisch thätigen Rebdorfer, Hieronymus Rottenburger, identificiert, gibt eine ungefähre Vorstellung von den durch das humanistische Treiben angeregten Bestrebungen der Mönche dieser Jahre. Häufigerer Besuch der ewigen Stadt, wie in jenem Falle, konnte auch fremdartige, daheim weniger bekannte Stoffe vermitteln helfen, ja gerade ihre Behandlung anregen. Wenn wir unseren Autor uns nun auch sicherlich weniger streitbar als jenen Hieronymus, und keineswegs humanistisch angeweht zu denken haben, so erhielte er durch diese zeitliche und räumliche Bestimmung immerhin einige Greifbarkeit, vermögen wir ihm auch unter den viris insignibus quos Eichstadium vel genuit vel aluit (s. das Buch von Andr. Strauß Eystadii 1799 und J. G. Suttner, Bibl. Eystett. Diœcesana, ib. 1866) keine bestimmte Stelle anzuweisen.

MÜNCHEN. K. BORINSKI.

ÜBER DIE QUELLEN DER HANS SACHSISCHEN DRAMEN.

Nachträge und Berichtigungen.

In meiner Abhandlung über die Quellen der Hans Sachsischen Fastnachtspiele[1]) habe ich in dem Streben nach Kürze manchen Quellen und Beziehungen eine zu dürftige Behandlung zu Theil werden lassen. Einige Bücher waren mir unerreichbar geblieben, andere hatte ich nur flüchtig ansehen können, so daß es Lücken genug gab und die Ungleichheit in der Behandlung auf den ersten Blick auffiel. Immerhin! Lag es mir doch fern, etwas Abschließendes zu geben; mein Zweck war erreicht, wenn ich einen bescheidenen Beitrag zur Kenntniß der Quellen des Nürnberger Meistersängers lieferte und Andere zu Forschungen auf breiterer Basis anregte. Indessen interessierte mich das Thema zu sehr, als daß ich es ganz aus den Augen

[1]) Germania N. R. XXIV. S. 1—60.

verloren hätte. Das eine oder andere Spiel lud mich zu wiederholter Betrachtung ein, der Zufall führte mir manches lang gesuchte Buch in die Hände, und so komme ich heute dazu, Ergänzungen und Berichtigungen vorzulegen. Was ich hier biete, erwuchs aus gelegentlichen Notizen; eine besondere Aufmerksamkeit konnte ich dem Gegenstand — durch andere Studien in Anspruch genommen — nicht mehr widmen.

Zu Fastnachtspiel Nr. 2. Das Hoffgesindt Veneris.

Man hat neuerdings wieder die Behauptung aufgestellt[1]), daß H. Sachs Gengenbachs *Gouchmat* zu diesem Spiel benutzt habe; ich bin indeß nicht davon überzeugt worden. Alles Angeführte spricht wohl für eine gemeinsame Quelle der beiden Dichter, genügt aber nicht, um die Abhängigkeit des jüngeren von dem älteren zur unabweisbaren Nothwendigkeit zu erheben. Über die Gründe habe ich mich bereits im Litteraturblatt f. germ. u. roman. Phil. geäußert[2]), auf welches ich der Kürze halber verweise. Ähnlich wie ich, urtheilt übrigens auch L. Lier in seinen „Studien zur Geschichte des Nürnberger Fastnachtspieles“[3]).

Zu Nr. 5. Buhler, Spieler und Trinker.

Bei diesem Spiel könnte man versucht sein, einen Einfluß des alten Fastnachtspieles Nr. 8 bei Keller „*Von dreien Brudern, die rechtent vor eim Konig um ein Mul, Pock und umb ein Paum*“ anzunehmen. Lier[4]) stellt die beiden Spiele auch zusammen; neigt er zu der Ansicht, daß Sachs das ältere Spiel benützte? Er spricht sich nicht bestimmt darüber aus, weist aber auf Ähnlichkeiten zwischen beiden hin. Ich halte indeß noch nicht einmal für ausgemacht, daß Sachs das Spiel gekannt, geschweige denn, daß er es benützt hat, wenn es auch allem Anschein nach in Nürnberg verfaßt[5]) und gespielt worden ist. Sprachliche Übereinstimmungen finden sich gar keine, und auch inhaltlich kann ich eine Annäherung zwischen beiden nicht finden. Im alten Spiel tritt ein König auf

---

[1]) C. Drescher, Studien zu H. Sachs. I. Berlin 1891, S. 31 ff.

[2]) Jahrg. 1892.

[3]) In den Mittheilungen des Vereins für Geschichte der Stadt Nürnberg 1889, S. 130.

[4]) Op. c. S. 137.

[5]) Wir lesen darin (Keller, Fastnachtsp. I, p. 78, Z. 8):

Wir kummen do herein auß eim dorf nit ferr,
Das ligt zu aller nechst draußen, do die Pegnitz her fleußt.

Auß einem lant ich weiß nit wo,
Und wil ein gericht besitzen do
Und urteil von sein reten erfragen.

Er kommt also nicht, um zu richten, sondern sich Raths zu erholen. Dagegen bei Sachs kommt ein Richter

.... auß fern
Griechischen Landen von Athen

um das Richteramt auszuüben. Unbegreiflich ist es daher, daß Lier behauptet: „Auch dort (im älteren Spiel) kommt der Richter aus fernen Landen, um Frieden und Recht zu bringen." Die Ähnlichkeit beschränkt sich darauf, daß bei S. und im alten Spiel drei Brüder um ein Erbe streiten, das an sonderbare Bedingungen geknüpft ist; aber sowohl die Beschaffenheit des Erbes als die Bedingungen sind in beiden Dichtungen grundverschieden.

Übrigens findet sich das Sujet in allen Variationen häufig genug bei den Autoren des Mittelalters. Ja, das alte Spiel selbst ist aus drei solchen Erzählungen contaminiert, wovon zwei aus den *Gesta Romanorum* (Kellers deutsche Ausgabe Nr. 4 und 37) stammen, und Beroaldus, der allein die Quelle für die Fabel des Nürnbergers gewesen, wurde offenbar durch eine ähnliche mittelalterliche Erzählung angeregt.

Da mir die Franck'sche Übersetzung der Declamatio Beroaldi einige Stunden zur Verfügung stand, so kann ich meine Behauptung (Germania N. F. XXIV, S. 5), daß Franck mit der Wimpfeling'schen Übersetzug wohl bekannt war, näher begründen. Man betrachte folgende Stellen bei

Wimpfeling[1]):	Franck[1]):
Eyn testament ist vast kröftig. Der letst will des gestorbens soll vest vnnd ståt bleyben. Der selb letst wil ist üch an zů sehen | zů dem selben solt ir eüwer vrteyl als zů eyner regel richten.	Das testamēt ist mechtig vnd fest | der letst wil des verschiden sol handhabt vñ vnverruckt gehalten werden | dises solt jr warnemen | vnd zu disem als zu einem zweck ewer sentenz richten.

---

[1]) Hier der lateinische Text zu den Stellen: Testamentum potentissimum est, Vltima defuncti voluntas rata esse debet, haec vobis spectanda est, ad hanc perinde ac scopon sententia vestra dirigenda. — Scio me bibacem esse & vini cupidissimum, sed hoc (si vitium est) longe profecto minus est quam fraterna scortatio labesque meretricaria. — Alea res damnosa est ac turpis. — Deus in Leuitico ad Aaron archierea | hoc est pontificem, Vinum inquit & omne quod inebriare potest, non bibetis tu & filij tui quando intrabitis tabernaculum testimonii. — Homo ut hinc ordiamur ex animo & corpore cōpactus nihil habet pensius cariusque quam semetipsum.

Ich weys das ich eyn sauffer byn | vnd des wyns aller begirlichest | aber ob ouch das ein laster wer | so ist es doch kleyner dan myns brůders hůrery etc.	Ich weiß das ich ein trunckener bin vn des weins hoch begirig | aber dz ist warlich vil ein ander gering laster | dann meines brůders hůrery etc.
Das spiel ist ein schedlich vnd schentlich Ding.	Das spilbret oder spil ist ein schedlich vñ schentlich Ding.
Gott spricht im bůch Levitici zů dem byschoff Aaron. Ir werdent nit wyn (oder was da truncken mag machen) trincken du vnd dyne sůn | wan ir werdent ingen in den tabernackel des gesetz etc.	Gott sagt im Levitico zu Aaron dē hohen Prieser vnd öbersten Bischoff | den wein vnnd alles was truncken machte | solt du vnd dein kinder so jr in den tabernackel des zeügknus eingeht mit nichten trincken etc.
Eyn mensch (dz wir davō vnser vorred anfahen) der ist vō sel vnd lyb zůsamē gesetzt | vnd hat nütz höhers vnd kostlichers dā sich selbs.	Der mensch (dz wir hie anfahen) auß leyb vñ seel zuhauff gesetzt | hat nichts edlers vñ liebers dañ sich selbs.

Ich glaube, schon diese wenigen Stellen genügen, um die Abhängigkeit Francks von der älteren Übersetzung zu beweisen. Beweiskräftig sind nicht nur die Stellen, in denen er damit übereinstimmt, sondern auch viele, in denen er davon abweicht. Franck hatte den Ehrgeiz, selbständig erscheinen zu wollen. Oft setzt er deshalb einen Ausdruck, nicht weil er besser ist, sondern um nicht ganz mit seinem Vorgänger übereinzustimmen. Daneben wollte er natürlich seinen Vorgänger übertreffen, deshalb erlaubte er sich häufig kleine Änderungen, Kürzungen u. s. w. Wimpfeling dagegen übersetzte durchgehends wörtlich. Am deutlichsten tritt das beim Argumentum der *declamatio* hervor. Franck hat es sehr stark gekürzt, während Wimpfeling davon eine wörtliche Übertragung bot. Beachtenswerth ist der Schluß desselben bei Franck:

„Aber die vrteilsprecher oder schöffen habenn darüber nit mügen rechtsprechen \| deßhalb das vrteil noch in der federn steckt vnd vnder den richtern hangt \| biß der öberst richter es außspricht \| vnd die sach entschleußt vnd entscheit."

Da sich diese Worte im Argument des Originals nicht finden und Beroaldus auch sonst in der declamatio nichts Ähnliches bietet, indem er ja mit der Angriffsrede des Buhlers und Spielers gegen den Trinker abbricht, so werden sie wohl durch die Verse des von Wimpfeling beigefügten Schlußgedichtes

Das übrig soll man legen zamen
— — — — — — — —
Biß gott kum an dem letsten gericht
Vnnd eym das gůt dann heyme spricht.

angeregt sein. Nimmt man noch hinzu, daß das Titelbild der ersten Ausgabe der Franck'schen Übersetzung (von 1531) — so viel ich der von Szamatólski gegebenen Beschreibung entnehmen kann — eine bloße Nachahmung eines der Textbilder in der Ausgabe der Wimpfeling'schen Übersetzung ist, so dürfte die Abhängigkeit Francks von seinem Vorgänger zur Genüge erwiesen sein.

Zu Nr. 8. Der Fürwitz[1]).

Es ist neuerdings nachgewiesen worden, daß der größte Theil der Gedanken dieses Spiels aus der interpolierten Straßburger Ausgabe des S. Brant'schen *Narrenschiffs* von 1494 entlehnt ist. Ob wirklich, wie an gleicher Stelle behauptet wird, daneben Jörg Wickrams Fastnachtspiel *Das Narrengießen* (1537), sowie dessen *trew Eckhart* (1538) den Nürnberger Meister angeregt haben, muß ich, da mir diese Stücke nicht zur Verfügung stehen, dahingestellt sein lassen. Die Straßburger Ausgabe des *Narrenschiffs* ist mir ebenfalls nicht erreichbar, und so muß ich die sich mir jetzt aufdrängende Vermuthung, daß S. schon in seinem 5., 6. und 7. Spiel, mehr als ich in meiner Arbeit andeutete, das *Narrenschiff* ausbeutete, ohne Belege lassen.

Zu Nr. 16. Der schwanger Pawer.

Wie ich schon in meiner Arbeit (S. 11) erwähnte, hat S. in diesem ersten Boccaccios *Cento Nov.* entlehnten Fastnachtspiel aus den Florentinischen Künstlern Bauern gemacht und die Fabel localisiert, während er in den beiden kurz vorher entstandenen Dichtungen, die die gleiche Novelle zum Gegenstande haben (ein Spruchgedicht und ein Meistergesang), die Namen seiner Quelle beibehalten hat. Sollten auf die Umgestaltung des Fastnachtspiels nicht die älteren Arztspiele, z. B. die von Folz, Einfluß ausgeübt haben? Daß H. Sachs diese Spiele kannte, unterliegt keinem Zweifel; sehen wir ihn doch wiederholt Anregung davon empfangen. Da es sich nun in der Novelle des Florentiners auch um eine Krankengeschichte handelt, so konnte ihm natürlich leicht der Gedanke kommen, diese Geschichte im Stile jener alten Fastnachtspiele zu behandeln, d. h. aus den Personen Bauern zu machen. Den Namen des Arztes zu

[1]) C. Drescher, Studien zu H. Sachs. I,

ändern, lag kein Grund vor, und dieser (Simon) blieb und scheint von da an überhaupt für die Rolle stehend geworden zu sein, wenigstens findet er sich noch bei Probst und Ayrer.

Eine Bestätigung für meine obige Vermuthung liefert des Meisters nur vierzehn Tage später vollendetes Spiel *Die Laster Artzney*, welches gewissermaßen als eine Wiederbelebung jener alten Arztspiele in wahrhaft veredelter Form erscheint. Man sieht daraus, daß Sachs damals — wie allerdings schon früher bei Nr. 11 (*das Narrenschneiden*) — mit derartigen Stoffen, sei es nun in Folge von Lectüre oder Aufführungen ähnlicher Stücke, viel beschäftigt war.

Zu Nr. 22. Der farendt Schuler im Paradeiß.

Meine Annahme, daß Sachs zu diesem Spiele außer Paulis *Schimpf und Ernst* noch Bebels '*Facetiae*' benützt habe, läßt sich nicht länger aufrecht erhalten, seitdem H. Holstein uns in einem Artikel der Ztschr. f. deutsche Philologie (Bd. XXIII, S. 436—451) mit einem bisher unbekannten Lustspiel des Belgiers Johann Placentius (Plaisant) betitelt *Clericus Eques* (1535 gedr.) bekannt machte. Das Stück, worauf H. nicht hinwies, stimmt inhaltlich in der Hauptsache mit dem Sachsischen Spiel überein und ist mindestens schon 1534, also 16 Jahre vor dem *farendt Schuler im Paradeiß* gechrieben. Ich habe in einem Artikel der Ztschr. f. vergl. Litt.-Gesch. u. Renaissance-Litt. (N. F. IV, 440—445) ausführlich gezeigt, daß die Quelle des Belgiers weder Pauli noch Bebel, sondern allem Anschein nach ein altfranzösisches Gedicht (Fabliau oder Farce) war, und daß Sachs zwar nicht den *Clericus Eques*, aber wahrscheinlich eine ältere deutsche Bearbeitung des französischen Gedichtes gekannt hat. Um unnöthige Wiederholungen zu vermeiden, verweise ich auf meinen Artikel.

Zu Nr. 32. Der vnersetlich Geitzhunger.

Das Quellenverhältniß dieses Stückes stellte sich mir bei nochmaliger Betrachtung complicierter heraus, als ich früher angenommen hatte. Sachs empfing Anregung dazu von verschiedenen Seiten. Daß er aus dem alten Weib seiner Vorlage einen weisen Mann (Sapiens der weiß) machte, rührt vielleicht von dem Einfluß zweier Erzählungen her, welche in Steinhöwels '*Aesop*' unmittelbar auf seine Quelle folgen (ed. Oesterley S. 306 Ain kluoges finden verborgener urtail ven dem öl, S. 309 Ain urtail ains wysen von gefundem gelt). In diesen Geschichten, die mit Sachsens eigentlicher Vorlage verwandt sind, wird die Dupierung eines Unerfahrenen bezw. Armen seitens eines habgierigen Reichen durch das kluge Einschreiten eines „wysen (natürlichen) maisters" vereitelt. Daß Sachs den weisen Mann, der in den beiden Erzählungen bei Steinhöwel als Armenanwalt („beschirmer" bezw. „hilff der armen") bezeichnet wird, zu einem alten Freund des Betrogenen machte, darauf kam er wahrscheinlich durch sein eigenes früheres (23.) Spiel „der jung Kauffmann Nicola", dessen Quelle (Boccaccio VIII, 10) ja selbst auf dieselbe Fabel bei Petrus Alphonsus zurückgeht, die durch Steinhöwels Vermittelung Sachs als Hauptquelle seines 32. Fastnachtspieles diente.

Aus den oben genannten beiden anderen Erzählungen in Steinhöwels 'Aesop' hat sich S. offenbar auch den Namen Reichenburger geholt, denn das vierte Stück aus Alphonsus (S. 309) beginnt: „Ain rycher burger" und im dritten Stück heißt es: „Ain rycher burger zenächst 'an im ward enczündet in gytikait." Auf letztere Worte geht vielleicht auch der Charakterzug Reichenburgers (V. 230) „der geitz hat in besessen gar" zurück. Endlich mochte durch Nr. 4 Sachs der Gedanke gekommen sein, dem Betrüger das zum Bösen rathende Weib zur Seite zu stellen. In jener Erzählung freut sich ein Weib über den Geldfund ihres Mannes und will den Schatz nicht herausgeben „... syn wyb in alle weg die sie erdenken mocht dar wider was, daz er das gelt nit wider gäbe." Ob der Name Simplicius bei Sachs durch den Ausdruck „Juvenis simplex" des lateinischen Textes zu Nr. 3 veranlaßt worden, will ich dahingestellt sein lassen, aber sicherlich entnahm der bibelkundige Meister den Namen der Frau (Mara) aus Ruth I, 20.

Es verbleiben noch einige abweichende Züge bei Sachs, die auf eine weitere Quelle hinweisen, nämlich, 1. daß das Werkzeug zur Wiedererlangung des Geldes bei Steinhöwel schlechtweg ein 'fründ', und zwar des Betrogenen, bei S. zu einem 'gast' des Sapiens, einem „alt Kauffherr" wird, „der mit köstlichen kleinaten handelt" (V. 245) und 2. daß nicht „fier wolbeschlagen zierlich truchen" als Lockspeise für den Betrüger dienen, sondern „ein schreinlein klein".

Zu Nr. 47. Dionisius mit Damone etc.

Ich habe in meiner Arbeit schon erwähnt (S. 29), daß Sachs einige Züge in diesem Spiel dem Buche Scherz mit der Warheyt (ed. 1550, fol. III) entlehnt hat. Um etwaigen Zweifeln zu begegnen, will ich die Stellen hier nachtragen. Die Erzählung, welche in Frage kommt, führt den Titel „Hoher standt hat hohe gefärlicheyt. Vom Democles ans Königs statt gesetzt". Die Darstellung weicht mehrfach von derjenigen in Petrarcas de rebus memorandis ab. Die betreffenden Stellen sind:

Sachs:	Scherz m. d. W.:
Nach Vers 114 heißt es: Dionisius geht ein, schlecht gekleid...	(Dionisius) dienet jm selber zutisch mit spilleuten.
V. 119 ff.: Hie hast — — — — — — — — — — — — — Deine Hoffierer vnd Spielleut	
V. 186: Ich sitz in großer angst vnd noht.	Aber Democles schwitzet vor angst.
V. 189: Also bin ich auch — — — — — — — — Vmb geben auch zu aller zeyt Mit sehr großer gefehrlichkeyt.	Damit zeigt Dionisius an, daß in solichem hohen stand auch hohe gefehrlicheyten weren.

Ferner muß ich hier noch eines eigenartigen Einflußes gedenken, der mehrere Einzelheiten bei Sachs erklärt. Es ist dies dieselbe Quelle, welche S. zunächst am 1. April 1536 zu einem Meistergesang „In dem hohen ton des Stollen" *der künig Eckhart* anregte[1]). Die darin behandelte Geschichte ist ein Seitenstück zur Damoclessage, wenn nicht gar deren Quelle, und hat, aus *Barlaam und Josaphat* entlehnt, durch diesen selbst, sowie namentlich durch die *Gesta Romanorum* große Verbreitung gefunden.

Ich will vorerst Einiges über das Quellenverhältniß des Meistergesangs anführen. Goedeke gibt als Quelle unseres Dichters den alten Meistergesang (abgedr. Wackernagel, Altd. Leseb. II. Aufl., Bd. I, S. 1030). Allein es finden sich bei Sachs mehrere bedeutende Züge, die wir vergebens im König Eginhard suchen. 1. Schmückt der König seinen Bruder „sam er der künig wer".

2. Und ließ in auf sein trone sitzen,
der stunt ob einem tiefen loch,
darinnen sach er glitzen
von kolen rot ein glut, wart auf sein falle.
3. für im stunt auf vier ecken
zwelf man mit lanzen, zilten auf in alle.
4. Der künig vil der freuden spil
zurichten ließ, kurzweil on zil
mit cantorei und mancherlei
saitenspil, süßer melodei,

[1]) Abgedruckt bei Goedeke, H. Sachs I, p. 89, woselbst auch mehrere Nachweise gegeben sind. Zu berichtigen ist dabei, daß es Wackernagels Lesebuch I. (statt II.), 1030 und Gesta Roman. germ. 63 (statt 36) heißen muß.

5. Die Rede des Bruders:
... „die sorg hat mir mein herz beschloßen

6. Des Königs Bescheid:
also mein Herz umfangen ist
alzeit in großen sorgen.

Hievon finden sich die Züge 2—4 in den lateinischen *Gesta Romanorum* (Cap. 143): ... (rex) fecit fieri foveam profundam et ultra foveam cathedram fragilem ... et fecit fratrem suum exui vestibus et super cathedram poni. Cum autem in cathedra esset collocatus ordinavit, ut gladius acutus ultra caput, suum per filum sericum penderet; deinde ordinavit quatuor homines cum quatuor gladiis acutissimis unum a parte anteriori, alium etc. ... Et tubas omniaque genera musicalia fecit adduci coram fratre et mensam parari et diversa fercula apponi et ait: O frater mi carissime, quare tantum doles et tantam tristitiam in corde habes? Ecce optima fercula ... Quare non gaudes et laetaris? [1]) Von dieser Darstellung weichen die beiden deutschen *Gesta Rom.* (v. 1489, fol. 33; Kellers Ausg. Nr. 63) wesentlich ab. In ihnen fehlt der Thron, die Aufführung von Freudenspielen und noch einige Momente, welche, gleich mehreren Zusätzen, die sie den latein. *G. R.* gegenüber bieten, für H. S. nicht in Betracht kommen [2]). — Welches war also S.'s Quelle? die latein. G. R.? Aber ihnen fehlt der Name Eckhard; ferner ist die Rede des gefangenen Bruders, sowie die Antwort des Königs grundverschieden bei S. und in den latein. *G. R.* Sachs hatte also wohl hier, wie schon oft, mehrere Quellen. Als erste ist der alte Meistergesang (bei Wackernagel) zu bezeichnen; daraus entnahm er den Namen Eckhart (Eggenhart), den Schauplatz (Frankenreich) und einzelne sprachliche Wendungen, z. B.:

Sachs:	Alter Meisterges.:
Ob seinem haubt hieng, zu erschrecken ein schwert.	ob seinem haubt hing jm ain schwert.
Der kůnig im in zornes schein.	Das han ich dir erzaigt in forchtes schein.

Seine zweite Quelle ist *Gesta Rom.*, entweder im lateinischen Original, und dann muß er drittens daneben noch irgend eine andere Bear-

---

[1]) Nach Kellers Ausgabe citiert (p. 221/22).

[2]) Eine Stelle, die sich in den lateinischen G. R. nicht findet, ähnelt dagegen einer solchen im Sachsischen Meistergesang; man vergleiche:

Deutsche Gesta Roman.:	H. S. Meisterges.:
Also bin ich auch vmbgeben mit angst vnd mit sorgen des todes.	also mein herz umfangen ist alzeit in großen sorgen.

beitung gekannt haben, oder er hatte eine deutsche Übersetzung der *G. R.* vor sich, die, bei der größten Ähnlichkeit mit dem Original, auch alle die oben erwähnten in letzterem fehlenden Züge enthielt.

Um nun zu unserem Spiel überzugehen, so entnahm Sachs seinem Meistergesang oder dessen Quellen: 1. die Idee, daß zwei Trabanten nach Damons Herzen zielten; 2. die Verse (22 ff.) Damons:

Drumb wundert mich an dein geberden
Das du dich so trawrig erzeigst
Vnd dein angsicht vntersich neigst
Ich hab dich auch in all dein sachen
Kein mal nie frölich sehen lachen.

Diese Verse ähneln übrigens Stellen in den oben angeführten — nebenbei bemerkt in dieser Erzählung fast ganz unter sich übereinstimmenden — beiden deutschen Gesta Rom., z. B. „do neigt der künig sein haubt nider in trauren“; „fraget ihn was die sach wäre darumb er so traurig wåre“; „er hat vns nie erzaiget ein frôleich antlůtz“.

3. Der Vers 41:

	Meisterges.:
Morgen soltu erfahren das.	morgen soltu die ursach innen werden.

4. Vers 127:

Vnd alles was dir in der zeyt Mag dienen zu aller frölichkeyt.	als was zu freuden dienen was.

und noch einige ähnliche Kleinigkeiten.

Das Spiel bietet außerdem von Vers 193 an bis zum Schluß (V. 314) recht naive Zusätze des Meisters zu der ursprünglichen Erzählung: Dionysius entwirft im Gespräch mit Damon von sich ein abschreckendes Bild, geißelt selbst sein tyrannisches Regiment, seinen schlechten Charakter u. s. w., wobei Sachs aus seiner Lectüre alles das zusammentrug, was er über den Tyrannen bei alten und neueren Schriftstellern (besonders bei Plutarch) gefunden hatte. Ein ähnlicher Zusatz mit gleicher Absicht ist das Gespräch zwischen den beiden Trabanten Dion und Nisius (aus Dionisius gebildete Namen) V. 81—114.

Zu Nr. 54. Der Bawer mit dem Plerr.

Daß es ein älteres deutsches Gedicht gab, in welchem Sachs die Fabel zu diesem Spiel in der Hauptsache vorfand, scheinen die Verse 58 u. 59 des H. Folzischen Gedichtes von dreyen Weiben die einen porten funden (abgedr. in Haupts Ztschr. VIII, 524 ff.) zu besagen. Sie lauten:

ersichstu für ein pfaffen mich
so hastu wol das plerr vorn augen.

womit gewiß auf die von Sachs später dramatisierte, damals wahrscheinlich wohl bekannte Geschichte angespielt war.

Zu Nr. 56. Die Burgerin mit dem Thumbherrn.

Eine nochmalige sorgfältige Prüfung dieses Fastnachtspieles auf seine Quellen bestärkt mich in der von mir schon früher (Germ. XXIV, p. 35 ff.) geäußerten Ansicht. H. Sachs kannte die Fabel wohl zugleich aus der unter dem Namen „*Die alten Römer*" bekannten Bearbeitung der deutschen *Gesta Rom.*[1]) (Cammerlander 1538) und aus dem *Ritter von Thurn*[1]) (ebenfalls Cammerlander 1538); beide stimmen übrigens wörtlich mit einander und, wie ich schon früher gezeigt habe, zugleich mit der Ausgabe der *Gesta Romanorum* von 1512[2]) überein. Diese letztere selbst wiederum dürfte kaum erheblich von noch früheren Ausgaben der *Sieben w. Meister* verschieden sein, da die Übereinstimmung mit den lateinischen Textausgaben[3]) — den Quellen der deutschen — schon die allergrößte ist. Neben dieser Version, die wir vielleicht als seine Hauptquelle bezeichnen dürfen, hat er aber mindestens noch zwei andere benützt[4]). Man wird dies nicht weiter bean-

[1]) Diese beiden Bücher werden eigentlich mit Unrecht nach den alten Büchern benannt, als deren weitgehendste Umarbeitungen im protestantischen Sinne sie sich erweisen. Das wurde für das letztere, meines Wissens, noch gar nicht erwähnt, und für das erstere zu wenig betont. Ich werde mich demnächst ausführlich über das Verhältniß äußern.

[2]) Goedeke[2] führt das von mir (Germ. 24, S. 36, Z. 4 oben) beschriebene Buch in seiner ausführlichen Bibliographie der Sieben weisen Meister an (I, p. 349 bis 351) und zugleich in derjenigen der Gesta Romanorum (I, p. 352), was zu dem Glauben verleiten könnte, es seien zwei verschiedene Werke. K. Drescher (Studien zu H. Sachs N. F. 1891, p. 16) meint gar, das Buch von 1512 sei eine wiederholte Auflage der deutschen G. R. von 1489. Mit diesen hat es aber absolut nichts zu schaffen. Es enthält auf 99 nicht foliierten, aber mit Signaturen versehenen Blättern zuerst (Bl. 2—68ᵃ) die sieben w. M., dann (Bl. 68ᵇ—74ᵇ) „die Glose vnd geistliche sinn der sieben w. M., und endlich (Bl. 74ᵇ—99) eine Auswahl von 30 Stücken aus den G. R., nämlich Nr. 1—5, 7, 6, 8, 9, 14, 113, 116, 91, 141, 17, 18, 20, 23, 137, 27, 29, 36, 45, 57, 75, 132, 76, 58 der lateinischen und Nr. 37 der deutschen Gesta Rom. (ed. Keller). Dagegen enthält jene Ausgabe von 1489. 95 ganz anders stilisierte Nummern, darunter von den Sieben w. M. zusammen nur die Einleitung und die Geschichte des Meisters Tantillus (fol. 36—41), und außerdem getrennte einzelne Geschichten, s. Görres, Volksbücher S. 157, *Gesta Rom.* ed. Oesterley p. 243.

[3]) Ich habe außer einem Druck des 15. Jahrhunderts den von G. Buchner besorgten Abdruck der Innsbrucker Handschrift von 1342 (Varnhagens Erlanger Beiträge, H. 5) benützt.

[4]) K. Drescher bespricht (Studien zu H. Sachs N. F.), ohne von meiner 4—5 Monate früher erschienenen Arbeit Notiz zu nehmen, die Quellen von sechs Fastnacht-

standen, nachdem ich bei vielen anderen Spielen (5, 22, 47, 51, 57, 71, 73) nachgewiesen habe, wie gerne der Meister verschiedene Darstellungen einer und derselben Erzählung benützte. Aber welche hat er hier benützt? In meiner Arbeit (l. c.) hatte ich von der gereimten Bearbeitung der Sieben w. M. von 1476, auf Grund mehrerer Übereinstimmungen derselben mit H. S., gesagt: man sollte fast glauben, daß S. jene Handschrift kannte. Ich gehe jetzt noch weiter als früher. Ich sage, H. Sachs muß sie oder eine ihr sehr nahe stehende Version gekannt haben. Außer den schon angeführten sprachlichen Berührungen erwähne ich noch folgende:

Sachs V. 10 ff.: Die Tochter spricht:	Sieben w. M. von 1476 (p. 105), V. 19 ff.:
— — — — — — — —	Die tochter sprach:
— — — ein Mann ...	Mein man liget
— — — — — — — —	Nachtes bey mir vnd schwiget
So vnfreundlich wie ein hackstock,	Recht also ein hultzin stock.
Vnholdselig wie ein Sewtrock,	Ich wollt das er wer ein bock,
Ich wolt vnd daß er leg begraben,	Vnd auch denn were Ferre vber mer.
Ich kan vnd mag jn nicht lieb haben,	Ich wolden werlich gern varen lon!
Ich muß mir ein Bulschaft annemen.	Wann einen anderen buolen muoß ich han.

Dagegen der Ritter v. Th.: Die tochter sagt | Vast vbel | wann er ist mir am bett als nutz als leg ein stock bei mir | ich mag auch kein

---

spielen (31, 32, 56, 61, 62, 63), die ich sämmtlich schon nachgewiesen hatte. S. 97—99 kommt er auf meine Arbeit zu sprechen, die ihm „während der Correctur der letzten Druckbogen zu Handen gekommen". Er findet: „St. . . bringt manches neue Material, geht jedoch öfters in seinen Schlüssen zu weit." Über dieses schwere Verdict von so competenter Seite bin ich begreiflicherweise ganz trostlos, aufgerichtet hat mich nur die Beobachtung, daß Drescher in der zur Illustration seiner Kritik gegebenen einzigen Probe eine solche Einseitigkeit und Oberflächlichkeit an den Tag legt, daß ich den weiteren Proben mit Ruhe entgegensehen kann. D. sagt also in seiner Probe: „bei Nr. 56 sucht St. nachzuweisen, daß H. S. außer einer gedruckten Vorlage noch ein oder gar zwei andere Versionen der nämlichen Erzählung gekannt habe. Warum noch zwei andere? Schon die Annahme einer einzigen anderen scheint mir — da Abweichungen allein bei der zweiten Prüfung des Mannes (sic!) durch die Frau in Betracht kommen — trotz St.'s Ausführungen nicht nothwendig, wenn auch möglich". Hieran reihen sich Ausführungen, um die Übereinstimmung der Sieben w. M. von 1476 mit H. S. zu entkräften, die ich ihrer Länge wegen nicht wiederholen kann, weßhalb ich auf die „Studien" verweise. Es wirkt geradezu komisch, wie er bei der beweiskräftigsten Stelle, die er leider nicht eliminieren konnte, mit einem Sprung leicht darüber hinwegsetzt. Ich glaube mit meinen gegenwärtigen Nachträgen die Frage erledigt zu haben.

leybliche freud mit jm gehabē | darum wil ich einen anderen lieb haben.

H. S. Vers 80:	Sieben w. M. p. 107, V. 11:
Die Tochter spricht:	Do sprach die tochter: Weysz mich
Ach liebe Mutter sag doch her	Meinen alten man wil versuchen ich.
War mit ich jhn versuchen sol.	

Dagegen der R. v. Th.: Sprach die tochter | Mutter durch deinen willen leid ich mich | nun sag mir wie sol ich jm thůn.

Sachs V. 134 ff.:	Sieben w. M. p. 100:
Mein Tochter merck, was ich dir sag:	Liebe tochter, hore mich!
Du mußt dein Mann versuchen baß	Alte man sint wunderlich.
Noch mit einem stůck vber das;	Ffur wor ich dir das sagen,
Die alten Leut sind vnverträglich	Sie kunent es nit verdragen[1])
Wie man das hőrt vnd sihet täglich.	Versuche in bass, das rotte ich dir
Darumb, Tochter, folg meinem Rhat.	Noch ein mol, des volge mir.

Hiezu vergleiche R. v. Th.: Liebe thochter wie wol dz ist | das eyn alt man zůo eynem mal vbersicht | so behelt er doch gern eyns zům andern | darumb so rat ich dir dz du jn noch eyn mal versuchest.

Sachs V. 211:	Sieben w. M. (S. 106, 32; S. 110, 24; S. 113, 25)[2]):
Wann alte Leut die sind gar wunderlich.	Alte man sind wunderlich.

V. 315:	S. 121, 32:
Ach sag, du liebe Tochter mein,	. . . Sag mir, tochter mein
Wie thut das Aderlassen dein?	Wie stet nu der Wille dein?

Sachlich stimmen H. S. und die Sieben w. M. von 1476 noch in einem Punkte überein: die Frau fällt zweimal in Ohnmacht (s. H. S. V. 308 und Sieben w. M. S. 120, 8 und S. 121, 5). Dieser Zug fehlt in der Erzählung aus dem R. v. Th., den Sieben w. M. von 1512, sowie in der Hist. septem Sapientium.

Außer dem in den bisher genannten Quellen enthaltenen Stoffe bietet H. S. noch manche Eigenthümlichkeiten, so daß die Annahme einer zur Zeit noch unbekannten Quelle unabweisbar wird. Manches zwar ist auf Rechnung der dramatischen Umgestaltung zu setzen. So

[1]) H. Sachs V. 75: „daß er dir solches werd vertragen."

[2]) Der R. v. Th. hat dafür an erster Stelle: Alte lewt seint grim̄ig vnd zornig; an zweiter Stelle: wie wol daz ist das ein alte man etc. (s. o.); an dritter Stelle: das alter ist gar grimmig. Erst gegen Ende der Erzählung sagt die Mutter allerdings: „ich sagt dir vor, daß alt leut grim̄ vnd wunderlich weren." Doch genügt es meines Erachtens nicht, daß der Dichter eine Stelle an einem beliebigen Ort seiner Vorlage fand, sondern es ist auch Gewicht darauf zu legen, daß er sie an dem gleichen entsprechenden Ort fand.

z. B., daß die ganze Handlung an einem Tage sich zuträgt, oder sich zugetragen haben kann, während sie in den anderen Versionen etwa sechs Tage dauert, daß der Mann mit der Frau zum Bader geht, während er in den Sieben w. M. denselben ins Haus holt, und endlich — ein durch die vorhergehende Anordnung gebotener Zusatz — daß die Mutter ihre Tochter nach dem Aderlasse heimführt, wodurch zugleich das Senden einer Magd, um die Mutter zu holen, erspart blieb. Ein Zug, nämlich, daß der Pfaffe der Vorlage bei Sachs ein Thumbherr geworden ist, erklärt sich leicht durch den Einfluß der dem 57. Fastnachtspiel zu Grunde liegenden Quellen. Das 56. und 57. Fastnachtspiel differieren in der Zeit nur um drei Tage (24.—27. October 1553), und es ist natürlich, daß der Stoff des letzteren Sachs schon bei Abfassung des ersteren beschäftigte. So wurde aus dem unbestimmten Pfaffen ein Thumbherr.

Aber wie soll man erklären, 1. daß der in den Sieben w. M. unbestimmt gelassene Baum bei Sachs mit bestimmtem Namen (Feigenbaum) erscheint; 2. daß die Frau das Umhauen mit einem verhängnißvollen Traum motiviert; 3. daß das Hündlein eine Hündin ist (V. 166); 4. daß der Mann der Frau mit dem Schwerte droht, als sie sich gegen das Aderlassen sträubt; 5. daß der Mann bei der ersten Probe erklärt „Ich wil nauß beschawen den schaden" und bei der zweiten: Ich wil nauß mein Hündlein begraben und 6. daß die Frau nach der zweiten Probe ihr reuevolles Bedauern über den Vorfall ausdrückt? Allerdings pflegt S. ähnliche und vielleicht noch größere Zusätze und Änderungen oft bei seinen Vorlagen anzubringen, allein im vorliegenden Falle ist es auffallend, daß der größte Theil derselben sich in anderen Versionen der Fabel findet. So ist z. B. der Baum näher bezeichnet, und zwar als Lorbeer im Erasto und in Desperriers Nouv. Recréations (127), und als Linde in dem altfranzösischen Fabliau bei Legrand (III, 177)[1]; ob er in irgend einer Version als Feigenbaum figuriert, habe ich nicht ermitteln können. Was den zweiten Punkt, das Abhauen des Baumes betrifft, so wird es in allen mir bekannt gewordenen Versionen der Erzählung von der Frau damit motiviert, daß sie dem von der Jagd heimkehrenden Gatten ein warmes Heim habe bereiten wollen. Das sinnige und viel plausiblere Motiv, das Sachs anwendet, fand ich bis

[1]) Mir lag nur die deutsche Übersetzung des Buches vor, welche unter dem Titel erschien: Erzählungen aus dem 12. und 13. Jahrhundert mit historischen und kritischen Anmerkungen. Aus dem Französischen des Le Grand. Halle und Leipzig bei Joh. Gottfried Ruff 1795/96. 4 Bde. — Die Erzählung steht Bd. III, 131—138.

jetzt nirgends; doch ist es viel zu fein, als daß der ehrbare Meister zuerst darauf verfallen wäre. Bezüglich des dritten Punktes ist zu bemerken, daß die Hist. septem Sapientium caniculus und darnach alle mir zugänglichen deutschen Bearbeitungen „hündlein" (huntel, hündlin, hůndelin) schreiben, daß dagegen die von D'Ancona herausgegebene italienische Version und wahrscheinlich das Fabliau bei Legrand [1]) eine Windhündin angeben, und daß namentlich der Erasto und Desperriers [2]) ausdrücklich von einer Hündin (cagniuola, chienne) sprechen. Den vierten Punkt findet man, angedeutet, schon in der Hist. sept. sapient. durch die Worte „nisi cicius brachium ad ignem extendas, sanguinem cordis tui habebo", aber, wie man sieht, so schwach, daß man begreift, wie die meisten Bearbeiter die Stelle übersehen oder mißverstehen konnten; zu den ersteren gehören z. B. die Sieben w. M. von 1476, D'Anconas Ausgabe, Erasto und Desperriers; zu den letzteren der Büheler und Kellers deutsche Gesta R.; dagegen findet sich die Stelle annähernd wie in den sept. sapient., nur noch unklarer, in den Sieben w. M. von 1512 und darnach im Ritter v. Th.: „vnd hebst du den arm nit bald zu der flicten | ich nimb dir das blut vom herz". Übereinstimmend in diesem Punkte mit Sachs fand ich nur das Fabliau bei Legrand. [3]) — Den Schaden am Baume besichtigt auch der alte Herr im Erasto und bei Desperriers; das Begraben des Hundes aber fand ich nirgends erwähnt. Hinwiederum äußert die Frau ein Bedauern über den Vorfall nach der zweiten Probe, ähnlich wie bei Sachs, im Fabliau bei Legrand, in D'Anconas ital. Version und im Erasto. Aus allem diesem ergibt sich wohl zur Genüge, daß die Mehrzahl der oben erwähnten Züge sich in verschiedenen Redactionen [4]) des alten Novellenbuches

[1]) Aus der deutschen Übersetzung ist es nicht ersichtlich, weil der Übersetzer Windspiel schreibt.

[2]) Bei den vielen Übereinstimmungen zwischen den Nouv. Recréations und Erasto erscheint es sicher, daß letzterer die Quelle der ersteren war. Die Novelle steht übrigens unter den späteren Zusätzen der Sammlung und hat schon deshalb Desperriers nicht zum Verfasser, weil der Erasto erst 1542 erschien und Desperriers um diese Zeit schon verschollen oder gar gestorben war.

[3]) Vorausgesetzt, daß die mir vorliegende deutsche Übersetzung getreu ist.

[4]) Im letzten Augenblick ist mir Kellers Li Romans des sept Sages zur Hand gekommen, worin die Geschichte (S. 97—110) mehrere Berührungspunkte mit der Version des H. S. zeigt: Der Hund ist „Vne biele blanche leurière", das Weib sträubt sich gegen das Aderlassen „Mais il traist lespee forbie". Die Übereinstimmung erstreckt sich noch auf einen anderen Punkt: Nach dem letzten Streich, als das Essen vorüber ist, erzählt die altfranzösische Version:

wiederholen, und sohin wird Sachs gewiß noch eine zur Zeit unbekannte Quelle gehabt haben. Die mehrfachen Übereinstimmungen mit romanischen Versionen (Erasto, D'Ancona, Fabliau) legen die Vermuthung nahe, daß jene Vorlage eine verlorene Bearbeitung eines Fabliau war.

Zu Nr. 58. Ewlenspiegel mit der pfaffen kellerin etc.

Lier (Studien etc. S. 150) hat nachgewiesen, daß S. für die Verse 158—171 ein Folzisches Arztspiel (Nr. 120 bei Keller) benützt hat.

Zu Nr. 61. Das wainent huentlein.

Schon in meiner früheren Arbeit hatte ich die Möglichkeit, daß S. außer Steinhöwel noch eine andere Quelle benützte, nicht ganz von der Hand gewiesen, wenn ich auch mehr dazu neigte, daß er nur eine Vorlage hatte. Jetzt, da mir die Cammerlander'sche Bearbeitung der *Gesta Rom.* („*Die alten Römer, Sittliche Historien*" etc. Straßburg, Cammerl. 1538 fol.) kurze Zeit zur Verfügung gestanden, erachte ich es für sicher, daß S. sie zu diesem Spiel benützt hat. Die Erzählung findet sich darin fol. 18^{b}. Ich hatte leider, als mir das Buch vorlag, die Fastnachtspiele des H. Sachs nicht zur Hand und konnte daher nicht unser Spiel mit der Erzählung aus diesen *G. R.* im Einzelnen vergleichen. Doch hatte ich mir, da ich wußte, daß die Steinhöwel'sche Erzählung ohne moralische Nutzanwendung schließt, die Schlußmoral der Darstellung im Cammerlander'schen Druck notiert. Ich stelle sie hier mit dem Schluß unseres Spieles zusammen:

Hans Sachs (V. 364 ff.):	Die alten Römer ...
Die alt kuplerin beschlewst: — — — — — — — — Den lewten thw int hewser lawffen Sam geistlich in heilligem schein. Richt also aus den handel mein Mit list, petrug vnd luegen rund Ich pin des dewffels wachtel hund. Was er nit zwegen pringen kan, Das richt ich aus vnd nem das an, Halt mich fein erber an verdacht.	Was der Teuffel sunst nit kan zůwegen bringen | das richt er auß mit eim alten weib | den getraut mans nit an | dann sie wöllen allwegen heiliger sin dann ander lewt u. s. w.

Et quant la cours fu departie
Et ala sen la baronnie
Lors en apiela sa moillier
Il vus couuient, dame, sainnier etc.

So kommt auch bei S. der Mann unmittelbar nach Tisch und setzt der Frau die Nothwendigkeit des Aderlassens auseinander, während er in den anderen Quellen erst des folgenden Morgens einen Bader aufsucht und mit diesem bei der Frau erscheint.

Zu Nr. 70. Der dot im stock.

Auch die Erzählung der Cento novelle ant. (Nr. 82)[1]) verdient wegen ihrer Ähnlichkeit mit unserem Spiel Erwähnung. Hier ist es, wie bei Sachs, ein Eremit (un romito), der in einem Walde, als er sich eben ausruhen will, einen Schatz entdeckt und davor schleunigst entflieht. Drei Räuber sehen ihn fliehen, ohne daß er verfolgt wird und fragen ihn nach der Ursache, worauf er erwidert, er fliehe den ihn verfolgenden Tod. Während aber bei Sachs der Eremit von den Banditen gleich ermordet wird, als er erwähnt, der Tod sei in dem Baumstumpf (stock), da sie glauben, er spotte ihrer, geht der Eremit in den C. N. a. mit ihnen und zeigt ihnen den Schatz, der sich aber nicht in einem hohlen Baume, sondern in einer Grotte befindet; auch kommt der Eremit, ganz wie der alte Mann bei Chaucer, mit seinem Leben davon; der übrige Theil der Erzählung stimmt zugleich mit Chaucer und Sachs, bei Letzterem allerdings, abgesehen von den bereits (Germ. XXIV, S. 51) als ihm eigenthümlich bezeichneten Zügen, so ziemlich überein; nur eines fehlt: die Strolche losen nicht, wie bei S. und Ch., wer von ihnen in die Stadt gehen soll.

Diese Übereinstimmungen zwischen S. und den C. N. haben meine Vermuthung, daß irgend ein mittelalterliches Predigtbuch die Quelle des Nürnbergers gewesen, ins Schwanken gebracht. Die C. N. Ant. schöpfen bei einem großen Theil ihrer Erzählungen aus altfranzösischen Quellen (fabliaux), eine Quelle, die gewiß auch Chaucer nahe lag. Ich habe wiederholt gezeigt, daß S. Übersetzungen französischer Fabliaux, wenn solche auch sonst nicht bekannt sind, benützt haben muß. Und so mag ihm auch für unser Spiel eine ähnliche Quelle vorgelegen haben. Ein *Fabl.* des Inh. erwähnt Paris (Mss. fr. IV, 83).

Zu Nr. 75. Der Neidhart mit dem feyhel.

Da F. Bobertag in seinem Narrenbuch (Kürschners Deutsche N. L. Band 46) auch das alte Schwankbuch von Neithart Fuchs zum Abdruck gebracht hat, so habe ich nachträglich das Spiel mit seiner Quelle vergleichen können.

Unser Fastnachtspiel ist das erste mehractige des Dichters. Folgte er dem Beispiele L. Culmans, der sein „teutsch spil von der

[1]) Ich konnte leider nur die Ausgabe in der Biblioteca class. economica (Mil., Zonzogno 1875) benützen, wo die Sammlung unter dem Titel Il Novellino mit zwei anderen Büchern vereinigt ist. Hier ist die Novelle die 95. und steht S. 102/3. Bekanntlich weichen die Ausgaben, sowohl im Text als Inhalt und Reihenfolge der Geschichten von einander ab.

auffrur der Erbarn weiber" etc. [1]) auch in mehrere (5) Acte eintheilte? Jeder Act umschließt bei H. S. genau eine Handlung: Act I die Veilchengeschichte, Act II Neidharts Rache, Act III der Bauern mißlungene Wiedervergeltung. Für jeden Act hat S. je eine Erzählung des Schwankbuches benützt, wovon die ersten beiden auf einander folgen (V. 113—207; 208—264), die letzte aber von ihnen weit absteht (V. 2134—2277).

Sachs läßt seinen Helden mit Abschiedsworten an den Winter und Begrüßung des Frühlings anheben, woran sich der Fund des Veilchens und dessen Bedecken mit dem Hut durch Neidhart anschließt, alles dies ganz wie im Volksbuch; nur ist Sachs viel breiter. In der nun folgenden Bauernscene verweilt S. mit sichtlichem Behagen bei dem, worüber sogar seine sonst nicht gerade anständige Vorlage mit acht Versen hinweggegangen war. Das sinnlose Wort merdrům bei S. ist aus einem merdum (= merda) seiner Quelle entstellt. Ähnlich wie in der Bauernscene ist das Verhältniß in der nächsten Scene, der Veilchenscene: Breite Ausmalung des Widerlichen durch eine eigens vom Dichter eingeführte Figur, durch den Narren Jeckel. Wie eine Blume auf der Dungstätte hebt sich das schöne Mailied — ein Zusatz des Sachs — hier ab. In der Klage der Herzogin hat sich der Meister ziemlich genau an sein Vorbild gehalten. Man vergleiche:

Sachs V. 150:	Neidh. Fuchs V. 174:
Neidhart, Neidhart was hastw thon?	Her Neithart, was hapt ir getan?
Die schmach thuet mir zv herzen gon,	das wirt ewr vngewin,
Dast vns so weit füerst aus der stat,	Die schmacheit sol mir zů herczen gan,
Zaigst vns für feyel den vnflat.	es mag eüch wol gerewen.
— — — — — — — —	bei allen meinen tagen
Ich schwer dir das pey meinen trewen!	geschach mir nie sollich schmacheit
Die dat sol dich von herzen rewen.	Dem fürsten wil ich es sagen
Ich wil dem füerstn vber dich klagen;	ich gelaub, es werd sein genaden leid,
Wan mir ist pey all meinen tagen	dein vngelick soll sich newen.
Kein grosser arbeit nie geschehen.	

Die Scenen zu Anfang des II. Actes (der Bauern Tanz um den „feyel" und Neidharts Kampf mit denselben) fand S. nur angedeutet in seiner Vorlage, von der unser Dichter überhaupt hier sehr abweicht. Bei ihm treten nur drei Bauern auf und werden von Neidhart und dem Narren Jeckel gezüchtigt, während im Neithartbuche der Held mit

[1]) Das Stück ist in Scheibles Schaltjahr V, p. 422 ff. abgedruckt und zeigt mit Sachs' 73. Spiel keinerlei Ähnlichkeit.

Hilfe von anderen Edelleuten 32 Bauern übel herrichtet. Hierauf: „Neidhart nembt den feyel von der stangen", um ihn der Herzogin zu bringen. Nun folgen noch zwei frei erfundene Scenen: Jeckels Bericht über die Züchtigung der Rüppel — und Berathung der letzteren, wie sie an ihrem Peiniger Vergeltung üben wollen.

Freier noch als in den ersten beiden Acten verfuhr S. im III. mit seiner Quelle. Er griff aus den Erzählungen mit geschickter Hand eine der packendsten[1]) heraus: die Bauern machen, um sich an Neidhart zu rächen, den galanten Herzog auf dessen schöne Frau aufmerksam. S. geht noch weiter, der Bauer Engelmayer sagt dem Fürsten von ihr „ainen grûes". Dagegen hat Sachs mit Recht die Abgeschmacktheit weggelassen, daß der Fürst den Bauern um Rath fragt, wie er „die minnigclichen frawen" möge „ane schawen". So dumm dachte sich unser Meister seinen Fürsten nicht. Bei ihm kommt Neidhart wie durch Zufall zum Herzog, und dieser rückt mit seinem Anliegen ohne Umschweife heraus. Sachs näherte sich dabei seiner Vorlage im Ausdrucke. Man höre:

H. S. V. 348:	N. F. Vers 2204 ff.:
Der füerst spricht:	Der fürst sprach: ir mich eines gewert,
Hor, Neidhart dw, reit haim geschwind!	Das ir mich last in ewren forst jagen
Ich wil mit meinem hoffgesind	vnd schawen ewer gewilde,
Morgen im alten forste jagen.	her Neithart, ich pitt eüch mir es
Vnd thw es deinem weib ansagen.	nit zeversagen.

Im alten Schwankbuche sagt Neithart dann ohne Noth und Zwang zum Herzog:

ich han die schônesten frawen
— — — — — — — — —
die solt ir mit frôden ane schawen
vnd mit ir haben ewrn rat.

Bei Sachs macht viel richtiger der Herzog die Bemerkung:

Neidhart, mir ist gesaget an,
Wie dw hast gar ein schônes weib.

Die Worte des Fürsten (V. 368—371) und die kurze Bauernscene (V. 372—385) sind Zusätze des H. S., ebenso der folgende kurze Monolog Neidharts, worin er sagt, daß er die Absicht des Herzogs durchschaut habe und sie durch Vorspiegelung der Taubheit bei

[1]) Ich bemerke bei dieser Gelegenheit, daß der gleiche Streich, aber in harmloserer Absicht, von dem bekannten Gelehrten Taubmann der Kurfürstin Hedwig von Sachsen gespielt wurde. Also erzählt die Taubmanniana (Frankfurt u. Leipzig 1704, p. 215), der ich die Verantwortung überlasse.

Gattin und Fürst vereiteln werde. Die Anmeldung des fürstlichen Besuches, die sich dem Monolog anschließt, umfaßt bei Sachs 25 Verse, im Schwankbuch nur acht. S. hat einige kleine, aber recht gute Züge hinzugefügt. So ist z. B. die Harthörigkeit des Fürsten im Neithartbuch durch einen Fall schlechthin, bei S. durch einen Sturz vom Pferde motiviert; die lobpreisenden Worte, welche die schöne Frau dem stattlichen Herrscher spendet, lassen Neidharts Maßregeln nicht als überflüssig erscheinen. Nun folgt der Empfang des Herzogs, welcher, 10 Verse groß in der Quelle, bei dem Nachahmer zu einer Scene von zwei Seiten (V. 426—469) mit vielen Zusätzen angewachsen und durch die kecke Figur des Narren recht lustig geworden ist. Auch hier hat S. Abgeschmacktheiten seiner Vorlage verbessert;

denn in dieser heißt es z. B.:	dagegen bei Sachs:
mit armen weis sie (Neid.'s Frau) in (den Herzog) vmb fieng.	Der fürst kůmpt; sie gat im entgegen, er vmbfecht sie.

Der Schluß des Spieles (vier Monologe) lehnt sich zwar noch an das Schwankbuch an, ist aber in der Hauptsache Eigenthum des H. S.

Daß H. S. neben dem, wie wir sehen, ausgiebig benützten Schwankbuche noch eine dramatische Behandlung des Stoffes kannte, möchte man daraus schließen, daß er (V. 21) sein Stück als „Neidhartspiel" bezeichnet — der Name war also bereits zu einem stehenden geworden — und daß er die Namen Engelmair (Engelmayer) und Zeiselmauer gegenüber Engelmar (oder Engelmeier) und Zeichselmauer [1]) des Schwankbuches festhält. Nun bezeichnet sich aber das 53. Fastnachtspiel bei Keller als 'Neithartspil', und die Namen lauten durchweg Engelmair (Englmair) und Zeis(e)lmaur. Auch ähneln einige Verse solchen bei S., z. B.:

H. S. V. 126 ff.:	Keller Ftsp. 53, S. 413:
Neidhart, der dinst bedank ich mich	Hab danck ir werder Neithart
Wil in gnaden pedenken dich	wir wellen dar zu diser fart
Gehabter můe, das dw pist kůmn	— — — — — — — —
Vns anzaigt die erst sůmer plůmn,	Mit pfeifen und mit schalmaien
Welche entsprůngen in dem mayen	Süllen wir darumb raien
Darůmb wol wir haben ein raÿen.	— — — — — — — —
	Den lieben sumer schon enphan.

Doch wenn S. wirklich das monströse Spiel (S. 393—467) kannte — was ich trotz der erwähnten Punkte noch nicht für ganz sicher halte — so verdankt er ihm nicht viel und jedenfalls nicht viel

[1]) Das Schwankbuch hat übrigens, aber selten, auch die Form Zeiselmauer.

Gutes. Höchstens mag ihn das rohe, gemeine Machwerk zu größerer Derbheit veranlaßt haben.

Zu Nr. 80. Der schwanger pauer mit dem fūel.

Lier hat in seinen Studien z. Gesch. des Nürnb. Fastnachtspieles S. 149 gezeigt, daß H. S. für die Scene zwischen „Heincz dem pauernknecht" und dem „arczt" an mehreren Stellen fast wörtlich ein Folzisches Fastnachtspiel (Nr. 120 bei Keller) benützt hat. Beinahe alle komischen Mißverständnisse (V. 139—140, 156—200) bei S. gehen auf diesen Vorgänger zurück.

Zu S. 55 A² meiner Arbeit möchte ich berichtigend bemerken, daß der tomus I *Convivalium sermonum* zum ersten Mal 1541 und nicht, wie ich annahm, erst 1543 erschien. Die Ausgabe hat folgenden Titel: Convivalium | sermonum liber meris io|cis, ac salibus nō impudicis neque lasci|uis [1]), sed utilibus et serijs refertus. non | nunquam etiam admixtae sunt iucun|dae, & uerae narrationes, eaque omnia ex | uarijs cum ueterum, tum recen|tum monumentis decerpta. | per Joannē Peregrinum Petrosela|num. Libellum de uarijs moribus Vrbium, Virorum & Mu|lierum sane perquàm elegantem | & frugiferum adieci|mus. Basileae MDXLI (beigegeben Forcianae Quaestiones etc. Autore Philalethe Polytopiēsi Ciue.) Am Ende: Basileae apud Bartholomeum Westhemervm Anno MDXLI. Das Buch ist nicht paginiert, aber mit Signaturen (A—A⁵, dann drei unbezeichnete Blätter bis Z³) versehen. Joannes Peregrinus ist natürlich J. Gast, denn die Sammlung stimmt, abgesehen von einzelnen Schwänken, mit den späteren, Gasts Namen tragenden Ausgaben überein. — Goedeke hat sich also geirrt, wenn er Peregrinus und Gast als zwei verschiedene Autoren in seinem Grundriß (2. Aufl. II, 128/129) aufführt; ebenso existiert die Ausgabe von 1540, die Goedeke vermuthet, nicht. Die zweite Ausgabe des I. Bandes erschien 1542, die dritte 1543, die vierte 1545, die fünfte 1548, die sechste 1549. Eine weitere Ausgabe erschien 1554; daß zwischen 1549 und 1554 eine oder noch mehrere erschienen, läßt sich wohl vermuthen. Der II. Band erschien zuerst 1548, zweite Ausgabe 1549, weitere Ausgaben 1554, 1561, der III. Band 1561. Alle diese Ausgaben kamen zu Basel heraus und weichen inhaltlich mehr oder weniger von einander ab. Vom III. Bande lasse ich, da er kaum

[1]) Diese Versicherung straft der Inhalt, welcher nach eigener Angabe des Compilators aus Erasmus, Gellius, Luscinius, Barlandus, Keysersberg, Sabellicus, Margarita Facetiarum, Plutarch, Bebel, Sueton, Petrarcha u. A. geschöpft ist, gründlich Lügen.

irgendwo erwähnt, geschweige denn beschrieben wird, eine Beschreibung des Druckes von 1561 folgen, von dem ich übrigens nicht weiß, ob er der erste ist: Tomus | Tertius Con|vivalium Sermonum | partim ex probatissimis historiogra|phis, partim exemplis innumeris, quae | nostro seculo acciderunt, congestus, | omnibus uerarum uirtutum studiosis utilissi|mus. Basileae MDLXI. (Ein Drucker ist nicht genannt.) 205 S. kl. 8°.

Die zahlreichen Ausgaben der Gast'schen Sammlungen sind ein Beweis für die ungewöhnliche Gunst, deren sie sich erfreuten. Auf die deutsche Schwanklitteratur des 16. Jahrhunderts waren sie gewiß von Einfluß. Man wird mir daher diese kleine Abschweifung von meinem Thema verzeihen.

H. Sachs und Hugo von Trimberg.

Eine Quelle des H. Sachs, die er meines Wissens weder selbst nennt, noch Andere bisher genannt haben, ist der ***Renner*** des Hugo von Trimberg. Sachs dürfte mehrfach davon Gebrauch gemacht haben. Ich beschränke mich indeß hier auf die Angabe derjenigen Fabeln, welche er für Fastnachtspiele daraus gezogen hat. Bevor wir diese anführen, ist noch die Frage zu erledigen, in welcher Gestalt unserem Nürnberger der *Renner* vorlag, ob gedruckt oder handschriftlich. Der erste Druck erschien mit der Jahrzahl 1549[1]), und nach dem Dedicationsschreiben des Druckers, welches vom „siebenden Septembris Anno xlviiij“ datiert ist, sollte man glauben, erst gegen Ende dieses Jahres; nun hat aber H. S. Dichtungen aus dem *Renner*, wie wir weiter unten sehen werden, schon am 29. und 30. März 1549 bearbeitet. Somit hat er aus einer Handschrift geschöpft? Gegen diese Annahme wäre zwar nichts einzuwenden, zumal sich der *Renner* einer ganz ungewöhnlichen handschriftlichen Verbreitung erfreute und selbst noch 1520 nachweislich abgeschrieben wurde; allein da sich eine frühere Benützung des *Renner* von Seite

---

[1]) Der Renner || (E)in schon vnd nutzlich buch | || Darinnen angezeygt wirdt | eynem Jegklichen || Welcher wirden | wesens | oder Standts er sey | so wol Geyst || liches | als des vndersten des Weltlichen Regiments | darauß er sein leben zůbessern | || vnd seinem Ampt nach gebůre desselben | außzůwarten vnd nachzukom||men zu erlernen hat | Mit viel schonen spruchen der Heyligen schrifft | Alter Phylosophen | vnnd Poeten weisen reden | Auch feinen || gleichnůssen | vnd Beyspieln geziert. Itzunder || allererst im Truck außgangen. || Mit Key. Maye. Priuiligio nit || nach zu Truken. || 1549 || Gedruckt zu Franckfurt am Meyn | durch || Cyriacum Jacobum zum Bock. (123 foliierte Blätter kl. Fol.)

des H. Sachs nicht nachweisen läßt[1]), da ferner die Jahrzahl bei Sachs und dem ersten Druck doch kaum zufällig die gleiche sein kann, und da endlich der gedruckte (sprachlich erneuerte) Text mehr als der handschriftliche mit Sachs übereinstimmt, so glaube ich, daß dieser Dichter den Druck vor sich hatte. Um die Schwierigkeiten bezüglich des Datums zu beseitigen, bleibt die naheliegende Annahme übrig, es sei xlviiij verdruckt für xlviij und sonach das Buch wirklich Anfangs 1549 erschienen.

Über das Verhältniß dieses Druckes — von K. Janicke (*Germania* II, 376) mit Recht als protestantische Umarbeitung bezeichnet — zu dem alten Text kann ich mich hier nicht äußern. Ich verweise daher auf die Bonner Dissertation „Zur deutschen Litteraturgeschichte des 16. Jahrhunderts" von Simon Schäfer (Bonn 1874), deren pomphafter Titel indeß in keinem Verhältniß zu dem dürftigen Inhalt steht.

Betrachten wir nun den *Renner* näher, so finden wir, daß die dritte Fabel zu Sachsens

74. Spiel: Die frumb schwiger kupelt ir dochter,

sowie zu den Gedichten gleichen Inhalts, welche ich früher auf Gasts *Conviv. Sermones* zurückleitete, ziemlich genau im *Renner* (Vers 12144—12203 des alten Textes[2]), fol. 63ª des Druckes[3]) zu lesen ist. Die erste Bearbeitung, die S. davon gab, ist der Meistergesang vom 30. März 1549, und dieser stimmt bis auf Kleinigkeiten mit dem fast ein Jahr später (am 8. Februar 1550) gedichteten Spruchgedichte überein. Das letztere, das zwei charakteristische Verse mehr bietet, will ich mit dem *Renner'schen* Texte von 1549 zusammenstellen und unten vergleichshalber den älteren Text[4]) anführen.

---

[1]) Wenigstens vermag ich sie mit den mir hierorts und in dem Augenblick zur Verfügung stehenden Mitteln nicht nachzuweisen.

[2]) Ich citiere diesen nach der allerdings sehr mangelhaften Ausgabe des histor. Vereins zu Bamberg (Bamberg 1833). Hier hat die Fabel die Überschrift: „Eine mere von ein' ebrecherinne die hat gar einē einveltigen man".

[3]) Die Überschrift lautet hier: Von einem weibe vnd manne.

[4])

Ein einveltig man ein wirtin het,
Di irs gemvtes niht was stet,
Vnd zeimal do der wirt vz gie,
Daz weip einē and'n man enpfie,
Do sie den in ir gadem prahte,
Durch kürtzweil, als sie erdahte,
Do kom d' wirt an des huses tür,
Zehant lie sie den man h'für,
D' and's dinges wolte warten
D' mvste sprụgē in einen garten,
Durch ein venster, daz was niht wit,
auch hete die wirtinn bi d' zit
Do d' wirt was vz gegangen
Ein bok in sinen stal gevangen.
vñ vor gestozzen in den garten
nv begonde der wirt mit fleizze warten
In dem havse hin vnd her etc.

* * *

Sp'ch si lat varen euren zorn
wān ir habt das havbt gescheide
wöllet ir, daz vnsinne evch v'meide

Renner:

Eyn einfeldig man eyn frawe hette |
Die jhres gemütes nit was stete |
Vnd eyn mal da der mã auß gieng |
Das weib einen andern man entpfing |
Da sie den in jhre Hauße brachte |
Durch kurtzweile | als sie gedachte |
Der man kam an des haußes thůr |
Zuhandt ließ sie den man herfůr
Der anders dinges wolte warten |
Der mußte springen inn einen garten |
Durch ein fenster | das was nicht weyt |
Auch hatte die Frawe bei der Zeit
Da der man waß außgegangen
Einen Bock inn seinem stall gefangen
Vnd verstieß jhn inn den garten |
Nun begunde der man zuwarten
In dem hause hin vnd her |
Wo der man außkommen wer(e) |
Da sprach das weyb: was warten jhr?
Ehr sprach | du bôse haudt sagen mihr
Wer ist dort hinauß gefahren?
Wol nuhn | das solt jhr baldt erfahren
Ein Nebel euch fůr den augen geht |
Sehent jhr den Bock der vor euch steht |
Der sprang durch das fenster herfür
Da jhm versperret war die thür.
Die rede waß dem manne zorn
Er hatt wedder langen bart noch horn
Sprach er | der durch das fenster fuhr
Das weyb sehr zůrnete | vnd schwur
Als die frawen gern thun |
Es were der Bock, der bey jhm stůnde.

* * *

Sprach sie | laßt fahren ewern zorn
Dan jhr habt ein schwindelicht heubt |
Wôlt jhr das vnsinne euch nicht betâubt

H. Sachs:

(E)in gertner het ein frawen
Die det im Schalksperg hawen
Als der ging in die stat
Ein kauffen wolt mit rat
Da kam ir jůngeling
Den sie freůntlich entpfing
Als der schimpf war am pesten
Und sie nit anders westen
Sie hetten erst angfangen
Da kam der gerner gangen
Und klopfet an der thůer
Der jůngling het sein spůer
Des gertners wolt nit warten
Sprang herab in den garten
Durch einen weiten laden
Heraber wol zum gaden
Des det der gertner sehen
Zornig zum weib det jehen
Du Sack wer ist der jüng
Der rab in garten sprüng
Das weib det listig jehen
Du hast nit recht gesehen
Vnser pock is gewessen
Den jagt ich mit dem pessen
Der hat mir thon ain schaden
Der sprang nab durch den laden
Der gerner sprach in zoren
Der hat kein part noch horen
Der durch das fenster sprung
Es war ein lecker jung.

* * *

Die fraw mit worten gůetig
Sprach vnsinnig vnd wüetig
Wiltu mein man mir werden
Mit cleglichen geperden
Wainent vmb sein hals fiel
Herzlieber man ich wil

---

vnd wollet eurs arquans schir v'gezzẽ
So strecket euch nider vñ lat euch mezzẽ.
als man euch mezzẽ vñ segẽ mvz
Vnsinne wirt evch and's nimm pvz
Er strackte sich nider vf die erden.

* * *

Lazze dich effen, narren gaul
wolde got, wer dein havbt favl!
So gewůnne ich vil armez weip
nach dinem tode noch froen leip etc.

Vnd wölt ewers argwons schier vergessen |	Mein segen dir mit dailen
	Dein wueten dir zu hailen
So streckt euch nidder vñ laßt euch messen	Leg auf die erd dich nider.
	Und rüer kains deiner glider
Als man euch strecken vnd segnen muß |	Der man in dem gezenck
	Sich nider legt auf penck
Vnsinne wjrdt euch sonst nümmer buß	Die fraw fing an den segen
Ehr streckt sich rückling auff die erden.	Las dich effen allwegen
* * *	Du esel narr vnd dropff
Laß dich äffen du narren gaul	Das hiren in deim kopff
Wölt Gott vnd were dein leyb gar faul	Wert unsinig vnd wüetig
So gewünne ich armes elendes weyb	Das geb dir got der güetig.
Nach deinem todt ein froen leyb	Das letzt wort thets lawt sagen
— — — — — — — —	Das ander stil verschlagen
— — — — — — — —	Die weil entron der jung
Diesen sägen setze ich dier zur buße(n)	Uber den zaun entsprung
Das du sterbst hie vor meinen fuessen |	Nach dem der man aufstund
Oder das dein hirne fürbas wüdte |	Sucht da er nimant fund
Das gewehre mich Gott durch sein güte.	Dan seinen alten pock
Sehr laut sprach sie das letzte wort |	Pletern an aim reben stock
Der ersten wenig wardt gehort.	Patters ab seiner frawen.
Obe jhm bas würde das weiß ich nicht |	Det ir erst recht wol drauen etc.
Vnbiliches dinges viel geschicht.	

Die Änderungen, die S. im Meistergesang und Spruchgedicht mit seiner Vorlage sachlich vornahm, sind, wie wir sehen, gering. Er machte aus dem unbestimmten „man“ einen „gertner“, worauf ihn vielleicht der Garten in seinem Vorbilde brachte, er ließ den Bock zufällig sich im Garten aufhalten, während er im *Renner* durch das Veranstalten der Frau in den Garten gekommen war, ferner mußte bei ihm — was im Original überflüssig war — der argwöhnische Mann sich vergewissern, ob wirklich der Bock im Garten sei, endlich fand S. für die obigen letzten fünf Verse — wovon die ersten zwei merkwürdigerweise im Meisterg. fehlen [1]) — keine Anhaltspunkte im *Renner*. Was das sprachliche Verhältniß betrifft, so ist es durch die Nebeneinanderstellung von Original und Nachbildung genügend veranschaulicht.

Das Fastnachtspiel schließt sich — in Bezug auf diese Fabel — sachlich ziemlich genau dem Spruchgedicht an, es bietet nur kleine Änderungen und Zusätze, welche durch den Dialog und die beiden anderen mitverwebten Fabeln geboten sind. Größer sind die sprachlichen Abweichungen, insbesondere bei dem Segen; letzterer lautet:

---

[1]) D. h. falls der von Ch. Schweitzer (*Etude sur la Vie et les Oeuvres de H. Sachs* p. 438/39) gegebene Abdruck hierin zuverlässig ist.

In doribûs et lappibûs
In dôlpis et dildappibûs
Dich effen mulieribus
Du semper pleibst ein asinûs
Sûrge et stampf hin fûes für fûs
Dobsûcht nunqûam dich lasen mûs.

Hiebei sind offenbar frühere Spiele des Meisters (Nr. 41 u. 63) von Einfluß gewesen.

Muß nun S. neben dem *Renner* auch noch Gast gekannt haben? Ich möchte die Frage nicht gerade bejahen, doch läßt sie sich auch nicht ohne Weiteres verneinen; denn es bleiben zwischen Gast und Sachs Beziehungen, die im *Renner* fehlen. Erstens ist bei G. und S. der Liebhaber ausdrücklich ein Jüngling, zweitens leistet der betrogene Ehemann seiner Frau Abbitte, und drittens „det ir erst recht wol drauen".

Nr. 82. Die zwen gefattern mit dem zorn.

Dieses Spiel führt ebenfalls auf den *Renner* zurück. Wie Goetze (Fastnachtspiel VII, p. XI) berichtet, hat S. den Stoff zuerst am 29. März 1549 als Meistergesang, dann am 7. Februar 1550 als Spruchgedichte bearbeitet. Man beachte, daß beide gerade je einen Tag früher als die oben erwähnten Gedichte (nach dem *Renner*) niedergeschrieben sind. Mehr als neun Jahre später, am 23. October 1559, hatte er das Spiel folgen lassen, und endlich am 6. October 1563 zum vierten Male nach der Fabel gegriffen und sie als Schwank umgearbeitet. Mir liegen leider die zwei ersten Bearbeitungen nicht vor, was ich um so mehr bedauere, als dieselben nach meiner Vermuthung der Quelle am nächsten kommen und jedenfalls schlichter waren als der zuletzt gedichtete Schwank, der in seiner geschwätzigen Breite Zeugniß dafür ablegt, daß er in einer schwachen Stunde entstanden ist. Da die Fabel im *Renner* nicht groß ist, so gebe ich sie hier unverkürzt (*Renner* Vers 14700—14736; Ausg. 1549, fol. 75ª) wieder:

Von zweÿen Gefattern.

Nvn hôret was eynmal geschach |
Da eyner seinen Gefattern sach
Sein eigen haußfrawe straffen
Mit schlâgen das sie schrey waffen.
Er kam vnd wolte helffen jhr |
Vnd bat | diesen zorn gebet mir.
Das mag yetzundt aber nit sein
Sprach er | lieber Gefatter mein |
Gefa|tter | biß ich mich an jr baß
Gereche[1]): Gefatter thut jr das |

[1]) Im alten Text lautet die gesperrt gedruckte Stelle:
Disen zorn gebt mir
Sp'ch er, travt gevat' min!
Des enmak iezvnt niht gesin,
Gevat' vntz, daz ich mich vaz
an ir geriche.

Vnd gewert mich nit | das ich euch bitt(e)
Da bedrůbet jhr mein hertze mit.
Er sprach | wölt jr sein nit entberen?
Nein zware: so soll ich euch geweren.
Er stieß die frauwe von jm hin dan |
Vnd griff so baldt den werden mann
Mit seinem hare | vnd warff jn nider |
Der schrey | vnd strebte fast wider |
Er sprach | Gefatter was thunt jr?
Wie lohnet jr meiner treuwen mir.
Er sprach | ich gebe euch meinen zorn |
Ewer treuwe ist darumb nit verlorn.

Ihr nachbawren die lieffen zů |
Vnd schieden sie | des morgens frů
Klagte yener dem richter |
Das er ůbel gehandelt wer(e) |
Von seim Gefatteren | der kam dar |
Vnd sagte dem richter die sache gar |
Wie er jn bate vmb seinen zorn |
Der richter sprach: so sei verlorn
Gůtlich was er euch hat gethan.
Da er sich selber da versan |
Da sprach er: sommer Sele vnd leib |
Vnd schlůge man fůrbaß alle weib(e) |
Die in der welt ye wurden gebor(e)n |
Ich båte niemandt mehr vmb seinen zorn.

In seinen beiden ältesten Nachbildungen wird S. gleich seinem Vorbilde mit dem Streit selbst angehoben haben. Für den Meisterg. erscheint dies nach dem von Goetze mitgetheilten Anfang: „Ein man sein frawen schluege" sicher. Im Spiele mußte der Dichter natürlich bedacht sein, einen Grund für die Schläge auszusinnen. Er läßt, gewiß ein glücklicher Gedanke, den Mann Pech beim „armprost schiesen" haben; der „gfatter", der schon vor dem Streit auftritt, räth ihm, der Frau wegen, „ain flaschen vnd kandel" zu kaufen, „sam irs gewůnen habt",

„Sunst kan ich warlich wol ermessen
Ir můest heint mit dem prediger essen."

Jener thuts; jedoch schon hat der Frau eine „nachtpewrin" von ihres Mannes Mißgeschick erzählt, und als er kommt, wird er von der Wüthenden mit giftigen Worten empfangen; die Vorwürfe regnen auf beiden Seiten, endlich schreitet der Mann zu Schlägen, und nun (von Vers 145 an) beginnt die Nachahmung, die ziemlich getreu ist; nur in einem Punkte weicht S. ab, offenbar um die Handlung zu vereinfachen: Statt der im Vorbilde erwähnten „nachbawren" erscheint gleich der Richter, „reist den gfaterman von im", spricht nach Anhörung der Sache, das Urtheil, und „peschlewst", die Streitenden zum Weine einladend, mit der unvermeidlichen Moral.

Ich will nun noch an einigen Beispielen zeigen, wie sich S. seine Quelle auch wörtlich zu Nutzen machte:

V. 153: ..... ich pit euch eben
Ir wolt mir ewren zoren geben ....

V. 156: Das thw ich nit aller massen;
Mein weib darff meins zoren von mir
Mein lieber gfater pas den ir ....

V. 184: Wen irs den nit geraten wölt ...
Nach V. 188: Er felt im ins har wuerft in nider ...
V. 303: Nůn wen man fort gleich vngefůeg
Auf erden alle weiber schlůeg
Vnd ire mender zornig wern
So wolt ich nimermer pegern
Furbin ains ainig mannes zorn
Des sey ein harter aid geschworn.

Anders wie im Spiel ist die Einkleidung im Schwank von 1563. Hier ists ein „Ehvolck", welches „vber tage Im Zanck vnd hader lage." Im Übrigen verläuft die Handlung — durch breite Ausmalungen über die Gebühr gedehnt — ganz wie im *Renner,* sogar die einschreitenden „Nachbawrn" fehlen nicht. Sprachlich stimmt der Schwank sehr oft mit dem Spiel überein und bietet auch das gleiche Verhältniß, wie dieses, zur Quelle. Wahrscheinlich sind auch viele Verse von dem älteren Spruchgedichte stehen geblieben.

NÜRNBERG. A. L. STIEFEL.

EIN LATEINISCHES GEDICHT.

Folgende Verse, die in lateinischen Worten deutsche Gedanken ausdrücken (es scheint ein Frühlingslied zu sein), fand ich in einer Hs. des XII. Jahrhunderts (Cod. Turic. C 58 membr. fol. 16 v. col. II).

I.

1. Hyemale
tempus uale
estas redit cum leticia,

2. cum calore
cum decore,
quae estatis sunt indicia.

3. Terra floret
sicut solet,
reuirescunt lilia.

4. Rosae flores
dant odores,
canunt alatilia.

II.

1. De terrae gremio
rerum praegnacio
progreditur,
et in partum soluitur
uiuifico calore.

2. Nata recentius
lenis fauonius
sic recreat,
ne flos nouus pereat
treicio rigore.

3. Herbis adhuc teneris
et blanditur et⟨h⟩eris
temperies.
ridet terrae facies
multiplici calore.

LENZBURG. J. WERNER.

ZU DEN KONUNGASǪGUR.

I.

Der cod. AM. 310, 4°, in dem die eine Übersetzung der von Oddr Snorrason verfaßten lateinischen Vita des Olaf Tryggvason überliefert ist — von mir Oa genannt — bestand ursprünglich aus 51 Blättern (= 8 + 11 [Lage von 10 Blättern, wo zwischen dem achten und neunten ein Blatt eingefügt] + 4. 8). Oa schließt auf der ersten Seite von Blatt 50, und zwar so, daß etwa die Hälfte der Seite unbeschrieben ist[1]). Vollständig fehlen die Blätter 23 und 24 und am Schluß das 51., das uns hier nichts angeht; ferner ist vom dritten Blatt nur ein kleiner unbeschriebener Streifen übrig und vom ersten und zweiten Blatt je ein kleines beschriebenes Stück. Diese Fragmente sind in den Fms. X, S. IX halbwegs genau abgedruckt.

Aus dem Fragment des ersten Blattes geht zunächst hervor, daß der Text von Oa auf der zweiten Seite desselben begann; die Saga füllte also 97½ Seiten.

Der zusammenhängend überlieferte Text setzt auf Blatt 4 an der Stelle ein, die dem Beginne der Seite 6 in der zweiten Übersetzung Ob (citiert nach Munchs Abdruck, Christiania 1853) entspricht. Davor fehlt, wie angegeben, ein ganzes Blatt; wir werden daher von vornherein annehmen dürfen, daß wir für das Fragment des zweiten Blattes von Oa etwa auf Seite 3 und 4 in Ob Entsprechungen finden können.

Nun stand auf der Rückseite des zweiten Blattes von Oa nach Ausweis des Fragments mit rothen Buchstaben (also Capitelüberschrift) *ꝛryggva.ſ.* Von Olaf kann nun hier nichts weiter erzählt werden, als daß er geboren wurde, und dazu stimmt, daß gleich auf der nächsten Zeile Astrid genannt wird. Wenn wir weiter die Worte *hon viſſi* lesen, so stimmen sie zu dem Satze Ob 4, 19 f.: *hon visse at nalgaþiz sv stvnd er hon mvnde barn føþa.* Daraus folgt, daß auf den dieser Überschrift (Ob, Capitel 2) vorausgehenden Theilen der beiden ersten Blätter von Oa nur das dem Prolog und dem ersten Capitel in Ob entsprechende gestanden haben kann.

[1]) Die Angabe im Katalog over den arnamagnæanske håndskriftsamling, daß die erste Seite des vierten Blattes zur Hälfte unbeschrieben sei, beruht auf einem Versehen.

Wenn ferner auf dem Überbleibsel der ersten Seite des zweiten Blattes eine rothe Initiale *O* steht, so geht daraus hervor, daß Oa das erste Capitel von Ob in zwei Capitel spaltete. Nun theilt sich dieses von selbst in zwei Abschnitte: 1. Einleitung, Zwist der Söhne der Gunhild und ihre Versöhnung; 2. Machinationen gegen Tryggvi und dessen Mord. Die Grenzscheide bildet etwa Ob 3, 11. Dem entspricht das erhaltene Fragment. Wir lesen: *h̄ſcal geꝼ(a)* = Ob 3, 8: *at hann leysi*. Das folgende Wortfragment: *nađi* ergänze ich zu *bunađi* (= Ob 3, 8). Dem folgenden: *ſer nocq̄t riki* entspricht in directer Rede: *þa mattv fa þer rike* (Ob 3, 9). Dem *heto þessa sett at hallda* (Ob 3, 11) entspricht dann *þ̊r ſylld[i] sc. hr scalda.*

Es bleibt nun das Fragment der zweiten Seite des ersten Blattes; es sind Bruchstücke der letzten sieben Zeilen. Diese entsprechen Ob 2, 28—32. Es wird von Gunhild erzählt: *blotađe til gvđanna ok feck þa frett* (vgl. das Fragment der dritten Zeile *aꝼ gu*) *at þat mvndi verit hafa i ein hiali sem hon gat. ok þat hafa menn fyr sátt en enge veitt* (vgl. das Fragment der fünften Zeile: *er viſ oꝛþin*) *hvart hon var sǒn at þvi. Oc eptir þat sagđe hon sonvm sinvm oc gerđu þau rađ sin* (vgl. Zeile 6: *raca þav*) *međ mikille slegđ. Oc er Gunhilldar synir tǒkv veizlo iSǒgni at ens riks manz* (vgl. Zeile 7: *inſ rikſ hoꝼ̊þ*) etc.

Ist das aber richtig, schloß die erste Seite von Oa mit dem Ob 2, 32 entsprechenden, so folgt daraus mit absoluter Sicherheit, daß auf den 36[1]) Zeilen der ersten Seite von Oa nicht das ganze große Stück von Ob 1, 1—2, 32 gestanden haben kann; und es ist das natürlichste anzunehmen, daß in Oa der Prologus nicht überliefert war. Daraus folgt aber weiter, daß wir den Prolog nicht mit voller Sicherheit dem lateinischen Original des Oddr zuschreiben können (vgl. meine Abhandlung: Oddr Fagrskinna Snorre, S. 25).

Für Unechtheit des Prologs spricht schon, daß Ob 1, 7 f. erzählt wird, Olaf Tryggvason habe den heiligen Olaf über die Taufe gehalten, während die eigentliche Saga nichts davon weiß.

KOPENHAGEN, den 10. Juni 1891.

GUSTAV MORGENSTERN.

---

[1]) So viel Zeilen hat gewöhnlich eine Seite der Hs.

LITTERATUR.

Lienhart Hans, Laut- und Flexionslehre der Mundart des mittleren Zornthales im Elsaß. (Alsatische Studien, H. 1.)

Die drei Arbeiten über die elsäßischen Dialecte von Mankel, Heimburger und die vorliegende von Lienhart stellen alle den Mangel einer scharf articulierten Fortis, wie sie namentlich im Schweizerischen zu Hause ist, als Wahrzeichen der betreffenden Mundarten hin (vgl. Mankel S. 6; Heimburger, Paul u. Braunes Beiträge Bd. XIII, S. 214; Lienhart S. 18). Während aber Heimburger noch zwei Stärkegrade bei An- und Auslaut annimmt, fallen bei Mankel und Lienhart etymologische Lenes und Fortes, ganz abgesehen von der Stellung der Laute, in dem gleichen Zeichen zusammen.

Ich glaube, daß Heimburger mit seiner Transscription dem wahren phonetischen Sachverhalt gerechter wird als Mankel und Lienhart. Zwar kenne ich die Mundarten des Münster- und Zornthales nicht durch eigene Beobachtung, doch stehen mir einige Kenntnisse der ans Elsaß grenzenden bernischen Mundarten zu Gebote, sodann habe ich mir von einem hier niedergelassenen Elsäßer aus Kolmar Einiges über seine Mundart mittheilen lassen, so daß ich in der Lage bin, die elsäßischen Lautqualitäten, die hier in Betracht fallen, mit den entsprechenden schweizerischen genau vergleichen und auf ihren Unterschied prüfen zu können.

Um zu zeigen, wie bei mir die fraglichen elsäßischen Laute in die Wahrnehmung treten, gebe ich einige Beispiele in der Lautform des Kolmarer Dialectes.

dabēdə, *khabăll*, *babīr*, *bubə* Puppe, *dōbə* < *tāpe*, *madĕri*, *špidōl*, *hōgə* Haken, *druge* drücken, *rigə* Rücken, *woligə*, *šlōfə*, *dărəgə*, *syfə*, *riəfə*, *loifə*, *grifə*, *griəsə*, *wasər*, *wăšə*, *drešə*, *fərpfyše*, *štăχə*, *dy̆b* Taube, *štup*, *hyss* Haus.

S. 6. Die Zeichen für die Vermittlungsklangfarben sind nicht empfehlenswerth, *y* ist passend gewählt, insofern damit ein Laut figuriert wird, der in der Schriftsprache nicht vorkommt und auch dem frz. *u* nicht entspricht; *y* stellt eine Lautnuance dar, bei deren Hervorbringung die *u*-Stellung der Zunge weit mehr im Spiele ist als die *i*-Stellung. Laxe Betheiligung der lauterzeugenden Factoren ist ein wesentliches Charakteristicum. Eine Gleichsetzung des *y* mit frz. *u*, wie Lienhart es thut, ist also ganz verkehrt.

S. 7. Die Frage nach den Schicksalen des mhd. *ë* und *e* ist zu kurz abgethan. Mhd. *ë* wird in Z. und dem Münsterthal durch *a* vertreten, während in Ottenheim *ä* erscheint, *e* ist in Z. und M. *ẹ* geworden, in O. *ẹ*. Da jedoch das Material für Z. so dürftig beigebracht wird, bleibt man in manchen Fällen ohne Auskunft. Über den Wandel des *e* vor *n*-Verbindungen erfährt man nichts.

S. 8. Die Formen *khulfə*, *kšpunnə* etc. sind nicht in eine Linie zu stellen. Die Verben mit *n*-Verbindungen haben das Muster für die übrigen abgegeben.

Es ist weiter die höchst interessante Eigenthümlichkeit zu notieren, daß *nd* in *rərə* übergeht, jedoch nicht durchaus, so finden wir *hant*, *want*, aber beim Plural *harərə* hende, *warərə* wende (vgl. Mankel S. 36).

S. 12 ff. sind einige falsche Gleichungen zu verzeichnen. *hypə* soll ahd. *hiufan* entsprechen. Es stellt sich zu schweiz. *hōpə* laut zurufen, *hōplə* laut weinen. *šnypə* geht nicht auf mhd. *snupfe* zurück, sondern gehört zu schweiz. *šnūpə* schwer athmen.

S. 16. Die unbetonten Vocale sind mit sieben Linien abgethan, was sehr zu beklagen ist. Bemerkenswerthe Formen wie *duriχ*, *alləs*, *eps* scheinen keiner Besprechung werth gewesen zu sein.

S. 23 bringt interessante Assimilation (respective Schwund des *h* vor *s*): *wōsə* < *wahsen*, *ōsəl* < *ahsel*.

S. 26 ff. Der Abschnitt über die Quantitätsverhältnisse läßt an Übersichtlichkeit Vieles zu wünschen übrig. Um zu reinlichen Resultaten zu gelangen, hätte der Verfasser die Geschicke der Vocale in ihrer Stellung vor den etymologischen Konsonanten untersuchen sollen, was zur Folge gehabt hätte, daß ihm da und dort ein anderes Licht über die fraglichen Verhältnisse aufgegangen wäre.

Die Verkürzungen alter *ī*, *ū*, *iu* würde er unter einen höheren Gesichtspunkt gebracht und sie etwa so präcisiert haben:

Vor etymologischer Explosivlenis bleibt die Länge unangetastet: *wīdə*, *līdə*, *mīdə*, *blīwə* < *blīben*, *glȳwə* < *klūben*.

Vor den Fortes tritt Kürzung ein: *tšyp*, *tsit*, *hyt* etc.

Vor den Spiranten hat das gleiche Gesetz gewirkt: *šlifə*, *rifə*, *hyfə* aber *sȳfer* < *sūfer*, *šȳfəl* < *schūfel*. Auch diese zwei letzteren Beispiele sind so gesetzmäßig als möglich und dürfen nicht als grammatische Querpfeifer angesehen werden.

Vor *s* ist das Gesetz nicht ganz durchgedrungen, *χ* verlangt durchweg Kürze.

Aus den Umlautserscheinungen heben wir die Thatsache hervor, daß Z. vom Umlaut weniger Gebrauch macht, als viele andere Dialecte. Möglich, daß diese Mundart früher den Umlaut in größerem Umfange besessen, und daß dann in manchen Fällen das *e*-Timbre in Folge der ihr innewohnenden Tendenz, das *e* zu *a* zu wandeln, wieder in *a* überging. Vielfach sind analogische Übertragungen im Spiele gewesen; so ist in einigen Fällen der Vocal des Singular auch für den Plural maßgebend geworden.

Gerne sähe man eine größere Liste von Wörtern, wie *hals* Pl., *šwants* Pl. Es werden wohl auch nhd. *Rad*, *Glas* etc. als Plurale fungieren, wie dies in Roggenburg hart an der elsäßischen Grenze der Fall ist.

S. 35 ist auf den Abfall des auslautenden *e* aufmerksam zu machen: *štup* stube, *mat* matte etc.

Wie die Lautlehre, ist auch die Flexion sehr summarisch abgethan. Bei dem Abschnitt über das Genus der Substantive möchte man auch gerne die Gründe wissen, warum ein Fremdwort beim Übertritt in die Mundart sein Genus wechselt. Bei einigen liegt der Grund auf der Hand. So ist *plaisir* weiblich geworden, weil es von *fräid* Freude beeinflußt wurde.

S. 52 sind die Diminutive, welche auf älteres *-el* (*il*) und *īlīn* zurückgehen, nicht genügend auseinander gehalten.

S. 65. Merkwürdig ist die Form *wat*, die nicht als niederdeutscher Import gedeutet werden kann. Eher ist sie als Sandhiproduct zu fassen. Es mögen einmal *waʒ* und *wa* nebeneinander bestanden haben, *wa* entwickelte sich dann im Satzzusammenhang weiter zu *wat*.

S. 68. Bemerkungen, wie die über das gebrochene *i* sollten nicht mehr vorkommen.

BASEL, December 1891. P. SCHILD.

Richard Haage, Dietrich Scherenberg und sein Spiel von Frau Jutten. Marburger Dissertation. 1891.

Die Studien über unser mittelalterliches Drama mehren sich in erfreulicher Weise. Daß es unter diesen Schriften zumeist akademische Dissertationen sind, die das früher wenig beachtete Gebiet beschreiten, ist ein ebenso günstiges wie verheißungsvolles Zeichen.

Bis jetzt sind vorzugsweise drei der alten Spiele monographischer Behandlung gewürdigt worden: die zehn Jungfrauen, der Theophilus und das Redentiner Osterspiel [1]). Nun kommt endlich auch das ehedem so berühmte Spiel von Frau Jutten an die Reihe. Eine Zeit lang galt es bekanntlich überhaupt als das älteste deutsche Trauerspiel, dann wenigstens als eines der ältesten Zeugnisse mittelalterlicher Dramatik. Darum wird ihm auch in den früheren Monographien über die Anfänge des deutschen Schauspiels, wie z. B. in den Dissertationen von Gustav Freytag (1838) und Karl August Wittenhaus (1852) eine besondere Bedeutung beigelegt, wenn auch in der Darstellung des letztgenannten keine Textstellen mitgetheilt werden. Keines unserer geistlichen Spiele hat zudem eine so verschiedenartige Beurtheilung erfahren. Ist es doch sogar von Adelbert von Keller als Übergang von den Mysterien zu den Fastnachtschwänken in seine große Sammlung der Fastnachtspiele aufgenommen worden. Diesem litterarhistorischen Irrthume und dieser ästhetischen Verkennung danken wir allerdings den zugänglichen Text, da der erste Wiederabdruck in Gottscheds 'Nöthigem Vorrath' sehr selten geworden ist. Der Verfasser der vorliegenden Dissertation betrachtet freilich jene Auffassung und Maßnahme Kellers von einem anderen Gesichtspunkte aus. Er meint, daß diese gänzlich „unverdiente Zutheilung dem armen Zwitterkinde verhängnißvoll“ geworden sei. „Denn als man in den letzten Jahrzehnten [2]) mit der Durchforschung des wenig betretenen Gebietes der geistlichen Spiele begann, da wußte man eben nicht recht, wie man eigentlich daran war mit dem Geschlechte der Jutta, und behandelte sie höchst stiefväterlich.“ Wirth hätte in seinem bekannten Buche, so bemerkt Haage weiter, an ihr ein brauchbares Medium für die litterarischen Beziehungen der geistlichen Spiele

---

[1]) Hier mag bei Erwähnung des Redentiner Osterspiels auf die soeben erschienene, höchst dankenswerthe Facsimile-Ausgabe hingewiesen sein. Sie erschien einmal als Beilage zum Osterprogramm des Parchimer Gymnasiums, dann auch separat unter folgendem Titel: „Die Handschrift des Redentiner Osterspiels im Lichtdruck mit einigen Beiträgen zu seiner Geschichte und Litteratur herausgegeben von Dr. Albert Freybe. 1892. Druck der Bärensprung'schen Hofbuchdruckerei, Schwerin.“ 4°. 4 Seiten Vorbemerkungen, 12 Blätter Text (Facsimile) und 47 Seiten Abhandlung.

[2]) Es sind freilich schon fünf Jahrzehnte, daß man „begann“; von Kellers Ausgabe an sind es ihrer nahezu vier.

in Mitteldeutschland finden können, wäre seine Untersuchung nicht auf Oster- und Passionsspiele beschränkt geblieben. Hierzu möge bemerkt sein, daß von stiefväterlicher Behandlung des Stückes eigentlich nur insoweit gesprochen werden kann, als ihm keine Specialuntersuchungen gewidmet worden sind. Denn die Litteraturgeschichten nehmen doch alle mehr oder weniger gerade auf das Juttenspiel Rücksicht, ebenso die allgemeinen Monographien, wie die von Müller, von Wackernagel, von Hase, von Reidt und besonders die von Wilken. Wilkens Buch wird doch auch vom Verfasser später nicht allein genannt, sondern sogar zum Gegenstande einer Polemik genommen. Ich meine, daß die Vernachlässigung eher in der üblen Überlieferung gesucht werden dürfte. Hätte sich die Originalhandschrift oder überhaupt nur eine Handschrift aus dem 15. Jahrhundert entdecken und ausfindig machen lassen, so hätte sich die Forschung gewiß auch der Jutta zugewandt. Freilich hat gerade die Unsicherheit und Fehlerhaftigkeit des jüngeren gedruckten Textes gegenüber dem einstigen Originale Anlaß zu einer kleinen Untersuchung geboten. Diese Untersuchung habe ich dereinst — es sind gerade dreißig Jahre her — unternommen und im ersten Bande der Neuen Folge des von Ludwig Bechstein begründeten Deutschen Museums für Geschichte, Litteratur, Kunst und Alterthumsforschung veröffentlicht. In diesen sprachlichen Bemerkungen wollte ich das Verhältniß beleuchten, in welchem die Sprache des Stückes in seiner vorliegenden Gestalt zu der Mundart des Verfassers steht. Jetzt werde ich durch den Verfasser der vorliegenden Dissertation daran erinnert, daß sich die wissenschaftliche Speciallitteratur über das Frau Juttenspiel thatsächlich auf diesen einen Aufsatz von mir aus dem Jahre 1862 beschränke. Haage rechnet dazu auch die anderen von mir unter dem Titel „Zum Spiel von Frau Jutten“ dargebotenen Mittheilungen, wie u. A. die Vorrede des Herausgebers Hieronymus Tilesius und namentlich meine Bemerkungen über den Cleriker und Notar Theoderich Scherenberg zu Mühlhausen (mit Facsimile seines Notariatszeichens)[1]. Mit diesen suchte ich die Heimat und den Namen des Dichters für die Litteraturgeschichte festzustellen. Allerdings hegte ich leise Zweifel, ob Scherenberg wirklich auch der Verfasser sei, ob die jetzt angenommene Abfassungszeit des Stückes (1480) dem Wortschatze, der Ausdrucksweise und noch mehr der Composition entspreche. Schließlich bemerkte ich, diese Frage über das Alter des Stückes bedürfe noch einer eingehenden Untersuchung, der ich vielleicht nachgehen würde. Ich bin aber nicht dazu gelangt.

Nun haben Theoderich Scherenberg und sein Spiel von Frau Jutten in der vorliegenden Dissertation eine höchst eingehende und dankenswerthe Würdigung gefunden, die zugleich für die litterarhistorische Schätzung noch anderer geistlicher Spiele von Belang ist. Der Verfasser stellt gleich im Anfang als zweifelloses Ergebniß seiner Untersuchung hin, daß das leitende Motiv und der Mittelpunkt des Juttenspiels allein die Verherrlichung der Mutter Gottes und der Heiligen in wissentlichem Gegensatz zu dem „Zehn-

[1]) Von den Litteraturhistorikern hat nur Koberstein-Bartsch meine Abhandlung citiert. Bei der geringen Verbreitung, die das Deutsche Museum gefunden hat, werden nur verschwindend wenige der Fachgenossen von ihr Notiz genommen haben, ebenso wie auch mein Wiederabdruck des Sprachverderbers vom Jahre 1643 im Museum so gut wie unbekannt geblieben ist. (Vgl. Zeitschrift für den deutschen Unterricht 5, 316 ff.)

jungfrauenspiel“ gewesen sei. Auch will er im Gegensatz zu Goedeke, der angegeben hatte, das Stück sei vom ersten Herausgeber, Magister Hieronymus Tilesius, ungehörig interpoliert worden, den Nachweis erbringen, daß der alte Text rein und unversehrt unter leichter Hülle vor uns liege. Hiermit beschäftigt sich der erste Theil der Schrift: „Der Dichter und sein Stoff“. Im zweiten über den Dichter und die Tradition des geistlichen Schauspiels werden uns die Zusammenhänge der Jutta mit vielen anderen Spielen gezeigt. Hier ist namentlich die Übereinstimmung vieler Stellen mit dem Theophilus von überraschender Bedeutung. Haage zeigt uns aber nicht allein, wie der Dichter sich eine ganze Reihe älterer Spiele für seine Schöpfung zu Nutze gemacht hat, sondern auch wie er in ungeschickter Weise seine Rede mit Formeln und Flickwörtern bis zum Übermaß ausstattet. Diese stilistischen Beobachtungen sind eine erwünschte Ergänzung zu dem Theile des Wirth'schen Buches, der vom Stil der geistlichen Spiele handelt. Mit Recht hat der Verfasser auch auf Wirth hingewiesen.

Nicht allein gegen Goedeke wendet sich Haage, sondern auch gegen Wilkens Ansicht (in seiner Geschichte der geistlichen Spiele S. 206), daß die Handschrift des Verfassers wahrscheinlich noch eine lateinische Spielordnung aufgewiesen habe, wie aus einzelnen Spuren hervorgehe. Haage macht dagegen geltend, die deutschen Überschriften der einzelnen Scenen stimmten in ihrem Wortlaut mit anderen gleichzeitigen Spielordnungen überein. Dem Verfasser der Dissertation ist es eben darum zu thun, nachzuweisen, daß die Urschrift ohne weitere Umgestaltung durch Tilesius in die Druckerei gewandert sei und hier nur durch den Setzer Modernisierungen erfahren habe. Es ist ihm ferner darum zu thun, Dietrich Scherenberg als wirklichen Dichter festzuhalten, darum erklärt er sich auch gegen die von mir dereinst geäußerten „leisen Zweifel“. Ich gestehe, daß mir Haages Einwendungen gegründet erscheinen, und daß ich fortan nicht mehr zweifle.

Dagegen möchte ich hinsichtlich der Namensform Scherenberg, wie ich sie statt Schernberg, Schernberck empfohlen habe, bei meiner früheren Ansicht beharren, zunächst wenigstens theoretisch. In dem von mir angezogenen Notariatsinstrumente erscheint der Name in der Form Scherinberg (über dem i kein Punkt), die nicht als Schermberg aufzufassen ist. Es ist durchaus nicht richtig und nur eine Verlesung, wenn Haage angibt, der Dichter zeichne sich in Urkunden neben Scherinberg, Schernbergk auch Schermberg, Schermbergk. Es kann sich nur um die volle Form Scherinberg = Scherenbergk und die synkopierte Schernberg handeln. Für die letztere scheint dem Verfasser die Umschrift auf dem erhaltenen Siegel zu sprechen: S. theoderici Schernberg, sowie die heutige Schreibung des Fleckens, aus dem die Familie aller Wahrscheinlichkeit nach stammte. Einer modernen Namensform zu Liebe braucht aber ein Name, der vom Träger selbst öfters eigenhändig überliefert ist, nicht verändert zu werden. Und ist Schernberg um 1480 auch schon die Schreibung des Fleckens? Mehr Gewicht könnte ja der Inschrift des Siegels zugestanden werden. Wer sich aber mit der Sphragistik beschäftigt hat, der weiß es zur Genüge, daß die Stecher, die Verfertiger der Siegel und der Inschriften, öfters aus Mangel an Platz sich Änderungen erlauben, entweder durchaus abkürzen oder an den Buchstaben sparen. Viel wichtiger ist immer die eigenhändige Schreibung. Wenn nun Scherinberg, wie es doch der Fall ist, überwiegt und Schernberg nur selten in den Urkunden erscheint, so hat die volle Form zu gelten, die auch dem Charakter des damaligen thüringischen Dialektes durchaus entspricht, und darum sollte Scherenberg fortan in der Litteraturgeschichte angesetzt werden. Es thut mir aufrichtig leid, daß Haage sich für Schernberg erklärt hat und durch seinen litterarischen Vorgang dieser modernen Form, die bisher auch von den Litteraturhistorikern angewandt worden ist, Geltung verschaffen wird. Nachdem das aber einmal geschehen, wird man gut thun, um der Einheitlichkeit willen es nunmehr bei dem Namen Schernberg zu belassen. Für die Praxis also gebe ich gerne meine Auffassung preis und werde selbst im Gegensatz zu meiner Schreibung im Museum den Dichter von nun an Schernberg nennen.

Auch der Vorname gibt zu einer Erwägung Anlaß. Die Litteraturgeschichten bieten bis jetzt die alte nach dem Lateinischen festgehaltene Form Theoderich. Soll nun mit Haage die neue deutsche Dietrich eingeführt werden? Ich gestehe, daß dieses Dietrich ungewohnt ist und darum etwas fremdartig klingt. Wäre der Dichter weltlichen Standes, so würde man kein Bedenken tragen, ihn Dietrich zu nennen. Da wir aber von ihm selbst den deutschen Namen nicht erfahren — er nennt sich selbst in einer deutschen Urkunde Theodericus —, so werden wir wohl gut thun, den alten Brauch beizubehalten, wenigstens fürs erste.

Wichtiger für die Litteraturgeschichte als diese Namensform scheint der Nachweis, daß der bereits als Cleriker und Notar im thüringischen Mühlhausen bekannte Theodericus Scherinberg (Schernberg) Vicar an der dortigen Johannis-Capelle gewesen ist. Wir erfahren das aus einer deutsch geschriebenen Urkunde vom Jahre 1499, in der unser Dichter ditterich Schermberg (das ist doch wohl = Scherinberg) genannt wird. Auch noch andere Zeugnisse bringt Haage bei. Er hat sich sogar bemüht, Nachforschungen in den Matrikeln der Universitäten Erfurt, Heidelberg und Ingolstadt anzustellen, aber leider erfolglos. Dann weist er hin auf vierzehn zum Theil in Mühlhausen, zum Theil im Dresdener Staatsarchiv aufbewahrte Pergamenturkunden, die im Vereine mit der zahlreichen Erwähnung seines Namens in den Stadtrechnungen der Jahre 1483—1502 die Frage nach der Heimat des Dichters vollständig lösen. Von jenen Urkunden sollen die biographisch und sprachlich merkwürdigsten in einem Anhange mitgetheilt werden. Dieser Anhang ist aber in der vorliegenden Dissertation nicht gegeben. Wird er vielleicht in einer für den Buchhandel bestimmten erweiterten Ausgabe nachfolgen?

Nach der eingehenden und lehrreichen Besprechung des Stoffes und seiner Benutzung durch den Dichter, wobei natürlich auch die bekannte Schrift von Döllinger herangezogen wird, gedenkt der Verfasser auch des Spiels von den zehn Jungfrauen, welches in schroffem Gegensatze zum Theophilus und zur Jutta die Fürbitte der Mutter Gottes als wirkungslos darstellt und die gnadenlosen Sünderinnen zur verdienten Strafe gelangen läßt. Haage bemüht sich, wahrscheinlich zu machen, und wie mir scheint nicht ganz ohne Glück, daß Scherenberg gegen die überspannte Strenge des Zehnjungfrauenspiels sein Drama geschrieben habe. Zu einzelnen Gegenbemerkungen geben seine Erörterungen aber auch Anlaß.

Wenn er sagt, der gewaltige, sich von Scene zu Scene steigernde Eindruck der Spiele von den zehn Jungfrauen klinge schließlich auf das Wirksamste in der großartigen Nibelungenstrophe aus, so hätte er noch hinzusetzen sollen: und Waltherliedstrophe. Denn nur die erste Strophe ist in der Nibelungenstrophe gebaut und vielleicht nicht richtig überliefert. Rieger hat deshalb in seiner Herstellung der Strophen (Germania 10, 335) in der siebenten Halbzeile eine Ergänzung vorgeschlagen. Vgl. auch meine Dissertation „Zum Spiel von den zehn Jungfrauen" (Jena 1866) S. 27 = Germ. 11, 155.

Haage führt zweimal den wiederholten Klageschrei der Thörichten an: *uns wirt nimmer rat.* Die Mühlhauser Handschrift hat aber zum Theil in Einklang mit der Hessischen die Lesart *uns'* = *unser*, wie ich auch in meinem Lesartenverzeichniß angegeben habe (S. 30 = Germ. 11, 158).

Am Schlusse seiner Betrachtung des ersten Theils äußert Haage Zweifel an der Identität des Eisenacher Spiels mit dem in der Mühlhauser Hs. überlieferten, und zwar deshalb, weil in der Chronik auch von der Fürbitte der Heiligen gesprochen werde, die im vorhandenen Spiele fehle. Auf diesen Punkt ist schon mein Vater in seiner Ausgabe zu sprechen gekommen, was dem Verfasser entgangen zu sein scheint, ebenso auch Rieger; dann habe ich zweimal dieses Widerstreites gedacht. In der Dissertation (S. 9 = Germ. 11, 137) habe ich bemerkt, ich möchte die Wendung im Chronicon Sampetrinum: b. virginis Mariae et omnium sanctorum mit L. Bechstein für eine Metapher oder geradezu für eine Formel halten, habe auch, wie vorher mein Vater, ausdrücklich auf eine Stelle in der Rede einer Thörichten aufmerksam gemacht, in der es heißt: *Maria mac mir nicht* [Hs. b: *nommer*] *zu staten gesta, mi sin ouch alle sine heilgen gehaz* [Hs. b: *mir sin die heiligen gar gehaß*], und doch treten die Heiligen nicht handelnd auf. Und dem habe ich in meinem Schriftchen (Vortrag) „Das Spiel von den zehn Jungfrauen" (Rostock 1872) hinzugefügt (S. 27), daß jene sprachliche Formel nicht allein in der allgemeinen Auffassung wurzelte, sondern auch aus der lebendigen Darstellung geschöpft sein mochte, indem Maria, auch ohne daß es ausdrücklich scenisch vorgeschrieben stand, wahrscheinlich neben der Engelschaar auch von Heiligen, und zwar nicht von allen oder beliebigen Heiligen, sondern von Evangelisten und Aposteln umgeben war. Ich glaube daher, daß es durchaus nicht nöthig ist, mit Haage den Mühlhauser Text nur für eine Variante des Eisenacher Spiels zu halten, ganz abgesehen davon, daß auch im hessischen Texte die Heiligen nicht auftreten.

Im zweiten Theile der Abhandlung war mir besonders interessant die Zusammenstellung der Jutta mit Theilen aus der Zehnjungfrauenscene des Künzelsauer Frohnleichnamsspiels. Bis jetzt wissen wir nur von der Verwerthung der Parabel in diesem Spiele durch die kurze Erwähnung Hermann Werners in der Germania 4, 359. Der von Milchsack verheißene Abdruck läßt noch immer auf sich warten. Haage konnte für seine überraschenden Parallelen eine Abschrift benutzen, die er der Güte T. Mansholts verdankte, welcher seinerseits näheren Aufschluß darüber zu geben verspricht.

Haage selbst stellt in dieser seiner erfreulichen Erstlingsschrift noch andere Arbeiten in Aussicht. Zuerst eine Ausgabe des Juttenspiels. Nachdem er mit gewichtigen Gründen, wie mir scheint, jene Annahme Goedekes von einer Interpolation durch Tilesius entkräftet hat, will er den Versuch wagen, das Stück in der ursprünglichen Sprachform wiederherzustellen. Ich hatte mir ebenfalls für die mit Karl Schröder geplante Sammlung geistlicher Dramen neben den Ausgaben der Spiele von den zehn Jungfrauen und von der heiligen Katharina auch die Bearbeitung der Jutta vorgenommen. Sollte jenes Unternehmen wirklich zur Ausführung gelangen, so würde ich aber eine Wiederherstellung im Sinne Haages nicht auf mich nehmen. Eine solche scheint mir doch ein allzu großes Wagniß, weder möglich noch wünschenswerth. Schließlich kommt nichts weiter als ein Exercitium heraus. Neben einer wirklichen Ausgabe, die allerdings mehr sein soll als ein bloßer Abdruck, wäre aber auch bei der Seltenheit des alten Druckes und bei der immerhin erschwerten Benutzung des Gottsched'schen wie des Keller'schen Werkes ein genauer Abdruck, etwa in Braunes Sammlung, höchst willkommen.

Haage verheißt uns ferner eine Abhandlung über das Alter der Faustspiele und ihre geistlichen und altvolksthümlichen Elemente. Auch deutet er an, daß über das merkwürdige Gothaer Bruchstück eines Dramas (bei Bartsch, zur Quellenkunde der altd. Litt. S. 355; Rache des Titus an den Juden) Prof. Edward Schröder in Kürze zu handeln gedenkt. Man sieht, für unser älteres Drama ist die Zeit gekommen; es ist immer mehr ein bevorzugter Gegenstand der Forschung geworden.

ROSTOCK, Ostern 1892. REINHOLD BECHSTEIN.

Mittheilungen.

† am 13. December 1891 zu Berlin der hervorragende Goethekenner G. von Loeper; am 29. Januar 1892 zu Straßburg Prof. Dr. B. ten Brink; am 16. April Prof. Dr. M. v. Lexer in München.

Ernannt wurden: Prof. Dr. A. Brandl in Göttingen zum Professor der englischen Philologie in Straßburg; Prof. Dr. O. Brenner in München zum Professor der deutschen Philologie in Würzburg; die außerordentlichen Professoren Dr. K. J. Schröer am Polytechnikum in Wien und B. Seuffert in Graz zu ordentlichen Professoren; der Privatdocent Dr. F. Kauffmann in Marburg zum außerordentl. Professor in Halle; Dr. Albert Köster in Hamburg zum außerordentl. Professor in Marburg (für neuere deutsche Litteratur); Dr. Jan te Winkel in Groningen zum ordentl. Professor an der Universität Amsterdam (für niederl. Sprache und Litteratur).

Habilitiert haben sich für german. Philologie Dr. F. Detter und Dr. M. Jellinek in Wien, Dr. B. Kahle in Heidelberg, Dr. Siegmar Schultze in Halle.

(Berichtigung.) S. 113, Z. 8 v. u.: statt des Priesters, lies: 'des Richters'.

INHALT.

Seite

Parzivalstudien. II. Von Paul Hagen 121
Wolfram von Eschenbach. — Chrestien von Troies. — Der wälsche Peredur. 121
Über die Heimat des Minnesingers Wachsmuot von Künzingen. Von Fr. Grimme 146
Vornamenlose Minnesinger. Von Fr. Grimme 150
1. Goeli 150
2. Der Dürner 152
3. Der Püller. 155
4. Der Schenk von Limburg 159
5. von Stamheim 161
6. Der Kanzler 165
Zum armen Heinrich. Von R. Sprenger 171
Zu Konrads von Fußesbrunnen Kindheit Jesu. Von Demselben. . . . 173
Zu Ulrichs von Lichtenstein Frauendienst. Von Demselben 174
Zu Ulrichs von Lichtenstein Frauenbuch. Von Demselben 180
Zum Schlegel des Rüdeger von Hunkhofen. Von Demselben . . . 181
Winkelsehen. Von Demselben 182
Mnl. *Proiël*. Von Demselben 183
Ein Bruchstück aus Bruder Philipps Marienleben. Von P. Mitzschke 183
Aus einem Erfurter Lateinisch-deutschen Glossar des Jahres 1410. Von Demselben 185
Verschmelzung von Präposition + Artikel mit folgender Ortsbezeichnung. Von Demselben. 188
Mittheilungen aus mittelhochdeutschen Handschriften und alten Drucken. Von F. W. E. Roth 191
I. Aus Handschriften 191
II. Aus alten Drucken 194
Nachtrag, den Verfasser der Robertbearbeitung betreffend. Von K. Borinski 201
Über die Quellen der Hans Sachsischen Dramen. Von A. L. Stiefel 203
Nachträge und Berichtigungen 203
H. Sachs und Hugo von Trimberg 224
Ein lateinisches Gedicht. Von J. Werner 230
Zu den Konungasogur. Von G. Morgenstern 231

Litteratur:

Lienhart Hans, Laut- und Flexionslehre der Mundart des mittleren Zornthales im Elsaß. Von P. Schild 233
Richard Haage, Dietrich Scherenberg und sein Spiel von Frau Jutten. Von R. Bechstein 235
Mittheilungen 240
Berichtigung 240

Buchdruckerei von Carl Gerold's Sohn in Wien.

GERMANIA.

VIERTELJAHRSSCHRIFT

FÜR

DEUTSCHE ALTERTHUMSKUNDE.

BEGRÜNDET VON FRANZ PFEIFFER.

FORTGESETZT VON KARL BARTSCH.

JETZT HERAUSGEGEBEN

VON

OTTO BEHAGHEL.

SIEBENUNDDREISSIGSTER JAHRGANG.

NEUE REIHE FÜNFUNDZWANZIGSTER JAHRGANG.

DRITTES HEFT.

WIEN.

VERLAG VON CARL GEROLD'S SOHN.

1892.

AUSTRŌNIA.

Als östliches Grenzland des spanischen Swebenreiches im fünften Jahrhundert nennt Jordanes 230: (Suavi) habentes ab oriente Austrogonia, wozu die Lesarten in Mommsens Ausgabe p. 116: Austrogoniam BXY, Austronia HPV, Austroniam A, Autronia L.

Es ergibt sich demgemäß für die Hauptgruppe der Jordanes-Hss. (HPVAL) die Form Austronia, für die Hss. zweiter (OB) und dritter Ordnung (XYZ) aber jene erweiterte Form Austrogonia, welche bei Mommsen in den Text gesetzt ist.

Die Sweben saßen damals im nordwestlichen Theile der Iberischen Halbinsel, entsprechend dem heutigen Galicien und der Nordhälfte von Portugal, oder wie Jordanes a. a. O. sich ausdrückt: in Gallien und Lysitanien auf der rechten Seite Spaniens längs der Küste, im Westen durch das Heiligthum des Scipio auf einem Vorgebirge (gemeint ist wohl das Cap Finisterre, oder höchstens, wenn auch minder ansprechend, das Cap Roca, denn das Denkmal des Scipio, richtiger des Caepio, auf einer Klippe an der Mündung des Guadalquivir, von welchem Jordanes 7 spricht, kann selbst dann nicht gut in Betracht kommen, wenn Jordanes die Localität mit dem Cap Vincent verwechselt hat, da auch dieses weit unter dem Tajo, der Südgrenze des Swebenreiches, liegt), im Norden vom Ocean (Cantabrisches Meer), im Süden von Lysitanien und dem Tajo begrenzt.

Wie Jordanes des Weiteren berichtet, strebte der Swebenkönig Rîkiari die Ausdehnung seiner Macht über ganz Spanien an und drang mit einem Heere in das Gebiet seines Verwandten, des zu Tolosa residierenden Westgotenkönigs Theodorîd ein, welcher jenem seinerseits mit Unterstützug der Burgunden entgegentrat und ihn am asturisch-iberischen Grenzflusse Ulbius (richtig Urbicus, heute Orbigo im Königreiche Leon) schlug. Die Localität der Schlacht fällt in die Nordhälfte des östlichen Grenzgebietes der Sweben, also offenbar in das nach den anderen Seiten hin nicht näher zu begrenzende Land Austronia, welches der Herrschaft des Gotenkönigs unterworfen gewesen sein muß, jedoch, wie ich sofort zeigen werde, vom swebischen Standpunkte aus benannt ist.

Austrônia ist augenscheinlich nichts anderes als an. austroenn, ahd. as. ôstrôni, adj., von Osten kommend, östlich, und muß im Sinne des Gotischen als ein Substantivum sô Austrôni mit der Bedeutung Ostland, östliches Gebiet angesetzt werden. Auf ein stf. wenigstens führt die Form im lateinischen Texte Austronia, zu welcher ein an sich ebensogut denkbares stn. Austrôni weniger passte.

Wenn man will, so kann man sich den Landnamen elliptisch aus sô austrôni airtha, die östliche Gegend, entstanden denken, doch halte ich das für Nebensache. Hervorzuheben aber ist, daß dieses Ostland als solches nur den Sweben gegenüber erscheint, keineswegs innerhalb des Reiches der Westgoten, in dem es wesentlich westlich orientiert ist, daß Austrônia also, sowie ein swebischer Begriff, auch ein swebisches Wort sein muß.

Damit hat nun der bei Mela und Anderen genannte Volksstamm der Autrigones, angeblich im Westen von Gallaecien, vgl. Mommsens Note im Index zu Jordanes [1]), nichts zu thun, denn weder stimmt die für dieselbe beanspruchte geographische Lage, noch ist man berechtigt, die einmalige Lesart Autronia (L) mit dem Austrogonia der Hss. der zweiten und dritten Ordnung verbindend eine Herstellung Autrogonia zu wagen, welche mit den Autrigones überdies noch immer nicht genau übereinstimmte.

Autronia erklärt sich vielmehr als eine graphische Verstümmelung gleich Theutes neben Theustes Jordanes 22 d. i. die Landschaft Tiust in Schweden, und Austrogonia ist ohne Zweifel die freie Umformung eines ursprünglichen Austroonia, in welches ein g eingeschoben wurde, vielleicht um den scheinbaren Hiatus zu tilgen, oder noch wahrscheinlicher unter dem Zwange einer falschen Analogie, wobei man, um ein naheliegendes Beispiel zu wählen, an den Namen der spanischen Landschaft Aragonia denken kann. Anziehend ist es, zu bemerken, daß die Umformung Austrogonia für Austroonia schon in dem gemeinsamen Stammvater der Jordaneshss. zweiter und dritter Ordnung vollzogen gewesen sein muß, daß also auch aus diesem Beispiel die engere Verwandtschaft dieser beiden Hss.-Gruppen gegenüber der ersten neue Bestätigung erfährt.

SALZBURG. THEODOR v. GRIENBERGER.

[3]) In Hispania Tarraconensis Holder, altceltischer Sprachschatz 303.

ÜBER ALTHOCHDEUTSCHE ORTHOGRAPHIE.

Die neue Auflage von Braunes ahd. Grammatik enthält Bemerkungen allgemeineren Charakters, über deren principielle Bedeutung kein Zweifel obwalten kann. Es will Braune bedünken (Vorw. S. VII), daß man aus den neueren Mundarten leicht zu viel schließen könne, insbesondere wenn eine reichliche und in sich geschlossene ahd. Überlieferung ohne Weiteres nach dem neueren Bestande umgedeutet und corrigiert werden soll. Ich glaube nicht, daß die Berücksichtigung der neueren mundartlichen Entwicklungen von dem Gedanken eingegeben war, was in den ahd. Denkmälern geschrieben steht, umdeuten oder gar verbessern zu wollen. Es hat sich vielmehr die Erkenntniß aufgedrängt, daß es nicht zulässig ist, die Lautbezeichnung ahd. (und mhd.) Periode nach demjenigen Lautwerthe zu bestimmen, den wir heutzutage mit den betreffenden Lautzeichen zu verbinden gewohnt sind. Das Mißtrauen gegen den Buchstaben hat allmälig die Einsicht in die fundamentale Bedeutung der Orthographie an sich gezeitigt (vgl. Scherer, Zs. f. österr. Gymn. 1875, 200 ff.). Braune ist selbst der Ansicht (§. 88, Anm. 2), daß sich die Lautwerthe, welche den ahd. Schriftzeichen zukommen, nicht mit voller Sicherheit bestimmen lassen. Für das Fränkische gibt Braune zu, daß sich Manches mit Wahrscheinlichkeit nach den neueren Dialecten werde vermuthen lassen, und er steht auch den neuerdings für das Altobd. geltend gemachten Positionen nicht gerade ablehnend, aber doch, wie die Mehrzahl der Fachgenossen, sehr skeptisch gegenüber. Braune weist es z. B. ab, für die bis ins 11. Jh. sich haltende Schreibung *sk*, *sc* auf spirantische Bedeutung der Zeichen *k*, *c* zu schließen, gesteht aber §. 149, Anm. 5 zu, daß in der Verbindung *-egig* Spirant gewesen sein müsse. Nun wird gerade in dieser Verbindung mit Vorliebe *-eki-* geschrieben, und wenn in diesem Falle *k* einen spirantischen Laut vertritt, bleibt auch für *sk-* wenigstens die Möglichkeit offen. Solche Erwägungen müssen den Glauben an die buchstäbliche Bedeutung der ahd. Lautzeichen gründlich erschüttern und die Vermuthung wachrufen, daß Lautzeichen und Lautwerth (wenigstens zum Theil) incommensurable Größen sind, daß die Orthographie von der Aussprache im Wesentlichen ganz unabhängig gewesen, daß die Lautgeschichte mit den Wandlungen der Orthographie ganz und gar nicht identisch ist. Beide sind unabhängig voneinander vor sich gegangen, und nur in seltenen Fällen heftet sich an eine orthographische Erscheinung das lautgeschichtliche Interesse: aber selbst dann sind Irrthümer, z. B. der Chronologie, kaum zu verhüten.

Es knüpfen sich an die ahd. Orthographie sehr interessante Probleme. Sie gehören aber nicht blos der Sprach-, sondern der allgemeinen Culturgeschichte an. Dürftig und unbedeutend ist, was man aus dem inneren Deutschland an Runeninschriften kennt. Sie gehören sammt und sonders einer verhältnißmäßig späten Zeit an und beweisen, wie gering das Interesse an der Fixierung des gesprochenen Wortes gewesen, wie wenig der praktische Werth der Schrift erkannt war. Erst die Männer der Kirche haben die Aufklärung gebracht und das eingewurzelte Mißtrauen gegen Geschriebenes überwunden. Mit ihnen kam das lateinische Alphabet und Schriftwesen. In der Zeit vor der Karolingischen Renaissance mit ihrem in der Schreibschule von Tours so schön und klar ausgebildeten Karolingischen Ductus sind es im Wesentlichen zwei Systeme, die merowingische und die angelsächsisch-irische Schrift, welche auch im inneren Deutschland Eingang gefunden haben. Die etwa noch zu erwähnende langobardisch-beneventinische Schrift scheint hier viel weniger im Umlauf gewesen zu sein. Westfranken auf der einen, Angelsachsen und Iren auf der anderen Seite bilden die beiden Pole, in deren Zenith schließlich die echtdeutsche Cultur des Karolingischen Zeitalters aufgegangen ist. Man darf mit Recht behaupten, daß die Loslösung Deutschlands von dem romanisierenden Einfluß des Frankenreiches durch den kräftigen Strom volksthümlicher Interessen, welche von den angelsächsischen Schriftgelehrten zu uns verpflanzt sind, eingeleitet worden ist.

Während bei der Einführung des Urkundenwesens mit seinen Beamten ausschließlich das Westreich betheiligt ist (vgl. H. Breßlau, Forschungen zur deutschen Geschichte XXVI, 1 ff., Ders. Handbuch der Urkundenlehre I. Leipzig 1889), scheinen, so viel bis jetzt zu übersehen ist, die Angelsachsen das literarische Leben in Deutschland geweckt zu haben. Während aber die fremdartigen Institutionen des Urkundenwesens rasch verfallen, erlebt schon im 9. Jh. die deutsche Litteratur einen kraftvollen Aufschwung. Die (unter angelsächsischer Leitung und nach angelsächsischem Vorbild?) ins Leben gerufene Übersetzungslitteratur bildet die Vorschule für das trotz aller Pedanterie kerndeutsche Weißenburger Evangelienbuch.

Es gibt ein Capitel des deutschen Schriftwesens, in welchem sich diese Bewegung der litterarischen Kräfte deutlich verfolgen läßt.

Man könnte sich füglich darüber wundern, daß in der deutschen Schrift der dem lateinischen Alphabet so gut wie ganz fremde Buchstabe *k* mit Vorliebe verwendet worden ist (vgl. DWB.), als wesentlicher Bestandtheil des deutschen Alphabets Aufnahme und Verbreitung gefunden hat. Lat. *c* mußte in alter Zeit nicht blos die Stelle des späteren *k* und *g*, sondern auch die von *h* und *z* vertreten (Behaghel, Grundr. I, 546). Es lag keine äußere Nothwendigkeit vor, das ausreichende Material lateinischen Alphabets durch den Fremdling *k* zu ergänzen. Otfrid war es schon aufgefallen: *k et z sepius haec lingua extra usum latinitatis utitur quae grammatici inter litteras dicunt esse superfluas.* Wir wollen Otfrid gerne glauben, daß phonetisches Interesse mit im Spiele gewesen ist, wenn die beiden Zeichen schon seit früher Zeit in Deutschland aufgenommen wurden. Nur fragt sich, unter welchen Umständen diese Ergänzung des lateinischen Alphabets für deutschsprachliche Zwecke vollzogen worden ist. Bei dem Buchstaben *k* läßt sich, wie ich glaube, die an seine Reception sich knüpfende Geschichte aufhellen.

Es macht sich auch hier der Übelstand geltend, daß wir so arm an datirten Originalaufzeichnungen sind, daß Umschriften und Umarbeitungen vorliegen, ohne daß es gelingen will, die Originalfassung herzustellen. Nachdem das Christenthum Pflanzstätten der Bildung gegründet hatte, sind zunächst Alemannen und Baiern mit deutschen Leistungen, anspruchslosen Erzeugnissen, in den Verband der allgemeinen Litteratur eingetreten. Aber kein Buch ist zum Studium der allerersten Anfänge so lehrreich, als die Sammlung der St. Gallischen Klosterurkunden. Nur in St. Gallen haben sich zahlreiche Originale des 8. u. 9. Jh. erhalten (Forschungen XXVI, 42. 51). In den ältesten Stücken ist vieles Einzelne der Orthographie den Urkunden St. Gallens und denen des westfränkischen Reiches gemeinsam, da eben, wie bereits hervorgehoben, das Urkundenwesen über die Vogesen zu uns gekommen ist.

Noch a. 769 ist in einer von einem sonst unbekannten Schreiber (*Ato diaconus* vgl. Wilkens, zum hochalemannischen Consonantismus der ahd. Zeit S. 11) in St. Gallen ausgefertigten Urkunde (Wartmann Nr. 55) anl. *hr-* nach dem bekannten westfränk. Brauch (vgl. auch Scherer, Zeitschr. für österr. Gymn. 1875), durch *chr-* wiedergegeben: *Chrodhochus*, desgl. *Chrodharius* a. 786. *Chrustolfi* a. 789 wie z. B. bei Tardif Monuments historiques [1]) a. 753 *Chrothardo*, von zahlreichen

[1]) Ich mache darauf aufmerksam, daß ich selbstverständlich im Folgenden nur im Original erhaltene Ausfertigungen benütze.

älteren Belegen abgesehen (vgl. Straßb. Studien I, 241). Man kennt die Vertretung eines consonantischen *i* durch *g* in westfränkischen wie alemannischen Urkunden (Geschichte der schwäb. Mundart S. 238): *Leupagde. Wolfagde. Ahalagde* (Wartm. Nr. 66) a. 772; *Volfagde. Lobehagde* (Wartm. Nr. 70) a. 773, ganz wie die westfränk. *Chagliberctus* a. 658. *Chagnerico* c. a. 693. 750 (vgl. *Chaino* a. 692) u. a. (Straßb. Studien I, 226), denen die bekannten *Durgoge*[1]), *Durgauge* neben *Durgauia* etc. etc. ganz conform sind. Als orthographische Besonderheit ist auch zu nennen die Schreibung von *-ng-* als *-gg-* wie z. B. *Aggilpertus* a. 670—671 u. a., wozu *Waniggo* (Wartm. Nr. 42), *Conniggas* (Wartm. Nr. 151), sowie u. a. *chunigges* Ahd. Gl. I, 318, 6. *honegge* I, 335, 18. 52 zu vergleichen sind. Wenn ferner die Freiheit in der Bezeichnung wortanlautender Aspiration beiden Gebieten gemeinsam ist, so kann, muß aber nicht von unmittelbarer Abhängigkeit die Rede sein (vgl. jetzt QF. 69). Nicht weniger charakteristisch sind die Fem. auf *-is*. Tardif a. 653 *Nantechildis*. a. 670—671 *Chrothildis*. a. 679—680 *Acchildis*. a. 692 *Anganthrudis*. a. 703 *Adalgundis*. a. 753 *Soanachyldis*. a. 769 *Sonachildis* wie bei Wartm. Nr. 7 a. 741: *Rachintrudis. Sigitrudis* u. s. w. (Straßb. Stud. I, 253). Diese Formen sind für die Beurtheilung des geschichtlichen Zusammenhanges ebenso bedeutsam wie die jetzt von Henning, Ks. Zs. XXXI, 297 ff. aufgeklärten Ortsnamen auf *-as*. Die Abhängigkeit des Binnendeutschen vom Westfränkisch-Romanischen erstreckt sich aber noch viel weiter und tiefer.

In keinem Stück dürfte die Übereinstimmung deutschen Schreibgebrauches im Gegensatze zum lateinischen so augenfällig sein, als in der Bezeichnung der Gutturalconsonanten. Die dem Romanen ungewohnten Gaumenlaute deutscher Zunge haben bei den unter Romanen ansässigen deutschen Stämmen eine ganz eigenartige, in ihrer Entstehung noch nicht aufgehellte Bezeichnungsweise erfahren. Dieselbe hat auch im inneren Deutschland Eingang gefunden. Die altfränkische Weise, *h-* im Anlaut der Wörter mit *ch-* zu bezeichnen, hat außer den bereits genannten Resten vor *chr-* keine Spuren hinterlassen (vgl. Straßb. Stud. I, 239), offenbar deswegen nicht, weil im Westen selbst schon vor Anfang des 8. Jh. *h-* an die Stelle des *ch-* getreten ist; vgl. bei Tardif z. B. a. 695 *Haino*. c. c. 700 *Theodaharius. Suinthahario*. a. 753 *Hildericus. Hiltbertus. Helmegaudo. Hildegario* u. a. Die Verbindung *-ht* wird ausschließlich durch *-cth, -ct, -th*

[1]) *-o-* ist aus romanischer Sprechform zu erklären.

bezeichnet, von dem romanischen *-bertus* abgesehen: *Daoberctho* a. 625. *Dagobercthus* a. 628. 631. 653 u. ö. *Chradoberctus. Amalbercthus. Arnebercthus* a. 653. *Vuandeberctus* a. 657. *Chagliberctio. Teoberctus* a. 658. *Droctoaldus. Aghiliberthus* a. 677—678 u. s. w. *-ct* = *-ht* (Braune §. 154, Anm. 3. Sievers ags. Gram. §. 221, Anm. 1. H. Sweet, OET S. 131) ist einer der bedeutsamsten Belege für die Verwendung eines lat. Zeichens mit specifisch germanischem Lautwerth, der aus dem Zeichen selbst nicht zu ersehen ist[1]). Seltsamerweise ergeben die St. Galler Urkunden keinen einzigen Beleg. Das ist nicht ohne Bedeutung. Zur Zeit, da in den Urkunden des Westens anl. *ch-* durch *h-* ersetzt worden ist, sind auch die *-ct* abgegangen. Tardif bietet in einer Urkunde von a. 670—671 *Aggilpertus. Rigobertus.* a. 682—683 *Ercamberta. Hansberta. Ansberto. Ratbertus.* c. a. 691 *Fladebertus.* a. 709 *Ragamberta.* (a. 710 *Grimberctho.*) a. 753 *Dagobertus. Vuicberto.* a. 769 *Agemberto* neben *Agliberthus. Nordebertho.* Gerade diesen jüngeren westfränkischen entsprechen die ältesten Formen der St. Galler Urkunden: a. 744 (Wartm. Nr. 10) *Rekinberti. Erchenberto. Rihberto. Rotberto* etc. etc. Sie stehen in einem aus sprachlichem Vorgang überhaupt nicht zu erklärenden Gegensatze zu den jüngeren St. Gallischen Formen auf *-berht, -breht* (QF. 3, 143) und sind nur verständlich, wenn sie mit dem Schriftwesen eingewandert sind (vgl. auch Scherer, Zs. f. österr. Gymn. 1875, 200); *-bert* ist die franco-romanische Form, hat mit den von Braune §. 154, Anm. 5 besprochenen deutschen Erscheinungen nichts zu thun. *c* mit dem Lautwerth von χ ist in der westfränkischen Orthographie auf die Verbindung *ct* nicht beschränkt. Derselbe gilt für die vielbesprochenen Namensformen auf *-ricus*, wenigstens so weit dieselben nicht als vollständig romanisiert oder als vollständig erstarrte Kanzleiformen zu betrachten sind. Sie wechseln mit *-rigus: Ermenrigo. Guntrigo. Erchenrigo* a. 670—671. *Sigrigo. Albrico* a. 766. *Ricoaldus. Rigobercthus* a. 653. *Rigobertus* a. 670—671. *Rigulfos* a. 681. *Rigofridus* a. 710. Der Lautwerth von *g* = ȝ (χ) ist unbestritten. Dann ist die Consequenz gar nicht zu umgehen, daß auch *c* als Spirant gesprochen worden ist. Mit den genannten sind wesensgleich die St. Gallischen *Ricgaero: Rigtrude. Rodolaicus: Theotlaigo. Prunico: Putigo* (Wilkens S. 60). Die spirantische Media *g* wird in den ältesten westfränkischen Urkunden stets durch *g* bezeichnet: *Chrodegar* c. a. 627. *Dagobercthus* c. a. 628. *Burgundofaro* c. a. 628. *Gaganrico* a. 631—632. *Sygichelmus.*

[1]) Beiläufig bemerke ich, daß *-o-*, in *-oaldus* und den zahllosen analogen Fällen consonantisch zu lesen (= *w*), gleichfalls in die ahd. Orthographie aus romanischer Quelle gedrungen ist (vgl. Belege wie *oadoinc* Ahd. Gl. I, 20, 33. *faloendi* I, 66, 30).

Ragenobertus a. 653 u. a. Seit 670 tritt an- und inlautend *gh* (einmal a. 697 *ch*) vor *i* auf: *Ghislemarus. Ghiscoberthus: Gadroaldus. Guntrigo* a. 670—671. *Aghiliberthus* a. 677—678. *Amalgario* a. 679—680. *Sigofredo* a. 682—683. *Ghislemaro: Godino* a. 688—689. *Ghinnachario* a. 690. *Aghilus: Sygebercthus* a. 692. *Ghislemaro. Modeghiselo: Raganfredo. Chugobercto* a. 693. *Ghiboino* c. a. 693. *Sighinus* a. 695. *Arghilo* a. 697. *Baudechisilovalle* a. 697. *Ghyslemarus. Grimoaldo* a. 703, daneben aber auch *Unnegiselo. Bertigisilo. Gibethrude. Immegisilum. Medugisilo* u. a. c. a. 700. Zuweilen wechselt *c* mit *g* wie in *Eudoncovilla* c. a. 628. *Incrinus* a. 653: *Ingramno* c. a. 693. *Vuireberto* a. 753. *Arcfredus* a. 766, anderes Straßb. Studien I, 238. *c* im Promiscuegebrauche für *g* stammt aus dem lateinischen Usus (*Gaius : Caius* etc. Vgl. Braune, got. Gramm. §. 65 Anm.). Ich glaube, man hat nicht streng genug darauf geachtet, daß in unseren allerältesten Aufzeichnungen *c* so gut wie niemals für etymologisch *k*, sondern stets nur im Wechsel mit *g* verwendet wird.

Der merowingischen Orthographie vollständig conform sind die St. Gallischen *Sichirico* (Wartm. Nr. 2). *Chiperati, Ghiperati. Daghilinda* (Wartm. Nr. 8 a. 744) oder die *Ghisalberto. Raginario. Maginberto. Lollincas* (Wartm. Nr. 15 a. 752), sowie *Frawigiso. Ghisalberto* (Wartm. Nr. 27 a. 761), *Hartrico. Gramanno. Raghinberto. Cozberti* (Wartm. Nr. 64 a. 772) u. a. So herrscht auch Übereinstimmung in der Schreibung des etymol. *k*-Lautes. Man vergleiche aus Tardif c. a. 659 *Erch[enoal]do.* 670—671 *Erchenrigo.* a. 682—683 *Ercamberta.* c. a. 690 *Chunibercthus.* a. 692 *Erconaldo.* a. 750 *Francane.* a. 769 *Erchesinda* u. a. Daneben wird stets *sc* geschrieben, wofür ebensowenig wie für *Chuni-* Belege aus St. Gallen gegeben zu werden brauchen. In der bereits citierten Urk. Nr. 64 steht *Erchanbertus*, bei demselben Schreiber Nr. 120 *Erchamberti* (ebenda *Practolt. Nandcrim* in der Dorsualinschrift, worüber Breßlau S. 54 f.), vgl. *Erchanberti* (Wartm. Nr. 7 a. 741) neben *Rachintrudis. Leudisca. Vindisca; Erchanberto, -i* (Wartm. Nr. 10 a. 744, Nr. 63 a. 771), die daneben bestehenden *Ercanpertus. Ercanboldus. Franco* etc. haben bereits Henning (QF. 3, 135) und Wilkens (S. 54) ausgehoben. Interessant ist der Entwurf aus dem Jahre 764 (Wartm. Nr. 42): *Chisincas. Chiriheiim. Wahaninco. Duhtarincas. Herchanfrid. Wolfdreghi. Ursculi. Eghilpret. Sighimund. Wolfcrimo. Cozpret. Waniggo.* Dieses Actenstück steht vollständig auf dem Boden der merovingischen Kanzleiorthographie (beachte die Ortsnamen auf *-as*).

Aber es sind stets nur einzelne Urkunden, beziehungsweise einzelne Schreiber, bei denen der westfränk. Typus rein zur Geltung gekommen ist. Die Hauptmasse des Urkundenmaterials zeigt ein Gepräge, das nur zum Theil mit dem merowingischen Kanzleigebrauch übereinstimmt, zu einem anderen Theil aus Elementen besteht, die sich nicht in demselben nachweisen lassen.

Mustert man die 12 Urkunden, welche der *decanus atque monachus Waldo* a. 759—782 geschrieben hat, so zeigt sich, daß Waldo in ganz besonders tiefgreifendem Maße von der westfränkischen Kanzlei beeinflußt ist. Es findet sich bei ihm nicht blos *Wuldartingas* Nr. 63. *Liutfridingas* Nr. 83. *Affaltrawangas* Nr. 88, sondern auch *Ricgaero* Nr. 62. *Erchanberti* Nr. 62. *Erchanmaro* Nr. 89. *Sighiharius. Sighiheri. Aghine* Nr. 63. *Hroadgisinchova* Nr. 76. *Sighimundum. Eghibert. Sighimunt. Sighi* Nr. 83. *Sighimanno* 95. 96, aber auch *Sigibaldi* Nr. 62. *Hagino* Nr. 25. *Raginbald* Nr. 77. Ebenso regellos ist die Verwendung des *C*-Zeichens: *Cundlinda. Cundhoh. Cramanni: Graloh. Linzcauvia: Durgauvia. Ceizman: Teotgero. Paumcartun*: *-ingas.* Schließlich setzt er ein den merowingischen Urkunden ganz fremdes *k* in *Zvakilino* Nr. 88 a. 779 und wechselt zwischen *Esghibach* Nr. 77 a. 775. *Aschari* Nr. 88. 89 a. 779. *Fiscbahc* Nr. 84 a. 778. *frisginga* Nr. 80 a. 776 u. ö. Von solchen Unregelmäßigkeiten sind andere Schreiber, deren Systeme wir kennen, frei.

In den St. Galler Urkunden tritt das *K*-Zeichen zuerst auf bei dem Schreiber Iringus (Lector) a. 744: *Rekinperti* (: *Zurihgauvia*), sodann a. 745 bei dem Schreiber Silvester (Nr. 11 *Silvester Diaconus*. Nr. 17 *Silvester Lector*): *Makisinchova: Herigaer* Nr. 11. *Lucikinse: Lucicunauvia. Tekilinwanc* Nr. 12 und sodann erst wieder a. 762 in einer Urkunde, die sich durch ihr barbarisches Latein besonders auszeichnet (QF. 3, 158): *Rihker. Warinkis* (*Ratger. Durgauia*). Doch kommt *k* in den Urkunden noch auf Jahrzehnte hinaus nicht zur Anerkennung (QF. 3, 138). Sehr consequent in seiner Orthographie ist der dem Linzgau angehörende Lector Hartkerius, dem wir die Urkunden Nr. 32. 59 verdanken. Die erste fällt ums Jahr 760, die andere ins Jahr 771. Er schreibt: *Sikimari. Hiltikeri. Ekipert. Hartkerius* aber *Cozherio. Linzgauvia. Ailingas.* Dasselbe schulmäßige System befolgt der Schreiber Hadupertus (aus dem Argengau), der gleichfalls im Linzgau thätig gewesen ist (Breßlau S. 44) und wohl von einem jüngeren dieses Namens in Urk. Nr. 200 zu unterscheiden sein wird: Nr. 106 a. 786 *Rekinhilt. Akibert. Sikibert. Ruadker. Otker. Sikirihc: Maganrada. Diotingo. Duringas.* Ähnliches schon bei dem

Lector Ratifridus (Nr. 99) a. 783 nur mit dem Unterschied, daß er etymologisch *g* vor *a*, *o* durch *c* wiedergibt: *Dacarat. Purcolfo: Kerhilt. Plidkero,* während Kerram a. 784 (Nr. 101): *Gundini* aber *Sikifrit,* der Lector Reginbald a. 786 (Nr. 103): *Cundoloh* aber *Ekino. Ekilperti. Kericho. Kisoni* schreibt, ebenso der Presbiter Adam a. 788. 796 (Nr. 118. 142): *Elihcauvia. Nandcrim: Wolfker. Werinkisi,* der Presbiter Cacanwardus a. 797 (Nr. 144): *Cacanwardus. Cuntheri, Cundhart: Rekinheid. Kisalpolt.*

Neben diesem Gebrauch, das dem lat. Alphabet ursprünglich fremde Zeichen *k* für *g* oder *c* nur vor *e*, *i* zu verwenden, gehen eine Reihe anderer Versuche, denen gleichfalls eine klare Consequenz eigen ist. Ein Ungenannter hat Nr. 81 (c. a. 776): *Ragynulfus. Fagynulfus. Agylolfo* geschrieben, ein Clericus Amulbertus (Nr. 91) a. 779: *Agino. Germunt. Reginbold* aber *Hacastolt*, dem schließt sich der Presbiter Ratin a. 790. 802 (Nr. 124. 172) an: *Cozbertus. Cundpreht* aber *Geraldo. Nidger. Otger. Wagingas. Engilram* (*Witigauwo*) und der Presbiter Lanto mit Nr. 159 a. 799: *Winicold. Wolfcrim*: *Engilbertus* und der Presbiter Arnoltus (Nr. 161) a. 800: *Hacanpahc*: *Haginone. Geerfrid. Angin.* Wie der Entwurf von a. 764 (Nr. 42 s. o.) unterscheidet ein Anonymus desselben Jahres (Nr. 43): *Ghervino* und *Turgauinse*, desgleichen der Presbiter Lanbertus (Nr. 110) a. 786 *g* vor *a* aber *gh* vor *i*: *Maghingas. Eghiart.* Während *g* und *c* vor *a*, *o* ohne erkennbare Regel wechseln, setzt der Clericus Audo a. 744 (Nr. 8. 9) *gh* vor *i*: *Dacopirti, Dagopirti. Cauzoinus: Gauzoinus* aber *Ghiberati. Daghilinda,* daneben einmal *Chiperati.* Diese westfränk. Orthographie *ch* für *g* vor Palatalvocal ist bei dem Schreiber Bernegarius, der als Presbiter a. 797—811 geschrieben hat, systematisch verwerthet worden (Nr. 148. 163. 201. 206. 207). Er schreibt: *Facarlind. Ruadinco. Cundhad. Cundberti. Baucolfi* resp. *Turgauensi. Bernegarius*, aber diesen seinen Namen sonst stets *Perincher,* ebenso ganz regelmäßig *Ruadcher. Sichihario. Rechinfrid. Echilolf. Echino. Wolfchrim. Irincheshusa. Deotcher. Cherho. Hildichern. Erfcher. Enchilpoldi. Rechincher.* Von ganz besonderem Interesse für den Unterschied zwischen Schrift und Schriftwerth ist die Urkunde, der die letztgenannten Formen angehören (Nr. 207). Sie ist in ihrer ersten größeren Hälfte von einer zweiten Hand geschrieben, die von der des Bernegarius verschieden ist und in diesem Theile steht nicht, wie zu erwarten wäre, *Enchilaldi*, sondern *Engilaldi*, ferner *Notgarii, Ruadgarii* statt der üblichen *-cher.*

Die ältesten Urkunden des Klosters, die in Originalausfertiguug auf uns gekommen sind, weisen die ersten Versuche auf, etymol. *g* in seiner Stellung vor Guttural-, resp. Palatalvocal zu unterscheiden. Es wird *gh, ch, k* vor *e, i* gesetzt, vor *a, o, u* und Consonant in der älteren Zeit nur *g* oder *c*. Dieses letztere Zeichen fehlt vor *e, i* fast vollständig. Nur eine einzige Urkunde (Wartm. Nr. 138) aus dem Jahr 795 schreibt *Tuurcauga. Tecersca, Tecerscai* (vgl. *Tekerescahi* a. 792). *Giltoni. Volfcer. Vicram. Werincis* (*vice Werinkisi, Weringisi* a. 792 u. ö.) ganz wie *cernlihho* in der St. Galler Benedictinerregel (Beitr. I, 404). Die Urkunde ist von Henning (QF. 3, 159) wegen ihres auffallend barbarischen Lateins mit den ältesten Stücken verglichen worden, sie nimmt eine ganz singuläre Stellung unter den Klosterurkunden jener Zeit ein. Die Orthographie ist jedenfalls zunächst nicht aus der im Kloster herrschenden Tradition zu erklären. All die mannigfaltigen Versuche, etymol. *g* vor *e, i* bald durch *gh, ch,* bald durch *k,* aber fast niemals durch *c* vertreten zu lassen, legen die Vermuthung nahe, daß gerade der Buchstabe *c* auch in dieser Stellung einmal üblich gewesen ist, aber aus irgend welchen Gründen systematisch ausgemerzt werden sollte. Da in Aufzeichnungen deutschen oder lateinischen Idioms *c* vor *e, i* auch die Affricata *z* vertreten hat, war es aus praktischen Gründen des Vorlesens wünschenswerth, falscher, sinnstörender Aussprache vorzubeugen und hiefür ist in jener sehr alten Urkunde von 745 die Doublette *Lucikinse : Lucicunauuia* ein ganz vortreffliches Beispiel: jenes war als **Lucicinse* zweideutig, dieses nicht. Die Schreibung c für *g* vor *e, i* war aber nach Allem, was wir wissen und vermuthen, nicht häufig. Neben *c* ist *g, gh, ch* üblich gewesen. *g, gh, ch* sind für lange Zeit bestehen geblieben, schon sehr früh scheint gerade c vor *e, i* durch *k* verdrängt worden zu sein. Die Zeichen *c* und *k* hatten aber nicht den Lautwerth von etymol. *k,* sondern stets und ausschließlich den von etymol. *g*.

Woher stammt nun dieses *k*-Zeichen?

Wo Wartmann im Urkundenbuche der Überlieferung einige Worte widmet, fügt er gelegentlich (leider in allzuseltenen Fällen) auch Einiges über die paläographischen Merkmale bei. Seine Urk. Nr. 2 ist ihm Nachahmung eines echt merowingischen Documents, dessen einzelne Schriftzüge von dem Abschreiber nicht mehr überall verstanden wurden; Urk. 15 ein Original in merowingischer Schrift; Urk. 21 Original in einem von der großen merowingischen Cursivschrift abgeleiteten Ductus; Urk. 37 zeigt eine große Schrift, welche der merowingischen Cursivschrift nicht sehr ferne steht und ähnl. Wilkens, der die Originale in der Hand gehabt, hat leider darauf verzichtet, die diesbezüglichen Angaben Wartmanns zu vervollständigen, sagt nur S. VIII f., die Urkunden des benachbarten Rätien zeigten eine Schrift, die im Ductus mit der langobardischen verwandt sei. Für die Klosterurkunden scheint demzufolge die merowingische Schrift am allgemeinsten in Verwendung gekommen zu sein (wenigstens vor der Zeit der karolingischen Schriftreform). So hat selbst noch im 9. Jh. der Ire Moengal-Marcellus bei den von seiner Hand geschriebenen Urkunden nicht die *scriptura scotica*, sondern die gemeine Schrift gebraucht (Wartmann II, 44).

Man hat diese sehr wichtige Erscheinung bisher nicht gewürdigt. Es ist doch seltsam. Unter den immerhin zahlreichen, erhaltenen Urkunden keine einzige, die in ihrem Schriftcharakter über die maßgebende merowingische Schreibtradition hinaus, keine einzige, die auch nur im Ductus des Schreibstils auf jene zweite Culturmacht des 8. Jh., auf die Angelsachsen hinwiese. Ist doch gleich das älteste St. Gallische Sprachdenkmal, der Vocabularius St. Galli, nicht in merowingischer, sondern in angelsächsisch-irischer Cursive geschrieben. Von ihr habe ich in Wartmanns Urkundenbuch keine Spur gefunden; auch Wilkens hat keinerlei Beleg dafür beigebracht, daß an dem von ihm behandelten Urkundenmaterial eine angelsächsisch-irische Hand thätig gewesen sei. Der Gegensatz des Äußerlichsten, der Schrift, ist so schroff als nur denkbar: in den Urkunden merowingisch, der Herkunft des gesammten Urkundenwesens entsprechend, in dem Litteraturdenkmal angelsächsisch-irisch. Aber ebenso schroff wie die Verschiedenheit des Ductus ist die Verschiedenheit der Lautbezeichnung im Voc. Alle jene früher namhaft gemachten merowingischen Merkmale fehlen. Es fehlt vor Allem das charakteristische *gh*, es fehlt bis auf einen einzigen Beleg die Vertretung von anl. *g*- durch *c*-: der Voc. kennt nur *g*- im Anlaut, -*c* im Auslaut. Aber die eigentlichste Neuerung stellen die c dar im Lautwerth von *k*, auch vor Palatalvocal: *cela. cinni. cempheo* u. s. w. Wenige Reste von *ch* (*cholon. choi* u. a.), *ancha* (gegen regelmäßig *wincil. wolcan. uinco*), *dachit* (gegen regelmäßig *secce. stocca*), *paahc* (gegen regelmäßig *loh. hapuh. meslih*), *stoch* (gegen regelmäßig *stocca. scalc. starc. calc*) lassen erkennen, daß der Schreiber ein in merowingischer Orthographie aufgezeichnetes Original vor sich gehabt, seine irisch-angelsächsische Orthographie eingeführt, aber in wenigen Fällen die ältere Schreibung beibehalten oder übersehen hat. Auf andere Weise wird man sich mit dem Sachverhalt nicht befriedigend abfinden können. So sind denn auch die älteren *cc* für etym. *gg* verschwunden und an ihre

Stelle die echt ags. *cg, gg* getreten (*pruege. mucge. luggeo*). Schon in der Existenz dieser *cg* und des für Oberdeutschland ganz isolierten *gg* liegt neben *c* für *ch* vor *e, i* das haupstächlichste Moment für die lautgeschichtliche Bedeutung des Schriftsystems. Es ist ganz klar, daß, wo diese beiden Merkmale auftreten, angelsächsisch-irische Schreiber ihre Spuren hinterlassen haben. Für das Kloster Fulda werden wir also beispielsweise schon aus den Formen *cind. mucgun* (Tatian) Einfluß und Thätigkeit von scriptores scotici mit Sicherheit erschließen.

Dem Einfluß ags. Schriftwesens nachzuforschen, ist für die allgemeine Culturbewegung des 8. Jh. sehr lehrreich. Sind doch Angelsachsen ihre hauptsächlichsten Träger gewesen, und ist uns im Einzelnen und Kleinen über ihre Thätigkeit so wenig bekannt. Die allmälig immer mehr an Umfang und Bedeutung zunehmende Verwendung des Buchstaben *k* liefert beachtenswerthe Anhaltspunkte. Die ältesten mir bekannten Belege für ags. *k* stehen in dem Corpusglossar: *kylle* 231, *kaelið* 1119. In Kembles Codex diplomaticus aevi Saxonici (die neue Ausgabe ist mir nicht zugänglich) findet sich *k* zuerst a. 694 in dem Namen der *Kynigytha. Kinigithe* (I, 42 f.), sodann a. 706 *Kenredo, Kenredus* (I, 66); a. 709 *Kenredus. Kenredo* (I, 71); a. 714 *Kenredo. Kineuuartun. Kenredus* (I, 75); a. 716 *Kenulphus* (I, 78); a. 725 *Kenewalchius. Boekereie. Kentuuinus. Keneualchio. Kentuuino* (I, 86 f.); a. 729 *Pencrik* (I, 92); c. a. 755 *Lake* (I, 122); a. 774 *Kenedrithe* (I, 50); a. 777 *Kinesuuitha* (I, 158); a. 780 *Kyneðryð* (I, 168); a. 790 *Kineberhti. Kineuulf* (I, 191); a. 796 *Kynebeorht*) (I, 210) u. s. w. Unter den bei Sweet OET gesammelten Urkundennamen begegnet *k* erst a. 838 *Kyninges* (S. 435), a. 835 *Kristes* (S. 448), ferner a. 812 *kasingburnan* (S. 456), und auch diese spärlichen Nachweise sind ganz isoliert. Einigermaßen häufiger findet sich *k* vor *y, i* erst in Cura pastoralis (Sievers ags. Gramm. §. 207, Anm. 2), von späteren Quellen nicht zu reden. Folglich sind jene zahlreicheren *k* in Kembles Codex nicht beweiskräftig, da sie den späteren Copisten angehören werden. Nun ist aber doch sehr bedeutsam, daß wir gerade in den ältesten, wenn auch spärlichen Belegen *k* nur vor Palatalvocal finden in England wie in Deutschland. Sievers hat meines Wissens (Anglia I, 575) zum ersten Male darauf hingewiesen, daß in England in sehr früher Zeit palatales und velares *k* graphisch unterschieden worden sind. Durch die ags. Runeninschriften war er zu dieser Erkenntniß geführt worden. Die aus der *cén*-Rune (<) abgeleiteten Formen (ᛕ ᛦ ᛣ ᛤ) in *kyniq, kyninges, kyng, kynnburug*, *kyneswiþa* (Bewcastle), desgleichen *kyniqc*, *ugket* neben *kwomu*, *kadmon* (Ruthwell) treten in einen allgemeineren Zusammenhang (OET S. 124 ff.). Die große sprachgeschichtliche Bedeutung dieser Orthographiedifferenz ist jetzt von Kluge in Pauls Grundr. I, 836 ff. voll gewürdigt worden. Er hat hervorgehoben, wie groß die Schwierigkeit ist, die verschiedenartigen Lautwerthe eines und desselben Zeichens festzustellen, wo eine graphische Unterscheidung nicht gegeben ist, aber auch unwiderleglich bewiesen, daß dem *k*-Zeichen eine gutturale Verschlußtenuis entspricht, während *c* nicht sowohl für diese als auch für den palatalen Quetschlaut verwendet worden ist.

So viel wir wissen, hat eine derartige Unterscheidung zwischen *c* und *k* auf hochdeutschem Sprachgebiete keinerlei sprachgeschichtlichen Rückhalt. Trotzdem unterscheiden gerade unsere ältesten Aufzeichnungen, indem sie *k* vor *e*, *i* (wie in ags. Aufzeichnungen), dagegen *c* vor *a*, *o*, *u* verwenden. Nun fehlte aber das *k*-Zeichen dem landläufigen lateinischen Alphabet, es fehlte in der merowingischen Kanzlei oder war nur vor *a* üblich, in einer Verbindung, die gerade den ältesten deutschen Originalen ganz fremd ist (*karta*, *kartula*, *kalendae*). Mir ist es sehr wahrscheinlich, daß aus solchem Sachverhalt der Schluß gezogen werden muß, daß die Verwendung des *k*-Zeichens vor Palatalvocal aus ags. Schreibschule stammt. Während aber anfangs in England selbst die Schreibregel im Ganzen wenig befolgt worden zu sein scheint, hat sie auf deutschem Boden sehr gehorsame Pflege gefunden. Schon a. 744 tritt *k* (für *c*) vor *i* in St. Galler Urkunden auf, anfangs spärlich, dann immer häufiger, bis schließlich ganz consequent vor *e*, *i* das Zeichen *k* gesetzt wird.

Doch liegt in Deutschland eine zweite bedeutsame Besonderheit vor. Das *k*-Zeichen gilt hier nicht für den etymologischen *k*-, sondern für den etymologischen *g*-Laut. Das hängt damit zusammen, daß die älteste einheimische Orthographie das *c*-Zeichen nicht wie in England für *k*, sondern für *g* nach romanischem Vorbild gebrauchte, während für etymologisches *k* die Zeichengruppe *ch* üblich war. Im Laufe des 8. Jh. dringt aber unter ags. Einfluß *c* an Stelle des *ch* ein, und so ist es gekommen, daß bald auch für etymologisches *k* die Doublette *c* = *k* Geltung gewonnen hat. Der merowingische Schreibstil wird schon in der ersten Hälfte des 8. Jh. durch ags. Schreibmuster gefährdet. Die neue Schule gewinnt immer mehr an Einfluß, der auf Kosten der merowingischen Tradition geht.

Die Folge ist aber nicht der Sieg des ags. Vorbildes. Wie auf anderen Gebieten ringt sich deutsche Kraft zu selbständiger Formgebung durch, die zuletzt im Otfridschen Evangelienbuch, schon was die Orthographie betrifft, ihren wirksamsten Ausdruck gefunden hat. In unser Alphabet ist erst durch Otfrid das *k*-Zeichen mit seinem heute noch giltigen Werth eingebürgert worden, denn es gibt keinen ahd. Text, in welchem dasselbe früher mit gleicher Consequenz und in gleicher Ausdehnung vom Schreiber verwendet wäre. Otfrid ist hier planmäßig verfahren. Er hat sich selbst darüber Rechenschaft gegeben, wenn er in der lateinischen Vorrede erklärt, das *k*-Zeichen sei für deutsche Aufzeichnungen nicht zu entbehren.

Wenn wir das allmälige Auftreten des Buchstaben *k* bis zu seiner Anerkennung verfolgen, so scheint, als ob er auf keinem Gebiete so früh wie auf bairischem zur Geltung gekommen sei. Hauptzeuge dafür ist die Pariser Hs. des Keronischen Glossars. In dieser Hs. lagert über sehr alterthümlichen Resten der ursprünglichen *c*-Orthographie eine jüngere Schicht der Neuerung, *k* zu einer, wenn auch vorerst unzulänglichen phonetischen und etymologischen Unterscheidung nutzbar zu machen, und zwar schon nicht mehr auf der Stufe, auf welcher *k* bloß vor Palatalvocal gesetzt worden, sondern bereits ausgedehnt auf jede beliebige Vocalfolge. Ein bairischer Schriftgelehrter scheint das Verdienst beanspruchen zu dürfen, eine erste Reform der deutschen Orthographie eingeleitet zu haben. Es war dazu eine Emancipation von der lateinischen Urkunden- und Bücherschrift erforderlich, die nur im Zusammenhang mit den kräftigen volksthümlich deutschen Bestrebungen der zweiten Hälfte des 8. Jh. in ihrer wahren Bedeutung gewürdigt werden kann. St. Gallen hat die Neuerung zum Theil anerkannt und übernommen. Nur Mitteldeutschland sträubt sich und stellt in der Orthographie des Pariser Isidor ein selbständiges, noch consequenter angelegtes orthographisches System dem obd. gegenüber. Der Schreiber des Weißenburger Katechismus weiß nichts von dem Buchstaben *k*, so wenig als die Frankfurter Glossen, die Hamelburger Markbeschreibung, die ältesten Fulder Urkunden, das fränkische Taufgelöbniß u. a. Erst bei den Schreibern des Tatian tritt das Zeichen auf, niemals vor *a*, *o*, *u*, selbst vor *i* concurriert es noch mit *c* und hat nur in der Gemination an Umfang gewonnen; in der Verbindung *sk* ist es vor *e*, *i* fest und auch dies nur in den sorgfältiger geschriebenen Abschnitten.

Der Pariser Isidor gibt uns nicht das Original der Übersetzung, sondern eine Abschrift, und es ist wahrscheinlich, daß dieselbe gegen

Ende des 8. Jh. in Orleans hergestellt worden ist. Dann aber ist eine nicht zu umgehende Folgerung, daß, was die Orthographie betrifft, wir alle die Mittel für dieselbe vorauszusetzen haben, welche wir aus den westfränkischen Urkunden kennen: also vor Allem die Bezeichnung des etymol. *k* durch *ch* und die des etymol. *g* durch *gh*, resp. *g* (*c*). Beides findet sich auch in den Monseer Bruchstücken, sowie in dem Glossar Ic. Was aber weder in Ic. (mit einziger Ausnahme Beitr. 9, 304) noch in Mons. Fragm. begegnet, ist das Isidorische *ch* für etymol. *g* vor hellen Vocalen. Kögel hat bereits festgestellt, daß in der Vorlage *chi-* überhaupt nicht gebräuchlich war, daß statt dessen vielmehr *ghi-* geschrieben gewesen sein müsse, vgl. *ghilaubin* Isid., *ghiruni* Mons. u. a. Nun stimmen aber Isid. und Mons. in orthographischen Formen, wie *hruomege* : (*hruo*)*mege*, *hneigidiu* : *hneigitiu*, *chuninge* : *chuninge*, *almahtigin* : *almahtigin*, *heilegin* : *heilegin*, *araugit* : *araugit* überein, im Gegensatze zu Abweichungen wie *sagheen* Isid. : *sagen* Mons., *folghento* : *folgento*, *daghe* : *dage*, *almahtighin* : *almahtigin*. Auch Ic. schreibt *abulgic*, *fraget*, *umbiringes*. Man könnte daraus schließen, daß die Urschrift *gh* vor hellen Vocalen nur im Anlaut der Wörter gehabt habe, an Ausnahmen wären nur Isidors *geilin*, *gerondi*, *gibot* (19, 31) zu verzeichnen. So hat auch Mons. *ginemnit*, *giscuofi*, *geist*, und man wird diese anlautenden *g-* nicht wohl der Vorlage absprechen können. Da nun aber Mons. in der Matthäusübersetzung noch einmal *saghem* (18, 24 Hench) aufweist, hat vermuthlich in- wie anlautend neben *gh* auch *g* vor hellen Vocalen Verwendung gefunden. Anlautend *ch-* für etymol. *g* fehlt in Mons. vollständig. Kögel (Beitr. 9, 303) hat die Existenz desselben aus Formen wie *licchentan*, *lecchen*, *lecchent*, *lucche*, *ecchem* erschlossen. In dem Isidorstück von Mons. ist nur *lucche* (mendaces 33, 23) belegt; die Pariser Hs. fehlt uns hier zum Vergleiche, doch ist beachtenswerth, daß sie *cch* nur im Lautwerth von etymol. *kk* kennt (*dhecchidon*). Damit stimmt Mons. *acchar*, wie Mons. *muccun* : Isid. *hrucca*, und so ist nichts dagegen einzuwenden, daß auch der Isidororthographie *cch* vor hellen Vocalen conform gewesen sei. *cch* ist aber an die von Kögel vorausgesetzte Bedingung nicht geknüpft (Geschichte der schwäb. Mundart S. 241 f.). Es wird also nichts übrig bleiben, als in dem *ch-* Isid. eine Neuerung des Schreibers unserer Pariser Hs. zu sehen, die ich auf Einfluß westfränkischer Orthographie (s. o.) zurückführe, wie in den ahd. Denkmälern, aus denen Kögel (Beitr. 9, 304) Beispiele gesammelt hat. Wenn aber das Original *ch* für etymol. *g* nicht gekannt hat, ist die Frage, was an seiner Stelle gestanden haben könnte. Ich vermuthe, daß Mons. und Ic., welche in anderen Fällen mit Isid. übereinstimmen, in dem Punkte, der ihnen in diesem Fall im Gegensatz zu Isid. gemeinsam ist, die Orthographie der Urschrift getreuer wiedergeben als die Pariser Hs. Dann muß die Vorlage der drei Hss. das Zeichen *k* vor *e*, *i* im Lautwerth von *g* gekannt haben. Sowohl Ic. als Mons. zeigen Präfix *ki-*, Mons. so selten, daß wir nach dem Grundsatze, den Kögel einmal formuliert hat (Keron. Gloss. XXVI), daß wenn in einem Denkmal Schwanken herrscht, fast stets der in der Minorität befindliche Lautstand (sagen wir besser: Orthographie) der Vorlage angehöre, daß wir nach diesem Grundsatze schließen müssen, daß *ki-* aus der Vorlage entnommen sein wird, umsomehr, als es dem Dialecte des Schreibers, der *ga-*, resp. *ka-* führt, nicht angehören kann. So erklären sich auch am einfachsten die *ka-* des Textes für älteres *ki-*, wie *gha-* für älteres *ghi-*, *ga-* für *gi-*. Man wird nicht behaupten wollen, der Schreiber habe etwa ein *chi-* der Vorlage in *ki-* geändert: denn dann bliebe das Bedenken ungelöst, ob er dann nicht eher auch den ihm fremden Vocal beseitigt haben würde (vgl. *gha-* für *ghi-*), wenn er einmal von seiner Vorlage abwich. Vgl. *kischrip*, *kilaubun*, *kinotta*, *kiruni* (= *chiruni* Isid.) in Ic. Diese Formen sind insofern beweiskräftig, als *ke-* derselben Hs. ihrem Schreiber zugehören wird. Eine entschiedene Neuerung des Schreibers von Mons. Fragm. sind die *k* in *karo*, *karauuo*, *gakaruuit*, wogegen *azcangantemo* als isolierte Form betrachtet werden muß. *c* für *g* vor *a* hat der Schreiber der Pariser Hs. ebenso vermieden wie *k*, man wird also die genannten Formen als Vertreter von urschriftlichen **caro*, **carauuo*, **gicaruuit* auffassen dürfen. Vor *o*, *u* wird wie in der Mehrzahl der Fälle vor *a* bereits das Original *g-* geschrieben haben, worin Isid. und Mons. übereinstimmen (vgl. in beiden Recensionen *got*, *manego*, *forasago*, *ganc*, *garaweni*, *garawo* u. a.). Ebenso wie *k* in diesen letztbesprochenen Fällen, ist bei dem Schreiber von Mons. Fragm. eine Neuerung dasjenige *k* (im Lautwerth von *k*), das an Stelle von *ch* der Originalhs. zu treten beginnt, vgl. *kirihha*, *kirihhun*, *keisure*, *knosles* neben *chirihha*, *chirihhun*, wie *k*(*ristani*) neben *christane*. So ist wohl auch das zweimalige *kh* erst in Baiern eingedrungen. *c* in *caufe*, *cunincgin*, *arcennet*, *bicnaitun*, *cristanero* wird man auch nicht als Schreibfehler gelten lassen wollen. Isidor kennt die Formen *ercno*, *folc*, *chidanc*, wozu man *uuolcnum*, *arscricta*, *dencet*, *folc* Mons. *roc* Ic. vergleichen mag. Es ist nicht zu umgehen, in diesen Formen einen von den zahlreichen *ch* verschiedenen Schreibstil zu erkennen. Ich habe mich gelegentlich des Voc. St. Galli für ags. Herkunft dieses Schreibstils ausgesprochen.

Nach allen bisherigen Betrachtungen werden wir den ags. Einfluß[1]) 1. in der Einführung der *k* vor *e*, *i*; 2. in der Beschränkung des *c* für *g* vor *a*, *o*, *o*; 3. in der Vermeidung von *ch* für *c* (= etymol. *k*) erkennen. Alles wird begreiflich, wenn wir eine in westfränkischer Orthographie abgefaßte Urschrift der Übersetzung des Isidor und der zugehörigen Stücke annehmen, welche nachträglich durch die Hände eines mit ags. Schriftwesen vertrauten Schreibers (beachte hiezu die ags. Wortformen Denkm.[3] S. XXIII) gegangen ist, bis schließlich in Orleans die Pariser Hs., in Murbach (oder Reichenau?) die durch Ic. vertretene Hs., in Monsee die uns erhaltenen Bruchstücke ihre örtlich verschiedene Fassung bekommen haben. Am radicalsten ist der Westfranke in Orleans verfahren, der in ersichtlicher Opposition die ags. Merkmale zu Gunsten der landesüblichen Orthographie ausgerottet, namentlich *k* der Vorlage durch *ch* ersetzt hat. Zeigt doch schon die Pariser Hs. in ihrem Schriftcharakter den merowingischen Ductus. So ist in dieser Abschrift die Orthographie der Urschrift wahrscheinlich relativ am getreuesten vertreten, die durch die ags. Hand verursachten Incongruenzen sind bei ihr am augenfälligsten. Das Geheimniß der seltsamen Orthographie dieses Schriftwerkes scheint in der Opposition gegen den Buchstaben *k* zu liegen, der, wie ich gezeigt zu haben glaube, sicher in dem Präfix *ki-* der Vorlage eigen war. Schon Kögel hatte sich (Beitr. 9, 305) dahin ausgesprochen, der Erfinder des Isidorischen Schreibsystems habe das im lateinischen Alphabet ungebräuchliche *k* gar nicht gekannt. Die ausgeprägt westfränkische Orthographie des Originals der Übersetzung weist nach einem elsäßischen Kloster, und so wird man den Übersetzer derselben wohl am ehesten in Murbach suchen dürfen. Die schwachen Präterita auf *-ôn* fallen für diese Heimat stark in die Wagschale. Es steht nichts im Wege, hier oder in einem anderen Kloster die ags. Hand, die wir zu verspüren glauben, thätig sein zu assen. Man könnte auf Mainz oder Fulda rathen, wo ags. Schrift besonders im Schwange war (Wattenbach, Geschichtsquellen I, 127), wo nicht bloß die jetzt in Wien befindliche Hs. der Annales antiquissimi Fuldenses von einem Angelsachsen geschrieben worden (vgl.

[1]) Zunächst hat damit die Frage nichts zu thun, ob der Übersetzer ein Angelsachse gewesen sei oder nicht (Weinhold S. 95). Der Kenner wird leicht ahnen, daß die orthographischen Untersuchungen mit dem Zwecke unternommen sind, schärfer als es bisher geschehen war, den Antheil der Angelsachsen an der Begründung einer deutschen Litteratur zu bestimmen. Die kirchliche Terminologie und die Übersetzungstechnik reichen für sich allein dazu nicht aus, vgl. Denkm.[3] S. XI.

Th. Sickel, Forschungen zur deutschen Gechichte IV, 459 ff.) — die älteste überhaupt in Deutschland vorgenommene annalistische Aufzeichnung —, hier hat vermuthlich Bonifatius selbst in den Codex Fuldensis des Neuen Testaments Glossen mit ags. Schriftzügen eingetragen (E. Ranke Ausg. S. XII ff.; Arndt, Schrifttafeln II, S. 11), hier ist unter Hrabanus Maurus das einzige uns noch erhaltene Copialbuch des Klosters in ags. Schrift geschrieben worden (QF. 46, 5; Dronke, Trad. S. V. VIII u. a.). Aber wie gesagt, zwingend ist es keineswegs, unsere Übersetzung ihren Weg über Mainz oder Fulda nehmen zu lassen, weil in allen litterarisch regsamen Klöstern Kenntniß ags. Schrift verbreitet gewesen sein wird (vgl. Wattenbach, Anleitung S. 31). Über ags. Schreiber ist Denkm.[3] II, 42. 56. 316. 319. 356. 358; Zs. f. d. Phil. I, 298; IV, 462; Braune, ahd. Gramm. §. 7, Anm. 2, §. 43, Anm. 1 zu vergleichen. Graff gibt zu Asc. 2, Em. 28, Sg. 913 (d. i. Voc. St. Galli) die Notiz, sie seien in ags. Schriftzügen.

Wie stand es mit dem *k*-Zeichen in Baiern? *k* in seinem heutigen Lautwerth, nicht für etymol. *g*, sondern für etymol. *k*, ist erst bei den jüngeren Schreibern des Salzburger Verbrüderungsbuches nachweisbar. Die älteste Hand schreibt wohl *Kislolf. Kisalburg. Kerolt. Kerlind. Kisalhart. Kerilo. Kepahoh. Kerhart. Akihari. Uualdker. Keruuantil.* etc. im Gegensatze zu *Gozberht. Cotæsscalc. Cundhari* etc., wohl aber auch bereits *Kaerhari. Hrodkaer. Wirdika. Hrodkart. Kaganhart. Kaila. Kaildrud. Perhtkart* u. a. Daneben noch nach älterer Weise *Wisucart. Cauuiperht. Camalperht* u. a. *k* steht niemals vor *o*, *u*, nur vor *a* ist es eingedrungen (achtziger Jahre des 8. Jh.). In den St. Galler Originalurkunden finde ich das erste *k* vor *a* ums Jahr 788 *Kaganhart* (Wartm. Nr. 117) ganz vereinzelt (*Cacanwardus* a. 797, Nr. 144). *Sikabertus. Sikahart* a. 799 (Nr. 157). *Kaganhart* a. 802 (Nr. 166). *Takaberti* a. 812 (Nr. 209). *Roadkarii* (*Roadgarii*) a. 822 u. a. In den Urkunden fehlt *ko-*, *ku-* ebenso wie in der Benedictinerregel, die mit den Urkunden auch in dem Wechsel zwischen *ca-* und *ka-* übereinstimmt (Beitr. I, 404). Es kann keine Rede davon sein, daß *k* eine andere Aussprache gehabt haben sollte vor *a* als vor *o*, *u* (wie auch Wüllner S. 104 meinte). Der Grund, weßhalb *k* vor *a*, nicht vor *o*, *u* geschrieben worden ist, läßt sich noch wohl erkennen. Er hat nichts mit Lautvorgängen zu thun. Wohl aber steht diese Schreibung im Zusammenhang mit dem kräftigen Aufschwung, den unter Karl d. Gr. die lateinische Grammatik genommen hat. Das geläuterte, saubere Latein der karolingischen Renaissance ist bekannt. Es ist nicht ohne Studium der lateinischen

Grammatiker zu erklären. Diese sind es denn auch, die als Regel aufgestellt haben, den Buchstaben *k* wohl vor *a*, aber nicht vor *o*, *u* zu setzen. Wenn Otfrid von *k* und *z* sagt: *grammaticis inter litteras dicunt esse superfluas*, so stimmt dies mit Priscian inst. lib. I, 14 *k quidem penitus supervacua est.* Probus cathol. III (Keil IV, 39): *k littera non scribitur nisi a littera in principiis nominum vel verborum consequentis syllabae.* Donatus (Keil. IV, 368): *supervacuae quibusdam videntur k et q, qui nesciunt quotiens a sequitur k litteram praeponendam esse non c.* Pompejus (Keil V, 110): *majores nostri quotienscunque a sequebatur per k scribebant.* (V, 239): *item k ante o non invenis. legimus enim in litteris quia k non praeponitur nisi sequente a: ergo cum o sequitur, quomodo potest k praeponi?* Zweifellos hängt mit dieser Grammatikerregel auch zusammen, daß in den St. Galler Urkunden jedenfalls seit 779, wenn nicht schon seit 776 *Carolus* durch *Karolus* ersetzt und dieses immer häufiger von Jahr zu Jahr geschrieben wird. Es ist nur seltsam, daß in der kaiserlichen Kanzlei selbst erst seit a. 800 der Name des Kaisers mit *k* geschrieben wird (QF. 3, 141; Scherer, Zs. f. österr. Gymn. 1875, 202). Wir sehen, die Legende von der deutschen Grammatik Karls hatte thatsächliche Bestrebungen in weiten Kreisen zum Hintergrunde, nur fehlen die Anhaltspunkte dafür, daß die Orthographiebewegung, die in engstem Zusammenhange mit dem Aufschwung des wissenschaftlichen Lebens steht, irgend welche Beziehung zur Person oder zum Hofe des Fürsten gehabt hätte. Doch ist hier zu allgemeineren Betrachtungen nicht der Ort.

Ein einziger *Kamfio* der ältesten Hand des Salzburger Verbrüderungsbuches bezeugt die Neuerung schon auch für diese fernen östlichen Lande. Die jüngeren Schreiber sind bereits freigebig mit *Kuniperht* u. dgl. wie mit *Kozolt. Kundhart* u. ä. Wir sehen hier klar und deutlich, wie *k* vor *o*, *u* einer späteren Periode deutschen Schriftwesens angehört, als *k* vor *e*, *i*, *a*. Damit stimmt aufs beste, was wir dem Freisinger Copialbuch als einer secundären Quelle entnehmen. Die Urkundennamen zeigen *k* nur vor *e*, *i* im Lautwerth von *g*. Erst a. 772 tritt der Name des Kaisers als *Karolus* auf, und a. 773 eine Form wie *Ekkahart.* a. 776 *Kaganhart. Fiska.* a. 779 *Kartheri* u. a. Dagegen finde ich einen *Kundpreht* erst a. 802. *Kundheri* a. 804 u. s. w. Gleichzeitig mit diesen Belegen für *k* vor *u* (= *g*) erscheint *k* (im Lautwerth von *k*) vor anderem als *a*-Vocal. Dieselbe Urkunde von 802, welche *Kundpreht* gibt, zeigt auch *Paldilinkirka.* Sodann a. 804 neben *Hrodungeschirihha* auch *Feldkirca. Tankirca,* wozu man *kirihha. kirihhun* der Mons. Fragm. vergleiche.

Sehr klar ist die allmälige Stufenfolge in der Bezeichnung der Gutturalmedia vor *a*-Vocal in den Casseler Glossen, ihnen schließen sich an: Exhortatio Cassel. Hraban. Glossar; Melker Glossen, Freisinger pater noster, sodann nach längerem Zeitabstand Exhortatio Monac. Die Casseler Glossen haben nur Präf. *ca*-, die Exhort. Cassel. zeigt einmaliges *kaleren* (außer mehreren *ga*- neben *ca*-), das Hraban. Gl. zeigt 86 *ca*, 67 *ga*, 128 *ka* im Präfix, 10 *ca*, 10 *ga*, 12 *ka* im Wurzelanlaut (Wüllner S. 24. 40), die Melker Glossen bewahren noch 1 *ca*, 1 *ga* neben regelmäßigem *ka*-, während in Freis. pat. nost. und in Exhort. Monac. *ca*- gänzlich verschwunden ist. Leider fehlen in den ältesten dieser Denkmäler Belege für etymol. *g* vor Palatalvocal, doch helfen die regelmäßigen *ske*- *ski*- (wozu Wüllner S. 21 zu vergleichen) der Gloss. Cass. neben *scu*- aus (vgl. ebenda roman. *keminata*). Das Wessobr. Gebet tritt bestätigend mit *manake* (neben *geista. forgip*) : *almahtico. cootliche* etc. hinzu, und damit stimmen *anakin* (neben *gepames*) : *apcoto. cauma. eican* der mit dem Gebet sprachlich identischen Glossen (Ahd. Gl. II, 149 f.), während die sog. Wessobr. Glossen (Germ. II, 88 ff.) anderer Herkunft sind, mit dem Gedichte nicht, wie kürzlich von Kögel geschehen, in Beziehung gesetzt werden können (vgl. *kazungali. reganespuruc. baugo*). Hier tritt also bereits *ka*- auf (cfr. *skaaf* in Gloss. Cass.), wovon in Wessobr. Gebet noch keine Spur ist, und ich stehe nicht an, auf Grund dieses Argumentes das Wessobr. Gebet nebst den zugehörigen Glossen für das älteste bairische Sprachdenkmal zu erklären, das vermuthlich in den Siebziger Jahren des 8. Jh. entstanden ist.

In dem bair. Glossar Pa. steht neben Präfix *ki*- bereits dreimaliges *kh*-: *khundo. khoran. khunni. ki*- sowohl als *kh*- fehlt vollständig, in dem zweifellos St. Gallischen K^a, dagegen *ki*- (neben vereinzeltem *ke*- wie in Ic.) herrscht in K^b, in welchem Theile der Hs. auch *k*-, *kh*- besonders häufig sind (*kuntheo. khundlihho* etc.). Desgleichen ist *ki*- in Ra die herrschende Form, und wiederum finden sich hier die zahlreichen *k*-, *kh* (*khunni. kan* etc.). Ebenso, und das erscheint besonders bedeutsam, steht *k* vor *o* (im Lautwerth von *g*) einmal in Pa (*kikoz*), einmal in Ra (*koaz* 129, 19), etwas häufiger in K^b (*koz* 129, 18. *kotes* 115, 30. 223, 13 u. a.). Ich möchte glauben, daß auch die *kh*-, *ko*- des St. Galler pater noster und credo: *khorunka. khirihhun. quekhe* (neben *chuumftic*), *kot* (neben *cotes*) auf bairische Vorlage hinweisen: *erstoont. sonen. urstodali*, sowie *picrapan* fallen dafür ins Gewicht. Das Stück ist zweifellos Abschrift, wie schon aus dem Lesefehler (*unseer* statt *unsar*) unumstößlich hervorgeht. Die *o*-

Monophthonge sind sehr auffällig und erinnern an die St. Gallische Zeit vor 762 (der Voc. St. Galli hat bereits ein -*uo*). In dem Original der Urk. Nr. 120 (a. 789) steht ein *Ruadoltus*, in dem der Urk. Nr. 122 (a. 789) ein *Uoto*, Nr. 130 (a. 791) *Ruadprehti*, Nr. 131 (a. 792) gibt im Datum der Urkunde *sub Odalrico comite*, desgleichen Nr. 132 (a. 792) neben *Ruadheri* in der Zeugenliste. *Odalricus* steht noch in der Mitte des 9. Jh. mit traditioneller Kanzleiorthographie im Datum und kann nicht für die chronologische Bestimmung des Lautvorganges verwerthet werden, zumal nachdem Henning (S. 115) constatiert hatte, daß schon in dem Zeitraume a. 763—780 die Diphthongierung durchgeführt sei. Alles fügt sich zu der Annahme eines bairischen Originalformulars, während *ō* sowohl als *kh-* und *ko-* in St. Gallen vollkommen isoliert stünden. Noch die Benedictinerregel vermeidet *ko-* und läßt jeden Beleg für *kh* vermissen. Beachtenswerth ist, daß die anlautenden *kh-* und *ko-* der Glossare nicht aus der ihnen gemeinsamen Vorlage (Beitr. 9, 356) gekommen zu sein scheinen, da wenigstens *kakhoran* Pa : *kichoran* Ka 128, 20; *goz* Ra : *koz* Ra 128, 18 sich nicht entsprechen. Leider fehlen für die weiteren Belege die Paralleltexte. Pa dürfte aber für die Schlußfolgerung ausreichen, daß beide Neuerungen *kh* (für *ch*) wie *k* (für *c* = *g*) vor *o* zuerst und am frühesten in Baiern auftreten und von Baiern aus in andere Landschaften verpflanzt worden sind. Das St. Galler pater noster und credo wäre dafür ein Beispiel. Vor das Jahr 780 kann diese bairische Orthographieveränderung nicht gesetzt werden (älter wird der Lautstand von Pa nicht sein). Noch vor Ablauf des 8. Jh. ist das St. Galler Formular geschrieben. Die bairische Orthographie hat aber im Kloster keine Nachahmung gefunden. Anders in der Heimat des Glossars K^b. Seine Entstehungszeit wird hart ans Ende des 8. Jh. fallen, das Denkmal ist niederalemannisch (Gesch. d. schwäb. Mundart §. 68; §. 176, Anm. 1 [zu *slehit* vgl. Beitr. 9, 327]) und ich glaube mit Kögel, daß die Hs. aus Baiern in das niederalem. Dialectgebiet gekommen ist. Hier (wahrscheinlich in Murbach) fiel die Neuerung auf fruchtbaren Boden. K^b hat nicht bloß bair. *kh-* und *k* (für *c g*) vor dunkeln Vocalen reichlich verwerthet. Meines Wissens ist K^b das älteste Denkmal, in welchem der Buchstabe *k* nicht mehr bloß für etymol. *g*, sondern auch für etymol. *k* mit einiger Vorliebe geschrieben worden ist. Eine absolute Neuerung liegt hier nicht vor, nachdem seit Beginn der siebziger Jahre im Namen des Kaisers *c* durch *k* ersetzt worden war, nachdem die um sich greifende Kenntniß der Grammatici die Verbreitung des Buchstaben begünstigt hatte. K^b

zeigt *k* erst 45mal, daneben 23mal *c* (*kuntheo, cund* u. a.), während *kh* (85mal) und *ch* (59mal) immer noch das Übergewicht haben. *k* wie *kh* erklären sich aus dem durch die grammatische Theorie hervorgerufenen Kampf gegen den Buchstaben *c*[1]). Es lagen zwei, die litterarische Thätigkeit beherrschende Schreibsysteme vor: das westfränkische mit *c g gh ch* für etymol. *g*, *ch* für etymol. *k*; das angelsächsische mit *g* (*k*) für etymol. *g* und *c* (*k*) für etymol. *k*. Ich kenne kein obd. oder md. Kloster, in dem nicht beide Systeme ihre Spuren hinterlassen hätten. Sobald die Bewegung ins Rollen gekommen war, trat facultativ für *c* der westfränk. Orthographie *g k*, für *ch* die Verbindung *kh* ein. Diejenige Fassung des Keronischen Glossars, welche unseren Hss. zugrunde liegt, stellte bereits eine Mischung westfränk. und angelsächs. Orthographie (ähnlich wie die Vorlage unserer Isidortexte) dar. Sie kannte z. B. für etymol. *k* sowohl anl. *c*- als *ch*- (wie aus den Übereinstimmungen der Hss. hervorgeht), aber noch nicht deren Ersatz durch *k*, resp. *kh*. Ersteres ist erst in bairischer, dieses in der zeitlich noch späteren von Baiern nach Niederalemannien gewanderten Fassung aufgenommen worden, womit nicht gesagt sein soll, daß nicht auch an anderen Orten *k* Geltung gewonnen habe (vgl. oben S. 255). Aber weder in Baiern noch in Alemannien hat die Neuerung vorerst Boden gefunden. Muspilli steht mit seinen *kh*, *k* (c. a. 802, vgl. Möller S. 41 ff.) so isoliert wie das St. Galler pater noster und credo. Vereinzelte *k*, *kh* finden sich in dem Reichenauer Glossar Rb, das noch im 8. Jh. geschrieben ist (*kalih* neben *chelihha*. *khind* neben *chind* u. a.), ebenso vereinzelt sind *k* (= *g*) vor *o* wie *kikozzane, kaotakote*. Das Denkmal setzt die Einführung der *k*-Orthographie im Ganzen erst auf der Stufe *ka*, *ke*, *ki* voraus und wird gleichfalls bairischer Herkunft sein. Vielleicht hat die Vorlage zahlreichere *ko*-, *kh*-, *k*- gehabt, die der Alemanne, als dem einheimischen Brauch zuwider, beseitigt hat. Sehr interessant ist, daß

[1]) *c* ist in der späteren Zeit nur noch im Auslaut der Wörter festgehalten, um schließlich auch in dieser Stellung zu verschwinden. Im An- und Inlaut ist der Buchstabe ganz mechanisch beseitigt worden. So und nicht anders wird man die von Graff IV, 2 gesammelten Fälle auffassen. So erklären sich die **drancta* > *drangkta, thang werg, scalg* etc. bei Otfrid und die analogen Formen Notkers (Braune §. 143, Anm. 4, 144, Anm. 4). Ebenso verstehe ich das durch die ganze ahd. Periode sich hinziehende *sg* (für *sc*, resp. *sgh* für *sch*, Braune §. 146, Anm. 3). Das seit alter Zeit neben *c* übliche *g* hat unter ags. Einfluß die Oberhand gewonnen, die ursprünglich romanisch-westfränkische Schreibtradition ist zu stetigem Rückzug gedrängt worden, wie *cast* > *gast, cold* > *gold* u. a. so auch *tac* > *tag, oucta* > *ougta, werc* > *werg, mennisco* > *mennisgo* (mehrfach auch im Hel. Monac.).

wir gerade in Reichenau noch weitere Spuren dieser bairischen Orthographie nachweisen können, vgl. Präf. *ka-* und die vereinzelten *kot, kotcund, kuate* der Hymnen (Sievers S. 71). Diese bairischen Formen gehören nur dem ersten Schreiber an, der zweite kennt sie nicht, so wenig als das von ihm geschriebene Glossar Ic oder die Psalmbruchstücke (Germ. 2, 98 ff.). Wie in Oberdeutschland so hat auch in Mitteldeutschland das westfränkische *ch* der Urkundenschrift starken, zähen Halt. Aber die Fulder Schule steht unter kräftigstem ags. Einfluß (Hraban ist selbst bei Alcuin in der Schreibschule zu Tours gewesen), und ihm ist es anzurechnen, daß sowohl der Fulder Tatian als das Evangelienbuch des in Fulda geschulten Otfrid die schwerfällige westfränkische Orthographie bis auf Reste überwunden zeigen. Auch in diesem Falle sind es die Werke höheren Stils, welche den fortgeschrittensten Standpunkt einnehmen, während die Litteratur zweiten und dritten Ranges noch auf lange Zeit den altväterischen, altfränkischen Gewohnheiten treu geblieben ist.

Auf niederdeutschem Sprachgebiete liegen die Dinge wesentlich anders als auf hochdeutschem. Hier sind den allgemeinen äußeren Zeitläuften entsprechend die westfränkischen Einflüsse, die inzwischen durch den Läuterungsproceß der karolingischen Renaissance gegangen waren, nur noch spärlich und bedeutungslos. Das ganze Schriftsystem wie wir es für den Heliand auf Grund unserer drei Hss. zu reconstruieren vermögen, zeigt, daß hier von Anfang an die angelsächsischen Lehrer und die Schule zu Fulda maßgebend gewesen sind. Wir werden dies erst deutlich erkennen, wenn das Arbeitsfeld ags. Missionare in hoch- und niederdeutschen Landen für uns übersichtlicher geworden sein wird. Leider sind die Verdienste der Iren bis heute noch nicht mit Sicherheit von denen der Angelsachsen zu sondern.

MARBURG. FRIEDRICH KAUFFMANN.

MHD. *TÔRE.*

In den von mir herausgegebenen St. Pauler Predigten habe ich auf S. 148—149 mit Beziehung auf die Stelle 14, 5 *dô du vernâme des vîentes rât und sîn schundunge, dô wârn die ôren vervallen und ertôret* darauf hingewiesen, daß die Wörter *tôre, ertôren* außer der in den mhd. Wörterbüchern ausschließlich angeführten Bedeutung 'Thor', 'zum Thoren werden' zuweilen auch 'taub', 'taub werden' bezeichnen, und habe ebendort zugleich mehrere andere unzweideutige Beispiele aus der mhd. Litteratur dafür beigebracht. Ferner hat R. Sprenger in den Beiträgen f. Kunde d. indogerm. Sprachen Bd. VI, 157 meinen in denselben Predigten 13, 14 begangenen Lesefehler *tôten*, das ich in *touben* besserte, in *tôren* berichtigt und daran die Bemerkung geknüpft, daß hier *tôren* die Bedeutung 'die tauben' habe. Doch scheint die Feststellung dieser Thatsache, wie sich unten zeigen wird, nicht die gehoffte Beachtung bei Fachgenossen gefunden zu haben. Ich sehe mich darum veranlaßt, auf den Gegenstand zurückzukommen und noch eine weitere Reihe unumstößlicher Belege für die erwähnte Bedeutung der Wörter *tôre, ertôren* und zugleich von *tœren, ertœren* mitzutheilen, bezw. zu beleuchten.

Speculum ecclesiae, hrsg. von J. Kelle, S. 10: *Nv habet ir vernomen div zwei dinch, dei in der wîssage gehiez,* cum ait: tunc aperientur oculi etc., *daz der blintin ovgen ûfgetân wurden vnde der tôrn ôren wurdin gehôrente.*

D. Predigten, hrsg. v. Grieshaber I, 91: *Di liut, di in der stat dâ wauren, di fuortun ze im ainen dôren, der gehôrt nit, noch mocht nit redun, und dô si den dôren für in gefuortun, dô bauten si in, das er sîn hant ûf in lêti. Unser herre det des si in bauten, und fuort in fon der schar hinder sich und lies sîn finger in des dovren ovren, und dô er das gedet, dô spai unser herre an derde und ruort dem dovren [sîne] schungun und dô er das gedet, dô sach er über sich in di hiemel und wainut und sprach cem dôren:* Effeta, quod est adaperire. *Effeta, das ist ain ebrâisch wort und ist als fil gesprochen a(l)s: es ist ûfgedaun, und zehant nâch dem wort dô wurden ûf gedaun dem dovren sîne ovren und das bant sîner schungun wart erlôst und wart redunt reht, und das beschach .... und dô der dovr gehêrent wart und ôch redent wart, dô wundrut si alle .... Er haut alliu dinc wol gedaun, er hies dovren gehêren und hies die stummen redun.*

Lamprechts von Regensburg, San Franzisken leben, hrsg. von Weinhold, Vers 4748 ff.:

Dâ ze Plebiscastelîn
wont ein armez kindelîn,
daz was ein stumme und ein tôre,
ime enhôrt deweder ôre,
alsus was ez von geburt.

Zu dieser Stelle macht Weinhold die Bemerkung: '*ein tôre*, Zusatz Lamprechts: qui ex toto mutus et surdus erat a nativitate sua Th(omas von Celano). Derselbe widerspricht dem von L. auch übergangenen

Satze: bonae indolis erat puer, quia licet surdus et mutus esset cunabulis, per signum tamen quaeque noverat imperata'. Allein der Herausgeber, dem die in den mhd. Wörterbüchern ausschließlich beglaubigte Bedeutung 'stultus, insanus' vorschwebte, irrt, denn gerade die lateinische Parallelstelle des Thomas von Celano lehrt ja mit zweifelloser Gewißheit, daß hier *tôre* surdus bedeutet und zwar lediglich bedeuten kann.

Walther 20, 6 (Lachmann):

Der in den ôren siech von ungesühte sî,
daz ist mîn rât, der lâz den hof ze Düringen frî,
wan kumet er dar, dêswâr er wirt ertœret.

Die Stelle lautet in Simrocks Übersetzung Walthers (2. Ausg. 1853):

Wer in den Ohren siech ist oder krank im Haupt,
Der meide ja Thüringens Hof, wenn er mir glaubt:
Käm' er dahin, er würde ganz bethört.

Und bei Schröter, Gedichte Walthers v. d. Vogelweide (Jena 1881):

Wer durch des Unglücks Tücke an seinen Ohren leide,
Dem rath' ich, daß er immer Thüringens Hofburg meide.
Lang gieng dahin mein Streben. Doch nimmer fürderhin.
Tritt ein man in den Burghof, es wird verrückt der Sinn.

Übereinstimmend erläutert Pfeiffer in seiner Waltherausgabe (6. Aufl. 1880, besorgt von Bartsch) *wirt ertœret* mit den Worten 'zum Thoren machen: der wird vollends dumm gemacht' und Wilmanns, Walther v. d. Vogelweide, 2. Aufl., S. 148 durch den Satz: 'er wird wahrhaftig verrückt'. Auch Martin in seiner 'Mittelhochd. Grammatik nebst Wörterbuch zu der Nibelunge Nôt, zu den Gedichten Walthers' u. s. w. (11. Aufl. 1889) gibt bei *ertœren* bloß die Bedeutung 'zum Thoren machen, von Sinnen bringen, betäuben' an. Und die gleiche Bedeutung findet sich in dem Wörterverzeichniß der Schulausgabe Walthers von Bartsch (2. Aufl. 1885).

Es muß aber auffallen, daß Walther bei dem Ausdruck *siech* den kaum müßigen Zusatz *in den ôren* macht. Warum soll ein Ohrenkranker durch den Lärm, der an dem Hofe des Landgrafen herrscht, geradezu verrückt werden? Näher liegt doch wohl die Auffassung, daß er das Gehör völlig einbüßt. Ich glaube daher nicht zu irren, wenn ich annehme, daß Walther mit den drei Versen vielmehr sagen will: An dem Hof zu Thüringen geht es so lärmend her, daß derjenige, der an den Ohren krank ist und dahin kommt, das Gehör gänzlich zu verlieren fürchten muß. Es muß übrigens ausdrücklich erwähnt werden, daß bereits Franz Pfeiffer und Albert Höfer bezüglich der Deutung des Wortes sich der richtigen Fährte näherten, ohne sich darüber klar zu sein oder die Sache in Erörterung zu ziehen, ersterer, indem er in seiner Ausgabe Walthers (1. Aufl., S. 202; 6. Aufl. ebd.) bei Übersetzung der Stelle dem Satze 'sonst wird er närrisch' den Fragesatz in Klammern hinzufügte 'oder ganz taub?', letzterer in seinem Aufsatze 'Zur Laut-, Wort- und Namenforschung' in Germania XIV, 205, wo er aus Anlaß seiner Erklärung von *ungesühte* die obigen Verse so commentiert: 'wer von bösem Siechthum ohrenkrank ist, der meide den Hof zu Thüringen, denn kommt er dahin, gewiß er wird verrückt. Ein Wunder, daß da nicht alle taub sind. Also: da muß man starke Ohren haben, sonst wird man taub; wer ohnehin schon schwache Ohren hat, wird verrückt'.

Hadamar von Laber, Str. 158:

ich bin grâ in dem schopfe
worden von den winden,
diu ougen in dem kopfe
mir vor unbilde dicke wellent erblinden,
wanne vor in leider nieman niht gehœret,
ich mein unnutzez claffen
von manger diet, daz mich vil dicke tœret.

Reinhard Fuchs (ed. J. Grimm), S. 339, Vs. 1320 ff.:

er begunde mich zwacken
als einen leitpracken
vil vaste bî den ôren,
dâ von wând ich ertôren,
daz er mich alsô harte traf.

Vgl. auch ebd. S. 338, Vs. 1274 ff.

Die Bedeutung 'taub' für *tôre* steht also fest; es fragt sich nur, wie sie sich zu der bisher allein bekannten 'insanus, stultus' verhält. Daß es sich hier nicht etwa um zwei verschiedene Wörter handelt, ist zweifellos, jedenfalls aber ist die sinnliche Bedeutung die ursprüngliche, aus der sich erst jene von 'thöricht, närrisch, verrückt' allmählich herausgebildet hat. Einen deutlichen Fingerzeig bietet das synonyme Wort *toup,* das nach Lexer II, 1484 1. nicht hörend, taub, 2. nichts empfindend, stumpfsinnig, 3. unsinnig, närrisch, toll bedeutet. Man vergleiche übrigens auch Lexer, Kärnt. Wtb. 65, wo auf die Analogie der Doppelbedeutung von *toup* und *tôr,* surdus und stultus, hingewiesen wird, und Schmeller, Bayr. Wtb.[2] I, 619.

ADALBERT JEITTELES.

ZU GERMANIA XXXIII, 313 ff.

Den Spruch, den Reinhold Köhler a. a. O. unter der Überschrift 'Mich wundert, daß ich fröhlich bin' ausführlich erörterte und für den er eine Fülle von Textfassungen beibrachte, fand ich im Jahre 1884 in dem Flur eines in Gossensaß in Südtirol befindlichen Hauses mit folgendem ziemlich veränderten Texte:

Ich leb alhier in diser Welt, weis aber nicht wie lang,
das ich Ein Mahl mues sterben, kan doch nicht sagen, wan.
Ich Reise schon Ein lange Zeit, weis aber nicht wohin.
Das thuet mich Sehr verwundern, dass Ich so frelich bin.

Der Spruch ist durch ein Frescogemälde veranschaulicht: im Hintergrunde Wolken, links eine Art Burg, rechts ein Wanderer, auf dem Boden sitzend, in der Mitte ein kahler Baum.

ADALBERT JEITTELES.

ZU GERMANIA XXXVI, 262 ff.

In dem Aufsatze 'Mittheilungen aus mittelhochdeutschen Handschriften' veröffentlichte Herr F. W. E. Roth in Wiesbaden aus einer ehemals ihm selbst gehörigen, 'nun in Amerika in Privatbesitz befindlichen Hs., saeculi XV, geistlicher Lieder, die einem Kloster am Rhein entstammte' das interessante Lied vom 'Blumenmacher Jesus', welches zuerst Mone im Anzeiger VIII, 331 bekannt machte, und knüpft daran die Bemerkung, daß der Text jener Handschrift 'Besseres als Mone bietet'. Mones Text sei 'modern und verderbt'.

Dieser Ansicht Roths kann ich nicht beistimmen; vielmehr scheint mir der Monesche Text in vieler Beziehung den Vorzug zu verdienen. Die verwilderte Orthographie und Unebenheiten in der Vers- und Reimbildung dürfen nicht beirren. Ähnliche und zum Theil noch stärkere Verderbnisse finden sich auch in dem Texte bei Roth. Liest man das Lied in der Gestalt, wie es Uhland in seinen 'Alten hoch- und niederdeutschen Volksliedern' I, 2, 857 nach dem Moneschen Texte, ohne viel daran zu ändern, wiederholte, so wird man kaum die geringste Störung empfinden. Wurf und Ton des Liedes sind echt, Ausdrucksweise und Versbau dem Charakter der Zeit, der es angehört, vollkommen angemessen. Von einem modernen Zug kann schon darum keine Rede sein, weil die Handschrift, wie Mone bemerkt, aus dem

16. Jahrhundert stammt. Anderseits fragt es sich, ob die Handschrift Roths, bezw. die Aufschreibung des Liedes in ihr, wirklich noch dem 15. Jahrhundert entstammt oder, wenn es der Fall ist, wie weit sie der Niederschrift des Mone'schen Textes in der Zeit vorangeht. Schon die mehrfach angewendete Großschreibung der Substantive scheint auf eine spätere Abfassung hinzuweisen. Übrigens dürfte auch der Monesche Text keineswegs die älteste Fassung enthalten. Das Lied war nämlich, wie schon Uhland erkannt hat, offenbar ursprünglich in achtzeiligen Strophen verfaßt, deren Zeilen ganz oder theilweise auf einander gereimt haben mögen. Einzelne solcher Kurzzeilen zeigen noch deutlich den alten Reim; bei den meisten aber sind seine Spuren schon vollends verwischt.

Ich will nun eine Vergleichung einiger Stellen in den beiden Texten vornehmen, um zu zeigen, daß der Monesche Text mehrfache Vorzüge besitzt.

Strophe 1 lautet bei Roth:

Ess was eyn schone Junffrauwe edel die was sich woil gedane,
In eynen schonen Gartten wolte sy spaceren gane,
In eynen schonen Gartten, darna stonde yr Gedanck,
Na manicher Hand Farben, na Fogelyn Gesanck.

Dagegen bei Mone:

Es was ein Jungfraw edl, sy was gar wol gethan,
in ainen schonen paungartten wolt sie spacieren gan,
in ainen schonen paungartten, darnach stuendt ir gedanckh,
nach pluemen mangerleye, nach vogelein süessem gesangkh.

Abgesehen von der verwahrlosten Beschaffenheit der ersten Zeile, ist der Ausdruck *Na manicher Hand Farben* viel weniger bezeichnend als der *nach pluemen mangerleye*, denn die Blumen sind es ja eben, deren kunstvolle Gestalt die Jungfrau anzieht und nach dem Künstler, der sie hervorbringt, sehnsüchtig macht.

Strophe 2, Roth:

Und da sy in den Gartten quam, da was sy freudenrich,
Sy sach die schonen blomen an gezieret meisterlich.
Hilff got, sull ich yn schauwen, des myn Hertz begert,
Danck will ich ym sagen, er ist der Eren wert.

Bei Mone:

Da sy in den garten kam, sy sach die pluemen an:
'er ist von hochen künsten, ja der sy machen kan;
wolt got, solt ich in anschawen, ja des mein hertz begert,
dankh so solt er haben, er ist der eren wol werdt'.

Wie klar und wohl motiviert ist hier alles, während dort die Darstellung unbeholfen und nahezu unverständlich ist.

Strophe 7, Roth:

Jhesus der blomen mecher also byn ich genant,
Vnd all die schonen blomen synt mir woil bekant.
Jch enweyss noch schoner blomen, man fynd nit yren glych,
Der sych die Engel frouwen in mynes Vaders Rych.

Bei Mone:

Jesus der plüemelmacher also pin ich genant,
alle raine hertzen die sein mir wol pekant;
ich wais mir edler pluemen vil, wo vindt man iren geleich?
die sich mit den engeln freyen in meines vattern reich.

Die richtige Lesart in Vers 2—3 ist kaum die bei Roth, wohl aber bei Mone, denn daß Jesus die Blumen, die er selbst gemacht hat, kennt, ist selbstverständlich; daß ihm aber alle lauteren Herzen bekannt sind, muß als ein sinnreicher Gedanke gelten. Allerdings scheint Vers 3 in Widerspruch mit diesem Gedanken zu stehen, doch löst sich das Bedenken etwa in folgender Weise: 'nicht nur sind mir hier auf Erden alle reinen Herzen bekannt, sondern ich kenne — außer den irdischen Blumen, die ich selbst geschaffen habe — auch viele edle Blumen (= Seelen), die sich der Herrlichkeiten im himmlischen Reiche mit den Engeln erfreuen. Überdieß ist *enweyss* im Rothischen Texte sinnlos.

Der Schluß von Strophe 14 ab weicht bei Roth stark von dem Moneschen Texte ab, jedoch nicht zum Vortheile der Darstellung. Er lautet bei Roth:

14 *Da das die Jonffer horten, erzornet sy das bas,*
Iss nam sy alle wonder, wy yr gemuede was.
Vnser cloister ist beslossen, keyn man darin ingan sol,
Jhesus der liebste herre, der weyss die warheyt wol.

15 *Wie wenig ir yn kennet, sprach die Jonffer fyn,*
Myt dem namen yr yn nennet, den liebsten herren myn.
Dem hain wyr all gelobet, dy in dem cloister syn,
By uch will ich blyuen byss an das ende myn.

16 *Truwe wil ych ym halden byss ûff das ende myn,*
Truwe will ych ym halden, die ych gelobet han,
Von syner steden liebe will ich nit abe lan.
Helff vnss, dass wir stets dessen wege gan.

Dafür treten bei Mone folgende vier Strophen ein:

14 *Den jungfrawen in dem kloster den was die redt gar frembdt*
(lies *schwer*):
'*dw retzt gar terigkleichen, dw retzt uns on unser er,*
unser kloster ist peschlossen, kein man darein nit gat (lies *sol*),
Jhesus der liebste herre der wais die warhait wol'.

15 '*Wie wenig ir in nit kennedt*', *sprach es die jungfraw fein,*
'*sein nam habt ir genennedt, des liebsten herren mein,*
ir habt in doch genennedt, er ist mir wol pekannt:
Jhesus der pluemelmacher also ist er genandt'.

16 *Die jungfrawen in dem kloster die hörten, das das was*
von got, sy wundert ab den worten, was ir zw muette was:
'*Jhesus der liebste herre der won uns alzeit pey,*
wir haben im all gelobet, die in dem kloster sein'.

17 '*Habt ir im all gelobet, die in dem kloster sein,*
so will ich pey euch bileiben pis an das endte mein,
die trew will ich im pehalten, die ich im gelobet han,
von seiner stäten trewe wil ich nit abelon'.

Wie man sieht, leidet Strophe 15 bei Roth an arger Verworrenheit; die Jungfrau und die Insassen des Klosters sprechen wirr durcheinander. Erst durch die größere Ausführlichkeit bei Mone wird klar, was gemeint ist: 'Eben denjenigen, den ihr genannt habt, suche ich; ihr habt zwar seinen Namen genannt, kennt ihn aber nicht. Ich jedoch kenne ihn und will mich nicht von ihm trennen'.

Nur an einigen Stellen möchte ich dem Rothschen Texte den Vorrang einräumen, so in Strophe 9, Vers 3, Str. 10, V. 4, Str. 11, V. 4.

Über die Litteratur des Liedes und dessen Bearbeitung in drei Gruppen sei auf Joh. Boltes Mittheilungen in der Zeitschr. f. deutsches Alterthum 34, 26 ff. und ebd. 36, 95 verwiesen. Ob aber die von Bolte veröffentlichte Version der Dichtung, wie dieser meint, wirklich die älteste Fassung derselben darstellt, scheint mir doch wohl vorerst fraglich bleiben zu müssen.

ADALBERT JEITTELES.

EINIGE BEMERKUNGEN ÜBER DEN GEBRAUCH DER FREMDWÖRTER BEI GOTTFRIED VON STRASSBURG.

I.

Mit Recht hat Lobedanz schon im Jahre 1878 darauf hingewiesen [1]), daß für die Quellenforschung des Tristan der Nachweis der französischen Elemente von größter Wichtigkeit sei. Gegenwärtig dürfte es wohl feststehen, daß die Vorlage Gottfrieds der Trouvere Thomas war [2]), aber über den Grad der Beeinflußung durch diese Quelle scheint man noch immer nicht im Klaren zu sein. Hatten früher Heinzel [3]) und Bechstein [4]) die directen Entlehnungen aus der Quelle auf ein Geringstes einzuschränken gesucht, so hat schon Lobedanz eine größere Zahl von „Citaten" aus der Vorlage nachgewiesen. Golther gibt gegenwärtig zu, daß Gottfried in vielfacher Hinsicht von Thomas beeinflußt worden sei, ja er bezeichnet den Tristan geradezu als eine Übersetzung seines Werkes, er weist aber den Gedanken, als seien die französischen Sätze, Grußformeln u. dgl. aus dem Original entnommen, zurück. Zur Begründung dieser Ansicht führt Golther ebenso wie früher Heinzel an, daß die französischen Verse bei Gottfried sich der französischen Metrik fast durchwegs nicht unterordnen [5]).

Diese Ansicht scheint völlig verfehlt zu sein. Wie hätte Gottfried bei seinem feinen Gefühl für den glatten fließenden Vers die französischen Zeilen so übernehmen sollen, daß sie den Fluß seiner gewandten deutschen gestört hätten? Liegt da nicht der Gedanke nahe, daß Gottfried mit den einzelnen Zeilen daher leichte Veränderungen vornahm, was ihm bei seiner anerkannten Gewandtheit, die deutsche Hebung mit dem französischen Wortaccent zu verbinden, auch wohl gelingen konnte [6]).

---

[1]) Das französische Element in Gottfrieds von Straßburg Tristan (Rostocker Dissert.), S. 8.

[2]) Es genügt, auf Golthers Einleitung zu seiner Tristanausgabe (1888) zu verweisen.

[3]) Gottfrieds von Straßburg Tristan und seine Quellen (Zeitschr. f. d. Alterthum 1869, S. 272 ff.).

[4]) In der Einleitung zu seiner Ausgabe des Tristan (1873).

[5]) Vgl. a. a. O. S. VIII f. und XV f.

[6]) Auf eine solche Veränderung hat schon Lobedanz S. 20 hingewiesen.

Übrigens sind Kürzungen der französischen Verszeilen oft geradezu unvermeidlich gewesen. Die meisten dieser Verse enthalten nämlich Reden, und diese werden im französischen Original sehr oft mit den Worten „dit" oder „respunt" eingeleitet. Aus der nothwendigen Weglassung dieser und der sie begleitenden Worte mußten sich oft Verkürzungen um eine bis drei Silben ergeben. Man vergleiche beispielsweise folgende Verse aus dem ersten Fragmente Thomas'[1]).

V. 134 e dit: „Fel avez le curage
158 Isolt respunt: „Merci, amie!
232 Brangien dit: „Bien vus est defendu
339 Dunc dit Brengien: „Nun frai, perfei!
347 Sire, dit-ele, ore escutez
351 Dit: Entendez un poi à moi.
1760 Dunc dit: „Deus salt Ysolt e mei! u. Ä.

Der Umstand also, daß französische Verse bei Gottfried um eine bis drei Silben gekürzt erscheinen, scheint durchaus nicht dagegen zu sprechen, daß sie in der französischen Vorlage gestanden seien. Der eine und andere mag immerhin unmittelbar vom deutschen Dichter herrühren; von anderen wird sich aber nachweisen lassen, daß sie der Quelle entnommen seien. Wenn nun einige von diesen Versen, deren Entlehnung nachweisbar ist, trotzdem dem französischen Versmaße nicht entsprechen, so dürfte die obige Ausführung nur um so richtiger sein.

Abgesehen von den Versen, deren Entlehnung aus der Vorlage schon Heinzel und Lobedanz zugeben, muß das auch von folgenden geltend gemacht werden.

Vers 740 ff. lautet:

vil minnecliche er zuo ir sprach:
„â, dê vûs sal, la bêle!"
„merzî!" dit la buzêle
und sprach vil schämeliche ....

Das „sprach" in der letzten Zeile, welches das „dit" in der vorletzten unpassend wiederholt, deutet klar darauf hin, daß die Zeile „merzî" etc. der Quelle entlehnt wurde, und zwar offenbar im Anschlusse an den vorhergehenden Vers.

[1]) Michel, Tristan. Recueil de ce qui reste des poëmes relatifs à ses aventures etc. II, S. 1 ff.

Eine andere Stelle lautet:

V. 3265 *„â!" sprachen s' al gemeine*
grôze unde kleine,
„dê duin dûze âventûre
si dûze crêatûre:
got gebe in süez' âventiure,
sô süezer crêatiure!"

Die Annahme, daß Gottfried die französischen Verse gedichtet habe, während er doch offenbar mit einem gewissen Zwange in deren Übersetzung dieselben Reimworte gebracht, ist unstatthaft.

Auch die Entlehnung der folgenden Stelle direct aus der Vorlage ist kaum zu bezweifeln:

3751 *sîn vater, der marschalc dan Rûal*
li foitenant et li lêal
3755 *Dan Ruâl li foitenant.*

V. 8075 ff. lautet:

la dûze Îsôt, la bêle
si sang ir pasturêle,
ir rotruwange und ir rundate,
schanzûne, refloit und folate.

Wegen „pasturêle" mußte offenbar die vorhergehende Zeile aufgenommen werden. Die folgenden Ausdrücke standen ebenfalls doch wohl nebeneinander in der Vorlage. Übrigens kommen die Liedernamen bis auf „rotruwange" und „schanzûne" bei den anderen deutschen Epikern nicht vor [1]).

V. 3614 „(ein Leich) de la cûrtoise Tispê" als Name eines Liedes ist sicher ebenso wie der Refrain V. 19217 f. = 19413 f. „Îsôt ma drûe, Îsôt m'amie, en vûs ma mort, en vûs ma vie" der Vorlage entlehnt. Auf den Refrain hat schon Lobedanz hingewiesen. Übrigens kommen Parallelstellen zum Refrain bei Thomas vor (Michel II): V. 1439 f. cum à dame, cum à s'amie | en qui main est sa mort e sa vie; und V. 1762 f. pur vostre amur m'estuet murrir, | je ne puis plus tenir ma vie; | pur vus muer, Ysolt, bele amie.

Bestimmter Einfluß der Vorlage zeigt sich in den Versen 18713 f.:

und hiez Îsôt als blansche mains,
ir bruoder Kaêdîn li frains.

---

[1]) Lobedanz übersah a. a. O. S. 14, daß „rotewange" in Hartmanns Erek V. 6718 vorkommt.

Der Reim wurde sicher zugleich mit dem Beinamen der Vorlage entnommen, wozu noch zu bemerken ist, daß der Beiname der Isot in den französischen Bruchstücken belegt ist[1]), und überdies der Reim *frans* (!) : *mains* vorkommt[2]).

Ganz unzweifelhafte Anlehnung an die Quelle tritt schließlich in folgenden Zeilen entgegen:

17374 *dâ was manc süeziu zunge,*
diu dâ schantoit und discantoit
ir schanzûn' unde ir refloit.

Mit dem Terminus technicus *refloit* übernahm Gottfried die Verba finita in der französischen Imperfectform. Die drei Ausdrücke kommen übrigens nur bei Gottfried vor.

Welche von den anderen französischen Versen und Phrasen auf die Quelle zurückgehen, läßt sich nicht bestimmen; aber man wird wohl fortan nicht behaupten dürfen, daß sie der Vorlage nicht entlehnt sein könnten.

II.

Wenn man aber auch zugeben muß, daß Gottfried weit mehr als man allgemein anzunehmen geneigt ist, direct von seiner Quelle beeinflußt wird, so soll andererseits nicht geleugnet werden, daß der Dichter mit den Fremdwörtern wie mit einem freien und reichen Besitzthum umgeht: er ist ebenso gewandt im Gebrauche derselben als verschwenderisch. Beides weist auf den Umstand hin, daß er nicht erst mühsam einzelne Worte aus seiner Vorlage aufliest, um mit solchen Brocken vor seinen Lesern zu glänzen; ihm scheinen vielmehr die französischen Wörter in vielen Fällen ein völlig freies Allod zu sein, auf dessen Vorhandensein und Verfügbarkeit er gewissermaßen zählt. Zu dieser Erkenntniß gelangt man unmittelbar bei der Lectüre des Tristan; die französischen Wörter fügen sich so leicht ins Deutsche, als ob sie gar kein fremdes Element wären. Und wie oft bildet Gottfried aus deutschen und französischen Wörtern zusammengesetzte: *lantbanier* (5589), *lantbarûn* (8595, 8688, 12549, 15478, 15536), *lantmassenîe* (18935), *minnenfossiure* (17468), *trûtamîse* (12163). Übersehen darf man auch nicht, daß beispielsweise die litterarische Stelle 4619 ff., welche sicher von Gottfried unmittelbar her-

[1]) Michel II, S. 6 u. 79; III, S. 12 u. 20: Ysolt as-Blanches-mains.

[2]) Michel I, S. 159 im Gedichte des Berox V. 3288 f.: li aporte li vaslet frans. | Il dui se tienens par les mains.

rührt, eine große Zahl von Fremdwörtern aufweist, und zwar: *figieret* (4624), *âventiure* (4625), *schapel* (4635), *lôrschapelekîn* (4640), *glôse* (4687), *baniere* (4776, 4797), *organieret* (4803), *melodîe* (4813), *companîe* (4814), ferner das Fremdwort deutschen Stammes *wandelieret* (4804). Erwähnenswerth ist auch, daß *Pegasus* (4729) und *Orphêus* (4788) genannt werden. Wir sehen also, daß Gottfried auch, ohne direct von seiner Quelle veranlaßt zu werden, Fremdwörter mit Vorliebe anwendet und eine classische Bildung verräth. Andererseits darf aber nicht außer Acht gelassen werden, daß die Einleitung V. 1—242 bis auf das allgemein verbreitete Wort *âventiure* (151, 166) frei von fremdem Beiwerk ist. Auch die anderen von Heinzel[1]) als Gottfrieds ursprüngliches Eigenthum bezeichneten Stellen enthalten keine Fremdwörter.

Ein großer Theil der Fremdwörter, welche im Tristan vorkommen, dürfte auf allgemeines Verständniß der Leser Anspruch erhoben haben. Es sind zumeist Ausdrücke, die dem Alltagsleben angehören; vergebens würde man bei Gottfried nach Wörtern wie *astronomierre*, *nigromanzî* und *philosofîe* suchen, wie sie bei Wolfram vorkommen. Dergleichen würde zu den Tönen, die Gottfried anschlägt, nicht gepaßt haben. Die Bezeichnungen für Kleidung, Schmuck und Rüstung, Kampf und Jagd, die Grußformeln u. dgl., wie sie Lobedanz zusammengestellt hat, waren wohl zumeist allgemein bekannt[2]). Und darauf kam es übrigens nicht an, daß der Leser von dem einen oder anderen technischen Ausdruck den rechten Begriff hatte; der Dichter selbst mochte zuweilen manchen ohne volles Verständniß seiner Vorlage nachgeschrieben haben.

---

[1]) A. a. O. S. 282: 2021—27, 8521—26, 17565—75.

[2]) Lobedanz hat auch erörtert, bei welchen Veranlassungen bei Gottfried Fremdwörter erscheinen. Hinzugefügt mag werden, daß er offenbar auch Fremdwörter anwendet, um „Unsalonmäßiges“ zu verhüllen: *panze* (2907, 3007), *pas* (ebenda) *zimere* (2942). — Wie hätte doch den Ohren der Ritterdämchen die Rede, Tristan und Isolden sei der liebende Umgang ihr Essen gewesen, unhöfisch geklungen; ganz anders, wenn es hieß: *diu geliebe massenîe, diu was ir mangerîe* (16825 f.). — Abwechslung des Ausdrucks: *serpant* (8907, 8984 u. ö.) neben *trache* (8988) und *slange* (9042); und *swaz ir aller vreude was, daz was ir banekîe* (8060 f.); *vier quartiere* (2802 und 3808). — Schließlich mag hervorgehoben werden, daß der größte Theil der französischen Verse Reden und Anstandsformeln enthält, auf deren Wiedergabe in der Ursprache Gottfried Gewicht legte, um seine Personen der Mode gemäß sprechen zu lassen. Einmal wird ausdrücklich gesagt: *in franzoiser wîse er sprach: „â, bêâ dûz sir“* (10720); damit ist zu vergleichen Wolfr. Parc. 76, 10: *en franzois er in gruozte sân. „bien sei venûz, beâs sir.“*

Schon aus dem Umstande, daß bei Gottfried Fremdwörter vorkommen, welche bei den anderen mittelhochdeutschen Dichtern nicht nachgewiesen sind, ist die Annahme berechtigt, daß die Aufnahme von Fremdwörtern fortdauerte und der Dichter insbesondere selbst einzelne einzuführen suchte. Damit geht Hand in Hand das Bestreben, bald einzeln gebrauchte Fremdwörter, bald wieder ganze französische Verse daneben in deutscher Übersetzung zu geben oder zu erklären. Selbst bei manchen Grußformeln und Phrasen ist das üblich, und man wird darin einen Fingerzeig erblicken müssen, daß Gottfried nicht eine allzugroße Kenntniß des Französischen bei seinen Lesern voraussetzte. Gottfrieds Vorgang bei diesen Erklärungen kennen zu lernen, hat ein doppeltes Interesse: erstens erhält man einen Einblick in seine dichterische Gewandtheit, und anderseits erlauben diese Betrachtungen einen beiläufigen Schluß auf den Stand des französischen Elementes in der Conversationssprache jener Zeit.

1. Zunächst ist es bezeichnend, daß Gottfried, wo es angeht, die Namen und Beinamen zu erklären bestrebt ist. Die Erklärung des Namen Tristan aus 'triste' ist wohl der Vorlage entnommen[1]); aber eine Anzahl anderer Deutungen hat der deutsche Dichter erst geschaffen.

So wird beim Namen des Rûal li foitenant in vielfacher Weise darauf hingedeutet, daß sein Beiname den Getreuen bezeichne. Vers 466 heißt es: Rûal li foitenant, *an dem er triuwe erkande*; 1640 *dem getriuwen Foitenande*; 1892 *der getriuwe marschalc Foitenant*; 5109 *sîn getriuwelîcher rât, der noch von triuwen namen hât, der sælige Foitenant.*

V. 16704 wird der französische Name der Minnehöhle angeführt: la fossiur' a la gent amant, und in der folgenden Zeile folgt die Erklärung: *daz kît der minnenden hol.* Ähnlich V. 17226 ff.:

als ez der süezen Minne
wol z'einer klûse wart benant
la fossiur' a la gent amant.

V. 17468 heißt es kurzweg: *minnenfossiure.*

Der Name Îsôt als blansche mains (18713, 19048) wird 18961 gedeutet „*diu mit den wîzen handen*" und 19290 „*diu mit den blanken handen*".

---

[1]) Dieses ergibt sich aus dem Vergleiche mit dem 16. Cap. der „Tristrams-Saga" bei Kölbing, Die nordische und englische Version der Tristan-Sage I, 16.

2. In ähnlicher Weise werden einzeln gebrauchte Fremdwörter gedeutet und erklärt[1]).

2934 *eine zwisele hiu er an die hant,*
daz die dâ furke nennent[2]).
2938 *furk' unde zwisele deist al ein.*
3020 *ez heizet curîe umbe daz,*
durch daz ez ûf der cuire lît,
swaz man den hunden danne gît;
als hât diu jägerîe
den selben namen curîe
von cuire funden unde genomen.
Von cuire sô ist curîe komen.
3135 „*dêus adjût*“, *sprach einer dô,*
„*durch got, wie* ....
3200 „*a boneure*“ *sprach daz kint*
„*mit guote, daz lât alsô sîn.*“
3204 „*nu hin!*“ *sprach er* „*allez avant!*“
6492 *mit herter gebærde,*
mit fierer contenanze.
8007 *gap er ir eine unmüezekeit,*
die heizen wir morâliteit,
8023 *ez enlêre sî morâliteit.*
diz was ir meiste unmüezekeit ...
16742 *dâ flôz ein funtânje,*
ein frischer küeler brunne.

Zu diesen Erklärungen können aber auch folgende Fälle gezählt werden: *bataljen unde strîten* (385), *salûieren unde grüezen* (5204), *lois unde lantreht* (5999), *trahten und pensieren* (12071) u. a.

V. 2108 *mit schenkelen schambelieren*; *schambelieren* heißt schon an und für sich mit den Schenkeln (das Pferd) drücken, antreiben; hätte Gottfried aber das Wort allein gebraucht, so dürfte ihn vielleicht mancher Leser mißverstanden haben; das hinzugesetzte „*mit*

---

[1]) Vgl. auch Hartmann, Erek 8001 ff.: *sî ist Joie de la curt genant,* | *daz selbe wort daz ist unerkant* | *under tiuschen liuten:* | *durch daz wil ich'z bediuten:* | *des hofes fröude sprichet daz.* Ferner Wolfram, Titurel 59: *Beâs âmîs, nu sprich schœner vriunt, waz dû meinest*; Willeh. 237, 3 *herbergen ist loschiern genant.*

[2]) Zu dieser und den folgenden zwei Stellen vergleiche die Darstellungen in der „Tristrams-Saga“ Cap. 21 (Kölbing I, 22) und im „Sir Tristrem“ Cap. 42—47 (Kölbing II, 15 f.); nur *quirre* = *curîe* kommt vor und zwar im „Tristrem“ Cap. 46; Erklärungen, wie die bei Gottfried, kommen in beiden Darstellungen nicht vor.

schenkelen" läßt keinen Zweifel aufkommen. Ähnlich verhält es sich V. 4327 *mit armen enbrazieren.*

V. 3556 ff.: *sus nam er sînen plectrûn,* | *nagel unde seiten zôher,* | *dise nider, jene hôher*; das Werkzeug *plectrûn* mag sonst Vielen unbekannt gewesen sein, aber die folgenden Zeilen erklären dasselbe deutlich als den Stimmschlüssel.

Ähnlich wird das Wort „refloit" an einer Stelle erklärt, nämlich

V. 19216 ff.: *sô tihte er .... höveschiu liedelîn*
und sang ie diz refloit dar în:
„*Îsôt ma drûe, Îsôt m'amie* etc."

3. Interessant ist besonders die Übersetzung oder Erklärung ganzer französischer Verse.

2395 „*bêâs Tristant, cûrtois Tristant,*
tun cors, ta vie a dê comant!
dîn schœner lîp, dîn süezez leben
daz sî hiute got ergeben!"

2679 „*dêû sal, beâs amîs!*
vil lieber friunt, swer sô dû sîs,
got müeze dich gehalten!"

2683 .... „*de benîe*
si sainte companîe!
*sus heilege gesellescha*ft
die gesegene got mit sîner kraft!"

3138 *juvente bêle et la riant,*
diu schœne jugent diu lachende [1]).

3257 „*dêus sal roi et sa mehnîe:*
künec und sîn massenîe
die gehalte got der guote!"

3267 „*dê duin dûze âventûre*
si dûze creatûre:
got gebe süez' âventiure
sô süezer crêatiure!"

12563 „*Îsôt, Îsôt la blunde*
marveil de tû le munde:
Îsôt diu ist besunder
über al die werlt ein wunder.

Am Schlusse ergreifen wir nochmals die Gelegenheit, um darauf hinzuweisen, daß, so wie die Verse 3138 f., 3257 ff. und 3267 ff.,

[1]) Zu dieser und der folgenden Stelle vergleiche Lobedanz S. 20 f.

weil sie eben der Quelle entlehnt sind, übersetzt wurden, so auch für manchen der anderen übersetzten oder erklärten Verse eben diese Übersetzung oder Erklärung seine Übernahme aus der Vorlage andeutet[1]).

III.

Über das „räthselhafte" Wort „Setmunt" im Tristan, V. 12220, haben außer den Herausgebern und Übersetzern des Tristan insbesondere Bechstein in der Germania XII (1867), S. 321 f. und Jänicke in der Zeitschr. f. d. Philol. II (1870), S. 183 ff. gehandelt. Bei meinen Studien über die Fremdwörter bei Gottfried, deren wichtigere Ergebnisse ich oben mitgetheilt habe, glaube ich für diesen Ausdruck eine befriedigende Erklärung gefunden zu haben.

Ich setze zunächst die verschiedenen Lesarten her;

F: *setmunt.*
N: *sette munt.*
R: *der stette munt.*
B: *dan ein setin unt.*
O: *dan seite myn munt.*
W: *senstemunt.*
H: *sefremunt.*
M: fehlt.

Von den Erklärungen sind folgende zu nennen:

Grotte deutet auf *septemunt* = Siebenbürgen, die sieben Berge (bei Bonn). Dieser Ansicht folgt Maßmann, Kurz in den Anmerkungen zu seiner Übersetzung, ferner Simrock. Auch Hagen hat *Setmunt.*

Jänicke verweist auf den *Septimer*, über den man im Mittelalter oft aus dem südwestlichen Deutschland nach Italien zog.

Bechstein endlich vermuthet a. a. O. *sferemunt* = *spœremunt* = *sphœremunt*, d. i. Sphärenwelt, und wiederholt diese Ansicht auch in seiner Ausgabe des Tristan II, S. 70. Auf die Anmerkung daselbst verweist auch Golther in der neuesten Ausgabe des Tristan.

Während also die erste Gruppe der Erklärer und Jänicke an *munt* = *mons* festhält, hat Bechstein auf *munt* = *mundus* hingewiesen.

---

[1]) Anmerkungsweise mag noch bemerkt werden, daß Golthers Bemerkung S. XV, Gottfried wende „nicht so viele" Fremdwörter an als Wolfram, wohl nur in Bezug auf die absolute Zahl derselben richtig sein kann. Relativ, d. h. im Verhältniß zur Verszahl des Gedichtes erscheinen einzelne Fremdworte und vor Allem französische Phrasen und ganze Verse wohl bei Gottfried unter allen deutschen Epikern am häufigsten.

Mittelalterliche Schreiber haben sicher ganz sinnlos *munt* = *os* conjeciert.

Gegen die angeführten Deutungen der Neueren sprechen aber folgende Gründe.

Zunächst entfernen sich alle Erklärungen von der handschriftlichen Überlieferung.

Betreffs der ersten und zweiten Deutung muß ferner bemerkt werden, daß der Vergleich mit *Septemunt* oder *Septimer*, kurzum mit einem Berg, völlig unpoetisch wäre und schon deshalb nicht Gottfried zugemuthet werden könnte. An unserer Stelle spricht aber noch ein anderer Umstand gebieterisch gegen diese Erklärung. Es ergibt sich dies unmittelbar, wenn man die folgenden Zeilen mit Aufmerksamkeit liest.

V. 12206 *swenne ich liebe und senede klage*
vür mîniu ougen breite
und ir gelegenheite
in mînem herzen ahte,
sô wahsent mîne trahte,
und muot mîn hergeselle,
als er in die wolken welle.
swenn' ich bedenke sunder
daz wunder und daz wunder,
daz man an liebe funde,
der ez gesuochen kunde;
waz fröude an liebe læge,
der ir mit triuwen phlæge:
sô wirt mîn herze sâ zestunt
grœzer danne setmunt.

Gottfried will offenbar mit dem Vergleiche *setmunt* die Wendung *in die wolken* überbieten. Daraus ergibt sich klar, daß er einen Berg als Vergleichsgegenstand nicht herbeiziehen konnte.

Dies hat schon offenbar Kurz als Dichter gefühlt, wenn er jene Stelle frei mit „denn die weite Welt“ übersetzt; die philologische Erkenntniß, daß jenes *munt* der Handschriften auf „Welt“ deute, ist ihm aber offenbar abgegangen, denn in den Anmerkungen wiederholt er, wie oben bemerkt wurde, Maßmanns Ansicht. Auch Bechstein hat aus ähnlichen Gründen an Sphärenwelt gedacht; nur scheint diese Erklärung allzu gesucht und für einen „volksthümlichen“ Dichter wie Gottfried völlig unpassend. So kann man auch diese dritte der oben angeführten Deutungen nicht gelten lassen.

Und nun meine bescheidene Ansicht. Ich deute *cet munt*, d. h. „diese Welt“. Hierbei bleiben die Lesarten mehrerer Handschriften völlig oder annähernd gewahrt[1]), und der Vergleich entspricht allen Anforderungen, die man an denselben zu stellen berechtigt ist. Auch hat Gottfried *munde* (Welt) im Reim auf *blunde* V. 12564, während *munt* = *mons* bei ihm nicht vorkommt.

Aus dem ersten Abschnitt dieser Arbeit geht es übrigens hervor, daß es völlig der Art Gottfrieds entspricht, jene französische Fügung beizubehalten. Er hat sie ganz gewiß aus seiner Vorlage entnommen, weil ihm der Vergleich gefiel und passend ist. Dasselbe lehrt die Betrachtung anderer Stellen.

CZERNOWITZ. R. F. KAINDL.

MITTHEILUNGEN.

1. Aus Handschriften.

I. An einem Drucke der Pfarrbibliothek zu Bingen befindet sich auf den Deckeln verklebt eine Perghs. des XIV. Jahrhunderts, welche ein lateinisches Glossar medicinischer Worte enthält. Eine Spalte führt diätetische Regeln nach den Monaten geordnet auf. Das Bruchstück lautet: ...laren. Rure drancke nutze se, suberen daz houbit, keruelen iz. Latic vnde kerse vnde wermoden vnde wizen reyneuaren getrunken, daz ist gut. — In deme iunio trinc .... kaldes wazzeres des morgenes vru. Junk vleisch mit ezzeke nutze, du salt lutzel uasten, bier vnde lutter dranc saltu drinken, vor methe soltu dic huten. Nicht lange uasten, kalt ezzen nutzen, blut saltu lazen, kuze saltu dicke hauen, senep saltu ezzen, lange saltu slaffen, boden bat saltu miden, salucie, rute, winode, eppes blumen vnde weinberen saltu trinken.

In deme ouwest mane saltu lazen vermiden, rure kranke nicht, nemen kol vnde pippele saltu nicht ezzen, wante, iz den swarzen coleram erwermede vnde win vnde lutter dranc ..... In deme september machtu alle dinc nutzen, alle dinc sint danne rife, zegen milich gesoten ist gut, in der medianen laz, porren vngesoten nutze.

In october machtu nuchterne trinken, wante iz loset vromeliche

---

[1]) F, N, aber auch R, O und selbst B. *Stelle* und *seite* aus *sette*; *setin-unt* aus *setm-unt*, *setmunt*. Über letztere Schreibung vergl. *liduc* Trist. 332.

den lib vnd heilet, porren iz, du ne schalt ne chein blut lazen, zegen milch nich.... [1])

II. Die bischöfliche Seminarbibliothek zu Mainz besitzt eine Papierhs., Quarto, des XV. Jahrhunderts, welche das Büchlein der ewigen Weisheit Seuses enthält und unbenützt sein dürfte.

Blatt 1, Vorseite: Hie hebit an eyn Register von dem buche, daz man nennet die ewige wisheit. Vnd ist daz irste der anhaib diesses buchis die vorrede etc. Beginnt: Wie etliche menschen von gode unwissentlich werdende gezogen. Cap. 1.

Wie ess vor dem crutze erging und got gehandelt wart. Capitulum II. etc. etc. 2½ Seiten Umfang. Am Ende: Hie hait daz register ende. Nu hebit sich her umb (?) an die vorrede diesses büchis etc. Es folgt das zweite Buch des Büchleins der ewigen Weisheit Seuses. Ich theile als Probe, ob ein künftiger Herausgeber einer kritischen Ausgabe dieses neuerdings noch nicht in der Ursprache gedruckten Werkchens diese Hs. benützen muß oder nicht, ein kleines Stück des Anfangs mit.

Iz stunt eyn prediger zu eÿner zyt nach der metten vor eÿnem cruczefixo und klagete gode inneclichen, daz er nit enkünde betrachten nach siner marteln und nach syme liden, und das yem daz alliss bitter was. Want darane hatte er biss an die stunde gar grossen gebresten gehabt. Und do er also in der klage stunt, do quamen sine ÿnnern sÿnne in eyn ungewonlich uffgezogenheit und lüchte yme gar swinde und klerlichen also. Du salt hundert venÿen dun, und ye die venye mit eÿner sunderlichen betrachtunge mÿnes lidens. Und die betrachtunge mit eÿner begerunge und eÿn iglich liden sal dir geistlich ingedrücket werden, daz selbe durch mich zu lidene als ferre, als ess dir mogelichen ist. Und do er also in dem lichte stunt, und sie zelen wolde, do fant er nit me danne nüentzig betrachtunge. Do begerte er zu gode also: Mÿnneclicher herre, du haist gemeÿnt von hunderten und ich enpfinden nit me dann nuentzig. Da wart er gewÿset nach dann uff zehene, die hatte er vor in dem capittel genommen, ee daz er nach siner gewonheit die glichenisse sines elendeclichen ussfurens in den dot hette begangen und untir daz cruczifix were komen etc. — Schließt: begerunge in der die sele danne wirt brauwet in Gnaden. — Nu merke, hie get nu daz buch an, daz man nennet ewige wisheit. Wie etliche menschen von gode unwissentlich werdent gezogen. Daz erste capitel. — Schließt: eyn anefang des vmmerwerenden ewigen lobes. Hie hat daz ander deil diss buchs ende. —

[1]) Die mit Punkten angedeuteten Lücken sind im Ms. abgeschnitten.

Item hebet nū ane daz dritte deil dieses bücholins der ewigen wisheit und hat in inne hundert betrachtunge von unsers herren liden mit kurtzen worten, als man sie alle dage mit gantzer andacht sal sprechen. Und ist diss die vorrede da von, Und spricht also: So wer begert kürtzlich eÿgenlich und begerlich etc. — Schließt: die uss genomelich nütze und gut sint.

An diese Handschrift reihen sich in gleichem Bande an:

1. Diss ist eyne vorrede von dem heiligen liden unsers herren Jhesu Cristi. Passio domini nostri Jhesu Cristi secundum Matheum etc. Mit vielen Citaten aus Kirchenvätern. — Schließt: der son und der heilige geist. Amen. Explicit passio domini nostri Jhesu Cristi.

2. Hie hebet an von der heiligen messen dogende und wie man dar inne beden und geberen sal, und ist diss buchelin in dru gedeilt und ist diss daz erste deil der dugende. Beginnt: Die heilige messe die hat dru deil etc. Es folgen nun der zweite und dritte Theil der Abhandlung. — Schließt: und der heilige geist Amen. Et sic est finis in totum. —

III. Die gleiche Bibliothek besitzt eine Paphs. des XV. Jahrhunderts in Quarto. Inhalt ebenfalls das Büchlein von der ewigen Weisheit Seuses.

Hie hebet an eyn Register von dem buche, daz man nennet die ewige wisheit. Und ist daz irste der anhaib diesses buches die vorrede etc. Das Register ist defect.

Nu hebit sich hir umb an die vorrede diesses buches etc. Ez stunt eÿn predeger zu eÿner zÿt nach der metten vor eynem cruczefixo und klagete gode inneclichen etc.

Der Text bildet das II. Buch des Büchleins von der ewigen Weisheit nach der Ausgabe Denifles S. 305—503, dem Buch III folgt. — Schließt: ussgenomelich nutze und gut sint. Das Ms. ähnelt hierin dem Einsiedeler und Straßburger Ms. Vgl. Denifles Ausgabe S. 503.

IV. In gleicher Bibliothek fand ich eine Paphs., Kleinoctavo, von 1513, mit dem Eintrage auf Blatt 1: Aus der Franz Oberthürschen, im Jahre 1832 in Würzburg versteigerten Auction gekauft. Saec. XVI. Bibliothek J. F. H. Schlosser. Der Inhalt bildet ein sprachlich interessantes Gebetbuch mit deutschem Kalender voran, dann 6 Blätter Gebete, hierauf: Das püchlin von der ubung der steigenden inbegirden des heiligen lebens. Dÿ vorred in das püchlein von der ubung der steigenden inbegirden des heiligen lebens. Beginnt: Ab wol, mein frumme tochter dÿ weishait auff der gassen etc. Betrachtungsbuch mystischen Inhalts in 18 Capiteln. Am Ende: Hy endet sich das puchlin der steÿgenden inbegirden des heiligen lebens. Deo gracias. Angehängt ist:

Ein kurtze ordnung in X. tag getailt, in welcher dü anzaigung findest der furtrefflichsten artickel des gantzen lebens und leÿdens Cristi Anno 1513. Beginnt: Der erst tag. An dem ersten tag orden zu betrachten dÿ emphengnüss etc. — Schließt: an aller heiligen tag. Dise fest werden dÿ prüder augustiner ordens gespeist. Mehrfach heißen die Wochentage: Suntag, Montag, Erichtag, Mitwoch, Pfintztag, Freitag, Sampstag. Der Rest des Bandes besteht in Gebeten und Erbauungen allgemeiner Art. Das Buch scheint aus der Gegend von Nürnberg zu stammen.

V. Ebenda befindet sich eine Paphs. des XV. Jahrhunderts in Quarto. (Bibliothek Schlosser.) Der Inhalt ist:

1. Erbaulicher Text ohne Überschrift; beginnt: Wann nun die heilig veter vnd lerer lange czeit die zuflucht der berufung etc. Mehrfach werden in dem sehr mystisch gehaltenen Texte die Kirchenlehrer Bonaventura, St. Bernhard etc. genannt. — Schließt: mit dem geist Jhesu Christo in got dem vater Amen. Et sic est finis.

2. Eine ähnliche Arbeit. Beginnt: Du solt sehen, das dir kein creature in deim syn ausswendig noch inwendig etc. — Schließt: do sie nimer auss koment.

3. Ein gute bredig sibecziger suntag. Sic currite, ut comprehendatis. Der almechtig got von himelreich etc. sowie zwei weitere deutsche Predigten.

4. Wer zu dem sacrament wil gen, der less hernoch. Ein mensch der do willen hot etc. Der Rest besteht in deutschen Gebeten.

VI. Hs. Quarto, 140 Blätter Papier, des XV. Jahrhunderts. In meinem Besitze. Sammelband von Schriften Taulers.

1. Eyn vaste fruchtbar und nutlicke predige to eyne rechte christlycken levende. Beginnt: Het chrystliche levende etc.

2. Eyn gute predige van dem hayligen geysst. Beginnt: In dem jair, da man schreyb MCCC und xl und VI jaire, in dem selven jair geschach et, dat ayn mayster der hayligen geschryft in ayner predigaten ways etc.

3. Eyn gute nutze reygel, darynne sich ayn yeclicher mensche reychten sal. Anfang: Ich have gemaycht ayn recht gedichte, Alsse mych Got hayt berÿchte etc. In Versen.

4. Predigt in Versen. Audi filia et vide et inclina aurem tuam. Ach eywige weyssheyt so haymeclich, wye ist dyn hercz so milt, wye dyne munt so liebelich, wye dyne lyb so usserwylt etc.

VII. Hs. Octavo, 84 Blätter, saec. XV. Gebet und Erbauungsbuch.

1. „Hye begynnen die offenbarunge, die eyn geystlich man hat in syner andacht von eynem unbereyten sterbende menschen.“

2. „Hye begynnet eyn gute lere wyder den geyst der lesterunge gemacht von dem heÿligen vater Johannes Climacus genant das buch von den drissig staffeln.“

Am Ende steht nachstehendes deutsches Marienlied.

Ein schon lied von unser lieben frauen.

Ave Maria du reine mayd,
Du bist mit tugent wol bekleid,
Dyn sel ist klar und auch dyn leyb,
Du bist gesegnet ob allen weib.
Regina celi bist du genant,
Eyn konigin aller werlt erkant,
Du bist der sterne von Jacob,
Keyn ende hat deyn wirdig lob,
Benedicta filia es de Syon
Deyn name gibt gar susen don,
Du pyst die aufgend morgenröt,
Die Adams sunde hat ertödt.
Solamen bist der menschen kint
All hilf in dir gesamet sint,
Darum o edle Jungfrau zart
Erhör meyn gebet zu diser fart.
Benedictu tu im himel bist
Maria muter Christi süst
Hilf, das Jhesus der sone deyn
Mich wesen lasse gesponsen seyn.
Eya Jhesus du ewigs gut
Erleucht mir Herz, sinn und mut,
Erzeug deyn werte güte mir,
Daz ich alleyn mag leben dir.
In te confido meyn hoffen gancz
Maria aller tugend glancz
Du wol gestirntes himels dach,
Von dir fleust der genaden bach.
Eya solt ich die zeit erleben
Dass myr würd Jesus selber geben

Und ich mit eigen augen
Dich got den hern solt selber schauen,
So wär ich versorgt zu aller zeit
Durch dich du minnikliche meyd
Dort oben in deÿnes sones reÿch
Bei dessen wonn und freuden ewigleich. Amen.

Das Lied fehlt bei Hoffmann, Kirchenlied. In meinem Besitze.

VIII. In der Germania 1891, S. 179—181 habe ich Gedichte aus dem dreißigjährigen Kriege mitgetheilt. Nachträglich fanden sich von gleicher Hand, der des Hattenheimer Rathschreibers Birckenstock herrührend, in Rheingauer Acten noch zwei ähnliche Stücke, die ich hier mittheile.

Epigramma.

I. In mundo nulla ars, Mars cuncta gubernat,
Certa erat lex ars, nunque lex mihi Mars.
In bello mihi Mars, lex est, in pace sed ars lex.
Lex huic lex illi, lex mihi Marsque tibi.
Quid rides Germane? Tibi si displicet ars haec,
Esto mihi Mars, lex ars mihi, lex mihi Mars.

II. Difficilis lectu mihi Mars, lex arsque Boheme
Certa licet lex ars, sic quoque lex mihi Mars,
Lex mihi Mars semper, gravior mollissima lex ars,
At cunctis lex sit tibi lex mihi Mars,
Ne fortasse mihi Mars lites inter utrimque
Lex ars praestet huic ceu quoque lex mihi Mars. —

2. Aus Druckwerken[1]).

1. Eruoderung vnd verkundung: des | Edeln vn̄ vestn Francisco vō Sickingen, zů Eber|bürg, an vnd wider Prouincial prioren vnd Con-|uenten Prediger ordens teutscher nation vn̄ sunder-|lichen Brůder Jacoben von der hochstraten, auch | prediger ordens, von wegen vnd namen, des hoch-|gelerten vnd weitberůmbten hern Johann Reůch-|lins baider Rechten doctor, seiner erlangten Execu-|torial halben etc. | Holzschnitt: Franz von Sickingen zu Pferde mit Lanze und Bogen, neben ihm ein Lanzknecht zu Fuß, hinten zwei Reiter.

Quarto, 6 n. gez. Blätter, Titelrückseite und letzte Seite leer. Vorseite des letzten Blattes: Geben vnter meinem angebor-|nen, auff-

[1]) Ich theile solche Bücher mit, die Weller, Repertor. entweder nicht kannte oder nicht aus Selbsteinsicht beschrieb, nebstdem eine Ergänzung zu Wellers deutschen Zeitungen und Goedeke, Grundriß.

gedrucktem insigel Freytag negst nach sant | Jacobs, des hailigen apostels tag Anno etc. XIX. |

o. O. u. J. und Firma: (1519). — In meinem Besitze.

Böcking opera Hutteni, Suppl. II, 1, 109. — Burckhard, Hutten, III, 158. — Panzer, Annalen I, Nr. 953. Weller, Repertor. Nr. 1268 (nicht selbst gesehen).

2. GVLIELMI | BVDAEI PARISIEN-|sis, Secretarij Regij, Breuia-|rium de Asse & parti-|bus eius. | Mit Randeinfassung. Rückseite des Titels: SVPPVTATIO GALLICORVM | nummorum ad Cruciatos Germanicos. |

Blatt 2, Vorseite (mit Signatur a_2): Lindenblättchen GVLIELMI BV-|DAEI PARISIENSIS, SEcretarij Regij, Breuiarium | de Asse. |

Blatt 5, Rückseite unten: BREVIARII BVDAICI DE | ASSE. FINIS. |

Blatt 6, Vorseite: SVPPVTATIO ASSIS ET PARTIVM EIVS | AD MONETAM BASILIENSEM. | Unten zwölf deutsche Münznamen der Schweiz. Rückseite leer.

Quarto, 6 n. gez. Blätter mit den Signaturen a_2, a_4. o. O. u. J. und Firma: (Basel, J. Froben, um 1520). — Ehedem in meinem Besitze, jetzt im Paulusmuseum zu Worms. Fehlt bei Weller.

3. Ein warhafftige vnd gewisze ver|kündung, von dem closter zu sant Marien der alten bӱ | Trier gelegen, vnnd von dem Rock marie vnd anderem hochwirdigem Heiligthum daselbst enthalten. |

Quarto, 4 n. gez. Blätter. o. O. u. J. und Firma (Metz, Hochfeder, um 1512). Mit hübschem Titelholzschnitt. — In meinem Besitze. Weller, Nr. 120, nicht selbst.

4. Die zehe | gebot in disem | büch erclert vnd vssge|legt durch etlich hoch|berumbte lerer, Vnd fragt der iüng|er den meister, der lert wie man die | gebot gottes halten vnd sich vor | todsündē hütten sol, vñ dar-|zů wie od' wz mā bettē sol | dz es aller nutzlichst sӱ | mit vsslegūg des hei|ligē Pater no. Mit | gnad keiserlicher | Priuilegio|. III. iar. | Mit Randeinfassung in Holzschnitt. Rückseite des Titels leer. — Am Ende: Hie hat ein end dis | büchlin, in dem vil schöner vnd nützli|cher ler begriffen seind, zů nutz vñ heil allen menschen, die da gern in gőtlich-|er liebin, vnd in seinen gebotten vnd verbotten, leben wőllen. Vnd getru-|ckt in der keiserlichen freien stat Strass|burg vō Johannes Gruningern, vff | sant Adolffs tàg, der da gefelt vff sant | Johannes enthaubtungs tag. Nach der geburt vnsers herren Jesu. 1516. |

Folio, 58 gez. Blätter mit der falschen Zählung 1—60, obgleich Blatt 5 und 6 nicht vorhanden. — In meinem Besitze. Satzvariante oder neue Titelauflage von Weller, Repertor. Nr. 995.

5. Eyn Sermon von der | Bereÿtūg zum | Sterben. | M.L. | — Am Ende: Gedruckt zu Wittenbergk durch Johann Grünenbergk | nach Christ gepurt M.D.XIX.

Quarto, 8 Blätter mit den Signaturen A_{ii}—A_{iiii}. Erste Ausgabe. Verfasser M. Luther. — Fehlt bei Panzer und Weller. In meinem Besitze.

6. Die siben Al|ter, oder Bilgerschafft der | junckfrawen Marie. | Holzschnitt | Pamphilus Gengenbach | In Umrahmung von vier Holzstöcken | Rückseite des Titels leer. – Am Ende: Getruckt vn̄ vollendt dur-|ch Pamphilū Gengēbach | Burger zů Basel, als man | zalt. M.CCCCC.XXI. | Jar. † |

Sedez. — In meinem Besitze.

7. Den lieben berüffe|nen vnnd glaūbien kindern | gottes, allen Christen zů | Wormbs meinen lie|ben herren, freūn|den vnd brů-|dern jnn | Chri-|sto. | Mit herrlicher Umrahmung in Metallschnitt. — Am Ende: Gnad vn̄ fried seÿ mit eūch zu Wittenberg, am tag Bar|tholomej. 1523. | Martinus Luther Eccle|siastes Wittenburgen̄.

Quarto, 4 n. gez. Blätter, deren letztes leer. — o. O. u. J. und Firma. — In meinem Besitze. Der Brief steht bei de Wette II, 392 bis 395 abgedruckt nach der Eislebener Ausgabe der Briefe und Schriften Luthers. Weller, Repertor. Nr. 2494, wohl diese Ausgabe. Vgl. Enders, Luthers Briefwechsel IV, 216.

8. Ein getrüwe war-|nung an die Christen, in der Bur-|gawischen marck, sich auch füro|hin zu hůten vor aufrur, | ....nd vor falschen ... digernn | Seyt nůchtern vnd wachent, dann ewer wider-|sacher der Teuffel, geht vmb her wie ein brüllen-|der Lew vnnd sucht welchen er verschlinde, dem | widersthet fest im glauben .j. Pet. 5. | Mit Titeleinfassung. — Am Ende: Ewer bruder Johan Eber-|lein von Gintzburg |

Quarto. Defectes Exemplar, in meinem Besitze. 18 Blätter vorhanden. Fehlt bei Weller, Repertor.

9. Eyn gut hertzigk bedencken wie auff | dem Jetzfürgenomenen Reÿchs tagk alhie zů Speyer. | In sachen Gottes Ehr, sein wort, vnser selen, vnd | die gewissen, berürend Christlich vnd besten-|digklich zů faren, zůhandlen vnd | zubeschliessen sein solt. | Anno .M.D.XXVI. | Ebert Rüell Hessischer Camer secretarj. | Gedrückt zů Speÿer. |

Quarto, 4 n. gez. Blätter mit den Signaturen A_{ii}—A_{iii}. Andere Ausgabe bei Weller, Nr. 3963. — In meinem Besitze.

10. Mich wundert das keyn | gelt im landt ist. | Eyn schimpflich doch vnschådlich ge-|sprâch dreyer Landtfarer, vber | ietz gemelten Tittel. | Lesse das büchlin so wirdstu dich fü|rohin verwundern, das eyn pfen-|ning im landt blieben ist. | M.D.XXiiij. |

Quarto. — In meinem Besitze, nur 12 Blätter vorhanden.

11. Von der Finsternuss die zu | Rhom geschehen ist Im .M.D. vnd XXij. jar. |

Rhom sich für dich zu disser frist
Diss Finsternüss dir zeygen ist
Ein straff von got dir ist vorhandt
Hat dich drey tag darumb verblandt
Eyl bald zum herren Jesu Christ
Der kompt dir zu hilff in kurtzer frist
Dis Finsternüss ist anderst nit bedeütten
Dan Rhom hab Rew mit andern leütten
Folg leer, dir ist gesant von Gott
Vnd treyb auss Christo nit meer spot.

Holzschnitt, ein Neumond als Anspielung auf die Finsterniß zu Rom. —

Quarto, 3 Seiten, vierte leer. — In meinem Besitze.

Eine andere, wohl zweite Ausgabe (mit einem Anhange) bei Weller, Repertor. Nr. 2064.

12. Die Schrift des Cochlaeus bei Weller, Repertor. Nr. 3364. In dem Titel ist jedoch nach meinem Exemplar zu lesen: WIder die Reubischē vnd | Mordischen rotten der Bawren, die vnter dem scheȳ des hei |

Quarto. — In meinem Besitze (defect).

13. Christenlich bilger-|schafft zům ewigē vatterlād, fruchtbarlich angezeigt in glÿch|nuss vn̄ eigēschafft eines wegfertigē bilgers, der mit |flyss vn̄ | ylēt sůcht sin zitlich heymůt. Gepredigt durch den hochge-|lertē herr Johan̄s geiler gnāt von keiserssbergk, doctor der | heiligē schrifft, predicāt lőblicher gedechtnuss zů strassburgk. | Holzschnitt. | Bilgerschafft wilich mich pflegē, | Vn̄ zien zům ewigē leben. | Ach engel min, mir ebē wiss, | Den rechtē weg mit allē flyss. | O christ din stym hőr ich gar wol, Jherusalem ich sůchen sol. | Zur port des heilss dē weg mir melt, der bildstock clein in witē keldt. | — Am Ende: etc. vnd gedruckt zů Basel durch den für-|sichtigē

Adam petri von Lāgēdorff, Noch | Christi geburt tusent fünff hundert | vñ zwelff ior, des Monatz Junij | an dē fünffzehenden tag. |

Folio, mit den Signaturen A_{II}—Qq_{III}. — In meinem Besitze.

14. Fama. | Ego per hominum ora volito, si bonam famam mihi | seruabo: sat diues ero. | Holzschnitt | Was man saget ist mein Tittel, | Vermeyn ich triff das recht mittel, | Alt missbreuch vnd new můtwillen, | Hynzůlegen vnnd zůstillen, | Daruff beuor an dir Keyser mildt, | Betracht was da sagt dieses Bildt. | o. O. u. J. und Firma.

Quarto, mit den Signaturen A_{II}—D. — In meinem Besitze.

15. Ein Brieff an die Christen | zu Strassburg, wider | den schwermergeyst. | Wittemberg. — o. J. (1525.) Mit Titeleinfassung.

Quarto, 4 n. gez. Blätter. — In meinem Besitze.

16. Ainn Sermon | Oder Predig von der Auff-|erstehung Christi, durch | Mattheum Alber zů | Reütlingen gepre-|diget Im .31. Jare. | — Am Ende: Gedruckt zů Reütlingen | Im xxxi. Jare. | Lindenblättchen. |

Quarto, 8 Blätter mit den Signaturen A_{II}—B_{III}. — In meinem Besitze.

17. Ein kurtzer bericht vnnd | ausslegung des nechst verschienen Co-|meten im Brachmonat vnd Hewmonat | Anno 1533 | durch Nicolaum Brucknerum. | Holzschnitt. |

Quarto, 4 Blätter mit der Signatur A_{II}. — In meinem Besitze.

18. ERklerung des newē Instruments, | durch Sebastianum Mônster, ûber den | Mon, gemacht im̄ Jar Christi. | M.D.XXIX. | Holzschnitt: Gebäude mit Sonnenuhr, oben Mann mit Meßinstrument (Quadrant), unten zwei Männer, der eine mit einem Compaß, oben Sonne und Mond in Wolken, herrliche Darstellung.

Auf der Rückseite des Titels. Allen liebhabern der artlichen kunst Mati-|matic, wûnschst Sebastian Mônster | glûck vnd heyl. | o. D. Blatt 2, Vorseite (a_{II}): Erklerung des Instruments | über den Mon gemach. |

Vorseite des letzten Blattes: Getruckt zů Wormbs bei Peter Schôffern, | vnd volendet im̄ jar, M.D.XXIX. | am ersten tag Herbstmondes. | Druckermarke | Rückseite leer.

Quarto, 24 n. gez. Blätter mit den Signaturen A_{II}—F_{III} und mehreren Holzschnitten. — In meinem Besitze und Mainzer Stadtbibliothek.

19. Die gross erlegnng (!) des Türcki|schen heers vom Sophi in Persien | beschehen. | Item die zal der erschlagnen | vnnd gfangnen volcks, mit benennung al-|ler Bassa vnd namhafften. | Sampt der eroberung des Türc|ken Schatz, vnd der Frewlin seiner Versperr oder |

Frawen Zÿmers, in der edlen Statt Tawris inn Persien. | Auss Italianischer spraach yetz new vertütscht. | Den .XV. Maij .M.D.XXXV. | Holzschnitt. | — Am Ende: 15. Maij. 1535. |

Quarto, 4 Blätter mit den Signaturen A_{ii}—A_{iii}. — In meinem Besitze.

20. Newe zeÿttung ausz dem | Niderlandt, auss Rôm, auss | Neapolis, auss der | Newē stat, auss | Oester-|reÿch | (ohne Schlußpunkt). Mit Holzschnitt und Holzschnitteinrahmung.

Quarto, 4 Blätter mit den Signaturen A_{ii}—A_{iii}. — o. O. u. J. und Firma. — Panzer, Annalen, Nr. 2054. Weller, Zeitungen Nr. 16. — In meinem Besitze.

21. Ain New geschicht | wie ain Knåblin beÿ Issne vmb zwelff jar, | wunderbarliche gesicht gehabt, vnnd | von mancherlay trôwung der | straff Gottes darin̄ geredt | habe, Durch Ambro-|sium Blarer be-|schriben. | M.D.XXXIII. |

Qarto, 4 Blätter mit den Signaturen A_{ii}—A_{iii}. — In meinem Besitze.

22. WArhafftige Newe zeittung auss | Trient, Meÿland, Rom, vnd Venedig, an Fürsten vnd Herrn | zů Speier zůgeschrieben, wie alle Kriegss handlung in let-|sten tagen May, zwÿschen Rô. Kaÿ. Maÿ. vnd | dem Kônig auss Franckreich sich zůgetragen. | Darneben auch die vneynigkeit vnnd schlacht Tentscher (!) knecht vnd Gastgüniger, vnder dem | Frantzosen. | Holzschnitt | Hie hastu die warheit gar, | Wie es in Franckreich vber al. | Vmb hochlöblich Keÿserlich Maiestat, | Vnd dem Frantzosen ergangen hat. | Vngefert biss vff dise stundt, | Nÿemandt hat gewissern grundt. | Der Almechtig Gott wôll vns beschern, | Damit wir vns des Frantzosen erwern. | M.D.XXXVI. | — Auf der Rückseite des Kaisers Brustbild, von Wappen umgeben; auf der Vorseite des letzten Blattes Reichsadler, von anderen Wappen umgeben.

Quarto, 4 Blätter mit den Signaturen A_{ii}—A_{iii}. — In meinem Besitze.

23. Newe zeÿttung, Wie die | Statt Münster eroberet vnnd | gewunnen worden ist, am Freytag nach Sant | Johannes des Teüffers tag, den fünff | vnd zwaÿntzigsten Junij, des tau|sent fünff hundert vnd fünff | vnd dreissigsten jar. | Holzschnitt: Brennende Stadt, Gefecht und Gemetzel.

Quarto, 4 Blätter, deren letztes leer, mit den Signaturen A_{ii}—A_{iii}. — In meinem Besitze.

Weller, Zeitungen Nr. 79 (nicht selbst gesehen).

24. Zeytuug (!) vnd verkündigung, | Wie sich die sachen mit Rô. Kai. Mai. Kriegsschâr vnd | zůgck von anfang bissher zůgetragen

vnnd begeben hat, | Jüngst den XI. Augusti, durch sonderliche Post Rômi-|scher Kô. Mai. zûkom̃en, Vnd wie Kai. Mai. verwil-|liget eyn Concilium zûhalten, das nechstkünfftigk May | Anno XXXVII soll angehen. etc. | Holzschnitt: Kaiser Karl V., von Wappen umgeben.

Quarto, 4 n. gez. Blätter mit den Signaturen A_{ii}—A_{iii}. — In meinem Besitze.

25. AUszug ettlicher Meylen|dischen vnd Genuesischen frischer Schrey|ben, der Kaiserlichen vnd Christlichen | Armata anzûg vnd Kriegssrüss-|tung in Affrica betreffend. | Gedrûckt den. 15. May 1535.| Holzschnitt. |

Quarto, 4 Blätter, deren letztes leer, mit den Signaturen A_{ii}—A_{iii}. — In meinem Besitze.

26. Kurtz bekent-|nis D. Mart. Luthers, vom | heiligen Sacra-| ment. | Gedruckt zu Wittemberg, | Durch Hans Lufft. | 1.5.45. | Mit Titeleinfassung. Rückseite leer.

Quarto, mit den Signaturen A_{ii}—G_{ii}, am Ende zwei leere Blätter. — In meinem Besitz.

27. WEissagungenn der | zwôlff Sibÿllenn, Vil wunder-|barer Zûkünfft von anfang biss zu | End der Welt besagende. | Nichaula der Künigiñ von Saba, künig Salomon | gethane Propheceien. | Merckliche künfftige ding, von S. Brigitten, Ciril-|lo, Methodio, Joachimo, Brûder Reinharten, | Joanne Liechtenberger, Brûder Jacob | auss Hispanien, Doctor Josepho | Grûnpeck, Philippo Cathaneo | vnd andern, vff ietzige vñ | künfftige zeit beschri|benn. | FL. IOSEPHI, des Jüdischen Geschichtschreibers, | Ein herrlich Zeugnus von Christo. | Zeÿchen vor dem Jüngsten Tag, Die Zukunfft des HERRN verkündende. | Holzschnitt. | Zû Franckfurt am Meyn. Bei Christian Egenolph. |

Am Ende, Vorseite des letzten bedruckten Blattes: Zû Franckfurt am Meyn, Bei | Christian Egenolph, | im jar 1537. |

Quarto, mit den Signaturen A_{2}—G_{3} und herrlichen Holzschnitten. — In meinem Besitze.

28. Die gross Practica, wer-|hafftig bisz mann zelt M.D.lxxxı. jar. | Darinn werden, ausz der schweren Coniunction Satur-|nj vnd Jupiters, .Anno M.cccc.xxxiiij. vnd grossen Eclypsis | der Sonnen, Anno M.cccc.lxxxv. Auch auss der sorglichen, gewaltigen vnd onglückseligen zûsamenfûgung aller Pla-|neten inn den fischen, geschehen, Anno M.D.xxiiij. | grosse, wichtige, schwere, sôrgliche, erschreckliche vnd | zuuor nie gehôrten, vnd allen stânden wol achtzûne-|mende, hândel vnd propheceien, damit ein jeder in | dieser geferlichsten vnd letsten zeit sein leben | inn Gott zûrichten wiss, trew-|

lichen angezeÿgt. | Durch den Bilger Ruth im walt verborgen vnd M. | Johan virdung von Hassfurt, an tag geben. | Holzschnitt. | Getruckt zů Strassburgk beÿ M. Jacob Cam̃erlander. |

Am Ende, Vorseite des letzten Blattes: Geturckt (!) zu Strassburgk bey M. Jacob | Cammer Lander. |

Qarto, mit den Signaturen A_{ii}—K_{iii} und vielen Holzschnitten. — In meinem Besitze.

29. Von newen Schwer-|mereyen sechs Capitel, den Chri|sten vnd Ketzern beÿden nôtig zu lesen, vnd hôchlich zu bedencken, der Seelen | seligkeit betreffende. | Durch Doctor Johañ Cocleum. Sechs Capitel. | 1 Von dreyen personen. | 2 Von der Tyrmung (!) | 3 Von der Messe. | 4 Vom Ablas. | 5 Von beyder gestalt. | 6 Von der Priester weÿhe. | Item ein kurtze erklerung von gemeyner | Kirchen, vnd von Secten. | M.D.XXXIIII. — Am Ende: Gedrückt zu Leiptzig durch | Michael Blum. |

Quarto, mit den Signaturen a_{ii}—d_{iii}. — In meinem Besitze.

30. LindenblättchenVatter vnser der du bist im hymmel: Lindenblättchen | Das ist, O Almechtiger, gnâdiger vnd freündtlicher Vatter, Weil du vns auss | nichts erschaffen, etc.

Einblattdruck, links des Textes und unten mit Holzschnitteinfassung. — Das Ganze bildet eine Erklärung des Vater Unser. — Unten: Getruckt zů Strassburg, beÿ Jacob Frölich. | Rückseite leer.

Ein defectes Exemplar und ein damit als Bogen zusammenhängendes Stück eines zweiten in meinem Besitze.

31. CHronick oder kurtz | Geschichtbuch aller Ertzbischo-|uen zu Maÿntz, Auch der zwölfften Bi|sthumben, welche dem Bisthumb Maintz als | Suffraganien, zugethan vnd angehôrig, Mit kurtzer anzeÿgung der fůrne-|mesten vnd namhafftigsten dinge, die sich zu jedes Bischoffs zeitten verlauffen haben. Auch was herkomens, vnd geschlechts ein yeder | Bischoff gewesen sey, Finstdu grůndt-|lichen Bericht. | Item wie das Bisthumb Bamberg, von allem | Ertzbischoflichem joch befreÿhet | worden. | Alles nůtzlich vnd lüstig zu lesen. | Durch den fůrtreflich gelerten Caspar Bruschen, | etc. Frankfurt a. M. (Cyriacus Jacob zum Bock) 1551.

Folio. — In meinem Besitze.

32. INSTITVTIONES IMPERIALES LATI-|NO GERMANICAE. | Die vier Bücher INSTITVTIO-|NVM Keisers IVSTINI, der jůgent im | Keiserlichen Rechten zum anfang vnd vn-|terweisung geschrieben, mit fleiss | verteutscht, durch | D. IVSTINVM GOBLERVM. | Jetz zum Dritten mal beide texten, | Latein vnd Teutsch, zusamen gegeneinan-|der getruckt, vnd in dise form gestelt. | Drucker-

marke | Zu Côln durch Gerwinum Calenium vnd Jo-|han Quentels Erben, im Jar 1570. |

Octavo, Signatur a_2—a_5 (Titel, Vorwort und Register) + A—K k_5. — In meinem Besitze.

33. Continuata | RECREATIO MEN-|salis Historico-Politica. | Dass ist | Newe, vernûnfftige Histo. Politische | Discurss vnd Tisch-Rede | Von | Hôchsten Statts Sachen vnd ne-|wen Interesse der Königen vnd Poten-|taten Europae, deren Education, | Conservation vnd Re-|gierung. | Durch welches diese in Europa vnd angren-|tzenden Lânder, Hispanien, Franckreich, Engel-|landt, vnd sonderlich noch wehrende Kriegs- | Armaturen in Polen, Schweden, Nie-|derlandt, Italien etc. Verânderung | der Kônigreich vervrsacht. | Jetzo in II. Theil abgetheilt, vnd durch Si-|gismundum Freÿbergern | publicirt. | Franckfurt am Mayn. | In Verlegung Johann Godtfried | Schônwetters. | Anno 1616. |

Sedez. Eine Art Monatschrift über politisch-sociale Ereignisse. — In meinem Besitze.

34. Dreÿ schône neue | Geistliche Lieder, | Das Erste: | Gelobt sey JESUS Christus, etc. | Das Zweyte: | Kommt ihr Christen hergegangen, | alles was Catholisch ist, etc. | Holzschnitt. | Das Dritt | Eine warhaffte Geschicht, von dem | Crucifix zu Hernals beÿ Wien. | Gedruckt zu Einsiedel, beÿ Antoni Schônbâchl. |

Enthält die Lieder: Gelobt sei Jesus Christus in alle Ewigkeit etc. und: Komt ihr Christen hergegangen, alles was Catholisch ist etc., sowie: Ein Liedlein will ich stimmen an, ihr Christen nehmts in acht etc.

Kleinoctavo, 4 Blätter. — In meinem Besitze.

35. Ein neues Lied | Von dem | Heiligen Wendelino. | Im Thon: O Christ hie merck, den Glauben, etc. |

Sanct Wendelin, mein Hertz und Sinn, trachtet dahin
Zu loben dich, zu lieben dich, hertzinniglich etc.

10 Strophen. — Kleinoctavo, 2 Blätter. o. O. u. J. und Firma. — In meinem Besitze [1]).

GEISENHEIM (Rheingau). F. W. E. ROTH.

---

[1]) Eine Menge Druckwerke, welche bei Weller, Repertor., sowie Goedeke, Grundriß, 2. Aufl. entweder nicht aus Selbsteinsicht oder nur kurz beschrieben, wird mein Buch: Die Buchdruckerfamilie Schoeffer. Leipzig 1892 (Neuntes Beiheft zum Centralblatt für Bibliothekswesen) und meine Bibliographie der Wormser Buchdruckereien im XVI. Jahrhundert. Worms 1892 bringen, worauf ich die Germanisten und Litterarhistoriker verweise.

ZU DEN „MITTHEILUNGEN“ VON F. W. E. ROTH.

1. Zu Hadamar von Laber (oben S. 62). Ed. Schröder erinnert mich daran, daß nach Stejskals Untersuchungen nicht Hadamar I, sondern Hadamar III der Dichter sei (Zs. f. d. Alt. 22, 271 ff.). Es ist zweifellos, daß Roth sich mit dieser Ansicht, die sich allgemeinen Beifalls erfreut, hätte auseinandersetzen sollen. Ich für meine Person kann nicht finden, daß Stejskal seine Behauptung wirklich bewiesen hat. St. sagt S. 274: „Ludwig IV, in dem wir den gesuchten *grîsen von Decke* zu erkennen haben werden“, aber einen wirklichen Grund für die Ausscheidung Ludwigs I kann ich nicht entdecken. Ganz hinfällig sind die Beweise, die St. S. 275 der Sprache des Dichters entnimmt. Die Sache bedürfte erneuter Untersuchung.

2. Zu S. 195 dieses Jahrgangs, Nr. 5, bemerkt Herr Adolf Schmidt in Darmstadt, daß auch die Darmstädter Bibliothek ein Exemplar der Schrift besitze. Dasselbe weicht an einigen Stellen von der Beschreibung Roths ab: Auf dem Titelblatt hat es Proceß, nicht Process; Widertåüffern, nicht Widertåüfern. Hinter Kôpflein, | steht ein Komma. Bl. 7b zû Wormes, Anno, | M.D.LVII. | [Lindenblatt], nicht zu Wormes | Anno, | MDLVII. | Auf dem letzten Blatt fehlen bei Roth zwischen Brentius und Pistorius die Namen: Johannes Marbachius Doctor Michael Dillerus. Ob ein abweichender Druck vorliegt, muß eine nochmalige Vergleichung des Nürnberger Exemplars entscheiden. Ferner weist Herr Schmidt darauf hin, daß die Schrift keineswegs unbekannt sei, da sie in den meisten Berichten über das Wormser Religionsgespräch von 1557 erwähnt werde, z. B. bei Heppe, Gesch. d. d. Prot. I, 226, bei Salig, Vollst. Hist. d. Augsp. Conf. III, 336.

GIESSEN. O. BEHAGHEL.

BIBLIOGRAPHISCHE ÜBERSICHT

DER

ERSCHEINUNGEN AUF DEM GEBIETE DER GERMANISCHEN PHILOLOGIE IM JAHRE 1888.

UNTER MITWIRKUNG VON J. TE WINKEL IN GRONINGEN, K. F. SÖDERWALL IN LUND UND F. BRUNS IN GIESSEN.

BEARBEITET VON

GUSTAV EHRISMANN*).

I. Begriff und Geschichte der germanischen Philologie.

1. Handbuch der classischen Alterthumswissenschaft (s. Bibl. 1887, Nr. 1) Bd. 3, S. 305—688; Bd. 5, 1. Abth., VII, 337 S.; Bd. 7, 663 S. u. 16 Abbild.).

2. Gröber, Gustav, Grundriß der romanischen Philologie (Bibl. 1887, Nr. 3) 3. Lief. gr. 8. (S. 513—853, Schluß des 1. Bandes). Straßburg 1888, Trübner. 4 M.
   Deutsch-franz. Sprachgrenze, S. 563—566, 568 f., s. auch die dazugehörige Sprachkarte von Suchier.

3. Wolfs linguistisches Vademecum. III. Deutsche Philologie. 8. (214 S.) Leipzig, Wolf. 3,50 M.
   s. Nr. 163.

4. Zimmer, H. W. B., Johann Georg Zimmer und die Romantiker. Ein Beitrag zur Geschichte der Romantik nebst bisher ungedruckten Briefen von Arnim, Böckh, Brentano, Görres, Marheineke, Fr. Perthes, Savigny, Brüder Schlegel, Tieck, de Wette u. A. 8. (383 S.) Frankfurt a. M. 1888, Heyder u. Zimmer. 3. M.

5. Grimm, Wilh., kleinere Schriften (Bibl. 1887, Nr. 7).
   Vgl. D. Lit. Ztg. 1888, Sp. 942—944 (Roediger); Centralorgan f. d. Interessen d. Realschulw. 1888, 25 (Freytag); Wissenschaftl. Beilage d. Leipz. Ztg. 1888, Nr. 77.

Amon, P. Placidus, s. Nr. 305.

6. **Árnason, Jón**, Nekrolog von J. Th.
   Arkiv f. nord. Filologi 5, 297—302.

7. Jon Arnason.
   Academy Nr. 856.

8. **Asbjörnsen og Moe**, von Henrik Jäger.
   Svenska landsmålen VII, 1, S. 3—14.

9. **Bartsch.** — Karl Bartsch.
   Lit. Blatt 1888, Sp. 105 u. 106.

10. Schröer, K. J., Erinnerungen an Karl Bartsch.
   Germania 33, 59—64.

10ª. Bechstein, R., Karl Bartsch.
   Ebenda 33, 65—94.

---

*) Auch R. Bechstein, G. Binz und R. Wossidlo gewährten freundliche Unterstützung durch Lieferung von Beiträgen.

11. Neumann, Fr., Karl Bartsch als Romanist.
Ebenda 33, 98—107.

12. Ehrismann, G., Verzeichniß der selbständig erschienenen germanistischen Schriften Karl Bartschs.
Ebenda 33, 94—97.

13. Karl Bartsch, von R. B[echstein].
Rostocker Ztg. 1888, Nr. 259.

14. Karl Bartsch, von Adalbert Jeitteles.
Unsere Zeit 1888, H. 5.

15. Karl Bartsch, von W. Bartels.
Neuphilol. Centralblatt II, 122—127.

16. **van den Bergh**, L. Ph. C., Levensbericht door R. Fruin.
Levensberichten der afgestorven medeleden van de Maatsch. der Ned. Letterkunde 1888, S. 29—80.

17. **Bradshaw.** — Henry Bradshaw, of Cambridge, by G. W. Prothero. London, Kegan Paul, Trench & Co.

18. **Buck**, Michael Richard, von A. Birlinger.
Alemannia 16, 281—285.

19. Buck, M. R., Nekrolog.
Zs. f. d. Gesch. d. Oberrheins N. F. III, 502 f.

20. **ten Doornkaat Koolman**, J., †.
Nd. Korrespondenzblatt 13, 50.

21. **Frommann.** — Vogt, Wilhelm, Dr. Georg Karl Frommann, Nekrolog.
Mittheilungen d. Vereins f. Gesch. d. Stadt Nürnberg H. 7, 1—18.

22. **Goedeke**, Karl, von M. Heyne und E. Jeep.
Goethe-Jahrbuch 9, 279—285.

23. Lier, H. A., Karl Goedeke. Ein Nekrolog.
Unsere Zeit 1888, H. 2.

24. Fränkel, Ludwig, Karl Goedekes Bibliothek.
Centralblatt f. Bibliothekswesen 5, H. 9/10.

Gottsched s. Nr. 304 u. 347.

25. **Grimm.** — Briefwechsel zwischen J. und W. Grimm, Dahlmann und Gervinus (Bibl. 1886, Nr. 15).
Vgl. D. Lit. Ztg. 1888, Sp. 1291—1295 (H. Grimm).

26. Stengel, Jacob Grimms Briefwechsel mit Frankfurter Freunden (Bibl. 1887, Nr. 16).
Vgl. Anzeiger f. d. Alterthum 14, 89 f. (Stosch).

27. Briefwechsel von Jacob Grimm und Hoffmann-Fallersleben mit Hendrik van Wyn. Nebst anderen Briefen zur deutschen Litteratur hrsg. und erläutert von Karl Theod. Gaedertz. gr. 8. (VI, 60 S.) Bremen 1888, Müller. 1,80 M.
Vgl. Lit. Centralblatt 1888, Sp. 1384; Anz. f. d. Alterth. 14, 279 (Steinmeyer); Blätter f. litterar. Unterh. 1888, Nr. 39 (Löbner).

28. Briefe an Goethe von Jacob und Wilhelm Grimm (nebst einem Plan der Brüder zu einer Gesellschaft für deutsche Sprache).
Goethe-Jahrbuch 9, 20—47. — Dazu Anmerkungen S. 84—93.

29. Briefe von Jacob und Wilhelm Grimm an Adelbert von Keller, mitgetheilt von Philipp Strauch.
Anz. f. d. Alterthum 14, 79—120.

30. Zwei Briefe Jacob Grimms, mitgetheilt von Philipp Strauch.
Anz. f. d. Alterthum 14, 148—152. — An Goldmann und Docen.

31. Stengel, Edmund, Jacob Grimm und Karl Goedeke.
Zs. f. vergl. Litteraturgeschichte und Renaissance-Litteratur N. F. 1, 299 f.

32. Dove, Rich., einige Gedenkblätter aus der Geschichte der Georgia Augusta seit 1837. Aus Anlaß der Jubelfeier ihres 150jährigen Bestehens zusammengestellt und erläutert von ihrem Vertreter im preuß. Herrenhause R. D. gr. 8. (VI, 52 S.) Göttingen 1888, Spielmeyer. 1,25 M.
Vgl. Lit. Centralblatt 1888, Sp. 846 f.

33. Weber, Georg, die Göttinger Sieben und das geflügelte Wort vom „beschränkten Unterthanenverstand".
Deutsche Revue 13, H. 12.

Grimm, s. Nr. 330.

34. **Grundtvig**, Svend, von R. Bergström.
Svenska landsmålen VII, 1, S. 15–30.

35. **Haupt**, Moritz, von Gustav Freytag.
Gesammelte Aufsätze (Leipzig 1888, Hirzel) Bd. II, 99—111.

36. **Höijer**, Johan Leonard, von R. Bergström.
Svenska landsmålen VII, 1, S. 31—40.

37. **Kurz**, Heinrich.
In: Schumann, Albert, Aargauische Schriftsteller. Aus den Quellen dargestellt. 1. Lief. (VIII, 128 S.) Aarau 1888, Sauerländer. 4 fr.

38. **Lachmann**. — Wenzel, B., Ein Lachmannianum.
Anz. f. d. Alterthum 14, 148.

39. **Laßberg**. — Meyer, J., Briefe Pupikofers an J. v. Laßberg.
Alemannia 12, 1—32.

40. Einige Bemerkungen zu dem Briefwechsel zwischen Joseph von Laßberg und Johann Adam Pupikofer.
Zs. f. deutsche Sprache 2, 450 f.

41. **Latham**, Dr. R. G., Nekrolog.
Athenäum Nr. 340.

42. **Meusebach**. — Ein Jugendbrief von Meusebach, mitgetheilt von C. Schüddekopf.
Zs. f. d. Philologie 20, 109—112.

43. **Musäus**. — Pröhle, H., Alxinger. Musäus. Müller von Itzehoe. In einer Auswahl aus ihren Werken. 8. (452 S.) Stuttgart, Spemann, 2,50 M. Kürschners deutsche Nationallitteratur, Bd. 57.
Musäus Leben, mit Porträt und Facs., S. 155—157; Volksmärchen der Deutschen (Einleitung, Legenden vom Rübezahl), S. 158—261.

44. **Palm**, Hermann, von Schimmelpfennig.
Allgem. D. Biographie 25, 100 f.

45. **Palthen**, Johann Philipp, von Pyl.
Allgem. D. Biographie 25, 111 f.

46. **Panzer**, Friedrich, von R. Hoche.
Allgem. D. Biographie 25, 132.

47. **Panzer**, Georg Wolfgang Franz, von Pallmann.
Allgem. D. Biographie 25, 132—134.

48. **Petz**, Bernhard und Hieronymus, von Krones.
Allgem. D. Biographie 25, 569–575.

49. **Pfeiffer**, Franz, von Joseph Strobl.
Allgem. D. Biographie 25, 635—639.

50. **Pischon**, Friedrich August, von Ernst Friedländer.
Allgem. D. Biographie 26, 182.

50[a]. **Pott**, F. A., von G. v. d. Gabelentz.
Allgem. D. Biographie 26, 478—485.

51. **Pott, August Friedrich**, von M. M.
Academy Nr. 793.

52. August Friedrich Pott, von P. Horn.
Bezzenbergers Beiträge 13, 317—341.

53. **Primisser**, Alois, von K. W.
Allgem. D. Biographie 26, 590 f.

54. **Rask.** — Rasmus Kristján Rask 1787—1887, fyrirlestur eptir Dr. Björn Magnússon Ólsen.
Tímarit hins íslenzka bókmentafélags 1888, 1—125.

55. Thomsen, V., Rasmus Christian Rask (1787—1887).
Nordisk Tidskrift, utg. af Letterst. föreningen 1887, H. 8, S. 593—606.

56. Warburg, K., Rasmus Rask och Sverge. Ett blad ur den literära skandinavismens historia.
Runa, Minnesbl. fr. Nord. museet 1888, 54—56.

57. **Scherer.** — Schmidt, Erich, Wilhelm Scherer.
Goethe-Jahrbuch 9, 249—262.

58. Wilhelm Scherer, von Fritz Bechtel.
Bezzenberger, Beiträge 13, 163—172.

59. **Schlyter, Karl Johan**, von Elof Tegnér.
Arkiv f. nord. Filologi 5, 290—297.

60. **Schoepflin.** — Pfister, Jean-Daniel Schoepflin, étude biographique. 8. (135 S.) Paris, Berger-Levrault et Cie.

61. **Simrock.** — Bartsch, K., ein Scherz Simrocks mit Adalbert von Chamisso.
Germania 33, 508.

62. **Small.** — The Late Dr. John Small, Librarian of the University of Edinburgh, von G. P. Mc Neill.
Engl. Studien 11, 177—180.

63. **Steub, Ludwig.**
Illustrierte Ztg. Nr. 2335.

64. **Stoeber.** — Ristelhuber, Paul, les précurseurs de nos études. II. Auguste Stoeber.
Revue des traditions populaires III, H. 4.

65. **Thomasius**, Christian, von J. Minor.
Vierteljahrsschrift f. Litteraturgeschichte 1, H. 1.
s. Nr. 383.

66. **Uhland.** — Besprechungen von: Holland (Bibl. 1887, Nr. 51) in: Anz. f. d. Alterth. 14, 153—175 (R. M. Werner), Revue critique 22, Nr. 25 (Chuquet); Dederich (Bibl. 1886, Nr. 51) in: Anz. f. d. Alterth. 14, 189—192 (Werner); Mayr (Bibl. 1886, Nr. 52) in: Anz. f. d. Alterth. 14, 195—202 (Werner); Fischer (Bibl. 1887, Nr. 52) in: Anz. f. d. Alterth. 14, 175—185 (Werner); Germania 33, 236 f. (Bartsch); Zs. f. d. Philol. 20, 374—376 (G. Kettner), Hist. Zs. 59, 339 (Gebhardt), Revue critique 22, Nr. 26 (Chuquet); Paulus (Bibl. 1887, Nr. 56) in: Anz. f. d. Alterth. 14, 192 f. (Werner); Hassenstein (Bibl. 1887, Nr. 57) in: Lit. Centralblatt 1888, Sp. 26, Lit. Blatt 1888, Sp. 389 f. (Bechstein); Anz. f. d. Alterthum 14, 185—189 (Werner); Hönes (Bibl. 1887, Nr. 60) in: Lit. Centralblatt 1887, Sp. 1667; Ohorn (Bibl. 1887, Nr. 61) in: Anz. f. d. Alterth. 14, 193 f. (Werner); Kohut (Bibl. 1887, Nr. 63) in: Anz. f. d. Alterth. 14, 194—196 (Werner).

67. Fränkel, Ludwig, Ludwig Uhland als Romanist.
Herrigs Archiv 80, 25—113.

68. Strackerjahn, Karl, zur Feier deutscher Dichter. 23. Uhland. 4. (16 S.) Programm der Oberrealschule zu Oldenburg 1888, Nr. 631.

69. Ludwig, P., eine Uhland-Reliquie.
Allgem. conservat. Monatsschrift 45, 286.

70. Zacher. — Weinhold, K., Julius Zacher. Beitrag zur Geschichte der deutschen Philologie.
Zs. f. d. Philologie 20, 385—429, und Sonderabdruck. gr. 8. (45 S., mit Zachers Bildniß in Stahlstich). Halle, Buchhandlung des Waisenhauses. 1,50 M.

71. Kinzel, K., Gedächtnißrede auf Julius Zacher. Gehalten am 6. April 1887 in der Gesellschaft für deutsche Philologie zu Berlin.
N. Jahrbücher f. Philologie u. Pädagogik, Bd. 138.

72. Reifferscheid, Alex., über Pommerns Antheil an der niederdeutschen Sprachforschung.
Nd. Jahrbuch 13, 33—42.

73. Egge, E. A., Scandinavian Studies in the United States.
Modern Language Notes 3, Nr. 3.

74. Bericht über die Verhandlungen der deutsch-romanischen Section der 39. Versammlung deutscher Philologen und Schulmänner zu Zürich, 28. September bis 1. October 1887.
Germania 33, 231—234 (A. Bachmann); Zs. f. d. Philologie 20, 495—501 (A. Bachmann). Vorträge von Kluge, über Schweizerdeutsch und Schriftdeutsch in ihren geschichtlichen Beziehungen; Reifferscheid, über die Windeck-Handschriften in Zürich; Morf, über die Untersuchung lebender Mundarten und ihre Bedeutung für den akademischen Unterricht; Baechtold, über Wittenweilers Ring; Crüger, über das Straßburger Theater von der Reformation bis zum dreißigjährigen Kriege.

75. Handelingen van het XXe Nederlandsche taal- en letterkundig congres, gehouden te Amsterdam den 15, 16 en 17 September 1887. 8. (270 S.) Amsterdam 1888, van Holkema. 1,50 fl.

II. Handschriftenkunde und Bibliographie.

76. Heinemann, Otto v., die Handschriften der herzogl. Bibliothek zu Wolfenbüttel. Beschrieben von O. v. H. 1. Abth. Die Helmstedter Handschriften. III. Mit einer Ansicht der neuen Bibliothek und 8 Taf. Schriftproben in farb. Lichtdr. Lex.-8. (280 S.) Wolfenbüttel 1888, Zwißler. 15 M.
Vgl. Lit. Centralblatt 1888, Sp. 1422; Centralblatt f. Bibliothekswesen 5, H. 12 (Brambach).

77. Heinemann, O. v., aus zerschnittenen Wolfenbüttler Handschriften.
Zs. f. d. Alterthum 32, 69—123. — Gereimte Bibel; Maerlants Rijmbijbel; Heldenbuch; Rumeland; Walther v. d. Vogelweide; Freidank; Eneit; Wolframs Willehalm; Heinrichs v. Freiberg Tristan; Wigalois; Bertholds Crane; wälscher Gast; Fragment einer Dichtung des Heinrich v. Hesler; Elucidarius?; Predigtbruchstücke.

78. Bartsch, Heidelberger Hss. (Bibl. 1887, Nr. 86).
Vgl. Lit. Blatt 1888, Sp. 153 f. (Behaghel); Anz. f. d. Alterth. 14, 222—224 (P. G. Meier); Wissenschaftl. Beilage d. Leipz. Ztg. 1888, Nr. 82.

79. Burdach, Konrad, die Pfälzischen Wittelsbacher und die altdeutschen Handschriften der Palatina.
Centralblatt f. Bibliothekswesen 5, H. 2.

80. Euling, K., Handschrift 1590 der Leipziger Universitätsbibliothek.
Germania 33, 159—173. — Erzählungen, Sprüche, Priameln, Weingrüße.

81. **Steiff, K.**, Mittheilungen aus der kön. Universitätsbibliothek Tübingen.
Germania 33, 481—497. — I. Nachträge zu E. Wellers Repertorium typographicum; II. Wie man sich halten soll, so die pestilencz regnieret; III. Maria zart von edler Art; IV. Das Lied: „O Herre Gott, dein göttlich Wort" und sein Verfasser (Anark Herr zu Wildenfels).

82. **Zingerle, Oswald**, zur Geschichte der Ambraser Handschrift.
Anz. f. d. Alterth. 14, 291—293.

83. **Schäfer, C.**, aus der sogenannten Manuscripten-Sammlung des königl. allgemeinen Reichsarchivs.
Archivalische Zs. 11, 226—237. — Darin Arzneibücher, Pilgerfahrten.

84. **Schum**, Amplonianische Handschriftensammlung (Bibl. 1887, Nr. 90).
Vgl. Centralblatt f. Bibliothekswesen 5, H. 2 (P. Gabriel Meier).

85. **Keuffer, Max**, beschreibendes Verzeichniß der Handschriften der Stadtbibliothek zu Trier. 1. Heft. gr. 8. Trier 1888, Lintz in Comm. 3 M.
Die Bibelhandschriften — Texte und Commentare — der Stadtbibliothek zu Trier. Nr. 1—112 des Handschriftenkatalogs. (IX, 77 S.)

86. **Nick, Gustav**, Verzeichniß der Druckwerke und Handschriften der Bibliothek des histor. Vereins f. d. Großherzogthum Hessen. Auf Grund des Ende 1882 vorhandenen Bestandes bearbeitet. Nachtrag: Verzeichniß des Zuwachses der Bibliothek in der Zeit vom 1. Januar 1883 bis 31. März 1888. gr. 8. (V, 78 S.) Darmstadt 1888, Klingelhoeffer in Comm. 0,80 M. (Hauptwerk und Nachtrag 2,80 M.).

87. **Pulch**, Mittheilungen aus der Bibliothek des Gymnasiums. 1. Die alten Handschriften der Gymnasialbibliothek. 4. (17 S.) Programm des Gymnasiums zu Rinteln.

88. **Knütgen, Ad.**, Verzeichniß und Beschreibung der im Besitze des kön. kathol. Gymnasiums zu Heiligenstadt befindlichen Incunabeln. (I.) 4. (25 S.) Programm des Gymnasiums zu Heiligenstadt, Nr. 222. Heiligenstadt, Delion. 0,80 M.

89. **Goldmann, A.**, Verzeichniß der österreichisch-ungarischen Handschriftenkataloge.
Centralblatt f. Bibliothekswesen 5, H. 1 u. 2.

90. **Hayn, Hugo**, thesaurus librorum Philippi Pfister, Monacensis. Catalogus bibliothecae selectae. Verzeichniß einer auserlesenen Sammlung Bavarica, Monacensia, Judaica, sowie von Werken aus allen Wissenschaften, wobei Rara und Curiosa, im Besitze des kön. bayer. Regierungsrathes Philipp Pfister zu München, Schloßgutsbesitzer auf Eurasburg, weil. Sr. Maj. des höchstsel. Königs Ludwig II. von Bayern Hofsecretär. Mit Anmerkungen und Registern hrsg. gr. 8. (VIII, 603 S.) München, Uebelen. 20 M.

91. **Jahresbericht** über die Erscheinungen auf dem Gebiete der germanischen Philologie, hrsg. von der Gesellschaft für deutsche Philologie in Berlin. 9. Jahrg. 1887. gr. 8. (333 S.) Leipzig 1888, Karl Reißner. 8 M.
Vgl. Siebenbürg. Korrespondenzblatt 11, 79 f.

92. **List, W.**, Bibliographie 1885.
Zs. f. roman. Philologie, Supplementheft X (X. Bd., 5. H.) 8. (VI, 124 S.).

93. **Orientalische Bibliographie.** Unter Mitwirkung von A. Bezzenberger, H. L. Strack u. A. hrsg. von A. Müller. 1. Jahrg. Bd. 1, 2. Jahrg. H. 1. 8. (300 S. u. S. 1—96) Berlin 1888, Reuther. 7,50 M.
Vgl. Lit. Centralblatt 1888, Sp. 1114 (E. N.).

94. **Jahresbericht** über das höhere Schulwesen, hrsg. von Konrad Rethwisch. 2. Jahrg. 1887. gr. 8. (VI, 114 u. 483 S.) Berlin 1888, Gärtner. 12 M.

95. **Jahresberichte** der Geschichtswissenschaft, im Auftrage der histor. Gesellschaft zu Berlin hrsg. von J. Jastrow. VII. Jahrg. 1884. Lex.-8. (XVI, 248, 385 u. 398 S.); VIII. Jahrg. 1885. Lex.-8. (XV, 195, 343 u. 402 S.) Berlin 1888, Gärtner. 26 bezw. 24 M.

96. T. O. **Weigels** Systematische Verzeichnisse der Hauptwerke der deutschen Litteratur aus den Jahren 1820—1882. Bearbeitet von Fachgelehrten unter Mitwirkung von Oscar Wetzel. Rechts- und Staatswissenschaften, bearb. von C. Mollat; Geschichte und Geographie, bearb. von E. Fromm. 4. (106; VIII, 199 S.) Leipzig 1886/87, T. O. Weigel. 4, bezw. 8 M.
Vgl. D. Lit. Ztg. 1887, Sp. 1542—44 (L. Müller); Germania 33, 124 (Bartsch); Centralblatt f. Bibliothekswesen 5, H. 7 (P.).

97. **Bibliographie.**
Westdeutsche Zeitschrift für Geschichte und Kunst 7, 166—234 (s. Bibl. 1887, Nr. 101).

98. **Übersicht** über die Litteratur der württembergischen und hohenzollernschen Landeskunde. Mit Unterstützung des kön. Ministeriums des Kirchen- und Schulwesens hrsg. und dem württemb. Verein für Handelsgeographie. gr. 8. (VIII, 168 S.) Stuttgart 1888, Kohlhammer. 2 M.

99. **Württembergische** Geschichtslitteratur vom Jahre 1887.
Württemberg. Vierteljahrshefte 1888, 161—169.

100. **Badische** Geschichtslitteratur des Jahres 1887, zusammengestellt von Ferdinand Lamey.
Zs. f. d. Gesch. d. Oberrheins N. F. 3, 241—256.

100ª. **Badische** Geschichtslitteratur des Jahres 1888, zusammengestellt von Ferdinand Lamey.
Zs. f. d. Gesch. d. Oberrheins N. F. 4, 254—272.

101. **Kraus**, F. X., badische Litteratur 1885—1888. I. Archäologie und Kunstgeschichte. — **Heyck**, E., badische Litteratur 1886—1887. II. Geschichte.
Zs. d. Vereins für Beförderung der Geschichts-, Alterthums- u. Volkskunde von Freiburg, 7. Bd.

102. **Lohmeyer**, E., Verzeichniß neuer hessischer Litteratur.
Mittheil. d. Vereins f. hessische Gesch. 1887, I—XIV.

103. **Bibliotheca Hassiaca.** Repertorium der landeskundlichen Litteratur für den königl. preußischen Regierungsbezirk Kassel, bearb. von K. Ackermann. 1. Nachtrag. gr. 8. (60 S.) Kassel 1886, Keßler 2 M.
Vgl. D. Lit. Zeitung 1888, Sp. 1824 (Wenck).

104. **Poelchau**, Arth., die livländische Geschichtslitteratur im Jahre 1886. 12. (101 S.) Riga 1887, Kymmels Verlag. 1 M.

105. **Poelchau**, Arth., die livländische Geschichtslitteratur im Jahre 1887. 12. (84 S.) Riga 1888, Kymmels Verlag. 1 M.

106. **Theologischer** Jahresbericht, herausgeg. von R. A. Lipsius. VII. Bd. enthaltend die Litteratur des Jahres 1887. gr. 8. (X, 558 S.) Leipzig 1888, Reichardt. 10 M.
Kirchengeschichte vom Nicänum bis zur Reformation, S. 141—182, von P. Böhringer (lat. Kirchenschriftsteller, deutsche Mystik, Waldenser, Wiclef); Kirchengeschichte von 1517—1700, S. 183—236, von K. Benrath (Reformatoren, Humanisten).

107. Georg, Karl, Verzeichniß der Litteratur über Speise und Trank bis zum Jahre 1887. Hannover, Klindworth. 2,50 M.
Vgl. Centralblatt f. Bibliothekswesen 5, 373 (M. H.).

108. **Niederländisch.** — Tide, Catalogus (Bibl. 1887, Nr. 110).
Vgl. Centralblatt f. Bibliothekswesen 5, H. 4/5 (O. H.).

109. Petit, Louis D., Bibliographie der Middelnederlandsche Taal- en Letterkunde (bekroond door de kon. Vlaamsche Academie). gr. 8. (XIV, 298 S.) Leiden, Brill. 4 fl.
Vgl. Centralblatt f. Bibliothekswesen 1888, 251—255 (J. W. Muller); de Nederl. Spectator 1888, 369—371 (G. Kalff).

110. Koßmann, E., Hollandsche Handschriften te Karlsruhe.
De nederlandsche Spectator 1888, Nr. 9.

111. van der Meulen, B., algemeene aardrijkskundige bibliographie van Nederland, uitg. door de afdeeling Nederland van het Nederlandsch aardrijkskundig Genootschap. I. Algemeene en plaatselijke beschrijving. (XIV, 271 S.) Leiden, Brill. 4 fl.

112. Lijst der schriften, uitg. door de leden der koniklijke Vlaamsche Academie (Vervolg).
Jaarboek der kon. Vlaamsche Acad. voor Taal en Letterkunde II. (Gent 1888, S. Leliaert, A. Siffer en Cie), S. 55—104.

113. Lijst der boeken, toebehoorende aan de koninklijke Vlaamsche Academie van Taal en Letterkunde.
Ebenda, S. 105—237.

114. **Englisch.** — Uebersicht der im Jahre 1887 auf dem Gebiete der englischen Philologie erschienenen Bücher und Aufsätze, zusammengestellt von Paul Sahlender.
Anglia 11 (88 S.).

115. **Nordisch.** — Lind, E. H., Bibliografi för åren 1885 ock 1886.
Arkiv f. nord. Filologie 5, 172—222.

116. Lind, E. H., Svensk literaturhistorisk bibliografi. VIII. 1887.
Samlaren 1888, Beilage.

117. Lenk, H., zur Bibliographie der skandinavischen Sprach-, Litteratur- und Alterthumskunde.
Centralorgan f. d. Interessen d. Realschulwesens 1888, 332—339.

118. Lundell, J. A., från Finnland. [Litteraturbericht.]
Svenska landsmålen 6, S. CLXIII—CXCIII.

119. Katalog over den Arnamagnæanske Håndskriftsamling. Udgivet af Kommissionen for det Arnamagnæanske Legat. 1. Hæfte. Roy. 8. (V, 336 S.) Kopenhagen 1888, Gyldendal.
Vgl. Lit. Centralblatt 1888, Sp. 1049 f. (Mogk).

III. Sprachwissenschaft und Sprachvergleichung.

120. Pott, A. F., Einleitung in die allgemeine Sprachwissenschaft (s. Bibl. 1887, Nr. 124). Zur Litteratur der Sprachenkunde Amerikas.
Techmers Zs. 4, 67—96.

121. Pott, Sprachenkunde Europas (Bibl. 1887, Nr. 125).
Vgl. D. Lit. Zeitung 1888, Sp. 229—231 (Delbrück).

122. Pott, allgemeine Sprachwissenschaft und C. Abels egyptische Sprachstudien (Bibl. 1887, Nr. 134).
Vgl. Zs. f. d. österreich. Gymnasien 1888, 237 f. (Meringer).

123. Parmentier, l'évolution de la linguistique jusqu'à Fr. Bopp.
Revue de Belgique 1888, Mai.

124. Principles of the History of Language. By Hermann Paul. Translated by H. A. Strong. London, Sonnenschein.
Vgl. Academy Nr. 855; dazu Strong, ebenda Nr. 856; Athenäum Nr. 3186; Modern Language Notes II, Nr. 8 (die deutsche Orig. Ausgabe, Karstens [„inhaltreiche u. beachtenswerthe Recension“ nach Lit. Blatt 1888, Sp. 37]).

125. Herder, J. G., über den Ursprung der Sprache. 8. (VIII, 98 S.) Halle, Hendel. 0,25 M. Bibliothek der Gesammtlitteratur d. In- u. Auslandes Nr. 239.

126. Steinthal, H., der Ursprung der Sprache im Zusammenhange mit den letzten Fragen alles Wissens. Eine Darstellung, Kritik u. Fortentwicklung der vorzüglichsten Ansichten. 4., abermals erweiterte Aufl. gr. 8. (XX, 380 S.) Berlin 1888, Dümmlers Verlag. 8 M.
Vgl. D. Lit. Zeitung 1888, Sp. 1068 f. (L. Tobler).

127. Schuchardt, Hugo, aus Anlaß des Volapüks. 8. (48 S.) Berlin 1888, Oppenheim. 1 M.
Vgl. D. Lit. Zeitung 1888, Sp. 868 f. (W. Meyer).

128. Bruchmann, Kurt, psychologische Studien zur Sprachgeschichte. gr. 8. (X, 358 S.) Leipzig, Friedrich. 9 M. Einzelbeiträge zur allgem. u. vergl. Sprachwissenschaft, Bd. 3.
Vgl. Berliner philol. Wochenschrift 1888, Sp. 1223—1226 (Misteli); N. philol. Rundschau 1888, Nr. 24; Zs. f. d. deutschen Unterricht II, H. 6 (Hugo Hildebrand); Revue critique 22, Nr. 40 (V. Henry); Academy Nr. 846 (Sayce).

129. Kleinpaul, Rud., Sprache ohne Worte. Idee einer allgemeinen Wissenschaft der Sprache. gr. 8. (XXVIII, 456 S.) Leipzig 1888, Friedrich. 10 M.
Vgl. Lit. Centralblatt 1888, Sp. 1616 (G. v. d. Gabelentz); Zs. f. deutsche Sprache 2, 198—204; Revue critique 22, Nr. 44 (V. Henry); Allgem. Zeitung, Beil. Nr. 284 (s. auch Nr. 132); Wissenschaftl. Beilage der Leipziger Zeitung 1888, Nr. 63.

130. Schasler, Max, Anthropogonie. Das Allgemein-Menschliche seinem Wesen und seiner dreigliedrigen Entwicklung nach oder: „Ursprung“ der Sprache, der Sittlichkeit und der Kunst. gr. 8. (XV, 290 S.) Leipzig 1888, Friedrich. 6 M.

131. Müller, F. Max, The Sience of Thought. London, Longmans & Co.
Vgl. Athenäum Nr. 3147 u. 3148.

132. Müller, F. Max, das Denken im Lichte der Sprache. Aus dem Engl. übersetzt von Engelbert Schneider. Autorisirte, vom Vf. durchgesehene Ausg. gr. 8. (XXIII, 607 S.) Leipzig 1888, Engelmann. 16 M.

133. Sayce, A. H., Principes de philologie comparée. Traduit en français, pour la première fois, par Ernest Jovy, et précédé d'un avantpropos par Michel Bréal. 12. (XXII, 311 S.) Paris 1888, Delagrave.
Vgl. Berliner philol. Wochenschrift 1888, Sp. 1121—1125 (Bruchmann).

134. King and Cookson, the principles of sound and inflexions as illustrated in the greek and latin languages. 8. (550 S.) London, Frowde. 18 sh.

135. Wade, G. W., Elementary Chapters in Comparative Philology. 8. (104 S.) London, Rivingtons. 2 sh. 6 d.
Vgl. Academy Nr. 837.

136. Janet, P., et G. Séailles, histoire de la philosophie. Les problèmes et les écoles. (IV, 391 S.) Paris 1887, Delagrave.
Vgl. Berliner philol. Wochenschrift 1888, Nr. 29/30 (Wendland).

137. Hovelacque, A., la Luinguistique. Linguistique; Philologie; Etymologie; la Faculté du langage articulé, sa localisation, son origine u. s. w. 4e édition, revue et augmentée. In 18-jésus. (XVI, 449 S.) Paris, Reinwald. 4,50 fr. Bibliothèque des sciences contemporaines.

138. Hovelacque, A., la grammaire indo européenne d'après Fr. Müller. Revue de linguistique 21, 27—47 u. 91—104.

139. Alotte, Louis, Primordialité de l'Écriture dans la Genèse du Langage humain. Paris, Vieweg.
Vgl. Academy Nr. 857 (A. H. S[ayce]).

140. Regnaud, P., origine et philosophie du language, ou principes de linguistique indo-européenne. 18. (XIX, 445 S.) Paris, Fischbacher.
Vgl. Berliner philol. Wochenschrift 1888, Sp. 1284—1288 (Ziemer); Revue critique 22, Nr. 10 (V. Henry); Academy Nr. 846 (Sayce).

141. Toubin, essai sur la dénomination aryenne. 8. (67 S.) Mâcon, impr. Protat frères.

142. Darmesteter, A., la vie des mots étudiée dans leurs significations. 2e édition. In 18-jésus (XII, 212 S.) Paris, Delagrave.
Vgl. Revue de linguistique 20, 161—186 u. 288 (1. Ausg., P. Regnaud).

143. Bréal, M., l'histoire des mots. 8. (33 S.) Paris 1887. 0,75 fr. (S.-A. aus der Revue des deux mondes, s. Bibl. 1887, Nr. 141a).
Vgl. Archiv f. lat. Lexicographie 5, 299 f.

144. Bréal, M., de l'importance du sens en étymologie et en grammaire. Mémoires de la société de linguistique 6, H. 3.

145. Littré, E., Comment les mots changent de sens. 8. (60 S.) Paris 1888. 1,50 fr.
Vgl. Archiv f. lat. Lexicographie 5, 299 f.

146. Wölfflin, über Bedeutungswandel.
Verhandl. d. 39. Versammlung deutscher Philol. u. Schulmänner. (Leipzig, Teubner), S. 61—70.

147. Itzinger, Franz, allgemeine Betrachtung über die Entstehung der Tropen und den Bedeutungswandel mit besonderer Berücksichtigung der Metapher. gr. 8. (35 S.) Programm des Gymnasiums zu Budweis.

148. De Vit, V., sull' origine e moltiplicazione del linguaggio. Discorsi accademici. Siena, Bernardino.

149. Garlanda, Federico, The Fortunes of Words: Letters to a Lady. 8. London, Trübner & Co. 5 sh.

150. Wheeler, Benjamin Ide, Analogy and the scope of its application in language. 8. (50 S.) Ithaca 1887. Cornell university, Studies in classical philology edited by J. Flagy, W. G. Hale and B. J. Wheeler, Nr. II.
Vgl. Lit. Centralblatt 1888, Sp. 855 (G. Mayer); Lit. Blatt 1888, Sp. 385 f. (Kahle); N. philol. Rundschau 1888, Nr. 13 (Stolz); Revue critique 22, Nr. 23 (L. Duvau).

150a. Abel, K., über den Gegenlaut.
Verhandlungen d. Berliner Gesellschaft f. Anthropologie, Ethnologie und Urgeschichte 1888, S. 48.

151. von der Gabelentz, Georg, das lautsymbolische Gefühl.
Festgruß an Otto von Böhtlingk (Stuttgart, Kohlhammer), S. 26—30.

152. Karsten, Gustav, Sprecheinheiten und deren Rolle in Lautwandel und Lautgesetz.
Transactions and Proceedings of the Modern Language Association of America Vol. III, u. S. A. 8. (10 S.)

153. **Psichari**, Jean, quelques observations sur la phonétique des patois et leur influence sur les langues communes. S.-A. aus der Revue des patois gallo-romans, 42 S.
Vgl. Lit. Blatt 1888, Sp. 481—490 (Schuchardt).

154. **Winkler**, Heinrich, sprachliche Formung und Formlosigkeit.
In: Philol. Abhandlungen, Martin Hertz zu s. 70. Geburtstage von ehemaligen Schülern dargebracht. (Berlin, 1888, Hertz. 8 M.).

155. **Parmentier**, la transformation de langues.
Revue de Belgique 1888, Juli.

156. **Ascoli**, sprachwissenschaftl. Briefe, übersetzt von Güterbock (Bibl. 1887, Nr. 154).
Vgl. D. Lit. Zeitung 1888, Sp. 8—10 (F. Hartmann); Berliner philol. Wochenschrift 1888, Sp. 177—181 (Ziemer); Wochenschrift f. class. Philologie 1888 Sp. 1—4 (Schweizer-Sidler); N. philol. Rundschau 1888, Nr. 10 (Stolz); Germania 33, 113 f. (Bartsch).

157. **Regnaud**, P., les lois phonétiques sont-elles absolues au sens où l'entendent les néo-grammairiens? Non! 8. (7 S.) Paris 1887, Leroux.
Vgl. Lit. Centralblatt 1888, Sp. 449 f. (G. Meyer); Wochenschrift f. class. Philologie 1888, Sp. 257 (Ziemer).

158. **Regnaud**, P., discours d'inauguration de la chaire de sanskrit et de grammaire comparée à la faculté des lettres de Lyon. 8. (34 S.) Paris 1887, Leroux.
Vgl. Lit. Centralblatt 1888, Sp. 449 f. (G. Meyer); Wochenschrift f. class. Philologie 1888, Sp. 257 f. (Ziemer).

159. **Regnaud**, P., la question de la restitution de la langue-mère indo-européenne.
Revue de linguistique 21, 174—182.

160. **Kluyver**, A., de taal der wetenschap.
De Gids LII, IV, S. 342—353.

161. **Kreunen**, M., de nieuwe richting in de taalstudie.
De Tijdspiegel 1888, III, S. 28—46.

162. **Ellis**, On the Conditions of a Universal Language, in Reference to the Invitation of the American Philosophical Society of Philadelphia, U. S., to send Delegates to a Congress for Perfecting a Universal Language on an Aryan Basis, and its Report on Volapük.
Transactions of the Philological Society 1888—90, Part. I.

163. **Wolfs** linguistisches Vademecum, d. i.: eine alphabetisch und systematisch geordnete Handbibliothek ausgewählter Werke und Abhandlungen auf dem Gebiete der Linguistik. 3 Abtheil. in 1 Bd. 8. (225, 125 u. 214 S.) Leipzig 1888, G. Wolf. 4,50 M.
s. Nr. 3.

164. Phonetik. — **Vietor**, Elemente der Phonetik (Bibl. 1887, Nr. 162).
Vgl. Lit. Blatt 1888, Sp. 277 f. (A. Schröer); Engl. Studien 11, 326—334 (Western); Gymnasium 1888, Nr. 13 (Plattner).

165. **Vietor**, W., haben die Vocale feste Resonanzhöhen?
Phonetische Studien II, H. 1.

166. **Vietor**, W., aus Hellwags Nachlaß.
Phonetische Studien I, H. 3.

167. **Paul**, A., über vocalische Aspiration und reinen Vocaleinsatz. Ein Beitrag zur Physiologie und Geschichte derselben. gr. 4. (60 S.) Leipzig 1888, Fock. 1,20 M.
Vgl. Berl. philol. Wochenschrift 1888, Sp. 1588; Phonet. Studien II, H. 1 (Gartner).

168. Evans, W. R., on the Bell vowelsystem. I.
Phonetische Studien II, H. 1.

169. Kauffmann, F., zur Geschichte der Vocalsysteme.
Phonetische Studien II, H. 1.

170. Lenz, Rudolf, zur Physiologie und Geschichte der Palatalen.
Zs. f. vergleichende Sprachforschung 29, 1—59 u. separat. 4. (62 S.) Gütersloh, Bertelsmann; vgl. Phonet. Studien I, H. 3 (Ljunggren); Revue critique 22, Nr. 9.

171. Handmann, die menschliche Stimme und Sprache in physiologisch-psychologischer Beziehung. Mit 27 in den Text eingedr. Fig. gr. 8. (VIII, 230 S.) Münster 1887, Aschendorf. 4 M.

172. Koch, John, über Phonetik und ihre Verwerthung für die Schule.
Centralorgan f. d. Interessen des Realschulwesens 1888, 193—208.

173. Bourdon, l'évolution phonétique du langage.
Revue philosophique 1888, October.

174. Burg, Fr., über das Verhältniß der Schrift zur Sprache.
Zs. f. vergleichende Sprachforschung 29, 176—188. — Im Anschluß an: Lundell, Om Rättstafningsfrågan.

175. **Grammatik.** — Bopp, F., Analytical Comparison of the Sanskrit, Greek, Latin, and Teutonic Languages, shewing the Original Identity of their Grammatical Structure.
Techmers Zs. 4, 14—60. — Dazu F. Techmer, Vorwort zu 'Analytical Comparison', ebenda S. 1—13; und W. v. Humboldt, über 'Analytical Comparison' (Brief an F. Bopp, 1821), ebenda S. 61—66.

176. Brugmann, Grundriß I. (Bibl. 1887, Nr. 172).
Vgl. Zs. f. d. österreich. Gymnasien 1888, 126—155 u. 770—775 (Meringer).

177. Brugmann, Karl, elements of the comparative grammar of the Indo-Germanic languages. A concise exposition of the history of Sanskrit, Old Iranian [Avestic and Old Persian], Old Armenian, Old Greek, Latin, Umbrian-Samnitic, Old Irish, Gothic, Old High German, Lithuanian and Old Bulgarian. Vol. I.: Introduction and phonology. Translated from the German by Jos. Wright. gr. 8. (XX, 562 S.) Straßburg, Trübner. 18 M.

178. Brugmann, Karl, Grundriß der vergleichenden Grammatik der indogermanischen Sprachen. 2. Bd.: Wortbildungslehre [Stammbildungs- und Flexionslehre]. 1. Hälfte: Vorbemerkungen. Nominalcomposita. Reduplicierte Nominalbildungen. Nomina mit stammbildenden Suffixen. Wurzelnomina. gr. 8. (XIV, 462 S.) Straßburg 1888, Trübner. 12 M.

179. Brugmann, K., das Nominalgeschlecht in den idg. Sprachen.
Techmers Zs. 4, 100—109. — Vgl. Revue critique 22, Nr. 47 (V. Henry).

180. Henry, V., Esquisses morphologiques (Bibl. 1887, Nr. 176).
Vgl. Berliner philol. Wochenschrift 1888, Sp. 1095—1098 (Esquisses I—IV; Deecke).

181. Conway, Verner's Law in Italy (Bibl. 1887, Nr. 175).
Vgl. Lit. Centralblatt 1887, Sp. 409 f. (G. Meyer); Wochenschrift f. class. Philologie 1888, Sp. 737—741 (Deecke); Academy Nr. 822 (Wilkins).

182. Byrne, James, Origin of the greek, latin and gothic roots. 8. (VII, 359 S.) London 1888, Trübner & Co. 21,60 M.
Vgl. Lit. Centralblatt 1888, Sp. 450 f. (G. Meyer); D. Lit. Zeitung 1888, Sp. 1495—1497 (Bezzenberger); Wochenschrift f. class. Philologie 1888, Sp. 1249 bis 1252 (Ziemer); Revue critique 22, Nr. 24 (V. Henry); The Classical Review II, 220 f. (Wilkins).

183. Merlo, le radici e le prime formazioni grammaticali della lingua ariana.
Reale Istituto Lombardo di scienze e lettere Serie II, Vol. XXI, fasc. III u. S.-A. 8. (30 S.) Mailand, Hoepli.

184. **Müller**, F., die Entstehung eines Wortes aus einem Suffixe.
Techmers Zs. 4, 97—99. — Beispiel aus dem Neupersischen.

185. **Mahlow**, G., die langen Vocale a e o in den europäischen Sprachen. Ein Beitrag zur vergleichenden Lautlehre der indogermanischen Sprachen. 2. unveränd. Aufl. gr. 8. (168 S.) Berlin 1888. Mayer & Müller. 4. M.

186. **Völkel**, Paul, sur le changement de l'*L* en *U*. 4. (74 S.) Programm des französ. Gymnasiums zu Berlin 1888, Nr. 54.
Vgl. Lit. Blatt 1888, Sp. 451 f. (W. Meyer), dazu Völkel, ebenda Sp. 557 f.; Revue critique 22, Nr. 46.

187. **Regnaud**, P., la théorie des deux *k* indo-européens.
Revue de linguistique 21, 1—6.

188. **Miklosich**, Franz, über die Lautverbindung *kt* in den indo-europäischen Sprachen.
Festgruß an Otto von Böhtlingk (Stuttgart, Kohlhammer. 2 M.), S. 88–91.

189. **Schmidt**, Johannes, die lateinischen Adverbia auf *e* von *o*-Stämmen und die Singular-Dative der germanischen Pronomina.
Festgruß an Otto von Böhtlingk, S. 100—106.

190. **Sayce**, The Origin of the Augment.
Transactions of the Philological Society 1885/87, Part. II.

191. **Bartholomae**, Chr., Beiträge zur Flexionslehre der indo-germanischen Sprachen, insbesondere der arischen Dialekte. [Aus dem XXIX. Bd. der Zeitschr. f. vergleich. Sprachforschung abgedr. und mit ausführl. Indices versehen.] gr. 8. (VIII, 197 S.) Gütersloh 1888. Bertelsmann. 5 M.
Vgl. D. Lit. Zeitung 1888, Sp. 1881 f. (Justi).

192. **Bartholomae**, Chr., der arische Accusativ plur. masc. der *i̯*-, *u̯*- und *r*-Stämme.
Zs. f. vergleichende Sprachforschung 29, 483—487.

193. **Bartholomae**, Chr., die arische Flexion der Adjectiva und Participia auf *nt*-.
Zs. f. vergleichende Sprachforschung 29, 487—588.

194. **Torp**, A., Beiträge zur Lehre von den geschlechtslosen Pronomen in den indo-germanischen Sprachen. gr. 8. (51 S.) Christiania, Dybwad. 1,35 M. Christiania Videnskabs-Selskabs Forhandlinger 1888, Nr. 11.

195. **Danielsson**, O. A., grammatische und etymologische Studien. I. 8. (57 S.) Upsala Universitets Årsskrift. Upsala, Akad. bokh. 1, 25 Kr.
Vgl. Wochenschrift f. klass. Philologie 1888, Sp. 1361 f. (v. d. Pfordten).

196. **Persson**, Studia etymologica (Bibl. 1887, Nr. 179).
Vgl. D. Lit. Zeitung 1888, Sp. 973 (J. Schmidt).

197. **Abel**, Carl, über die Wechselbeziehungen der ägyptischen, indo-europäischen und semitischen Etymologie. gr. 8. (1. Heft, S. 1—168). Leipzig, Friedrich. 12 M. Einzelbeiträge zur allgemeinen u. vergleichenden Sprachwissenschaft H 4.

198. **Syntax.** — **Delbrück**, B., syntaktische Forschungen. 5. Bd. Altindische Syntax. gr. 8. (XXI, 634 S.) Halle, Buchhandlung des Waisenhauses. 15 M.
Vgl. D. Lit. Zeitung 1888, Sp. 1677—1679 (Oldenberg).

199. **Regnaud**, sur l'évolution logique des différentes catégories du nom.
Revue philosophique 1888, Nr. 8.

200. **Regnaud**, le verbe: ses antécédents et ses correspondants logiques.
Revue philosophique 1888, December.

200ᵃ. de la Grasserie, R., études de grammaire comparée, de la catégorie du nombre (Schluß von Bibl. 1886, Nr. 205).
Revue de linguistique 20, 54—67.

201. de la Grasserie, R., études de grammaire comparée. De la catégorie du temps. 8. (200 S.) Paris, Maisonneuve et Leclerc.

202. de la Grasserie, R., études de grammaire comparée. De la conjugaison objective. Mémoires de la société de linguistique 6, 268—300 u. S.-A., Louvain, Lefever. Paris, Vieweg. 8. (39 S.) Paris, impr. nationale.
Vgl. Academy 857 (A. H. S[ayce]).

203. de la Grasserie, R., études de grammaire comparée. Du verbe *être*, considéré comme instrument d'abstraction et de ses diverses fonctions. (128 S.) Paris, Maisonneuve. (Berliner Jahresbericht 1888, III, 47).

204. de la Grasserie, R., études de grammaire comparée. Des divisions de la linguistique. 8. (168 S.) Paris, Maisonneuve et Leclerc.

205. de la Grasserie, R., Étude de grammaire comparée.
Le Muséon 1888, Nr. 1 ff.

206. Wackernagel, über die Geschichte des histor. Infinitivs.
Verhandl. d. 39. Versamml. deutscher Philol. u. Schulmänner (Leipzig, Teubner), S. 276—282 u. S. A.

207. Sigwart, Chr., die Impersonalien. Eine logische Untersuchung. gr. 8. (78 S.) Freiburg i. Br. 1888, Mohr. 2 M.
Vgl. Lit. Centralblatt 1888, Sp. 716 (Paul); D. Lit. Zeitung 1888, Sp. 556 f. Heusler); Lit. Blatt 1888, Sp. 386—389 (L. Tobler); Zs. f. Völkerpsychologie u. Sprachwissenschaft 18, 170—180 (Steinthal); Allgem. Ztg. 1888, Beil. Nr. 28.

208. Puls, Alfred, über das Wesen der subjectlosen Sätze. Theil 1: Weg und Methode der Untersuchung. 4. (26 S.) Programm des Gymnasiums u. Realgymnasiums zu Flensburg 1888, Nr. 263.
Vgl. Berliner philol. Wochenschrift 1888, Sp. 1588; Archiv f. lat. Lexicographie 5, 301 f. (Miodoński); Gymnasium 1887, Nr. 2 (Ziemer).

209. Golling, J., zur Lehre vom Ablativ und Genetiv der Eigenschaft.
Gymnasium 1888, 1—10 u. 41—52.

210. Weil, Henri, the order of words in the ancient languages compared with that of the modern languages. Translated by Ch. W. Super. (114 S.) Boston 1887, Ginn and Co. 6 M.
Vgl. Berliner philol. Wochenschrift 1888, Sp. 1319 (Ziemer).

211. Schrammen, Jac., über die nähere Bestimmung, besonders des Substantivs. 4. (14 S.) Progr. des Gymnasiums zu Oppeln. Oppeln 1888, Raabe.

212. Dupky, Hermann, Satzlehre und Logik. 8. (23 S.) Programm des Gymnasiums zu Freistadt in Ober-Österreich.

213. **Lexicographie.** — Edlinger, Thiernamen (Bibl. 1887, Nr. 187).
Vgl. Lit. Centralblatt 1888, Sp. 522; Herrigs Archiv 80, 358 f.; Berliner philol. Wochenschrift 1888, Sp. 1029—1032 (O. Keller).

214. Leumann, Ernst, indogerm. *népôt, néptr̥* „Waise".
Festgruß an Otto von Böhtlingk (s. oben Nr. 188), S. 77 f.

215. Murdoch, D. B., A Note on Indo-European Phonology. London, Trübner.
Vgl. Academy Nr. 837 („The first syllable of *mu-lgeo* reminds us of the *moo-cow* of the English nursery!").

216. **Sprachvergleichung und Urgeschichte.** — Schrader, Culturgeschichte der Indogermanen auf sprachwissenschaftl. Grundlage (Bibl. 1887, Nr. 1888).

Vgl. Lit. Centralblatt 1888, Sp. 237 f. (G. Meyer); Berliner philol. Wochenschrift 1888, Sp. 885 f. (Justi); Wochenschrift f. class. Philologie 1888, Sp. 296 f. (Gruppe); Zs. f. d. österreich. Gymnasien 1888, 662 f. (Meringer); Zs. f. Völkerpsychologie u. Sprachwissenschaft 18, 109—112 (Bruchmann).

217. Bradke, P. v., Beiträge zur Kenntniß der vorhistorischen Entwicklung unseres Sprachstammes gr. 4. (VI, 38 S.) Gießen 1888, Ricker. 2 M.

Vgl. Lit. Centralblatt 1888, Sp. 695—697 (O. Schrader); Berliner philol. Wochenschrift 1888, Sp. 1350 f. (Ziemer); Wochenschrift f. class. Philologie 1888, Sp. 833—836 (Schweizer-Sidler); Revue critique 22, Nr. 25 (V. Henry).

218. Bradke, P. v., über die arische Alterthumswissenschaft und die Eigenart unseres Sprachstammes. Akademische Antrittsrede am 14. Juli 1888. 8. (52 S.) Gießen 1888, Ricker. 1,20 M.

Vgl. Revue critique 22, Nr. 49.

219. Bradke, P. v., einige Bemerkungen über die arische Urzeit.

Festgruß an Otto v. Böhtlingk (s. Nr. 188), S. 4—9. — Verwandtschaftsverhältnisse.

220. Spiegel, F., die arische Periode und ihre Zustände (Bibl. 1887, Nr. 191).

Vgl. Zs. f. Völkerpsychologie u. Sprachwissenschaft 18, 180—199 (Bruchmann); Centralorgan f. die Interessen des Realschulwesens 1888, 494—496 (Freytag); Mittheil. d. anthropolog. Gesellschaft in Wien 18, 62 (Penka).

221. Schröder, L. v., Indiens Litteratur und Cultur in historischer Entwicklung. gr. 8. (VII, 785 S.) Leipzig 1887, Haessel. 18 M.

222. Morris, the aryan race: its origin and its achievements. 12. Chicago. 7,6 sh.

223. Müller, F. Max, Biographies of Words, and the Home of the Aryas. London, Longmans.

Vgl. Academy Nr. 825 (H. Bradley); Athenäum Nr. 3147 u. 3148; Mittheil. d. anthropolog. Gesellschaft in Wien 18, 59—62 (Penka).

224. Taylor, The Origin and Primitive Seat of the Aryans.

The Journal of the Anthropological Institute 17, H. 3.

225. Woods, The Origin of the Aryans.

Academy Nr. 805, 815 u. 838; dazu Bertin, ebenda Nr. 816; Mayhew, Woods und Taylor, the Finnic Origin of the Aryans, Nr. 833; Terrien de Lacouperie und Sayce, the primitive Home of the Aryans, Nr. 835, 836 u. 837.

226. Sayce, The Primitive Home of the Aryans.

Transactions of the Philological Society 1885/87, Part. II.

227. Stone, The Aryan Birthplace.

Transactions of the Royal Society of Literature of London Ser. II, XIV, 1.

228. Burge, pre-glacial man and the aryan race. 12. Boston. 7 sh. 6 d.

229. Deecke, Wilh., die Falisker. Eine geschichtlich-sprachliche Untersuchung. Mit 1 Karte u. 4 Taf. gr. 8. (XV, 297 S.) Straßburg 1888, Trübner. 9 M.

230. Keller, Otto, Thiere des classischen Alterthums in culturgeschichtlicher Beziehung. gr. 8. (IX, 488 S., mit 56 Abbild.) Innsbruck 1887, Wagner.

Vgl. Lit. Centralblatt 1888, Sp. 909 f. (N—e); D. Lit. Zeitung 1888, Sp. 231 f. (Blümner); Göttinger gel. Anz. 1888, 515—517; Wochenschrift f. class. Philologie 1888, Sp. 228—236 u. 258—263 (Hergel); Berliner philol. Wochenschrift 1888, Sp. 275—277 (H. Haupt); Allgem. Zeitung 1888, Beil. Nr. 56.

231. Placzek, B., Wiesel und Katze. Ein Beitrag zur Geschichte der Hausthiere. Aus: Verhandlungen d. naturforsch. Vereines in Brünn. gr. 8. (72 S.) Brünn, Epstein in Comm. 1,36 M.

232. Placzec, The Weasel and the Cat in Ancient Times.
Transactions of the Society of Biblical Archaeology IX, H. 1.
Zu 230—232 s. Nr. 213, 687 f., 701 f., 720 f.

233. Penka, über die Zeit des ersten Auftretens der Buche in Nordeuropa und die Frage nach der Heimat der Arier.
Globus 53, Nr. 13, und S.-A.

234. Brosow, die Bezeichnungen des Bernsteins bei den Völkern des classischen Alterthums und den Völkern der neueren Zeit.
Sitzungsberichte der Alterthumsgesellschaft Prussia zu Königsberg i. Pr., 43. Vereinsjahr.

235. Tomaschek, Wilh., Kritik der ältesten Nachrichten über den skythischen Norden. I. u. II. Aus den Sitzungsber. d. k. Akad. d. Wiss. gr. 8. Wien, Tempsky in Comm. 2,10 M.
I. Über das Arimaspische Gedicht d. Aristeas. (66 S.) 1 M. — II. Die Nachrichten Herodots über den skythischen Karawanenweg nach Innerasien. (70 S.) 1,20 M.

236. Soltau, Friedrich, zur Erklärung der Sprache des Volkes der Skythen. 8. (54 S.) Berlin, Stargardt.
Vgl. Lit. Blatt 1888, Sp. 37 (Behaghel); Berliner philol. Wochenschrift 1888, Sp. 856 (Justi, „wüste Sammlung von Einfällen"); Wochenschrift f. class. Philologie 1888, Sp. 385 (Gruppe).

IV. Germanische Sprachen.

A. Gemeingermanisch und Westgermanisch.

237. Noreen, Adolf, Utkast till föreläsningar i urgermansk judlära med huvudsakligt avseende på de nordiska språken till den studerande ungdomens tjänst. Förra Häftet. 8. (65 S.) Upsala, W. Schultz. 2 Kr.

238. Borries, *i*-Umlaut (Bibl. 1887, Nr. 195).
Vgl. Lit. Blatt 1888, Sp. 107 f. (Behaghel).

239. Steyrer, Einheit des Vocalismus der Germanen (Bibl. 1887, Nr. 196).
Vgl. Lit. Centralblatt 1888, Sp. 1416 f. (Kögel); Zs. f. d. österreich. Gymnasien 1888, 278 f. (Khull) und 1052—1054 (Luick); Gymnasium 1888, Nr. 15 (Saliger).

240. Sütterlin, L., Geschichte der Nomina Agentis im Germanischen. gr. 8. (III, 108 S.) Straßburg 1887, Trübner. 2,80 M.
Vgl. Lit. Centralblatt 1888, Sp. 1314 f. (Kögel); Lit. Blatt 1888, Sp. 49 f. (Kluge); Germania 33, 117 (Bartsch).

241. Kahle, consonant. Declination (Bibl. 1887, Nr. 199).
Vgl. Germania 33, 237 (Bartsch); Zs. f. d. österr. Gymn. 1888, 902—904 (Meringer).

242. Burghauser, Gust., die germanischen Endsilbenvocale und ihre Vertretung im Gothischen, Altwestnordischen, Angelsächsischen und Althochdeutschen. Lex.-8. (17 S.) Wien u. Prag 1888, Tempsky. — Leipzig, Freytag. 0,50 M.

243. Burghauser, Gust., germanische Nominalflexion auf vergleichender Grundlage. 8. (28 S.) Leipzig 1888, Freytag.
Vgl. Lit. Centralblatt 1888, Sp. 1380 f. (Kögel); Gymnasium 1888, Nr. 15 (Saliger).

244. Burghauser, Gust., indogermanische Präsensbildung im Germanischen. Ein Capitel vergleich. Grammatik. gr. 8. (55 S.) Wien u. Prag 1888, Tempsky. — Leipzig, Freytag. 1 M.
Vgl. Lit. Centralblatt 1888, Sp. 1380 f. (Kögel); D. Lit. Zeitung 1888, Sp. 198 f. (Burg); Zs. f. d. österreich. Gymnasien 1888, 663 (Meringer).

245. **Collitz, H.**, die Herkunft des schwachen Präteritums der germanischen Sprachen.
American Journal of Philology IX, H. 1. — Vgl. Lit. Blatt 1888, Sp. 370.

246. **de Saussure**, sur un point de la phonétique des consonnes en indoeuropéen.
Mémoires de la société de linguistique 6, u. S.-A. 8. (16 S.) Paris, impr. nationale. — t + einem Suffix auf t + Cons. > t + Cons.

247. **Bugge, S.**, zur altgerman. Sprachgeschichte. Germanisch *ug* aus *uw*.
Paul u. Braune, Beiträge 13, 504—515.

248. **Bugge, S.**, etymologische Studien über germanische Lautverschiebung. Zweiter und dritter Artikel (s. Bibl. 1887, Nr. 198).
Paul und Braune, Beiträge 13, 167—187 u. 311—339.

249. **Osthoff, H.**, Etymologica I.
Paul u. Braune, Beiträge 13, 395—463. — got. *afaikan; Asche, Esse; flehen*, gr. *λαικάς*, lat. *lēna; Fleisch*, gr. *λᾱρῑνός*, lat. *lāridum; fliehen*, lat. *locusta*, lit. *lekiù; Häher, Reiher;* goth. *handugs*, gr. *σοφός*, lat. *faber; Hanse*, lat. *Cōnsus, cōnsul;* (*Gêr*)-*mâr*, slav. (*Vladi*)-*mĕrŭ*, gr. (*ἐγχεσί*)-*μωρος*, air. *mór, mehr, meist; Oheim;* germ. *saljan*, gr. *ἑλεῖν, λάτρον; Schuden*, gr. *ἀσκηθής; stehlen* u. *hehlen; triefen*, air. *drucht; zwerch*, gr. *πραπίδες*.

250. **Kluge, Friedrich**, Etymologica.
Festgruß an Otto von Böhtlingk (oben Nr. 188), S. 60 f. — goth. *haurn*, dän. *manke*, ahd. *scinco;* an. *mylsna;* nhd. *Kitt;* ags. *friccea;* ahd. *hërdo;* hd. *dulden;* ahd. *luogên;* nhd. *grappen, grapsen*, ahd. *garba;* ags. *fathu* (Vocativ), ahd. *muoma*, ags. *môdrie*, ags. *ôc;* mhd. *vluoder*, engl. *flock;* ags. *laere, gelaere*.

250ª. **Holthausen, F.**, Miscellen.
Paul u. Braune, Beiträge 13, 367—372. — Soester Mundart; mnd. *meven*, mhd. *un-ebene;* ags. *distæf-*, lat. *fūsus;* me. *bidêne;* mnd. nl. *wit; schulter;* ags. *räcc;* an. *rakki;* nd. *fāken;* ahd. *zaupe;* mnd. *hotte;* ahd. *wênac; e* und *ë* im nd.; ags. *bégen*.

251. **Holthausen, F.**, Nachtrag.
Paul u. Braune, Beiträge 13, 590. — 1. (zu Bibl. 1886, Nr. 224) ags. *mę́st-lę́st* und Beispiele für lautliche und formelle Ausgleichung von Bedeutungsverwandten oder -Gegensätzen; 2. (zu Bibl. 1888, Nr. 250ª) ags. *bégen*.

252. **Martin, E.**, grammatische Miscellen.
Anz. f. d. Alterthum 14, 285—287. *Vulfila;* part. prät. von intransit. Verben; *stie*, Prät. zu *stân*, Schreibfehler; *hêre* auch obd.

253. **Kluge, F.**, zu Zs. 31, 356 (= Bibl. 1887, Nr. 200).
Anz. f. d. Alterthum 14, 232. — *Matronis Vatvims*.

254. **Etymologien** in der Zs. f. vergleichende Sprachforschung, Bd. 29.
Felix Solmsen, Sigma in Verbindung mit Nasalen und Liquiden im Griechischen, S. 59—124 u. 329—358 (got. *vars, aleina*, S. 63; got. *filudeisei*, S. 65; an. *hjarsi*, S. 69; got. *rinna*, ahd. *swinu*, S. 78; got. *asneis* , as. *asna*, S. 81; got. *snaivs, snaga, snutre*, ahd. *snur, smerhan, smilzu*, an. *smali*, nd. *schnökern*, dän. *snage*, S. 84; got. *gasmiþon, smairþr*, ahd. *smerzan*, S. 85; ahd. *hlosên*, S. 94; an. *ausa*, S. 95; got. *laun*, S. 96; germ. *in*, got. *hausjan*, S. 97; ahd. *jesan*, S. 104; *got. dails*, ahd. *spannan*, S. 108; got. *hramjan*, S. 111; germ. *rîma-*, S. 117; got. *hlahjan*, S. 332; got. *und*, S. 333). — L. v. Schroeder, Apollon-Agni, S. 193—229 (ahd. *funcho*, S. 222; got. *brinnan — brunna*, S. 223). — W. Schulze, zwei verkannte Aoriste, S. 230—255 (got. *svegnjan, svogatjan*, as. *swōgan*, ags. *swógan*, S. 249). — W. Schulze, Miscellen, S. 255—271 (germ. *lîþus*, S. 255; nd. *bulle*, S. 263; got. *hūhrus, huggrjan*, S. 269; an. *há*, ahd. *huoh*, got. *avistr, navistr*, S. 270; got. *stiur*, Regel vom Abfall des Nom.-*s* nach *r* im got., S. 271). — Whitley Stokes, Irish stems in *s*, S. 379 f. (nhd. *fels, zelge, gross*, S. 380). — Chr. Bartholomae, die arische Flexion der Adjectiva und Participia auf *nt-* (oben Nr. 191), S. 487—588 (got. *veitvods*, S. 521, 528, 539, 540; got. *menoþum*, S. 522 u. 524; ahd. *ôstana*, an. *austan*, S. 523; ahd. *sôrên*, S. 25; ahd. *taugen*, S. 533; got. *nehv*, S. 535; got. *berusjos*, S. 539, nhd. *first*, S. 579).

255. **Etymologien** in Bezzenbergers Beiträgen, Bd. 13: Johannson, K. F., Miscellen (S. 111—128: 1. Pluralia tantum von Ortsnamen im Griech. u. Latein.; 2. gr. *ἀγαθός* und Verwandtes [*gôds*]; 3. *ἰχθύς* und Verwandtes [nord. *gôs*, *gyus*, *gjóðr*]; 4. gr. *σμῆνος* u. s. w. [got. *sama*, gr. *ὁμός*, lat. *simul*]; 5. got. *aiþþau* und Verwandtes. — Wiedemann, Oscar, Etymologien (S. 300—310). — Müller, H. D., Etymologien (S. 311—316 mhd. *schellec*, got. *anaks*, nhd. *Ziege*, *Geiss*, got. *vulfs*, *vilvan*).

256. **Walker**, Fred. W., Latin *ă* and German *au*.
Athenäum Nr. 3158. — *ă* vor *p*, *b*, *f* > *au*: *caput* > *haubiþ*, lit. *lapas*, *λάπαθος* > *laub*; *rapere* > *raub*; *ταφών* > *taub*; mlat. *gabata* > *kaupatjan*.

257. **Mayhew**, A. L., the Teutonic Equivalent of „*fors*".
Academy Nr. 826. — Gibt eine Mittheilung von Kluge, wonach *fors*, *fort-is* = *(ge-)byrd*, *(ge-)burt*; dazu H. Bradley, ebenda Nr. 827, G. Vigfusson, Nr. 828.

258. **Moulton**, J. H., Etymologien.
Academy Nr. 843 (Vortrag in der Cambridge Philol. Society). — *sword* = **suizda*, Wrzl. *sves* + *dhē*; *swan*, *σῆμα*, zend. *huërsg*; *sound* (gesund) = **suntó*, zu got. *swinþs*, lat. *socrus*, *soror*; got. *swêra-*, lat. *sevērus*, *sērius*; got. *saivala*, lat. *sōlācium*; got. *sviglōn*.

259. **Krebs**, Slavonic Loan-Words in German.
Academy Nr. 767.

260. **Uhlenbeck**, C. C., de verwantschapsbetrekkingen tusschen de Germaansche en Balto-slavische talen (acad. proefschrift). 8. (60 S.) Leiden, B. Blankenberg.

261. **Mackel**, die german. Elemente in der franz. und provenz. Sprache (Bibl. 1887, Nr. 210).
Vgl. D. Lit. Ztg. 1888, Sp. 872—874 (Baist); Lit. Blatt 1888, Sp. 302—306 (W. Meyer); Romania 66.

262. **Éléments** germaniques de la langue française. 8. (224 S.) Berlin, R. Boll.

263. **Goldschmidt**, altgerman. Elemente im Spanischen (Bibl. 1887, Nr. 210*).
Vgl. D. Lit. Ztg. 1888, Sp. 872—874 (Baist); Lit. Blatt 1888, Sp. 302—306 (W. Meyer).

German. Elemente im Irischen s. Nr. 689.

264. **Bezzenberger**, A., syntaktische Bemerkungen.
Bezzenbergers Beiträge 13, 290 f. — Adverbielle Accus. im Ahd.; Vocativ mit Artikel, bezw. schwacher Adj. beim Vocat. im German.

B. Gotisch.

265. **Braune**, got. Grammatik (Bibl. 1887, Nr. 212).
Vgl. D. Lit. Ztg. 1888, Sp. 769 f. (Roediger).

266. **Wrede**, Sprache der Wandalen (Bibl. 1887, Nr. 214).
Vgl. Anz. f. d. Alterthum 14, 32—35 (Singer); Germania 33, 122 f. (Bartsch); Modern Language Notes 3, Nr. 2 (Goebel).

267. **Balg**, G. H., a comparative glossary of the Gothic language with especial reference to English and German. With a preface by Prof. Francis A. March, L. L. D. 1. part. gr. 8. (64 S.) Mayville, Wis. 1887. Halle, Niemeyer. 2,20 M.
Vgl. Anglia 11, 316 u. 552 (R. Wülcker); Modern Language Notes 3, Nr. 4 (Jagemann).

268. **Feist**, Sigmund, Grundriß der gotischen Etymologie. gr. 8. (XVI, 167 S.) Straßburg, Trübner. 5 M. Sammlung indogerman. Wörterbücher. II.

269. Heyne, M., got. *alêv.*
Anz. f. d. Alterthum 14, 285.

270. Kluyver, A., *hlaifs.*
Tijdschrift voor Ned. taal- en letterkunde VIII, 254—259.

271. K(luyver), A., *levis, leihts.*
Tijdschrift voor Ned. taal- en letterkunde VIII, 79 f.

272. Birlinger, A., got. *Gudja.*
Alemannia 16, 280.

273. Van Moerkerken, P. H., over de verbinding der volzinnen in't gotisch. Bekroond met de gouden medaille en uitgegeven door de konink. vlaamsche Academie voor taal- en letterkunde. 8. (104 S.) Gent, Leliaert, Siffer et Cie. 1,50 fr.

274. Krebs, H., A Gothic Loan-Word in Russian.
Academy Nr. 847. — *Ulbandus* — russ. *Velblyud, Verblyud,* lit. *Werbliudas.*

275. Bradley, Henry, The Goths, from the Earliest Times to the End of the Gothic Dominion in Spain. London, Fisher Unwin. „Story of the Nations" Series.
Vgl. Academy Nr. 830 u. 831 (Th. Hodgkin).

C. Deutsch.

α) Grammatik.

276. Schleicher, Aug., die deutsche Sprache. 5. Aufl. gr. 8. (IX, 348 S.) Stuttgart 1888, Cotta. 7 M.

277. Biltz, Karl, zur deutschen Sprache und Litteratur. Vorträge und Aufsätze. gr. 8. (298 S.) Potsdam 1888, Stein. 3 M.
Vgl. Lit. Centralblatt 1888, Sp. 1383 f.

278. Holthausen, F., über *uo* = *ō* im Héliand.
Paul u. Braune, Beiträge 13, 373—375.

279. Gallée, J. H., graphische Varianten im Heliand.
Paul u. Braune, Beiträge 13, 376—383.

280. Cüppers, Laut- und Flexionslehre (Bibl. 1887, Nr. 217).
Vgl. Herrigs Archiv 80, 360 f.

281. Braune, althochdeutsche Grammatik (Bibl. 1887, Nr. 218).
Vgl. D. Lit. Ztg. 1888, Sp. 13—16 u. 118 (Henning); Zs. f. d. Philologie 20, 247—250 (Gering).

282. Wright, Joseph, An Old High-German Primer. Oxford, Clarendon Press.

283. Kauffmann, Friedrich, deutsche Grammatik. Kurzgefaßte Laut- und Formenlehre des Gotischen, Alt-, Mittel- und Neuhochdeutschen. Zugleich achte gänzlich umgearbeitete Auflage der Deutschen Grammatik I, von A. F. C. Vilmar. 8. (76 S.) Marburg 1888, Elwert.

284. Benrath, Vocalschwankungen bei Otfrid (Bibl. 1887, Nr. 221).
Vgl. D. Lit. Ztg. 1888, Sp. 129 (Seemüller); Lit. Blatt 1888, Sp. 108 f. (Piper).

285. Wolfermann, Flexionslehre in Notkers Boëthius (Bibl. 1887, Nr. 223).
Vgl. Anz. f. d. Alterthum 14, 145 (Steinmeyer).

286. Kelle, J., Verbum und Nomen in Notkers de syllogismis, de partibus logicae, de rhetorica arte, de musica.
Zs. f. d. Philologie 20, 129—150.

287. Holzgraefe, Wilh., die Sprache des althochdeutschen Glossars Clm. 18140. 8. (32 S.) Halle 1888. Dissertation.

288. Toischer, W., über die Sprache Ulrichs von Eschenbach. 8. (28 S.) Progr. des Obergymnasiums (auf dem Graben) zu Prag 1888, und S.-A., Prag 1888, Neugebauer. 1,20 M.

289. Haselmayer, über die Bildung des mittelhochdeutschen Adverbs.
Blätter f. d. bayerische Realschulwesen 1888, 223 ff.

290. Frommann, Karl M. G., Versuch einer grammatischen Darstellung der Sprache des Hans Sachs. 1. Theil: Zur Lautlehre. 8. (72 S.) Nürnberg 1878, Ballhorn. 0,90 M.

291. Kauffmann, Fr., geschlossenes *e* aus *ë* vor *i*.
Paul u. Braune, Beiträge 13, 393 f.

292. Luick, Karl, geschlossenes *e* für *ë* vor *st*.
Paul u. Braune, Beiträge 13, 588 f.

293. Braune, W., zu den deutschen *e*-Lauten.
Paul u. Braune, Beiträge 13, 573–585.

294. Heilborn, Ernst, die *e*-Reime bei Opitz.
Paul u. Braune, Beiträge 13, 567–572.

295. Kauffmann, Fr., Behaghels Argumente für eine mittelhochdeutsche Schriftsprache.
Paul u. Braune, Beiträge 13, 464–503.

296. Höhlbaum, K., die Einführung der deutschen Sprache als Geschäftssprache bei den Schreinen [in Köln].
Mittheilungen aus dem Stadtarchiv von Köln, H. 15, 45—48.

297. Kluge, Friedr., von Luther bis Lessing. Sprachgeschichtliche Aufsätze. 2. Aufl. Mit einem Kärtchen. gr. 8. (XI, 150 S.) Straßburg 1888, Trübner. 2,50 M.
Vgl. Lit. Centralblatt 1888, Sp. 1157 f.; D. Lit. Ztg. 1888, Sp. 516—518 (Heyne); Gött. gel. Anz. 1888, Nr. 7 (E. Schröder); Zs. f. d. deutschen Unterricht 2, 153 ff. (Lyon); Theol. Lit. Blatt 1888, Sp. 202 (Walther); Modern Language Notes 3, Nr. 5 (Brandt).

298. Franke, Karl, Grundzüge der Schriftsprache Luthers. Versuch einer historischen Grammatik der Schriftsprache Luthers. Gekrönte Preisschrift. Neues Lausitz. Magazin Bd. 64, und S.-A. gr. 8. (XV, 307 S.) Görlitz, 1888, Renner. 4 M.
Vgl. Lit. Centralblatt 1888, Sp. 1418 f.

299. Luther, E., Bestrebungen auf dem Gebiete der Luthergrammatik im 19. Jahrhundert.
Zs. f. d. Philologie 20, 37–49.

300. Göpfert, Ernst, über die Sprache Luthers im kleinen Katechismus.
Zs. f. d. deutschen Unterricht II, H. 6.

300[a]. Mann, E., Luthers kleiner Katechismus im Lichte der deutschen Sprachlehre.
Zs. f. deutsche Sprache 1888, 529—532.

301. Geßler, Alb., Beiträge zur Entwicklung der neuhochdeutschen Schriftsprache in Basel. Dissertation. gr. 8. (80 S.) Basel. Leipzig, Fock. 2 M.

302. Wolff, H., der Purismus in der deutschen Litteratur des 17. Jahrhunderts. gr. 8. (132 S.) Straßburg 1888, Heitz. 2,50 M.
Vgl. Lit. Centralblatt 1888, Sp. 1458.

303. Schultz, Hans, die Bestrebungen der Sprachgesellschaften des 17. Jahrhunderts für Reinigung der deutschen Sprache. gr. 8. (VIII, 158 S.) Göttingen 1888, Vandenhoeck & Ruprechts Verlag. 3 M.

304. Richter, Albert, Gottsched und die deutsche Sprache.
Grenzboten 47, Nr. 7 u. 8.

305. Schachinger, Rud., die Bemühungen des Benedictiners P. Placidus Amon um die deutsche Sprache und Litteratur.
Studien und Mittheilungen aus dem Benedictiner- und Cistercienser-Orden Bd. 9; auch als Programm des Obergymnasiums zu Melk erschienen.

306. van Goor, G. A. C., niederdeutsche Elemente in der Schriftsprache.
Taalstudie IX, H. 1, 4 u. 5.

307. Vietor, Beiträge zur Statistik der Aussprache des Schriftdeutschen.
Phonetische Studien I, H. 2 u. 3.

308. Hoffmann, Hugo, Einführung in die Phonetik und Orthoepie der deutschen Sprache. Für Volksschullehrer, angehende Taubstummenlehrer, wie für alle Freunde der Phonetik unter Benützung der besten Quellen leichtfaßlich dargestellt. Mit 1 Taf. gr. 8. (V, 75 S.) Marburg 1888, Elwerts Verlag. 1,60 M.

309. Franke, K., ist eine einheitliche Aussprache des Schriftdeutschen erstrebenswerth?
Zs. für den deutschen Unterricht II, H. 5.

310. Hildenbrand, über die Aussprache des *R*.
Blätter f. d. bayerische Realschulwesen 1888, 112 ff.

311. Senff-Georgi, die Aussprache des Buchstabens *G*.
Dramaturgische Blätter und Bühnenrundschau 1888, Nr. 36.

312. Reichel, Walther, von der deutschen Betonung. 8. (35 S.) Leipziger Dissertation. Jena 1888, Pohle. 1 M.

313. Oyen, Johannes, über die Betonung der deutschen Wörter und die Quantität ihrer Silben. 4. (XIV S.) 1887. Progr. des Realgymnasiums zu Tarnowitz, Nr. 208.
Vgl. Herrigs Archiv 80, 464; Gymnasium 1887, 834 f. (Matthias).

314. Schönfeld, P., Accent und Quantität. Eine kritische Studie zu C. Beyers Deutscher Poetik.
Zs. f. d. deutschen Unterricht 2, 97.

315. Reform, Zeitschrift d. allgem. Vereins f. vereinfachte Rechtschreibung. Zugleich Unterhaltungsblatt. Herausgeber Dr. F. W. Fricke. 12. Jahrg. 1888. 12 Nummern. (B.) gr. 8. Norden, Soltau. 2,40 M.

316. Wilmanns, Orthographie (Bibl. 1887, Nr. 246).
Vgl. D. Lit. Ztg. 1888, Sp. 314 f. (Seemüller).

317. Besser, Johs., Vorschläge zur Reform der Orthographie. 8. (33 S.) Braunschweig, Bruhns Verlag. 0,50 M.

318. Bax, A. E. R., zur Reform der Orthographie. Blicke auf die Mängel der gegenwärtigen Rechtschreibung und Fingerzeige zur Beseitigung derselben. gr. 8. (31 S.) Danzig, Axt 0,60 M.

319. Pompecki, die Anfangsbuchstaben in der deutschen Rechtschreibung. Königsberg 1887, Hartung. 1,20 M.
Vgl. Zs. f. d. Gymnasialwesen 1888, Jan. (Duden).

320. Syntax. — Erdmann, Syntax (Bibl. 1887, Nr. 248).
Vgl. Anz. f. d. Alterthum 14, 1—32 (Tomanetz); Zs. f. d. österr. Gymnasien 1888, 72—76 (Tomanetz); Zs. f. d. deutschen Unterricht 1, H. 6 (Martin).

321. Rannow, Max, der Satzbau des althochdeutschen Isidor im Verhältniß zur lateinischen Vorlage. Ein Beitrag zur deutschen Syntax. gr. 8. (X, 128 S.) Berlin, Weidmann. 4 M. Schriften zur germanischen Philologie, hrsg. von M. Roediger, H. 2.
Vgl. Revue critique 22, Nr. 51.

322. **Seedorf, Henry, über syntaktische Mittel des Ausdruckes im althochdeutschen Isidor und den verwandten Stücken. gr. 8. (88 S.) Paderborn 1888, Schöningh. 1,40 M. — Göttinger Beiträge zur deutschen Philologie, III.**
Vgl. D. Lit. Ztg. 1888, Sp. 1601 (Tomanetz). — Zum Theil als Göttinger Dissertation erschienen.

323. **Wunderlich, Satzbau Luthers (Bibl. 1887, Nr. 259).**
Vgl. D. Lit. Ztg. 1888, Sp. 351 f. (J. Ries); Lit. Blatt 1888, Sp. 346—348 Binz); Anz. f. d. Alterthum 14, 251—261 (Luther); Germania 33, 118 (Bartsch).

324. **Kern, Franz, Zustand und Gegenstand (Bibl. 1887, Nr. 250).**
Vgl. Lit. Blatt 1888, Sp. 206 f. (Sallwürk).

324ª. **Kern, Franz, die deutsche Satzlehre. Eine Untersuchung ihrer Grundlagen. 2. verm. Aufl. gr. 8. (V, 184 S.) Berlin, Nicolais Verlag. 2,40 M.**
Vgl. D. Lit. Ztg. 1888, Sp. 1784 f. (J. Ries); Anz. f. d. Alterthum 14, 284 (Erdmann); Gymnasium 1889, Nr. 4 (Buschmann).

325. **Erdmann, O., Particip des Praeteritums in passivischer Bedeutung mit *haben* statt *sein* verbunden.**
Zs. f. d. Philologie 20, 226.

326. **Vierhout, C. J., Präsens- und Präteritalformen in der indirecten Rede.**
Taalstudie VIII, H. 5, und IX, H. 1.

327. **Schwippert, P. A., zur Adjectivdeclination.**
Taalstudie IX, H. 3.

327ª. **Schwippert, P. A., dunkle Punkte der deutschen Grammatik.**
Ebenda IX, H. 5.

328. **Zeitschrift für deutsche Sprache, hrsg. von Daniel Sanders. 2. Jahrg. Hamburg u. Leipzig 1889, Verlagsanstalt u. Druckerei (J. F. Richter).**
Enthält u. a.: A. Schäfer, welches ist die Geisterstunde? Die deutsche Weidmannssprache; Goethe und Karl Philipp Moritz; Moritz als Wortforscher; Fritsche, *Böle, Pröbe*; über die Betonung der Verhältnißwörter (Präpositionen) neben persönlichen Fürwörtern; *Mißkennen* und *Verkennen* und andere sinnverwandte Zusammensetzungen mit den Vorsilben '*miß*' und '*ver*'; G. Hauff, *Wurst*; Über die Betonung von Fremdwörtern auf *ie*; einige Bemerkungen über das Wörtchen '*nur*'; über Zeitwörter mit '*haben*' und '*sein*'.

β) Lexicographie.

329. Deutsches Wörterbuch, VII. Bd. 11. Lief. (Sp. 1921—2112, Platzbaum—Preßvergehen), bearb. von M Lexer. — XII. Bd. 2. Lief. (Sp. 193 bis 384, Verdammen—Vergeben), bearb. von Ernst Wülcker.
s. Nr. 348.

330. Mühlhausen, August, Geschichte des Grimmschen Wörterbuchs. gr. 8. (42 S.) Hamburg, Verlagsanstalt und Druckerei A. = G. 1 M. Sammlung gemeinverständlicher, wissenschaftlicher Vorträge, hrsg. von Virchow u. Holtzendorff, N. F. 3. Serie, H. 55.

331. Kluge, etymologisches Wörterbuch. 4. Aufl. 2.—7. Lief. Lex.-8. (S. 49 bis 336). Straßburg, Trübner. à 1 M.

332. Sanders, Dan., Handwörterbuch der deutschen Sprache. 4. Aufl. Lex.-8. (IV, 1071 S.) Leipzig 1888, O. Wigand. 7,50 M.

333. Sanders, Dan., Wörterbuch der Hauptschwierigkeiten in der deutschen Sprache. Große Ausgabe. 18. Aufl. 8. (VIII, 422 S.) Berlin 1888, Langenscheidt. 3 M.
Vgl. Herrigs Archiv 80, 458.

334. [Sanders, Daniel], zu meinem Verdeutschungswörterbuch (Fortsetzung).
Zs. f. deutsche Sprache 2, 42—44, 92—94, 129—139, 169 f., 228, 267—269, 311 f., 356—358, 402 f., 452, 491 f., 523 f.

335. Sanders, Dan., aus der Werkstatt eines Wörterbuchschreibers.
Nord und Süd 1888, Mai.

336. Bremer, O., ahd. *leo*, *leuuo*, *louuo*.
Paul u. Braune, Beiträge 13, 384—387.

337. Sievers, Ed., ahd. *antlengen* und Verwandtes.
Festgruß an Otto von Böhtlingk (Stuttgart 1888, Kohlhammer), S. 110—113.

338. Braune, W., Nachtrag zu mhd. *ein*.
Paul u. Braune, Beiträge 13, 586 f.

339. Pietsch, Paul, einige Bemerkungen über *ge-* bei Verben.
Paul u. Braune, Beiträge 13, 516—529.

340. Bech, Fedor, sprachliche Erläuterungen zu den im Programm von 1887 gebrachten Beiträgen aus Pegauer Handschriften (s. Bibl. 1887, Nr. 282). 4. (10 S.) Progr. des Stiftsgymn. zu Zeitz, 1888.

341. Birlinger, A., zum mittelhochdeutschen Wörterbuche.
Alemannia 16, 187 f.

342. Birlinger, A., zu Sinegozzel.
Alemannia 16, 219.

343. Birlinger, A., Lexicalisches.
Alemannia 16, 61—68.

344. Birlinger, A., kleine litterarhistorische und sprachliche Mittheilungen.
Alemannia 16, 279—281.

345. Birlinger, A., zu Alemannia XIII, 279 (Hebel, „ein Anderer“ = Teufel, euphemistisch).
Alemannia 16, 238.

346. Birlinger, A., falsche Bildung Friedenshof.
Alemannia 16, 280.

347. Funck, H., und J. Bolte, Findlinge.
Alemannia 16, 168 f. — Zwei etymologische Bemerkungen Gottscheds; le bonnet de Fortunatus; planter des mays; Frau Treue.

348. Hauff, Gustav, Lexicalisches. III.
Herrigs Archiv 78, 303—322. — Über die Artikel Gemüth, Genie, Genießen im 4. Band des Grimmschen Wörterbuches.

s. auch Nr. 1124.

349. Makler und Mäkler, von A. W.
Herrigs Archiv 80, 236 f.

350. Losch, zu der Redensart: *eichelweise* gleich erben und theilen.
Württemberg. Vierteljahrshefte 1888, 53.

351. Geßler, Albert, der Name „Schol“.
Basler Jahrbuch 1888, 191—198.

352. Grienberger, Th. v., die Keese.
Österreichische Touristen-Ztg. 1887, Nr. 16.

353. Redlich, kleinere Beiträge zur Chronologie. I. Bezeichnung der Tage nach Oster- und Pfingstsonntag mit den Heiligenfesten nach Weihnachten.
Mittheilungen d. Instituts f. österr. Geschichtsforschung 9, H. 4.

354. Schwippert, P. A., über einige Backwerk-Benennungen.
Taalstudie IX, H. 1.

355. Altena, Ch., *zullen* und *sollen*.
Taalstudie IX, H. 1.

356. Eberhards, Joh. Aug., synonymisches Handwörterbuch der deutschen Sprache. 14. Aufl. Nach der von Friedr. Rückert besorgten 12. Ausgabe durchgängig umgearbeitet, vermehrt und verbessert von Otto Lyon. 1. bis 8. Lief. 8. (S. 1—720.) Leipzig, Grieben. à 1 M.

357. Richter, Chr., kleines Handbuch der deutschen Synonymen und synonymischen Redeweisen, für die Schule und das praktische Leben dargestellt. 8. (353 S.) Paderborn 1888, F. Schöningh. 2 M.

358. Hoffmann, P. F. L., volksthümliches Wörterbuch der deutschen Synonymen nach alphabetischer Ordnung oder Erklärung der in der deutschen Sprache vorkommenden sinnverwandten Wörter. 3. gänzlich umgearb. Aufl. 16. (IV, 379 S.) Leipzig 1888, Brandstetter. 1,20 M.

359. Wörterbuch der Weidmannssprache. (Forts.)
Der Weidmann 19, Nr. 13 ff.

s. Nr. 328. 1337.

360. Neues Wörterbuch der Studentensprache. Ein Vademecum für deutsche Studenten. Zusammengestellt von einem bemoosten Haupte. 2. gänzlich umgearb. Aufl. 16. (29 S.) Wien, Daberkow. 0,50 M.

361. Söhns, Franz, die Parias unserer Sprache. Eine Sammlung von Volksausdrücken. 8. (126 S.) Heilbronn 1888, Henninger.
Vgl. Centralblatt f. d. Interessen des Realschulwesens 1888, 419 f. (Freytag).

362. Geschäftssprache, die geheime, der Juden. Ein Hand- und Hilfsbuch für Alle, welche mit Juden in Geschäftsverbindung stehen und der hebr. Sprache (der sog. Marktsprache) unkundig sind. 8. verm. Aufl. 12. (46 S.) Neustadt a/Aisch, Engelhardt. 0,75 M.

363. Mittelniederdeutsches Handwörterbuch von Aug. Lübben. Nach dem Tode des Verfassers vollendet von Chr. Walther. 2. Hälfte. gr. 8. (X u. S. 241—559). Norden, Soltau. 5,50 M. (compl. 10 M.) Wörterbücher, hrsg. vom Verein für nd. Sprachforschung, 2. Bd., 2. Hälfte.
Vgl. Nd. Korrespondenzblatt 13, 11—14 (Feit).

364. Zum mnd. Wortschatz, im Nd. Korrespondenzblatt 13, von Preuß (*Blas, brohen, Donnerslegesch, Egetkötter, Immenflucht, Schrufhus*, S. 4 f.); Peters (*arnt, veftich*, S. 6); Damköhler (*oppe*, S. 30 f.); Jostes (Nachträge zum mnd. Wörterbuche: Altwestphälische Benennungen verschiedener Schweinesorten, altwestphälische Brotarten, Verschiedenes, S. 39—43); Peters (*kallen als ein trippe*, westphälisch *kûr* und mnd. *bekoren*, S. 46 f.); Bäumker (*Delle*, S. 54); Peters (*paduchen*, S. 58); Damköhler (*ungeweilet*, S. 60); Crull (*Wicht*, S. 62).

365. Damköhler, Ed., *ader* = *aber*.
Germania 33, 480.

To jodute, s. Nr. 902.

366. Kiesewetter, L., neuestes vollständiges Fremdwörterbuch zur Erklärung und Verdeutschung der in der heutigen deutschen Schrift- und Umgangssprache gebräuchlichen fremden Wörter, Redensarten, Vornamen und Abkürzungen, mit genauer Angabe ihres Ursprungs, ihrer Rechtschreibung, Betonung und Aussprache. 7. verb. u. verm. Aufl. gr. 8. (IV, 771 S.) Glogau 1888, Flemming. 7,50 M.

367. Weber, F. A., erklärendes Handbuch der Fremdwörter, welche in der deutschen Schrift- und Umgangssprache gebräuchlich sind, nebst Angabe ihrer Betonung und Aussprache und einem Anhang zur Erläuterung der

in Schriften vorkommenden Abkürzungen. 16. Stereotyp-Aufl. gr. 8. (640 S.) Leipzig 1888, B. Tauchnitz. 5 M.

368. Heinsius, Th., neuestes vollständiges Fremdwörterbuch zur Erklärung aller fremden Ausdrücke. Enthaltend über 25.000 fremde Wörter und Redensarten, welche im Verkehre, in der Schrift- und Umgangssprache vorkommen. Nebst Aussprache der Fremdwörter und den vorkommenden Abkürzungen. 13. verb. Aufl. 12. (336 S.) Berlin 1888, Modes Verlag. 1 M.

369. Müllers, Aug., allgemeines Wörterbuch der Aussprache ausländischer Eigennamen. Ein Handbuch für Gebildete aller Stände und eine nothwendige Ergänzung aller Fremdwörterbücher. In 7. Aufl. neu bearb., verb. u. bedeutend vermehrt von G. A. Saalfeld. gr. 8. (XVIII, 502 S.) Leipzig, Arnold. 4 M.

370. Sarrazin, Otto, Verdeutschungs-Wörterbuch. 2. bedeutend verm. Aufl. gr. 8. (XXI, 293 S.) Berlin 1889, Ernst & Korn. 5 M.
Vgl. Wissenschaftl. Beilage der Leipz. Ztg. 1888, Nr. 111.

371. Sarrazin, Fremdwortfrage (Bibl. 1887, Nr. 303).
Vgl. D. Lit. Ztg. 1888, Sp. 89 f. (Heyne).

372. Dunger, Sprachreinigung (Bibl. 1887, Nr. 306).
Vgl. Lit. Centralblatt 1888, Sp. 1384 f.; Germania 33, 111 f. (Bartsch).

373. Riegel, Herm., ein Hauptstück von unserer Muttersprache, der allgemeine deutsche Sprachverein und die Errichtung einer Reichsanstalt für die deutsche Sprache. Mahnruf an alle national gesinnten Deutschen. 2. umgearb. u. sehr verm. Aufl. gr. 8. (VIII, 79 S.) Braunschweig, Schwetschke & Sohn. 1 M.

374. Saalfeld, G. A., Sprachreinigendes und Sprachvereinliches. Splitter und Balken. gr. 8. (71 S.) Berlin, Reinecke. 1,50 M.

375. Grün, Alb., der deutsche Sprachverein und seine Gegner. Vortrag, geh. im Straßburger Zweigverein. 8. (30 S.) Straßburg 1888, Schmidt. 0,40 M.

376. Reinecke, Adolf, Nachtheile und Mißstände der Fremdwörterei, sowie Mittel zu ihrer Bekämpfung. Betrachtungen und Ergänzungen. gr. 8. (58 S.) Berlin 1888, Reinecke. 1,25 M.

377. Loos, Jos., die Bedeutung des Fremdwortes für die Schule. Eine methodische Abhandlung. gr. 8. (48 S.) Prag 1888, Neugebauer. 1 M.
Vgl. D. Lit. Ztg. 1888, Sp. 1780 (v. Sallwürk).

378. Logander, L., ein Wort für unsere Fremdwörter. 8. (26 S.) Kiel 1888, Lipsius u. Fischer. 0,30 M.
Vgl. Wissenschaftl. Beilage der Leipz. Ztg. 1888, Nr. 59.

379. Hessen, Robert, ein Ausweg aus der Fremdwörternoth.
Preußische Jahrbücher 62, H. 3.

380. Gebhardt, Bruno, zur Fremdwörterfrage.
Gegenwart 34, Nr. 36.

381. Ein vergessener Vorkämpfer der Sprachreinigung (Karl Gustav Heräus), von A. Z.
Wissenschaftl. Beilage der Leipz. Ztg. 1888, Nr. 111.

382. Heß, über den Werth der deutschen Sprache für nationales Bewußtsein und nationalen Zusammenhang. gr. 8. (36 S.) Hamburg, Verlagsanstalt und Druckerei A. = G. 1 M. Deutsche Zeit- und Streitfragen 2. Jahrg., 16. Heft.

383. **Zeitschrift** des allgemeinen deutschen Sprachvereins, herausg. von H. Riegel. 3. Jahrg.
Darin u. a.: L. Hertel, unsere Personennamen; Ed. Lohmeyer, Varnhagen und verwandte Namen (Nr. 2); „Sich nicht entblöden" (s. auch Nr. 5); vom Amtsstile (Nr. 3); Stötzner, Christian Thomas und sein Verdienst um die deutsche Sprache (Nr. 6); Wie sollen wir betonen? (Nr. 8); Anton Frank, die Sprache ein Spiegel des Volkes (Nr. 10); H. Riegel „Dame" (Nr. 10).

384. **Personennamen.** — **Laistner**, L., Invento nomine (Germ. Cap. 2).
Zs. f. d. Alterthum 32, 334—336.

385. **Birlinger**, A., die Namen Alamannen, Schwaben, Teutonicus, Hochdeutsch, Oberdeutsch, Oberländisch, Niederländisch.
Alemannia 16, 257—262.

386. **Much**, R., der Name Sveben.
Zs. f. d. Alterthum 32, 407—410.

387. **Birlinger**, A., Beiträge zur Kunde mittelalterlicher Personennamen aus mittelrheinischen Urkunden.
Zs. f. d. Alterthum 32, 128—137.

388. **Levi**, Sigmund, Vorname und Familienname im Recht. 8. (III, 60 S.) Gießen 1888, Roth. 1 M.
Vgl. Lit. Centralblatt 1888, Sp. 1308 f. (A. S.).

389. **Andresen**, K. G., der Teufel in deutschen Geschlechtsnamen.
Zs. f. d. Philologie 20, 227—230.

390. **Weber**, Heinrich, ein ostfränkisches Namenbuch aus dem Anfang des 16. Jahrhunderts.
49. Bericht des histor. Vereins in Bamberg. — Vgl. Korrespondenzblatt des Gesammtvereins der deutschen Geschichts- und Alterthumsvereine 1888, 67 f.

391. **Hartmann**, J., Altes und Neues über die Familiennamen in Heidenheim.
Grenzbote 1887, 44 ff.

392. **Vogt**, über deutsche, besonders Neuwieder Familiennamen. 8. (55 S.) Neuwied, Heusers Verlag. 0,60 M.
Vgl. Centralorgan für die Interessen des Realschulwesens 16, 539 f. (Söhns); Deutsches Litteraturblatt 1889, 138 (Saalfeld).

393. **Siebenbürgisch-sächsische** Familiennamen (Forts.).
Siebenbürg. Korrespondenzblatt 11, 15 f., 41—43.

394. **Wittstock**, O., Siebenbürgisch-sächsische Orts- und Familiennamen auf *-hausen*.
Siebenbürg. Korrespondenzblatt 11, 54.

395. **Kadler**, Eigennamen in Rawitsch (Bibl. 1887, Nr. 329).
Vgl. Zs. f. d. Philologie 20, 252—254 (Andresen); Herrigs Archiv 80, 360.

396. **Knoop**, Beinamen in Hinterpommern.
Am Urds-Brunnen Bd. 6, Jahrg. 7, Nr. 12.

397. **Necrologiae** Germaniae. Tom. I, Pars 2. Dioceses Augustensis, Constantinensis, Curiensis, ed. F. L. Baumann. Pars 2. gr. 4. (VIII u. S. 345 bis 798, mit 1 Taf.) Berlin 1888, Weidmann. 14 M. Mon. Germ. hist.

398. **Schroll**, Beda, Necrologium des ehemaligen Collegiatstiftes Spital am Pyrn in Oberösterreich. Mitgetheilt von B. Sch. Aus: Archiv für österr. Geschichte. Lex.-8. (111 S.) Wien 1888, Tempsky in Comm. 1,60 M.

Personennamen, s. auch Nr. 383, 416, 879.

399. **Ortsnamen** etc. — **Much**, R., Saltus Hircanus.
Zs. f. d. Alterthum 32, 410—412.

400. **Much**, R., **Hercynia.**
Zs. f. d. Alterthum 32, 454—462.

400[a]. **Dübi**, H., *Lug, Lugano, Locarno, Luzern* u. s. w. Ein Beitrag zur Deutung der schweizerischen Ortsnamen.
Anz. f. schweizer. Gesch. 1888, Nr. 4.

401. **Wackernagel**, Rud., *Wahinkofen—Wenken.*
Anzeiger f. schweizer. Geschichte 1888, Nr. 4.

402. E., über die Namen der schweizerischen Cantone, insbesondere Uris.
N. Züricher Ztg. 1887, Nr. 283.

403. **Kornmesser**, die französischen Ortsnamen germanischer Abkunft. I. Die Ortsgattungsnamen. 8. (59 S.) Straßburger Dissertation.

404. **Buck**, M. R., gallische Fluß- und Ortsnamen in Baden.
Zs. f. d. Geschichte d. Oberrheins N. F. III, 329—344.

405. **Stehle**, Orts-, Flur- und Waldnamen des Kreises Thann (Bibl. 1887, Nr. 347).
Vgl. Lit. Blatt 1888, Sp. 159—161 (Seiler); Korrespondenzblatt d. Gesammtvereins d. deutschen Geschichts- u. Alterthumsvereine 1888, 31 f.

406. **Straßburger** Gassen- und Häusernamen im Mittelalter. (Von C. Schmidt.) 2. neu bearb. Aufl. gr. 8. (V, 206 S.) Straßburg 1888, Schmidt. 4 M.

407. **Besler**, M., die Ortsnamen des lothringischen Kreises Forbach. 4. (55 S.) Progr. des Progymnasiums zu Forbach, 1888, N. 477.

408. **Das verwälschte Deutschthum** jenseits der Westmarken des Reiches, von K. v. Str. Berlin 1888, Luckhardt.
Darin werden auch die elsaß-lothringischen Ortsnamen behandelt.

409. **Mayer**, Ortsnamen im Ries (Bibl. 1887, Nr. 351).
Vgl. D. Lit. Ztg. 1888, Sp. 161 (—r—); Korrespondenzblatt d. Gesammtvereins d. deutschen Geschichts- u. Alterthumsvereine 1888, 31 f.

410. **Hohen-Peißenberg**. Ein Beitrag zur Ortsnamenkunde.
Allgem. Ztg. 1888, Nr. 193.

411. **Schneider**, E., Bemerkungen über Ursprung, Namen und Wappen von Wirtemberg.
Württemberg. Staatsanzeiger 1887, 14.

412. **Riezler**, Ortsnamen der Münchener Gegend (Bibl. 1887, Nr. 353), auch separat erschienen: München 1887, E. Wolf u. Sohn, 78 S.
Vgl. Mittheilungen d. Vereins f. Geschichte d. Deutschen in Böhmen 26, Beil. S. 84—86 (Hruschka).

413. **Unterforscher**, August, slavische Namenreste aus dem Osten des Pusterthales. 8. (20 S.) Progr. des Obergymnasiums in Leitmeritz, Böhmen, 1888.

414. **Wessinger**, A., ein onomatologischer Spaziergang im Unterinnthal.
Zs. d. deutschen u. österr. Alpenvereins 1888, 118—128.

415. **Müller**, Rich., Vorarbeiten zur altösterreichischen Ortsnamenkunde. Nochmals die Flußnamen.
Blätter d. Vereins f. Landeskunde von Niederösterreich 22, 1—80 u. 209—300.

416. **Müller**, Rich., ein germanischer Frauenname auf einer römischen Inschrift aus Niederösterreich.
Ebenda S. 188—193.

417. **Müller**, Rich., der deutsche Name des Semmerings (Cerewalt, Cerwalt).
Ebenda, S. 193—195.

418. **Müller**, Rich., Vogelweiden in Österreich?
Ebenda, S. 196—198.

419. **Müller**, Rich., *Gißhübel, Blesse, Hornbostel.*
Ebenda, S. 380—386.

420. Göpfert, über erzgebirgische Local- und Ortsnamen.
Glückauf (Organ des Erzgebirgsvereins) 1888, S. 2—9.
s. Nr. 878.

421. Kofler, Hedensheim, Hedenesheim; Sigelindeslinden, Sichelinden; Liebolfes und Sterrenrodes.
Quartalblätter d. histor. Vereins f. d. Großherzogthum Hessen 1888, Nr. 4.

422. Riese, Alex., der Name der Römerstadt bei Heddernheim.
Korrespondenzblatt d. Westdeutschen Zs. 8, Sp. 124—127. — *Nida, Heddernheim.*

423. Darpe, Franz, die ältesten Verzeichnisse der Einkünfte des Münsterschen Domcapitels. 8. (IX, 307 S.) Münster 1886, Theissing. 8 M. Codex traditionum Westfalicarum. 2. Bd.
Vgl. Lit. Centralblatt 1887, Sp. 138 f. — Darin zahlreiche Ortsnamen mit Erklärung.

424. Pappenheim, Gust. Freih. v., die Orte Papenheim in der fränkischen Zeit und die Entstehung des Namens.
Korrespondenzblatt d. Gesammtvereins d. deutschen Geschichts- und Alterthumsvereine 1888, 142 f.

425. Müller, Otto, F., Meininger Ortsnamen und Bauwerke auf Münzen und Marken. Ein Abriß der Münzkunde des Herzogthums S.-Meiningen. Lex.-8. (27 S.) Meiningen, Brückner u. Renner in Comm. 1 M. Schriften d. Vereins f. Meiningische Geschichts- u. Landeskunde H. 1.

426. Jacob, G., Rotemulte, Rotmulti [Römhild] und seine Nachbarorte Milz, Mendhausen, Sülzdorf im Streiflichte der Geschichte und Vorgeschichte. Lex.-8. (25 S.)
Ebenda H. 2. 1 M.

427. Schulze, Karl, Erklärung des Wortes *Lausehügel.*
Mittheilungen d. Vereins f. Anhaltische Geschichte u. Alterthumskunde 5, 192 f.

428. Schulze, Karl, Erklärung der Namen *Hobehai*, *Magdsterbe* und *Bubenborn.*
Ebenda S. 192 f.

429. Fränkel, slavische Ortsnamen in Anhalt.
Ebenda 5, 265—269 u. 329—336.

430. Adamy, Heinr., die schlesischen Ortsnamen, ihre Entstehung und Bedeutung. Ein Bild aus der Vorzeit. 2. verm. u. verb. Aufl. gr. 8. (IV, 146 S.) Breslau 1889, Priebatsch. 2,50 M.

431. Jentsch, Flurnamen aus dem Kreise Crossen.
Verhandlungen d. Berliner Gesellschaft f. Anthropologie, Ethnologie u. Urgeschichte 1888, 124.

432. Müschner, die Ortsnamen Niemitsch und Sackrau.
Verhandlungen d. Berliner Gesellschaft f. Anthropologie, Ethnologie u. Urgeschichte 1888, 76 f.

433. Erklärung des Stadtnamens Fordon.
Jahrbuch d. Bromberger histor. Vereins f. d. Netzedistrict, H. 2.

434. Schulenburg, W. v., Lausefenn.
Verhandlungen d. Berliner Gesellschaft f. Anthropologie, Ethnologie u. Urgeschichte 1888, 155 f.

435. Strackerjahn, H., Hamheide.
Nd. Korrespondenzblatt 13, 7—9.
Friesische Ortsnamen, s. Nr. 501.

436. Über den Namen Lübeck.
Mittheilungen d. Niederlausitzer Gesellschaft f. Anthropologie u. Urgeschichte, 3. Heft.

437. Hey, G., die slavischen Ortsnamen von Lauenburg.
Archiv d. Vereins f. Geschichte d. Herzogthums Lauenburg, Bd. 2.

438. Nohr, Versuch eines Beitrags zur Deutung von geographischen Namen, Völker- und Personennamen.
Zs. f. wissenschaftliche Geographie 7, 313—319. — Darunter deutsche Dorfnamen etc.

439. Meyer von Knonau, G., Kulturgeschichtliche Schlußfolgerungen aus patronymischen Ortsbezeichnungen.
Anzeiger f. schweizer. Geschichte 1888, Nr. 1.

440. Bohnenberger, K., die Ortsnamen im Dienste der Geschichte.
Allgem. Ztg. 1888, Beil. Nr. 284.

441. Needon, R., Straßennamen im Lichte der Geschichte.
Wissenschaftliche Beilage d. Leipz. Ztg. 1888, Nr. 20.

442. **Thiernamen.** — Martin, Ernst, ein Straßburger Vogelbuch von 1554.
Jahrbuch f. Geschichte, Sprache u. Litteratur Elsaß-Lothringens 4, 53—56.

443. Stieda, über Pelzthiere, Bezeichnungen der Pelze im Handel zur Hansazeit nach den Revaler Zollbüchern.
Sitzungsberichte der Alterthumsgesellschaft Prussia zu Königsberg i. Pr., 43. Vereinsjahr.

s. Nr. 231 f.

444. **Pflanzennamen.** — Verzeichniß der in Kärnten volksthümlichen deutschen Pflanzennamen von G. A. Zwanziger, in: Flora von Kärnten, bearb. von D. Pacher u. M. Freih. von Jabornegg. 1. Theil. 3. Abth. Klagenfurt, v. Kleinmayr. 7,50 M.

445. Haillant, N., flore populaire des Vosges. 8. (220 S.) Paris 1887, Vieweg.
Vgl. Lit. Centralblatt 1888, Sp. 892 f. (Suchier); Revue critique 22, Nr. 46.

446. Treichel, Armetill, Bibernell (Bibl. 1887, Nr. 385).
Vgl. Zs. f. Volkskunde 1, 102—105 (Veckenstedt).

γ) Mundarten.

447. Socin, Schriftsprache und Dialecte (Bibl. 1887, Nr. 386).
Vgl. D. Lit. Ztg. 1888, Sp. 516—518 (Heyne) und 727 (Roediger); Lit. Blatt 1888, Sp. 337—343 (v. Bahder); Gött. Gel. Anz. 1888, 249 (E. Schröder); Zs. f. d. österr. Gymnasien 1888, 756—764 (R. M. Werner); Zs. f. d. deutschen Unterricht 2, 156 ff. (Lyon); Blätter f. litterar. Unterhaltung 1888, Nr. 3 (Boxberger); Deutsches Litteraturblatt 1888, 235 (Wunderlich); Taalstudie IX, 101 ff. (Schwippert); Modern Language Notes 3, Nr. 5 (Brandt); American Journal of Philology 9, 231.

448. Socin, Adolf, der Kampf des niederdeutschen Dialectes gegen die hochdeutsche Schriftsprache. gr. 8. (42 S.) Hamburg, Verlagsanstalt und Druckerei A. = G. 0,80 M. Sammlung gemeinverständl. wissenschaftl. Vorträge, hrsg. von Virchow u. Holtzendorff, N. F. 2. Serie, H. 20.
Vgl. Lit. Blatt 1888, Sp. 523—527 (Jostes).

449. Kauffmann, Dialectologie allemande, Atlas linguistique de l'empire allemand.
Revue des patois gallo-romans II, H. 5/6.

450. Welcker, Herm., Dialectgedichte. Sammlung von Dichtungen in allen deutschen Mundarten, nebst poetischen Proben aus dem Alt-, Mittel- und Neudeutschen, sowie den germanischen Schwestersprachen. 2. verb. u. verm. Aufl. von „die deutschen Mundarten im Liede". 8. (XXVIII, 426 S.) Leipzig 1889, Brockhaus, 5 M.

450ª. **Schweiz.** — Schweizerisches Idiotikon (Bibl. 1887, Nr. 387) 13. u. 14. Heft, bearb. von F. Staub, L. Tobler, R. Schoch u. H. Bruppacher. 4. (2. Bd., Sp. 529—848.) Frauenfeld, Huber. à 2 M.
451. Tobler, lexikalische Unterschiede (Bibl. 1887, Nr. 388).
Vgl. D. Lit. Zeitung 1888, Sp. 1745 (J. Bruns); Anzeiger f. d. Alterthum 14, 224 f. (Martin); Neuphilol. Centralblatt 2, 215 f.
452. Birlinger, A., zum alemannischen Sprachschatze.
Alemannia 16, 169—181.
453. Sutermeister, O., Schwizer-Dütsch. Sammlung deutsch-schweizerischer Mundart-Litteratur. 8. Zürich, Orell, Füssli & Cie. à 0,60 fr. — Heft 39 u. 40 (Aus dem Canton Aargau, 2. u. 3. Heft); H. 41 u. 42 (Aus dem Canton Luzern, 4. u. 5. Heft); H. 43 u. 44 (Aus dem Canton Zürich, 8. u. 9. Heft, 5 Lustspiele von L. Steiner); H. 45 (Aus dem Canton Bern, 4. Heft).
454. Heusler, Andr., der alemannische Consonantismus in der Mundart von Baselstadt. gr. 8. (XV, 131 S.) Straßburg 1888, Trübner. 4 M.
455. Binz, Gust., zur Syntax der baselstädtischen Mundart. Inaugural-Dissertation. gr. 8. (VII, 77 S.) Stuttgart 1888. (Leipzig, Fock.) 2 M.
456. Bosshart, J., die Flexionsendungen des schweizerdeutschen Verbums und damit zusammenhängende Erscheinungen. Ein Beitrag zur Grammatik der schweizer. Mundart. gr. 8. (III, 57 S.) Frauenfeld, Huber. (Züricher Dissertation.) 2 M.
s. Kluge, Schweizerdeutsch und Schriftdeutsch, Nr. 74.
457. **Elsaß-Lothringen.** — This, Constant, die deutsch-französische Sprachgrenze im Elsaß. Mit 1 Karte und 8 Zinkätzungen. gr. 8. (48 S. mit 1 Tab.) Straßburg 1888, Heitz. 1,50 M. — Beiträge zur Landes- und Volkskunde Elsaß-Lothringens V.
Vgl. Lit. Centralblatt 1888, Sp. 1584; D. Lit. Zeitung 1888, Sp. 1685 (Strauch); Lit. Blatt 1888, Sp. 214—217 (L. Neumann); Germania 33, 120 (Bartsch); Revue critique 22, Nr. 13.
458. This, Sprachgrenze in Lothringen (Bibl. 1887, Nr. 395.)
Vgl. Lit. Blatt 1888, Sp. 214—217 (L. Neumann); Allgem. Zeitung 1888, Nr. 85.
s. Nr. 2.
459. Birlinger, A., und A. Stöber (†), zum Elsäßischen Sprachschatze.
Alemannia 16, 220—231.
460. Lienhart, Hans, die Mundart des mittleren Zornthales, lexikalisch dargestellt (Schluß).
Jahrbuch f. Gesch., Sprache und Litteratur Elsaß-Lothringens 4, 19—52.
461. Schwammen, von Mankel u. Martin.
Jahrbuch f. Gesch., Sprache und Litteratur Elsaß-Lothringens 4, 130 f.
462. **Baden.** — Heimburger, Karl, grammatische Darstellung der Mundart des Dorfes Ottenheim.
Paul u. Braune, Beiträge 13, 211—247.
463. **Pfalz.** — Lenz, Philipp, der Handschuchsheimer Dialect. 1. Theil: Wörterverzeichniß. 4. (55 S.) Programm des Gymnasiums zu Constanz. 1888, Nr. 567, u. Leipzig, Fock. 1,60 M.
Vgl. Lit. Blatt 1888, Sp. 391 (Behaghel).
464. Learned, The Pennsylvania German Dialect.
The American Journal of Philology IX, H. 1 ff. — Pfälzisch.
465. **Württemberg.** — Kauffmann, Vocalismus der Mundart von Horb. (Bibl. 1887, Nr. 400.)
Vgl. Lit. Blatt 1888, Sp. 156—158 (H. Fischer).

466. Unseld, W., Ulmer Redensarten.
Alemannia 16, 192.

467. Frickhinger, A., die Grenzen des fränkischen u. schwäbischen Idioms.
Beitr. z. Anthropologie u. Urgeschichte Baierns 8, H. 1.

468. **Baiern.** — Heigel, K. Th., die Italianismen der Münchener Mundart, in: Historische Vorträge und Studien von K. Th. Heigel, 3. Folge. 8. (VII, 365 S.) München 1887, Rieger.
Vgl. Lit. Centralblatt 1888, Sp. 548 („liefern ... einige Nachträge zu Schmeller").

469. **Österreich.** — Winder, E., die Vorarlberger Dialectdichtung. Zweiter Theil. 8. (47 S.) Programm des Gymnasiums zu Innsbruck.
Vgl. Zs. f. d. österreich. Gymnasien 1888, 181 (Khull).

470. Patigler, Ethnographisches aus Tirol-Vorarlberg. 48 S. Programm der Staatsoberrealschule in Budweis 1887.
Vgl. Zs. f. d. österreich. Gymnasien 1888, 845 (Khull).

471. Unterforscher, Dialectforschung des Pusterthales (Bibl. 1887, Nr. 410).
Vgl. Zs. f. d. österreich. Gymnasien 1888, 88 (Khull).

Mundart der Steiermark s. Nr. 870.

472. Nagl, Willibald, die wichtigsten Beziehungen zwischen dem österreichischen und dem czechischen Dialect. II. Entlehnungen.
Blätter d. Vereins f. Landeskunde von Niederösterreich 22, 417—434.

473. Schmidt, Johann, Slavodeutsches und Dialectisches in der Schule.
Zs. f. d. österreich. Gymnasien 1888, 687—701.

474. Neubauer, Idiotismen der Egerer Mundart. (Bibl. 1887, Nr. 417).
Vgl. Anzeiger f. d. Alterth. 14, 285 (Heyne).

Böhmische Mundart, s. Nr. 878.

475. Held, F., das deutsche Sprachgebiet von Mähren und Schlesien. [Mit 4 Karten in 3 Blättern.] Hrsgb. von der histor.-statist. Section der k. k. mähr.-schles. Gesellschaft zur Beförderung des Ackerbaues, der Natur- u. Landeskunde. Lex.-8. (16 S.) Brünn 1888, Winiker. 1 M.

476. **Siebenbürgen.** — Bertleff, Andr., Beiträge zur Kenntniß der Klein-Bistritzer Mundart. 4. (38 S.) Programm des Ober-Gymnasiums zu Bistritz.

477. Korrespondenzblatt des Vereins für siebenbürgische Landeskunde XI (1888):
Keintzel, G., Nösner Dialect u. „Gemeindeutsch", S. 45—54; Gemeinsächsisch und Nösnisch und ein gemeinsächsisches Lautgesetz, S. 69—72; R., Eine nösnische Dorfmundart, S. 81—85; Bertleff, A., zur Schreibung unserer Mundart, S. 103—105. — Ferner: *ûrbôlz* S. 20; *Czaleiter Koch*, S. 20; *zaïku* u. *tokefläker*, von G. Daichendt.

478. Keintzel, Georg, Kölnische Idiotismen.
Siebenbürgisches Korrespondenzblatt 11, 1—3.

479. **Schlesien.** — Franke, Felix, die Umgangssprache der Niederlausitz in ihren Lauten. Aus dem Nachlaß mitgetheilt von Otto Jespersen.
Phonetische Studien II, H. 1.

480. Birlinger, A., Lexicographisches. Schlesisch.
Zs. f. d. Philologie 20, 238—247, 349—360 u. 487—495.

481. **Thüringen.** — Weise, die Altenburger Mundart.
Mittheil. d. Geschichts- u. Alterthumsforschenden Vereins zu Eisenberg, 4. Heft.

482. Felsberg, O., die Koburger Mundart.
Mittheil. d. geogr. Gesellschaft zu Jena H. 6.

483. Böhme, Oskar, Beiträge zu einem vogtländischen Wörterbuche. 4. (22 S.) Programm der Realschule zu Reichenbach i. V. 1888, Nr. 543.
Vgl. Lit. Blatt 1888, Sp. 491 f. (Kauffmann).

484. Hertel, Ludwig, die Salzunger Mundart. 1. Laut- und Formenlehre. 8. (27 S.) Jena 1888. Dissertation.

485. **Hessen.** — v. Pfister, mundartliche Nachträge (Bibl. 1887, Nr. 425).
Vgl. Lit. Centralblatt 1888, Sp. 157 f. (Kögel).

486. **Mittelfränkisch.** — Büsch, Theodor, über den Eifeldialect. Ein Beitrag zur Kenntniß des Mittelfränkischen. 4. (33 S.) Programm des Progymnasiums zu Malmedy, 1888, Nr. 420.
Kölnisch s. Nr. 478.

487. **Niederdeutsch.** — Haushalter, Grenze zwischen d. hochdeutschen u. niederdeutschen Sprachgebiete (Bibl. 1887, Nr. 426).
Vgl. D. Lit. Zeitung 1888, Sp. 1074 f. (Nörrenberg); Zs. d. histor. Gesellschaft f. d. Provinz Posen 4, 107 f. (Beck).

488. Babuke, Heinrich, Weiteres über Dialect- und Gaugrenzen.
Nd. Jahrbuch 14, 9—13.

489. Freudenberg, R., Söitelsch plott (Süchtelner Plattdeutsch) mit Wörterverzeichniß u. Dialectproben. Ein Beitrag zum Studium der niederrheinischen Mundarten. 8. (XI, 103 S.) Viersen, Seul. 1,50 M.

490. Löwe, Rich., die Dialectmischung im Magdeburgischen Gebiete.
Nd. Jahrbuch 14, 14—52.

491. Damköhler, Ed., zur Charakteristik des niederdeutschen Harzes. Mit 1 (chromolith.) Karte. gr. 8. (25 S.) Halle 1886, Tausch & Grosse. 1,20 M.
Vgl. D. Lit. Zeitung 1888, Sp. 1074 f. (Nörrenberg).

492. Damköhler, Ed., die pronominalen Formen für *uns* und *unser* auf dem niederdeutschen Harze und in dem nördlich sich anschließenden Gebiete. Mit 1 Karte. gr. 8. (23 S.) Wolfenbüttel 1887, Zwissler. 1 M.
Vgl. Nd. Korrespondenzblatt 13, 78 f. (W. S.).

493. Jellinghaus, H., Mundart des Dorfes Fahrenkrug in Holstein.
Nd. Jahrbuch 14, 53—58.

494. Niederdeutsches Korrespondenzblatt 1888 (XIII): Hofmeister, Volksetymologie (S. 4); K. E. H. Krause, kleine Bemerkungen (S. 5 f.): *bot geven, Locke, pligen, Kudel, verlen, buchten, Slaffitten*), dazu Sandvoß (S. 10), *Wiltwassen, Koteken*, dazu Peters, Hille, Latendorf (S. 56 f.); *Weke*; Sandvoß, *Gizhacke* (S. 7), dazu Damköhler und Sprenger (S. 44 f.), Sandvoß (S. 88 f.); Damköhler, *gurschen, gursche* (S. 7), dazu Damköhler (S. 89); Sandvoß, *Himmel* und *Heben* (S. 9, dazu Reiche, S. 55); Bachmann, *Irk* (?) (S. 9), dazu Peters (S. 55); Bachmann, *Kolken, gholken* (S. 9 f.); de Beer, *Lüttekam* (S. 10); Sprenger, *Markelen, murkelen* (S. 10); Bachmann, *Pumpernickel* (S. 10); Sprenger, *siebensinnig* (S. 10 f.); Jostes, die Schlacht am Birkenbaum (*birboem*, S. 29 f.); Latendorf, plattdeutsche Tanznamen und ihre Bedeutung (S. 38 f.); Strackerjahn, *Hech!* (S. 45 f.), dazu J. A. Meyer u. Rimpau (S. 89 f.); Strackerjahn, *oha* (S. 48), dazu Bremer u. Sandvoß (S. 73), J. A. Meyer u. Rimpau (S. 89 f.); Knoop, plattdeutsche Wörter aus Hinterpommern (S. 52—54, 69—72 u. 84—87); Birlinger, *Hülgrütte* (S. 55); Rimpau, *jelp* (S. 55, dazu Reiche S. 72); Krause, *Kalmäuser, Klamüser* (S. 55 f., dazu Milchsack S. 72); Bäumker, *Legesäck* (S. 57); Rimpau, *leiderwennig* (S. 57); Hölscher, *mi, mik* (S. 57 f., dazu Damköhler, Sandvoß u. Löwe S. 90 f.); Hölscher, *Praess* (S. 58, dazu Sandvoß S. 91); Strackerjahn, *Schettern* (S. 58 f.); Peters *schotentuffel* (S. 59, dazu Reiche S. 73); Hofmeister, *up den stör gån*

(S. 59); Krause, die nd. Namen der Ulme (S. 59 f., dazu Krause S. 92); Knorr, *Utminen* und *Utminer* (S. 60 f., dazu de Beer S. 74 f., Krause S. 87); Birlinger, *Wanne* (S. 62, dazu Krause S. 88); Schillig, Übersetzung des XV. Cap. St. Lucä in Bentieroder Plattdeutsch (S. 83); Jellinghaus, eigenthümliche Adverbien des Niederdeutschen; Krause, kleine nd. Bemerkungen (*Beite; Garstel, Gastel; Echtersch, isermoddig; hånetritt*, S. 87 f.); Damköhler, *Geruchte* (S. 88); Sandvoß, *lox* (S. 91); Jellinghaus, *okeswin* (S. 91); Sprenger, *Poppendik* (S. 91); Sandvoß, merkwürdige Ausbreitung des Nd.

495. Neuniederdeutsche Litteratur.
Nd. Korrespondenzblatt 12, S. 16, 64, 80, 88. — Verzeichniß der im Jahre 1886/87 erschienenen Bücher. — S. auch 13, S. 96.
S. Nr. 72 u. 306.

D. Friesisch.

496. Siebs, Assibilierung. (Bibl. 1887, Nr. 224.)
Vgl. Lit. Blatt 1888, Sp. 292—294 (Heusler).

497. Cummins, A Grammar of the Old Friesic Language. 2. ed. (Bibl. 1887, Nr. 225.)
Vgl. D. Lit. Zeitung 1888, Sp. 432 f. (Franck); Antiquary 16, 183; Athenäum Nr. 3122; De Ned. Spectator 1888, S. 161 (F. B. Hettema).

498. Hettema, F. Buitenrust, Bloemlezing uit oud-, middel- en nieuwfriesche geschriften. III. Deel: Nieuwfriesch. 8. (101 S.) Leiden 1888, Brill.
Vgl. D. Lit. Zeitung 1888, Sp. 273 f. (II. Deel, Franck).

499. Hettema, F. Buitenrust, Bijdragen tot het Oudfriesch Woordenboek (acad. proefschrift). 8. (XXXVI, 80 S.) Leiden, Brill. 1,25 fl.

500. Hettema, F. Buitenrust, Frêsiska (*sunna ewende, wrbroedt*).
Tijdschrift voor Ned. taal- en letterkunde VIII, 68—76.

501. ten Doornkaat Koolman, J., friesische Ortsnamen und deren urkundlich nachweisbare oder muthmaßlich älteste Form.
Nd. Jahrbuch 13, 153—159.

502. Molema, H., Wörterbuch der Groningenschen Mundart im 19. Jahrhundert. gr. 8. (VIII, 583 S.) Norden, Soltau. 10 M. Wörterbücher, herausg. vom Verein f. nd. Sprachforschung, 3. Bd.

503. Bremer, Otto, Einleitung zu einer amringisch-föhringischen Sprachlehre. 8. (32 S.) Halle 1888, Habilitationsschrift, und Nd. Jahrbuch 13, 1—32 u. 160.
Vgl. Lit. Centralblatt 1888, Sp. 1157.

504. Bremer, O., zum Amringisch-Föhringischen.
Nd. Jahrbuch 14, 155—157.

505. Bremer, O., Wurstener Wörterverzeichniß.
Paul u. Braune, Beiträge 13, 530—566.

506. Bremer, O., ferreng an ömreng stacken, ütjdenn fan O. B. I. Ferreng an omreng stacken üb Rimen. 12. (150 S.) Halle 1888, Niemeyer. 2,40 M.

E. Niederländisch.

507. Tijdschrift voor Nederlandsche Taal- en Letterkunde. VIII.
Enthält u. a.: J. Verdam, dietsche verscheidenheden, S. 4—36 (*lieftallig, rechtenesse, gevoech, gewillich, goort, wijd en zijd, pluimstrijken, schrander, mender*); H. Kern, *Boos*, S. 37—46; *R. Fruin*, Nog iets over *Custinge*, S. 46

bis 56; Derselbe, Het woord *vorsche* in de groote Keur van Zeeland, S. 56—61; F. Buitenrust Hettema, Dietsche Kleinigheden S. 62—68; P. H. van Moerkerken, *Granje*, S. 160; P. J. Cosijn, *Niel*, *wiel*, S. 243—247; A. Kluyver, *Trawant*, S. 260—264; H. Oort, *Schorrimorrie*, *fluiten*, S. 318 f.

508. Noord en Zuid XI.
Enthält u. a.: H. 1, A. M. Chenuzet, de ontkenning in den zin; H. 2: Fr. van Cuyk, Eeenheid van taal; W. van Oers, *Muizenissen of muizennesten in't hoofd hebben? Wereldberoemd;* Franken, etymologisch tusschengerecht; A. de Cock, de negatie *en;* H. 3: Franken, onze sterke verba; H. 4: Vierhout, *blaadje*, *gaatje*, *lootje* enz.; H. 5: Franken, etymologische tusschenschotel; Suurbach, een paar woorden verklaard (s. auch H. 6); C. Bake, taalpolitie, eene spellingkwestie; H. 6: J. te Winkel, de volkomen klinker van sommige verkleinwoorden; F. A. Stoett, *Nork — nurk — nurksch — norsch*.

509. van Helten, middelnederl. spraakkunst (Bibl. 1887, Nr. 442.)
Vgl. D. Lit. Zeitung 1888, Sp. 1884—1887 (Franck); Lit. Blatt 1888, Sp. 255 bis 257 (Martin).

510. Cosijn, P. J., Nederlandsche Spraakkunst II. Syntaxis zesde druk bewerkt door Jan te Winkel. 8. (164 S.) Haarlem, Erven Bohn. 1,10 fl.

511. Terwey, T., Nederlandsche Spraakkunst. 7de druk. 8. (VIII, 184 S.) Groningen, Wolters. 1,25 fl.
Vgl. Noord en Zuid XI, H. 5 (4e druk).

512. Korte spraakkunst van Anna Bijns, volgens refereinen door Amaat Joos. 18°. (35 S.) Brügge 1888, De Haene-Wante. 0,50 fr.

513. Chanoine de Haerne, Coup d'oeil historico-linguistique sur le flamand dans ses rapports avec les idiomes celtiques et les dialectes germaniques de la Grande-Bretagne.
Messager des sciences historiques (Gent) 1888, Lief. 1—3.

514. Van Speybrouck, Aug., Spelling in de Brugsche Stadsrekening van 1302, ten oorbore eener middelvlaamsche spraakkunst.
Annales de la Société d'Émulation pour l'étude de l'histoire de la Flandre 4 série, tome IX, Nr. 2—4.

515. Bake, C., over de Spelling der Noord- en Zuid-Nederlandsche plaatsnamen.
Handel. van het XXe Ned. taal- en letterkundig Congres, S. 131—139.

516. Koenen, H. J., Sprokkelingen. Aanteekeningen en Beschouwingen. Met een inleidend woord van Jan te Winkel. gr. 8. (195 S.) Tiel 1888, 1,45 fl.

517. Woordenboek der Ned. taal. 3de Reeks. Afl. 12 en 13 (*geslepen — gewicht*) door A. Kluyver, A. Beets en J. W. Muller. 's Grav. en Leiden, Nijhoff en Sijthoff.
Vgl. De Gids LII, III, S. 317 f.; Noord en Zuid XI, H. 2 (11. Lief.).

518. de Vries, M., Mededeelingen over het Woordenboek der Nederlandsche taal.
Handel. van het XXe taal- en letterkundig Congres, S. 63—70.

519. Verwijs, E., en J. Verdam, Middelnederlandsch Woordenboek II (*D—G*, Schluß). 's Grav. Nijhoff.

520. Stallaert, K., Glossarium van verouderde rechtstermen. Afl. 5. (*darerve*). Leiden, Brill.
Vgl. De Tijdspiegel 1888, II, 9—28 (Gallée).

521. Obrie, Jul., de Nederlandsche rechtstaal in Noord- en Zuid-Nederland.
Handel. van het XXe taal- en letterkundig Congres, S. 176—180.

522. Acquoy, J. G. R., *Ga-doop* en *Ga-gedoopte*.
Handel. en Mededeel. van de Maatsch. der Ned. Letterkunde 1888, 64—68.

523. Joos, Am., Onderwijzer en Volkstaal. 8. (55 S.) Gent, Leliaert, Siffer & C°. 0,75 fr.

F. Englisch.

524. Bibliographie: Berliner Jahresbericht (oben Nr. 91), S. 302—304; Bücherschau der 'Anglia' (oben Nr. 114).

525. Elze, Karl, Grundriß der englischen Philologie. 2. verb. Aufl. gr. 8. (VIII, 387 S.) Halle 1888, Niemeyer. 8 M.

526. Körting, Gust., Encyklopädie und Methodologie der englischen Philologie. gr. 4. (XX, 464 S.) Heilbronn 1888, Gebr. Henninger. 8 M.
Vgl. Lit. Centralblatt 1888, Sp. 1649--1652 (A. Schröer); Academy Nr. 868.

527. Vietor, W., Einführung in das Studium der englischen Philologie. Mit Rücksicht auf die Anforderungen der Praxis. Die preußische Prüfungsordnung vom 5. Februar 1887 ist zu Grunde gelegt. 8. (VI, 69 S.) Marburg 1888, Elwert. 1,80 M.
Vgl. Lit. Centralblatt 1888, Sp. 1782 f. (R. Wülker); Lit. Blatt 1888, Sp. 207 bis 211 (A. Schröer), dazu Sp. 334 (Vietor); Centralorgan f. d. Interessen des Realschulwesens 1888, 222—224 (Jäckel); Neuphilol. Centralblatt 2, 296 f. (Mühlefeld) und 297—299 (S..e).

528. Earle, John, the Philology of English Tongue. Fourth Edition. Revised throughout and rewritten in parts. Oxford, Clarendon Press. 7 sh. 6 d.

α) Grammatik.

529. Sievers, ags. Grammatik (Bibl. 1887, Nr. 462).
Vgl. Englische Studien 11, 148—151 (Nader).

530. Sievers-Cook, An Old-English Grammar by E. Sievers, translated and edited by A. S. Cook. 2nd ed. revised and enlarged. 8. (XX, 273 S.) Boston, Ginn & Co.

531. Cook, A. S., Errata in the Sievers-Cook Old Engl. grammar.
Modern Language Notes III, Nr. 6.

532. Cosijn, P. J., altwestsächsische Grammatik. gr. 8. (VIII, 201 und VII, 208 S.) Haag 1888, Nijhoff. 12 M. (Bibl. 1887, Nr. 463).
Vgl. Anglia 11, 317 (R. Wülker); Engl. Studien 11, 151 f. (Nader; Flexionslehre).

533. Körner, Einleitung in das Studium des Ags., bearb. von Socin. (Bibl. 1887, Nr. 464.)
Vgl. Lit. Blatt 1888, Sp. 115—117 (A. Schröer); Engl. Studien 11, 288—290 (Nader).

534. Skeat, Principles of English Etymology (Bibl. 1887, Nr. 465).
Vgl. Lit. Blatt 1888, Sp. 56 f. (Kluge); American Journal of Philology IX, H. 2.

535. Cook, Albert S., the Phonological Investigation of Old English. Illustrated by a Series of Fifty Problems. Boston, Ginn and Co.
Vgl. Anglia 11, 532 (Schirmer).

536. Sweet, H., a history of english sounds from the earliest period, with full word-lists. 8. (418 S.) Oxford, Clarendon Press. 14 sh.
Vgl. Anglia 11, 316 f. (R. Wülker); Athenäum Nr. 3170.

537. Meiklejohn, The English Language (Bibl. 1887, Nr. 468).
Vgl. Modern Language Notes II, Nr. 8 (J. W. Bright).

538. Bierbaum, F. J., history of the English language and literature from the earliest times until the present day, including the American literature. 2. thoroughly revised and enlarged ed. School-Edition. gr. 8. (VIII, 241 S.) Heidelberg 1889, G. Weiß' Verl. 2,60 M.
Vgl. Anglia 11, 530—532 (Schirmer).

538ᵃ. Bierbaum, F. J., Dasselbe, Student's edition. gr. 8. (VIII, 257 und Biographical appendix 58 S.) Ebd. 4,20 M.

539. Roemer, Jean, Origins of the English People and of the English Language. Compiled from the best and latest authorities. 8. (XXIV, 658 S.) New-York, D. Appleton & Co., London, Kegan Paul, Trench & Co.
Vgl. Academy Nr. 841; Modern Language Notes III, Nr. 3 (Jagemann).

540. van Neck, M. G., On Derivation and Composition.
Taalstudie IX, H. 5.

541. Pogatscher, Alois, zur Lautlehre der griechischen, lateinischen und romanischen Lehnworte im Altenglischen. gr. 8. (XIII, 220 S.) Straßburg, Trübner. 5 M. Quellen u. Forschungen H. 64.
Vgl. Anglia 11, 533 f. (Schirmer); Academy Nr. 868.

542. Logeman, H., Mediaeval Latin and the Sounds of Old English.
Academy Nr. 855; dazu W. Sanday u. Logeman ebenda Nr. 856; Logeman, Nr. 857.

543. Bohnhardt, W., zur Lautlehre der englischen Grammatiken des 17. und 18. Jahrhunderts.
Phonetische Studien II, H. 1.

544. Brandt, H. C. G., Is English a Low German Dialect?
Academy Nr. 832.

545. Abbott, T. K., Strong Preterites (*rew* — *row*).
Academy Nr. 821; dazu W. Wright, ebenda Nr. 822 (*mew*, *snew*, *shruck*, *scruch*, *frew*, *roor*).

546. Kellner, L., zur Sprache Christopher Marlowes. Programm der Staatsoberrealschule im III. Bezirk zu Wien.

547. Salge, Emil, der Vocalismus in den Gedichten des Earl of Surrey. Dissertation. gr. 8. (43 S.) Jena 1887, Pohle. 1 M.

548. Krummacher, M., Sprache und Stil in Carlyle's „Friedrich II."
Englische Studien 11, 67—91 u. 433—457.

549. Höne, H., die Sprache des neueren englischen Romans u. der Tagespresse. gr. 4. (22 S.) Programm des Realgymnasiums zu Osnabrück, Nr. 512. Colberg, Warnke. 1 M.

550. Sweet, Elementarbuch des gesprochenen Englisch (Bibl. 1887, Nr. 470).
Vgl. Anglia 11, 635 f. (Flügel); Engl. Studien 11, 334—336 (Klinghardt).

550ᵃ. Kington Oliphant, The New English (Bibl. 1887, Nr. 470ᵃ).
Vgl. Englische Studien 11, 126—139 (Mayhew); American Journal of Philol. 8, 355 ff. (Garnett).

551. Morsbach, Ursprung der ne. Schriftsprache (Bibl. 1887, Nr. 471).
Vgl. D. Lit. Ztg. 1888, Sp. 1713—15 (Holthausen); Nord. Tidsskrift f. Filologi N. R. 9, 320—324 (Jespersen); Athenäum Nr. 3147; Phonetische Studien I, H. 3 (Knigge).

552. Behrens, französische Sprache in England (Bibl. 1887, Nr. 474).
Vgl. Lit. Blatt 1888, Sp. 175—178 (Suchier).

553. Tolman, H., The Pronunciation of Initial *cl* and *gl* in English Words.
Modern Language Notes 2, Nr. 8.

554. Schmidt, H., *cl*, *gl* > *tl*, *dl* in English Pronunciation.
Modern Language Notes 3, Nr. 3 u. 4.

Ags. und me. Sprache s. Nr. 1730—1732, 1743 f., 1811, 1824.

555. **Syntax.** — Lüttgens, Karl, über Bedeutung und Gebrauch der Hilfsverba im frühen Altenglischen. Sculan u. Willan. 8. (VIII, 88 S.) Kieler Dissertation. Leipzig, Fock. 1,50 M.

556. Wendt, bestimmter Artikel im Englischen (Bib. 1887, Nr. 481).
Vgl. Engl. Studien 11, 355—357 (Nader); Gymnasium 1888, 23 (Plattner).

557. ten Bruggencate, K., Additional Notes on Pronouns.
Taalstudie IX, H. 2.
Engl. Syntax s. ferner Nr 1723, 1725, 1740, 1742, 1777 f.

β) Lexicographie.

558. Murray, Dictionary (Bibl. 1887, Nr. 484ª). Part. IV (Sect. 1 u. 2, Bra—Cass).
Vgl. Lit. Centralblatt 1888, Sp. 1749 (R. Wülker); D. Lit. Ztg. 1888, Sp. 57 f. (Zupitza); Lit. Blatt 1888, Sp. 392—399 (Schröer); American Journal of Philology IX, H. 2; Academy Nr. 821, S. 66 u. 848 (Skeat); Athenäum Nr. 3180.

559. Skeat, W. W., An Etymological Dictionary of the English Language. Arranged on an Historical Basis. Second Edition. Oxford, Clarendon Press. 2 l. 4 sh.

560. Skeat, W. W., Concise Etymological Dictionary of the English Language. Third Edition. Oxford, Clarendon Press. 5 sh. 6 d.

561. Bosworth-Toller, Anglo-Saxon Dictionary III. (Bibl. 1887, Nr. 485).
Vgl. Germania 33, 123 (Bartsch); American Journal of Philology X, H. 2.

562. Bosworth, J., A compendious Anglo-Saxon and English Dictionary. 8. London, Reeves and Turner. 12 sh.

563. Altenglische Sprachproben nebst einem Wörterbuche, hrsg. von Ed. Mätzner. 2. Bd.: Wörterbuch, 10. Lief. Lex.-8. (3. Abth. S. 1—120.) Berlin 1888, Weidmann. 4,80 M.
Vgl. Lit. Centralblatt 1888, Sp. 1457 f. (R. Wülker); Lit. Blatt 1888, Sp. 298 (A. Schröer).

564. Stratmans „Dictionary of the Old-English Language", thoroughly revised and rearranged by Henry Bradley. Oxford, Clarendon Press.

565. Mayhew, A. L., und W. W. Skeat, A Concise Dictionary of Middle English from A. D. 1150 to 1580. 8. (286 S.) Oxford 1888, Clarendon Press. 7 sh. 6 d..
Vgl. Anglia 11, 317 f. (R. Wülker); Lit. Blatt 1888, Sp. 328.

566. Standard, Etymological Dictionary of the English Language. 8. London, Ward and Lock. 2 sh. 6 d.

567. Brewer, E. C., Etymological and Pronouncing Dictionary of Difficult Words. New ed. 8. (1610 S.) London, Ward.

568. Mackay, Glossary of Obscure Words and Phrases in the Writings of Shakespeare (Bibl. 1887, Nr. 500).
Vgl. Athenäum N. 3143.

569. Nares, Glossary of Words in the Works of English Authors, particularly of Shakespeare and his Contemporaries. 2 vols. 8. London, Reeves and Turner. 21 sh.

570. The Bible Word-Book, A Glossary of Archaic Words and Phrases in the Authorised Version of the Bible (A. D. 1611), and the Book of Common Prayer, by W. Aldis Wright. 2nd edition revised. London 1884. Macmillans. gr. 8. (678 S.)
Vgl. Engl. Studien 11, 298—304 (Mayhew).

571. **Skeat**, Notes on English Etymology.
Transaction of the Philological Society 1888/90, Part I. — Suffix in *flotsam*, *jetsam*, *to go to pot*; englische Wörter im Anglo-normannischen.

572. **Skeat**, A Second List of English Words found in Anglo-French.
Transactions of the Philological Society 1888/90, Part I.

573. **Skeat**, W. W., The Provincial English Words *screes*, *Sliding Stones*, and *ais*, *Harrows*.
Academy Nr. 843 (Vortrag in der Cambridge Philol. Society).

574. **Skeat**, English Words from Mexican and other Western Sources, with some English Etymologies.
Academy Nr. 862 und Athenäum Nr. 3185, S. 629 (Vortrag in der Philological Society).

575. **Kluge**, F., englische Etymologien. 4. ne. *pail*.
Englische Studien 10, 180.

576. **Kluge**, F., englische Etymologien.
Engl. Studien 11, 511 f. — ae. *brycgian*; ae. *deág*; ne. *to drain*; ae. *dúsc*; *fnǽrettan*; ae. *púca* = an. *púke*; ne. *reel*; ae. *stúc*; ae. *writian*; ne. *thistle*, ae. *þistel*.

577. **Stoffel**, C., on the Etymology of *decoy*.
Englische Studien 10, 181—185.

578. **Stoffel**, C., *Woe-begone*.
Englische Studien 11, 484—487.

579. **Bright**, J. W., *Thraf-caik*.
Modern Language Notes III, 138 f.

580. **Stoffel**, C., *to be dead* = *to die*; *to have died*.
Taalstudie IX, H. 2.

581. **Hupe**, H., Etymologien.
Englische Studien 11, 492—495. — *Aroint thee*; *wont*; *to kill*; *to skip*; me. *dille(n)*; me. *bounen*; me. *quert*.

582. **Dieter**, Ferd., altengl. *ymbeaht* = got. *andbahts*.
Engl. Studien 11, 492.

583. **Kent**, Ch. W., The Anglo-Saxon *burh* and *byrig*.
Modern Language Notes III, Nr. 6.

584. **Cook**, A. S., Notes on Old English Words (*Cumbol*, *Mittan*, *Mitting*).
Modern Language Notes III, Nr. 1.

585. **Bright**, J. W., The Anglo-Saxon *bâsnian* and *wrâsen*.
Modern Language Notes III, Nr. 2.

586. **Bright**, J. W., The Origin of the English *much*.
American Journal of Philology IX, H. 2.

587. **Zupitza**, Julius, German Words in Middle English.
Academy Nr. 827 (dazu Corrections, Nr. 829, S. 204c). — *tenserie*, *siker*, *keiser*, *pilgrim*.

588. **Murray**, J. A. H., On the term „*Beetle-browed*", and the word „*Behaviour*".
Transactions of the Philological Society 1888/90, Part. I.

589. **Lentzner**, K., *Coco* und *Cocoa*.
Englische Studien 11, 363 f.

590. **Etymologien** in 'The Academy': '*Acquire, enquire, require*' (Mayhew, Nr. 818); '*steerman*' (Round, M. Hart, Toynbee, Furnivall, Palmer, Nr. 815, 820, 836, 837 (Sp. 343a), 842, 843); '*Huer*' — '*Palingman*' — '*Grille*' (Ramsay, de Beer, ten Bruggencate, Nr. 833, 834, 835); *Bull-Fight*' (Toynbee, Nr. 844); '*Elope*' (Bradley, Nr. 855); '*Crag*', signifying '*Neck*' (Scott, Nr. 856); '*Rack*' as a Horse's Place (Baxter, H. Ch. Hart,

Nr. 858, 862); Did the word *'Road'* originally mean *'a clearing'*? (Mayhew, Skeat, Earle, Ramsay, Nr. 862, 863, 864, 866, 867, 868); Is English *'Hole'* connected with Greek κοῖλος? (Addy, Bradley, Nr. 862, 863, 864); *'Chizzel'* = *'Bran'* in Yorkshire (Allbutt, Nr, 864); The Vowel Quantity in Old-English *'Rod'* and *'Hol'* (Mayhew, Nr. 865).

591. **Namen.** — Tanger, G., englisches Namenlexikon. Zusammengestellt und mit Aussprachebezeichnung versehen. 8. (XXVIII, 272 S.) Berlin 1888, Haude u. Spenersche Buchhandlung. 5 M.
Vgl. Lit. Centralblatt 1888, Sp. 954 (R. Wülker); Anglia 11, 318 f. (R. Wülker); Centralorgan f. d. Interessen d. Realschulwesens 1888, 475 f. (Wespy); Neuphilolog. Centralblatt 2, 208.

592. A Dictionary of Place-Names: giving their Derivations. By C. Blackie. Third Edition, revised. London, John Murray.
Vgl. Academy Nr. 837.

593. Rye, Walter, Danish Place Names around London.
Academy Nr. 824; dazu Stevenson, Nr. 828; W. Rye, Nr. 831.

594. Stevenson, W. H., The Isis, The ock, and Oxford.
Academy Nr. 817 u. 818; dazu W. de Gray Birch', *'Wasa'* an *'Cern'*, ebenda Nr. 819, dazu Stevenson Nr. 820, de Gray Birch Nr. 821, Stevenson (The Iris, Oseney, Windsor, and Wandsworth), Nr. 822.

595. Elliott, A. M., Origin of the Name *„Canada"*.
Modern Language Notes Nr. 6.

596. Alphita, A medico-botanical glossary from the Bodleian manuscript, Selden B. 35. Ed. by J. L. G. Mowat. 4. (VII, 243 S.) Oxford 1887, Clarendon Press. — Anecdota Oxoniensia. Texts etc. chiefly from manuscripts in the Bodleian and other Oxford librairies. Mediaeval and modern series. Vol. I, Part II.
Vgl. Lit. Centralblatt 1887, Sp. 678 (E. W.); Academy Nr. 849 (Norman Moore); Archiv f. lat. Lexicographie 4, 342 f.

Pflanzennamen, s. Nr. 608.

γ) Mundarten.

597. Mackay, a Dictionary of Lowland Scotch, with an introductory chapter on the poetry, humor, and literary history of the scottish language etc. 4. (XXXII, 398 S.) London, Whittaker & Co. 7 sh. 6 d.

598. Hahn, Odwart, zur Verbal- und Nominalflexion bei den schottischen Dichtern [John Barbour—Robert Burns] II. gr. 4. (27 S.) Programm der Victoriaschule in Berlin 1888, und Berlin, Gärtner. 1 M.
Vgl. Germania 33, 123 (Bartsch).

599. Burns, R., Complete Poetical works. With an Original Memoir by W. Gunnyon. 8. (660 S.) London, Simpkins. 2 sh. 6 d.

600. Wischmann, W., Untersuchungen über das Kingis Quair Jakobs I. von Schottland. 8. (71 S.) Berliner Dissertation 1887.
Vgl. Lit. Blatt 1888, Sp. 20—22 (Glöde).

601. Lentzner, K., ein Lancashire-Humorist.
Engl. Studien 11, 480—484. — Oliver Ormerod (1811—1879), der sich um Erforschung des L.-Dialects verdient gemacht.

602. Wright, J., On the Dialect of Windhill; E. T. Elworthy, on the Omissions, Redundancies and Developments of the West Somerset Dialect; A. J. Ellis, on Home and Colonial Cockneysms.
Athenäum Nr. 3148, 3150, 3157.

603. The Norfolk Antiquarian Miscellany. Vol. III. Part. II. Edited by Walter Rye. Norwich, Goose & Co.
Enthält nach Athenäum Nr. 3157, S. 529* auch: The Vocabulary of East Anglia.

604. Primer, Charleston Provincialisms.
The American Journal of Philology IX, 2.

605. Lentzner, K., australisches Englisch.
Engl. Studien 11, 173 f.

606. Baumann, Londinismen (Bibl. 1887, Nr. 515.)
Vgl. Lit. Blatt 1888, Sp. 534—537 (A. Schröer); Taalstudie IX, H. 1 (ten Bruggencate); Revue de l'instruction publique en Belgique 31, Nr. 5 (Gittée). — Grose Redivivus, Marginal Notes to Baumanns „Londinismen", Taalstudie IX, H. 1.

607. A Dictionary of unconventional phraseology, embracing English, American, and Colonial slang; tinkers', Yiddish, Pidgin, and Anglo-Indian slang; quaint expressions, vulgarisms; their origin, meaning, and application. Ed. by Albert Barrère and Charles G. Leland. 2 Vols. Subscript. by G. May, 2 White Hart Street, London E. C.

608. Bericht über die „English Dialect Society".
Academy Nr. 824. — Es erschien 1886 u. 1887: Cheshire Glossary, von Robert Holland; a Dictionary of the Kentish Dialect, von W. D. Parish und W. Frank Shaw; The Folk-Speech of South Cheshire, von Thomas Darlington; Glossary of West Somerset Words, von F. T. Elworthy. Für 1888: Berkshire Words, von B. Lowsley; Words used in Sheffield and Surrounding Villages, von Sidney O. Addy; Words in Use in the Wapentakes of Manley and Corringham, Lincolnshire, von Edward Peacock. Ferner sind in Aussicht: Dictionary of English Plant-Names, von Ellen Shadwell; Public School Words, Percy Allsopp u. W. D. Bodkin.
Academy Nr. 848: für 1888 noch: Part II. of the Catalogue of the English Dialect Library.
Academy Nr. 857: Besprechung (von Bradley) einiger der hier angeführten Werke, sowie noch folgender: South-west Lincolnshire Glossary (Wapentake of Graffoe), by R. E. Cole; Report on Dialect Work, May 1885 bis May 1886, by A. J. Ellis; Second Report on Dialect Work, May 1886 bis May 1887, by A. J. Ellis; Four Dialect Words — *Clem*, *Lake*, *Oss*, and *Nesh*, by T. Hallam. — S. ferner Academy Nr. 861 (S. O. Addy u. H. Bradley); Athenäum Nr. 3145, S. 144 f. u. 656 f.; Nr. 3161, S. 656 f.

G. Nordisch.

609. Bibliographie: Berliner Jahresbericht (oben Nr. 91), S. 126—131; Arkiv f. nord. Filologi u. s. w. (oben Nr. 115 ff.).

α) Grammatik.

610. Brate, E., Runskriftens uppkomst och utveckling i Norden enligt senaste undersökningar. [L. Wimmer, die Runenschrift, übers. von F. Holthausen].
Svenska fornminnesföreningens tidskrift VII, 50—61.

611. Torin, K., Vestergötlands runinskrifter. Tredje samlingen 8. (46 S. + 33 Taf.). (Mit Anmerkungen von S. Bugge.) Beilage zu: Vestergötlands forminnesföreningens tidskrift, H. 4/5.

612. Söderberg, S., om några nyfunna Gotländska Runinskrifter. Föredrag. 4. (8 S.) S. A. aus Lunds Universitets årsskrift Tom. XXIV. Lund, Berlings Boktryckeri.

613. **Kurck**, Cl., om tvänne nyfunna runstenar i Skåne. 8. (2 + 9 S. + 2 Taf.) Lund 1888. Nicht im Handel.

614. **Liliencron**, R. v., der Runenstein von Gottorp. König Sigtryggs Stein im schleswig-holstein. Museum vaterländ. Alterthümer zu Kiel. Eine Abhandlung. Mit einem Anh. v. H. Handelmann. Hrsg. v. der Gesellschaft für schleswig-holstein.-Lauenburg. Geschichte und dem anthropolog. Verein in Schleswig-Holstein. gr. 8. (32 S.) Kiel, Universitäts-Buchhdlg. 1,20 M.
Vgl. Mittheilungen aus d. hist. Lit. 16, 308 (A. G. Meyer).

615. **Catalogue** of the Manks crosses with the runic inscriptions and various readings and renderings compared. By P. M. C. Kermode. gr. 8. (36 S.) Ramsey 1887, J. Craine. 1 M.
Vgl. Anzeiger f. d. Alterth. 14, 210—213 (Lentzner).

616. **Fricke**, F. W., die Runen und die Lateinschrift.
Reform 12, Nr. 2.

---

617. **Gering**, H., altnordisch *v*.
Paul u. Braune, Beiträge 13, 202—209. — Dazu Braune, ebenda S. 209.

618. **Larsson**, Ludvig, om uttalet av *ei*, *au* ock *ey* i äldre isländska.
Arkiv f. nord. Filologi 5, 142—149.

619. **Þorkelsson**, Jón, Beyging sterkra sagnorða í Íslenzku. 8. (80 S.) Reykjavík 1888, Eymundsson.

620. **Kock**, Axel, ett par undersökningar i fornnordisk ljudlära.
Arkiv f. nord. Filologi 5, 46—65. — I. Ljudövergång från *vā* till (*v*)*ō* framför *u* och analogibildade starka preteriter; II. Ljudutveckling från *ū* till *ō*.

621. **Kock**, Undersökningar i svensk språkhistoria (Bibl. 1887, Nr. 537).
Vgl. Anz. f. d. Alterthum 14, 217—221 (Heinzel); Germania 33, 123 (Bartsch).

622. **Kock**, Axel, svenska konsonantstudier.
Nordisk tidskrift f. Filologi N. R. 9. Bd., S. 140—160 u. 161—185. — Om *g*- och *gh*- ljuden; till ljudutvecklingen *đ* > *d*; fsv. *mn* : nysv. *m*; ljudövergång från *kk* till *gg* i nysvenskan; om fornsvenskans *r*-ljud.

623. **Kock**, Axel, fornsvenskans behandling av diftongen *ia*.
Arkiv f. nord. Filologi 5, 371—384.

624. **Kock**, Axel, bidrag till forndansk ljudlära.
Arkiv f. nord. Filologi 5, 66—97. — I. Om förlust av ändelsevokaler i fornjutskan och om forndansk akcentuering; II. Vokalharmoni för *a* : *æ*; III. Vokalharmoni för *u* : *o*, *i* : *e*; IV. Två olika *v*-ljud, Exkurs: Två olika *v*-ljud i forngutniskan; V. Till behandlingen av *u*-omljudet av *a*.

625. **Tegnér**, Esaias, tyska inflytelser på svenskan.
Arkiv f. nord. Filologi 5, 155—166 u. 303—344.

626. **Schagerström**, Aug., Ströftåg i Sverges medeltidsliteratur.
Arkiv f. nord. Filologi 4, 245—250 u. 335—348.

627. **Hainer**, H., om de sammansatta verben i nysvenskan. 4. (24 S.) Karlskrona 1888. Redogörelse för de allm. läroväcken i Blekinge 1887—1888.

628. **Noreen**, Ad., om språkriktighet. 2. uppl. 8. (2 + 52 S.) Upsala 1888, W. Schultz. 1 Kr.

629. **Richert**, M., om rätta betydelsen af språkriktighet med särskildt afseende på modersmålet.
Ny sv. tidskr. 1888, 577—593.

630. **Freudenthal**, A. O., en blick på svenska språkets utvecklingshistoria. Föredrag vid årsmötet den 5 februari 1888. Förhandlingar och uppsatser utg. af Svenska Literatursällskapet i Finnland. 3, 1887—1888, S. 62—79.

631. Dodge, D. K., The Study of Old Danish.
Modern Language Notes III, Nr. 3.

632. Dodge, D. K., The personal pronoun in the Old Danish „Tobiae Comedie."
Modern Language Notes III, Nr. 5.

633. Dahlerup, V., u. O. Jespersen, kortfattet dansk lydlaere til brug ved undervisning. Met et forord af V. Thomsen. 8. Kopenhagen 1888. 0,50 Kr.

634. Andersen, D., u. Ch. Blinkenberg, dansk lydskrift med hovedpunkterne af den danske lydlaere. Med et forord af V. Thomsen. 8. Kopenhagen 1888, Gyldendal. 0,75 Kr.

635. Lysholm, Hedevig, einige Worte über die deutsche Sprache in Bezug auf die norwegische.
Zs. f. d. deutschen Unterricht 2, H. 3.

636. **Ortografie** (schwedisch). — Nystavaren 1887, årgångens sista häfte: S. 173—180: P. G. Boëthius, om dubbelkonsonanters bibehållande vid ordböjning; S. 181—194: D. Högbom, om nystavning; S. 195—198: Nystavning inom sjönliteraturen.

637. Wisén, T., Utlåtande i rättstafningsfrågan, afgifvet till Svenska Akademien. 8. (74 S.) Lund 1887.

638. Wessmann, K. O., Svensk rättskrifningslära, efter svenska akademiens ordlista. 7. Aufl. Stockholm 1888.

639. Hernlund, H., Vetenskaps-akademien och Lars Laurels rättskrifningsförslag. Några anteckningar. 4. (32 S.) Stockholm 1888. S. A. aus Nya elem. skolans årsredogörelse 1887—1888.

640. Eneström, G., ett bidrag till de fonetiska bokstäfvernas historia i Sverge.
Svenska landsmålen 6, smärre meddel. S. CLIII—CLV.

641. Lassen, H., Skriftsprog og Talesprog.
Vidar 1888, 595—607.

β) Lexicographie.

642. Fritzner, Ordbog over det gamle norske Sprog. H. 13 (*knáleika* = *munr—lamabarningr*) [Bd. 2, S. 305—400] Kristiania 1888. 1,50 Kr.

643. Sundén, D. A., Ordbok öfver svenska språket. H. 4 (II, S. 193—352) Stockholm 1888, Beckmann. 1,50 Kr.

644. Söderwall, K. F., Ordbok öfver svenska medeltidsspråket. H. 8 u. 9. (S. 505—664) Lund 1888. 10 Kr.

645. Kalkar, O., Ordbog til det äldre danske sprog. H. 14. Kopenhagen 1888. 3 Kr.

646. Hahnsson, J. A., Svenskt-finskt lexikon. H. 2. S. 161—320. 4. Helsingfors 1888, Finska litteratursällskapet. 2,50 M.

647. Falk, Hj., oldnorske ordforklaringer.
Arkiv f. nord. Filologi 5, 111—124. — oldn. *nið* = got. *nidwa*; *litr* m. *öieblik*; *alstr* n. *alimentum*; *barna-sifjar* = got. *frasti-sibja*; oldn. *naust* = got. *nawistr*; *und(ir)* „*inter*, *intra*"; *nenna*; *yrþjóð*; oldn. *auvisli* = ags. *æfverdelsa*; *skattyrði*; oldn. *flæma* = ags. *flȳman*; *véli* n. *stjert*; *mǫru-eldr*; *hǫfuð-smátt*.

648. Hertzberg, Ebbe, tvivlsomme ord i Norges gamle love.
Arkiv f. nord. Filologi 5, 223—244 u. 345—370. — *afsáð*; *árborinn maðr*, *reksþegn*; *árofar*; *beðset*, *beðsetr*, *húsbeða*; *feldr*, *bláfeldr*, *vararfeldr*; *grassetr*; *hærbúa*; *iskotsmaðr*; *kosgirni*; *roðausa*, *roðháfr*; *rot*; *siðradr*; *snattaðr maðr*; *svartaslag*; *takmörk*; *valinkunnr*; *vápnatak*; *þrútr*; *skattvarr*, *skatzvarr*.

649. **Sievers, E., nordische Kleinigkeiten.**
Arkiv f. nord. Filologi 5, 132—141. — *optar-optarr; hvaðarrtveggja; nǽr-nár; Njǫrun; Grani-Gráni; Gýðingr; Sigurðr-Sigrøðr.*

650. **Maurer, Konrad,** *Vígslóði.*
Arkiv f. nord. Filologi 5, 98—108.

650ᵃ. **Mogk, E.,** *Dróttkvætt.*
Arkiv f. nord. Filologi 5, 108 f.

651. **Bugge, Sophus, Folkenavnet** *Daner.*
Arkiv f. nord. Filologi 5, 125—131.

652. **Jónsson, Janus, und Finnur Jónsson, om orðið** *vigg.*
Arkiv f. nord. Filologi 5, 278—284.

653. **Jónsson, Finnur,** *Vengi.*
Arkiv f. nord. Filologi 5, 288 f.

654. **Noreen, Adolf, Folketymologien. 8. (39 S.) Stockholm 1888.**
Svenska landsmålen 6, H. 5.

655. **Geete, R., Ordklyfverier. En etymologisk hjälpreda. 8. (XII, 224 S.) Stockholm 1888, Norstedt & söner. 2,50 Kr.**

γ) Mundarten.

656. **Karlsson, K. H., dialektisk öfvergång** *a* **>** *o* **i ändelsen hos fornsvenska ord med kort rotstafvelse.**
Arkiv f. nord. Filologi 5, 166 f.

657. **Åström, Per, Språkhistoriska studier öfver Degerforsmålets ljudlära. 8. (150 S.) Stockholm 1888.**
Svenska landsmålen 6, H. 6.

658. **Olsson, E., Gått homör. I. Jämtmål på värs och prosa af Äcke. 8. (32 S.) Östersund 1888. 0,30 Kr.**

659. **Storm, Joh., det nynorske landsmaal. Kopenhagen 1888, Gyldendaal.**

660. **Nyrop, dialectologie danoise.**
Revue des patois gallo-romans 1, H. 4.

661. **Feilberg, H. F., Bidrag til en ordbog over jyske almuesmål (Bibl. 1887, Nr. 581). 4. Heft. Kopenhagen 1888, Klein.**

662. **Lundell, J. A., Feilbergs ordbok öfver Jutlands folkmål.**
Svenska landsmålen 6, S. CXCIII—CCIII.

V. Volkskunde.

663. **Mélusine IV, 1—12.**

664. **Revue des traditions populaires, Bd. III.**

665. **Archivio per lo studio delle tradizioni popolari, Bd. VI.**
s. Bibl. 1887, Nr. 583—585.

666. **Am Urds-Brunnen Bd. 6, Jahrg. 7.**
Enthält u. a.: Nr. 1. Höft, F., der Siebensprung oder der Siebenspringer; Clajus, H., das Cassentragen zu Rohrsheim; Martens, P. Ch., Sagen aus dem Lüneburgischen; Nr. 2. Saubert, Maikäfer, Frau Holles Bote; Frohme, H., sagenumsponnene Erdfälle am Harz (Forts. in Nr. 4); Ditmarscher Märchen; Nr. 3. Freytag, L., Pflanzenaberglaube in den Alpen (Schluß in Nr. 4); Frahm, L., Stormarnsche Localsagen (Schluß in Nr. 7); Knoop, O., Sagen u. Erzählungen aus dem östlichen Hinterpommern (Forts. in Nr. 5—11); Nr. 5. Gittée, A., Thierreime aus Flandern; Saubert, Mann ohne Kopf; Nr. 6. Bauernhochzeiten auf der Norderdithmarsche Geest; Höft, F., Volkslieder; Roth, F. W. E., Krankheitssegen etc. (Forts. in Nr. 7 u. 8); Nr. 7. Schreck, E., Sitten u. Ge-

bräuche vom Oberharze; Nr. 8. Frahm, L., Sitten, Gebräuche u. Volksmeinungen, Tod u. Begräbniß betreffend; Nr. 9. Höft, F., mythische Schicksalspflanzen (Forts. in Nr. 10 u. 11); Haase, Ed., Beschwörungsformeln; Nr. 10. Frischbier, H., ostpreußische Volksmeinungen, Tod u. Begräbniß betreffend; Nr. 11. Kinder, ein Capitel vom niederen Volksglauben der Gegenwart; Nr. 12. Schmitt-Edenkoben, der Hochberg be iEdenkoben; Sz., der Grabstein des Tacitus; Martens, P. Ch., hannoversche Sagen. — In den 'kleinen Mittheilungen' Sitten u. Gebräuche, Aberglaube, Volksmedicin, Kinderlieder u. s. w.

Mythologie.

667. **Lang**, Myth, Ritual and Religion (Bibl. 1887, Nr. 591).
Vgl. Berliner philol. Wochenschrift 1888, Sp. 1477—1479 (Fritzsche); Revue critique 22, Nr. 7.

668. **Lang**, Custom and Myth (Bibl. 1886, Nr. 581).
Vgl. Zs. f. Völkerpsychologie und Sprachwissenschaft 18, 299—311 (P. Steinthal) u. 311—324 (H. Steinthal).

669. **Meyer**, E. H., Achilleis; Homer und die Ilias (Bibl. 1887, Nr. 596 u. 597).
Vgl. Lit. Centralblatt 1888, Sp. 254—257; Lit. Blatt 1888, Sp. 35 f. (Mogk); Anzeiger f. d. Alterthum 14, 70—84 (Laistner); Germania 33, 127 (Bartsch); Wochenschrift f. class. Philologie 1888, Sp. 577—579 (Gruppe); Revue de l'histoire des Religions 17, H. 1/2 (Monseur); Athenäum Nr. 3179.

670. **Gruppe**, Otto, die griechischen Culte und Mythen in ihren Beziehungen zu den orientalischen Religionen. 1. Bd. Einleitung. gr. 8. (XVIII, 706 S.) Leipzig 1887, Teubner. 16 M.
Enthält: Entstehung des Cultus und des Mythus; Übersicht über die wichtigsten Denkmäler für Cultus u. Mythus. — Vgl. Zs. f. Völkerpsychologie u. Sprachwissenschaft 18, 199—206 (Gloatz).

671. **Franz**, Friedr., mythologische Studien. 8. (65 S.) Progr. des Staatsgymnasiums im IV. Bezirk Wien, 1888.

672. **Gubernatis**, A. de, Mitologia comparata. 2 ed. 16. Milano. Hoepli. 1,50 L.

673. **Merlo**, Studi di Mitografia comparata.
Rivista di filosofia scientifica 1888, Juni.

674. **Minckwitz**, J., illustriertes Taschenwörterbuch der Mythologie aller Völker. Mit 238 Illustr. 8. (XII, 620 S.) Gera, Griesbachs Verlag. 2 M.

675. **Beer**, L., zur mythologischen Methodik.
Germania 33, 1—17.

676. **Forchhammer**, P. W., Mythologie eine Wissenschaft.
Philologus 46, H. 2.

677. **Grossi**, il Folk-Lore nella scienza, nella letteratura e nell' arte.
Rivista di filosofia scientifica 1888, August.

678. **Wendorff**, Franz, Erklärung aller Mythologie aus der Annahme der Erringung des Sprechvermögens (mit vorzüglicher Berücksichtigung des griech. u. sanskrit. Idioms). gr. 8. (V, 199 S.) Berlin 1888, G. Nauck. 12 M.

679. **Regnaud**, M., Max Müller et les origines de la mythologie.
Revue de l'histoire des Religions 17, H. 1/2.

680. **Dujon**, problèmes de mythologie et d'histoire. 8. (X, 188 S.) Auxerre, impr. Gallot.

681. **Rhys**, John, Lectures on the origin and growth of religion as illustrated by Celtic Heathendom (The Hibbert Lectures 1886). gr. 8. (XI, 708 S.) London 1888, Williams and Norgate. 10 sh. 6 d.
Vgl. D. Lit. Ztg. 1888, Sp. 1873—1878 (Zimmer).

682. Schröter, das Todtenreich der Indogermanen. Ein Beitrag zur prähistorischen Mythologie. 8. (47 S.) Progr. des Gymnasiums zu Wongrowitz, 1888.
s. Nr. 700*, 920 ff.

683. Rydberg, Undersökningar (Bibl. 1887, Nr. 604).
Vgl. Anz. f. d. Alterthum 14, 55—70 (E. H. Meyer); Germania 83, 121 (Bartsch).

684. Schmidt, Götterhimmel der Germanen (Bibl. 1887, Nr. 607).
Vgl. Zs. f. d. österr. Gymn. 1883, 624 (Löhner); Centralorgan f. d. Interessen d. Realschulwesens 1888, 722 (Freytag).

685. Winter, A., Walhalla. Mythologie der alten Deutschen. Mit 8 Farbentafeln. 11. Aufl. 8. (22 S.) Langensalza, Schulbuchhandlung. 0,75 M.

686. Rösselt, Friedr., Lehrbuch der griechischen und römischen Mythologie f. höhere Töchterschulen u. die Gebildeten d. weiblichen Geschlechts. 7. verb. u. verm. Aufl. nebst einem Anh., enthaltend: Die nordisch-germanische Mythologie. Neu hrsg. von L. Freytag. gr. 8. (XVI, 488 S.) Berlin 1889, Friedberg & Mode. 7,50 M.

686ª. Rösselt, Friedr., Mythologie der Griechen und Römer. Nebst einem Anh., enthaltend: Die nordisch-germanische Mythologie. Neu hrsg. von L. Freytag. 7. verb. u. verm. Aufl. gr. 8. (XVI, 488 S.) Ebenda 1889. 7,50 M.

687. Sloet, L. A. J. W., de dieren in het Germaansche Volksgeloof en Volksgebruik. gr. 8. (IV, 302 S.) 's Grav. Nijhoff. 3,60 fl.

688. Schwarz, Paul, Menschen und Thiere im Aberglauben der Griechen und Römer. 4. (S. 23—50.) Progr. des Realgymnasiums in Celle, 1888.
s. Nr. 230 f., 701 f., 720 f.

689. Zimmer, H., Keltische Beiträge. I. Germanen, germanische Lehnwörter und germanische Sagenelemente in der ältesten Überlieferung der irischen Heldensage.
Zs. f. d. Alterthum 32, 196—334, dazu „Berichtigungen", S. 462—471.

690. Hoffory, J., der germanische Himmelsgott.
Nachrichten von der kön. Gesellschaft der Wissenschaften zu Göttingen 1888, Nr. 16.

691. Sz., der Kriegsgott Tyr.
Am Urds-Brunnen Band 6, Jahrg. 7, Nr. 1—5. — Dazu s. Nr. 7, 8 u. 10.

692. Hofmann-Wellenhof, P. v., zur Geschichte des Arminius-Cultus in der deutschen Litteratur. Eine litterar-historische Abhandlung III. Theil (Schluß). 8. (42 S.) Progr. der Oberrealschule zu Graz, 1888.

693. Wells, B. M., Sigfried-Arminius.
Modern Language Notes III, Nr. 3.

694. Ihm, Mütter- oder Matronencultus (Bibl. 1887, Nr. 615).
Vgl. Wochenschrift f. class. Philologie 1888, Sp. 12—14 (Friedländer).

695. Friedrichs, Matronarum monumenta (Bibl. 1887, Nr. 616).
Vgl. Jahrbücher d. Vereins v. Alterthumsfreunden im Rheinlande, H. 84 (Ihm).

696. Siebourg, M., zum Matronencultus.
Westdeutsche Zs. 8, 99—116.

697. Klein, J., eine neue Matroneninschrift aus Remagen.
Jahrbücher d. Vereins v. Alterthumsfreunden im Rheinlande 84, S. 73—75.
s. Nr. 253.

698. Hoffmann, Ferd., Nachklänge altgermanischen Götterglaubens im Leben und im Dichten des deutschen Volkes. gr. 8. (144 S.) Hannover 1888, Hahn.
Vgl. Wissenschaftliche Beilage d. Leipz. Ztg. 1888, Nr. 81.

699. Laistner, L., über den Butzenmann.
Zs. f. d. Alterthum 32, 145—195.

700. Osterhage, G., Anklänge an die germanische Mythologie in der altfranzösischen Karlssage III.
Zs. f. romanische Philologie XI, H. 3.

Mythologie s. auch Nr. 1073 ff.

700*. Lemmermayer, Fritz, Tod und ewiges Leben im deutschen Volksglauben.
Gegenwart 34, Nr. 30.

s. Nr. 682, 920 ff.

701. Franciosi, l' aquila nel pensiero e nell' arte cristiana dei tempi di mezzo. 8. (31 S.) Siena, tip. arciv. s. Bernardino.

s. Nr. 230 ff.

702. Die Schlange im Mythus und Cultus der Völker.
Der Naturforscher 21, Nr. 38.

Märchen und Sagen.

703. Muth, F. A., die deutsche Sage. Eine litterarhistorische Studie. gr. 8. (32 S.) Frankfurt a. M., Foesser Nachf. 0,50 M. Frankfurter zeitgemäße Broschüren. N. F. 9. Bd., H. 11.

704. Becker, Joh. H., Saga II. Zur Deutung urzeitlicher Überlieferung. gr. 8. (124 S.) Leipzig 1888, Fock. 2,40 M.

705. Urbas, W., über Sagen und Märchen. Aus: 18. Jahresbericht der deutschen Staatsoberrealschule in Triest. Lex.-8. (22 S.) Triest. (Leipzig, Fock.) 1,25 M.

706. Wlislocki, Beiträge zu Benfeys Pantschatantra.
Zs. der deutschen morgenländischen Gesellschaft 42, 113 ff.

707. Landau, Decamerone (Bibl. 1885, Nr. 433).
Vgl. Zs. f. vergl. Lit.-Gesch. u. Renaissance-Lit. N. F. 1, 381 f. (Ellinger).

708. Grisebach, treulose Witwe (Bibl. 1886, Nr. 615).
Vgl. D. Lit. Ztg. 1888, Sp. 348 f. (Minor).

709. Palgrave, W. Gifford, Ulysses or scenes and studies in many lands. 8. (III, 385 S.) London 1887, Macmillan & Co.
Darin nach Lit. Centralblatt 1888, Sp. 1480 f. auch Parallelen zu deutschen Sagenstoffen.

710. Tobler, L., über sagenhafte Völker des Alterthums und des Mittelalters.
Zs. f. Völkerpsychologie u. Sprachwissenschaft 18, 225—254.

711. Poll, M., die Fabeln von Gottlieb Conrad Pfeffel und ihre Quellen.
Straßburger Studien 4, 343—471. — Cap. II: Die Quellen für Pfeffels Fabeln und Erzählungen; Cap. III: Pfeffels Verhältniß zu seinen Quellen.

712. Schmidt, Erich, Quellen Goethescher Balladen.
Goethe-Jahrbuch 9, 229—236. — Braut von Korinth; der getreue Eckart.

713. Kuhn, Ernst, der Mann im Brunnen, Geschichte eines indischen Gleichnisses.
Festgruß an Otto von Böhtlingk (Stuttgart 1888, Kohlhammer), S. 68—76.

714. Barthélemy, M. A., une légende iranienne, traduite du Pehlevi.
Revue de linguistique 21, 314—339. — Motiv: Räthsel der Sphinx.

715. Schullerus, A., zur Kritik des Rosenmädchens.
Siebenbürgisches Korrespondenzblatt 11, 21—28.

716. Birlinger, A., Mägdlein aus einem Pflanzenstengel gewachsen.
Alemannia 16, 92—94.

717. v. Wlislocki, Heinr., der verstellte Narr.
Germania 33, 342—356.

718. Bolte, J., das Märchen von Hans Pfrim.
Zs. f. d. Philologie 20, 325—336.

719. de Rialle, Girard, les contes dans les sermons du Moyen-Age. Un prototype de médecin malgré lui.
Revue des traditions populaires III, H. 11.

720. Krauß, F. S., Swinegel und Hase (vgl. Bibl. 1887, Nr. 630).
Verhandlungen d. Berliner Gesellschaft f. Anthropologie, Ethnologie u. Urgeschichte 1888, 121 f.

721. Landau, Marcus, Thierhochzeiten.
Zs. f. vergl. Litteraturgeschichte u. Renaissance-Litteratur N. F. 1, 372 f.

722. Maaß, das deutsche Märchen (Bibl. 1886, Nr. 623).
Vgl. Lit. Centralblatt 1888, Sp. 987 (R. Köhler).

723. Grimm, J. u. W., Kinder- u. Hausmärchen. Bibliotheks-Ausgabe 2 Bde. gr. 8. (XI, 319 u. VI, 352 S.) Berlin 1888, Hertz. 10 M.

724. Kinder- und Hausmärchen, gesammelt durch die Brüder Grimm. With Notes and Vocabularies by G. Eugène Fasnacht. London, Macmillan.
Vgl. Athenäum Nr. 3178, S. 382c.

725. Grimms Fairy Tales. Translated by H. B. Paull. London, Warne & Co.
Vgl. Athenäum Nr. 3148.

726. Blind, Karl, ein Grimmsches Märchen in shetländer Volksmundart.
Magazin f. d. Litteratur d. In- u. Auslandes 1888, Nr. 33.

727. Bechstein, Ludw., Märchenbuch. Mit 84 Holzschn. nach Originalzeichnungen von Ludw. Richter. 37. Aufl. 12. (VI, 233 S.) Leipzig 1887, G. Wigand. 1,20 M.

727a. Bechstein, Ludw., neues deutsches Märchenbuch. 50. Aufl. Volksausgabe. Mit einem Titelbild u. 60 Holzschn. 8. (VI, 278 S.) Wien 1887, Hartleben. 1,20 M.

728. Musäus, J. K. A., Märchen. Für die Jugend erzählt von K. A. Müller. Mit 56 in den Text gedr. Holzschn. u. 4 Buntbildern nach Zeichnungen von Karl Römer. 2. Aufl. 8. (VIII, 336 S.) Leipzig 1888, Abel. 3 M.
s. Nr. 43, 841.

729. Die Volksbibliothek des Lahrer Hinkenden Boten. (12. Lahr, Schauenburg. à 0,5 M.) enthält u. A.: Von J. K. A. Musäus: Legenden vom Rübezahl, Nr. 511—518 (95 S.); von G. Schwab: Genoveva, Nr. 615 bis 619 (34 S.); Griseldis, Nr. 646—650 (25 S.); Robert der Teufel, Nr. 661—665 (32 S.); die Schildbürger, Nr. 674—678 (43 S.); die Heymonskinder, Nr. 684—693 (128 S.).

730. Schalk, Gustav, im Märchenlande. Eine Sammlung der schönsten Märchen. Mit 5 Farbendrucken u. s. w. gr. 8. (319 S.) Kreuznach u. Leipzig 1888, Voigtländers Verlag. 3 M.

731. Michaelis, zwanzig Fabeln und Märchen für Kinder.
Neues Lausitzisches Magazin 63, H. 2.

732. Sippurim, Ghettosagen, jüdische Mythen und Legenden. Volksausgabe. Hrsg., rev. u. geordnet von J. Brandeis. 8. (IV, 467 S.) Prag 1888, Brandeis. 2,50 M.
Vgl. Centralorgan f. d. Interessen d. Realschulwesens 1888, 494 (Freytag).

733. Grün, Nathan, Sage und Geschichte aus der Vergangenheit der israelitischen Gemeinde in Prag. Vortrag, geh. am 14. Jänner 1888 im Verein „Afike Jehuda“ in Prag. gr. 8. (25 S.) Prag, Pascheles. 0,50 M.

734. Jannsen, Harry. Märchen und Sagen des estnischen Volkes. Übersetzt u. mit Anmerkungen versehen. 2. Lief. 8. (VIII, 203 S.) Riga, Kymmels Sortiment. 3,50 M.

735. Schreck, finnische Märchen (Bibl. 1887, Nr. 645).
Vgl. Lit. Centralblatt 1888, Sp. 986 f. (R. Köhler).

736. di Martino, M., novelline popolari lapponesi.
Archivio per lo studio delle tradizioni popolari VI, H. 3.

---

737. Dorenwell, griechische und deutsche Sagen für die Jugend. gr. 8. (VIII, 229 S.) Wolfenbüttel, Zwißler. 1,50 M.

738. Soldan, F., Sagen und Geschichten der Langobarden. 8. (XI, 218 S.) Halle 1888, Buchhandlung des Waisenhauses. 1,80 M.
Vgl. Centralorgan f. d. Interessen d. Realschulwesens 1888, 559 (R. Schneider); Allgem. Ztg. 1888, Beil. 18. April.

739. Wrubel, Fr., Sammlung bergmännischer Sagen. Mit einem Vorwort von A. Birlinger. Neue billige (Titel-)Ausg. 8. (VIII, 176 S.) Freiberg 1883, Craz & Gerlach. 1 M.

740. Hermann, E., die Walpurgisnacht in Sage und Dichtung.
Sammlung von Vorträgen, gehalten im Mannheimer Alterthumsverein, 2. Serie, Mannheim 1888.

741. Liebrecht, Felix, Seewasser in Tempeln.
Germania 33, 177—179.

742. Wickart, A., Zugerischer Sagenkreis VII.
Zugerisches Neujahrsblatt 1888.

743. Bargmann, Elsäßer Sagen.
Jahrbuch f. Geschichte, Sprache u. Litteratur Elsaß-Lothringens 4, 101—103.

744. Spieser, J., Münsterthaler Anekdoten.
Jahrbuch f. Geschichte, Sprache u. Litteratur Elsaß-Lothringens 4, 72—79.

745. Cosquin, contes populaires de Lorraine (Bibl. 1887, Nr. 651).
Vgl. Lit. Centralblatt 1888, Sp. 734 f. (R. Köhler); Revue critique 22, Nr. 22.

746. Peters, F., Märchen aus Lothringen, dem Volke nacherzählt. 8. (51 S.) Straßburg, Heitz. Elsäßische Volksschriften, Nr. 7.

746ᵃ. Peters, F., Märchen aus Lothringen.
Germania 33, 224—231 u. 333—341.

747. Legends of the Black Forest. Translated from the German by D. Birnbaum. 8. (VII, 223 S.) Baden-Baden, Marx. 2,50 M.

748. Faßnacht, Th. A., Geschichte und Sage von Hofen (Oberamt Canstatt) und seiner Burgruine. Bopfingen 1887, Abele.

749. Birlinger, A., zur Sagen- und Sittenkunde.
Alemannia 16, 188—192.

750. Lachmann, Th., der unterirdische Schatz in Überlingen.
Alemannia 16, 53—54.

751. Lachmann, Th., Überlinger Sagen.
Alemannia 16, 248—251.

752. Reiser, Karl Aug., über neugesammelte Algäuer Volkssagen.
Zs. d. deutschen u. österr. Alpenvereines 1888, 166—194.

753. Rappold, Sagen aus Kärnten (Bibl. 1887, Nr. 658).
Vgl. Lit. Centralblatt 1888, Sp. 1238 f. (R. Köhler).

754. Bermann, Moriz, Alt-Wien in Geschichten und Sagen für die reifere Jugend. 2. verm. Aufl. Mit 8 Illustr. gr. 8. (VI, 224 S.) Wien, Bermann & Altmann. 3,40 M.

755. Schüller, Thomas, Sagen aus Mähren. Zur Weckung und Belebung der Heimatsliebe zusammengestellt und für Jugend- und Volksbibliotheken bearb. 8. (IV, 220 S.) Brünn, Winiker. 2,40 M.

756. Schreckenstein, die Burg, in Geschichte und Sage. Ein Bild aus Deutschböhmen. Mit 6 Illustr. 3. verm. u. verb. Aufl. 8. (VII, 119 S.) Aussig, Grohmann. 1 M.
Böhmische Sagen, s. Nr. 878.

757. Hohaus, die Sagen der Grafschaft Glatz (Forts. von Bibl. 1887, Nr. 672).
Vierteljahrsschrift f. Geschichte u. Heimatskunde d. Grafschaft Glatz VIII, H. 1, 2 u. 3.

758. Nixsage aus Guben; der Goldwagen im Mochower See; Sagen vom Schwieloch-See.
Mittheilungen d. Niederlausitzer Gesellschaft f. Anthropologie u. Urgeschichte, H. 3.

759. Gander, Sagen aus dem Gubener Kreise; Krüger, Sagen, die sich an das alte Schloß und den Stockshof bei Lieberose anschließen.
Ebenda, H. 4.

760. Büttner, Hans, aus der Heimat. Sagen und Märchen der Halloren. 12. (102 S.) Leipzig, G. Wolf. 1,50 M.

761. Tonndorf, Herm., Thüringer Sagen. 12. (109 S.) Grünberg i. Schl. Weiß' Nachf. Verlag. 1 M.

762. Kruspe, H., Erfurter Domsagen. 4. (16 Bl. mit 16 Illustr.) Erfurt, Körner. 1 M. Bilder und Klänge aus Alt-Erfurt, H. 1.

763. Lohmann, Friederike, der Dom zu Magdeburg. Eine Volkssage. 8. (22 S.) Leipzig, Greßner u. Schramm. 0,20 M. Kleine Hausbibliothek für die Jugend, Nr. 49.

764. Wettig, Herm., Hörselberg-Sagen. Mit 7 Illustr. 8. (30 S.) Gotha, Gläser. 0,75 M.

765. Pröhle, Heinr., Harz und Kyffhäuser in Gedichten, Schilderungen und Aufsätzen. Mit einer litterarhistorischen Einleitung hrsg. von H. Pröhle. Neue Ausgabe. 8. (XII, 166 S.) Harzburg, Stolle. 1,50 M.

766. Pröhle, Heinr., Brockensagen. Mit einer Abhandlung über den Hexenzug nach dem Blocksberge. 12. (XVI, 70 S.) Harzburg, Stolle. 0,60 M.

767. Tewaag, F., Erzählungen, Märchen, Sagen und Mundarten aus Hessen. Gesammelt u. hrsg. 8. III, 96 S.) Marburg, Elwerts Verlag. 0,50 M.

768. Koecher, F., Bergblumen, Sagen aus der vorderen Röhn. gr. 8. (IV, 82 S.) Eisenach 1888, Kahle. 1 M.

769. Lesimples Reisebücher. Das Ahrthal nebst Ausflug zum Laacher See. Führer, Geschichte und Sage. 8. (44 S. mit 1 Stahlst. u. 1 Holzschn.) Leipzig, Lesimple. 0,50 M.

770. Schneegans, W., Geschichte des Nahethals nach Urkunden und Sagen. 3. Aufl. (Erweiterung der geschichtlichen Bilder und Sagen aus dem Nahethal.) gr. 8. (VIII, 271 S.) Kreuznach 1889, Schmithals. 3 M.

771. Beneke, Otto, Hamburgische Geschichten und Sagen, 3. u. 4. durchgesehene berichtigte Aufl. gr. 8. (VII, 383 S.) Berlin 1886, Hertz. 6 M. = Hamburgische Geschichten von O. B., 1. Sammlung.

772. Reinhard, Karl v., Sagen und Märchen aus Potsdams Vorzeit. Mit Ergänzungen von Wilh. Riehl. 5. Aufl. 8. (IV, 235 S.) Potsdam, Rentel. 2 M.

773. **Sage vom Schloß Bydgoszcz.**
Jahrbuch d. Bromberger histor. Vereins f. d. Netzedistrict, H. 2.

774. Liebrecht, Felix, einige Beiträge zur Geschichte der Frauen. (Schluß, s. Bibl. 1887, Nr. 694).
Germania 33, 243—255.

775. **Alexandersage.** — Basset, René, I. Alexandre en Algérie. II. Alexandre dans le Maghreb.
Revue des traditions populaires II, H. 10.

776. **Alexius.** — Blau, Max Friedr., zur Alexiuslegende.
Germania 33, 181—219.

777. Schneegans, H., die romanhafte Richtung der Alexiuslegende in altfranzös. und mittelhochdeutschen Gedichten.
Modern Language Notes III, Nr. 5 u. 6.

778. **Amor und Psyche.** — Adlington, Marriage of Cupid and Psyche (Bibl. 1887, Nr. 697).
Vgl. Lit. Centralblatt 1887, Sp. 1730 f. (G. N.); Archivio per lo studio delle tradizioni popolari 7, H. 1 (di Martino); Academy Nr. 822.

779. **Dagobert.** — Ristelhuber, Paul, Dagobert en Alsace.
Revue des traditions populaires III, H. 1 u. 2.

780. **Don Juan.** — Engel, Karl, die Don Juan-Sage auf der Bühne (Bibl. 1887, Nr. 704). 2. (Titel-)Aufl. 8. (265 S.) Oldenburg 1887, Schulze. 3,40 M.
Vgl. Lit. Centralblatt 1888, Sp. 326.

781. **Faust.** — Faligan, histoire de la légende de Faust (Bibl. 1887, Nr. 710).
Vgl. Lit. Centralblatt 1888, Sp. 1491 f.; D. Lit. Ztg. 1888, Sp. 1331 f. (Erich Schmidt); Goethe-Jahrbuch 9, 320 f.; Academy Nr. 847; Revue politique et littéraire 1888, Nr. 15 (V. Henry); Mélusine 4, H. 6 (Gaidoz).

782. Burdach, Konrad, zur Geschichte der Faustsage.
Vierteljahrsschrift f. Litteraturgeschichte 1, H. 1; dazu Eichler ebenda, H. 2.

783. Fischer, Kuno, Goethes Faust nach seiner Entstehung, Idee und Composition. 2. neubearb. u. verm. Aufl. 8. (XV, 472 S.) Stuttgart 1887, Cotta.
Vgl. Lit. Centralblatt 1888, Sp. 374 f. („Die Geschichte der Faustsage bis auf Goethe ist jetzt mit großer Ausführlichkeit behandelt").

784. Jostes, Franz, Faust in Dortmund.
Nd. Korrespondenzblatt 13, 38.

785. Friedel, E., die Faustsage und das Faustspiel in Berlin.
Mittheilungen d. Vereins f. d. Geschichte Berlins 1888.

786. Prem, S. M., eine Faust-Notiz.
s. Goethe-Jahrbuch 9, 321. — Epilog zum „alten Faust der Volkssage".

787. Moddermann, R. S. Tjaden, het oudste Faustdrama. Marlowes tragische Historie van Dr. Faustus vertaald en toegelicht. Groningen 1887.

788. Brandl, Al., über Marlowes Faust.
Chronik d. Wiener Goethevereins 1888, Nr. 1. — Auszug a. e. Vortrag Brandls. Puppenspiel, s. Nr. 1000* f., Faustbuch, s. Nr. 1439.

789. **Genovefa.** — Nagel, Wilib., die dramatisch-musikalischen Bearbeitungen der Genovefa-Legende. Ein Beitrag zur Geschichte der Oper. gr. 8. (56 S.) Leipzig 1888, Unflad. 1,20 M.

790. **Graalsage.** — Nutt, Alfred, studies on the Legend of the Holy Grail, with reference to the Hypothesis of its Celtic Origin. 8. (300 S.) London, D. Nutt. 10,50 M.
Vgl. Lit. Centralblatt 1888, Sp. 1455 f.; Zs. f. Volkskunde 1, 285 f. (Veckenstedt); Athenäum Nr. 3177; dazu Cecil Bendall, „a Buddhist Grail Legend", Nr. 3178 und Nutt, Nr. 3181.

791. **Millet**, A., la légende du Saint Graal. 8. (35 S.) Nimes, Gervais-Bedot. S.-A. aus der Revue du Midi.

792. **Griseldis.** — **Westenholz**, Friedr. v., die Griseldissage in der Litteraturgeschichte. gr. 8. (177 S.) Heidelberg 1888, K. Groos. 2,40 M.
Vgl. D. Lit. Ztg. 1888, Sp. 882; Lit. Blatt 1888, Sp. 390 f. (Spiller); Anz. f. d. Alterthum 14, 248—251 (Strauch); Giornale storico della lett. ital. XI, H. 1/2. De Ned. Spectator 1888, S. 124 f. (Moltzer).

793. **Groeneveld**, H., die älteste Bearbeitung der Griseldissage in Frankreich. gr. 8. (XLIII, 77 S.) Marburg, Elwert. 3,60 M. Ausgaben und Abhandlungen aus dem Gebiete der romanischen Philologie, veröffentlicht von E. Stengel, H. 79.

794. **Heldensage.** — **Lange**, deutsche Götter- und Heldensagen (Bibl. 1887, Nr. 720).
Zs. f. d. Gymnasialwesen 1888, 474 ff. (Gronau).

794ª. **Wägner**, Wilh., unsere Vorzeit. 2. Bd.: Deutsche Heldensagen, erzählt f. Jugend u. Volk. 4., von J. Wägner durchgesehene Aufl. Mit einem Titelbild u. 100 Textabbildungen nach Zeichnungen von Herm. Vogel. gr. 8. (X, 546 S.) Leipzig 1889, Spamer. 7,50 M.

795. **Albers**, Lebensbilder (Bibl. 1887, Nr. 723).
Vgl. Zs. f. d. Gymnasialwesen 1888, 689 f. (Naumann); Zs. f. d. österr. Gymnasien 1888, 273 f. (Stejskal); Centralorgan f. d. Interessen d. Realschulwesens 1888, 34 f. (Rob. Schneider).

796. **Müller**, Mythologie der deutschen Heldensage (Bibl. 1887, Nr. 724).
Vgl. Lit. Blatt 1888, Sp. 250—254 (Sijmons); Entgegnung Müllers auf die Besprechungen von Roediger, E. H. Meyer u. Sijmons, ebenda Nr. 9, Beiblatt von acht Spalten.

797. **Landmann**, nordische Gestalt der Nibelungensage (Bibl. 1887, Nr. 726).
Vgl. Herrigs Archiv 80, 464 f.

798. **Nover**, die Nibelungensage und ihre Heimat.
Rheinische Blätter f. Erziehung u. Unterricht 1888, H. 6.

799. **Lichtenberger**, H., la légende des Nibelungs dans la vallée du Rhin.
Annales de l'Est II, H. 1.

800. **German Epic Tales in Prose**: die Nibelungen von A. F. C. Vilmar, Walther und Hildegund von Albert Richter, edited by C. Neuhaus. 12, London, Whittaker & Co. 2 sh. 6 d.
Vgl. Athenäum Nr. 3172, S. 190ᶜ.

800ª. **Hofmann**, K., zur deutschen Heldensage.
Anz. f. d. Alterthum 14, 289. — Ermanarich.

801. **Kúnos**, J., eine türkische Siegfridsage.
Ungarische Revue 7, H. 10.

802. **Knoop**, Walthersage (Bibl. 1887, Nr. 729).
Vgl. Lit. Blatt 1888, Sp. 113 (Mogk); Anz. f. d. Alterthum 14, 241—247 (Antoniewicz).

803. **Heinzel**, Rich., über die Walthersage. Wiener Sitzungsberichte Bd. 117 u. separat. gr. 8. (100 S.) Wien, in Commission bei F. Tempsky. 1,40 M.

804. **Save**, Gaston, Walther de Vosges (Walther von Aquitanien).
Bulletin de la Société philomatique Vosgienne 12ᵐᵉ année, S. 115—142.

805. **Golther**, W., die Wielandsage und die Wanderung der fränkischen Heldensage.
Germania 33, 449—480.

806. **Lanvalsage**, von Kolls (Bibl. 1887, Nr. 735).
Vgl. Lit. Centralblatt 1888, Sp. 491 f. (R. Wülker); D. Lit. Ztg. 1888, Sp. 1041 (Varnhagen).

807. **Legenden.** — Bonet-Maury, G., la légende d'Abgar et de Thaddée et les missions chrétiennes à Édesse.
Revue de l'histoire des religions 1888, 269—283.

808. Tixeront, L. J., les origines de l'église d'Édesse et la légende d'Abgar, étude critique suivie de deux textes orientaux inédits. 8. (203 S.) Paris, Maissonneuve & Leclerc.

809. Schirmer, Gustav, zur Brendanus-Legende. gr. 8. (75 S.) Leipzig 1888, Fock. 1,20 M. Habilitationsschrift.
Vgl. Anglia 11, 327 f. (R. Wülker).

810. Leben und Offenbarungen der heiligen Brigitta. Neu bearbeitet, übersetzt u. hrsg. von Ludwig Clarus. Aufs neue durchgesehen u. verbessert von einem katholischen Priester. 4 Bde. 2. Aufl. gr. 8. (494, 389, 438 u. 332 S.) Regensburg, Verlagsanstalt. 15,60 M. Sammlung der vorzüglichsten mystischen Schriften aller katholischen Völker 10.—13. Bd.

811. Leben der heil. Birgitta von Schweden. Nach histor. Quellen bearb. u. hrsg. von Schwester Maria Bernardina, Ord.-Cap. 2. Aufl. gr. 8. (VIII, 448 S. mit 1 genealog. Tab.) Augsburg 1888, litterar. Institut von Dr. M. Huttler. 3 M.

812. Fragmentum de vita et miraculis Petri Olaui confessoris beate Birgitte. Utg. af K. G. Grandikson.
Karlstads Allmänna läroverks årsredogörelse 1887—88.

813. Börner, G., zur Kritik der Quellen für die Geschichte der heil. Elisabeth, Landgräfin von Thüringen.
N. Archiv f. ältere deutsche Geschichtskunde 13, 433—515.

814. Mielke, H., zur Biographie der heil. Elisabeth, Landgräfin von Thüringen. 8. (75 S.) Rostocker Dissertation.

815. B(echstei)n, R., die heil. Elisabeth in Dichtung und Kunst. Skizze.
Rostocker Ztg. 1888, Nr. 517.

816. Curicque, J. M., mémoire historique sur le culte ecclésiastique du bienheureux empereur Charlemagne. Metz 1888.

817. Das Leben des sel. Bruder Klaus in 12 Lichtdruckbildern mit untergedr. Text. Ein Andenken an die Jubelfeier von 1887. 16. Einsiedeln, Benziger & Co. 0,80 M.

818. Gallée, J. H., zur Legende der heil. Kumernus oder Wilgefortis.
Germania 33, 311 f.

819. Mussafia, A., Studien zu den mittelalterlichen Marienlegenden. II. Aus: Sitzungsber. d. kais. Akad. d. Wiss. Lex.-8. (90 S.) Wien, Tempsky in Comm. 1,40 M. (I u. II: 2,60 M.).

820. Grillnberger, O., Marienlegenden.
Studien und Mittheilungen aus dem Benedictiner- und Cistercienser-Orden 9, 283—289.

821. Benrath, Marias Leben nach der Legende des Mittelalters.
Deutsch-evangel. Blätter 14, 20—37.

822. Rösch, Astarte—Maria.
Theolog. Studien u. Kritiken 1888, 265—299, und Nachträge dazu in H. 3.

823. de Puymaigre, la légende de Marie l'Egyptienne.
Revue du monde latin 1888, Mai.

824. Montmélian, B. de, St. Maurice et la légion Thébéenne. 2 Bde. Paris, Plon, Nourrit et Co. 15 fr.

825. Allard, P., le martyre de la légion Thébaine.
La Controverse et le Contemporain 14, 161—195.

826. Die Leidensgeschichte des heiligen Mauritius und seiner Genossen.
Der Katholik N. F. 30, Juni bis August.

827. de Gray Birch, The Lengendary Life of St. Nicholas.
The Journal of the British Archaeological Association XLII, 2.

828. Bolte, J., die Legende vom heiligen Niemand.
Alemannia 16, 193—201; dazu Birlinger, ebenda S. 281.

829. Schnell, H., die Legende von der Abéesse grosse.
Zs. f. vergl. Lit.-Gesch. u. Renaissance-Lit. N. F. I, 255—259; dazu Zupitza, ebenda S. 396.

830. Uhrig, die 14 heiligen Nothhelfer (quatuordecim auxiliatores).
Theolog. Quartalschrift 70. Jahrg., H. 1.

831. Schneider, F., die Rupertuslegende von Jacob Koebel zu Oppenheim.
Zs. f. bildende Kunst 23, 5.

832. Egli, E., zu den urchristlichen Martyrien. I. Chronologisches zu Polykarp und Ignatius. II. Zum Felicitas-Martyrium.
Zs. f. wissenschaftl. Theologie 31, 385—397.

833. Holder-Egger, O., zu deutschen Heiligenleben. 1. Gozwin und Gozechin, Domscholasten zu Mainz; 2. über die Heiligen Marinus und Annianus; 3. über Adalbert von Egmond.
N. Archiv f. ältere d. Geschichtskunde 13, 9—32.

834. Annalecta Bollandiana. Tomus VI fasc. 4. — Tomus VII (4 fasc.). Brüssel. 15 fr.

835. Kaiser Maximilian. — Busson, Arnold, die Sage von Max auf der Martinswand und ihre Entstehung. Wiener Sitzungsber. 116 u. separat. Lex.-8. (48 S.) Wien, Tempsky in Comm. 0,80 M.

836. Melusine. — Jarlit, origines de la légende de Mélusine.
Mémoires de la Société des Antiquaires de l'Ouest IX.

837. Ödipus. — Steinberger, Alph., die Ödipussage. Eine litterarhistor. Skizze. 8. (78 S.) Regensburg 1888, Coppenrath. 1 M.

838. Novaković, die Ödipussage in der südslavischen Volksdichtung.
Archiv f. slavische Philologie XI, H. 3.

839. Oswald. — Schultze, Siegmar, die Entwicklung der deutschen Oswaldlegende. 8. (60 S.) Halle 1888. Dissertation.

Partonopeussage, s. Nr. 1825.

840. Rübezahl. — Müller, K. A., Rübezahl, der Herr des Riesengebirges. Für die Jugend erzählt. 4. Aufl. 8. (IV, 272 S.) Leipzig 1888, Abel. 2 M.

841. Musäus, J. K. A., Legenden vom Rübezahl. 12. (95 S.) Lahr, Schauenburg. 0,35 M. Volksbibliothek des Lahrer Hinkenden Boten, Nr. 511—518.
s. Nr. 43, 728 f.

842. Tannhäuser. — Heinrich, G., Tannhäuser.
Budapesti Szemle 1887, 321—343.

843. Taucher. — Croce, la leggenda di Nicolò Pesce (Bibl. 1886, Nr. 724).
Vgl. Lit. Blatt 1888, Sp. 31—34 (Ullrich).

844. Pitrè, G., la leggenda di Cola Pesce.
Archivio per lo studio delle trad. popol. VII, H. 1.

845. Tell. — Mähly, J., der Ursprung der Tellsage.
Preußische Jahrbücher 62, H. 3.

846. **Stöckle**, Josef, die drei Tellen. Goethe, Schiller, Uhland und die Tellsage.
Katholische Schweizerblätter 1888, H. 5/6.

847. **Tristan und Isolde.** — **Golther**, Sage von Tristan und Isolde (Bibl. 1887, Nr. 766).
Vgl. Anz. f. d. Alterthum 14, 233—241 (Singer); Germania 33, 119 (Bartsch); Romania Nr. 68 (Muret); österr. lit. Centralblatt 1888, 177 (Graf).

848. **7 weise Meister.** — **Cassel**, Paulus, Mischle Sindbad, Secundus-Syntipas. Ediert, emendiert und erklärt. Einleitung und Deutung des Buches der Sieben weisen Meister. 8. (VIII, 426 S.) Berlin, R. Schaeffer. 10 M.
Vgl. Blätter f. litterar. Unterhaltung 1888, 604 f. (Koelle).

849. **North**, Thomas, the earliest english version of the fables of Bidpai 'the morall philosophie of Doni', now again edited and introduced by Joseph Jacobs. 18. (LXXX, 257 S.) London, Nutt.
Vgl. Mélusine 4, H. 8 (Gaidoz).

850. **Winkelried.** — **Ringholz**, Odilo, Geschichte des fürstlichen Benedictinerstiftes U. L. Fr. zu Einsiedeln unter Abt Johannes I. von Schwanden 1298—1327. Mit urkundl. u. artist. Beilagen. gr. 8. (VIII, 297 S.) Einsiedeln 1888, Benziger u. Co. 4 M.
D. Lit. Ztg. 1888, Sp. 1889—1891 (Meyer von Knonau). — Excurs I enthält eine Zurückweisung von Bürkli, der wahre Winkelried (Bibl. 1887, Nr. 873); eine Kunstbeilage betrifft den Minnesänger von Buwenburg.

Sitten und Gebräuche.

850ª. **Freybe**, Alb., Züge deutscher Sitte und Gesittung, 1. Heft. Das Leben in der Treue. 2. Aufl. Gütersloh, Bertelsmann. 1,20 M.
Inhalt: 1. Prolegomena; 2. Die Macht der Sitte im Allgemeinen; 3. die Stellung und Geltung der Frau im Volksbewußtsein und im Volksleben; 4. — im häuslichen Leben; 5. die Sippe und die Blutrache; 6. die Blutbrüderschaft.

851. **Freybe**, Albert, Züge deutscher Sitte und Gesittung. 3. Heft. Auch u. d. T.: Das Leben im Dank. Eine Sammlung einiger Dankessitten. 8. (XII, 88 S.) Gütersloh, Bertelsmann. 1,20 M.

852. **Usener**, Herm., religionsgeschichtliche Untersuchungen. 1. u. 2. Theil. 1. Das Weihnachtsfest, Cap. I—III. gr. 8. (XVIII, 337 S.) 2. Christlicher Festbrauch. Schriften des ausgehenden Mittelalters, hrsg. von H. U. gr. 8. (VIII, 95 S.) Bonn, Cohen u. Sohn. 9 M.

853. **Vom Jura** zum Schwarzwald. Geschichte, Sage, Land und Leute. Hrsg. unter Mitwirkung einer Anzahl Schriftsteller und Volksfreunde von F. A. Stocker. 5. Bd. 4 Hefte gr. 8. (1. H. 80 S.) Aarau, Sauerländer. 5 M.

854. **Ruppert**, Ph., Konstanzer Beiträge zur badischen Geschichte. Altes und Neues. 8. Konstanz 1888, Selbstverlag.
Darin u. A.: Ein badischer Hexenrichter; ein Überlinger Chronist des 15. Jahrh.; Ulr. Richenthal.

855. **Reinfried**, Karl, das Kinderfest am St. Urbanstag im Schwarzachischen.
Zs. f. d. Gesch. d. Oberrheins N. F. III, 376 f.

856. **Eine Hochzeit** im Jahre 1557. Aus des Basler Arztes Dr. Felix Platters Selbstbiographie.
Schorers Familienblatt 1888, Nr. 6.

857. **Volksthümliche** Feste, Sitten und Gebräuche in Elsaß-Lothringen.
Jahrbuch f. Gesch., Sprache u. Litteratur Elsaß-Lothringens 4, 112—121. — Ortsneckereien S. 120 f.

858. **Ludwig**, Herm., elsäßische Fastnachts-Sitten und -Sagen.
Wissenschaftl. Beilage d. Leipziger Ztg. 1888, Nr. 12.

859. **Barth**, A., deux jeux Strasbourgeois.
Mélusine IV, H. 1.

860. **Ristelhuber**, P., fête de St. Nicolas en Alsace.
Revue des traditions populaires II, H. 2.

861. **Lachmann**, Th., die Überlinger Nachbarschaften und der Nachbarschaftstrunk.
Alemannia 16, 160—164.

862. **Paulus**, Ed., und Rob. **Stieler**, Aus Schwaben. Schilderungen in Wort und Bild. Stuttgart 1887.

863. **Hänle**, F., der Siedershof in Schwäbisch-Hall.
Württemberg. Vierteljahrshefte 1888, 62—80.

864. **Bossert**, G., Volksthümliches von der fränkischen Grenze.
Alemannia 16, 69—74.

865. **Die österr.-ungar. Monarchie in Wort und Bild.** Auf Anregung und unter Mitwirkung Sr. k. k. Hoh. des Kronprinzen Erzherzog Rudolf. 4. Wien, Hölder. In Heften zu 0,60 M. (1886/87 = H. 17—53).
Vgl. D. Lit. Ztg. 1888, Sp. 909—911. (Partsch).

866. **Zingerle**, Ign. V., Schildereien aus Tirol. 2. Bdchn. 8. (VIII, 379 S.) Innsbruck 1888, Wagner. 4,60 M.

867. v. d. **Passer**, Arnold, Hochzeitsbräuche im Eisackthal.
Zs. d. deutschen u. österr. Alpenvereins 1888, 146—150.

868. **Wolf**, Carl, der Burggräfler, ein deutscher Bauer in Südtirol.
Zs. d. deutschen u. österr. Alpenvereins 1888, 137—145.

869. **Nibler**, Fr., deutsche Bilder aus den welschen Bergen. [1. Das Suganerthal und die deutsche Sprachinsel Lusern. 2. Die sieben Gemeinden. 3. Der deutsche Nousberg. 4. Das deutsche Fersenthal. 5. Die Thalschaft Folgareit (Vielgereut).] Nebst einer Karte von Südtirol mit den ehemaligen deutschen Namen der Berge, Thäler, Flüsse, Ortschaften etc. gr. 8. (III, 82 S.) München, Callwey. 1,50 M.

870. **Kupferschmid**, A., linguistisch-culturhistorische Skizzen und Bilder aus der deutschen Steiermark. 8. (IX, 170 S.) Karlsruhe, Pollmann. 3 M.

871. **Knittl**, Michel, Cultur- und Landschaftsbilder aus Steiermark und Kärnten. 8. (III, 207 S.) Klagenfurt 1889, Leon sen. 3 M.

872. **Zahn**, J. v., zur Sittengeschichte in Steiermark.
Mittheilungen d. histor. Vereins f. Steiermark, H. 36.

873. **Krainz**, Joh., Steirische Hochzeitsbräuche.
Zs. d. deutschen u. österr. Alpenvereins 1888, 151—165.

874. **Schlegel**, Thomas, Hochzeitsgebräuche im Möllthale in Kärnten.
Vom Fels zum Meer 1888/89, H. 3.

875. **Gruber**, K., Marterl und Taferl.
Zs. d. deutschen u. österr. Alpenvereins 1888, 129—136.

876. **Beerdigungen** in den Alpen.
Das Ausland 61, Nr. 33.

877. **Joest**, W., Leichenbretter in Böhmen.
Verhandlungen d. Berliner Gesellschaft f. Anthropologie, Ethnologie u. Urgeschichte 1888, 416 f.

878. **Mittheilungen** des Nordböhmischen Excursions-Clubs, X. Jahrgang.
Darin: A. W. Stellzig, vier Volkslieder; J. Holfeld, drei Sagen aus dem Niederlande; L. Seifert, Mittheilung über das Jagen des wilden Mannes in Schluckenau; A. Paudler, über die deutsch-böhmischen Ortsnamen; Nordböhmische Localsagen; J. Just, Dialectisches.

879. **Bohemia** 1888, enthält u. A.: Walther v. d. Vogelweide, nach den neuesten Forschungen (Nr. 19); eine sprachfachliche Plauderei; das alte Sprachenrecht in Böhmen, von Jul. Lippert (Nr. 38); Frühlingsgebräuche der Deutschen in Nordböhmen, von Ferd. Thomas (Nr. 62 u. 68); deutsche Namengebung im alten Böhmen (Nr. 64 u. 66); Deutsch-čechisches im 15. Jahrh., von Jul. Lippert (Nr. 328).

880. **Habermann**, G., aus dem Volksleben des Egerlandes. Eger 1886, Kobrtsch u. Gschihay.
Vgl. Mittheil. d. Ver. f. Gesch. d. Deutschen in Böhmen 26, Beil. S. 13 f. (Gradl).

881. **Pröll**, Karl, vergessene deutsche Brüder. Wanderungen im Böhmerwalde und im „Sachsenlande" Siebenbürgens. 2. Aufl. 8. (124 S.) Leipzig, Reclams Universalbibliothek Nr. 2308. 0,20 M.

882. **Rath**, G. vom, Siebenbürgen. Reisebeobachtungen und Studien. Nach Vorträgen. 2. Ausg. 8. (V, 152 S.) Heidelberg, Winter. 2 M.

883. **The Land** beyond the Forest: Facts, Figures and Fancies from Transsylvania. By E. Gerard. London, Blaackwood & Sons.
Vgl. Athenäum Nr. 3150. (Aus dieser Anzeige ist zu schließen, daß Madame Gerard sich auf ihrer Reise nur die alleroberflächlichsten Kenntnisse über die Deutschen Siebenbürgens erworben hat. E.)

884. **Staufe-Simiginowicz**, L. A., deutsche Orte in Siebenbürgen. Touristenskizze.
Das Ausland 61, Nr. 31.

885. **Wlislocki**, H. v., Volkskunde der transsylvanischen Zigeuner (Bibl. 1887, Nr. 795).
Vgl. Lit. Centralblatt 1888, Sp. 319 f. (K—ff).

886. **Wlislocki**, H. v., Festgebräuche der transsylvanischen Zeltzigeuner.
Globus 1888, Nr. 22 u. 23.

887. **Schlesiens Vorzeit** in Bild und Schrift. 64. Bericht d. Vereins f. d. Museum schles. Alterthümer. Red. Grempler u. Mart. Zimmer. gr. 8. (4. Bd. S. 613—648.) Breslau 1888, Trewendt. à 1 M.

888. **Schoeller**, Franz, Schlesien. Eine Schilderung des Schlesierlandes. 3. Bd. Mit 10 Stahlst. u. 46 Holzschn. von Theod. Blätterbauer. Lex.-8. (VIII, 415 S.) Glogau 1888, Flemming. 15 M.

889. **Gander**, Festgebräuche, mit Zusätzen von Weineck.
Mittheilungen d. Niederlausitzer Gesellschaft f. Anthropologie u. Urgesch., H. 4.

890. **Fahlisch**, der Spreewald und seine Bewohner einst und jetzt.
Vom Fels zum Meer 1887/88, H. 10.

891. **Trinius**, Aug., Thüringer Wanderbuch. 2. Bd. (1. Bd. 1886.) 8. (X, 420 S.) Minden, Bruns. à 6,50 M.
Vgl. Lit. Centralblatt 1888, Sp. 1640.

892. **Friese**, Friedr., historische Nachricht von den merkwürdigen Ceremonien der altenburgischen Bauern, 1703. Neudruck mit Einleitung und Anmerkungen versehen, mit einer Nachbildung d. Trachtenbildes bei Friese und einem modernen Trachtenbilde. gr. 8. (39 S.) Schmölln, Bauer. 1 M.
Vgl. Anz. f. d. Alterthum 14, 143 (Strauch); Korrespondenzblatt d. Gesammtvereins d. deutschen Geschichts- u. Alterthumsvereine 1888, 99; Wissenschaftliche Beilage d. Leipziger Ztg. 1887, Nr. 95.

893. **Eine südthüringische Hochzeit.**
Das Ausland 61, Nr. 6 u. 7.

894. **Hantzsch**, A., Geschichte des Dresdener Christmarktes.
Mittheilungen d. Vereins f. Geschichte Dresdens, 8. Heft.

895. **Pfister**, Herm. v., chattische Stammeskunde. Anhang. gr. 8. (VIII, 54 S.) Kassel 1888, Hühn. 1,50 M.

896. **Kolbe**, Wilh., hessische Volkssitten und Gebräuche im Lichte der heidnischen Vorzeit. 2. sehr verm. Aufl. gr. 8. (191 S.) Marburg 1888, Elwerts Verlag. 1,80 M.
Vgl. D. Lit. Ztg. 1888, Sp. 1107 f. (Ed. Schröder); Centralorgan f. d. Interessen d. Realschulwesens 1888, 287 (Freytag); Mittheil. a. d. histor. Lit. 16, 374 f. (Falkenheiner); D. Lit. Blatt 1888, S. 39 (Saalfeld).

897. **Jellinghaus**, H., Volksthümliches aus Wallenbrück im Ravensbergischen.
Nd. Korrespondenzblatt 13, 81 f.

898. **Fontane**, Theodor, Wanderungen durch die Mark Brandenburg. 2. u. 3. Theil. gr. 8. Berlin 1889, Hertz. à 7 M.

899. **Land und Leute** in nordwestdeutschen Moorgegenden.
Das Ausland 61, Nr. 41—43.

900. **Wossidlo**, R., Volksthümliches aus Mecklenburg.
Rostocker Ztg. 1888, Nr. 175, 279, 303 u. 399. — Dummheit und Verwandtes; Stand und Gewerk im Munde des Volkes; Küster und Bauer; Bilder aus dem Thierleben. — Vgl. Nd. Korrespondenzblatt 13, 14 (K. E. H. Krause).

900[a]. **Ringschwur**, von Ernst Friedel.
Korrespondenzblatt d. Gesammtvereins d. deutschen Geschichts- u. Alterthumsvereine 1888, 108 f.

901. **Lemke**, Volksthümliches in Ostpreußen (Bibl 1887, Nr. 810).
Vgl. Zs. f. Völkerpsychologie u. Sprachwissenschaft 18, 102—112 (Bruchmann).

902. **Verhandlungen** der Berliner Gesellschaft für Anthropologie, Ethnologie und Urgeschichte 1888.
Darin: W. v. Schulenburg, Sensenband „Schande"; Leinwand als Geld; Lausefenn; Ostersemmel und Seelenzopf; Siebscheiben; Gebärmutter in Krötenform (S. 154—157); E. Lemke, über einen alten Volksgebrauch „zum Gedächtniß" („Stock im Eisen", S. 288); A. Treichel, Nachtrag zum Schulzenstab, sowie verwandte Communicationsmittel (S. 160—172; dabei auch Erklärung von '*Jodute*'; dazu S. 493 f. u. 570); A. Treichel, Reisig-, auch Steinhäufen bei Ermordeten oder Selbstmördern (S. 568—570); E. Friedel, kein heiliger Bielbogsweg (S. 586 f.).

903. **Haberland**, Carl, über Gebräuche und Aberglaube beim Essen (Forts. von Bibl. 1888, Nr. 817).
Zs. f. Völkerpsychologie u. Sprachwiss. 18, 1—59, 128—170, 255—284, 357—394.

904. **Schmitz**, J. P., ein altdeutsches Frühlingsfest. Culturgeschichtliche Studie. 1. Theil. 4. (19 S.) Montebaur 1874, Kunst. 1 M. — Dasselbe, 2. Theil. Das Sonnenrad. Eine culturhistorische Studie. 4. (26 S.) Progr. des Gymn. zu Montabaur. Leipzig 1888, Fock. 1,20 M.

905. **Harou**, Alfred, coutumes de moisson. IV. En Allemagne.
Revue des traditions populaires III, H. 11.

906. **Kleinpaul**, das Weihnachtsfest der alten Germanen.
Beweis des Glaubens 14, 338—351.

907. **Samson**, H., die Weihnachtszeit und ihre Feier im Christenvolk. gr. 8. (32 S.) Frankfurt a. M., Foeßer Nachf. 0,50 M. Frankfurter zeitgemäße Broschüren N. F. 9. Bd., H. 3.
s. Nr. 852.

908. Cassel, Paulus, zur Geschichte des Weihnachtsbaumes.
Schorers Familienblatt 9, Nr. 50.

909. Sylvesterbrauch und Sylvesterglaube, von A. T.
Wissenschaftl. Beilage d. Leipziger Ztg. 1888, Nr. 138.

910. Schulenburg, W. v., das Alter der deutsch-germanischen Spinnstube.
Mittheilungen d. Niederlausitzer Gesellschaft f. Anthropologie u. Urgeschichte, H. 3.

911. Bacmeister, eine gräfliche Kindstaufe vor 300 Jahren.
Württemberg. Vierteljahrshefte 1888, 133—137.

912. Birlinger, A., zur Sittenkunde.
Alemannia 16, 57 f. (Gegen den Bauernluxus vor C Jahren; gegen Unfug in Haus und Feld bei jungen Leuten; gegen die Freiheitsbäume; Seelenopfer, Volkssprache auf der Kanzel.)

913. Werther, Werner, Hochzeitsbräuche fremder Völker. Schilderungen. 12. (16 S.) Lahr, Schauenburg. 0,15 M. Volksbibliothek des Lahrer Hinkenden Boten Nr. 586—589.

914. Schroeder, Leop. v., die Hochzeitsbräuche der Esthen und einiger anderer finnisch-ugrischer Völkerschaften in Vergleichung mit denen der indogermanischen Völker. Ein Beitrag zur Kenntniß der ältesten Beziehungen der finnisch-ugrischen und der indogermanischen Völkerfamilie. gr. 8. (VIII, 265 S.) Berlin, Asher u. Co. 5 M.

915. Schroeder, Leop. v., die Hochzeitsbräuche der Esthen und einiger anderer finnisch-ugrischer Völkerschaften in Vergleichung mit denen der indogermanischen Völker.
Verhandlungen der gelehrten Esthnischen Gesellschaft zu Dorpat 1888, Bd. 13, 149-408.

916. Schroeder, Leop. v., eine esthnische Sitte.
Festgruß an Otto von Böhtlingk (Stuttgart, Kohlhammer), S. 107—109. — Hochzeitsbräuche.

917. Coemans, usages et cérémonies du mariage.
Revue de Belgique 1888, November.

918. Sébillot, P., les souhaits de bonne année en Bass-Bretagne etc., en Belgique, en Angleterre.
Revue des traditions populaires II, H. 12.

919. Liebrecht, Felix, Narrengesellschaften.
Germania 33, 175-177.

920. Schwebel, Tod und ewiges Leben im deutschen Volksglauben (Bibl. 1887, Nr, 622^b).
Vgl. Lit. Centralblatt 1888, Sp. 703 f. (H. Pf.); Mélusine 4, H. 5 (Gaidoz).
s. Nr. 682, 700^a.

921. Caland, W., über Todtenverehrung bei einigen der indogermanischen Völker. Veröffentlicht durch die kön. Akad. d. Wiss. zu Amsterdam. (Aus: Letterk. verh. der koninkl. Akademie.) gr. 4. (80 S.) Amsterdam 1888, J. Müller. 1,50 M.
Vgl. Mittheilungen d. anthropol. Gesellschaft in Wien 18, 277 (Haberlandt). — Inder, Griechen, Römer.

922. Über die Sitte, den Todten ein Geldstück ins Grab mitzugeben.
Mittheilungen d. Niederlausitzer Gesellschaft f. Anthropologie u. Urgeschichte, 3. Heft.

923. Frazer, J. G., Totemism. 12. (96 S.) Edinburgh 1887, Adam & Charles Block.
Vgl. Zs. f. Ethnologie 20, 164 (Virchow).

924. **Professor Aguchekikos** on totemisme. London 1886, Edw. Bumpus, Holborn Bars. S.-A.
Vgl. Wochenschrift f. class. Philologie 1888, Sp. 385 (Gruppe). — Satire.

925. **Schliep**, H. H. G. F., Licht! Was Keiner geahnt! Ein Buch für alle Germanen. 1. Theil. München, Uebelen in Comm. 3,50 M.
Vgl. Lit. Blatt 1888, Sp. 514 (Inhaltsverzeichniß des curiosen Buches).

926. Aberglaube. — **Rubin**, S., Geschichte des Aberglaubens. Aus dem Hebräischen übersetzt von Stern. 8. (159 S.) Leipzig 1888, E. Thiele. 1,50 M.

927. **Höfler**, M., Volksmedicin und Aberglaube in Oberbayerns Gegenwart und Vergangenheit. Mit einem Vorworte von Friedr. v. Hellwald. gr. 8. (XII, 244 S. mit 2 Lichtdruck-Taf.) München 1888, Stahl sen. 2,80 M.
Vgl. Lit. Centralblatt 1888, Sp. 1082—1084 (H. Pf.); Centralorgan f. d. Interessen d. Realschulwesens 1888, 491—494 (Freytag); Mittheilungen d. anthropologischen Gesellschaft in Wien 18, 74 (Krauß).

928. **Jahn**, Ulrich, über den Zauber mit Menschenblut und anderen Theilen des menschlichen Körpers.
Verhandlungen d. Berliner Gesellschaft f. Anthropologie, Ethnologie u. Urgeschichte 1888, 130—140; dazu ebenda, S. 490—492.

929. **Müller**, G., Zaubersprüche und Segen aus sächsischen Visitationsacten.
Neues Archiv f. sächsische Gechichte u. Alterthumskunde Bd. 9.

930. **Ammann**, J. J., ein Wassersegen.
Zs. f. d. Alterthum 32, 141—143.

931. **Bolte**, J., Besegnungen.
Alemannia 16, 56—57.

932. **Stehle**, B., und J. **Werner**, Besegnungen.
Alemannia 16, 54—56.

933. **Werner**, J., Segen.
Alemannia 16, 233—237.

934. **Gerlach**, ein alter zigeunerischer Feuersegen.
Mittheilungen vom Freiberger Alterthumsverein, Heft 24.

935. **Birlinger**, A., und J. **Werner**, alte Recepte.
Alemannia 16, 58—61.

936. **Werner**, J., Recepte.
Alemannia 16, 183.

937. **Seraphim**, Ernst, zur Geschichte des Aberglaubens in Altlievland. 1684—1704.
Jahresbericht der Felliner litterar. Gesellschaft pro 1885—1887, Beilage.

938. **Philipps**, Henry, gibt Mittheilungen über den niederen Volksglauben in Philadelphia und Umgebung in:
Proceedings of the Americ. philosophical Society 1888, 159—170.

939. **Diefenbach**, Hexenwahn (Bibl. 1887, Nr. 842).
Vgl. Zs. f. kathol. Theologie 1888, Nr. 1.

940. **Längin**, Georg, Religion und Hexenproceß. Zur Würdigung des 400-jährigen Jubiläums der Hexenbulle und des Hexenhammers, sowie der neuesten kathol. Geschichtschreibung auf diesem Gebiete. gr. 8. (XVIII, 385 S.) Leipzig 1888, O. Wigand. 6 M.

941. **Lercheimer**, Augustin [H. Witekind in Heidelberg], und seine Schrift wider den Hexenwahn. Lebensgeschichtliches und Abdruck der letzten vom Verfasser besorgten Ausgabe von 1597. Sprachlich bearb. durch A. Birlinger, hrsg. von C. Binz. gr. 8. (XXXII, 188 S.) Straßburg, Heitz. 3,50 M.
Vgl. Lit. Centralblatt 1888, Sp. 1784 f.; D. Lit. Ztg. 1888, Sp. 1290 f. (Rhamm); Protestant. Kirchenztg. 1888, Nr. 49 (Längin); Allgem. Ztg. 1888, Beil. Nr. 265.

942. Birlinger, A., Hermann Witekind.
Alemannia 16, 184—187; s. auch ebenda, S. 281.

943. Die ersten Bekämpfer des Hexenwahns.
Deutscher Mercur 19, Nr. 31.

944. Salzmann, die Hexenprocesse der Reichsstadt Eßlingen. Eßlingen, Schreiber.

945. Schulenburg, W. v., Hexentanz und Sternschlucken in Oberbayern.
Verhandlungen d. Berliner Gesellschaft f. Anthropologie, Ethnologie u. Urgeschichte 1888, 474—476.

946. Hennen, ein Hexenproceß aus der Umgegend von Trier aus dem Jahre 1572. Ein Beitrag zur Culturgeschichte des Mosellandes. gr. 8. (24 S.) St. Wendel 1887. Trier, Selbstverlag des Verfassers. 1,50 M.

947. Schwartz, W., zwei Hexengeschichten aus Waltershausen in Thüringen nebst einem mythologischen Excurs über Hexen- und ähnliche Versammlungen.
Zs. f. Völkerpsychologie u. Sprachwissenschaft 18, 395—419.

948. Jahn, Hexenwesen und Zauberei in Pommern (Bibl. 1887, Nr. 843).
Vgl. Lit. Centralblatt 1888, Sp. 27—29 (H. Pf.).

949. Warschauer, die älteste Spur eines Hexenprocesses in Posen.
Zs. d. histor. Gesellschaft f. d. Provinz Posen 4, H. 1/2.

950. Wespy, Leon, der Hexenglaube und seine Nachfolger.
Unsere Zeit 1888, H. 11.

951. Wespy, Leon, der Hexenglaube, ein Mißverständniß natürlicher Dinge.
Vom Fels zum Meer 1888/89, H. 11.

s. Nr. 944; Aberglaube s. Nr. 328.

Volks- und Kinderlieder.

952. Herder, J. G. v., Stimmen der Völker in Liedern. 8. (360 S.) Halle, Hendel. 1,50 M. Bibliothek d. Gesammtlitteratur d. In- u. Auslandes Nr. 257 bis 259.

953. Zurbonsen, Friedr., Herder und die Volkspoesie. 4. (XV S.) Programm des Gymnasiums zu Arnsberg 1888.

954. Friedrich Nicolais kleyner feyner Almanach 1777 u. 1778, hrsg. von G. Ellinger. 2 Bde. 8. (XXXVI, 64 u. XII, 86 S.) Berlin 1888, Paetel. 6 M. Berliner Neudrucke, Bd. 1 u. 2.

955. Bestmann, H. J., das deutsche Volkslied. gr. 8. (V, 44 S.) Mölln, Leipzig, Buchh. d. Vereinshauses. 0,80 M.

956. Erfurth, P., die deutsche Volksdichtung. Ihre Geschichte, Bedeutung für das Volksleben und Stellung in der Volksschule. gr. 8. (108 S.) Potsdam 1888, Stein. 1,20 M.

957. Ebner, das deutsche Volkslied in Vergangenheit und Gegenwart.
Deutsch-evangelische Blätter 13, H. 9.

958. Deutsche Volkslieder. Eine Sammlung der beliebtesten Liebes-, Trink- und Wanderlieder. 6.—13. Tausend. Ausg. A. 16. (96 S.) Leipzig. Werther. 0,25 M.; Ausg. B. (192 S.) 0,50 M.; Ausg. C. (288 S.) 0,75 M.; Ausg. D. (384 S.) 1 M.; Ausg. E. (384 S.) 1,50 M.

959. Elben, Otto, der volksthümliche deutsche Männergesang. Geschichte und Stellung im Leben der Nation. 2. Aufl. gr. 8. (XVI, 478 S.) Tübingen 1887, Laupp. 9 M.
Vgl. D. Lit. Ztg. 1888, Sp. 399 f. (Plew).

960. **Weitbrecht**, Richard, was singt unser Volk?
Der Wartburg-Bote (Eisenach, Bacmeister) I, S. 135—142. — Schwäbische Volkslieder der Gegenwart.

961. **Franke**, Karl, der Tanz und das Tanzlied bei den Deutschen.
Magazin f. d. Litteratur des In- u. Auslandes 1888, Nr. 26.

962. **Freßl**, die Musik des baiwarischen Landvolkes vorzugsweise im Königreich Bayern. I. Instrumentalmusik.
Oberbayerisches Archiv f. vaterländ. Gesch., 45. Bd.

963. **Rosenberg**, über eine Sammlung von Volks- und Gesellschaftsliedern in hebräischen Lettern.
Zs. f. d. Geschichte der Juden in Deutschland II, H. 3/4 u. III, H. 1 u. Dissert. 8. (84 S.) Berlin 1888.

964. **Jüdisch-deutsche Volkslieder** aus Galizien und Rußland, hrsg. von G. H. Dalman. gr. 8. (VIII, 74 S.) Leipzig, Buchh. d. Institutum judaicum. 1,50 M. Schriften d. Instit. Judaic. in Leipzig, Nr. 20 u. 21.

965. **Biese**, Alfred, einige Wandlungen des Wunschmotivs in antiker und moderner Poesie.
Zs. f. vergl. Litteraturgeschichte u. Renaissance-Litteratur N. F. 1, 411—425. — „Wenn ich ein Vöglein wär'."

966. **Birlinger**, A., Lieder.
Alemannia 16, 79—84 u. 238. Die neue Buttermilch (1627); Christinchen bist du krank ja krank (1630); des Teufels Narrenkappe (Ende 15. Jhdt.); Augsburger Stadtausrufe (1627).

967. **Birlinger**, A., der Name des Knaben Wunderhorn.
Alemannia 16, 279.

968. **Beck**, P., ältere Ulmer Lieder.
Alemannia 16, 74—79.

969. **Bolte**, J., der vorsichtige Hans. Ein schwäbisches Bauernliedchen. — Ein schwäb. Lied (1597).
Alemannia 16, 239.

970. **Bolte**, J., Klage eines schwäbischen Bauern, 17. Jhdt.
Alemannia 16, 33.

971. **Bossert**, G. (Abelein), Schelmenliedlein von der französischen Grenze.
Alemannia 16, 157—160 u. 238.

972. **Deutsche Volkslieder** aus Böhmen. Hrsg. vom Deutschen Verein zur Verbreitung gemeinnütziger Kenntnisse in Prag. Redig. von Alois Hruschka u. Wendelin Toischer. (In 3—4 Lief.) 1. u. 2. Lief. gr. 8. (224 S.) Prag, Deutsche Ver. 1 M.

973. **Deutsche Volkslieder** aus Böhmen.
Wissenschaftl. Beilage d. Leipz. Ztg. 1888, Nr. 57 u. 112.
s. Nr. 878.

974. **Wlislocki**, H. v., zur vergleichenden Volkslyrik aus Siebenbürgen.
Zs. f. vergl. Litteraturgeschichte u. Renaissance-Litteratur N. F. 1, 245—254.

975. **Wlislocki**, H. v., Beiträge zur Vergleichung der Volkspoesie. V. Eine mhd. Fabel.
Ethnolog. Mittheilungen aus Ungarn, H. 2, Sp. 165—168. — Vom Bruder Wernher, MSH. III, 16, Nr. 26.

976. **H[errmann]**, A[nton], Beiträge zur Vergleichung der Volkspoesie.
Ebenda, Sp. 203—216.

977. **Vogt**, Hugo, Grafschafter Volkslied.
Vierteljahrsschrift f. Geschichte u. Heimatskunde d. Grafschaft Glatz VII, H. 2 u. 3.

978. Schollen, Aachener Volks- und Kinderlieder, Spiellieder und Spiele. (Schluß.)
Zs. d. Aachener Geschichtsvereins, 10. Bd.

979. Bolte, J., zu den niederdeutschen Volksliedern (Bibl. 1885, Nr. 654).
Nd. Korrespondenzblatt 12, S. 81 f.

980. Bolte, J., das Liederbuch des Petrus Fabricius (mit einer Musikbeilage).
Nd. Jahrbuch 13, 55—68.

981. Ritter, der Ursprung der Melodie unserer Volks- und Kaiserhymne.
Allgem. Musikzeitung 1888, Nr. 44.

982. Ritter, Deutschland besitzt keine ureigene Volks- und Kaiserhymne.
Allgem. Musikzeitung 1888, Nr. 28.
Studentenlied s. Nr. 1058.

983. Crecelius, W., das geschichtliche Lied und die Zeitung im 16. und 17. Jahrhundert.
Zs. d. bergischen Geschichtsvereins N. F. 14. Bd.

984. Crecelius, C., zwei geschichtliche Lieder.
Alemannia 16, 201—206.

985. Forst, H., Lied auf den Tod des Grafen Wilhelm von Blankenheim bei Wichterich 1468.
Zs. d. bergischen Geschichtsvereins N. F. 13.

986. Bolte, J., ein Lied auf die Fehde Danzigs mit König Stephan von Polen (1576).
Altpreuß. Monatsschrift 25, 333—338.

987. Teicher, Kriegspoesie (Bibl. 1887, Nr. 884).
Vgl. Lit. Centralblatt 1888, Sp. 26 f.

988. Hildebrand, R., ein altes Kinderlied aus neuer Zeit.
Zs. f. d. deutschen Unterricht II, H. 6.
s. Nr. 1022.

989. **Kinderspiel.** — Carstens, Heinr., Kinderspiele aus Schleswig-Holstein.
Nd. Jahrbuch 13, 96—103.

990. **Volksbücher.** — Pfaff, Volksbuch von den Heymonskindern (Bibl. 1887, Nr. 894).
Vgl. D. Lit. Ztg. 1888, Sp. 716; Lit. Blatt 1888, Sp. 521—523 (Klee).

991. Birlinger, A., zu den Volksbüchern.
Alemannia 16, 166—168.

992. Schwab, Gustav, die Schildbürger. Aus den deutschen Volksmärchen von G. Schwab. 8. (45 S.) Leipzig, Greßner u. Schramm. 0,20 M. Kleine Hausbibliothek f. d. Jugend, Nr. 43.

993. Die sieben weisen Meister, ein Volksbuch. 16. (126 S.) Leipzig, Fock. 1 M.

Geistliche und Volksschauspiele.

994. Wirth, Ludw., der Stil der Oster- und Passionsspiele bis zum 15. Jahrhundert incl. Inaugural-Diss. 8. (67 S.) Halle. Leipzig, Fock. 1 M.

995. Wackernell, Passionsspiele in Tirol (Bibl. 1887, Nr. 900).
Vgl. Zs. f. d. Philologie 20, 378 f. (Kinzel); Zs. f. d. österr. Gymnasien 1888, 350—352 (Ammann).

996. Scheveklot (mnd. Fastnachtsspiele).
Nd. Korrespondenzblatt 13, S. 4 (Seelmann); S. 43 f. (*vriken*, Peters); S. 92 (Sprenger).

997. Ahle, J. N., geistlicher Christbaum. Eine Sammlung von größeren und kleineren Weihnachtsspielen, Krippenliedern und Gedichten. Geordnet und mit Melodien versehen unter Mitwirkung mehrerer Componisten. 12. Heft. 2. Aufl. 12. (48 S.) Donauwörth, Auer. 0,30 M.

998. Böhme, F. M., über volksthümliche Weihnachtslieder deutscher Vorzeit und Gegenwart.
Wissenschaftl. Beilage d. Leipz. Ztg. 1887, Nr. 102.

999. Stodola, Emerich, deutsches Weihnachtsspiel. Aus der Umgebung von Ofen.
Ethnolog. Mittheilungen aus Ungarn 1, H. 2, Sp. 179 f.

1000. Höttinger, Joh., deutsches Sebastians-Spiel.
Ebenda, Sp. 180—182.

1000ª. Hedderwick, T. C. H., the Old German Puppet Play of Dr. Faust (Bibl. 1887, Nr. 907).
Vgl. Academy Nr. 847.

1001. Creizenach, W., der älteste Faustprolog. (19 S.) Krakau, Universitätsbuchdruckerei.
Vgl. Lit. Centralblatt 1888, Sp. 126 f.; D. Lit. Ztg. 1888, Sp. 452; Anz. f. d. Alterthum 14, 275 f. (Strauch); Zs. f. vergl. Lit.-Gesch. u. Renaissance-Lit. N. F. 1, 396; Goethe-Jahrbuch 9, 319.

Faustsage, s. Nr. 781 ff.; Faustbuch, s. Nr. 1439.

1002. Kelterborn, R., ältere Tellenspiele.
Neue Züricher Ztg. 1888, Nr. 216, 217, 218 u. 220.

1003. Wieck, der Teufel auf der mittelalterlichen Mysterienbühne (Bibl. 1887, Nr. 913).
Vgl. D. Lit. Ztg. 1888, Sp. 1454 (Koschwitz).

s. Nr. 996 u. 1672.

Sprichwörter.

1004. Borchardt, Wilh., die sprichwörtlichen Redensarten im deutschen Volksmunde nach Sinn und Ursprung erklärt. Ein Beitrag zur Kenntniß deutscher Sprache und Sitte. gr. 8. (XVI, 478 S.) Leipzig 1888, Brockhaus. 5 M.
Vgl. Lit. Centralblatt 1888, Sp. 825; D. Lit. Ztg. 1888, Sp. 1746—48 (Dunger); Nd. Korrespondenzblatt 12, S. 85 f. (K. E. H. Krause); Wissenschaftl. Beilage d. Leipz. Ztg. 1888, Nr. 48.

1005. Wächter, Oscar, Sprichwörter und Sinnsprüche der Deutschen in neuer Auswahl. 8. (VIII, 392 S.) Gütersloh 1888, Bertelsmann. 5 M.
Vgl. D. Lit. Blatt 1889, 219 (Saalfeld).

1006. Gebhard, W. H. D., Sammlung der gebräuchlichsten und beliebtesten deutschen und der ihnen entsprechenden russischen Sprichwörter und Redensarten. gr. 8. (68 S.) Libau 1887, Puhze. 1 M.

1007. Hildebrand, Rudolf, etwas vom Sprichwort in der Schule.
Zs. f. d. deutschen Unterricht 1, H. 6.

1008. Wittstock, Albert, die deutschen Erziehungssprichwörter.
Wissenschaftl. Beiträge d. Leipz. Ztg. 1888, Nr. 132.

1009. Altdeutscher Witz und Verstand. Reime und Sprüche aus dem 16. u. 17. Jahrh. Für Liebhaber eines triftigen Sinnes in ungekünstelten Worten. (Ausg. d. Cabinetsstücke.) 6. Aufl. 16. (IX, 218 S.) Bielefeld, Velhagen & Klasing. 4 M.

1010. Liebrecht, Felix, ein Volksvers.
Germania 33, 179 f. — 'Er liebt mich vom Herzen — mit Schmerzen —' u. s. w.

1011. Köhler, Reinhold, Mich wundert, daß ich fröhlich bin.
Germania 33, 313—332.

1012. Birlinger, A., Sprichwörter, Teutsche, von der Mitte diss Jahrhunderts 1746.
Alemannia 16, 241 f.

1013. Bolte, J., und W. Crecelius, Sprüche.
Alemannia 16, 168.

1014. Graf, J., Sprüche in Forbacher Mundart.
Jahrbuch f. Geschichte, Sprache u. Litteratur Elsaß-Lothringens 4, 80—82.

1015. Bolte, J., Hans Clauert und Johann Schönbrunn. Ein Beitrag zur Geschichte des Berliner Witzes im 16. u. 17. Jahrh. 8. (47 S.) Berlin, Mittler u. Sohn. 0,60 M. — S.-A. a. d. Mittheil. f. d. Gesch. Berlins 1888.

1016. Lier, L., ein Ordnung Eynes Vernünftigen Haushalters. — Bolte, J., dasselbe in niederdeutscher Fassung.
Alemannia 16, 207—219.

1017. Peters, J., zum ndd. Reimbüchlein (Bibl. 1885, Nr. 726).
Nd. Korrespondenzblatt 12, S. 83.

1018. Damköhler, Ed., Sprichwörtliches.
Nd. Korrespondenzblatt 13, 73 f.

1019. Trinksprüche. Eine Auslese der schönsten alten und neuen Sprüche in Wirthshäusern, Trinkstuben und an Trinkgeräth. 2. Aufl. 12. (64 S.) Altenburg, Bonde. 0,60 M.

1020. Zimmermannssprüche, die besten, oder Kranzreden, für Meister und Gesellen, welche bei Richtung von Prediger-, Schul- und anderen Wohnhäusern, auch bei Scheuern etc. gesprochen werden können. Neueste verm. Aufl. 8. (56 S.) Einbeck, Ehlers. 0,50 M.

1021. Bösch, Hans, Sprüche vom Bergwerk.
Mittheilungen a. d. german. Nationalmuseum 2, 160.

1022. Unseld, W., Volksthümliches.
Alemannia 16, 252—257. — Kinderreime, Necklieder, Ortsneckerei, Ulmer Necknamen für die Fischer, Hausinschriften, Lieder, Sprichwörter u. Redensarten.

1023. Unseld, W., Inschriften, Reime, Sprüche, Neckliedlein.
Alemannia 16, 165 f.

1024. Bolte, J., Stände- und Völkerneckereien.
Alemannia 16, 85—87.

1025. Bolte, J., Schweizer Ortsneckereien.
Alemannia 16, 232.

1026. Sander, H., Volks- und Ortsneckereien in Vorarlberg.
Alemannia 16, 94—96.

1026[a]. Sander, H., eine Ortsneckerei aus dem Bregenzerwalde.
Alemannia 16, 164.

s. Nr. 857.

1027. Bösch, Hans, Spottnamen deutscher Städte und Schildbürgerstreiche.
Über Land u. Meer 60. Bd., Jahrg. 30, Nr. 50.

1028. Schröder, Heinr., Neckreime auf Vornamen.
Nd. Korrespondenzblatt 13, 50—52.

1029. Werner, J., Kalenderhumor.
Alemannia 16, 181—183.

1030. Birlinger, A., zu den Lügenmärchen.
Alemannia 16, 89—92.

1031. Lauchert, F., eine Grabschrift von Abraham a Santa Clara.
Alemannia 16, 232.

1032. **Olshausen**, zwei Inschriften an Häusern in der Schweiz.
Verhandlungen d. Berliner Gesellschaft f. Anthropologie, Ethnologie u. Urgeschichte 1888, 556.

1033. **Glocken-Inschriften** im Kreise Darmstadt.
Quartalblätter d. histor. Vereins f. d. Großherzogthum Hessen 1888, Nr. 3.

1034. **Ein Ulmer Glockengießer**, von A. Schilling.
Württemberg. Vierteljahrshefte 1888, 52. — Glockeninschrift von 1514 bezw. 1518. — Dazu W. Seuffer, ebenda S. 159.

Niederländisch.

1035. **Volkskunde**, tijdschrift voor Nederlandsche folklore, onder redactie van Pol de Mont en Aug. Gittée. 1e jaargang 1888 (12 Nummern). Gent, Hoste. 3 fr.

1036. **Het Belfort**, 3 année. 12. Lief. Gent 1888, Leliaert, Siffer et Cie. 6 fr.

1037. **Het Nederlandsche Museum** 1888, 3de reeks, 2e jaargang.
Enthält u. A.: Mac Leod, Deken de Bo's Kruidenwoordenboek en de Nederlandsche Wetenschappelijke taal; Pol de Mont, en folkloristisch Paaschei; A. Gittée, een en ander over de volksmythologie in Limburg.

1038. **De Vlaamsche Kunstbode** (18de jaargang 1888, Antwerpen, Hopland. 6 fr.).
Enthält u. A.: Leflot, Folklore der Gemeente Casterlé; Hellemans Ongeboekte Antwerpsche woorden en spreekwijzen; Volkskunde; das Volkslied.

1039. **Gittée, A.**, Vraagboek tot het zamelen van vlaamsche Folklore of Volkskunde. 12. (64 S.) Gent, lib. J. Vuylsteke. 0,75 fr.

1040. **de Goeje, M. J.**, de muur van Gog en Magog.
Verslagen en Mededeel. der kon. Akad. van Wetensch. Afd. Lett. 3 R. V, S. 87—124.

1041. **Jametel, M.**, les clous et la coupe en Hollande.
Revue des traditions populaires III, H. 10.

1042. **G(allée), J. H.**, Prognostica.
Tijdschrift voor Ned. taal- en letterkunde VIII, 159.

1043. **Zeeman, C. F.**, Nederlandsche Spreekwoorden, spreekwijzen, benamingen en volksuitdrukkingen aan der bijbel ontleend. 2. uitg. gr. 8. (VIII, 539 S.) Dordrecht, J. P. Rewers. 3,50 fl.

1044. **Joos, Am.**, Raadsels van het vlaamsche volk gerangschikt, vergeleken en verklaard. 8. (112 S.) Gent, Leliaert, Siffer & Ce. 0,80 fr.

1045. **Cuijpers, J.**, Kinderrijmpjes.
Onze Volkstaal 3, H. 3.

Englisch.

1046. **The Folk-lore Journal**, Vol. VI, London 1888.

1047. **Journal** of American Folk-lore. I, H. 1. New-York 1888, Trübner.
Enthält nach Athenäum Nr. 3167, S. 33e u. A.: Crane, T. F., the diffusion of popular tales.

1048. **Axon, W. E. A.**, Stray Chapters in Literature, Folk-lore, and Archaeology. London, J. Heywood.

1049. **Perrault's** Popular Tales, edited from the original editions, with introduction etc. by Andrew Lang (CXV, 154 S.) Oxford, Clarendon Press.
Vgl. Le Moyen Age 1888, Nr. 8 (Wilmotte).

1050. **Cunningham**, Allan, Traditional Tales of the English and Scottish Peasantry. With Introduction by Henry Morley. 8. (288 S.) London, Routledge. Morley's Universal Library.

1050*. Yorkshire Legends and Traditions, as told by her Ancient Chroniclers, her Poets and Journalists. By Thomas Parkinson. London, Stock.
Vgl. Athenäum Nr. 3178.

1051. Saunders, W. H. B., Legends and Traditions of Huntingdonshire. 8. London.

1052. Legends of Lowgate, by G. Lancaster. Hull, 'Eastern Morning News' Office.

1053. Scottish Weird Tales, English Weird Tales, and IrishWeird Tales, in 3 Vols. Edinburgh, Paterson.

1054. Gregor, Walter, Légendes de Mermaids du Nord de l'Écosse.
Revue des traditions populaires II, H. 10.

1055. A Menology of England and Wales; or, Brief Memorials of the Ancient British and English Saints, arranged according to the Calendar; together with the Martyrs of the Sixteenth and Leventeenth Centuries, compiled by Order of the Archbishop and the Bishops of the Province of Westminster. By Richard Stanton. London, Burns & Oates.
Vgl. Academy Nr. 830.

1056. A Century of Ballads. Collected, edited and illustrated in Facsimile of the Originals by John Ashton. London, Stock.
Vgl. Athenäum Nr. 3150.

1057. Staake, Paul, a critical introduction to Sir Walter Scotts lay of the last Ministrel. gr. 4. (23 S.) Leipzig, Fock. 1,50 M.

1058. Schmidt, H., „Sally in our Alley" and a German Student Song.
Modern Language Notes III, H. 6. — „Von allen den Mädchen so blink und so blank".

1059. Modern Street Ballads. By John Ashton. London, Chatto & Windus.
Vgl. Athenäum Nr. 3187.

1060. Yankee und Yankee Doodle.
Herrigs Archiv 80, 478.

1061. Marchant, W. T., In Praise of Ale: or Songs, Ballads, Epigrams, and Anecdotes relating to Beer, Malt, and Hops. London, George Redway.

1062. Nativity, its Facts and Fancies, Legends and Lore, by T. Alcott. New York, Wiley & Sons.

1063. Lach-Szyrma, W.—S., Droit folklorique. Le Tyndwald de l'île de Man.
Revue des traditions populaires II, H. 10.

1064. Lach-Szyrma, W.—S., la sorcellerie en Angleterre (Forts.).
Revue des traditions populaires II, H. 12.

1065. A Selection of the most Popular English Proverbs, Familiar and Idiomatic Locutions, with their Equivalents in French, followed by Two complete Indexes. Compiled by G. Belcour. Paris, Hachette & Co.
Vgl. Athenäum Nr. 3174, S. 253^c.

1066. Proverbs, Maxims and Phrases of All Ages, compiled by Robert Christy. 2 Vols. London, Fisher Unwin.

1067. Wahl, M. C., das parömiologische Sprachgut bei Shakespeare (Schluß von Bibl. 1887, Nr. 952).
Jahrbuch d. deutschen Shakespeare-Gesellschaft 23, 21—98.

1068. Sharpe, R. R., „Good wine needs no bush".
Athenäum Nr. 3174; dazu Peacock, Nicholson und Ward, ebenda Nr. 3175; Humphreys und Bell, Nr. 3176.

1069. Whitley Stokes, The Legend of the Oldest Animals.
Academy Nr. 858, dazu W. R. Lethaby, Jul. Claerhout, F. Adolfo Coelho u. W. A. Clouston, ebenda Nr. 860; T. W. Rhys Davids, Nr. 861; Kuno Meyer u. F. Adolfo Coelho, Nr. 865 (Die bekannten Verse: „Ein Zaun währt drei Jahre" u. s. w.).

1070. Eric, Midland Folk-Rhymes and Phrases.
The Antiquary 1888, September.

1071. Sobriquets and Nicknames. By Albert Frey. With an Index arranged by True Names. London, Whittacker & Co.

1072. The Counting — out Rhymes of Children, their Antiquity, Origin, and Wide Distribution: a Study in Folklore, by Mrs. Carrington Bolton. London, Elliot Stock.

Nordisch.

Mythologie s. Nr. 683 ff.

1073. Bugge, S., der Gott Bragi in den norrönen Gedichten.
Paul u. Braune, Beiträge 13, 187—201.

1074. Bugge, Sophus, Iduns Æbler. Et Bidrag til de nordiske Mythers Historie.
Arkiv f. nord. Filologi 5, 1—45.

1075. Detter, F., der Mythus von Hölgi, Þórgerðr und Irpa.
Zs. f. d. Alterthum 32, 394—402.

1076. Detter, F., der Finnenkönig Gusi.
Zs. f. d. Alterthum 32, 449—454.

1077. Bååth, A. U., från vikingatiden. Ny följd af fornnordiska sagor i svensk bearbetning. Med original-illustrationer af Jenny Nyström Stoopendahl. 8. (193 S.) Stockholm 1888, O. L. Lamm. 3,50 Kr. (Jomsvikinga- und Hervarasaga).

1078. Staacke, J., nordische Märchen. Gesammelt u. hrsg. Mit 6 Farbendruckbildern. gr. 8. (VII, 208 S.) Altona, Reher. 4 M.
Vgl. Am Urds-Brunnen VI. Bd., Jahrg. 7, Nr. 8.

1079. Djurklou, G., Folkeäventyr fortalte på svenske bygdemål. Oversatte af Nordahl Rolfsen. Med illustrationer af Th. Kittelsen og E. Werenskiold. 8. (8 + 148 S.) Kristiania 1887, Dybwad. 2,75 Kr.

1080. Overland, O. A., fra en sonnden tid. Sagn og optegnelser. 8. (192 S.) Kristiania 1888, Cammermeyer. 2,50 Kr.

1081. Sagn og Overtro fra Jylland, samlede af Folkemunde ved Kristensen. Anden samlings anden Afdeling. 4. (400 S.) Kolding, Jørgensen. 4 Kr.

1082. di Martino, M., fiabe nylandesi.
Archivio per lo studio delle trad. popol. VII, H. 1 (s. Bibl. 1887, Nr. 972).

1083. Qvigstad og Sandberg, lappiske eventyr og folkesagn. Med en indledning af Moltke Moe. 8. (220 S.) Christiania, Cammermeyer. 2,80 Kr.
Vgl. Archivio per lo studio delle tradizioni popolari VI, H. 4 (Cannizaro); Zs. f. Völkerpsychologie u. Sprachwissenschaft 18, 464—474 (P. Steinthal).

1084. Ålund, O. W., den isländska sagans skådeplatser.
Förr och nu 1888, S. 206—210, 217—219, 246—248.

1085. Vore Fädres Liv. Karakterer og Skildringer fra Sagatiden. Samlede og udgivne af Nordahl Rolfsen. Oversättelsen ved Gerhard Gran. 7. (488 S.) Bergen, Giertsen. 6,50 Kr.

1086. Lönnberg, M., Träden i myt och saga.
För och nu 1888, S. 49—51, 82 f., 102—104, 130—135.

1087. Muuthe, Åke, W., Folklore.
Nord. Tidskrift för vetenskap, konst och industri 1888, H. 8, S. 555—575.

1088. Wigström, Eva, Vandringar i Skåne ock Bleking för samlande af svensk folkdiktning.
Nyare Bidrag VIII, H. 1 (82 S.). — Vgl. Archivio per lo studio delle tradizioni popolari VI, H. 4 (di Martino).

1089. Wigström, Eva, Omklädda folkseder.
Runa. Minnesblad från Nord. museet 1888, 28—31.

1090. Bidrag till Uplands beskrifning. (Forts.)
Uplands fornminnesförenings tidskr. 13, 321—346, u. 14, 337—352.

1091. Nilsson, K., ny samling muntra folklifsbilder från östra och mellersta Blekings strandbygd och skärgård, tecknade på modifieradt bygdemål. 8. (79 S.) Karlskrona 1888. 1 Kr.

1092. Poestion, J. C., die nordischen Julstuben.
Das Ausland 1888, Nr. 51.

1093. Nyårss Minne stäldtt ij Stockholm Anno 1569 om nyårssafften. (Herausgeg. von [C.] S[ilfverstolp]e).
Samlaren 1888, S. 155—165.

1094. Lloyd, L., e M. di Martino, le feste dell' anno nelle credenze popolari svedesi.
Archivio per lo studio delle trad. popol. VII, H. 1.

1095. S[ilfverstolp]e, [C.], ett ord om medeltidens fastlagsspel.
Samlaren 1888, S. 165 f.

1096. di Martino, Mattia, Moribondi e morti nelle credenze popolari svedesi.
Archivio per lo studio delle tradizioni popolari VI, H. 4.

1097. Nyrop, Navnets magt (Bibl. 1887, Nr. 976).
Vgl. Archivio per lo studio delle tradizioni popolari VII, H. 1 (Cannizaro); Romania 17, 159.

1098. Vidskepelse i Sverige. 1. Om gengångare enligt folktron i Norrbotten.
Förr och nu 1889, 1, S. 198—202 u. 283.

1099. Lagus, E., den svenska folkvisan i Nyland.
Finsk tidskr. 1888, 1, S. 81—98.

1100. Nyare Bidrag till kännedom om de svenska landsmålen ock svenskt folklif VI, smärre meddelanden.
Enthält: Läffler und Lindgren, Nunnans dröm, en 600 årig folkvisa (S. CI bis CVIII); Bergström, Strödda bidrag till svensk folklore (S. CVIII—CXXIII); Ekman, Polskor ock valser (S. CXXIII—CXXX); Olsson, Sägner från Gottland (S. CXXX—CXXXIV); P—n, Om Lillpintel ock trollkäringen (S. CXXXIV bis CXXXIX); Engelke, Trollbruden (S. CXXXIX—CXLII); — derselbe (Helsingesägner (S. CXLII—CXLVI): Kock, Var Balder äfven en tysk gud? (S. CXLVI—CL); Nyblén, Ett recept (S. CLI f.).
Faröer. Anthologie, s. Nr. 1857, norweg. Sitten Nr. 1899.

VIII. Litteratur und Sprachdenkmäler.*)

1101. Scherr, J., allgemeine Geschichte der Litteratur. 7. Aufl. 11. u. 12. (Schluß-) Lief. gr. 8. (2. Bd. VIII u. S. 321—479) Stuttgart, Conradi. à 1 M.

*) VI. Alterthümer und Kulturgeschichte, VII. Verfassung und Recht fallen wegen Raummangel aus.

1102. **Stern**, Geschichte der Weltlitteratur (Bibl. 1887, Nr. 1559). 8.—11. (Schluß-) Lief. gr. 8. (XXI u. S. 593—890) Stuttgart 1888, Rieger. à 1 M., compl. 11,60 M.

Vgl. D. Lit. Ztg. 1888, Sp. 1813 f. (R. M. Meyer); Blätter f. d. bayer. Gymnasialschulwesen 1888, 215 (Brenner); Wissenschaftl. Beilage d. Leipz. Ztg. 1888, Nr. 116.

1103. **Demogeot**, J., histoire des litératures étrangères considérées dans leurs rapports avec le développement de la littérature française. Litératures septentrionales. Angleterre. Allemagne. 3. éd. Paris, Hachette.

1104. **Ebert**, Adolf, allgemeine Geschichte der Litteratur des Mittelalters im Abendlande. 3. (Schluß-) Bd. Die Nationallitteraturen von ihren Anfängen und die latein. Litteratur vom Tode Karls des Kahlen bis zum Beginne des 11. Jahrhunderts. gr. 8. (VIII, 529 S.) Leipzig 1887, F. C. W. Vogel. 12 M.

Vgl. Lit. Centralblatt 1888, S. 628 f.; Zs. f. d. Philologie 20, 361—365 (Voigt); Germania 33, 115 f. (Bartsch); Histor. Zs. 59, 127 f. (Bernhardi); Revue critique 22, Nr. 46 (Chuquet); Wissenschaftl. Beil. d. Leipz. Ztg. 1888, Nr. 73 (Bechstein).

1105. **A History of Prose Fiction**, by John Colin Dunlop, a new edition, revised, with notes, appendices and index, by Henry Wilson. 2 Vols. 12. (1220 S.) London, Bell. 5 s.

Vgl. Athenäum Nr. 3181.

1106. **Floegel-Ebeling**, Geschichte des Grotesk-Komischen (Bibl. 1887, Nr. 1563).

Vgl. Zs. f. vergl. Litt.-Gesch. u. Renaissance-Litt. N. F. 1, 454—457 (Muncker); Korrespondenzblatt d. Gesammtvereins d. d. Geschichts- u. Alterthumsvereine 1888, 32.

1107. **Koberstein**, Grundriß (Bibl. 1886, Nr. 1607).

Vgl. Mittheil. a. d. histor. Litteratur 16, 82 (Hirsch); Revue critique 22, Nr. 1.

1108. **Wackernagel**, Geschichte der deutschen Litteratur, fortgesetzt von E. Martin. 2. Bd. 1. Lief. (Bibl. 1884, Nr. 1031).

Vgl. Zs. f. österr. Gymnasien 1888, 58 f. (Lambel).

1109. **Goedeke**, Grundriß (Bibl. 1887, Nr. 1567).

Vgl. Anz. f. d. Alterthum 14, 279—281 (Strauch); Germania 33, 118 (Bartsch); Centralblatt f. Bibliothekswesen 5, 233; Centralorgan f. d. Interessen d. Realschulwesens 1888, 599—601 (Bindewald); Blätter f. literar. Unterhaltung 1888, Nr. 4 (Schlossar); Modern Language Notes 3, Nr. 6 (Goebel).

1110. **Scherer**, Wilh., Geschichte der deutschen Litteratur. 5. Aufl. Mit dem Bilde des Verfs. gr. 8. (XII, 816 S.) Berlin 1889, Weidmann. 10 M.

1111. **Kluge**, H., histoire de la litérature allemande, trad. par J. Philippi, avec une préface de L. Crouslé. 8. Paris.

Vgl. Revue critique 22, Nr. 43 (Chuquet).

1112. **Egelhaaf**, Gottlob, Grundzüge der deutschen Litteraturgeschichte. Ein Hilfsbuch f. Schulen u. zum Privatgebrauche. 6. Aufl. Mit Zeittafel u. Register. gr. 8. (VIII, 160 S.) Heilbronn, Gebr. Henninger. 2 M.

1113. **Lindemann-Brüll**, Geschichte d. d Litteratur (Bibl. 1887, Nr. 1575), 2. Abth. vom Anfang des 17. Jahrh. bis zum Auftreten der Romantiker, bearb. von J. Seeber. Freiburg i. Br., Herder. 3,40 M.

Vgl. Zs. f. d. österr. Gymnasien 1888, 837 (Minor).

1114. **Brugier**, G., Geschichte der deutschen Nationallitteratur. Nebst kurzgefaßter Poetik. Für Schule und Selbstbelehrung. Mit einem Titelbilde, vielen Proben und einem Glossar. 8., verm. u. verb. Aufl. gr. 8. (XC, 700 S.) Freiburg i. Br. 1888, Herder. 6 M.

Vgl. Centralorgan f. d. Interessen d. Realschulwesens 1888, 595—599 (Bindewald).

1115. König, O., Geschichte der deutschen Litteratur in zusammenhängender Darstellung für höhere Mädchenschulen und die weibliche Jugend, sowie für Jeden, der sich in die geschichtliche Entwicklung der poetischen Litteratur der Deutschen einführen will. gr. 8. (VIII, 124 S.) Leipzig 1888, Teubner. 1,60 M.

1116. Kippenberg, A., Handbuch der deutschen Litteratur. Die deutsche Dichtung nach ihrer geschichtlichen Entwickelung in einer Auswahl ihrer vorzüglichsten Erzeugnisse vom Anfang bis auf die Gegenwart 2. Aufl. gr. 8. (XVI, 512 S.) Hannover, Norddeutsche Verlagsanstalt. 4 M.

1117. Dielitz und Heinrichs, Handbuch d. deutschen Litteratur f. d. oberen Classen höherer Lehranstalten. Eine nach den Gattungen geordnete Sammlung poetischer u. prosaischer Musterstücke, nebst einem Abriß der Metrik, Poetik, Rhetorik und Litteraturgeschichte. 4. Aufl. [nach den Regeln und dem Wörterverzeichniß f. d. deutsche Rechtschreibung zum Gebrauch in preußischen Schulen umgearbeitet], besorgt von J. E. Heinrichs. Lex.-8. (XV, 839 S.) Berlin, G. Reimer. 5 M.

1118. Strzemcha, Paul, Geschichte der deutschen Nationallitteratur. Zum Gebrauche an österreichischen Schulen und zum Selbstunterrichte bearb. 4. verb. Aufl. gr. 8. (VI, 202 S.) Brünn 1888, Knauthe. 1,80 M.

1119. Hahn, Werner, Geschichte der poetischen Litteratur der Deutschen. 11. verb. Aufl. gr. 8. (VIII, 346 S.) Berlin 1888, Hertz. 3,60 M.

1120. Glasenapp, C. Fr., kurzer Abriß der Geschichte der deutschen Dichtung mit nöthiger Berücksichtigung der wichtigsten Prosalitteratur. gr. 8. (XIV, 116 S.) Riga, Kymmels Verlag. 1,80 M.

1121. Krauß, Herm., kurzer Abriß der Geschichte der deutschen Dichtung zum Schulgebrauch. 8. (VII, 170 S.) Genf 1889, Burkhardt. 1,60 M.

1122. Habrich, Leonh., deutsches Einheits- und Stammesbewußtsein im deutschen Schriftenthum, von den Anfängen desselben bis zur Gegenwart. Ein Beitrag zur Geschichte des deutschen Wesens und ein Hilfsmittel zur Belebung und Förderung des litteraturkundlichen Unterrichts. gr. 8. (XVI, 176 S.) Düsseldorf, Schwann. 2,50 M.

1123. Erdmann, O., Betrachtungen über Handbücher zur Litteraturkunde, mit besonderer Beziehung auf Kluge, Auswahl deutscher Gedichte.

Zs. f. d. deutschen Unterricht 2, H. 3.

1124. Biltz, Karl, zur deutschen Sprache und Litteratur. Vorträge und Aufsätze. 8. (298 S.) Potsdam 1888, Stein. 3 M.

Vgl. Gymnasium 1889, Nr. 10. — Enthält u. A.: über eine Modification in der gewöhnlichen Eintheilung der deutschen Litteraturgeschichte; über die gedruckte vorlutherische deutsche Bibelübersetzung (schon im Jahre 1878 abgefaßt); Wann ist Luthers Lied „ein' feste Burg ist unser Gott" gedichtet worden? Die neueste Schrift über die Zeit der Abfassung von Luthers Lied „Eine feste Burg ist unser Gott"; über die Etymologie des Wortes 'Sorge'; über das Wort und den Begriff 'Posse'; über den Entwurf eines neuen deutschen Glossars.

(Schluß folgt.)

Zu Lexers Mhd. Handwörterbuch.

Bd. 1, 1421 unter *imbe* ist das Citat aus den Monum. Wittelsbac. 59, 31 *paumgarten und impen in wazzer suln ganzen frid haben* durch einen unberichtigt gebliebenen Druckfehler entstellt. Gedruckt steht an der citierten Stelle *p. u. i. in ir vazzen.* Über *der peinen vaz* 'Bienenkorb' s. Lexer III, 34.

NORTHEIM. R. SPRENGER.

LITTERATUR.

Bruchstück des Rolandsliedes. Mitgetheilt von Grotefend. Quartalbericht d. Vereins f. meklenburgische Geschichte u. Alterthumskunde. LVII, 3. Schwerin 1892.

Im ersten Bande der Meklenburg. Jahrb., S. 152 ff., hatte schon Lisch Bruchstücke des Rolandsliedes vom Pfaffen Konrad veröffentlicht. Die Germanisten haben damals den Text mit Freuden begrüßt, zumal da die Handschrift der Entstehungszeit des Gedichtes sehr nahe steht. Die Bruchstücke der Handschrift waren als Einbände verwendet und fanden sich im Großherzoglichen Geheimen und Hauptarchive. Lisch hat die Handschrift in den Meklenb. Jahrb. I, 153 beschrieben. Grotefend veröffentlicht nun a. a. O. S. 4—10 ein Lisch entgangenes Blatt derselben, das auch als Einband verwendet war. Die Abkürzungen des Originales *vn̄* für *unde* und *ī* für *in* sind beibehalten. Die Stelle beginnt in der Grimmschen Ausgabe, Cap. CXVI^{b}, S. 293, Z. 20. Es sind vier Seiten, auf der ersten ist Platz für ein Bild gelassen. Solche freigelassene Stellen für Bilder finden sich auch in der Rostocker Teuerdankhandschrift. Der Name der 'Brehmunda' kommt in der Form 'Precmunda' und 'Prehmunda' vor. Es sind im Ganzen 210 Verse. Die Fachgenossen werden den Werth des Textes bei Vergleichung mit den beiden Ausgaben des Rolandsliedes bald erkennen.

WISMAR i. M. O. GLÖDE.

Ein historisches Volkslied aus dem Jahre 1657. Mitgetheilt von F. von Meyenn. Quartalbericht d. Vereins f. meklenburgische Geschichte u. Alterthumskunde. LVII, 3, S. 10—13. Schwerin 1892.

Die Überschrift des aus 24 Strophen bestehenden Gedichtes lautet: „Lobspruch des Denen vnd deszelben tappfere Kriegesthaten in der Melodei: Als ich einmahl lust bekahm." v. Meyenn druckt nach einer Abschrift im Hauptarchiv aus der Zeit der Entstehung des Liedes. Es ist ein übermüthiges Spottlied auf die Feigheit der Dänen, während Karls X. von Schweden glänzender Feldzug gegen die Dänen verherrlicht wird. Der Herausgeber vermuthet, daß es vor der Erstürmung der Festung Fridericia (24. October 1657) verfaßt ist, wobei Andreas Bille verwundet in schwedische Gefangenschaft gerieth. Im Text kommen die Namen Andreasz, Friederichorth (wohl Fridericia), Ambtman Ahlefelt (dänischer Vicestatthalter in Holstein), der Schotte (wohl Oliver Cromwell) vor. Die Strophe XIX:

Weil es euch also gefelt,
So wird der Dehne auch der welt
Spotten in die zehne,
Vndt so jemant eilet fortt,
Wirt man sagen zum sprichwordt:
Du laufst wie ein Dähne.

erinnert mich an die meklenburgische Redensart: „Hei hölt sich as dei Dän vör Gadebusch.“ Diese Worte beziehen sich auf die Niederlage der Dänen bei Gadebusch am 20. December 1712 durch den schwedischen General Steenbock. Noch heute singt das Volk in Meklenburg:

Piep, Dän, piep,
Schonen büst du quit,
Vör Wismar hest du lang legen,
Vor Gadebusch hest du Släg kregen;
Piep, Dän, piep.

Vgl. A. Pentz, Geschichte Meklenburgs II, S. 81.

WISMAR i. M. O. GLÖDE.

Altsächsische Grammatik, von O. Behaghel und J. H. Gallée. Erste Hälfte Laut- und Flexionslehre, bearbeitet von J. H. Gallée (= Sammlung kurzer Grammatiken germanischer Dialecte hrsg. von W. Braune, Bd. VI). Halle, Max Niemeyer. — Leiden, E. J. Brill. 1891. X und 116 SS. 8°.

Professor Behaghel wird zu der Laut- und Flexionslehre die Wortbildung und Syntax liefern. Professor Gallée selbst bereitet eine kritische Ausgabe sämmtlicher altniederdeutschen Denkmäler und ein vollständiges Wörterbuch vor. Es bleibt nur zu wünschen, daß wir auf diese wichtigen Publicationen nicht mehr lange zu warten brauchen. Ihre Bedeutung für die niederdeutsche und niederfränkische Sprachgeschichte braucht nicht besonders betont zu werden.

G. verfügt nicht bloß über ein reicheres Glossenmaterial aus Essen, Düsseldorf, Oxford, Lindau (Ahd. Gl. II, 738), er hat auch sämmtliche Texte aufs genaueste revidiert und in richtiger Erkenntniß nur die Eigennamen bei Seite gelassen, von denen wir aber doch wünschen möchten, daß sie der Ausgabe der Denkmäler oder dem Wörterbuche einverleibt würden. Die Eigennamen sind ja nicht bloß sprachgeschichtlich von Belang; über ihren historischen, speciell culturgeschichtlichen Werth sind wir längst einig. Muster für die Darstellung ist Braunes bewährte gotische Grammatik gewesen; wo G. in der Gruppierung (siehe Inhaltsverzeichniß S. IX f.) von Braune abweicht, gebe ich der gotischen Grammatik entschieden den Vorzug.

G. hat sich der Ansicht zugeneigt, daß die Haupthandschrift des Heliand (Cod. Cott.) in der Gegend von Paderborn und Corvey entstanden und in derselben Gegend auch die Heimat des Dichters zu suchen sei. Dagegen ist neuerdings Mehreres geltend gemacht worden. Jellinghaus will das Gedicht auf den Boden der heutigen Niederlande verlegen. Seine zeitliche und örtliche Verschiebung ist bereits von Jostes rückgängig gemacht worden. Jostes glaubt, der Dichter lasse sich nur im Kloster

Werden unterbringen. Aus dem Charakter dieses Klosters vermag er sich alle Eigenthümlichkeiten des Gedichtes zu erklären. Kögel hat zuletzt noch das Problem dadurch entscheiden wollen, daß er gewisse graphische Merkmale des Cod. Cott. in Werden nachgewiesen hat.

Ernstlich kann es sich nur darum handeln, ob der Dichter des Heliand im Kloster Werden oder in Corvey zu suchen ist. Jostes erklärt sich einerseits die fränkischen, andererseits die angelsächsischen Kennzeichen aus der Thatsache, daß Liudger, der Sachsenapostel, der Stifter des Klosters Werden, seine Mönche aus der in angelsächsischem Stil angelegten Utrechter Schule bezogen habe. Die Person Liudgers ist, meine ich, in dieser Frage gänzlich ohne Bedeutung. Denn daß Liudger ein Friese war und in York studiert hat, kommt für den Heliand viel weniger in Betracht, als daß dieser Mann schon im Jahre 809 das Zeitliche gesegnet hat. Was aus der Thatsache, daß seine Familie bis 887 ihr Eigenthumsrecht gewahrt hat, zu gewinnen wäre, kann ich nicht einsehen. Es ist sehr beklagenswerth, daß wir einen Catalogus abbatum et fratrum Werthinensium nicht besitzen, der uns Anhaltspunkte für die Herkunft der Bewohner liefern könnte. Es verdient aber, nachdrücklicher als es geschehen ist, hervorgehoben zu werden, daß Werden, politisch betrachtet, nicht auf sächsischem, sondern auf fränkischem Boden, wenn auch dicht an der Grenze des Sachsenlandes gegründet ist. Gewiß haben Sachsen und Friesen, dem Zwecke der Gründung gemäß, daselbst Aufnahme gefunden, aber es ist doch an sich unwahrscheinlich, daß der Sachse, dem wir den Heliand verdanken, gerade im Frankenland zu suchen sein sollte, zu einer Zeit, da mitten in Sachsen Nova Corbeia eine glänzende Thätigkeit entfaltete.

Viel wichtiger ist, daß uns für das Kloster Werden eine landesväterliche Fürsorge des Kaisers nicht in dem Maße bezeugt ist wie für Corvey. Wie will man im Kloster Werden sich erklären, daß die Person Ludwigs des Frommen mit dem Werke des Dichters so eng sich verknüpfen konnte? Ludwig hat mit Werden nichts zu schaffen. All sein Interesse wendet sich Corvey zu. Die Stiftungsurkunde vom Jahre 823 eröffnet eine Reihe von Gnadenbeweisen des Kaisers, die in Werden gänzlich zu fehlen scheinen. Die Worte der Praefatio *Ludovicus piissimus Augustus* könnten geradezu aus der subscriptio der Stiftungsurkunde für Corvey entlehnt sein: er ist nicht genannt *serenissimus Augustus, gloriosissimus rex, piissimus rex* oder mit einer ähnlichen Formel. Wenn der Kaiser selbst (Wilmans, Kaiserurkunden I, 51) als Zweck der von ihm unterstützten Klostergründungen *ad divinum cultum uberius exsequendum* bezeichnet, so wird man wiederum an die Worte der praefatio erinnert, die leicht mit dem Wortlaut der Stiftungsurkunde in Zusammenhang stehen könnten, wenn es in dieser heißt (Wilmanns a. a. O. S. 19) *ut .. genitor noster in eadem gente primum christianae religionis fidem confirmavit, ita et nos ad augmentandum solidandumque eiusdem fidei vigorem .. constituimus .... vos vero cuidam venerabili viro Adalhardo monasterium construere iussimus.* Wenn es sodann für den Heliand darauf ankommt, Kenntniß ags. Schrift und daneben Beziehungen nach dem fränkischen Westen nachzuweisen, so wird dies auch in Corvey gelingen. An dem Codex der Annales Corbeienses (ed. Jaffé, Monumenta Corbeiensia, S. 28 ff.) ist eine ags. Hand thätig gewesen. Der

Cod. Vatic., der ein Runenalphabet und vorausgehendes Mönchsverzeichniß enthält, stammt zwar nach Reifferscheid zunächst nicht aus dem westphälischen Corvey, sondern aus dem Mutterkloster Corbie an der Somme, ist aber gewiß einmal im Sachsenland und dann zweifellos in Corvey gewesen (doch ist Zeitschr. f. vaterl. Gesch. u. Alterthumskunde Westphalens 1879, 212 ff. zu vergleichen), hat man doch auch den ags. Schreiber des ags. Runenalphabets und des Abecedarium Nordmannicum in Ostphalen gesucht (MSD.[3] II, 56).

Besonderes Gewicht lege ich auf die fränkischen Elemente in Corvey. Das Kloster ist eine Tochtergründung von Corbie und, wie auch Herford, von den Brüdern Wala und Adalhard, den leiblichen Vettern Karls d. Gr. ausgegangen. Die Mutter der genannten Brüder hatte wahrscheinlich edlem sächsischem Geschlechte angehört. Wie Wala zum ersten Mal auf den Gedanken kommt, im Sachsenlande ein Kloster zu bauen, wird sein sächsisches Stammesbewußtsein hervorgehoben: *ut erat isti amor fervens .. circa propinquos sui generis et patriam.* Wala ist bei Lebzeiten Karls d. Gr. einer der einflußreichsten Optimaten am Hofe seines Vetters gewesen, er hat mit besonderer Auszeichnung Staatsgeschäfte geleitet, die Heere ins Feld geführt und den ducatus Saxoniae längere Zeit als Oberbefehlshaber verwaltet. Er war in erster Linie vermöge seiner Talente und seiner Abstammung befähigt, seine Stammgenossen in den Lebenskreis des fränkischen Reiches einzufügen; war er doch beim Sachsenvolke außerordentlich beliebt (*valde dilectus et nimium famosissimus*; vgl. auch die Episode der vita lib. I, c. 7). Wala ist es gewesen, der in Ansgar den richtigen Mann für die Mission des Nordens gesehen hat. Er ist es, dem die Förderung der christlichen Religion bei seinem Volke in allererster Linie anzurechnen ist. Als der gewaltige Kriegsmann Mönch wurde, hat dieses Ereigniß in Sachsen tiefen Eindruck gemacht. Er war ein überlegener Geist (*virum magnum fuisse constat*, meinte Leibniz): er hat es verstanden, die Menschen für sich zu gewinnen und nach seinen Ideen zu lenken, er hat Karls d. Gr. Vertrauen besessen, ist Jahre lang einer der ersten Rathgeber Ludwigs gewesen (Ludwig selbst bezeichnet ihn als *propinquus noster, regiae prosapiae vir*), mit ungewöhnlicher Rednergabe hat er die Sachsen für sich begeistert und vielleicht persönlich vom Kaiser die Immunitätsurkunde für Corvey erwirkt (Rodenberg, Die vita Walae. Göttingen 1877). — Wilmanns hat gezeigt, wie diese prächtige Erscheinung dem Sachsenvolke imponiert hat, wie er geradezu Volksheld geworden und im Munde des Volkes Jahrhunderte lang gefeiert worden ist. Gleich und neben ihm ist der Corveyer Mönch Warinus, der mit Wala nahe verwandt gewesen ist, zu nennen: *erat eodem tempore* (a. 823) *in Corbeiensi monasterio quidam adolescens monachus qui ex nobilissimo Francorum atque Saxonum genere fuerat ortus nomine Warinus ... qui ex milite factus est monachus. cum esset juvenis atque magna potestate praeditus .. inter primos palatii consisteret, elegit potius servire domino aeterno quiam regi mortali .. venerabilis abba Warinus maiori honore apud imperatorem habebatur*, so berichtet die Translatio S. Viti (ed. Jaffé, S. 12). Seit 826 war Warinus der ausgezeichnete Abt des damals in höchstem Ansehen stehenden Klosters.

Sollten Männer mit solchen Zügen und solchen Schicksalen, die so schlagend mit dem Bilde stimmen, das die Gottesstreiter des Heliand tragen, ohne Wirkung auf die Phantasie des Dichters geblieben sein, wenn er von ihnen wußte, wenn er etwa gar in ihrem Kreise sich bewegte? Der Sachse, der in seinem Heliand Christus als einen gewaltigen Kriegsmann darstellte, mußte sich zu Männern, wie Wala und Warinus, die erst vor Kurzem den Panzer mit der Kutte vertauscht hatten, besonders hingezogen fühlen (Rodenberg a. a. O. S. 22). In einem Wala und Warinus lebten die Kraftgestalten der christlichen Geschichte lebendig und leibhaftig. Jetzt erscheint es bedeutsam, daß unser Dichter den Matthäus mit den Worten charakterisieren konnte: *Mattheus was he hetan, was im ambahteo edilero manno, scolda thar te is herron handun antfahan tins endi tolna; treuwa habda he goda, adalandbari: forlet al saman gold endi silubar endi geba managa, diurie medmos endi ward uses drohtines man: cos im the kuninges thegn Crist te herron, milderan herron, milderan medgebon than er is mandrohtin wari an thesero weroldi* (vgl. Vilmar S. 75; Kögel, Grundr. II, 208). Aus allen Burgen rings umher läßt der Dichter die Mannen zur Heeresgefolgschaft herbeieilen, große Schaaren aus mancherlei Stämmen kommen zusammen, wie es in der Transl. S. Viti (Jaffé, S. 10) heißt: *augebatur cotidie numerus monachorum ex nobilissimo Saxonum genere.* So scheinen die äußeren Umstände nach Corvey, nicht nach Werden zu weisen.

Aber freilich führt uns Kögel an der Hand gewisser orthographischer Merkmale nach dem Kloster an der Ruhr. Nur in Werdener Denkmälern begegnet intervocalisch *-f-* = *-ƀ-* wie im Cottonianus; desgleichen auslautend *-t* (= *-f*) und *c* vor hellen Vocalen mit dem Lautwerth von *k*. Intervocalisch *-ƀ-* ist (vgl. die Nachweise bei Gallée §. 107) zweifellos für die Originalhandschrift des Heliand vorauszusetzen. Althof verzeichnet (§. 14) mehrere Namensformen, die nicht nach Werden, sondern nach Münster, Paderborn u. a. gehören; bekannt ist ferner *-f-* aus dem althochdeutschen Liede 'de Heinrico', welches Kögel selbst in die Lahngegend versetzen will. Von dem ags. Schreibusus ganz zu schweigen, vermag ich diesem ersten Argument keinerlei Beweiskraft beizumessen. Auslautend *-ƀ* hat Kögel außer dem Heliand nur noch in den Werdener Heberegistern gefunden. Zahlreiche *d* und *b* des Cott. hat erst eine zweite Hand (des X.—XI. Jhs.) durch Durchkreuzung der Schäfte in *đ* und *ƀ* geändert (dies gilt z. B. für Kögels Beleg 2783). Es ist sehr fraglich, ob mit den *-leƀ* der Register etwas anderes als *-lebus* gemeint ist, wie ja die Durchkreuzung ursprünglich als Abbreviatur fungiert (z. B. im fränkischen Taufgelöbniß *ih gilauƀ* und im Hildebrandsliede *Heriƀtes* etc.). Es weist diese Abbreviatur auf ags. Schriftgebrauch und darf so wenig als ausl. *-đ* als Werdensche Besonderheit aufgefaßt werden. Noch weniger Beweiskraft hat das letzte Schriftargument Kögels. *c* vor hellen Vocalen mit dem Lautwerth von *k* ist wiederum eine Eigenthümlichkeit des ags. Schriftwesens und beweist folglich nur mit dem bereits Besprochenen zusammen, daß der Schreiber des Heliand durch eine ags. Schreibschule gegangen ist, wozu an vielen Orten Deutschlands bis ins XI. Jh. hinein Gelegenheit war (vgl. über die *scriptura scottica* auch den ersten grammatischen Tractat der Snorra Edda). Die Bedeutung der Schreibschulen für die Verschiedenheit der Orthographie unserer ältesten deutschen Denkmäler ist noch nicht genügend erkannt (vgl. oben S. 243 ff.). Man hat vielfach lautliche Vorgänge statuiert, wo nur ein Wechsel des Schriftwesens zu Grunde liegt.

So steht also nichts im Wege, den Heliand in Corvey entstanden zu denken, mit der Annahme, daß das Original ags. Schrifteigenthümlichkeiten mit anderen Aufzeichnungen jener Zeit getheilt habe (vgl. die Darlegungen Möllers für das Hildebrandslied).

Weit ausblickende Theorien und weit ausholende Untersuchungen liegen in der grammatischen Darstellung Gallées nicht vor. Aber wir besitzen nunmehr eine sehr reichhaltige, sorgfältig und übersichtlich bearbeitete Statistik des Formbestandes unserer and. Texte. Es ist namentlich den graphischen Varianten die erforderliche Aufmerksamkeit geschenkt worden und in vielen Fällen eine zutreffende Deutung gegeben. Anderes befriedigt nicht. So z. B. wenn nach §. 27 *i* sich in *a* oder *u* verwandelt haben soll, während doch G. §. 220 selbst constatiert, daß die Comparativsuffixe nicht streng geschieden sind. Auch hätte der Wechsel zwischen *thionost* : *thianust*, *kiasar* : *kiasur*, *diuƀales* : *diuƀules*, *hamur* (Prud. Gl.) u. a. (§. 196, Anm. 6) lehren sollen, daß nicht an Wandel eines *i* zu denken ist. — *eorid* : *ierid* (§. 30, Anm. 2) verhalten sich wahrscheinlich wie *neowiht* : *niewiht* (§. 50 Anm.), d. h. *ie* wird Umlaut des *eo* darstellen. — §. 33, Anm. 1 erledigt sich durch Annahme von Doppelformen; es sollte nicht länger von „regelmäßigen" und „unregelmäßigen" Formen gesprochen werden; ein kleiner Rest läßt erkennen, daß secundär *u* > *o* (resp. *ǫ* nach Anm. 6) geworden ist wie *i* > *e*. *tholian* und verwandte durften nicht in Anm. 4 untergebracht werden. — Die treffende Beobachtung Behaghels (in der voraussichtlich auch andere mit ihm zusammengetroffen sind), daß in unseren Texten bereits *ā* zu *ē* umgelautet ist, hatte die Grundlage von §. 36 zu bilden. Die mnd. Überlieferung ist hier ohne Weiteres zu Gunsten von Behaghel entscheidend. — *ansciann* Hel. 5798 (§. 41, Anm. 2; 288 Anm.) ist wahrscheinlich *arsciadh* (zertheilte sich)? zum Wechsel zwischen *n* und *r*, vgl. §. 96. 100 Anm. — Zu den Diphthongierungserscheinungen von *ō* > *uo* beim Verbum *dōn* mußte der Übergang von *ō* > *ū* vor Vocal und der Übertritt des Wortes in die Flexion der *ōn*-Verba (cfr. *duoian*) berücksichtigt werden. — Ich halte die §. 44 angedeutete Erklärung, die anscheinend von Formen wie *fraha* ausgehen will, nicht für plausibel, schon deswegen nicht, weil auch *a* für *ǫ* sich findet (§. 33, Anm. 5) und demgemäß *ā* neben *ō* einem *ǭ* entsprechen wird. — §. 48, Anm. 3 *fiur* kann nicht aus *fu-ir* entstanden sein, ist vielmehr Stammabstufung zu **fūr* (griech. πῦρ). — §. 58, Anm. 1 (l. 5802) *hwīl* (wie ahd. *hwīl* Braune, ahd. Gramm.², §. 207, Anm. 2) ist adverbial gebraucht (§. 168, Anm. 3). — §. 67 bedarf der Revision und Ergänzung. — Was bedeutet der Wechsel zwischen „west"- und „altgermanisch" in §. 85? Absatz *a*) ist sehr ungenügend formuliert. Eine Andeutung über die Stellung des altnd. zum ags. und afries. wäre sehr zu wünschen. — §. 94. 121. Der phonetische Unterschied zwischen etymol. *j* und *g* im altnd. (graphisch besteht keine Verschiedenheit) ist der, daß *j* und *g* vor palatalen Vocalen als (stimmhafte) palatale Spiranten, *g* vor gutturalen Vocalen als gutturaler, *j* als palataler Spirant zu betrachten ist. — §. 116 kann ich nicht begreifen, warum palatale Aussprache fraglich sein soll; fraglich ist nur die Assibilierung. — Sehr richtig ist die Erklärung der Orthographie in §. 122 Anm. (folglich hätte §. 131, 6 die Einfügung des *h* nicht als „unrichtig" bezeichnet werden sollen); nur bedürfen wir des „gelehrten Schreibers" nicht. — §. 126. Die Gemination in *roggo* ist westgermanisch. — Über *thurh* : *thuru* §. 133 vgl. Beitr. XII, 289 Anm. — Die §. 134 Anm. erwähnte Analogiebildung dürfte kaum ernstlich erwogen sein. Liegt denn 2. Pers. sing. *bis* nicht näher? Merkwürdig ist die Annahme, eines **senddjan* > *sendien*, während *rikkian* §. 118, Anm. 2 als Schreibfehler angesehen wird. — §. 157, Anm. 1, Gen. sg. *-as* ist auch fries. und urnord.; folglich mit Paul als urgerm. Nebenform zu *-es* aufzustellen, entsprechend der Abstufung der *n*-Stämme (§. 193); Anm. 3 vermisse ich eine strenge Scheidung der Belege für Nom. und Acc. plur. — §. 163 bezüglich *solari* u. s. w. war auf H. Möller, Zur ahd. Alliterationspoesie S. 144 zu verweisen. — Zu *thiedi* (§. 168, Anm. 1) waren die ahd. Formen zu berücksichtigen und ursprünglich consonantische Flexion zu erschließen. — §. 170, Anm. 1 *hell* ist doch wahrscheinlich ags. Einfluß zuzuschreiben. Es wäre sehr verdienstlich, wenn G. in der angekündigten Einleitung zu den Denkmälern die kirchliche Terminologie auf ihre ags., resp. hochdeutsche Herkunft untersuchte. Es lassen sich dadurch voraussichtlich Anhaltspunkte für die Heimat und Herkunft der Missionare gewinnen. — §. 260 war auch *wita* unterzubringen, vgl. Frank, mnl. Gramm. §. 130, Anm. 2. — Zu §. 267 b. 309 *ferköpton. gicōpid* war auf ags. *cypan* (got. **kaupjan*) zu verweisen. Reste der Suffixabstufung *-an* : *-in* sind §. 281, Anm. 4 verzeichnet. — Die §. 279, Anm. 3 zu *givan* gegebene Notiz war auch für *niman* §. 278, Anm. 2 zu verwerthen. — §. 301 dürfte mit Sicherheit ein inf. **spennian* erschlossen werden, vgl. altnord. *speni. spenja*, altschwed. *spini*, mhd. *spen*, *spunne*. Als altes Participium ohne Mittelvocal war auch adj. *forht* (got. *faurhts*) zu erwähnen. — Das Schwanken zwischen *-on* : *-an* bei den *on*-Verben ist am ehesten von inf. *-oian* ausgegangen. Ich vermisse in der Liste *minnion* C: *minnian* M. *gehalan* M. *uundran* C. *escan* C. *friehan* C (*friohon*). — Zu *sindun* §. 321 vgl. Beitr. VI, 573 etc.

Die Verbesserungen sind mit den S. 115 f. gegebenen Nachträgen noch nicht erschöpft S. 79, Z. 14 v. o. l. *kann*; S. 80, §. 230, Z. 3 l. *a*-Stämme. Der Nachweis zu §. 239, Anm. 2 gehört zu Theilen von Anm. 1 u. 2. §. 247, Z. 1 l. *einen*. Bei der Paradigmentafel des Verbums ist „Schwache Verba" über 8. 1. 2 gerathen; ein Paradigma *hebbiu* wird man trotz §. 255 Anm. vermissen, woselbst 310 in 311 zu bessern ist. Ich kenne keinen Beleg für 1. Sing. präs. *-m* der schwachen Verba 2. Classe. S. 89 letzte Zeile l. *im*. §. 258 l. in der 3. und 2. Pers. pl. (vgl. §. 261). §. 268, Z. 6 l. *aufzuweisen*. §. 269 ist etwa *fāhan* : *fengun* einzuschalten. §. 272, Anm. 4 war auf §. 41, Anm. 2; §. 273, Anm. 1 (fin.) auf §. 45; §. 315, Anm. auf §. 41, Anm. 3 und §. 321, Anm. 2 zu verweisen. Die Belege am Schlusse von §. 311 gehören nicht an diese Stelle; haben sie sich von §. 307 hieher verirrt? In §. 312 vermißt der Anfänger einen Beleg dafür, daß die aufgeführten Verba überhaupt einmal der dritten Classe angehört haben.

MARBURG. FRIEDRICH KAUFFMANN.

Erwiderung auf Germania XXXVII, S. 110—114.

In meiner Abhandlung „Über die Quellen der H. Sachsischen Dramen“ hatte ich (Germ. 36, S. 4 ff.) das Verhältniß des 5. Fastnachtspieles zu Beroaldus genau nach den Ergebnissen meiner Untersuchungen vom Jahre 1882 niedergeschrieben und den 1889 gedruckten Artikel Szamatólskis, obwohl er mir in Einzelheiten anfechtbar erschien, in einer Fußnote nur anerkennend erwähnt. Eine Kritik lag mir eben ferne; doch mußte ich im Interesse der mich beschäftigenden Quellenfragen Stellung zu den Hauptresultaten seiner Forschung nehmen. Dies that ich und sah mich nicht veranlaßt, meine in zwei Punkten von ihm abweichenden Anschauungen, nämlich, daß Franck die Übersetzung des Wimpfeling benützte und daß Sachs auch die letztere kannte, aufzugeben, um so weniger, als Szamatólski absolut keine Beweise für das Gegentheil erbracht und insbesondere keine Parallelen aus Wimpf. (und dem mir unbekannten Frölinkint) zu seinen Citaten aus Franck angeführt hatte. Es war von ihm einzig und allein erwiesen worden, was übrigens schon der Druckort der Franckschen Übersetzung — Nürnberg — nahelegte, daß S. diese benützte. Das schloß aber für den mit der H. Sachsischen Schaffensweise Vertrauten keineswegs die Möglichkeit aus, daß der Dichter daneben noch eine andere Übersetzung zu Rathe gezogen. Und daß dies der Fall sei, davon war und blieb ich überzeugt. Ich versprach nun, da die beiden der kön. Bibliothek in München gehörigen Übersetzungen gerade verliehen waren, später nochmals auf die Sache zurückzukommen und schrieb selbst an Szamatólski, daß ich mich in Nachträgen zu meiner Arbeit wieder mit der Frage beschäftigen würde. Dieser Herr hat indeß, noch bevor meine Nachträge erschienen, in einem Artikel der Germania (37. Jahrg., S. 110 ff.) unter der Spitzmarke „*Im Streit um den Streit der drei Brüder*“ geantwortet. Ließ mich schon der preziöse Titel die Absicht des Schreibers, einen Heiterkeitserfolg zu erzielen, erkennen, so ward ich doch von der Entgegnung selbst überrascht. Meine ruhige, höfliche Bemerkung hatte wohl eine ruhige, höfliche Antwort verdient. Statt dessen schlägt der Verfasser einen Ton an, den selbst nicht eine Provocation zu rechtfertigen vermöchte; er gefällt sich in einem Stil, dessen gezwungene Spässe, merkantilische und sonstige Vergleiche stark an den Ladentisch erinnern und die Grenzen des Anstands wiederholt verletzen. In die vorgesetzten Artigkeiten der einleitenden Worte muß ich mich mit L. Fränkel theilen. Ich weiß also nicht, in wie weit „werthloses Schlackenwerk“, „Querulanten“, „Vergoldung mit schwächlichen Vermuthungen“, „wohlweise Bibliographengelahrtheit, die sich um den Zusammenhang nicht kümmert“, „Schutt ihrer Nachträge“ auf mich gemünzt sind. Aber ganz auf meinen Theil entfallen: „er zahlt mit Wechseln auf zukünftige Beweisführungen“, „sein Gedächtniß hat ihn ganz und gar verlassen“, „St. wird wohl zustimmen können, ohne einen Vergleich mit Polonius befürchten zu müssen“. Natürlich schwebt verklärend über dem Ganzen die unendliche Bescheidenheit des Verfassers, wie sie sich in den Worten am Anfang kundgibt: Wer eine Stufe echten Metalls gefördert hat, muß heute darauf vorbereitet sein daß sein Nachbar die todte Stelle nochmals nachschürft u. s. w. — Gegen eine derartige Polemik gilt es — jeder Einsichtige wird mir beipflichten — energisch Front zu machen. Auf dem Felde der Wissenschaft darf nur mit ruhigen, sachlichen Gründen, nicht mit faden Witzeleien, nicht mit bissigen, verletzenden Vergleichen und Bildern gekämpft werden. Das Recht, die Forschungen und Meinungen Anderer nachzuprüfen und allenfalls zu abweichenden Resultaten zu gelangen, darf Niemanden verkürzt oder durch Sticheleien verleidet werden. Es gehört ein sehr großes Selbstgefühl dazu, um jeden unbedeutenden Fund mit lautem εὕρηκα in die Welt hinauszuposaunen, es gehört aber ein noch weit größeres dazu, um Jeden, der darüber nicht in Extase geräth, oder Zweifel und Bedenken äußert, sofort mit schonungslosem Hohn anzufallen. Mit einem Worte, die Kampfesweise, die leider in der politischen Welt herrscht, muß um jeden Preis von der wissenschaftlichen ferne gehalten werden. Aus diesem Grunde gehe ich auf die Ausführungen Szamatólskis nicht weiter ein. Auf die Sache selbst bin ich, bezüglich der ersten Frage, in meinen Nachträgen zurückgekommen, die zweite, obwohl meines Erachtens genügend erwiesen, soll mich demnächst noch beschäftigen. Ich denke aber viel zu vornehm von der Aufgabe der Kritik, als daß ich einen Gegner noch eines weiteren Wortes würdige, der eine so wenig ideale Auffassung derselben zeigt.

NÜRNBERG. A. L. STIEFEL.

Der Erklärung des Herrn Prof. Stiefel habe ich im Allgemeinen nur meine vollste Übereinstimmung zu der Art und Weise, wie er Szamatólskis Ton abführt, hinzuzufügen. Auf Einzelauseinandersetzungen verzichte ich (trotzdem ich eigentlich Alles aufrecht erhalte), da ich nicht in der Methode Sz.'s „die Klingen zu kreuzen pflege". So grob, klobig und aller Verkehrsart, die unter Gelehrten üblich, entgegen, ist er nicht einmal über Chr. Meyer („Nation", December 1890), Tille (Anz. f. deutsches Alterthum) und Kollmann (Herrigs Archiv) hergefallen.

MÜNCHEN. LUDWIG FRÄNKEL.

Mittheilung.

Im Literaturblatt für german. u. roman. Philologie hatte sich eine Erörterung über die in grammatischen Schriften verwendeten Zeichen $>$ und $<$ entsponnen. H. Gering hat nun in Nr. 5 Nachweise gebracht, die es zweifellos erscheinen lassen, daß dem Zeichen $>$ die Bedeutung von „wird zu", dem Zeichen $<$ die von „entstanden aus" zukommt. Es wäre dringend zu wünschen, daß nun alle Fachgenossen dieser Auffassung sich anschlößen.

(Berichtigung.) Heft 2, S. 186 letzte Zeile l. *altlebe* longaevus.

Aufruf.

Unter den Schülern und Verehrern Friedrich Zarnckes hat sich der lebhafte Wunsch geltend gemacht, dem Andenken des dahingeschiedenen Lehrers und Freundes ein Zeichen dankbarer Erinnerung zu widmen.

Kein Ort erscheint uns für ein solches Denkmal geeigneter, als die Stätte, an der Zarncke als Forscher und anregender Lehrer am tiefsten und nachhaltigsten auf seine Schüler eingewirkt hat: das deutsche Seminar zu Leipzig. Zugleich sind wir darüber einig, daß ein von Künstlerhand geschaffenes Ölbild den gesammten Eindruck der lebensvollen Persönlichkeit Zarnckes treuer wiedergeben und erhalten werde, als etwa eine Büste oder ein Medaillon. Wir haben daher in erster Linie die Herstellung eines solchen Bildes ins Auge gefaßt. Etwaige Überschüsse verfügbarer Geldmittel sollen zur Begründung einer „Zarnckestiftung für Studierende der germanischen Philologie" verwendet werden.

Alle Freunde und Verehrer Zarnckes fordern wir hierdurch auf, zur Ausführung dieses Planes beizutragen. Freundliche Spenden wolle man thunlichst bis zum 1. November an den mitunterzeichneten O. R. Reisland, Leipzig, Hospitalstraße 10, einsenden.

Dr. jur. L. Avenarius, Mitglied d. Hauses der Abgeordneten, Greiffenberg i. Schles.; Prof. Dr. K. v. Bahder, Leipzig; Prof. Dr. R. Bechstein, Rostock; Prof. Dr. A. Birch-Hirschfeld, Leipzig; Prof. Dr. W. Braune, Heidelberg; Dr. E. Brockhaus, Verlagsbuchhändler, Leipzig; Prof. Dr. K. Brugmann, Leipzig; Prof. Dr. K. Burdach, Halle; Prof. Dr. W. Creizenach, Krakau; Prof. Dr. O. Crusius, Tübingen; Präsident Dr. Drechsler, Leipzig; Prof. Dr. E. Elster, Leipzig; Oberbürgermeister Dr. Georgi, Leipzig; Geh. Hofrath Prof. Dr. M. Heinze, Leipzig; Prof. Dr. R. Hildebrand, Leipzig; A. Höfer, Senior des deutschen Seminars, Leipzig; Prof. Dr. Fr. Jostes, Freiburg, Schweiz; Prof. Dr. E. Jungmann, Rector zu St. Thomas, Leipzig; Prof. Dr. R. Kögel, Basel; Oberbibliothekar Dr. R. Köhler, Weimar; Prof. Dr. E. Kölbing, Breslau; Geh. Hofrath Prof. Dr. L. Krehl, Leipzig; Prof. Dr. A. Leskien, Leipzig; Geh. Hofrath Prof. Dr. R. Leuckart, Leipzig; Prof. Dr. J. H. Lipsius, d. Z. Rector der Universität Leipzig; Dr. E. Mogk, Leipzig; Prof. Dr. H. Paul, Freiburg i. Br.; Prof. Fr. Ratzel, Leipzig; O. R. Reisland, Verlagsbuchh., Leipzig; Prof. Dr. H. Rietschel, Leipzig; Prof. Dr. G. Roethe, Göttingen; Prof. Dr. F. Rühl, Königsberg i. Pr.; Prof. Dr. K. J. Schröer, Wien; Prof. Dr. E. Sievers, Leipzig; Prof. Dr. W. Streitberg, Freiburg, Schweiz; Prof. Dr. H. Stürenburg, Rector der Kreuzschule, Dresden; Prof. Dr. H. Suchier, Halle a. S.; Prof. Dr. Fr. Vogt, Breslau; Prof. Dr. L. Wimmer, Kopenhagen; Prof. Dr. E. Windisch, Leipzig; Rector Dr. J. J. Wolff, Mühlbach, Siebenbürgen; Prof. Dr. L. Wülker, Leipzig; Geh. Hofrath Prof. Dr. W. Wundt, Leipzig.

INHALT.

Seite

Austrônia. Von Th. v. Grienberger 241
Über althochdeutsche Orthographie. Von Fr. Kauffmann 243
Mhd. *Tôre*. Von Adalb. Jeitteles 264
Zu Germania XXXXIII, 313 ff. Von Demselben 268
Zu Germania XXXVI, 262 ff. Von Demselben 268
Einige Bemerkungen über den Gebrauch der Fremdwörter bei Gottfried von Straßburg. I. II. Von R. F. Kaindl 272
Mittheilungen. Von F. W. E. Roth 282
1. Aus Handschriften 282
2. Aus Druckwerken 287
Zu den „Mittheilungen" von F. W. E. Roth. Von O. Behaghel . . 296

Bibliographie:

Bibliographische Übersicht der Erscheinungen auf dem Gebiete der germanischen Philologie im Jahre 1888. Von Gustav Ehrismann. 297

Zu Lexers Mhd. Handwörterbuch. Von R. Sprenger 367

Litteratur:

Grotefend, Bruchstück des Rolandsliedes. Von O. Glöde 367
F. von Meyenn, Ein historisches Volkslied aus dem Jahre 1657. Von Demselben 367
O. Behaghel und J. H. Gallée, Altsächsische Grammatik. Von Friedr. Kauffmann 368
Erwiderung auf Germania XXXVII, S. 110—114. Von A. L. Stiefel und L. Fränkel 374
Mittheilung 375
Berichtigung 375
Aufruf 376

Buchdruckerei von Carl Gerold's Sohn in Wien.

GERMANIA.

VIERTELJAHRSSCHRIFT

FÜR

DEUTSCHE ALTERTHUMSKUNDE.

BEGRÜNDET VON FRANZ PFEIFFER.

FORTGESETZT VON KARL BARTSCH.

JETZT HERAUSGEGEBEN

VON

OTTO BEHAGHEL.

SIEBENUNDDREISSIGSTER JAHRGANG.
NEUE REIHE FÜNFUNDZWANZIGSTER JAHRGANG.
VIERTES HEFT.

WIEN.
VERLAG VON CARL GEROLD'S SOHN.
1892.

Man bittet um gef. Beachtung der zweiten Umschlagseite.

Wien, Ende December 1892.

P. T.

Wir beehren uns Kenntniss zu geben, dass die

GERMANIA

Vierteljahrsschrift für deutsche Alterthumskunde

mit dem nun vollständig vorliegenden 37. Jahrgang 1892 Mangels einer genügenden Anzahl von Abonnements zur Deckung der Honorare und sonstigen Herstellungskosten in unserem Verlage zu erscheinen aufhört.

Die Verlagsbuchhandlung

Carl Gerold's Sohn.

DIE WORTBILDUNG DER MUNDART VON KROFDORF.

Die vorliegende Arbeit beschäftigt sich mit der Wortbildung der Mundart von Krofdorf. Krofdorf ist ein fünf Kilometer nordwestlich von Gießen gelegenes Dorf, welches auf der den v. Pfisterschen Nachträgen beigefügten Mundartenkarte von Hessen dem „Niederlahngau" zugewiesen wird. Politisch gehört es zum Kreise Wetzlar, mit dem es zu Beginn des Jahrhunderts zur Krone Preußen kam. Seit 1860 ist es der Sitz der Verwaltung für die vereinigten Bürgermeistereien: Atzbach-Launsbach. Als solcher hat es ein Bürgermeistereiamt und eine Steuercasse. Als drittes behördliches Institut ist seine Oberförsterei zu erwähnen. Der geistigen Cultur dient eine dreiclassige Volksschule. Außerdem hat es eine evangelische Pfarrei. Ein Theil der Bewohner bildet seit 1861 eine freireligiöse Gemeinde.

Die etwa 1500 Einwohner Krofdorfs ernähren sich noch größtentheils durch Ackerbau. Jedoch wandern seit einigen Jahrzehnten täglich Schaaren von Arbeitern und Arbeiterinnen meist jüngeren Alters nach Gießen, um in den dortigen Cigarrenfabriken u. s. w. ihren Lebensunterhalt zu verdienen. Auch finden sich am Orte selbst zwei Cigarrenfabriken. Eine Postagentur vermittelt zweimal täglich die Schriftgemeinschaft mit der Außenwelt, und schließlich ist eine Fernsprecheinrichtung als jüngstes Verkehrsmittel nicht zu vergessen.

Trotz dieses lebhaften behördlichen und gewerblichen Verkehrs, trotz der Einwirkung von Schule und Kirche spricht der Krofdorfer im gewöhnlichen Umgange noch seine in scharfer Unterscheidung vom Schriftdeutschen als dem „Vornehmen" empfundene Dorfsprache. Freilich lassen sich innerhalb des Dorfes wieder verschiedene „Verkehrsschichten" (vgl. Wegener im Grundriß der german. Phil. p. 931 ff.) unterscheiden. Dessenungeachtet stellt sich die Dorfsprache in ihrer Gesammtheit dem Schriftdeutschen gegenüber als Einheit dar, insofern als der Dörfler, selbst wenn er unter besonderen Einflüssen vorübergehend oder dauernd das Schriftdeutsche oder einen Mischdialect spricht, keinen Augenblick über seine Abweichung von der reinen Mundart im Zweifel ist. Jeder Einheimische kennt und kann die Gemeinsprache des Dorfes, wenngleich er sie nicht immer in ihrer Reinheit anwendet. Sie gehört, der erwähnten geographischen Lage des Dorfes entsprechend, dem rhein-fränkischen Dialect (vgl. Braune's ahd. Gr. §. 6) an.

Die vorliegende Arbeit kann keine im Einzelnen erschöpfende oder im Ganzen abgeschlossene, historische Untersuchung sein; dafür fehlen entsprechende Vorarbeiten für die Wortbildung der neuhochdeutschen Schriftsprache. Ich mußte mich bescheiden, eine vielfach nur descriptive Orientierung über das gegenwärtig Vorhandene zu geben. Am zweckmäßigsten schien mir dies durch einen Vergleich mit den heutigen schriftdeutschen Verhältnissen zu geschehen. Aber auch in dieser Beschränkung muß meine Arbeit mancherlei Mängel zeigen, schon aus dem Grunde, weil noch keine Bearbeitung des Lautstandes und der syntaktischen Verhältnisse der in Frage kommenden Dorfmundart stattgefunden hat. Von der Lautlehre und der Syntax aus aber ist mancher Entscheid betreffs der Wortbildung zu holen. — Bei der Untersuchung und Auswahl der Beispiele war ich auf mein eigenes Sprachvermögen und Gedächtniß oder auf dasjenige bekannter Dorfgenossen angewiesen. Es ist klar, daß auf diese Weise keine Garantie für die Erschöpfung der vorhandenen Belege gegeben ist. Auch ist die Entscheidung darüber, ob ein Wort als wirklich einheimisch oder als entlehnt anzusetzen sei, oft sehr schwer infolge der unbewußt wirkenden Neigung zur augenblicklichen Umprägung schriftdeutschen Sprachgutes in mundartliche Form. Um hier einigermaßen sicher und erschöpfend zu verfahren, wäre als nothwendige fundamentale Vorarbeit die Aufstellung eines Specialidiotikons, welches den gesammten Sprachschatz des Dorfes enthielte, zu fordern. Wie viele und welche Objecte der äußeren und inneren Wahrnehmung haben in der mundartlichen Sprache eines schlichten Dorfbewohners Ausdruck gefunden, und mit welcher Summe von Beziehungsvorstellungen wirkt er diese Welt von Dingen, Eigenschaften und Thätigkeiten ineinander? Erst auf Grund einer diese Fragen beantwortenden Veranschaulichung des gesammten Sprachmaterials ließe sich eine annähernd erschöpfende Beantwortung zahlreicher Sonderfragen geben.

Was die Anordnung des Stoffes betrifft, so habe ich den Eintheilungsgrund in erster Linie aus der Bedeutung des Wortmaterials zu gewinnen gesucht. Die Gruppierung nach der Formverwandtschaft des Stoffes liegt mehr im Interesse der Einsicht in dem lautlichen Aufbau der Sprache; bei der Wortbildungslehre dagegen handelt es sich vor Allem um Veranschaulichung des nach sprachlichem Ausdruck suchenden Mittheilungstriebes. Die seelischen Zwecke des sprechenden Subjects mußten also, wo es irgend ging, voranstehen. Der Umstand, daß Bedeutung und Form der Zusammensetzung von Haus aus in dem Verhältniß von Ursache und Folge stehen (vgl. Kluge, Nominale Stammbildungslehre S. 2), läßt diese Anordnung auch in Rücksicht auf die historische Entwicklung als gerechtfertigt erscheinen.

Bei der Darstellung der mundartlichen Beispiele bin ich im Wesentlichen der von F. Kauffmann (in der Anleitung zur deutschen Landes- und Volksforschung, Abschnitt: Dialectforschung) empfohlenen Transcription gefolgt. Folgende Übersicht möge meine Wiedergabe der mundartlichen Lautformen verdeutlichen:

I. Geräuschlaute:

a) Explosivlaute: 1. Tenues Lenes: *b, d, g*. 2. Tenues Aspiratae: *p, t, k*.

Das für die Krofdorfer Mundart den Unterschied bedingende Moment ist das Nichtvorhandensein oder das Vorhandensein der Aspiration. Die durch letztere nahe gelegte größere Articulationsenergie kommt erst in zweiter Linie.

b) Spiranten: 1. Tönende Lenes: *w, j*. 2. Tonlose Fortes: *f, s, š, χ* (ich-Laut), *x* (ach-Laut).

II. Stimmlaute:

a) Nasales: *m, n, ŋ*.

b) Liquidae: *l, r* = engl. *r*, ohne Rollen der Zunge wie des Zäpfchens.

c) Vocales: *u o ǫ a α ę e į i*
= Sievers: $u^1 u^2$ o^1 o^2 *a* & e^2 e^1 i^2 i^1
e in tonloser Stellung = ə.

Als Beispiele für die vom Schriftdeutschen abweichenden Zeichen führe ich an:

ǫ- kurz in: *ǫ̆xt* (acht); lang in: *jǭ* (*ja*);
α- „ „ *hᾱs* (*heiß*);
į kommt nur in Verbindung mit dem indifferenten Vocallaut „*s*" vor. Dieser phonetisch noch näher zu untersuchende Laut tritt als kurzer Nachschlag auf in den Verbindungen:
ǫ́s- kurz in *kǫ̆sl* (Karl); lang in *kǭsl* (kahl);
ę́s- „ „ *kę̆sl* (Kerl); „ „ *kę̄sl* (Kehle);
és- „ „ *kēsn* (kehren);
į́s- „ „ *kį̆sn* (Kinder);
ís- „ „ *bīsn* (Birnen).

Von den gerundeten Vocalen findet sich nur Sievers' $ö^2$ (Zunge e^2, Lippen o^2), den ich mit *ǫ̊* bezeichne. Dieser Laut kommt, wie *į*, ebenfalls nur in Verbindung mit „*s*“ vor; z. B. kurz in *hǫ̆ssə* (Hosen); lang in *wǭ̆sl* (wohl), welche sich klar unterscheiden von den Verbindungen: *ǫs*, z. B. in *hǫ̆ssə* (Hasen) und *šmǭsl* (schmal).

Von echten Diphthongen finden sich in der Mundart:

au z. B. in: *haus* (Haus);
ǫu „ „ *fǫus* (Fuß);
oi „ „ *soĩs* (süß);
ǫi „ „ *lǫi* (Leute);
ai „ „ *waiwər* (Weiber);
ęi „ „ *gęisə* (Gießen) [1]).

A. Wortbildung durch Suffigierung.

Cap. I. Substantiva.

a) Verwandtschaftsbezeichnungen beiderlei Geschlechts.

§. 1. Das zu Verwandtschaftsbezeichnungen beiderlei Geschlechts gebrauchte idg. ***r*-Suffix** findet sich im kr. in den dem schd. ent-

[1]) Was die benutzte Litteratur anlangt, so war mir keine directe Vorlage durch eine ähnliche Bearbeitung der Wortbildung einer deutschen Dorfmundart gegeben. In Einzelnem habe ich zu Rathe gezogen:

v. Bahder, Verbalabstracta.
Behaghel, Die deutsche Sprache.
— Die Mundarten der deutschen Sprache. (In Pauls Grundriß der german. Philologie.)
Braune, ahd. Grammatik.
— Zur Kenntniß des Fränkischen. (In: P. Br. Beitr. I.)
Brugmann, Grundriß der vergl. Grammatik der indogerm. Sprachen.
Erdmann, Grundzüge der deutschen Syntax.
Grimm, Deutsche Grammatik.
Hittmair, Die Partikel *be* in der mittel- u. neuhochdeutschen Verbalcomposition.
Kauffmann, Geschichte der schwäbischen Mundart.
— Dialectforschung. (In: Kirchhoffs Anleitung zur deutschen Landes- und Volksforschung.)
Kluge, Nominale Stammbildungslehre.
— Nominale Wortbildung. (In: Pauls Gr. d. germ. Phil.)
— Etymologisches Wörterbuch d. deutschen Sprache.
Lenz, Der Handschuhsheimer Dialect. I. Theil: Wörterverzeichniß.
Liesenberg, Die Stieger Mundart.
Paul, Einleitung zum Grundriß d. germ Philologie.
— Principien der Sprachgeschichte.
Reis, Beiträge zur Syntax der Mainzer Mundart.
Sigwart, Logik. I. Theil.
Spieß, Die Fränkisch-Hennebergische Mundart.
Tobler, Über die Wortzusammensetzung, nebst einem Anhang über die verstärkenden Zusammensetzungen.
Vilmar, Idiotikon von Kurhessen. — v. Pfisters Nachträge dazu.
Wegener, Allgemeines über die deutsche Mundartenforschung. (In: Pauls Grundriß d. germ. Phil.)
Weinhold, Mhd. Grammatik.
Ed. u. Fr. Wetzel, Die deutsche Sprache.
Wilmanns, Deutsche Grammatik.
Wossidlo, Imperativische Bildungen im Niederdeutschen. (Im XXI. Jahresbericht über das städtische Gymnasium zu Waren.)

sprechenden Wörtern: Vater = *fǭsdər*, Mutter = *mŏdər*, neben den veralteten Formen *fǭrə* und *mǫirə*; ferner: Schwester = *šwę̄ssdər*; Bruder = *brǫurər* u. a. Das mhd. *diehter* ist noch in *gəšwįssdər-dīχdər* = Geschwisterenkel, erhalten.

b) Persönliche Masculina.

§. 2. Die schd. Reste der durch rein vocalische Suffixe sowie durch das ursprünglich adjectivische Suffix *-ja* gebildeten persönlichen Masculina sind im kr. infolge des weiter fortgeschrittenen lautlichen Zerfalles der Endungsvocale vollends unkenntlich geworden, z. B. Leute = *lǫi*, Hirte = *hŏst* u. s. w. — Aus dem gleichen Grunde ist der formale Unterschied zwischen der unflectierten und der sw. Form des Adjectivums geschwunden. Die Substantivierung vollzieht sich im Sprachbewußtsein des Krofdorfers einfach durch Vorsetzung des Artikels, z. B. der Alte = *də ālt*, der Rothe = *də rūt* u. s. w.

§. 3. Dagegen finden sich, entsprechend dem schd., auch im kr. die auf Lehnwörter aus dem Lateinischen zurückgehende Bildung von Nomina agentis auf *-er* (= ahd. *-âri*) in lebendigem Gebrauch, z. B. Schneider = *šnairər*, Bäcker = *bę̄gər*, *šmūsər* (*Schmuser), einer der *šmust*, d. h. nach dem Munde redet, *šnǫibər* (*Schnäuber), einer der im Essen wählerisch ist. — Wegen seiner vom schd. abweichenden Form bemerkenswerth ist Metzger (*macellarius*) = *mę̄sdsələr*.

Die durch Analogie zu organisch begründeten Ausgängen auf *-ner* (wie Lügner, ahd. *lugin-âri*, kr. *līənər*) entstandene *n*-Erweiterung des *er*-Suffixes zu schd. *-ner* findet einen vom schd. abweichenden Beleg in *pę̄snər* = *Pfarr-n-er.

§. 4. Erstarrte Reste von Nomina agentis mit *l*-Suffix sind im kr. noch seltener als im schd.; so fehlen die schd.: Büttel und Weibel. Vorhanden sind die Thiernamen: Igel (ahd. *igil*) = *īl*; Blutegel (ahd. *egala*) heißt im kr. *sūxǫil* (= *Saugegel); Wiesel (ahd. *wisala*) = *wīsəl*. Entgegen dem schd. „Schnecke“ hat das kr. die dem mhd. *snegel* entsprechende Form *šnę̄l*, m.

§. 5. Ein entstellter Rest der auf Analogiebildung zu Eigennamen beruhenden Ableitung von Nomen agentis auf *-olf* wie mhd. *wanolf*, *triegolf* u. a. liegt vor in *mǭsgloft* = *Markolf (= Häher).

§. 6. Die Bildungen mit *-hard* sind vertreten in *bánkəst* = Bankert. Bastard fehlt.

§. 7. Die Ableitung mit *-bold* ist im kr. nicht vorhanden. Trunkenbold wird ersetzt durch *sę̄fər* = Säufer; für Witzbold fehlt auch die begriffliche Entsprechung.

§. 8. Von männlichen Thiernamen auf *-er* (ahd. *-aro*) findet sich im kr. abweichend vom schd. *gōdsər* = spätmhd. *ganser*; die Form „Gänserich" fehlt, wie überhaupt die Weiterbildungen persönlicher Masculina mit *-ich* wie Wütherich u. a. — Das schd. „Göckel" erscheint im kr. durch *-er* erweitert als *gĕgələr*; die Form „Hahn" fehlt.

§. 9. Die Ableitung persönlicher Masculina mit dem ahd. Suffix *-ing* ist im kr., entsprechend dem schd., durch *kēniχ* = König erhalten.

Die Bezeichnungen nach Abstammung und Lebensalter durch Suffigierung mit der Erweiterung *-ling* sind im kr. viel seltener als im schd. Außer Zwilling = *dswĭllerə* sind im Gebrauch: Lehrling = *lēslerə* und Jüngling = *jirəlerə*; für die beiden letzteren Begriffe sind jedoch die Bezeichnungen *lēsbūb* (Lehrbube) und *bŏsš* (Bursche) viel beliebter. Für die schd. Blendling, Findling, Frühling, Mischling, Spätling finden sich im kr. keine formgleichen Entsprechungen.

c) Persönliche Feminina.

§. 10. Die im schd. auf *-e* ausgehenden persönlichen Feminina, wie Fliege (ahd. *flega*), Taube (*tûba*), Mähre (*mar-ha*), sind im kr. durch lautlichen Verfall in ihrer Formeigenart beseitigt; so erscheinen die angeführten Beispiele als *flīk*, *dǭb*, *mēr*. Muhme und Base fehlen im kr.; letzteres ist jedoch in der Bedeutung Tante durch die Nebenform Wase = *wę̄s* ersetzt. Es fehlt auch die Form Henne; ersetzt durch *hirəgəl*, s. §. 15.

§. 11. Die im kr. durchaus vorherrschende Ableitungssilbe für persönliche Feminina ist *-sə* (nach *r* = *šə*), welche nach Kluge (Stbl. §. 47) seit dem XI. Jh. im ndfränk. in großem Umfange erscheint. Von den zahlreichen Beispielen nenne ich: *Meistersche = *māsdəršə* (mndl. *meesterse*), *Nachbarsche = *nōbərše*, *Polizeidienersche = *bolidsaidīnərše*. Ferner gehören hierher die von Familiennamen abgeleiteten Frauenbezeichnungen, wie: die Schöff 'se = *dĭŠęfsə*, die Reh'se = *dĭ Resə* u. s. w.

§. 12. Die im schd. beliebte Femininbildung auf *-in* ist im kr. wenig gebräuchlich. In wirklich einheimischen Bildungen erscheint das schd. *-in* als *-i̥sn*, z. B. Bettlerin = *bę̄sli̥sn*, Heidin (= Zigeunerin) = *hāri̥sn*, Jüdin = *jĭri̥sn*, Schwägerin = *šwējisn*, Schwätzerin = *šwę̄sdsi̥sn*. — Wörter, in denen das Suffix als *-in* erscheint, möchte ich als neuere Entlehnungen aus dem schd. ansehen; so: Königin = *kēniχin*, Wirthin = *wi̥sdin*, Wärterin = *wę̄sdərin*. Es fehlen: Bäuerin, Diebin, Dienerin, Eselin, Gebieterin, Hündin, Mäherin, Meisterin, Schäferin, Schnitterin, Schülerin u. v. a., welche durch Ableitungen mit ·*sə* oder durch Zusammensetzungen, wie Bauersfrau = *bauəšfrā*, oder durch concrete Umschreibungen ersetzt werden müssen. Auch fehlen die von Familiennamen abgeleiteten Bildungen auf *-en*, wie sie Reis (M. S. §. 37) für das Mainzische constatiert.

§. 13. Als erkennbarer Rest der Femininbildung mit Gutturalsuffix hat sich im kr. noch das ahd. *snurihha*, mhd. *snörche* als *šnorχ* (= Schnur) erhalten.

d) Deminutiva und Kosenamen.

§. 14. Die Deminutivbildungen auf *-ling* sind im kr. ganz ungebräuchlich. So fehlen die formgleichen Entsprechungen der schd.: Däumling, Fäustling, Feigling, Flüchtling, Schützling, Setzling, Steckling u. a. Vergleiche dazu auch die Herkunfts- und Altersbezeichnungen §. 9.

§. 15. Die Deminutivbildung durch das einfache Ableitungssuffix -*l* (= schd. -*el*) findet sich im kr. nur noch in den erstarrten, in ihrer Bedeutung nicht mehr als Deminutiva gefühlten Wörtern: Ärmel = *ěrməl*, Bendel = *běnəl*, Eichel = *āχəl*. — Die Bildung von Kosenamen, wie: Hänsel, Gretel u. s. w., ist im kr. nicht üblich.

[Nur scheinbar hierher gehörig ist *hirəgəl* (= Huhn); es geht auf *huoni(n)klî(n)* zurück (vgl. Kl. Stbl. § 63). Daß es nicht mehr als Deminutivum gefühlt wird beweist die Tertiärbildung *hirəgəlχə* (= *Hünch-l-chn)].

§. 16. Dagegen ist *-el* in der im ganzen md. seit dem XIII. Jh. beliebten Suffixverbindung *-el-chen* (vgl. Weinhold, Mhd. Gr. §. 279) bei den Wörtern, welche auf einen Gutturallaut oder einen palatalen Spiranten ausgehen, im kr. durchaus einheimisch, z. B. *Bächelchen = *běχəlχə*, *Bergelchen = *běsjəlχə*, *Blechelchen = *blęsxəlχə*, *Dingelchen = *dirəəlχə*, *Löchelchen = *lěχəlχə*, *Röckelchen = *rěgəlχə*, *Säckelchen = *sęgəlχə*, *Steckelchen (zu: Stecken) = *šdęsgəlχə*, *Stückelchen und *Stöckelchen = *šděgelχə*, *Tischelchen = *děšəlχə*, *Tüchelchen = *dīχəlχə* u. s. w.

§. 17. Nach sonstigen Ausgängen ist das einfache *-chen* (nach Kluge, Stbl. §. 62, ndd. Herkunft) in lebendigem Gebrauche, z. B. Beinchen = *bāχə*, Häuschen = *hǫisχə*, Hölzchen = *hělsχə*, Kälbchen = *kęlbχə*, Lämmchen = *lěmχə*, Vögelchen = *fīəlχə* u. s. w. Specifisch mundartlich sind *Fädemchen = *fęrəmχə* und *Gesagenchen = *gəsāχe* i. d. B.: Sprüchlein.

Die Pluralform ist im kr., entgegen dem schd., stets von der Singularform zu unterscheiden; die Beinchen, die Häuschen u. s. w. kann der Krofdorfer nicht bilden. Auch fehlt ihm die Bildungsweise:

die Männerchen, die Häuserchen u. s. w. Die im kr. übliche Pluralbildung ist eine zweifache. Entweder tritt das Pluralzeichen *-ər* nur an die Verkleinerungssilbe an, z. B.: die *Beincher = *di bāχər*, die *Häuscher = *di hoisχər*, die *Lämmcher = *di lĕmχər*, die *Männcher = *di mĕnχər*, die *Vögelcher = *di fīəlχər*; — oder sowohl das Stammwort als auch die Ableitungssilbe nehmen das Pluralzeichen an, z. B.: die *Häusercher = *di hoiserχər*, die *Lämmercher = *di lĕmərχər*, die *Männercher = *di mĕnərχər* u. s. w. Das letztere ist selbst da möglich, wo der Plural des Stammwortes allein nicht auf *-er* gebildet werden kann, z. B. die *Bäumercher = *di bāmərχər*, die *Beinercher = *di bāərχər*, die *Gäulercher = *di goilərχər*, die *Hundercher = *di hŏnərχər*, die *Kätzercher = *di kedsərχər*, die *Steinercher = *di šdāərχər*, die *Stühlercher = *di šdoilərχər* u. s. w. denen keine Primitiva, wie etwa: die *Bäumer u. s. w., zur Seite stehen.

Daß die Verkleinerungssilbe *-chen* so recht zu Hause ist in Krofdorf, beweist der Umstand, daß dieselbe auch an prädicativ oder adverbial gebrauchte Adjectiva in Ausrufungssätzen angefügt werden kann, um etwas Eindringliches, Zärtliches oder Verächtliches der Ausrufung beizumischen; z. B.: du bist zu *kleinchen = *də saist dsə glāχə!* Hui, wie *gutchen = *hui, wei goudχə!* Komm *schnellchen = *kŏm šnĕslχə!* Ein *wenigelchen = *ə wirəəlχə!* Ein *kleinwenigelchen = *ə glāwirəlχə!* Ein *ganz kleinwenigelchen = *ə gănds glāwirəəlχə!*

Selbst an Interjectionen kann *-chen* angefügt werden, z. B.: *Ei-ei-ei-chen = *aijaijaiχə!* *Hui-hui-hui-chen = *huijuijuiχə!* (vgl. v. Pfisters Nachtr. p. 45).

§. 18. Die im alem. noch heute lebendige Deminutivbildung auf *-i*, welche sich auch in der Wetterau findet (vgl. v. Pfisters Nachtr. p. 45), ist dem kr. ganz fremd.

§. 19. Ebenso fehlt dem kr. gänzlich die Verkleinerung mit dem durch *l*-Erweiterung entstandenen schd. *-lein* (= ahd. *il-î(n)*). So haben Fräulein, Männlein, Kindlein, Knäblein, Weiblein; Geißlein, Hühnlein, Hündlein, Lämmlein, Kitzlein, Vöglein u. v. a. im kr. keine formgleichen Entsprechungen. Der Form nach gehört zwar hierher das kr. *firəərlain* = ahd. *fingarlîn;* es wird jedoch nicht als Deminutivum (wie schd. Fingerlein = Fingerchen) gebraucht, sondern bedeutet lediglich Fingerring.

§. 20. Kurznamen, wie Heinz, Kunz, Lutz u. a., sind im kr. ebenfalls ungebräuchlich. Als Ersatz dienen die Deminutivbildungen mit *-chen.*

e) Collectiva.

§. 21. Für Collectivbildungen mit vocalischem Suffix schd. *-e* (= ahd. *i*) habe ich im kr. keine Belege gefunden. Für „das Erbe" fehlt die formgleiche Entsprechung; der Begriff muß durch concrete Umschreibung gegeben werden. Auch die Bildungen auf *-e* im Verein mit dem Collectivpräfix *ge-*, wie: Gebirge, Gedränge, Gefilde, Gelände, Gerinne u. s. w. fehlen im kr. (Über die Präfigierung mit *ge-* ohne Suffigierung siehe §. 81.)

§. 22. Reste der im mmd. beliebten Collectivbildungen mit *-ze* (= mnd. *-te*) in Verbindung mit *ge*-Präfix sind im Kr. *Viergebeinze (i. d. B.: Wassereidechse) = *fẹiərgəbāds* und *gədēds* = mhd. *gedoeze.*

§. 23. Die im kr. heute lebendige Collectivableitung vollzieht sich durch Suffigierung mit *-s* unter gleichzeitiger *gə*-Präfigierung, z. B.: *Geläufs = *gəlẹ̄fs*, *Gemächs = *gəmẹ̄χs*, *Gezeuchs = *gəzọiχs* u. a., welche nach Behaghels Vermuthung von partitiven Constructionen, wie: *vil gelaufs, was gelaufs* ihren Ausgang genommen haben. Viel seltener ist die *s*-Suffigierung ohne gleichzeitige Präfigierung, wie sie in: *Schreibes = *šraiwəs* (i. e. Geschriebenes) und *Seitensteches = *sairəšdẹ̄sχəs* (i. e. Seitenstechen) vorliegt.

§. 24. Genitivischen Ursprungs sind auch die Familiencollectiva, wie: Schöffs = *šẹ̄fs*, Suchans = *sūxans* u. s. w., deren genitivischer Charakter in der Verbindung: Schöffs Leute = *šẹ̄fs loi* u. s. w., zur Bezeichnung von Hausvater und Hausmutter der betreffenden Familie, klar zu Tage tritt. — Die genitivischen Familienbezeichnungen auf ***-e***, welche nach Reis (MS. §. 38, 6) in Mainz bei allen einsilbigen Namen gebraucht werden (während alle mehrsilbigen entsprechend dem kr. mit *-s* gebildet werden), hat das kr. nur bei den auf *-s* auslautenden Namen, einerlei ob sie ein- oder mehrsilbig sind, z. B. Moos'e = *mōsə*, Magnus'e = *merəəsə* u. a.

§. 25. Collectivbildungen auf *-icht* finden sich im kr. nicht; so fehlen: Dickicht, Kehricht, Röhricht. Ein erkennbares Rudiment gutturaler Suffigierung zeigt Fittich = *fẹ̄dχ*.

§. 26. Für die Weiterbildung der collectivischen *ja*-Stämme durch Dentalsuffix, deren Spuren sich in den schd. Gemälde (ahd. *gimâlidi*), Gebäude (*gibûidi*), Gelübde und wahrscheinlich Unbilde (s. Kl. Stbl. §. 70) finden, hat das kr. keine Belege; die angeführten schd. Wortformen sind ihm fremd.

§. 27. Das Suffix *-schaft* dient im kr. vorzugsweise zur Collectivbildung und nicht in erster Linie zur Abstractbildung, wie Kluge (Stbl. §. 72) für das ad. annimmt. Wörter wie: Freundschaft = *frọid-*

šaft, Gesellschaft = *gəsę̈lšaft*, Herrschaft = *hę̆šaft*, Kameradschaft = *komərǭsdšaft* (i. d. Bed. Spinnstubengesellschaft, Altersgenossenschaft), Sippschaft = *sibšaft*, Verwandtschaft = *fərwādšaft*, Wirthschaft = *wįsdšaft* u. a. haben im kr. in erster Linie concret-collectivischen Sinn; „unsere Freundschaft" = *oïs frǫidšaft* heißt zunächst die Gesammtheit unserer Freunde. Ansätze zu abstracter Bedeutung finden sich; sie sind wohl auf den Einfluß von Kirche, Schule etc. zurückzuführen. In der unverfälschten Mundart wird man nicht sagen „zwischen uns bestand stets Freundschaft", sondern nur „*mər saï ïmər gǫut frǫïd medsōmə gəwę̄sst*" (= wir sind immer gut Freund mitsammen gewesen). — Rein qualitative Abstractionen, wie die schd. Bereitschaft, Eigenschaft, Jungfrauschaft u. a. sind im kr. nicht nachweisbar.

f) Sachliche Concreta.

§. 28. Bildungen mit reinem *ja*-Suffix (= ahd. *-i*) sind im kr., wie im schd., durch lautlichen Zerfall zerstört.

Ableitung mit ***r***-Suffix liegt, entsprechend dem schd., in den lat. Lehnwörtern auf *-er* vor, z. B.: Keller = *kę̆slər* (ahd. *chëllari*), Trichter = *driχdər*; doch sind die Belege viel seltener als im schd. So fehlen: Mörser, Pfeiler, Speicher (ersetzt durch *oberste Laube = *ëswəšt lāb*). Auch fehlt das alteinheimische schd. Köcher (ahd. *chohhâri*).

§. 29. Die Spuren der Ableitung mit ***n***-Erweiterung sind im kr. aus bekanntem Grunde noch mehr verwischt als im schd. Als bemerkenswerthen Rest alter *jon*-Ableitung zur Bezeichnung technischer Producte (Kl. Stbl. §. 81) erwähne ich: *lain* = Leine (ahd. *lîna*), bei welchem die noch nicht eingetretene Nasalierung auf einen früheren Endungsvocal hinweist. — Die auf *jon*-Bildung zurückgehenden Baumnamen, wie: Buche, Birke, Linde, Tanne u. a. werden in gutem kr. durch die Zusammensetzungen: *bïχəbām*, *bërgəbām*, *lįsnəbām*, *dänəbām* u. a. ersetzt; die einfachen: *bïχ*, *bërk*, *lįsn*, *dän* sind weniger beliebt.

§. 30. Die Ableitungen mit ***s***-Suffix sind im kr. ebenfalls unkenntlich geworden. Von Geräthebezeichnungen erwähne ich wegen seiner im schd. abweichenden Endung das auf *s-n*-Verbindung zurückgehende *saïst* = Sense (ahd. *sëgansa* aus *segasna*). Das schd. Hülse fehlt im kr.

§. 31. Von alten ***m***-Bildungen haben im kr. entgegen dem schd. das alte *m* bewahrt: *bę̆səm* = Besen (ahd. *bësamo*), *bürəm* = Boden (ahd. *bodam*), *büsəm* = Busen (ahd. *buosam*), *fǫ̈rəm* = Faden (ahd. *fadam*). Als Analogiebildung dazu erklärt sich wohl auch *kĕrəm* = Kette (ahd. *ketina*).

§. 32. *l*-Ableitung findet sich im kr., entsprechend dem schd., in zahlreichen Geräthebezeichnungen; ich nenne die Masculina: Flegel = *flēəl*, Griffel = *grĕfəl*, Knüttel = *gnĕdəl*, Löffel = *lę̆fəl*, Scheffel = *šę̆fəl*, Schlägel = *šlēəl*, Schlüssel = *šlĕsəl*, Stößel = *šdŭsəl* u. v. a. — Feminina sind: Gabel = *gǫ̆wəl*, Hechel = *hę̆χəl*, Schaufel = *šaufel*, Sichel = *siχəl* u. a. Auch *šmŏrwəl*, i. d. B. Zwinge, dürfte hierher gehören (Etymologie?).

§. 33. Vorgerm. *r*-Bildungen (Kl. Stbl. § 92) liegen vor in: Feder = *fę̄ərer*, Finger = *fį̄ərəər*, Futter = *fǫurər*, Luder = *lūrər* u. a.

Von auf idg. Suffix *-tro* zurückweisenden Nomina instrumentalia konnte ich nur Leiter = *lādər* auftreiben. Ruder fehlt; Malter = *maldər* und Klafter = *glōfdər* sind wegen ihrer Bedeutung keine besonders glücklichen Belege. — Von Baumnamen nenne ich: Hollunder = *hŏlər*, Wachholder = *wę̄sxələr*.

§. 34. Die durch Ableitung mit *-(l)ing* gebildeten Münznamen, wie: Pfenning, Schilling, Silberling sind für die Mundart bedeutungslos; ebenso der Fischname Hering = *hērerə*.

g) Abstracta.

§. 35. Entsprechend dem schd. können im kr. Actionsbegriffe gebildet werden durch neutrale Substantivierung des Infinitivs, z. B.: das Laufen = *dəs lāfə*, das Schreiben = *dəs šraiwə* u. s. w. (Ein Schreiben in concreter Bedeutung heißt im kr. *ə šraiwəs*. Vgl. §. 23).

§. 36. Auf *a*-Stämme zurückgehende Verbalabstracta, wie: der Lauf, Kauf, Schlaf etc., finden sich entsprechend im kr.: *dər lāf, kāf, šlōf* etc. Die Feminina, wie: Hilfe, Ruhe, Sache u. a. erscheinen im kr. endungslos, als: *hĕlf, rǫu, sǎx* u. a.

§. 37. Von alten Verbalabstracten mit Dentalsuffix erwähne ich als auffallend: *losdə* = Lust (ahd. *lust*, goth. *lustur*, mn. *loste*). Gelüste fehlt. Die Belege sind seltener als im schd.; so fehlen: Brut, Flucht, Frost, Gluth, Hut, Mord, Rast, That, Saat, Scharte, Sünde, Warte, Wunde.

§. 38. Die im schd. zahlreichen Verbalabstracten auf *-niß* sind im kr. nicht häufig. Auf Grund ihrer Lautform möchte ich als einheimisch ansehen: Bekümmerniß = *kĭmərnis*, Bewandtniß = *bəwădnis*, Hinderniß = *hį̄snərnis*. Jüngere Entlehnung scheint dem Lautstand nach zu sein: Wildniß = *wildnis* (wild lautet im kr. *wĕl*). In Zweifel bin ich über das Bürgerrecht von: Erlaubniß = *ərlābnis* (gebräuchlicher ist jedenfalls *fərlāb* = Verlaub), Kenntniß = *kĕndnis*, Verhängniß = *fərherənis*. — Es fehlen: Besorgniß, Geschehniß, Vorkommniß, Wagniß u. v. a.

§. 39. Seltener als im schd. sind auch die Ableitungen mit **-sal** (*-sel*). Außer Häcksel = *hęgsəl*, Labsal = *lǫbsǭsl*, Mengsel = *merəsəl*, Räthsel = *rēdsəl*, Schicksal = *šegsǭsl*, Trübsal = *drǫibsǭsl*, Wechsel = *węssəl* habe ich keine Belege zu verzeichnen.

§. 40. Durchaus heimisch sind im kr. dagegen die abstracten Verbalderivata mit Gutturalsuffix in nasaler Erweiterung = **-ung**; z. B. Atzung: *ädserə*, Besserung: *bęsərerə*, Forderung = *fǫrərerə*, Gesinnung = *gəsĭnerə*, Ladung = *lǭrerə*, Nahrung = *nǭrerə*, Veränderung = *fərĕnərerə*, Weitung = *wairerə* (auch i. d. B. Weite, vgl. §. 43) u. v. a.

§. 41. Die mit Mittelvocalen suffigierten **t-Ausgänge**, welche in den wenigen schd. Abstracten auf *-ut*, *-at*, *-eit* vorliegen, sind im kr. gleichmäßig zu *-ət* verkümmert; z. B.: Armuth = *ǭsmət*, Heimat = *hāmət*, Arbeit = *ęrwət*.

Einöde und Kleinod fehlen ebenso wie die durch Nasalerweiterung gebildeten Tugend und Jugend.

§. 42. Die Bildung von Qualitätsbegriffen durch neutrale **Substantivierung des unflectierten Adjectivums**, wie die schd. Farbenbezeichnungen das Blau, das Grün u. s. w., sind im kr. nicht üblich. Sie werden ersetzt durch: *di blō fǫrb* u. s. w.

§. 43. Die im schd. gebräuchlichen qualitativen Abstractbildungen auf **-e** sind im kr. nicht heimisch. Die auf Bildungen mit *i*-Suffix zurückgehenden: Schwere und Röthe fehlen im kr. — Es fehlen ferner die im schd. überaus zahlreichen, auf Suffix *-în* (Kl. Stbl. §. 116) zurückgehenden, Ableitungen wie: Breite, Güte, Härte, Schärfe, Schöne, Süße, Tiefe, Weite u. v. a. Ebenso die neue Bildung: Schläue. Menge ist zwar vorhanden als *merə*, beweist aber nichts für das Vorhandensein des Bildungsprincips im Sprachbewußtsein, da die Beziehung zu „manch" nicht gefühlt wird. „Kälte" = *kęšl* kann eine isolierte schd. Entlehnung sein. Der Krofdorfer ersetzt solche Adjectivabstractionen so gut es geht durch concrete Umschreibung, z. B.: Seine Güte ist groß = *'s ĭss ə gǭr gǫurər man* (= Es ist ein gar guter Mann). Vereinzelt findet sich auch Ersatz durch Bildungen mit *-ung*, z. B.: *wairerə* = Weitung und Weite.

§. 44. Was die Bildungen mit **-heit** betrifft, welche nach Kluge (Stbl. §. 164) von Substantiven, wie *kint*, *man*, *scalch* u. a. ihren Ausgang nahmen, so kann ich für das kr. keine zweifellos einheimischen Belege anführen:

a) für die von Substantiven ausgehende Ableitung; so fehlen: Kindheit, Mannheit, Narrheit, Thorheit u. a.;

b) für die von Participien ausgehende Ableitung; es fehlen: Betrunkenheit, Gelassenheit, Verschlossenheit u. a.;

c) für die von Zahlwörtern ausgehende Ableitung, wie: Einheit, Zweiheit, Dreiheit, Mehrheit, Vielheit u. a.

Dagegen sind die eigentlichen Adjectivabstracta durchaus gebräuchlich. Das Suffix erscheint dabei entweder als *-ət* oder als *-ăt*, z. B.: Bosheit = *bŭsət*, Krankheit = *grarəgət*, Wahrheit = *wōrət*; Dummheit = *dŏmhăt*, Faulheit = *faulhăt*, Frechheit = *frẹχhăt*, Gesundheit = *gəsondhăt*, Schönheit = *šīnhăt*, Unverschämtheit = *ūfəršāmdhăt* u. a.

Häufig sind auch die secundären Weiterbildungen von Adjectiven auf *-ig*, z. B.: Einigkeit = *āniχkăt*, *Garstigkeit = *gǫššdiχkăt*, Traurigkeit = *drauriχkăt*. Ferner: *Gescheidigkeit = *gəšairiχkăt*, Kleinigkeit = *glāniχkăt*, Leichtigkeit = *lẹ̄χdiχkăt* und andere, denen entsprechende Adjectiva auf *-ig* nicht oder nicht mehr zur Seite stehen.

Belege für Secundärbildungen, wie: Gemächlichkeit, Heimlichkeit, Biegsamkeit, Schweigsamkeit fehlen im kr.

§. 45. Sehr selten sind im kr. die im schd. beliebten Ableitungen auf *-thum*. Beispiele für Substantivabstracta, wie: Kaiserthum, Königthum, Meisterthum, Mönchthum kann ich für die Mundart nicht nennen. Von Adjectivableitungen finden sich: Eigenthum = *ąjədŏm*, Irrthum = *į̄sdom*. — Reichthum = *rāχdom* (das Adj. reich lautet *rẹ̄χ!*) erscheint seiner Lautform nach als Entlehnung.

§. 46. Betreffs der Ableitungen mit *-schaft* habe ich schon §. 27 bemerkt, daß sie im kr. zunächst concrete Collectiva bedeuten.

§. 47. Das romanische Ableitungselement *-ei* hat auch im kr. volles Bürgerrecht erworben. Beispiele für Lehnwörter sind: Arzenei = *ǭsdsənai*, Partei = *bǭsdai*, Polizei = *bolizai*; für Analogiebildungen: Fischerei = *fįššərai*, Kreischerei = *graišərai*, Lauferei = *lāfərai*, Sauerei = *sauərai*, Singerei = *sįŋəərai* u. v. a.

Cap. II. Verba.

§. 48. Die Ableitungen substantivischen Ursprungs mit *-en* sind auch im kr. heimisch, z. B.: buttern = *bŏdən*, fischen = *fĕše* u. s. w. Doch fehlen die von Zahlwörtern abgeleiteten schd.: einen und entzweien, sowie die von Adjectiven abgeleiteten: genügen und fördern.

Viel weniger zahlreich als im schd. sind auch die onomato-poetischen Bildungen, wie: brummen = *brŏme*, knurren = *gnŏsn*, mucksen

= *mügsə*, paffen = *bǎfə*, sausen = *sausə*. Der Mundart eigenthümlich sind: *hŏme* (= summen), *gauzə* (= bellen), *bāfe* (= draufschlagen, aufschlagen). Dagegen fehlen: bellen, grunzen, klappen, klatschen, klirren, manschen, miauen, patschen, puffen, schnurren, schwirren, weinen, wiehern; — ferner die auf *-sen* und *-zen* auslautenden: drucksen, glucksen; ächzen, jauchzen, krächzen, schnalzen, seufzen.

Auch die Erweiterungen auf *-igen* sind im kr. wenig gebräuchlich; es kommen vor: ängstigen = *enəsdiχe* und nöthigen = *nīriχə*. Dagegen fehlen: beerdigen, befestigen, beleidigen, beschädigen, beschönigen, huldigen, sättigen, steinigen u. a.

§. 49. Belege für Frequentativa und Deminutiva mit *r*- und *l*-Element sind: *froisən* = *friesern (zu: frieren = *froisə*), *lūsen* = *losern (zu: losen = *lūsə*); ferner: flackern = *flăgən*, flattern = *flodχən*, klappern = *glăbən*, plätschern = *blodšen*, schmettern = *šmedən*; — *rīsbən* = *ribbeln (zu: reiben = *raiwə*), *šibən* = *schibbeln (zu: schieben = *šīwə*); ferner: betteln = *bēsn*, rasseln = *răsən*, tröpfeln = *drēbən*.

Die Belege sind im Vergleich mit dem reichhaltigen Verzeichniß, welches Liesenberg für die Stieger Mundart (p. 87 ff.) aufstellt, im kr. sehr dünn gesäet. Liesenbergs allgemeine Behauptung, daß der elementare sprachbildende Volksgeist im Concreten schaffe, bestätigt sich für das kr. in diesem Punkte ebensowenig, wie bei den im vorigen Paragraph behandelten onomato poetischen Bildungen auf *-en*. Selbst hinter dem schd. steht das kr. hier weit zurück; so fehlen: dämmern, flimmern, flüstern, klimpern, knattern, plappern, schillern, schimmern, schlottern, schnattern, wimmern, zwitschern; blinzeln, drechseln, frömmeln, frösteln, hudeln, hüsteln, kränkeln, kräuseln, künsteln, lächeln, lispeln, näseln, prasseln, quengeln, rieseln, rütteln, säuseln, schnitzeln, schwänzeln, spötteln, streicheln, tänzeln, winzeln, witzeln, züngeln. — Für die meisten dieser Beispiele fehlt es der Mundart an einer gleich scharf nüancierten Entsprechung; sie müssen, so gut es geht, umschrieben werden, wie für: er hüstelt = *ə hǫust ə wirək* (= er hustet ein wenig).

§. 50. Das auf rom. Ursprung zurückgehende *-ieren* findet sich auch im kr. in zahlreichen Entlehnungen, wie: marschieren = *mašīsn*, polieren = *bolīsn*, rasieren = *rasīsn*, spazieren = *šbadsīsn* u. a.; ebenso in einigen Analogiebildungen, wie: hantieren = *handīsn*, schimpfieren = *šimbīsn*, schnabelieren = *šnǫwəlīsn*.

Cap. III. Adjectiva.

§. 51. Betreffs der ältesten Ableitungen mit reinen Vocalsuffixen ist mir nichts für das kr. Eigenthümliche entgegengetreten. Dasselbe gilt für Bildungen mit *m*-, *w*- und *l*-Elementen. Von den Ableitungen mit *r*-Suffix ist *wägər* = ahd. *wahhar*, i. d. B. wach, zu erwähnen; die Form wach fehlt im kr.

Eine alte Bildung mit Gutturalsuffix ohne Mittelvocal hat das kr. bewahrt in *ęsbš* = *ab-ig, i. d. B. verkehrt vom menschlichen Charakter. Verkehrt von Kleidungsstücken etc. heißt *äwiχt*.

§. 52. Die im schd. sowie im kr. gebräuchlichen Adjectiva auf -*er* zur Bezeichnung von Wohnort und Herkunft, wie: der Krofdorfer Wald = *də kröfdərχər wāld*, sind als substantivische Genitive Pluralis zu erklären.

§. 53. Die im schd. beliebten Abstammungsadjectiva auf -*isch* sind im kr. nicht heimisch; so fehlen: diebisch, dörfisch, herrisch, höhnisch, himmlisch, kindisch, lügnerisch, mörderisch u. a.

Vorhanden sind hübsch = *hibš* und deutsch = *doidš*; außerdem bäurisch = *bauriš*, preußisch, hessisch und andere, die infolge ihrer Bedeutung ebensowenig auf Urwüchsigkeit Anspruch erheben können.

§. 54. Denominative Stoffadjectiva werden in Übereinstimmung mit dem schd. durch Suffigierung mit -*en* = kr.-*ə* gebildet, z. B. buchen = *bīχə*, eichen = *āχə*, irden = *ęrə*, tannen = *dänə* u. s. w.

Nach früherem *r*-Auslaut hat sich das *n* auch im kr. erhalten, z. B.: kupfern = *köbən*, silbern = *sĕlwən*; auch eisern = *aisən*, von ahd. *isarn* = das Eisen, gehört hierher. Im Anschluß daran finden sich, wie im schd. so auch im kr., neuere Analogiebildungen, wie: bleiern = *blaiən* (mhd. *blîen*), hölzern = *hĕlsən* (ahd. *hulzîn*).

§. 55. Die Ableitungen mit dem vocalisch erweiterten Gutturalsuffix schd. -*ig* mit der Bedeutung des Behaftetseins sind auch im kr. heimisch, z. B. blutig = *blouriχ*, durstig = *dössdiχ*, einig = *āniχ*, eisig = *aisiχ*, fleißig = *flaisiχ*, nöthig = *niriχ*, schuldig = *šĕliχ*; *kältig = *kęlšiχ* (vom Wetter gesagt), ledig = *lēriχ* (i. d. B. leer und ledig); *blauig = *blōiχ*, *gelig = *gęəliχ* u. s. w. in der Bedeutung bläulich, gelblich u. s. w.

Es fehlen jedoch: meinig, deinig, seinig, unsrig, eurig, ihrig; auch „einige“ als Zahladjectivum. — Ferner fehlen die im schd. eindringenden, von Adverbien ausgehenden Ableitungen, wie: damalig, dasig, demnächstig, dortig, hiesig, obig, sofortig, vormalig u. a., ebenso wie die schon älteren: innig (mhd. *innec*) und jetzig (mhd. *iezec*); vorhanden ist nur vorig = *feriχ*.

Dagegen ist dem kr. eigenthümlich eine Präpositionsableitung auf *-ig* = *iχ* worüber im §. 79 gehandelt ist.

§. 56. Die im schd. noch vereinzelt auftretenden alten Ableitungen auf *-icht*, wie: dornicht, steinicht u. a. sind im kr. lautlich mit den Ableitungen auf *-ig* zusammengefallen und daher in ihrer Eigenart nicht mehr zu erweisen.

§. 57. Betreffs der Reste alter, erstarrter Verbaladjectiva ist nichts vom schd. Abweichendes zu bemerken. Zur Veranschaulichung der noch weiter fortgeschrittenen lautlichen Zerstörung verzeichne ich: laut = *lau* und müde = *moi*. Nackt fehlt, dafür: *năgiχ*, auf die Form nackend zurückweisend (vgl. § 58).

§. 58. Das kr. kennt kein Participium Praesentis auf *-end*, was Spies auch für das Fränkisch-Hennebergische (p. 57) und Reis für die Mainzer Mundart (§. 32) feststellt. Versteckte Reste des alten Particips finden sich unter den Bildungen auf *-ig*: *fauliχ*, *gloiiχ*, *šdirəgiχ* gehen auf mhd. *fûlende*, *glüejende*, *stinkende* zurück, gerade so gut, wie *dausiχ* auf mhd. *tûsent*, *năgiχ* auf älteres *nakend*.

Wo kein Ersatz in derartigen adjectivischen Entsprechungen vorliegt, wie bei lachend, laufend, liebend, rollend, schlafend, suchend u. v. a., muß sich der Krofdorfer mit umschreibenden Sätzen behelfen, z. B. für: lachend sagte er, *ə laxt ĕsn săt* (= er lachte und sagte).

Die Bildung der Participia Praeteriti schließt sich derjenigen der schd. an.

§. 59. Die im schd. sehr beliebten Ableitungen auf *-lich* stehen im kr. hinter denen auf *-ig* offenbar zurück, was bemerkenswerth ist gegenüber dem (nach Weinhold mhd. Gr. §. 275) gegentheiligen Verhältniß im mmd. Sämmtliche Belege, die ich als echt einheimisch ansetzen möchte, sind: ärmlich = *ęsmliχ*, allmählich = *ălmēliχ*, ängstlich = *erəsdliχ*, ehrlich = *ēsliχ*, glücklich = *glĕgliχ*, heimlich = *hāmliχ*, herbstlich = *herbsdliχ*, herrlich = *hęslich*, jährlich = *jēsliχ*, künstlich = *kinsdliχ*, niedlich = *nīdliχ*, i. d. B. empfindlich; bedeutungsgleich mit schd. niedlich ist *nĕdsliχ*, das daneben auch nützlich bedeuten kann, pünktlich = *pirədliχ*, schändlich = *šendliχ*, *schimpfierlich = *šimbərliχ*, verächtlich = *fəręχdliχ*, wirklich = *wergliχ*, wörtlich = *węsdliχ*.

Es fehlen dagegen, trotz des Vorhandenseins der Stammwörter: abendlich, fälschlich, feindlich, kindlich, köstlich, leiblich, männlich, rechtlich, säuerlich, schrecklich, sommerlich, stündlich, täglich, tödtlich, verständlich, verwerflich, winterlich, zeitlich; bläulich, gelblich u. s. w. (vgl. §. 114) und viele andere, selbst ländlich.

§. 60. Das zur Ableitung von Charaktereigenschaften im schd. beliebte *-sam* ist im kr. selten. Die gefundenen Belege sind bedenklich, so: langsam = *larəsam* (das gebräuchlichere Wort ist *sǫ̈xt* = sacht), folgsam = *folχsam*, wachsam = *wăxsam* (sollte *wǫxsam* lauten, auch existiert die Form wach allein nicht in der Mundart). Es fehlen: arbeitsam, aufmerksam, ehrsam, friedsam, gehorsam, gewaltsam u. a.

§. 61. Die denominativen Ableitungen mit *-haft* mit der Bedeutung des Versehenseins fehlen im kr. gänzlich. Die sich findende Weiterbildung wahrhaftig = *warhafdiχ* ist ihrem Lautstand nach (wahr lautet im kr. = *wōr*) neuere Entlehnung. Trotz des Vorhandenseins ihrer Stammwörter fehlen: ehrenhaft, glaubhaft, lebhaft, krankhaft, meisterhaft, schreckhaft, seßhaft, standhaft, zweifelhaft.

§. 62. Auch die im schd. zahlreichen Ableitungen mit *-bar*, mit der ursprünglichen Bedeutung „im Stande zu tragen, tragend" (Kl. Stbl. § 243), sind in der Mundart sehr selten. Es finden sich: achtbar = *ǭxdbǭər*, fruchtbar = *frūxdbōər*, kostbar = *kōsbōər*, offenbar = *ŏfebōər*, sonderbar = *sŏnərbōər*, ungenießbar = *(ũ)gənẹisbōər*.

Nicht gebraucht werden: brauchbar, brennbar, dankbar, ehrbar, eßbar, heilbar, mannbar, sichtbar, wunderbar.

§. 63. Die Ableitungen mit *-wendig* sind durch auswendig = *auswĕniχ* belegt. Es fehlt jedoch: nothwendig.

§. 64. Es fehlen gänzlich die schd. Bildungen auf *-los*, wie: arglos, ehrlos, herzlos, schmerzlos, schuldlos u. a. Hier wie überall ist der Krofdorfer genöthigt, den Mangel eines entsprechenden Qualitätsbegriffes durch concrete, verbale Ausdrucksweise, so gut als möglich, zu umgehen; „seine Krankheit war schmerzlos" heißt kr.: *'s dẹ̄r 'm naut wī bai saiər grarəgət* (= es that ihm nichts weh bei seiner Krankheit).

§. 65. Die auf rom. Ursprung zurückgehende Ableitungssilbe *-lei* findet sich auch im kr. als *-lā*, z. B.: einerlei = *ānərla*, zweierlei = *zwaərla*, dreierlei = *draiərla* u. s. w.; mancherlei = *manχərla*.

Statt allerlei hat die Mundart: *ălərhant*.

§. 66. Von den Zahladjectiven auf *-fältig* findet sich im kr. nur: einfältig = *āfəliχ*.

§. 67. Gebräuchlich sind dagegen die Bildungen mit *-fach*, wie: einfach = *ãfax*, zweifach = *zwāfax*, dreifach = *draifax* u. s. w.

Cap. IV. Adverbia.

§. 68. Das ad. adverbiale Ableitungselement *-o, -e* ist im kr. wie im schd. durch lautlichen Zerfall dem Sprachbewußtsein entschwunden, sodaß nunmehr jedes Adjectivum ohne formale Veränderung adverbiale Function annehmen kann. Spuren alter, lautlicher Besonderung finden sich noch in fast = *fast* (zu *fęst*) und schon = *šu* (zu *šī*); ferner in *dịsk* = mhd. *dicke* (= oft) zu *dĕk* = dick.

§. 69. Die genitivischen Adverbien: Morgens, Mittags, Abends, Anfangs sind auch im kr. üblich als *mǫrjədś, midǭgs, ōwədś, ōfarəs*. Nachts, Sommers, Winters werden ersetzt durch: *bai nǭxt, ịsm sŏmər, ism wịsndər*. Es fehlen rings und flugs.

Die, wohl in Anlehnung an solche adverbial gebrauchte, substantivische Genitive, im schd. sehr beliebten Adverbialbildungen auf *-s* sind im kr. viel seltener. Es finden sich: besonders = *bəsŏnərš*, links = *liṅəgs*, rechts = *rę̄χds* und speciell mundartlich *huf zurück's = *hifsərĕgs* (= rückwärts). Dagegen fehlen nirgends, sowie die verbalen: bereits, eilends, unversehens, vergebens, zusehends u. a. Desgleichen fehlen die schd. Bildungen auf *-wärts*, wie: heimwärts, rückwärts, vorwärts, ebenso wie die auf *-mals* (s. §. 75) und *-lings* (s. §. 72).

§. 70. Auch die numeralen und superlativischen Bildungen auf *-ens* sind im kr. selten. Gebraucht werden: erstens = *ĕššdəns*, zweitens = *zwădəns*, drittens = *drịsdəns*, höchstens = *hĭgsdəns*; ungebräuchlich sind dagegen: viertens, fünftens u. s. w.; bestens, längstens, nächstens, meistens, spätestens.

§. 71. Die unerweiterten Superlative: meist und längst sind als *māst* und *leṅəst* im Gebrauch; außerdem *lę̆st* = *letzt i. d. B. neulich. Die Adverbien mit unorganischem *-t*, wie: einst, mittelst, nebst kennt die Mundart nicht.

§. 72. Reste der Adverbialableitung auf *-ing, -ung* sind: *einzeling = *ăzəleṙə* und *dunkeling = *duṙəgəleṙə*.

Die neueren schd.-Bildungen auf *-lings* fehlen der Mundart, so: blindlings, meuchlings, rücklings.

§. 73. Mit dem formalen Zusammenfall mit den Adjectiven auf *-lich* ist auch der speciell adverbiale Charakter der Bildungen auf *-lîche* dem Bewußtsein entschwunden. Rein adverbiale Bedeutung haben noch: schwerlich = *šwērliχ*, ziemlich = *zĭmliχ*, sowie *gemeiniglich = *gəmăniχliχ*. Es fehlen: neulich, vermuthlich, wahrlich, wahrscheinlich (statt dessen: *wǭsršains*).

§. 74. Ableitungen auf *-sam* mit rein adverbialem Charakter hat das kr. nicht; so fehlen: genugsam, gleichsam.

§. 75. Die numeralen Adverbien auf *-mal* sind auch in der Mundart gebräuchlich, z. B.: einmal = *ãmōl*, keinmal = *kãmol*, manchmal = *manχmol*, vielmal = *vīlmol*.

Es fehlen dagegen die Weiterbildungen mit *-s*, wie: einstmals, jemals, nachmals, niemals, oftmals, vielmals und damals (ersetzt durch *selbigmal = *sẹ̆swiχmol*).

Cap. V. Präpositionen.

§. 76. Von den Bildungen auf *-er* finden sich, entsprechend dem schd.: außer = *ausər*, hinter = *hĭnər*, über = *ẹ̆swər*, unter = *ĭnər* wider = *wįẽrə*.

Es fehlen sonder und halber. Das veraltete *after* ist als Adverb erhalten in *afdərgrǭss* = Aftergras (das nach dem Grummetschnitt noch wachsende Gras).

§ 77. Die präpositionale Verwendung anderer Wortarten ist eine rein syntaktische Frage, soweit nicht Flexionsendungen dabei in Betracht kommen, die durch und für den präpositionalen Gebrauch besondere Dauer und Wirkung erlangt haben. Letzteres gilt vor Allem von den genitivischen Bildungen auf *-s* im schd. Die Mundart hat diese Bildungen nicht; so fehlen: angesichts, behufs, betreffs, längs, mangels, mittels(t), namens, seitens.

§. 78. Die dativischen Bildungen auf *-en* sind vertreten durch: wegen = *wẹ̃ə* (besonders in der Verbindung: von-wegen = *fō-wẹ̃e* c. Dat.) und -halben = *-hălwə*. Es fehlt binnen.

Zwischen erscheint im kr. als *dswisiχ*, dessen Form auf die Entwicklungsreihe: *zwischent* > *zwisching* > *zwischich* > *zwisih* zurückweist (vgl. §. 58).

§. 79. Aus der gleichen lautlichen Wandlung erklären sich die rein präpositionalen mundartlichen Bildungen auf *-iχ*, wie: *hĭniχ* (= hinten?) und *nẹ̄swiχ* (= neben); *ĕswiχ* (= über) und *ĭniχ* (= unter) scheinen Analogiebildungen dazu zu sein. Die bedeutungsgleichen Zusammensetzungen mit *-halb*, wie: oberhalb, unterhalb fehlen dem kr. (vgl. §. 132); ebenso wie die formgleichen schd. Adjectiva: nebig, obig (vgl. §. 55).

§. 80. Präpositionen mit der Ableitungssilbe *-lich*, wie: hinsichtlich, rücksichtlich finden sich in der Mundart nicht.

B. Wortbildung durch Präfigierung.

Cap. I. Substantiva.

§. 81. Die Präfigierung mit *ge-* zur Bildung von Gemeinschaftsbegriffen geschieht im kr. gewöhnlich unter gleichzeitiger Suffigierung von *-s* (vgl. § 21). Für die bloße Präfigierung mit *ge-* sind die Belege im kr. viel seltener als im schd. Vorhanden sind: Gebrüder = *gəbrọirər*, Geschwister = *gəšwịsdər*; Gebüsch = *gəbeš*; Geselle = *gəsẹl*; Gewalt = *gəwālt*; Gefühl = *gefọil*, Gehör = *gəhir*, Gesicht = *gəsiχt*; *Gegauz = *gəgauds* (zu *gaudsə* = bellen), Geplärre = *gəblẹr*, Geschwätz = *gəšwẹds*.

Dagegen fehlen: Gefährte, Gemahl, Genosse, Gespiele; — Gebirge, Gefieder, Gefilde, Gehöft, Gehölz, Gelände, Gestirn, Gethier, Gewässer, Gewürm; — Gebrüll, Geplauder, Gepolter, Gerede, Getöse.

§. 82. Die Vorsilbe *ur-* findet sich nur in: Ursache = *ūssāx*; Urenkel = *urenəgəl*, *Urelternvater = *urẹ̄lərfọ̄sdər*, *Urelternmutter = *urẹ̄lərmŏdər*.

Es fehlen: Urkunde, Ursprung, Urstoff, Urwald, Urzeit.

§. 83. Ganz ungebräuchlich ist die Bildung mit *erz-*; so fehlen: Erzbetrüger, Erzlügner, Erzschelm. — Erzvater = *ẹ̄sdsfādər* ist durch Schule und Kirche bekannt.

§. 84. Ungebräuchlich sind auch die im schd. beliebten Bildungen mit *miß-*; so fehlen: Mißachtung, Mißbrauch, Mißbehagen, Mißernte, Mißfallen, Mißgunst, Mißtrauen, Mißverhältniß, Mißverständniß, Mißwachs u. a. (vgl. § 92). Nur das Schimpfwort: Mißgeburt = *misgəbōst* erfreut sich großer Beliebtheit.

§. 85. Die Vorsilbe *ant-* findet sich in Antwort = *andwọ̄st*. Es fehlt: Antlitz.

§. 86. Das negierende Präfix *un-* findet sich, entsprechend dem schd., in: Undank = *ũdarək*, Unglück = *ũglek*, Unkraut = *ũgraut*, Unrecht = *ũrẹ̄χt*, Unzeit = *ũdsait*; — Unmasse = *ũmas*; Unthier = *ũdẹ̄ijər*.

Dagegen fehlen: Unart, Unglaube, Unsinn, Unwille; — Ungewitter, Unzahl, Unmenge.

Cap. II. Verba.

§. 87. Die Belege für die Präfigierung mit der untrennbaren Vorsilbe *be-* sind im kr. viel seltener als im schd. Ich nenne:

Transitiva: beschmieren = *bəšmīsn*, beseigen = *bəsāχə*, *bəšaisə*; — bedenken = *bədenəgə*, belügen = *bəlīə*, *besagen = *bəsã* (d. h.

anklatschen in der Schule), beschreiben = *bəšraiwə*, beschwätzen = *bəšwędsə* (i. d. B. überreden); — bezahlen = *bədsǭsn*; bestehlen = *bəšdę̄sn*.

Reflexiva: sich besaufen = *siχ bəsǫ̈fe*, sich besinnen = *siχ bəsįsn*; — sich bekümmern = *siχ bəkĭməsn*, sich beschweren = *siχ bəšwēsn*.

Intransitiva: begegnen = *bəgã*, bestehen = *bəšdĩ*.

Dagegen fehlen die schd.:

Transitiva: bedecken, bekleiden, benetzen, besetzen, beziehen; — beherrschen, belachen, bereden, beschimpfen, beschwören, besiegen; — bedienen, bedrohen, belohnen, beschenken, betrauen. — Insbesondere sind die von Substantiven und Adjectiven abgeleiteten *be*-Composita ungebräuchlich, wie: bebändern, beflecken, beglücken, behandschuhen, behausen, beherbergen, beledern, bemannen, bemuttern, besamen, bewalden, bewässern, beziffern; benamsen; begeistern, bevölkern; beängstigen, beglaubigen, berechtigen; — beengen, befeuchten, befreien, begleichen, beschweren, betäuben, betrüben; bereichern; begütigen, bekräftigen, beleidigen und Analogiebildungen, wie: befestigen, beschönigen.

Reflexiva: sich befassen, sich bemengen.

Intransitiva: beharren, beruhen, beginnen.

§. 88. Die Beispiele für Präfigierung mit *er*- sind ebenfalls nicht häufig; gebraucht werden: erlauben = *erlāwə*, erleben = *ərlę̄swe*, erkälten = *ərkę̆sn*.

Nicht gebraucht werden: erbauen, erbleichen, erblinden, erfreuen, erfrischen, ergreifen, erklettern, erkranken, ermüden, ersparen, ersteigen, erwählen, erweichen und viele andere im schd. gebräuchliche Bildungen.

§. 89. Die Präfigierung mit *ge*- ist auch in der Mundart gebräuchlich, z. B.: gebrauchen = *gəbrǫ̆χə*, gefallen = *gəfăn*, gerathen = *gərōrə*, geschehen = *gəšẽ*, gewähren = *gəwę̄sn* u. s. w.

Nicht gebräuchlich sind die schd.: gefrieren, gehorchen, gelangen, gelingen, gemahnen, gerinnen u. a.

Die vom schd. abweichende häufigere Verwendung von *ge*- nach „können", welche Vilmar (Id. p. 120) für Theile von Hessen nachweist, ist für Krofdorf veraltet.

§. 90. Das Präfix *ver*- ist im kr. sehr beliebt, z. B.: verfaulen = *fərfaun*, vergreifen = *fərgraifə*, verkaufen = *fərkāfə*, verlieren = *fərlę̆isə*, verspielen = *fəršbĭn*, verdecken = *fərdĕgə* und viele andere.

Sehr häufig entspricht *ver-* dem schd. Präfix *zer-*, das im kr. nicht gebräuchlich ist, z. B.: zerplatzen = *fərblädsə*, zerquetschen = *fərgwǫ̈sdšə*, zerreißen = *fərraisə*, zerschmeißen = *fəršmaisə*, zerschneiden = *fəršnairə* u. v. a.

§. 91. Außer *zer-* fehlt der Mundart auch das schd. Präfix *ent-*; so fehlen: entbinden, entbrennen, entdecken, entfliegen, enthalten, entkleiden, entlauben, entschlafen, entspringen u. v. a., die durch bedeutungsverwandte Wörter, wie: freigeben, angehen (vom Feuer), auffinden, wegfliegen u. s. w. nach Möglichkeit ersetzt werden. Diese Art des Ersatzes gilt auch für die meisten der übrigen als fehlend verzeichneten Verba, soweit nicht die Begriffe überhaupt fehlen.

§. 92. Ebenso sind die schd. Bildungen mit *miß-* im kr. ungebräuchlich; so fehlen: mißachten, mißbrauchen, mißfallen, mißhandeln, mißrathen u. a. (vgl. §. 84).

Cap. III. Adjectiva.

§. 93. Die im schd. beliebten, rein verstärkenden Adjectivbildungen mit dem Präfix *ur-*, wie: uralt, urgemüthlich, urkräftig u. a. fehlen im kr. (vgl. §. 82).

§. 94. Ebenso sind ungebräuchlich die mit *miß-* gebildeten schd. Adjectiva, wie: mißhellig und mißliebig. Selbstverständlich fehlen auch die adjectivischen Ableitungen von Substantiven und Verben auf *miß-*, (vgl. §§. 84 u. 92).

§. 95. Was die Präfigierung mit *un-* betrifft, so sind von Bildungen rein adjectivischer Natur nur zu nennen: unrecht = *ũrę̄χt* (i. d. B. unrichtig) und *ungut = *ũgout*; das letztere wird jedoch nur adverbial gebraucht. Es fehlen: unfein, unschön, unzart, u. a. Als Ersatz dient: nicht fein = *nĭšt faĩ*, nicht schön = *nĭšt šĩ*, nicht zart = *nĭšt dsǭšt* u. s. w.

Auch die auf Actionsbegriffe zurückgehenden Bildungen, wie: ungezogen = *ũgəzē*, ungesagt = *ũgəsāt*, unleidlich = *ũlaidliχ* u. a. gehören hierher, da die entsprechenden Verben nicht in ihren finiten, sondern nur in ihren verbaladjectivischen Formen der Präfigierung fähig sind.

C. Wortbildung durch Zusammensetzung.

Eine Entscheidung darüber, ob für das kr. in einem bestimmten Falle „echte“ oder „unechte“ Wortzusammensetzung vorliegt, ist oft nur von dem Boden der Lautlehre oder der Syntax aus zu treffen. Nicht jede Verbindung, die im schd. construierbar ist, ist es auch im kr. und umgekehrt. Ich lasse daher diese Unterscheidung, welche wohl auch keinerlei Unterlage in dem naiven Sprachbewußtsein hat, für meine Darstellung unberücksichtigt.

Für eine Wortzusammensetzung, bei welcher das Verhältniß beider Compositionstheile ein bloß additionelles ist, das erste Wort also keine Determination des zweiten enthält, lassen sich (abgesehen von den mit dem schd. völlig übereinstimmenden, zusammengesetzten Zahlen) im kr. keine Beispiele finden. Zusammensetzungen, wie: naßkalt = *näskält*, trockenkalt = *drögenkält*, taubstumm = *däbšdöm*, lassen sich wohl durch ein zwischengeschobenes „und" auflösen, aber als einheitliche Vorstellung gefaßt, erscheint die Zusammensetzung zweifellos als Artbegriff gegenüber dem im zweiten Wort ausgedrückten Gattungsbegriff.

Cap. I. Substantiva.

Nach der grammatischen Natur des ersten Gliedes lassen sich die zusammengesetzten Substantiva, entsprechend dem schd., gruppieren:

1. Das Bestimmungswort ist ein Substantivum, z. B. Apfelwein = *ẹbəlwaĩ*, Essigkrug = *ẹsiχgrük*, Abendsuppe = *ōwətsop* u. s. w.

2. Das Bestimmungswort ist ein Verbum, z. B.: Backofen = *bakowə*, Kochgeschirr = *koxgəšịər*, Spinnstube = *šbịənšdop* u. s. w.

3. Das Bestimmungswort ist ein Adjectivum, z. B. Dickkopf = *dĕgkop*, Grünspecht = *groĩšbẹχt*; Obergasse = *owərgas* u. s. w.

4. Das Bestimmungswort ist ein Adverbium oder Zahlwort, z. B. Umweg = *imwẹsk*, Vorspann = *fēršban*, Dreispitz = *draišbeds* u. s. w.

§. 97. Die in dem Bestimmungswort enthaltene Determination des allgemeinen Begriffes bezieht sich auf dessen Ursprung, Stoff oder Zugehörigkeit in Beispielen, wie: Apfelwein = *ẹbəlwaĩ*, Haseneier (i. d. B. Ostereier) = *họssəājər*, Zuckergebackenes = *dsogərgəbagənəs*, Kirschkern = *kịəškẹ̄sn* u. s. w.

Hierher gehören auch die beliebten Personenbezeichnungen, wie: *Bäckerkarl = *Bẹgərkọ̄sl*, *Schneiderjohann = *Šnairərjohan*, *Schnepphannes = *Šnẹbhänəm* u. s. w., wobei der erste Theil den Familiennamen darstellt.

§. 98. Eine Determination durch Angabe des Zweckes liegt vor in Compositionen, wie: Essigkrug = *ẹsiχgrük*, Handtuch = *hĕndüx*, Kuhstall = *kọušdäl*, *Kettenrosen = *kĕrəmrusə* (i. d. B. Löwenzahn, weil die Kinder aus den Stengeln Ketten anfertigen), *Kühbach

= *kǫibăx* (der Name eines Dorfteiches, in den die Kühe getrieben werden);

desgleichen in den durch Actionsbegriffe gebildeten Zusammensetzungen, wie: Backofen = *băkōwə*, Gießkanne = *gęiskan*, Tanzboden = *dădsbŭrəm*, Waschwasser = *wǫsšwăsər*, *Waschpfuhl = *wǫsš-pǫul* (der Name eines Dorfteiches), *Schindaas = *šĭnōs*, ein beliebtes Schimpfwort, nach dessen Muster dann *Schindkröte = *šingręsr*, ein Schimpfwort für Kinder, gebildet zu sein scheint.

§. 99. Beispiele für die Determination durch Angabe der Farbe- oder Form-Qualität sind: Grünspecht = *groĭšbęχt*, Rothapfel = *rūr-ăbəl*, Schwarzdorn = *šwǫsdsdǫsn*, Vollbart = *fŏlbōst* u. a., bei denen die Beziehung zwischen den beiden Gliedern eine attributivische ist. Die Beziehung beruht auf einer Vergleichung bei den Zusammensetzungen mit substantivischen Bestimmungswörtern, wie: *Fleischrosen = *flăšrusə* (Name für das Wiesenschaumkraut wegen seiner fleischfarbenen Blüthen), *Grasrosen = *grǭssrusə* (Name für die Nelke wegen ihres rasenbildenden Krautes), *Grindrosen = *grĭsndrusə* (Name für die Flockblume, Centaurea jacea, weil die Deckblätter des Körbchens eine an grindigen Ausschlag erinnernde Färbung haben); *Schlüsselrosen = *šlĕselrusə* (Name f. d. Schlüsselblume), *Sternrosen = *šdęsnrusə* (N. f. d. Hyacinthe), *Stiefelrosen = *šdiwəlrusə* (N. f. d. Akelei) u. a.

§. 100. Eine numerale Bestimmung liegt vor in Bildungen, wie: Dreispitz = *draišbĕds*, *Viergebeinz = *fęiərgəbăds* (s. §. 22); *Siebenerleiacker = *siwərlaęgər* (der Name für einen Acker, der einstmals mit sieben verschiedenen Arten von Feldfrüchten bestellt war.

§. 101. Auf der Localisierung in Raum oder Zeit beruht die Determination in Zusammensetzungen, wie: Hainrosen = *hărusə*, Hosensack (Hosentasche) = *hǒssəsăk*, *Kornrosen = *kǫsnrusə* (Name f. d. Kornblume), Leibschmerzen = *laibšmęsdsə*, Marktstück = *mădšdĕk* (das vom Markte mitgebrachte Geschenk), *Tischkasten = *dĭsš-kasdə* (die im Tische befindliche Schublade); Abendsuppe (i. d. B. Abendessen) = *ōwedsŏp*, Mittagsuppe (i. d. B. Mittagessen) = *midǭg-sŏp*, *Haferäpfel = *hǫwərębəl* (Name für eine Apfelsorte, die mit dem Hafer reift);

desgleichen die mit Adjectiven und Adverbien gebildeten: *Aftergras = *ăfdərgrǭss* (§. 76), Hinterrad = *hĭsnərrǭst* und Vorderrad = *fǒsrərrōst*, Hintergasse = *hĭsnərgăs* und Obergasse = *ōwərgăs* (Straßennamen); Umweg = *ĭmwęsk*, Vorspann = *fĕršban*, Nachkirchweih = *nōxkĭsrməs*.

Diese, durch räumliche oder zeitliche Beziehung gegebene nähere Bestimmung des Allgemeinbegriffes ist wohl die dem naiven Sprachbewußtsein am nächsten liegende, und man darf sie wohl auch für viele Zusammensetzungen voraussetzen, in welche sich nachträglich andere logische Beziehungen hineinlegen ließen. So könnte man z. B. für Schäferhund = *šēfərhont* die Zugehörigkeit oder für Säuhund = *sauhont* den Zweck als die zu Grunde liegende logische Beziehung ansetzen; allein in Wirklichkeit wird wohl die einfache Wahrnehmungsthatsache, daß man den einen Hund mit dem Schäfer, den anderen mit den Säuen zusammen sah, den Ausgangspunkt für die nähere Bestimmung abgegeben haben. (Vgl. auch Brugmann, Grundriß der vergl. Gramm. der indogerm. Sprachen, II. Bd., 1. Hälfte, §. 48, Anm.)

§. 102. Für Compositionen, wie: Deckelkorb = *dẹ̆gəlkọrp,* Henkelkorb = *hĕngəlkọrp,* *Ärmelleibchen = *ĕrməllaibχə* (ein Leibchen, = Weste, welches mit Ärmeln versehen ist) u. a., könnte man eine possessive, mit „habend" aufzulösende Beziehung ansetzen. Allein schon der Umstand, daß man diese Verbindungen ebensogut durch „mit" auflösen kann, legt es nahe, auch hier das räumliche Zusammensein als Ausgangspunkt für die Determination anzunehmen.

§. 103. Die unter der Bezeichnung Bahuwrihi bekannte Mutierung der Bedeutung von Zusammensetzungen findet sich in der Mundart, entsprechend dem schd., z. B.: Dickkopf = *dĕgkop,* Dummkopf = *dŏmkop,* Saukopf = *saukop,* Schlappschuh = *šlăbšọu* und andere noch weniger schöne Personenbenennungen. Hierher gehört noch der (mundartlich nur pluralisch gebrauchte) Name für Herbstzeitlose = *năgāššər.*

§. 104. Ableitungen aus Verbalzusammensetzungen sind Substantivbildungen aus zusammengesetzten Verben, wie: Abfahrt = *ọbfọ̄st,* Anblick = *ōblịšk,* Betrachtung = *bədrọ̄xdərə,* Durchfahrt = *dórχfọ̄st,* Holzmacher = *holdsmẹ̆χər,* Steinbruch = *šdābrux,* Verlust = *fərlóst,* Vorfall = *fẹ̆rfal,* Zeitvertreib = *dsaitfərtraip* u. s. w.

§. 105. An Decomposita fehlt es auch im kr. nicht; soweit ich sehen kann, sind dieselben aber weit seltener als im schd. Ich verzeichne als specifisch mundartlich: *Jungferannawald = *jŭfərănəwắlt* (= Jungfrau-Anna-wald, ein Walddistrict), *Zuckergebackenes = *dsŏgərgəbăgənəs* (die Bezeichnung für Confect), *Scheißdrecks-krämer = *šaisdrẹ̆ggskrēmər* (Name des Mistkäfers).

§. 106. Die bei einer Reihe von Zusammensetzungen in Betracht kommenden vocalischen Flexionsendungen erscheinen im kr. in Folge lautlicher Vorgänge ganz oder theilweise beseitigt; so sind die

Entsprechungen für: Gänsebraten, Hasenbraten, Tagelohn, Kindermädchen: *gaisbrōrə, hǫssəbrōrə, dǫlū, kįsnmät.*

Beispiele für Zusammensetzungen mit Hilfe eines unflexivischen *-s-*, wie die schd. Liebeskummer, Nahrungsmittel, Reinigungseid habe ich für das kr. nicht zu verzeichnen.

Cap. II. Verba.

§. 107. Das Bestimmungswort zusammengesetzter Verba kann, entsprechend dem schd., sein:

1. ein Substantivum, z. B.: Biertrinken = *bęiərdrįsəgə*; Kartenspielen = *kǫsdšbin* u. s. w.;

2. ein Adjectivum, z. B.: todtmachen = *dudmaxə*, schlechtschwätzen = *šlęχdšwędsə* u. s. w.;

3. ein Adverbium, z. B.: absehen = *ǫbsē*, hingehen = *hĭgī*.

§. 108. Die determinierende Bestimmung des allgemeinen Actionsbegriffes bezieht sich auf dessen Ziel (= äußeres Object) in Bildungen, wie: Biertrinken = *bęiərdrįsəgə*, Steinklopfen = *šdāglōbə*, *Gras machen = *grǫssmaxə*, *Heumachen = *hāmaxə*, *Holzmachen = *holsmaxə* und viele andere Zusammensetzungen mit *machen*.

§. 109. Der Zweck (= inneres Object) dient zur Determination in Beispielen, wie: *Kleinmachen (i. d. B. Kleinhauen) = *glāmaxə*, *Todtmachen = *dūdmaxə*, Vollmachen = *folmaxə* u. v. a.

§. 110. Determination durch Angabe des Mittels liegt vor in Zusammensetzungen, wie: Kartenspielen = *kǫsdšbīn*, Schlittenfahren = *šlīrəfǭn*, Schlittschuhlaufen = *glĕdšǫulāfə* u. s. w.

§. 111. Eine nähere Bestimmung hinsichtlich der Modalität liegt vor in Bildungen, wie: gernhaben = *gęsnhū*, gutsein = *gǫudsai* (in seelischer Beziehung gebraucht statt *lieben*, das ungebräuchlich ist), schlechtschwätzen = *šlęχdšwędsə*. Die Belege sind selten; es fehlen: schnellaufen, wohlthun u. v. a. Ihrem ursprünglichen Wesen nach gehören hierher auch die schd. Bildungen mit *miß-*, über welche §§. 84, 92 und 94 gehandelt ist.

§. 112. Die nähere Bestimmung wird durch Localisierung in Raum oder Zeit bewirkt in Compositionen, wie: absehen = *ǫbsē*, aufgeben = *ǒfgęswə*, ausgeben = *ausgęswə*, beigeben = *baigęswə*, durchgehen = *dórχgī*, nachtragen = *nōxdrā*, überfließen = *įswərflęisə*, umhauen = *ĭmhāxə*, vorschwätzen = *feršwędsə*, wegwerfen = *wękwęrfə*, zugeben = *dsǫugī* u. s. w.

Auch in untrennbaren Verbindungen finden sich: über- = *ịswər*, um- = *ĭm*, unter- = *ĭnər*, z. B.: überfáhren = *ịswərfósn*, umgéhen = *ĭmgī*, sich unterstéhen = *siχ inəršdī* u. a.

Dagegen fand ich für durch-, hinter- und wider- in der Mundart keine untrennbaren Zusammensetzungen.

Cap. III. Adjectiva.

§. 113. Das erste Glied zusammengesetzter Adjectiva kann entsprechend dem schd. sein:

1. ein Substantivum, z. B.: holzartig = *holsọ̄sdiχ*; feuerroth = *fauərrut* u. a.

2. ein Verbum, z. B.: glühheiß = *glọihās*, stinkfaul = *šdirəgfaul* u. a.

3. ein Adjectivum, z. B.: graugelb = *grogẹ̄sl*, *gelbartig = *gẹ̄slọ̄sdiχ* u. s. w.

Für Zusammensetzungen mit einem adverbialen Bestimmungswort, wie die schd.: abhold, vorschnell u. a. findet sich im kr. keine Entsprechung.

§. 114. Der im zweiten Wort enthaltene Qualitätsbegriff erfährt eine nähere Bestimmung hinsichtlich seiner Modalität in Beispielen, wie: graugelb = *grogẹ̄sl*, naßkalt = *näskält*; feuerroth = *fauərrut*, grasgrün = *grọ̄ssgroĩ*, knochenhart = *gnoxəhọ̆st*, kreidebleich = *grairəbläχ*, schneeweiß = *šnẹ̆iwais* u. a.

Hierher gehören auch die Zusammensetzungen mit -artig, z. B.: holzartig = *holsọ̄sdiχ*, steinartig = *šdāọ̄sdiχ* u. s. w., welche offenbar auf dem Wege sind, bloße Ableitungen zu werden. In Krofdorf sind sie dem schd. schon ein Stück auf diesem Wege voraus dadurch, daß auch adjectivische Begriffe zur Artbestimmung Verwendung finden können; so bildet die Mundart: *blauartig = *bloọ̄sdiχ*, *gelbartig = *gẹ̄slọ̄sdiχ* u. s. w. (i. d. B. bläulich, gelblich u. s. w.).

Die zahlreichen schd. Zusammensetzungen mit *-mäßig*, wie: ebenmäßig, gleichmäßig, erfahrungsmäßig, rechtmäßig u. s. w. fehlen dem kr. ebenso wie die adverbialen Bildungen mit *-gemäß*, wie: demgemäß, erfahrungsgemäß (vgl. §. 118).

Die Determination eines Eigenschaftsbegriffes durch Vergleich mit einem durch die gleiche Eigenschaft hervorragend ausgezeichneten Ding legt es nahe, in der näheren Bestimmung eine bloße Verstärkung zu sehen; *fauərrut, gnoxəhọ̆st, grọ̄ssgroĩ* u. a. werden auch in kr. gebraucht, um den Gattungsbegriff: *rūt, họ̆st, groĩ* u. a. intensiver zum Bewußtsein zu bringen.

§. 115. Noch mehr neigt zu dieser Entwicklung die nähere Bestimmung des allgemeinen Begriffes durch Angabe der durch ihn bewirkten Folge, z. B.: glühheiß = *gloihās,* sterbenskrank = *šdęrwəsgrarək,* stinkfaul = *šdirəgfaul* u. s. w.

§. 116. Für Zusammensetzungen, wie: gottesfürchtig, lebensmüde, schreibfaul u. a., bei welchen man das Bestimmungswort als objectivische Ergänzung des Gattungsbegriffs bezeichnen könnte, habe ich im kr. keine Beispiele gefunden.

§. 117. Eine Determination hinsichtlich der Ursache liegt vor in den schd. Bildungen, wie: freudestrahlend, kraftstrotzend, liebeathmend, schweißtriefend, witzsprudelnd, wuthschnaubend, zornsprühend u. v. a.

Formgleiche Entsprechungen dafür gibt es im kr. ebensowenig wie für die einfachen Participia praesentis (vgl. §. 58); die Begriffe müssen, so gut es geht, concret umschrieben werden.

Cap. IV. Adverbia.

In der nachfolgenden vergleichenden Aufzählung der im kr. und im schd. vorhandenen zusammengesetzten Adverbien glaubte ich die adverbialen Verbindungen als Vorstufen zukünftiger Zusammensetzungen mit berücksichtigen zu müssen. Wenn es aber für das schd. schon schwierig ist, eine Grenze zwischen zusammengesetzten Adverbien und adverbialen Verbindungen zu ziehen, so ist das für eine nur gesprochene Mundart ganz unmöglich. Ich wollte daher auch durch die nichtgetrennte oder getrennte Schreibung der mundartlichen Beispiele keineswegs eine Entscheidung darüber treffen, ob ein Ausdruck für das kr. als wirkliche Zusammensetzung oder als bloße Wortverbindung aufzufassen sei, sondern ich habe mich für das eine oder das andere lediglich in Anlehnung an das schd. entschlossen, ohne Rücksicht auf etwaige syntaktische Besonderheiten des kr.

§. 118. An Adverbien der Art und Weise sind dem kr. und dem schd. gemeinsam: am besten = *óm bęsdə* (oder *de bęst,* z. B.: es ist am besten, wir gehen heim = *'s įss də bęst, mər gĩ hām*), geradeso = *grǭsdso,* zum besten = *dsǫum bęsdə,* zu gute = *dsə gout,* zu eigen = *dsə ājə,* zurecht = *dsəręχt.*

Der Mundart fehlen: derart, dergestalt, demgemäß, erfahrungsgemäß u. a.; bekanntermaßen, folgendermaßen, gleichermaßen u. a.; ausnahmsweise, kreuzweise, merkwürdigerweise, natürlicherweise, thörichterweise, vorzugsweise u. a.; frischweg, schlankweg, schlechtweg, aufs äußerste, aufs beste, dementsprechend ebenso, fürlieb, im reinen, im stillen, insgeheim, insonderheit, kurzab, nöthigenfalls; wohlauf, zu liebe.

§. 119. Von Adverbien des Ortes und der Zeit finden sich in der Mundart entsprechend dem schd.: andem = *ōdem*, aneinander = *ōənänər*; auseinander = *ausənanər*; außerdem = *ausərdem*, — beieinander = *baiənanər*, bei seite = *bai sait*, bei zeiten = *bai dsairə*, beim Alten = *baim ālə* — d(a)raus = *daus*, d(a)rinnen = *dį̈sn*; dabei = *dəbai* oder *dóbai*, daher = *dəhę̄r* oder *dóhę̄r*, dahin = *dehĭ* oder *dóhĭ*; dorthin = *dę̈sdhĭ*, — herab = *ərǫ̈b*, herauf = *ərŏf*, heraus = *əraus*, herein = *ərĭsn*, herum = *ərĭm* und umher = *imhę̄r*; hierher = *hęihę̄r*; hinab = *anǫ̈b*, hinauf = *ənŏf*, hinaus = *ənaus*, hinein = *ənį̈sn*, — hinüber = *ənį̈swər*; — indem = *į̈sndem*, in einander = *į̈snəanər*, im voraus = *į̈sm fēraus* — miteinander = *metənänər*, mitsammen = *metsōmə*, mitunter = *metĭnər*, — nachdem = *nōxdem*, nacheinander = *noxənänər* — rundherum = *rondərĭm*, — seitdem = *saidēm*, solange = *səlarə*, sofort = *sofŏt* — überall = *ę̈swərāl*, übermorgen = *į̈swərmǫ̈sn*; untenan = *ŏnəō*, untereinander = *inərənanər*, — von einander = *fōənanər*, von weitem = *fō wairəm*; voran = *fērō*, vordem = *fērdēm*, vorderhand = *fērdərhánd*, vorgestern = *fergę̈sst*, zu zeiten = *dsə dsairə*, — demnach = *dēmnox*, demnächst = *demnĕgst*.

Dem kr. eigenthümlich sind: *āləwail* = *alleweile, i. d. B.: jetzt; *aus sait* = *aus Seite, i. d. B.: auswege, welches fehlt; *dərwį̈sn* =? i. d. B.: während, unterdessen, welches fehlt; *hĭfsərĕgs* = *hufzurücks, i. d. B.: hinterrücks oder rückwärts, welche fehlen; *haus*, *hį̈sn*, *hōwə*, *hōne* = *hieraußen, hierinnen, hieroben, hierunten. Neben *ərof*, *ərǫb*, *ənof*, *ənǫb* erscheinen auch die dem schd. fremde Formen: *ərŏfər*, *ərǫ̈bər*, *ənŏfər*, *ənǫ̈bər* = *heraufer, *heraber, *hinaufer, *hinaber. Ausgangspunkt für diese Formen mag hinüber = *ənį̈swər* gewesen sein.

Für die Bildungen mit einander = *ənänər* erscheinen auch die kürzeren Formen: *ōənā̃*, *ausənā̃*, *baiənā̃*, *į̈snənā̃*, *metənā̃*, *į̈swərənā̃*, *inərənā̃*, *fōənā̃* = *aneinein, *auseinein, *beieinein, *ineinein, *miteinein, *übereinein, *untereinein, *voneinein.

Dem kr. fehlen die schd.: abhanden, allerorten; allezeit, alsbald, anheim; auswege; abwärts u. s. w. (vgl. §. 69); andrerseits, diesseits, einerseits, jenseits, meinerseits, seinerseits; andrentheils, einestheils, meinestheils; derzeit, jederzeit, seinerzeit, zurzeit, zuzeiten; — bergab, bergauf, bis auf weiteres, bisweilen, einstweilen, mittlerweile(n), zuweilen — d(a)roben, d(a)runten; daselbst, hierselbst, woselbst; demzufolge, des langen und breiten, des öfteren — geradewegs — hernieder; heutzutage, himmelan — insofern, insonderheit, insbesondere, insgemein; irgendwann, irgendwo — jahraus, jahrein — kreuz und quer — nachgerade, nächstdem; nunmehr — ohnedies — ringsum; rundum — schnurstracks; seit alters; sodann, soeben, sofern, sogleich — von alters her, von dannen, von hinnen, von klein auf, von zeit zu zeit.

§. 120. Dem kr. und dem schd. gemeinsam sind die Adverbien der Zahl: einmal, zweimal, dreimal, viermal u. s. w. = *ãmol, dswā-mol, draimol, fẹ̄iərmol* u. s. w.; allemal = *ălǝmol*, diesmal = *dĕsmol*, etliche male = *ẹ̆dliχǝmol*, jedesmal = *jedǝsmol*, keinmal = *kãmol*, kein einmal = *kã ãmal*, manchmal = *manχmol*, wofür auch im kr. *alsǝmol* (über das Simplex *als* vgl. Vilm. Id. p. 9), — nochmals = *nǫ̆xǝmol*, schon einmal = *šŭmol*, wieder einmal = *wịsrǝmol*, — von frischem = *fō̆ frịsšǝm*; statt zuerst, zuletzt, zuallerletzt erscheinen in der kr. Mundart: *dǝĕsst, dǝlẹst, dǝ alǝrlẹst.*

Keine formgleichen Entsprechungen im kr. haben die schd.: einstmals u. s. w., vgl. §. 75; ebenfalls, gleichfalls, jedenfalls, keinesfalls, widrigenfalls; allenfalls = *ălǝnfals* verräth sich durch seinen Lautstand als neuere Entlehnung, — zunächst, zuvörderst.

§. 121. Von Adverbien des Maßes sind dem kr. und schd. gemeinsam: beinahe = *baíno*, bei weitem = *bai wairǝm*, durchaus = *dorχaus*, gar zu arg = *gǭsšǝǭsk*, gar zu groß = *gǭsšǝgrus*, größtentheils = *grīsdǝndāls*, im Großen = *ịsm grūsǝ*, im Kleinen = *ịsm glānǝ*, meistentheils = *mēsšdǝndāls*, um Vieles = *im fīlǝs.*

In der Mundart nicht gebräuchlich sind: allzugroß, allzusehr, allzuspät u. s. w.; einigermaßen, im Allgemeinen, im Besonderen, im Ganzen, im Übrigen, insgesammt, nichtsdestoweniger, ohne Maßen, überaus, um ein Beträchtliches, umsomehr, umso kleiner, vor Allem.

§. 122. An Adverbien der Aussageweise finden sich in der Mundart, entsprechend dem schd.: gar nicht = *gǭsnịst*, überhaupt = *ịswǝrhabt*, und vielleicht = *fīlẹ̆χt.*

Dem kr. fehlen: allerdings, fürwahr, ganz und gar nicht, keineswegs, möglicherweise, nicht im Geringsten, nothwendigerweise, schlechterdings.

Der Mundart eigenthümlich ist die Form *wǫršains* = *wahrscheins (vgl. § 134), i. d. B.: wahrscheinlich, welches weniger gebräuchlich ist.

Cap. V. Conjunctionen.

Die Frage, welche Wörter im kr. als Conjunctionen gebraucht werden können, setzt zu ihrer allseitigen Beantwortung die eingehende

Untersuchung der Syntax der Mundart voraus. Die nachfolgende Aufstellung kann daher noch weniger Anspruch auf systematische Vollständigkeit erheben als andere Theile meiner Arbeit. Insbesondere sind die coordinierenden temporalen Conjunctionen unberücksichtigt geblieben wegen ihrer vielfachen Identität mit den entsprechenden Adverbien.

a) Coordinierende Conjunctionen.

§. 123. Von den zusammengesetzten copulativen Conjunctionen ist dem schd. und dem kr. gemeinsam: dazu = *dodsǫu.*

Der Mundart fehlen dagegen: desgleichen, nicht nur — sondern auch, sodann, weiterhin, sowohl — als auch, überdies, weder — noch. Sie müssen, so gut es geht, ersetzt werden durch einfache Conjunctionen, wie: auch = *ǟx*, und = *i̜sn*, oder Zusammenfügungen, wie: und dann = *i̜sn dǟn*, dazu noch = *dodsǫu nǫx*. „Weder seine Mutter noch sein Vater“ würde in der Mundart heißen: *saĩ modər ni̜st i̜sn saĩ fǭdər ǟx ni̜st* = seine Mutter nicht, und sein Vater auch nicht.

§. 124. Gemeinsam dem schd. und der Mundart ist die adversative conjunctionale Zusammenfügung: und doch = *i̜sn dǫx.*

Dem Kr. fehlen: dennoch, desungeachtet, entweder — oder, gleichwohl, immerhin, indessen, jedoch, nichtsdestoweniger, trotzdem, sei es — sei es. Als dürftige Aushilfe dienen die einfachen: aber = *ǭwər*, doch = *dǭx*, oder = *ǭ̃re* und *oder* (in der letzteren Lautform mit der Bedeutung: aber) und die genannte Zusammenfügung: *i̜sn dǫx.*

§. 125. An zusammengesetzten causalen und consecutiven Conjunctionen haben das schd. und die Mundart gemeinsam: daher = *dohe̜r*, darum = *dǫrim*, dadurch = *dodorχ*, demnach = *demnox*, deshalb = *de̜shalp*, deswegen = *deswę̄ə*.

Es fehlen der Mundart: demzufolge, infolgedessen, mithin, sonach.

b) Subordinierende Conjunctionen.

§. 126. Es finden sich im kr., entsprechend dem schd., die subordinierenden temporalen Conjunctionen: sowie = *sowe̜i*, nachdem = *noxdem*, seitdem = *saidem*. Gerade als und solange als werden ersetzt durch *grǭst we̜i* und *səlarə we̜i*. — Bevor (ersetzt durch *ferdem* = vordem), indem und sobald als fehlen der Mundart.

§. 127. Von den im schd. vorhandenen zusammengesetzten Conjunctionen der Ursache: weshalb, weswegen, wodurch, in relativischem Gebrauche, hat die Mundart keine.

§. 128. Desgleichen sind im kr. ungebräuchlich die finalen Conjunctionen: auf daß, damit, welche durch das einfache daß = *dę̄ss* ersetzt werden.

§. 129. Auch die zusammengesetzte conditionale Conjunction: wofern fehlt der Mundart; ersetzt wird sie durch wann = *wăn.*

§. 130. An zusammengesetzten concessiven Conjunctionen finden sich in der Mundart: wenn auch = *wăn āx* und wenn schon = *wăn šu.*

Es fehlen dem kr.: obgleich, obschon, obwohl, wenngleich, wiewohl.

§. 131. Von subordinierenden conjunctionalen Zusammenfügungen des Grades hat die Mundart: gerade so — wie = *grǫsdsə* — *wẹ̄i*; statt je mehr — desto gebraucht sie: *desto mehr — desto = *dęsdə mī* — *dęsdə.* Es fehlen im kr.: ebenso — wie und insoweit als.

Cap. VI. Präpositionen.

§. 132. Von zusammengesetzten Präpositionen ist dem schd. und dem kr. gemeinsam: gegenüber = *gāi̯swər.*

Der Mundart fehlen: anstatt, diesseits, entlang, infolge, innerhalb, jenseits, oberhalb, um — willen (ersetzt durch *fer mir* etc. = vor mir etc.), unterhalb, zufolge, zuwider.

Ebenso fehlen die im schd. präpositional gebrauchten: angesichts, behufs, betreffs, unbeschadet, unfern, ungeachtet, unweit, vermittelst, vermöge.

Cap. VII. Pronomina.

§. 133. Von neueren, noch als Zusammensetzungen gefühlten Fürwörtern hat das kr. nur: *kein einer = *kā̃ ā̃ər*, so einer, so eine, so eins (= solches) = *soā̃ər*, *soā̃*, *sosən*, unsereiner = *oĩsərā̃ər*, was für einer = *wǫ̯ss ferā̃ər.*

Es fehlen im kr.: jedermann; ferner die schd. Bildungen mit *-gleichen*, wie: meinesgleichen, deinesgleichen, desgleichen u. s. w. Auch fehlen der-, die-, dasselbe (i. d. B.: *is*, *ea*, *id*) und der-, die-, dasjenige, sowie sämmtliche Zusammensetzungen mit *irgend-*, wie: rgendeiner, irgendwelcher u. a.

D. Satzcomposita.

§. 134. Die Satznomina, deren eigentliche Heimat nach Wossidlo's reichhaltigem Verzeichniß das nd. zu sein scheint, sind im kr. viel seltener als im schd. So fehlen der Mundart die interrogativischen Bildungen: hast-du-nicht-gesehen und was-kannst-du — was-hast-du; ferner die imperativischen: Lebewohl, Saufaus, Springinsfeld, Stelldichein, Vergißmeinnicht u. a. — Daß jedoch die Bildungsweise der

Mundart nicht fremd ist, beweist das sehr beliebte Adverb *huf-zurück's = *hífsəreks* (wohl imperativischen Ursprungs von *hufen*). Ferner spricht dafür eine mir persönlich bekannte, wenngleich nicht allgemein durchgedrungene, scherzhafte Namenbildung für das Bohnenkräutchen (Satureja hortensis = kr. *dsädərä!*): *šdinəgəmolwęisrχt* = stink-einmal-wie's-riecht! — Vielleicht geht auch das mundartliche: *wǫršains* (i. d. B. wahrscheinlich, vgl. §. 122) auf das Sätzchen: „wahr scheint es" zurück.

Anmerkung.

§. 135. Daß im kr. als einer nur gesprochenen Mundart Zusammensetzungen als solche viel leichter dem Bewußtsein entschwinden, als dies für das durch die Schrift immer wieder veranschaulichte Schriftdeutsche der Fall ist, ist erklärlich und muß für die Beurtheilung vieler oben erwähnter mundartlicher Beispiele im Auge behalten werden. Zusammensetzungen, wie: *durəən* = Dunghürden (die Bretter, welche zum Mistfahren auf den Wagen gestellt werden); *häfəl* = Handvoll, *möfəl* = Mundvoll und *ǫ̈srwəl* = Armvoll; *hüsət* = Hochzeit; *pädsən* = Pferdehaare; *fįsrwəs* = Vorfuß des Strumpfes; *bǫrwəs* = barfuß; *daus, dįsn, haus, hįsn, ənaus, ənįsn* = d(a)raußen, darinnen, hieraußen, hierinnen, hinaus, hinein; *f(ī)lęχt* = vielleicht; *īmət* = jemand u. v. a. sind für das Sprachbewußtsein des Dorfbewohners völlig einfache Wörter. — Am meisten tritt diese Simplificierung durch lautlichen Zerfall bei localen Namen zu Tage, die selten oder nie in schriftdeutscher Formentsprechung zum Bewußtsein gebracht werden. Namen, wie: *Rǭrəm* = Rodheim (Name eines benachbarten Dorfes), *Hōmərχ* = Homberg, *Węrmərχ* = Wettenberg (Namen benachbarter Hügel), *Wįsrəət* = Weingart (Feldname) erfordern schon bewußte Besinnung, um als Zusammensetzungen erkannt zu werden; andere, wie: *Bįsndbēl* (Name für eine zwischen dem benachbarten Gleiberg und Vetzberg gelegene Anhöhe; ich vermuthe: „Binnen-Bühel", obgleich Bühel in der Mundart nicht oder nicht mehr vorhanden ist), *Hőwęl* (Flurname; „Hochwälle"?), *Grögən* (Waldname; Etym.?) sind überhaupt nicht mehr oder nur mit wissenschaftlichen Mitteln zu erschließen. — Das Dorf selbst heißt für seine Bewohner trotz Schule, Post und Behörden nicht Krofdorf, sondern *Kröfdərχ*; in der weiteren Umgebung heißt es *Klöfdərχ*. Der Name würde also, gegenüber dem Simplex *dǫrf* = Dorf, den Bewohnern selbst wohl längst für ein einfaches, etymologisch ganz unverstandenes Wort gelten, wenn er nicht durch jene Culturinstitute als Zusammensetzung im Bewußtsein gehalten würde.

Der erste Bestandtheil „*Krof-*“ ist wahrscheinlich nicht „Graf“ = *grôf*, wie man, anknüpfend an die früheren Herren des Dorfes, die Grafen von Gleiberg, vermuthet hat, sondern „Kropf-“ = „*Kröp-*“ in Anlehnung an den vorbeifließenden „*Kröpbach*“. Doch bedürfte diese Etymologie noch der urkundlichen Bestätigung.

KROFDORF. EDUARD DAVID.

BASLER BRUCHSTÜCKE DES LEKENSPIEGELS.

In der Universitätsbibliothek zu Basel befinden sich zwei Blätter einer Handschrift von Jan Boendales Lekenspiegel, die, wie es scheint, bis jetzt unbekannt geblieben sind, die aber doch aus verschiedenen Gründen eine Bekanntmachung verdienen dürfen, welche ihnen hier mit gütiger Erlaubniß des Herrn Oberbibliothekars Dr. C. Chr. Bernoulli zu Theil werden soll. Vor längerer Zeit schon sind die beiden Pergamentblätter von dem Deckel eines Buches abgelöst worden, doch so vorsichtig, daß die Schrift fast vollständig tadellos erhalten ist. Beim Aufkleben auf den Deckel wurden beide Blätter an den Rändern beschnitten, damit sie zum Format des Buches paßten; der Text ist aber davon unberührt geblieben, nur auf Blatt 2 verso, am Anfange der zweiten Columne, sind die beiden oberen Linien unter das Leder des Einbandes gepreßt und dadurch ziemlich undeutlich geworden.

Die jetzige durchschnittliche Höhe der Blätter beträgt 20, die Breite ungefähr 14 Ctm., die Höhe der Columnen schwankt von 15,8—16 Ctm. auf dem zweiten Blatte, bis 16,5—16,8 Ctm. auf dem ersten. Die Verszeilen sind abgesetzt, die Seiten in zwei Columnen zu je 62 Linien getheilt. Die Buchstaben zeigen durchweg schwarze Farbe, mit Ausnahme der Anfangsbuchstaben der Capitel, welche größer als die übrigen Versanfänge und mit rother Farbe gemalt sind. Die Capitelüberschriften selbst sind schwarz und nöthigenfalls so abgesetzt, daß sie die gewöhnliche Breite eines Verses nicht überschreiten. Die Anfangsbuchstaben der Verse, links herausgerückt, tragen alle einen senkrechten rothen Strich.

Die recht regelmäßigen und nicht unschönen, wenn auch etwas kleinen und enge ineinander gerückten Schriftzüge weisen auf das letzte Viertel des vierzehnten Jahrhunderts als Entstehungszeit der Handschrift hin. Die Abkürzungen beschränken sich auf die gewöhnlichen, *n* durch Strich, *er* durch ' über den Buchstaben.

Eine Vergleichung der Basler Bruchstücke mit den von M. de Vries in seiner Ausgabe des Lekenspiegels (Leiden 1844—1848, Inleiding S. CXXII ff.) beschriebenen übrigen Fragmenten von Handschriften dieses Gedichtes lehrt uns, daß wir es mit den Resten einer bis dahin unbekannten Handschrift zu thun haben; auch zu den seither gefundenen Bruchstücken (vgl. Elco Verwijs in den Handelingen van de Maatschap. der nederlandschen Letterkunde 1871, S. 101, und Regel, Zeitschr. f. deutsche Pilol. 13, 224) passen die unsrigen nicht. Die in der Einleitung S. 6 von F. v. Hellwalds, M. de Vries' und E. Verwijs' Ausgabe des Spiegel historiael, Theil 2, 1879, erwähnten Bruchstücke konnte ich, da mir diese Bücher nicht zugänglich waren, in dieser Beziehung leider nicht vergleichen.

Die auf unseren beiden Blättern enthaltenen Stücke entsprechen den folgenden Abschnitten der Ausgabe von de Vries: Blatt 1 = Boek III, Cap. 1, V. 49. — Cap. 2, V. 129. Blatt 2 = Boek IV, Cap. 2, V. 44. — Cap. 5, V. 4. Wir lassen nun die Varianten der Basler Handschrift gegenüber dem von de Vries abgedruckten Text folgen, wobei wir indessen von allen rein graphischen Abweichungen absehen.

B. III, C. 1, V. 49 *Alse*] *alsoe als*; *heren Cristus*] *here ihc.* — V. 50 *die ewangelie*] *dewangelie*; *maket*] *doet.* — V. 51 *dat is*] *es.* — V. 52 *ofte*] *ochte.* — V. 53 *die* fehlt. — V. 55 *alreoverste*] *talderoverst.* — V. 57 *na hare*] *al her.* — V. 58 *hare* fehlt. — V. 59 *hem*] *hen.* — V. 60 *haren*] *hare.* — V. 61 *en* fehlt. — V. 62 *des anders daghes*] *tsanderdaechs.* — V. 67 *daer* fehlt. — V. 68 *behout*] *hout*; *tbloet*] *dbloet.* — V. 70 *datment*] *datment hem.* — V. 71 *altoos*] *altoes gode.* — V. 72 *gode* fehlt; *in*] *met.* —, V. 73 *overste*] *hoechste.* — V. 75 *sijn*] *sine.* — V. 79 *in* fehlt. — V. 80 *ons*] *u.* — V. 88 *macht gheschien*] *mach dn gescien.* — V. 91 *dattie*] *dat.* — V. 92 *daer*] *dan*; *so* fehlt. — V. 93 *oorbaer*] *orbore.* — V. 96 *aenscouwen*] *scouwen.* — V. 97 *al over*] *over.* — V. 100 *so* fehlt. — V. 101 *alse*] *als.* — V. 102 *so*] *dies.* — V. 103 *Gi en selt spreken.* — V. 104 *seghenen*] *sechenen.* — V. 106 *uwes*] *u*; *mede*] *met.* — V. 107 *die arme*] *daerme.* — V. 109 *dien*] *die.* — V. 111 *sterven*] *storven.* — V. 112 *die* fehlt. — V. 113 *of ghinder*] *oft elder.* — V. 120 *die* fehlt. — V. 121 *daer*] *daer u.* — V. 123 *des avonts*] *dsavens.* — V. 124 *alse*] *als*; *rusten*] *rasten.* — V. 125 *enich*] *u.* — V. 126 *sult loven*] *loven selt.* — V. 127 *ooc* fehlt; *uwe*] *u.* — V. 128 *ooc* fehlt. — V. 131 *dat* fehlt. — V. 132 *voor* fehlt. — V. 133 *u* fehlt. — V. 134 *so* fehlt; *hem*] *hen.* — V. 135 *want* fehlt. — V. 137 *is die* fehlt. — V. 138 *uute*] *ut.* — V. 140 *Ende sechenen u te hant.* — V. 144 *alle* fehlt. — V. 145 *des nachts*] *snachs*; *ontsprinct*] *ontsprint*. — V. 146 *Ende keert ende went*. — V. 147 *suldi also dicke*] *soe seldi*. — V. 149 *ofte*] *ochte*. — V. 151 *ofte*] *oft*. — V. 154 *beteren dat sijt*] *beterene si*. — V. 155 *also*] *als*. — V. 161 *spreect*] *sprect selve*; *alsict*] *alsic*. — V. 162 *ben*] *ben beide*; *dat* fehlt.

Cap. 2, V. 3 *maniere*] *manieren*. — V. 4 *ooc* fehlt; *viere*] *vieren*. — V. 5 *of*] *ofte*; *enen* fehlt. — V. 7 *so* fehlt. — V. 13 *daer toe* fehlt. — V. 14 *uut ghestadighen*] *ute gestaden*. — V. 17 *noch ooc*] *oec noch*; *doghet*] *doecht*. — V. 18 *dat*] *dit*; *aen die joghet*] *ane die ioecht*. — V. 19 *die heeft*] *heeft*. — V. 20 *ofte*] *oft*. — V. 21 *joghet vlisheit*] *ioecht vlietecheit*. — V. 22 *benem hare*. — V. 23 *daer*] *daer niet es*. — V. 24 *Niet en is*] *daer*. — V. 25 *gestadich ende*] *gestedech*. — V. 30 *comen uut*] *dat comen van*. — V. 31 *Ute gestedecheide*. — V. 32 *comene*] *comen*. — V. 34 *behoort*] *toebehort*. — V. 36 *liefgetalhede*] *liefgetallechede*. — V. 38 *sceppers*] *heren*. — V. 39 *tbeste*] *beste*. — V. 40 *andren*] *anderen*. — V. 43 *menigherhande*] *menegerande*. — V. 44 *hantiert*] *anteert*. — V. 45 *sulke heten*] *selc heeten*. — V. 46 *si gadren*] *dat si gaderen*. — V. 48 *die comen*] *dat comt*. — V. 50 *des lants*] *tslans*. — V. 51 *hem* fehlt. — V. 52 *ghevet*] *geeft*. — V. 56 *sijn*] *sine*; *wel* fehlt. — V. 57 *bedectelijc can*] *bedecteleke*. — V. 59 *is*] *sijn*. — V. 62 *dat hi altoe brinct met liste*. — V. 64 *een scalke*] *ene*. — V. 67 *dits*] *dats*. — V. 68 *ofte*] *oft*. — V. 69 *dat duncket*] *dunct*. — V. 73 *ander*] *andere*; *ghi*] *gi wel*. — V. 74 *scaemt*] *scamen*; *sijnre valscheit*] *hare quaetheit*. — V. 76 *voort toghen*] *vertogen*. — V. 77 *die*] *wie dat*. — V. 78 *die*] *den*. — V. 79 *Dat sire hem en*] *Wet dat sier hem*. — V. 83 *omme*] *om*. — V. 84 *hovesch*] *hoefsch*; *verstandel*] *verstendel*. — V. 85 *wijslijc*] *ende wijsleec*. — V. 89 *ende* fehlt. — V. 90 *ende, zinen* fehlen. — V. 92 *die ander*] *dandere*. — V. 93 *Tander*] *di ander*; *voren nu*] *vor u*. — V. 94 *u*] *nu*. — V. 95 *die* fehlt. — V. 96 *menighe*] *menech*; *doghet*] *doecht*. — V. 98 *so*] *als*; *make*] *sal maken*. — V. 101 *gheenrehande*] *geenrande*. — V. 102 *laten*] *gelaten*; *en can*] *can*. — V. 103 *dats*] *dits*. — V. 104 *alse*] *alsoe*. — V. 108 *dit*] *dat*. — V. 109 *tander*] *dander*. — V. 110 *uut*] *ute*. — V. 111 *grote*] *groet*. — V. 112 *doet*] *dnert* (?); *sinen*] *haren*. — V. 113 *Si doet scemelen man bliven*. — V. 114 *hem* fehlt. — V. 115 *Alsmen*] *alsoe men*. — V. 118 *ooc* fehlt. — V. 121 *metter coenheit*] *metten coenen*; *lant*] *dlant*. — V. 124 *herde* fehlt. — V. 126 *dus*] *aldus*; *so* fehlt. — V. 127 *dat*] *als*. — V. 128 *ghenaemt*] *genant*.

B. IV. C. 2, V. 44 *haers*] *ons*. — V. 47 *zal zijn*] *wel*. — V. 49 *kindren*] *kindere*. — V. 53 *ewelijc*] *euwelike*. — V. 54 *sal mense*] *selen si*. — V. 57 *boom*] *boeme*. — V. 60 *sal*] *sal niet*. — V. 64 *Ende tfolc*] *en dat folc.* — V. 65 *an die*] *ter.* — V. 66 *de* fehlt. — V. 70 *zegghen*] *spreken.* — V. 74 *alse*] *also.* — V. 78 *alle*] *alle daer.* — V. 79 *ofte*] *oft te*; *verwinnen*] *verwennene.* — V. 82 *tghevecht*] *dat gevecht.* — V. 83 *cume een*] *int gemeen.* — V. 84 *int ghemeen*] *cume een.* — V. 86 *dandre*] *dandere.* — V. 88 *alsict*] *alsoe ic.* — V. 92 *niet meer*] *nemmer.* — V. 94 *Torkie*] *Torkyen.* — V. 95 *dander*] *dandere.*

Cap. 3, Überschrift: *ten*] *onder den*; *bome*] *boem*; *wonder*] *wondere.* — V. 4 *droghen*] *groeten.* — V. 5 *maende*] *maent.* — V. 7 *hem*] *hen.* — V. 9 *ghemeenlijc*] *gemeynlyke.* — V. 10 *sal hem*] *dat sal hen.* — V. 11 *miraclen*] *miracle.* — V. 14 *alsic*] *ict*; *ghescreven*] *bescreven.* — V. 16 *vadre algader*] *vadere allegader.* — V. 18 *toe sal*] *sal toe.* — V. 19 *optie*] *op die.* — V. 20 *tsacrament*] *sacrament.* — V. 21 *hare*] *haer.* — V. 24 *u*] *es.* — V. 25 *vruechde*] *vreude.* — V. 26 *heidene*] *heiden.* — V. 27 *Dat niet geloeft en hadde claer.* — V. 30 *salich*] *salechleec.* — V. 31 *lude*] *bi dien.* — V. 32 *salighe*] *heylege.* — V. 33 *dattie*] *dat die.* — V. 34 *Van der doet verres scone.* — V. 35 *ghedane*] *danen.* — V. 39 *hare*] *sijn.* — V. 42 *wondre*] *wondere.* — V. 48 *te desen*] *tesen*; *bome so*] *boem.* — V. 50 *noch*] *no.* — V. 52 *tallen*] *in allen.* — V. 57 *soons* fehlt; *stat*] *stat te.* — V. 62 *Nubiene*] *Nubien.* — V. 64 *aen Gode ghelovich*] *ongelovech.* — V. 67 *hem*] *hen.* — V. 68 *daer*] *dan.* — V. 69 *ghesconfiert*] *gescofiert.* — V. 70 *daer omme*] *dan soe.* — V. 73 *dat sorcoers*] *dsorcoers.* — V. 74 *jeghen*] *mete te verwerne.* — V. 80 *aen dit*] *ane dat.* — V. 83 *dats*] *dat.* — V. 84 *dan*] *danen.* — V. 85 *kindre*] *kinderen.* — V. 86 fehlt.

C. 4. Überschrift: *in*] *te*; *daer setten* u. s. w.] *maken.* — V. 7 *dien*] *den.* — V. 9 *tlant*] *dlant.* — V. 10 *optie*] *op die.* — V. 11 *dat* fehlt. — V. 13 *si worden*] *werden.* — V. 18 *daer*] *weder.* — V. 25 *als sijt al*] *alsi.* — V. 26 *en* fehlt. — V. 27 *erghent*] *iegerinc.* — V. 29 *hare*] *haer.* — V. 38 *met trouwen*] *en trouwe*; *gansen*] *gestaden.* — V. 44 *sterc*] *goet.* — V. 46 *opten andren*] *op den anderen.* — V. 48 *Bi dien*] *bi di.* — V. 51 *vele* fehlt. — V. 58 *wille*] *welde geven.* — V. 59 *stille*] *alstille.* — V. 60 *bevelen*] *geven.* — V. 62 *wien*] *wie*; *dattie*] *dat die.* — V. 63 *ontfa*] *ontfaen sal*; *dierre*] *der.* — V. 65 *desen*] *deser.* — V. 72 *al* fehlt; *wesen*] *sijn.* — V. 73 *vernomen*] *horen noemen.* — V. 74 *heerscapie*] *heerscap.* — V. 76 *Latine*] *Latinen.* — V. 77 *uten*] *uut.* — V. 78 *alse*] *als*; *moghet*] *mocht seggen.* — V. 79 *seit*] *segt.* — V. 82 *des duvels*] *stuvel*; *heeten*] *sijn geheten.* — V. 84 *wondre*] *wondere.* — V. 85 *stede*] *stade.* — V. 86 *vele*] *ende vele*; *so* fehlt. — V. 88 *Selen slecht werden temale.* — V. 89 *slecht* fehlt; *zwaerre*] *claerre.* — V. 92 *hier*] *hie*; *is*] *wert.* — V. 94 *antekerst*] *antkerst.* — V. 95 *des duvels werken*] *den duvel sal werken.* — V. 96 *sal doen* fehlt. — V. 98 *worden*] *werden.*

C. 5. Überschrift: *besloten*] *beslotene*; *uut*] *ute*; *comen sullen*] *selen comen*; *ende die*] *entie.* — V. 1 *Mechodosius*] *Dothododrius.* — V. 2 *gods*] *gode.*

Die Vergleichung mit den anderen Handschriften läßt uns erkennen, daß unsere Basler Bruchstücke mit dem von de Vries hochgeschätzten Texte der Handschrift H ziemlich nahe verwandt sind; wir dürfen darum auch diesen Fragmenten, obgleich sie an manchen Fehlern und Verunstaltungen leiden, eine nicht zu übersehende Bedeutung für die Herstellung der ursprünglichen Fassung des Gedichtes beimessen.

BASEL. GUSTAV BINZ.

ZU ALBERS TNUGDALUS.

V. 913 ff. (Hahn 51, 64) lauten in Wagners Ausgabe:

dâ wâren die verschaffen
leien unde pfaffen
dâ wâren die bescherten;
die selben schar mêrten
rîter unde gebûren.

St. *bescherten* hat die Hs. *bicherten.* Ersteres ist eine Conjectur von Heinzel, zu Heinrich von Melk I, 27 (S. 105 f.), der *beschern* durch 'verachten, verschmähen' erklärt. Gegen diese Vermuthung spricht aber schon der unreine Reim *bescherten* : *mêrten,* zu dem sich im ganzen Gedichte keine Analogie findet. Im Mittelenglischen (s. Stratmanns Dictionary, 2. Ausg. von H. Bradley, S. 56) findet sich häufig *bicherren* (ags. *becerran*) mit dem Part. Praet. *bicherd* (*bichœrred*) in der Bedeutung von 'verführen, betrügen'. Da auch im Althochdeutschen *becheren* in dieser Bedeutung erscheint, so wird mit der Hs. *dâ wâren die bichêrten* 'da waren die (vom Teufel) Verführten' zu lesen sein.

NORTHEIM. R. SPRENGER.

ZUM MEIER HELMBRECHT.

480 *man liset ze Rôme an der phaht,*
ein kint gevâhe in sîner jugent
nâch sînem toten eine tugent.

Über das Verhältniß der Gevatterschaft, welches im Mittelalter sehr hoch gehalten und der Blutsverwandtschaft gleichgestellt wurde, vgl. A. Lübben zu seiner Ausgabe des Zeno (Bremen 1869), V. 1260. Daß die Eigenschaften des Pathen, besonders die sittlichen, auf den Täufling übergehen, ist noch in Oldenburg und Thüringen Volksglaube. Vgl. Adolf Wuttke, Der deutsche Volksaberglaube der Gegenwart, 2. Bearb. Berlin 1869, §. 593. Auch im Göttingischen sagt man noch jetzt: *Dat kint sleit nân pâen.*

NORTHEIM. R. SPRENGER.

ZUR VOGELBEIZE.

In dem Beispiele „die Vogelbeize", gedruckt in Haupts Zeitschrift 7, 341 ff., wiederholt in Theodor Schaufflers Quellenbüchlein zur Culturgeschichte des deutschen Mittelalters, Leipzig, R. G. Teubner, 1892, heißt es von einem 'Terzel' V. 40 ff.:

dô ez der antvogel wart gewar,
vil stille ez si ûfstoubte.
einen antvogel ez dar under doubte,
alsô daz er gelac für tôt.

Schauffler erklärt im Wörterverzeichniß *douben* = betäuben, und auch im MHD. Wb. III, 61 findet sich die Stelle unter *toube* sw. v. 'betäube, mache empfindungslos'. Der Zusammenhang läßt vermuthen, daß *cloubte* 'zerzauste' zu lesen ist.

NORTHEIM. R. SPRENGER.

ZU KONRADS VON MEGENBERG BUCH DER NATUR.

Pfeiffers Ausgabe S. 228, Z. 9 in dem Abschnitte *Von dem Widhopfen: ich hân auch dick gemerkt ze Megenperch, dô ich ain kindel was, daz die zwên vogel zuo enander sâzen und sungen mit aim wechsel, der gauch vor, der widhopf nâch, und wând ich der widhopf wær des gauches roz und daz si stætes pei ainander wæren.* Daß der Wiedehopf im Frühlinge mit dem Kuckuck kommt und mit ihm wieder weggeht, hat man auch sonst bemerkt und darauf die bekannte Verbindung „Der Kuckuck und sein Küster" begründet, die auch in M. Claudius'

Rheinweinliede vorkommt[1]). Schwierigkeit macht hier die Erklärung von *roz*. Pfeiffer vermuthet im beigegebenen Wörterbuch S. 699 *ros* und verweist auf die Anmerkungen, wo jedoch nur bemerkt wird, daß neben *roz* sich auch die Lesarten *rozz* und *ruff* finden. Die Stelle erklärt sich vielleicht aus dem bekannten Volksglauben, daß einige Zugvogelarten, wie Kraniche und Störche, andere Vögel auf den Rücken sitzen lassen und so übers Meer tragen. Daß Wiedehopf und Kuckuck an Größe ziemlich gleich sind, würde nicht gegen diese Erklärung sprechen, da es sich ja hier um die naive Anschauung eines Kindes handelt. Über die Sage von den reitenden Vögeln hat zuletzt Carus Sterne in der Berliner Täglichen Rundschau, Nr. 154, 1892, ausführlich gehandelt.

NORTHEIM. R. SPRENGER.

LURLENBERC.

Sollte dieser alte Name für die Loreley (bei Marner, MSH. 2, 251) nicht durch das bei Stalder überlieferte *Lürle* = Lerche zu erklären sein? Bemerken will ich noch, daß das *lei* in Lorelei noch öfter aus mhd. *lê* (ahd. *hlêo*) anstatt aus *leie, lei* (alts. *leia*) erklärt wird. So in dem soeben erschienenen Mittelhochdeutschen Lesebuche von Dr. Gustav Legerlotz.

NORTHEIM. R. SPRENGER.

ZU „*SÎN*“ IN GOTTFRIEDS TRISTAN V. 559.

Dieses lang unerklärte „*sîn*“ soll nach Bech, Bechstein und Golther in alter Weise neutral für jedes Geschlecht und jeden Numerus gebraucht, sich auf die in V. 555—557 genannten Gegenstände beziehen. Ist es nicht richtiger, dasselbe auf „*der meie*“, V. 554, zu deuten, dessen Wesen der Schatten, die Sonne etc. ausmachen (*sîn wesen engegene macheten*)? Dafür scheint der Umstand zu sprechen, daß der Dichter V. 562 fortfährt „*des meien friunt* etc.“; er scheint darnach doch offenbar bis V. 561 vom Mai und seinem Wesen zu sprechen, um von V. 562 an von dessen Freund, dem Rasen, fortzufahren.

CZERNOWITZ. R. F. KAINDL.

[1]) Simrock, Handbuch der deutschen Mythologie, 3. Aufl., Bonn 1869, bemerkt mit Unrecht: „Daß der Wiedehopf des Kuckucks Küster sei, ist im Volksglauben nicht begründet.“

ZU REINKE DE VOS.

Den Reinke Vos habe ich in letzterer Zeit wiederholt gelesen und noch eine Anzahl Stellen gefunden, die mir eine andere Deutung zu fordern oder zuzulassen scheinen, als sie bis jetzt gefunden haben. Meine Ansichten lege ich hier zu allgemeiner Prüfung vor.

2. Vorrede: *He bewyset ok, dat men nemande ouervallen schal buten recht myt macht efte anderer lossheyt, unde dat men den myssdadygen, de berochtet is, nochtant schal to worden steden unde en eschen, dat he syk vorantwerde.*

berochtet wird von Lübben 'berüchtigt' und von Prien 'in bösen Ruf gebracht' übersetzt, das mnd. Wtb. erklärt *beruchten, berochten* 'in bösen Ruf bringen, verleumden'. Die Bedeutung 'in bösen Ruf bringen' scheint mir zu allgemein, da jede Anklage in gewisser Weise in bösen Ruf bringt; 'verleumden' nicht zutreffend. Reinke wird in der Versammlung nicht verleumdet, sondern angeklagt, s. V. 31, 33, 291, 1262. Darum wird er auch durch einen ebenbürtigen Großen vor das königliche Gericht geladen. *gerochte, geruchte* ist die Anrufung der richterlichen Hilfe, mnd. Wtb. II, 73. Ursprünglich war es wohl das Wehgeschrei, welches nach deutschem Rechte zur Mordklage gehörte und den Anfang derselben vor Gericht bildete, wo es eigentlich nur die Wiederholung des Geschreies war, welches erhoben wurde, wenn Jemand im Hause oder auf der Straße angefallen oder ermordet war. Die Verwandten des Ermordeten traten dann gerüstet auf, zogen dreimal die Schwerter aus der Scheide und erhoben dreimaliges Wehgeschrei, mhd. *gerüfte*, *gerüchte*, was 'den Mörder verschreien' hieß. Vgl. Grimm R. A. 878 und Wieszner, Über einige deutsche Rechtsalterthümer in Willems Gedicht *van den vos Reinaerde.* Beilage z. Jahresbericht des Elisabeth-Gymnasiums zu Breslau 1891. Noch im Mhd. werden die Übelthäter 'beschrien'. Mhd. Wtb. III, S. 214^b. Auch über Reinke wird das Wehgeschrei erhoben, V. 312. Wenn auch im Mnd. *berochten*, *beruchten* vielfach die abgeschwächte Bedeutung 'verleumden, in bösen Ruf bringen' hat, so scheint mir doch an unserer Stelle die ursprüngliche Bedeutung 'beschreien, die richterliche Hilfe anrufen' die richtige zu sein. Vgl. auch *beruchtigen* in der vom mnd. Wtb. aus Slaggert citierten Stelle *hebben se vorklachtet und beruchtiget dat kloster,* wo *vorklachtet* und *beruchtiget* offenbar synonym sind. Vgl. die Zusammenstellung von *elende unde vromde* in V. 2953 und V. 4896: *he leuet ock lange unde wert olt.*

V. 6. *De krúde sproten unde de blomen,*
De wol róken hir unde dar;

So interpungieren alle Herausg. außer Schröder. Die Worte *de wol róken* vertreten ein Ptc. des Präsens 'wohlriechend' und sind in Kommata zu setzen, wie Schröder gethan hat; *hir unde dar* gehört zu *sproten. De krûde* erklären die Herausg. als 'Kraut', das mnd. Wtb. als '(grünes) Kraut'. Das wird nicht richtig sein, da vorher schon gesagt ist, daß die Wälder und Felder mit Laub und Gras *grone stan.* Was soll da Kraut neben Gras? Der Plural *krúde* hat meines Erachtens dieselbe Bedeutung, welche der Plural *krîder* noch heute am Harze hat, nämlich 1. wohlriechende Kräuter, 2. Arzneikräuter. Auch in V. 4881 hat *krúder* diese Bedeutung. Von Kraut im gemeinen Sinne wird kein Plural gebildet. Die im mnd. Wtb. angezogenen Beispiele scheinen meine Deutung zu bestätigen. Die Worte *de wol róken* sind auf *blomen* und *krúde* zu beziehen. *hir unde dar* wird von allen durch 'überall' übersetzt. Ich will nicht unerwähnt lassen, daß die Verbindung *hîr un dâ* in Kattenstedt a. H. und Umgegend allgemein üblich ist, aber nicht in der Bedeutung 'überall', sondern in der ursprünglichen, wörtlichen 'hier und da', d. h. an einigen Stellen, vereinzelt. Oft wird ein *al* 'schon' hinzugefügt. Diese Bedeutung scheint mir auch im R. V. statthaft.

V. 81—83. *Up dat gy Reynken syn unholt,*
So en is hir nemant, yunck noch olt,
He vruchtet Reynken meer dan yw.

In seiner Besprechung der Ausgabe des R. V. von Prien in der Zs. f. deutsche Phil. Bd. XXI, S. 247—251 sagt Brandes über diese Stelle, es müsse nachdrücklich hervorgehoben werden, daß Hinze weder als Ankläger auftritt, wie Damköhler will, noch als Vertheidiger, wie Sprenger will; es fände sich in seinen Worten nicht die geringste Spur irgend welcher Parteinahme nach der einen oder nach der andern Seite. Diese Deutung widerspricht in schroffster Weise den V. 30—31, wo ausdrücklich bezeugt wird, daß alle, mit alleiniger Ausnahme des Dachses, über Reinke zu klagen hatten; und der alten Glosse zu Cap. III, die den Kater, Hund und Hasen als Kläger nennt; und ebenso der jüngeren Glosse, herausg. v. H. Brandes, wo S. 17, 4 gleichfalls Kater, Hund und Hase als Kläger angeführt werden. Nach Brandes ist der Sinn der Worte, mit denen Hinze seine Rede einleitet: „In der Absicht, Reinke bei euch in Ungnade zu bringen, zeigt alle Welt, selbst ein so dreister Dieb wie Wackerlos, größere Furcht vor ihm als vor euch.“ Wenn alle Welt in der Absicht Reinke mehr fürchtet als den König, um ihn in Ungnade zu bringen, so ist die Furcht eine absichtliche, erheuchelte. Das entspricht den wirklichen Verhältnissen nicht, die Furcht ist eine thatsächliche. Daher kann der Satz *up dat gy Reynken syn unholt* nicht von *vruchtet* in V. 83 abhängig gemacht werden, wie Brandes thut. Es fehlt ein Gedanke, etwa 'so behaupte ich'. Solche Auslassungen sind im Nd. häufig. Ich halte daran fest, daß *up dat* final ist und die Anklage gegen Reinke einleitet, dessen Macht und Stellung zu groß und zu gefährlich für die übrigen Thiere ist, als daß er noch länger des Königs Gunst verdiente.

V. 841. *Hebbe gy by Rustevyle wes vorgetten?*
Ik wylt em gherne laten wetten,
Dat gy hir syd, unvorholen.
Ik gysse, gy hebben em syn honnich ghestolen

So lesen Hoffmann, Lübben und Prien; Schröder läßt das Komma in V. 843 fort. Ich glaube, daß hinter *syd* in V. 843 ein Punkt zu setzen und *unvorholen* mit *ik gysse* zu verbinden ist. Reimbrechung kommt auch sonst im R. V. vor, z. B.

V. 1035: *Wente Reynke eyn gath hadde broken*
Dorch de want; dyt hadde gherne wroken
Des papen sone,

V. 5897: *De anxst, de my dar entstunt,*
Wolde ik nicht umme twintich punt
Noch eins anghan; wente dar weren
So vele der suluen leetlyken deren,

V. 6173: *Den schalmen dyt beth ouer lesen*
Des morgens nochteren; so schal le wesen
Des dages vry van aller noet.

Häufiger ist der Fall, daß der Vordersatz in der Mitte des Verses schließt und der relative Nachsatz den Schluß desselben und den folgenden Vers umfaßt, z. B.

V. 1057: *Komet, latet uns wedder keren*
To myneme wyne, de uns myt eren
Wert entfangen.

V. 974. *Dar van wyl ik syn yuwe werd*
Dessen anent, er wy uns scheyden.

Von Allen wird *sik scheyden* durch 'sich trennen' übersetzt. Das ist richtig, aber unklar. Es hätte bemerkt werden müssen, daß hier nur die Trennung vor dem sich zur Ruhe Begeben gemeint ist, da Hinze bei Reynke übernachten soll.

V. 1719. *Juwe undaet wert yw nu vorgolden,*
Wo gy den vrede hebben gheholden,
Den ik ghebot unde hebben ghesworen.

Schröder erklärt V. 1721 '*hebben* = *hebbe en*, nämlich den *vrede*'. Sollte der König den Frieden ge- oder beschworen haben? Man sollte meinen, daß die Unterthanen den Frieden, welchen der König gebot, beschworen hätten. Dann wäre *hebben* = *gy hebben*, wie es auch Hoffmann offenbar faßt, der nach *ghebot* ein Komma setzt.

V. 1733. *„Gnedighe here", sprack Reynke, „wat schadet my datte,*
Eft Brunen noch blodich is syne platte?
Wor umme was he so vormeten
Unde wolde Rustevylen syn honnich ethen,
Unde em de bur laster an deden?

So interpungieren Lübben, Schröder, Prien; Hoffmann setzt hinter V. 1736 ein Fragezeichen. Danach wäre V. 1737 von *wor umme* in V. 1735 abhängig, es liegt aber auf der Hand, daß er von *eft* in V. 1734 abhängt. V. 1735/36 sind daher einzuklammern.

V. 2371. *Myn here schal yw laten leuen*
Unde yw vruntliken vorgheuen
Alto malen synen ouelen mod.

Alle Herausg. übersetzen *vorgheuen* mit 'vergeben'. Der König kann Reinke doch nur dessen Vergehen vergeben, nicht seinen eigenen Unmuth. Daher vermuthete ich, daß *vorgheuen* den Sinn von 'aufgeben, fahren lassen' habe oder *synen ouelen mod* = Grund, Veranlassung zu seinem Unwillen sei, vgl. V. 2377:

In dem dat my de konnyck nu
Dyt vast louen wyl vor yw,
Dat ik mach hebben syne hulde,
Unde alle myne broke unde schulde,
Ok allen ummod my wylle vorgheuen.

Doch theilt mir Herr Prof. Behaghel mit, daß offenbar in V. 2373 *juwen ouelen mod* zu lesen sei, wodurch erst V. 2381 einen Sinn gewinnt.

V. 2856. *De konninck heft uns (danck hebbe he!)*
Lampen ghegeuen in rechter soen,

In seiner Besprechung von Priens Ausgabe des R. V. a. a. O. hebt Brandes anerkennend hervor, daß Prien die Parenthesen mehr beachtet habe als Lübben. Doch scheint mir Prien des Guten zu viel gethan zu haben. Die Worte *danck hebbe he* entsprechen unserem 'gottlob! Gott sei Dank!' Aber wer würde solche Ausrufe einklammern? Auch für die Parenthese in V. 3921/22 liegt kein zwingender Grund vor. Die Satzverbindung im R. V. ist oft eine lose. Hinter V. 3920 und 3922 könnte sehr wohl ein Punkt oder Semikolon stehen, wie in Lübbens Ausgabe zu lesen ist.

V. 3853. *Ick scholde do vele myt en credencien?*
Des hadde ik do nene grote conciencien.

conciencien fasse ich in der Bedeutung 'Neigung, Lust'. Zwar kann ich diese Bedeutung nicht weiter belegen, aber es ist bekannt, wie wenigstens heutzutage gerade Fremdwörter eine andere Bedeutung annehmen.

V. 4737. *Seet, here, dyt ordel duchte yw gud,*
Unde ock yuweme rade, de by yw stod.
Reynke wart do ghepryset sere.
De man wart quyd unde danckede yw sere.
Reynke is seer kloek van synne,
Dyt sulfste sprack ock de konnygynne.
Se spreken, dat Ysegrim unde Brun
Weren gud vor eyn schampelun.
Men vruchtet se beyde na unde verne,

Mit V. 4737 redet die Äffin den König an, ihre Rede reicht bis V. 4741 incl. Hinter *van synne* ist daher ein Punkt zu setzen, und die Anführungshäkchen, die in V. 4578 gesetzt sind, sind hier zu schließen. Hinter V. 4744 ist ein Colon erforderlich. Mit V. 4745 beginnt die directe Rede der Königin und der Äffin und reicht bis V. 4773. Im Anfange von V. 4745 fehlen die Anführungshäkchen, die V. 4773 geschlossen sind.

V. 6356 ff. interpungiere ich also:
Umme dyt sprack Reynke: „ya so scholdet wesen!"
De wulff vortzagede in syneme mod.
Do he sus sach syn eghene blod
Unde dat he eyn oghe hadde verlorn,
He wart rasende van groteme torn,

Zu den Thiernamen.

Über die Thiernamen im R. V. hat Lübben gehandelt im Programm, Oldenburg 1863. Auf Seite 48 möchte Lübben den Namen *Wackerlôs* für eine Art imperativischer Bildung nehmen und ihn: „Wacker (drauf) los!" deuten, wie auch analog gesagt wird „lustig los! munter los!" Da die Länge des *o* in Wackerlos nicht feststeht — der Reim gestattet keinen sichern Schluß — so wird dadurch jene imperativische Bildung, die an sich schon nicht ohne Bedenken ist, ohne Weiteres in Frage gestellt. Ich versuche daher eine andere Deutung, gegen die sprachlich nichts einzuwenden sein dürfte. Das *o* in Wackerlos halte ich für kurz; *los* ist der Luchs. Als Familienname kommt *Los* noch heute in Blankenburg a. H. vor. *wacker* heißt 'der wach ist, nicht schläft, munter, agilis', mnd. Wtb. V, 571. Den Familiennamen *Wackerhahn* kenne ich aus Alsleben. Wie auf den Hahn, so paßt *wacker* auch auf den Luchs, von dem Tschudi sagt: „Auge und Ohr in schärfster Spannung liegt er Tage lang auf dem gleichen Fleck und scheint mit halb gesenkten Lidern zu schlafen, wenn seine verrätherische Wachsamkeit am größten ist. Er ist nicht so kräftig wie der Bär, aber scharfsinniger, aufmerksamer." Daß ein Kläffer diesen Namen trägt, hat nichts Auffälliges.

Des Raben Sohn heißt *quackeler*. Hoffmann übersetzt 'Schwätzer', ebenso Lübben „wegen des beständigen Geschreies, das die Raben auszustoßen pflegen." Progr. S. 44 und in seiner Ausg. des R. V. S. 346: „*quackelêr* d. i. der immer quackt, Schwätzer." Schröder übersetzt 'Haderer, Zänker'. Mnd. Wtb. III, 394: „*quackelen*, schwatzen, krächzen; *quackelie*, unnützes Geschwätz. Das Wort ist wohl eigentlich *quattelie* zu lesen; *quattelen* ist das noch jetzt übliche Wort für: schwatzen, unnützes Gerede führen, faseln (zu alts. *quedan*). Die Sigle *ck* steht häufig in Handschriften und wird vielfach für doppeltes *k* gelesen, während es ein doppeltes *t* bezeichnet. *quackelen* bedeutet: etwas anfangen, aber nicht ausführen oder fertig machen; *quackeler* ein Mensch, der solches thut (Strodtm.). Das Br. Wtb. setzt mit Recht *quackelen* = *wackelen*, es hat aber darin Unrecht, daß es behauptet, es sei nur noch in Gebrauch in der uneigentlichen Bedeutung: unbedachtsame Worte reden, die man nicht halten kann; es heißt vielmehr: unbeständig, wankelmüthig sein, anfangen und nicht vollenden, bald so bald anders sein (z. B. vom Wetter, von der Gesundheit" etc.). Daß *quackelie* und *quackelen* für *quattelie* und *quattelen* stehen soll, ist mir unwahrscheinlich schon aus dem Grunde, weil jene beiden ersten Worte heute allgemein verbreitet sind, die letzteren jedoch nicht. Am Harz, wenigstens in Kattenstedt und Umgegend, sind sie unbekannt; auch Schambach hat sie nicht. Daß *quackelen* = *wackelen* sei, will mir vorläufig auch noch nicht recht einleuchten. In der Kattenstedter Mundart sind zu unterscheiden *kwâken*, *kwěken* (*ě* = franz. *è*), *kwacken*. *kwacken* ist ein schallnachahmendes Wort und bezeichnet den hellen Ton oder Schall, den ein Gegenstand, welcher auf die Erde oder gegen einen anderen festen Gegenstand wie Mauer oder Stein geworfen wird, verursacht — Kinder und Hasen *kwěken;*

Frösche und Raben *kwâken*. *kwëken* ist mit Umlaut vom Stamme *kwâk* (oder *kwak?*) gebildet. Wenn zu *kwâken* ein Verbum frequent. gebildet wird, tritt Vocalverkürzung ein, d. h. aus *kwâken* wird *kwackelen*. Ein *quackeler* ist also einer, der oft *quâkt*. Das thun bekanntlich die jungen Raben, ehe sie gelernt haben, sich selbst zur Genüge Nahrung zu verschaffen. *quackeler* bedeutet demnach Quäker, Schreier, Krächzer. Auf Menschen übertragen wird *quackelen* urspr. 'viel und undeutlich, vieles durcheinander reden' bedeutet haben. Vgl. mnd. *quaken*. Daraus konnte sich einerseits 'unnützes Geschwätz machen', andererseits 'wankelmüthig sein' entwickeln. Was *quattelen* anbetrifft, so ist es auffällig, daß neben mnd. *kod(d)eren* (zu alts. *quedan*) ein *quattelie* bestanden haben soll. Der Mutenwechsel im Niederdeutschen ist bekannt, und so möchte ich *quattelen* = *quackelen* = frequent. zu *kwâken* setzen. Wenn im Mnd. neben *quaken* auch *quacken* vorkommt, so ist dies nur eine graphische Verschiedenheit ohne Bedeutung.

BLANKENBURG a. H. ED. DAMKÖHLER.

MISCHUNGEN VON SCHRIFTSPRACHE UND MUNDART IN RHEINHESSEN.

Schriftsprache und Mundart beeinflußen sich bekanntlich dort am meisten, wo die Mundart von der Schriftsprache nicht sehr verschieden ist, also in den mitteldeutschen Gegenden. Es entsteht da eine Sprache, die in einigen Lauten, besonders Vocalen, der Schriftsprache folgt, auch im Wortschatze derselben vielfach nachgegeben hat, die aber im Allgemeinen das Gepräge der betreffenden Mundart beibehalten hat und deutlich noch erkennen läßt. Viele Kreise der Mainzer Bevölkerung haben die lautgesetzlichen Vocale *ä* für mhd. *ei*, *a* für mhd. *ou* u. a. preisgegeben und das schriftsprachliche *ai* und *au* dafür aufgenommen; dagegen blieb das mundartliche *ai* für mhd. *iu*, *i* für mhd. *ü* oder *üe*, *e* für mhd. *ö*; denn die Laute *eu, ü, ö,* welche der Schriftsprache gemäß angewendet werden müßten, sind der Mundart durchaus fremd; es stehen ihnen physische Schwierigkeiten entgegen, während *a* und *ai* in vielen Worten lautgesetzlich vorhanden sind. Man sagt also wohl *bai͠* (mhd. *bein*) für das mundartliche *bä̃*, *nai͠* für *nä̃*, *auch* für *aach* (mhd. *ouch*), aber *hait* (mhd. *hiute*), *iwwer* (mhd. *über*), ja Fremdwörter wie *Zeus, Aeneas* werden *Zais, Eneas* gesprochen.

Anders verhält es sich mit dem Consonantismus. Obwohl z. B. *p* (Aspirata) im Anlaut der Worte in der Mundart oft genug sich findet — es entspricht dem mhd. *ph* —, gebraucht man es bei dieser Zwischenstufe nicht für manche Wörter, die schriftsprachlich *p* verlangen, sondern behält *b* bei; z. B. *burzele* (mundartlich *borzele*, nhd. *purzeln*), *binsel* (mhd. *pinsel*), *bumbe* (mhd. *pumpen*). Auch sagt man zwar *tante, tasse, thee,* dagegen *deil* und *dag*. Physische Hindernisse standen hier der Schriftsprache nicht entgegen; doch springt der Unterschied von der Mundart nicht so sehr in die Augen, wie bei *äner* (einer) und *aach* (ouch), wurde kaum beachtet und konnte daher keine Veränderung der Aussprache bewirken. Dies gilt für den Consonantismus in weit höherem Maße als für den Vocalismus. Nur in Einem Falle hat diese Zwischenstufe zwischen Mundart und Schriftsprache auch bei einem Consonanten eine Änderung der Mundart aufzuweisen; es betrifft die Entwicklung von *g*.

In der Mainzer Mundart entspricht dem mhd. *g* im Anlaut durchweg der Verschlußlaut, im Auslaut die Spirans, = *ch*; im Inlaut ist es nach *r* zu *j* geworden, sonst ausgefallen. Eine Annäherung an die Schriftsprache wurde zuerst dadurch erzielt, daß an die Stelle des *j* und des ausgefallenen mhd. *g* die Spirans trat; für *kriehe* sagte man nun *kriche*, für *laihe* sagte man *liche*, *lēche* für *lehe*, *kricht* für *krieht* u. ä. Bald aber nahm dieser Reibelaut eine eigenthümliche Entwicklung zu *sch*; die eigentliche M u n d a r t blieb hiervon unberührt, es betrifft nur die Z w i s c h e n s t u f e zwischen ihr und der Schriftsprache.

Beim Lesen in der Schule kamen Wörter vor, die in der Mundart das *g* verloren hatten; in Hessen lehrte man hierfür nicht den Verschlußlaut, sondern den Reibelaut, wohl deshalb, weil einige dieser Wörter mit anderen Wörtern stammverwandt waren, in denen *g* im Auslaut war und als Reibelaut gesprochen wurde. Im Gegensatz zur Mundart mußte man auf eine deutliche Aussprache des *g* halten, und indem dieser Laut mit voller Kraft, d. h. mit vollen Backen gesprochen wurde, konnte leicht ein *sch* entstehen. Dies wurde zunächst vom Lehrer verbessert und war ohne Dauer. Erst seit dem Ende der Fünfziger Jahre wurde das *sch* immer häufiger; immer mehr war aber in der Schule darauf gedrungen worden, möglichst reines Schriftdeutsch zu gebrauchen. Beide Erscheinungen sind gleichsam entgegengesetzt, trotzdem ist jene durch diese verursacht. Das *sch* für *g* war eine hyperhochdeutsche Reaction gegen den vollständigen Ausfall von *g* und gegen den Gebrauch von *j* für *g*. Bald drang *sch* auch in die stammverwandten Worte ein, in denen die Mundart den Reibelaut im Ausgang hatte. Man sagte also *leschte* (legte), *lüschner* (Lügner), *lüschen* (lügen), *seschnen* (segnen), *sorschen* (sorgen), *gute masche* (guten Morgen); dies war lange Zeit hindurch ein gebräuchlicher Gruß (in der Mundart ist der Gruß *gut Zeit*); *bürscher* (Bürger) und die stammverwandten *bursch* (Burg), *bersch* (Berg), *Heidelbersch*. Wie ferner beim Schreiben oft eine Ungewißheit sich einstellt, ob *g*, *ch*, *sch* zu gebrauchen ist, und besonders bei den Endungen *lich*, *ig*, *isch*, so auch beim Sprechen, zumal wenn die Worte in der Mundart nicht vorkamen und wie die einer fremden Sprache neu gelernt werden mußten. Es trat so eine Unsicherheit ein im Gebrauche des starken und schwachen Zischlautes; doch *sch* schien zu überwiegen, es wurde für *g* im Inlaut und im Auslaut fast allgemein gebraucht.

Ähnliches fand bei *ch* statt; auch dieser Laut wurde nach *r* zu *j*, z. B. *horje* (horchen), *lerje* (Lerchen). Auch hier sagte man daher bald *horschen* und *lerschen*. Die allgemeine Unsicherheit brachte auch hier *sch* neben *ch*, denn *ch* und *g* sollten im Inlaut und Auslaut vollständig gleich gesprochen werden; man sagte bald *Kirsche* (Ecclesia, mundartlich *Kerch*), *Sischel* (Sichel), *sischer* (sicher), *dursch* (durch) u. s. w. Für *g* und *ch* wurde also *sch* vielfach gebraucht.

Da erhob sich aber bei vielen älteren richtig sprechenden Vätern und Lehrern eine kräftige Gegenwirkung. Man machte die Jugend auf das „Häßliche“ des *sch* und auf das „Feine“ des *ch* aufmerksam, und diese Belehrungen hatten guten Erfolg. Seit den Siebziger Jahren ist das *sch* immer mehr geschwunden, nur hie und da spukt es noch. Aber freilich das Verschwinden des *sch* war allzu gründlich; denn es verschwand selbst da, wo die Schriftsprache es noch verlangte, und wo es hin und wider spukte, wünschte es die Schriftsprache durchaus nicht. In Concerten und in Kirchen in Mainz kann man *heilische*, *selische* noch hören; aber es heißt jetzt meistens *chreien*, *chleichen*, *französich*, *spanich*, *fleich* (mundartlich *fläsch*). Jetzt wirkt die Schule auch dieser Unsitte entgegen; mit welchem Erfolg, wird die Zukunft lehren.

DARMSTADT. H. REIS.

VOLKSRÄTHSEL.

1.

Hinter unserm Hause
Pflügt Vetter Krause
Ohne Pflug und ohne Pferd;
Ist das wohl der Mühe werth?

Der Mull d. i. der Maulwurf.

(S. auch 37.)

2.

Hinter unserm Hause
Gräbt Vetter Krause
Ohne Schipp' und ohne Spaten.
Wer kann mir das Räthsel rathen?

Der Maulwurf.

3.

Wer geht vorquere in die Kirche?

Das Kind bei der Taufe.

4.

Zwei Köpfe und zwei Arme,
Sechs Beine und zehn Zehen,
Auf vieren nur zu gehen.

Pferd und Reiter.

5.

Ein Mensch, der tief begraben liegt
und mit dem Sarg rumlief.
Er aß nicht und trank nicht,
er war weder im Himmel noch auf Erden;
Drum konnt er nicht gefunden werden.

Jonas.

6.

Gekocht wirds und gebraten auch;
Aber nicht gegessen.

Der Wurstspeiler.

7.

Wann ist der Müller ohne Kopf in der Mühle?

Antw.: Wenn er zum Fenster hinaussieht.

8.

Es kommt ein Mann von Tippen-Tappen,
Er hat einen Rock von bunten Lappen
Und dazu einen rothen Bart —
Rathe, was ist das für Art?

Der Hahn.

9.

Ich ging einmal ins Schilf,
Da mir Gott hilf,
Da fand ich ein klein Meisterstück,
Das war ein' kleinen Finger dick.
Da macht ich zwei Muhlen[1]) und zwei Speckseiten draus,
Ein Spitzchen und ein Pfaffenmützchen blieb übrig.

Die Eichel.

10.

Es hängt an der Wand
Und hat den Bauch[2]) verbrannt?

Der Kessel.

11.

Schwarz rein, roth raus.

Der Krebs (in dem Topf).

12.

Offne Fenster hat mein Haus,
Doch ich kann nicht heraus.
Weil ich bin ein Musikus,
Ich gefangen sitzen muß.

Vogel im Bauer.

---

[1]) Mulden.

[2]) Auch A..

13.

Viere fangen,
Zehne langen,
Hölzerne schnapp auf!

Kuheuter, Hände und Gelte.

14.

Unten Haare, oben Haare,
Daß mir Gott mein Loch bewahre.

Das Auge.

14ª.

Loch auf Loch, Haare ums Loch,
Drinnen gehts lustig zu.

Trompete.

15.

Unter meine Beene
Hab ich eine kleine Melene,
Damit ich verdienen kann
Zucker, Rosinen und Mandelkern
Und auch eine Kanne Wein,
Dann gehört die kleene Melene doch noch mein.

Das Spinnrad.

16.

Weißer Acker, schwarz besäet,
Rathe, was da droben stehet.

Das Papier und Schrift.

17.

Was ist grüner als Gras?

Heuschrecke.

18.

Zwölf junge Frauen haschen sich,
Und eine kriegt die andre nicht.

Die Speichen am Rade.

18ª.

Zwölf Jungfern liegen im Bette und liegt doch keine am Rande.

Wagenrad.

19.

Vier Jungfern haschen sich,
Und eine kriegt die andre nicht.

Die Windmühlenflügel.

20.

Loch bei Loch,
's hält doch.

Die Kette.

21.

's fällt in den Brunnen und plumpst nicht.

Die Sonne.

22.

Weine nicht, weine nicht,
Du betrübte Seele.
Ich stecke dich in 'n Henkeltopp
Und nehme dich mit heeme [1]).

Der Fisch.

23.

Fünf Brüder zu gleicher Zeit geboren,
Zwei mit dem Bart, zwei ohne Bart,
Und einer halb geschoren.

Die Rosenknospe.

24.

's happelt auf dem Boden 'rum
Und hat ein' grauen Kittel um.

Die Ratte.

25.

Unse dicke dumme
Geht im Finstern umme
Ohne Stock und ohne Licht,
Unse dicke dumme fercht sich nicht.

Die Windmühle.

26.

's geht zum Thore 'naus,
Hat die Hörner hinten 'raus.

Der Pflug.

[1]) Heim.

27.

Es liegt im Brunnen,
Zehn Pferde ziehn's nicht 'raus.

Der sich aufwickelnde Zwirnknaul.

28.

Langer Vater, lange Mutter,
Viele, viele Kinder.

Die Leiter und die Sprossen.

29.

Warum guckt sich der Hahn um, wenn der Jäger schießt.

Weil er hinten keine Augen hat.

30.

Ein Soldat muß Schildwach steh'n,
Er hat keine Füße und muß doch steh'n,
Er hat keine Hände und muß doch schlagen,
Wer kann mir das Räthsel sagen?

Die Uhr.

31.

Hickel-Hackel[1]) oben hang,
Hickel-Hackel 'runter sprang,
Kam das alte Vierbeen[2]),
Huckte Hickel-Hackel heem.

32.

Es frißt und wird nicht voll.

Das Feuer.

33.

Warum läuft der Hase über den Berg?
Wenn unten eine Höhle durchginge, dann ...

34.

Eins, zwei, drei,
Bunge, bange mei,
Bunge, bange, Bummelstiel,
Sitzt das Mandel auf der Mühl,
Hat ein steifes Hütchen auf,
Vögel machen immer drauf.

35.

Es läuft und wird nicht matt.

Das Wasser.

36.

Es lebet nicht und zappelt doch.

Der Hampelmann.

37.

Hinter uns'rer Scheune
Gräbt Vetter Heine
Ohne Schipp und ohne Spaten,
Wer kann mir das Räthsel rathen?

Der Maulwurf.

38.

's ging a Männichen ebber de Brücken,
Hodde a Säckchen uff'n Rücken,
Un hodde drinne Sich-Sich (Sieh-Sieh)
Und Stich-Stich und weiß gewaschen ohne Seefe.

Ein Spiegel, Nähnadeln und Eier.

39.

Oben hängt's,
Unten denkt's,
Ach hätt' ich dich in meinem Maul.

Katze, Wurst.

40.

Es fällt vom Dache,
's kann's keiner wieder machen.

Eisstange.

41.

Ich will dich pumpernellen,
Bis dir der Bauch thut schwellen.

Teig (Sauerteig).

42.

's hängt an der Wand,
Gibt Jedem die Hand.

Handtuch.

(S. auch Nr. 10.)

---

[1]) Eichel.
[2]) Schwein.

43.

Es hängt an der Wand,
Sieht aus wie Perl und Band.

Reibeisen.

44.

's steht auf'm Acker,
Hält sich wacker,
Hat viele Häute,
Beißt alle Leute.

Zwiebel.

45.

's hängt unterm Dache,
Hat Zähne wie ein Drache.

Harke (Rechen).

46.

's ist kleiner als ein Mauseloch,
Hat mehr Fenster als ein Fürstenschloß.

Der Fingerhut.

47.

Im Magdeburger Dome,
Da steht 'ne schöne Blume,
Und wer die Blume haben will,
Der muß den ganzen Dom zerbrechen.

Das Ei.

48.

Hinter uns'rer Scheune,
Steht ein Baum krausch (?)
Da ist ein Loch dabei,
Da machen uns're kleinen Hühner (Thiere) 'nein,
Da titschen wir unser Brot d'rin ein.

Bienenhaus.

49.

Es kamen Fünf gegangen,
Die nahmen mich gefangen.
Die brachten mich nach Murkelstadt,
Von Murkelstadt nach Nagelstadt
Und da ward ich gericht'.

Der Floh.

50.

Durch unser Thor, da ging ein Thier,
Das hatte zwei Beine und vier,
Und zum großen Ungelücke,
Hatte es auch noch einen A.. auf'n Rücken.

Pferd und Reiter.

51.

Ein Vögelein von Elfenbein
Verzehrt dem Müller den Mühlenstein,
Dem Bauer das Roß,
Dem Junker das Schloß,
Dem Schneider die Scheer',
Dies Räthsel ist nicht schwer.

Der Würfel.

52.

Es kommt vom Leben,
Und hat kein Leben und hat doch Fleisch und Blut in sich.

Die Rothwurst.

53.

Ein Schaft und ein Rohr
Und ein Schloß liegt davor.

Das Gewehr.

54.

's brennt nicht und doch brennt's.

Die Brennessel.

55.

Es kommt von England nach Trommlitz,
Von Trommlitz nach Mühlitz, von Mühlitz nach Leipzig.

Die Kaffeebohne.

56.

Hinter unserer Scheune,
Da stehen zwei Steile,
Auf den Steilen steht ein Kasten,
Auf dem Kasten steht ein Greifer,
Auf dem Greifer steht ein Plapper,
Auf dem Plapper steht ein Riecher,
Auf dem Riecher steht ein Kieker (Gucker),
Auf dem Kieker steht ein Busch,
Da geht dem Herrn sein Vieh druf.

Der Mensch.

57.

Auf zwei Stöcken steht ein Kasten,
Auf dem Kasten ein Schnepper,
Auf dem Schnepper ein Schnieber,
Auf dem Schnieber ein Berg,
Auf dem Berg ist Werg.

Der Mensch.

58.

Eine Mühle hatte vier Ecken, in jeder Ecke standen vier Mehlsäcke, auf jedem Sacke saßen vier Katzen, jede Katze hatte vier junge Katzen, jede Katze hatte vier Füße und dem Müller seine zwei Füße dazu; wie viel Füße sind das?

Zwei; denn die Katzen haben Pfoten.

59.

Blitzeblank, Holz dermang.

Das Fenster.

60.

Es kommt ein Mann von Aken [1]),
Der hat ein' langen Haken.
Er wollte die ganze Welt bedecken,
Über die Elbe konnte er doch nicht recken.

Der Schnee.

61.

Du Lange, du Krumme, wo kommst du denn her?
Du Abgeschorne, was hast du danach zu fragen?
Ich bin nicht so abgeschoren,
Wie dir dein After ist zugefroren.

Bach und Wiese.

62.

(Vexirräthsel.)

Ittmich und Trittmich gingen in ein Haus,
Ittmich blieb drin, und wer kam 'raus?

Antw.: Trittmich. (Der Löser erhält, wozu er ja durch die Antwort auffordert, einen Fußtritt.)

63.

Jemand und Niemand bauten sich ein Haus,
Jemand ging vorne 'raus,
Niemand ging hinten 'raus.
Wer blieb drin?

Und.

64.

Kaiser Carolus hatte einen Hund,
Sein Hund war kunterbunt,
Wie hieß sein Hund.

Wie.

65.

Klimpermann und Klappermann
Bauten sich ein Haus etc.

(S. Nr. 63.)

66.

Klimpermann und Klappermann
Gingen alle beid' den Berg hinan.
Klappermann lief noch so sehr,
Klimpermann kam doch noch eh'r.

Pferde und Wagen.

67.

Ein Schneider Schmied und Schuster theilten sich in drei Äpfel. Wie viel bekam Jeder?

1 1/2; denn der Schneider hieß Schmied.

68. (S. Nr. 49.)

Fünf Jäger gingen jagen,
Von zweien wird's getragen.
Die trugen es von Murkelwitz nach Tischlewitz,
Und da ward's todtgeschlagen.

Der Floh.

69.

In Leipzig, Danzig, Polen,
Da ist das Ding nicht zu holen.
Berlin ist eine schöne Stadt,
Die das Ding nur einmal hat.

Antw.: r.

---

[1]) Aken, Stadt an der Elbe.

70.

Hinter unser'm Hause,
Hängt eine große Pumpause.
Je mehr die Sonne scheint,
Je mehr die Pumpause weint.
Die Eisstange.

71.

Ich saß auf einer Schwelle,
Da machte ich die Welle.
Da kamen die Affen
Und wollten's begaffen,
Da sagten die Hochzeitsgäste:
„Warum hältst du denn dein Ding so feste?"
Warum soll ich's denn nicht feste halten,
's ist mittelwege vonehengespalten [1]).
Die Wallnuß.

72.

Ein ganzer Stall voll weiße Hühner
Und in der Mitte sitzt der rothe Hahn.
Zähne und Zunge.

73.

Wo hat der Hund die meisten Haare?
Außen.

74.

Er hat einen großen Mund,
Sie einen engen Schlund,
Einen engen Kragen
Und einen großen Magen.
Thut er schlucken —
Thut sie glucken.
Trichter und Flasche.

75.

Was der Ritter sich legt zum Ruhme,
Gehört dem Vogel zum Eigenthume
Und wächst im Garten als eine Blume.
Rittersporn.

76.

Mit welchem Fuße stieg Jesus zuerst auf den Esel, als er in Jerusalem einziehen wollte?
Antw.: Mit keinem, sie hoben ihn darauf.

77.

Wer nennt mir das Kloster von festem Stein,
D'rin wohnen viel schöne Jüngferlein?
Ein eiserner Valentin klopft an das Haus,
Da springen gleich dreie, viere heraus.
Sie tanzen um ihn und tanzen sich roth,
Doch tanzen sie sich alle zusammen todt.
Feuerstein.

78.

'rausgelangt und aufgedeckt,
Zwischen die Finger genommen und 'reingesteckt.
Schnupftabaksdose.

79.

Wozu raucht man eine Cigarre?
Zu Asche.

Spielreime.

1.

Scheerenschleifer, Scheerenschleifer
Ist die beste Kunst.
Die rechte Hand, die linke Hand,
Die geb ich dir zum Unterpfand. —
Da hast se,
Da nimm se,
Hasche alle beide.

[1]) Auseinandergespalten.

2.

Winterradieschen,
Eisernes Lieschen,
Fauler Student,
Wasch' dir die Händ',
Trockne sie ab,
Kämme das Haar,
Knie nieder,
Bete zu Gott,
Steh' wieder auf,
Fange den Ball mit deiner Hand auf.

3.

Dreie, sechse, neune,
Ich hüte meine Schweine,
Ich hüte meinen Ziegenbock
Der macht immer hopp, hopp, hopp.

4.

Kreis, Kreis, Kessel,
Morgen woll'n mer essen,
Morgen kommt der schöne Mann,
Der so schöne tanzen kann,
Sitzt auf einer Weide,
Spinnt grüne Seide,
Wenn die Glocke neune schlägt,
Lieg'n mer alle neune.

5.

(Frage- und Antwortspiel, zwei Parteien. Äußerst gefällige Melodie.)

1. Wo seid ihr denn so lang gewesen?
Schönheit getuche (und Tugend?),
Wo seid ihr denn so lang gewesen?
Schönheit getuche.
2. [: Wir haben im Garten die Gänse gehütet.
Sch . . . . :]
3. [: Wie viel Stücke habt ihr noch?
Sch . . . . :]
4. [: Sechzig Stücke hab'n wir noch.
Sch . . . . :]
5. [: Gebt uns doch nur eins davon.
Sch . . . . :]
6. [: Nein, wir geb'n euch kein's davon.
Sch . . . . :]
7. [: Nehmen wir sie euch alle weg.
Sch . . . . :]
8. [: Stellen wir ein Hündchen vor.
Sch . . . . :]
9. [: Hündchen wir 'ne Bratwurst geben,
Sch . . . . :]
10. [: Stellen wir ein' Wächter vor.
Sch . . . . :]
11. [: Wächter wir ein Trinkgeld geben.
Sch . . . . :]
12. [: Stellen wir ein Schloß davor.
Sch . . . . :]
13. [: Reißen wir das Schloß entzwei,
Sch . . . . :]

(Die von den Kindern der Fragepartei durch Anfassen gebildete Kette wird von den anderen zu sprengen gesucht.)

6.

Eins, zwei, drei,
Wie sind die Kinder frei,
Wir treten auf den Holderbusch,
Da geht es immer husch, husch, husch.

7.

Machet auf das Thor, machet auf das Thor,
Es kommt ein großer Wagen.
Wer sitzt darin? wer sitzt darin?
Ein Mann mit'm rothen Kragen.
Was will er denn? was will er denn?
Er will die Trude holen.
Was hat sie denn gemacht, was hat sie denn gemacht?
Sie hat ein Kleid gestohlen.
Ätsche, ätsche aus; ätsche, ätsche, ätsche aus.

8.

1. Es war einmal ein Mann
Es war einmal ein ledern Mann
Hopsa, sisa ledern Mann,
2. Der Mann nahm sich ein Weib,
Der Mann nahm sich ein ledern Weib,
Hopsa, sisa ledern Weib,
Der Mann nahm sich ein Weib.
3. Das Weib nahm sich ein' Sohn,
Hopsa etc.

4. Der Sohn muß in die Schul',
Hopsa etc.
5. Da lernt er's Abc,
Hopsa etc.
6. Da kam er wieder 'raus,
Hopsa etc.
7. Da mußt' er in den Krieg,
Hopsa etc.
8. Da ward er todtgeschoss'n,
Da war er ledern todtgeschoss'n,
Hopsa etc.
9. Da schrieb man ihm auf's Grab,
Hopsa etc.
10. Hier ruht der liebe Sohn,
Hopsa etc.
11. Da stand er wieder, auf,
Da stand er wieder ledern auf,
Hopsa, sisa ledern auf,
Da stand er wieder auf.
12. Da war'n sie Alle froh,
Da war'n sie Alle ledern froh,
Hopsa, sisa ledern froh,
Da war'n sie Alle froh.

9.

Wir ziehen heut' nach Schwaben,
nach Schwaben,
Da ist noch eine überlei (übrig),
Die woll'n mer gerne haben,
Komm'n Sie herein, komm'n Sie herein,
Wir woll'n zusamm' recht lustig sein,
Wir ziehen heut' nach Schwaben u. s. w.

10.

(Kreisspiel.)

Dort oben auf dem Kirchthurm
Da steht ein blauer Stein,
Wer seinen Schatz verloren hat,
Der nimmt sich einen 'rein.
Ich nehme ab mein Hütchen
Und sage „Guten Tag“ —
Didralala, didralala, didralalalala.
Ich geb' dir einen Kuß,
Das thut mir viel Genuß
Didralala etc.
Ich geb' dir eine Hand,
Das thut mir viel Gewand (?)
Didralala etc.
Ich sage nun „Ade“,
Das thut mir herzlich weh' —
Didralala etc.

11.

O Jammer, Jammer, höre zu,
Was ich dir jetzt will sagen:
Ich hab' verloren meinen Schatz,
Mach' auf, mach' auf den Garten.
Ich will 'mal sehen, ob ich ihn
Nicht einmal wiederfinde.
Schatz ein! Schatz ein! hier ist mein
Schatz,
D'rum fall' ich ihm zu Füßen,
Und wer mich stets geliebet hat,
Den werd' ich einstmals grüßen.
D'rum steh' ich wieder auf von hier
Und mache meinen Diener hier.

12.

Wer sich in's Kloster will begeben
In aller Ruh' und Einsamkeit,
's kann sein, 's kann sein, 's kann
abermal sein,
So treten Sie für mich in's Kloster
hinein.
O weh', o weh', bin ganz verlassen
In aller Ruh' und eins kann sein,
's kann sein, 's kann sein, 's kann
abermal sein,
So treten Sie für mich in's Kloster
hinein.

13.

Hier is' grün, und dort is' grün
Wohl unter meinen Füßen,
Ich hab' verloren meinen Schatz,
Den werd' ich suchen müssen.
Die da, die da, die da, die da
Könnt' mir schon gefallen,
Dreh' dich um, dreh' dich um,
Ich kenne dich ja nicht,
O nein, o nein, du bist es nicht,
D'rum scher' dich fort, ich mag dich
nicht.
(Es wiederholen sich nun die ersten
acht Zeilen, dann:)

O ja, o ja, du bist es ja,
Die mir den Kuß noch schuldig war.

14.

Ist die schwarze Köchin da?
Nein, nein, nein!
Dreimal muß ich 'rummarschieren,
's viertemal den Kopf verlieren,
Schönste Jungfer folge mir.

15.

Gut'n Tag, gut'n Tag, schöne Wasserfraue (auch: weiße Fraue),
Bin der Herr von Blankenburg,
Schenk' mir eine Tochter.
Diese, diese will ich nicht,
Diese will ich haben.
Dreimal, dreimal um das Haus,
Schätzchen bist du drinne?
Schaue doch nur einmal 'raus!
Höre wie ich singe:
Häckerling und Haferstroh
Ist das beste Futter.
Wer die Tochter haben will,
Mach' es mit der Mutter,
Mit der Mutter nicht allein,
Mit dem Vater soll es sein.
(Schenke mir ein Schnäpschen ein,
Einen schönen Branntewein.)

16.

Trauer, tiefe Trauer,
Hab' verloren meinen Ring.
Ich will sehen und will suchen,
Ob ich finde meinen Ring.

Freude, hohe Freude,
Hab' gefunden meinen Ring.
Ich will suchen und will sehen,
Wem ich gebe meinen Ring.

17.

Nix in der Grube,
Bist ein böser Bube,
Wasch' dir deine Beinichen,
Mit ziegelrothen Steinichen.
Nix greif' zu!
Wer bist du?

18.

Ich stehe hier auf meinem Plätzchen,
Seh' mich nach mein'm Liebchen um.
Ach, wo find' ich denn mein Schätzchen,
Ach, wo ist mein Kind geblieb'n?
Draußen steht es vor dem Rain,
Komm' mein Liebchen, komm' herein.
Komm', o komm', o nicht verlassen,
Komm' und schenke mir dein Herz.
Weil ich von dir scheiden muß,
Schenk' ich dir noch einen Kuß.

19.

Ringel, Ringel, Korne,
Wer sitzt an diesem Borne?
Ein kleines, kleines Töchterlein,
Das kann mer kaum zu sehen krein.
Was ißt se gern? was trinkt se gern?
Zucker, Rosinen und Mandelkern.
Die eine Hand abhau',
Die and're Hand abschau'.

20. (Abzählreime.)

1, 2, 3, 4, 5, 6, 7,
Eine alte Frau kocht Rüben,
Eine alte Frau kocht Speck,
Du oder ich muß weg.

21.

1, 2, 3, 4,
Eine Flasche Bier,
Eine Flasche Rum,
Du bist dumm.

22.

1, 2, 3, 4, 5, 6, 7, 8,
Die Kirche kracht,
Das Haus fällt ein,
Du mußt sein.

23.

Rübchen, Bübchen, Rübezahl,
Rübchen, Bübchen, Knoll.

24.

1. Mariechen saß auf einem Stein,
einem Stein, einem Stein.
Mariechen saß auf einem Stein,
einem Stein.

2. Und kämmte sich ihr gold'nes Haar,
gold'nes Haar, gold'nes Haar,
Und kämmte sich ihr gold'nes Haar,
gold'nes Haar.
3. Und als sie damit fertig war etc.
4. Da fing sie an zu weinen etc.
5. Da kam ihr Bruder Karl herein etc.
6. Mariechen, warum weinest du? etc.
7. Ich weine, daß ich sterben muß etc.
8. Da kam ihr Bruder Fritz herein etc.
9. Und stach Mariechen in das Herz etc.
10. Da kamen ihre Eltern 'rein etc.
11. Wo mag denn unser Marie sein? etc.
12. Die ist schon längst begraben etc.
13. Mariechen hatte goldne Schuh' etc.
14. Ihr Bruder hatte Lederschuh' etc.
15. Mariechen war ein Engelein etc.
16. Ihr Bruder war ein Bengelein,
Bengelein, Bengelein.
Ihr Bruder war ein Bengelein,
Bengelein.

25.

1, 2, 3, 4, 5, 6, 7,
Wer will mit mir Kegel schieben?
Kegel um, Kegel um,
Böttcher, Böttcher bum, bum, bum,
Und die alte Frau, die nähte,
Saß auf einem Balkon und nähte,
Fiel herab, fiel herab,
Und das linke Bein war ab.

26. (Abzählreim.)

Ich und du und der
Wir kauften einen Bär;
Weißt du, wer Gevatter stand?
Ich und du und der!

27.

1 2, 3, 4, 5, 6, 7,
Geht mir nicht in meine Rüben,
Sucht auch nicht die besten aus,
Sonst komme ich mit der Peitsche 'raus.

28.

Christel, sperr' die Hühner ein,
Daß sie all' beisammen sein,
Kikeriki, Kikerika,
Sind die Hühner alle da?
Denkst du, denkst du, Naseweise,
Daß ich mich an dir vergreife.
Dreht sich um, lacht ihn aus,
Such mir einen Bessern aus.

KARL HARTMANN.

DIE VORSILBEN *miss-* UND *voll-* IM GERMANISCHEN.

Die meisten ahd. Denkmäler brauchen je zwei der Formen *miss-* *missa-*, *missi-* durcheinander, ohne Rücksicht, ob in dem Präfix die Bedeutung des Verkehrten, Schlechten (lat. *mittere,* deutsch *mîdan*) oder des Verschiedenartigen (ai. *mithas*, lat. *mūtuus*, got. *missô*, an. *ýmiss*) enthalten ist, und ebenso ohne Rücksicht auf Nominal- oder Verbalcomposition. So ist also die Scheidung: *mis-* bei *-lîch*, — *varo*, *missa* —, *missi-* dagegen bei Zeitwörtern (Kögel, Beiträge 7, 174—176) kaum durchzuführen. Gerade z. B. K[b] und Ra haben umgekehrt *mis-* vor Verb und Nomen, *missi-* aber nur bei *-lîch* und *-tât*, also nur beim Nomen. — Andere Denkmäler haben nur e i n e Form durchgeführt: Rb nur *missa* (Ottmann, grammatische Darstellung der Sprache des ahd. Glossars R[b] S. 25), Otfrid und Can. 6, 7, 10 *missi*, Notker *misse*; Tatian hat wie andere ostfränkische Denkmäler als Wurzelvocal *e* (*messalîhhên*, *messezumft*, vgl. Pietsch, Zs. f. d. Philol. 7, 361). Auf Grund allein statistischer Beobachtung des ahd. Sprachschatzes wird sich demnach nicht sicher ermitteln lassen, in welchen Verbindungen die drei Formen jeweils ursprünglich statt hatten; die etymologische Erklärung der Fugenvocale muß daneben berücksichtigt werden.

Im ahd. steht neben dem Particip der *o*-Declination *wîs* das der *jo*-Declination *wîsi*; neben mhd. *lîse*, *sîhte* sind frühere **lîso*-, **sîhto*-vorauszusetzen (Osthoff, Beiträge 8, 269 und Morphologische Untersuchungen 4, 75 u. 91). Die nämliche Doppelheit besteht nun bei *misso*- und *missi*-. Diese beiden traten als nackte Stämme ohne Casussuffix ursprünglich nur mit einem Nomen in Verbindung. *Missa*- dagegen ist nicht reiner Compositionsstamm, sondern ein zu einem Adverb erstarrter Casus. Es verhält sich (wie auch *wela*) zu den gewöhnlichen ahd. Adverbien auf *-o* wie im ags. die Adverbien auf *-e* zu denen auf *-a* (*-unga*, vgl. Paul, Beitr. 4, 338), welche Doppelformen auf ursprünglich *-âm* : *-ôm* (Möller, Beiträge 7, 487 ff.) oder auf *-êm* : *-ôm* (Brugmann, Grundriß 2, 628 f.)[1]) zurückgehen. — So die ursprüngliche Scheidung in rein formaler Hinsicht bei Nomen oder Verb. Die Vertheilung nach der Bedeutung (*schlecht* bezw. *verschieden*) kann bei diesem Präfix auch auf etymologischem Wege nicht sicher durchgeführt werden, da die beiden Formen lautlich schon urgermanisch zusammenfielen. Möglich wäre ja auch, daß *mis*- ursprünglich der einen, *missi*- der anderen Wurzel zugekommen wäre, aber zu beweisen ist es nicht.

Got. an. und as. haben je nur eine Form bewahrt (got. *missa*- in *missataujands* kann reiner Stamm sein, übertragen aus **missatôjis*; an. as. *mis*-); ags. hat neben ganz seltenem *misse*- in *misselic* (Kenter Gl., Zs. f. d. Alterthum 21, 41) : *mis*-, in der Verbindung mit *-lîc* auch *mistlik* (vgl. Sievers ags. Gramm.[2], §. 196, 3 und Beiträge 9, 218), und *missenlic*, *missendlic* (vgl. *hwîlendlic* etc., Sievers Beiträge a. a. O). Die Form *missenlic* kann auf verschiedene Weise erklärt werden: in *missen*- kann ein ursprünglich selbständiges Adverb enthalten sein, etwa ein Dativ plur. wie *hwîlon*, wovon auf ähnliche Weise *hwîlendlic* gebildet ist (wenn dieses nicht eher als Nebenform zu *hwîlwendlic* aufzufassen ist); oder es ist eine Verbindung von *mis*- und dem häufigen Adjectiv *anlîc*, also *miss-enlic* zu trennen.

---

[1]) Vgl. jetzt jedoch Hirth, Indogerm. Forsch. I, 205 u. 207 f.

Dieselbe Doppelheit wie bei *mis- missa-* zeigt sich im ahd. *fol-*, *fola-*, *folla-* (*fola-* verhält sich zu *folla-* wie *ala-* zu *alla*; got. *fulla-*, an. as. ags. *ful-*). Auch hier sind die beiden Formen nicht immer streng getrennt, aber doch scheint das alte Verhältniß noch nicht ganz verwischt. So tritt z. B. in Pa, K[b] und Ra *fol-* nie vor das Verbum (*ziohan*), andererseits haben die Nominalcompositionen *folleist* mit *folleistjan*, *fulqueti* nach Graff kein *folla-*; ebenso *follîcho* (das einmalige *unuollanlih*, insatiabilis, in K[a] [Steinmeyer-Sievers ahd. Glossen I, S. 32, 26, Kögel, Keron. Glossar S. 29) scheint eine willkürliche Bildung des Übersetzers nach dem Muster der im Keron. Glossar nicht seltenen Part. präs. + *lich*, *-an[t]lich*, welche ein bequemes, wenn auch nicht ganz sinngemäßes Übersetzungsmittel der lat. Adjectiva auf *-bilis* sind, wie z. B. *unkitrakentlich*, importabilis, Steinmeyer-Sievers I, S. 196/97, 25 (bei Tatian *ungitraganlîh*); *uncadolentlîh*, intolerabilis, ebenda 24; *unkirefsentlih*, inreprehensibilis, S. 181, 38; *unduruhfarantlih*, impenetrabilis, S. 188/89, 25 u. a. (s. auch Kögel a. a. O. S. 187). *Fol-*, das überhaupt seltener ist als *folla-*, kommt im Verhältniß viel öfter vor Substantiven und Adjectiven vor als vor Verben.

Was die Untrennbarkeit der beiden Vorsilben in der Verbalzusammensetzung betrifft, so ist in Betracht zu ziehen, daß diese Formen — auch *folla* — überhaupt die Fähigkeit eingebüßt haben, als selbständige Adverbia verwendet zu werden. Im ahd. ist bei Graff nur dreimal *follo* belegt, sonst tritt dafür *follîcho*, *follûn*, *follon* (Otfrid) ein: as. kein *fullo*, ags. kein *fulla*; an. *fylliliga* ist bedingt durch das Substantiv *fylli*, *fulluliga* durch *at fullu*, oder *fullu* ist ein Casus eines schw. Feminins, das got. *fullô*, ahd. *volla* entspricht und noch in dem an. Eigennamen *Fulla* vorkommt. Als Beispiel für ähnliche enge Verbindung von Adverb und Verb vgl. lat. *benedicere*, *maledicere*, die sich aber immer noch durch die Betonung von alten Zusammensetzungen unterscheiden, während die germanischen Zeitwörter mit *miss-* und *voll-* dem urgermanischen Betonungsgesetz der Präfixe folgen (Kluge, Zs. f. vergl. Sprachforschung 36, 97, logische Gründe gibt Behaghel, german. Grundriß 1, 554; psychologisch liegen die von Paul, Principien der Sprachgeschichte[2] 278 ff. besprochenen Vorgänge zu Grunde). Der selbständige Bedeutungsgehalt des Adverbs war aus dem Bewußtsein getreten, und indem man daran gewohnt war, die Wörter immer in derselben Reihenfolge, Adverb + Verb, zu hören und zu sprechen, unterlagen sie auch mechanisch dem bei der untrennbaren Zeitwortzusammensetzung herrschenden Betonungsgefühl.

Ein ähnlicher Vorgang vollzieht sich auch beim Nomen, vgl. mhd. *willkommen*, nhd. *willkómmen*, und besonders A. Kock, Språkhistoriska Undersökningar om Svensk Akcent, hauptsächlich S. 202 ff. (S. 211!). Übrigens sind ja die beiden Vorsilben nie zu der Bedeutungslosigkeit, weder in Bezug auf Inhalt noch Form, fortgeschritten, wie die präpositionellen Adverbien. — *Miss-*, welches in einigen Zeitwortverbindungen nur mehr zur Verneinung des in dem Zeitwort liegenden Begriffs dient, konnte logisch so gut einen geringen Ton tragen wie die Verneinung, z. B. *er misstraút ihm* = *er traút ihm nicht*. Die Geltung von *foll-* konnte um so leichter vermindert werden, als es in den meisten Fällen dem Bedeutungsgehalt des Zeitworts nicht eine andere Richtung gibt, sondern ihn nur stärker zum Ausdruck zu bringen sucht, z. B. in den ältesten Verbindungen, den gotischen (*fullafahjan*, *fullaveisjan*, *fullafraþjan*; letzteres gebraucht Ulfilas II. Kor. V, 13 für σωφρονεῖν, welches er Marc. V, 15 durch einfaches *fraþjan* wiedergibt). Ags. *fulwjan*, das den Accent auf dem Präfix trägt (vgl. Kluge, germ. Grundriß 1, 339), ist wohl erst aus dem vorauszusetzenden Adjectiv **fulwîh* gebildet, wie got. *fullaveisjan* aus *fullaveis*.

Zum Schlusse sei noch die Verwendung der beiden Vorsilben in Hinsicht auf ihr Vorkommen im Wortschatze, ohne Rücksicht auf die Form, kurz erwähnt. *Miss-* wird im Heliand nur in *mislîc* gebraucht; im Beowulf gar keine Verbindung mit *mis-*, in den anderen poetischen ags. Denkmälern nach Greins Sprachschatz nur *mislîc* öfter, andere Verbindungen spärlich; in der Edda in den von Gering zu seinem Glossar benutzten Liedern gar kein *mis-*. Dem gegenüber tritt ein außerordentlich häufiger Gebrauch in Verbindung mit den verschiedensten Wörtern auf in den ahd. Glossensammlungen und bei Otfrid; in den kleineren and. und andld. Denkmälern (Heyne, kleine altniederd. Denkmäler) häufig *misdât*, daneben auch *mistumft*, *mistrôn*, *misliumandig*; in den ältesten ags. Prosatexten (nach Sweet) zwar kein starker Gebrauch,, um so reichlicher aber in den späteren ags. prosaischen Denkmälern, ebenso wie in den altnordischen; auch bei Ulfilas ist *missa-* sehr gewöhnlich. Die beiden Gruppen scheiden sich also je nach der Häufigkeit des Vorkommens von *miss-* (und zwar von dem 'verschlechternden') im Großen und Ganzen in die poetischen, auf volksthümlicher Grundlage beruhenden Werke und in die poetischen bezw. von geistlicher Gelehrsamkeit beeinflußten, wie Otfrid. Die Vorsilbe, ursprünglich nur in einer kleineren Anzahl von Wörtern gebraucht, verdankt also ihre große Beliebtheit in den germanischen Sprachen des späteren Mittelalters und der Neuzeit der geistlichen Übersetzungslitteratur der ersten christlichen Jahrhunderte der germanischen Stämme. Dazu halte man J. Grimms Worte (D. Rechtsalterthümer S. 623): „alt sind auch die Zusammensetzungen got. *missadêds*, ahd. *missitât* ...., gelten aber mehr für das biblische Sünde"; damit stimmt überein, daß Notker in der Übersetzung des Boethius (nach Graff) *missetât* gar nicht und nur einmal *missetuon*, in den Psalmen aber 9mal *missetât*, 2mal *missetâtig* und 11mal *missetuon* gebraucht. Für das an. sei noch auf *misgera*, *miskunn* verwiesen (Kahle, die altnord. Sprache im Dienste des Christenthums S. 398 u. 414). — Auch die Zusammensetzungen mit *foll-* haben im Laufe der Zeit zugenommen. Das ahd. am frühesten belegte Verb ist *follaziohan* (Pa, K, Ra), welches wie das entsprechende ags. *fultêmen* zu *fultum* ein Ausdruck der Rechtssprache war (Herbeiziehen der Eideshelfer, testes ducere). Den weitaus häufigsten Gebrauch von *foll-* macht Notker. Die Tongebung bei Verben schwankt bei ihm, entweder das Präfix hat den Accent (so auch fast immer: *míssetuon*), oder das Verbum, oder, sehr häufig, jedes ist mit einem Accent versehen. *Foll-* hat also noch einen größeren Bedeutungsgehalt, die Wörter sind vom Verfasser mit etymologischem Bewußtsein gebildet. Mehrfach treten sie, indem sie das Zustandekommen einer Handlung stärker hervorheben, an Stelle von weniger ausdrucksvollen Zusammensetzungen, z. B. *follechúmet ad inspectionem vultus dei*, *ze gote fóllecham si*, wogegen Otfrid, der *foll-* überhaupt meidet: *er in sînaz rîchi biquâmi, thaz sie biquemên zen gotes minnôn*; Notker: *die habest du fóllebrâht ze dînemo dúrnohten lóbe*, Otfrid: *bibringen*. Zur Verstärkung des Adjectivbegriffs wird *foll-* im ahd. wenig angewendet; im mhd. tritt das Adverb *volle* ein, wie ags. *ful*, während im an. schon in einigen Eddaliedern wirkliche Zusammensetzungen mit *ful-* mehrfach gebraucht sind und dann später sehr geläufig werden. Daß im ags. keine Zusammensetzung anzunehmen ist, beweist die Betonung; *ful* bildet keinen Stabreim, während es im an. den Ton trägt.

PFORZHEIM. G. EHRISMANN.

ZU MHD. *TÔRE*.

Auf die Bedeutung *tôre* = surdus habe ich schon in meinem Reinmar von Zweter in der Anm. zu III, 6 hingewiesen, die Jeitteles in dem in der Germ. 37, 204 abgedruckten Aufsatze wohl entgangen ist. Neulich las ich einmal in den Fliegenden Blättern Bd. 87, 5, 96: er hört's net, er ist doret, also auch das abgeleitete 'thöricht' scheint heute noch diesen Sinn zu haben. G. ROETHE.

ZUR STROPHISCHEN BEARBEITUNG DES HERZOG ERNST.

68, 1. *Die hôchzît was erschollen breit*
ein man daz lôz erfuor und reit
und kam ouch dar gegangen.

Bartsch bemerkt: „In *lôz erfuor*, das ich nicht verstehe, liegt vielleicht *loterfuore* verborgen. Der ankommende Schnäbler ist ein Spielmann und wird daher 68, 8 nach Mären gefragt und 72, 5 mit neuen Kleidern beschenkt. Die Bezeichnung *loter* für diese Menschenclasse ist sehr gewöhnlich. Vielleicht ist aber *daz lant erfuor* 'zog durchs Land' zu lesen". Beide Besserungsversuche befriedigen nicht, der Zusammenhang verlangt vielmehr für *lôz* die Bedeutung „Kunde, Gerücht". Wigand in seinem Wörterb. I³, 1132 bemerkt: „Das für die gleichbedeutenden mhd. Ausdrücke die *krie* [aus altfrz. die *crie*] und die *krîde*, älter: nhd. die *kreide*, *kreid* [aus der span. Form für jenes *crie*: die *crida*, ital. *grida* = Ausrufung] in der Mitte des 15. Jahrhunderts eingetretene deutsche Wort die *lôsung*, scheint, wenn man niederl. im 16. Jahrh. die *lose* = Losung (Kilian 294 a), neuniederl. die *loze*, mit *eu* für *o leuze*, *leus* vergleicht, abgeleitet von *losen* 1 (s. d.) und ursprünglich s. v. a. *„das worauf man horcht oder hört"* zu bedeuten. Zu ihnen stimmt der Form nach ein früheres neuhochdeutsches z. B. bei H. Sachs wie Losung vorkommendes *das Los*, wofür aber 1474 auch das *„loß"* sich findet (v. Liliencron, histor. Volkslieder Nr. 127, 7: *groß*). Vgl. auch Lexer I, 1973; Schmeller-Frommann, Bayer. Wörterb, I, 1518. Dazu stimmt *daz lôs* in unserer Stelle nach Form und Bedeutung.

NORTHEIM. R. SPRENGER.

Berichtigung. Bei dem Abdruck meiner Bemerkungen zu S. 195 der Germania 1892 haben sich einige Fehler eingeschlichen. S. 296 der Germania muß es heißen: Bl. 7ᵇ zû Wormbs — nicht zu Wormbs | (wo an beiden Stellen Wormes gedruckt ist. Es muß ferner heißen: Auf dem letzten Blatte fehlen bei Roth zwischen Brentius und Pistorius die Namen Johannes Marbachius Doctor, | Michael Dillerus, | Da eine nochmalige Vergleichung des Nürnberger Exemplars entscheiden soll, ob ein abweichender Druck vorliegt, halte ich es für geboten, diese Versehen zu berichtigen.

DARMSTADT. ADOLF SCHMIDT.

BIBLIOGRAPHISCHE ÜBERSICHT

DER

ERSCHEINUNGEN AUF DEM GEBIETE DER GERMANISCHEN PHILOLOGIE IM JAHRE 1888.

UNTER MITWIRKUNG VON J. TE WINKEL IN GRONINGEN, K. F. SÖDERWALL IN LUND UND F. BRUNS IN GIESSEN.

BEARBEITET VON

GUSTAV EHRISMANN.

VIII. Litteratur und Sprachdenkmäler.

1125. Bartsch, Quellenkunde (Bibl. 1887, Nr. 1583).
Vgl. Germania 33, 110 (Bartsch).

1126. Conrads, altdeutsches Lesebuch in neudeutschen Übersetzungen. Für die oberen Classen höherer Schulen, sowie für den Alleingebrauch mit Anmerkungen hrsg. gr. 8. (XII, 296 S.) Leipzig 1889, K. Baedeker. 2,40 M.

1127. Manitius, M., litterarische Zustände in Deutschland im 10. Jahrhundert.
Magazin f. d. Litteratur d. In- u. Auslandes 1888, Nr. 47.

1128. Lecoy de la Marche, A., le treizième siècle littéraire et scientifique. Lille, Desclée, de Brouwer et Cie. 3,50 fr.
Vgl. Revue critique 22, Nr. 14.

1129. Khull, Geschichte der altdeutschen Dichtung (Bibl. 1887, Nr. 1582).
Vgl. Zs. f. d. Philologie 20, 112—116 (Kinzel).

1130. Bächtold, Geschichte der deutschen Litteratur in der Schweiz (Bibl. 1887, Nr. 1587) 2. u. 3. Lief. (S. 81—244 u. Anmerkungen S. 25—56. Frauenfeld, Huber. à 1,60 M.
Vgl. D. Lit. Ztg. 1888, Sp. 663 f. (Seemüller); Lit. Blatt 1888, Sp. 13 f. (Behaghel); Germania 33, 110 f. (Bartsch); Deutsches Litteraturblatt X, 37; Centralorgan f. d. Interessen d. Realschulwesens 1888, 677 f. (Söhns).

1131. Combes, profils (Bibl. 1887, Nr. 1590).
Vgl. D. Lit. Ztg. 1888, Sp. 807—809 (Schönbach); Blätter f. literar. Unterhaltung 1888, Nr. 11 (Wespy); Revue critique 21, Nr. 50 (Chuquet); Gegenwart 1888, Nr. 46 (Brausewetter); Allgem. Ztg. 1888, Beil. Nr. 342.

1132. Gelbhaus, Stoffe altdeutscher Poesie (Bibl. 1887, Nr. 1590).
Vgl. Anz. f. d. Alterthum 14, 142 f. (Laistner).

1133. Raab, 4 allegorische Motive (Bibl. 1887, Nr. 1592).
Vgl. Rivista critica della lett. ital. V, H. 1 (F. Roediger).

1134. Biese, Entwicklung des Naturgefühls (Bibl. 1887, Nr. 1103).
Vgl. Lit. Centralblatt 1888, Sp. 395 f.; D. Lit. Ztg. 1888, Sp. 593—596 u. 654 (R. M. Werner); Philolog. Anzeiger 17, Nr. 8/9 (Külpe); Centralorgan f. d. Interessen d. Realschulwesens 1888, 558 f. (Söhns); s. auch Gegenwart 33, Nr. 10 (K. Jentsch); Grenzboten 47, Nr. 19; Wissenschaftl. Beilage d. Leipz. Ztg. 1888, Nr. 127 (Prölß).

1135. Lüning, Otto, die Natur, ihre Auffassung und poetische Verwendung in der altgermanischen und mittelhochdeutschen Epik bis zum Abschluß der Blüthezeit. gr. 8. (XI, 313 S.) Zürich 1889, Schultheß. 4 M.

1136. Drees, H., die poetische Naturbetrachtung in den Liedern der deutschen Minnesänger. 8. (60 S.) Festschrift des Stolbergschen Gymnasiums.

1137. **Niederländisch.** — Jonckbloet, W. J. A., Geschiedenis der Ned. Letterkunde. Vierte druk, herzien en tot den tegenwoordigen tijd bijgewerkt door C. Honigh. Deel I. Groningen, Wolters.
Vgl. Noord en Zuid XI, H. 2.

1138. te Winkel, Jan, Overzicht der Nederlandsche Letterkunde. Tweede druk. 8. (96 S.) Haarlem, Erven Bohn. 0,80 fl.

1139. te Winkel, Jan, Opmerkingen over letterkundige critiek.
Handel. van Lett. XX° Nederl. taal- en letterkundig Congres, S. 250—259 u. S.-A. u. d. T.: Een Volksbelang. Opmerkingen over letterkundige kritiek. gr. 8. (32 S.) Haarlem 1887, Erven Bohn. Vgl. De Ned. Spectator 1887, 376 f. (C. Vosmaer); De Amsterdamer 1887, Nr. 543, S. 3 f. (Jan ten Brink); De Gids LI, IV, 553—565 (J. N. van Hall).

1140. Schneider, Geschichte der niederländischen Litteratur (Bibl. 1887, Nr. 1601).
Vgl. Gött. gel. Anz. 1888, Nr. 10 (Martin); Blätter f. literar. Unterhaltung 1888, Nr. 38 (Waldmüller); Revue critique 22, Nr. 19.

1141. Frederiks, J. G., en T. Jos van den Branden, Biographisch Woordenboek der Noord- en Zuid-Nederlandsche Letterkunde. Nieuwe druk. Afl. 1—3 (Van der Aa—Davidts). Amsterdam, Roeselare 1888, L. J. Veen, De Seyn-Verhougstraete. à 0,95 fl.

1142. **Englisch.** — Körting, Grundriß (Bibl. 1887, Nr. 1608).
Vgl. Lit. Centralblatt 1888, Sp. 124—126 (R. Wülker); D. Lit. Ztg. 1888, Sp. 840—842 (Brandl); Lit. Blatt 1888, Sp. 164—170 (Proescholdt); Engl. Studien 11, 282—288 (Kölbing); Zs. f. vergl. Lit.-Gesch. u. Renaissance-Lit. N. F. 1, 390 bis 392 (Reinhardstöttner); Centralorgan f. d. Interessen d. Realschulwesens 1888, 549—552 (Bahlsen); Neuphilol; Centralblatt 2, 361; Academy Nr. 837.

1143. Sweet, A Second Anglo-Saxon Reader (Bibl. 1887, Nr. 1615).
Vgl. Lit. Blatt 1888, Sp. 391 f. (Kluge); Engl. Studien 11, 290—298 (J. Koch); Athenäum Nr. 3145.

1144. Sweet, A Second Middle English Primer (Bibl. 1887, Nr. 1616).
Vgl. Engl. Studien 11, 290—298 (J. Koch).

1145. Kluge, Friedr., angelsächsisches Lesebuch, zusammengestellt und mit Glossar versehen. gr. 8. (VI, 194 S.) Halle 1888, Niemeyer. 4,40 M.

1146. Morley, Henry, English Writers: An Attempt towards History of English Literature. Vol. 2. From Caedmon to the Conquest. 8. (414 S.) London, Cassell. 5 sh.
Vgl. Modern Language Notes 3, Nr. 6 (Garnett); Academy Nr. 829 (Bradley).

1147. Morley, Henry, A First Sketch of English Literature, from the Earliest Period to the Present Time. Revised and enlarged Edition. London, Cassell & Co. 7 sh. 6 d.

1148. Southworth, G. C. S., Professor of English Literature in Kenyon College, Ohio (Cambridge, U. S.) Six Lectures introductory to the Study of English Literature.
Vgl. Academy Nr. 837.

1149. Longmans' Handbook of English Literature. By R. Mc'William. Part I: From the Earliest Times to Chaucer. 8. (120 S.) London, Longmans.

1150. Levi, A. R., storia della letteratura inglese dalle origini al tempo presente, ad uso degli istituti superiori e tecnici del regno. Vol. I. 8. (288 S.) Reggio Calabria, tip. ditta Luigi Ceruso fu Giuseppe. 3 L.

1151. Skeat, W. W., Specimens of English Literature, from the 'Ploughman's Crede' to the 'Shepheardes Calender' (A. D. 1394 to A. D. 1579). With Introduction, Notes, and Glossarial Index. Fourth Edition. Oxford, Clarendon Press. 7 sh. 6 d.

1152. English Prose, from Maundevile to Thakeray, edited by A. Galton. London, Scott.

1153. Siedler, Johanna, History of English Literature. Leitfaden für den Unterricht in der englischen Litteraturgeschichte für höhere Töchterschulen und Lehrerinnen-Seminarien. 3. verb. Aufl. 8. (IV, 111 S.) Weimar 1888, Krüger.

1154. Siedler, J., Readings from the Best English Authors in Poetry and Prose. For the use of schools and private students. gr. 8. (396 S.) Berlin 1886, Winkelmann u. Söhne. 3 M.
Beginnt mit Chaucer. — Vgl. Engl. Studien 11, 312 f. (Nader).

1155. Töppe, H., Outlines of English Literature. For the use of schools. Second Edition by H. Robolsky. Potsdam 1887.
Vgl. Anglia 11, 534 f. (Wülker).

1156. Silling, Chr. Fr., A Manual of English Literature. For the use of upperclasses of high-schools and of private students. 3. ed. gr. 8. (IV, 132 S.) Leipzig 1888, Klinghardt. 1,50 M.

1157. Herford, Literary Relations (Bibl. 1887, Nr. 1620).
Vgl. Lit. Blatt 1888, Sp. 16—19 (M. Koch).

1158. Steinbach, Einfluß des Chrestien de Troies auf die altenglische Literatur (Bibl. 1885, Nr. 1198).
Vgl. Lit. Blatt 1888, Sp. 211 f. (Brandl).

1159. Halkett and Laing, Dictionary of Anonymous and Pseudonymous Literature of Great Britain. Fourth Vol. (Schluß.) Roy. 8. (686 S.) London, W. Paterson. 42 s.
Vgl. Athenäum Nr. 3181.

1160. **Nordisch.** — Schweitzer, Ph., Geschichte der skandinavischen Literatur (Bibl. 1886, Nr. 1638). 2. Theil: Geschichte der skandinavischen Literatur von der Reformation bis auf die skandinavische Renaissance im 19. Jahrhundert. gr. 8. (X, 272). Leipzig, Friedrich. 5 M.
Vgl. Lit. Centralblatt 1888, Sp. 1020 f. (Mogk).

1161. Levy, V., oldnordiske läsestykker i tilslutning til Wimmers läsebog. 3 Hefte. Kopenhagen 1887—88, Reitzel.

1162. Þorkelsson, Jón (der jüngere), om digtningen på Island i det 15. og 16. århundrede. (516 S.) Kopenhagen, Høst & Söns. 8 Kr.
Vgl. Stimmen aus Maria-Laach 1889, 95—98 (Baumgartner). — Aus: Berliner Jahresbericht 1888, XII, 160.

1163. Schück, H., svensk literaturhistoria. H. 6. (S. 321—384) Stockholm 1888, H. Geber. 0,90 Kr.

1164. Warburg, K., Svensk literaturhistoria i sammandrag. 3. Aufl. Stockholm, Norstedt & Söner.

1165. Lassen, Indledning i Norges og Danmarks Literatur. 3. Udg. kl. 8. (87 S.) Christiania, Steen.

1166. **Poetik und Metrik.** — Scherer, Wilh., Poetik. gr. 8. (XII, 303 S.) Berlin 1888, Widmann. 7 M.

Vgl. Lit. Centralblatt 1888, Sp. 716—719 (A. Br.); D. Lit. Ztg. 1888, Sp. 1444 bis 1449 (Burdach); Zs. f. d. deutschen Unterricht 2, 379 ff. (Bötticher); Blätter f. literar. Unterhaltung 1888, Nr. 22 (Portig); Magazin f. d. Literatur d. In- u. Auslandes 1888, Nr. 34 f. (Kirchbach); Gegenwart 33, Nr. 22 (Carriere); Grenzboten 47, 2, 576; Preuß. Jahrbücher 62, Nr. 4 (Döring); Der Kunstwart 1, Nr. 23 (Anders); Nationalzeitung 1888, 381 (Brahm).

1167. Baumgart, Poetik (Bibl. 1887, Nr. 1630).
Vgl. D. Lit. Ztg. 1888, Sp. 267 f.; Germania 33, 115 (Bartsch); Zs. f. d. österr. Gymnasien 1888, 616—621 (Walzel); Gymnasium 1888, Nr. 7 (Buschmann); Gegenwart 33, Nr. 22 (Carriere); Grenzboten 47, 1, 635; Preuß. Jahrbücher 62, Nr. 4 (Döring); Deutsches Literaturblatt 1888, 234 f. (R. Weitbrecht).

1168. Wackernagel, Wilh., Poetik, Rhetorik und Stilistik. Akademische Vorlesungen. Hrsg. von Ludw. Sieber. 2. Aufl. gr. 8. (XII, 597 S.) Halle 1888, Buchhandlung d. Waisenhauses. 9 M.
Vgl. Zs. f. kirchliche Wissenschaft u. kirchliches Leben. 9, H. 10 (Wilhelmi).

1169. Viehoff, H., die Poetik auf der Grundlage der Erfahrungs-Seelenlehre. In 2 Bdn. Hrsg. nebst einer biograph. Skizze: Heinr. Viehoff, aus persönlichem Umgange. Von Vict. Kiy. 8. (XXXVII, 552 S.) Trier 1888, Lintz. 7 M.
Vgl. Lit. Centralblatt 1888, Sp. 1636 f.; Blätter f. literar. Unterhaltung 1888, Nr. 39 (Portig); Nord u. Süd 46, 272; D. Revue 13, 3, 379.

1170. Methner, J., Poesie und Prosa, ihre Arten und Formen. 8. (XI, 338 S.) Halle 1888, Buchhandlung des Waisenhauses. 2,80 M.

1171. Fischer, J., Lehrbuch der Stilistik, Metrik und Poetik. Zum Gebrauche an Mittelschulen und zum Selbstunterrichte bearb. 4., umgearb. Aufl. gr. 8. (IV, 136 S.) Langensalza 1888, Schulbuchhandlung. 1,20 M.

1172. Beck, Friedr., Theorie der Prosa und Poesie. Ein Leitfaden für den Unterricht in der Stilistik (Rhetorik) und Poetik an Gymnasien und verwandten Lehranstalten wie auch zum Privatgebrauche. 2. Abth. A. u. d. T.: Lehrbuch der Poetik. 6. verb. u. verm. Aufl. gr. 8. (XVI, 148 S.) München 1888, Merhoff. 1,60 M.

1173. Chaignet, la rhétorique et son histoire. 8. (XXXI, 553 S.) Paris, Vieweg.

1174. Brugier, G., kurzgefaßte Poetik [Aus: Geschichte der deutschen Nationallitteratur f. Schule u. Haus.] gr. 8. (VI, 74 S.) Freiburg i. Br. Herder. 1 M.

1175. Strzechma, Paul, kleine Poetik. Ein Leitfaden zur Einführung in das Studium der deutschen Literatur für Schulen. 2. verb. Aufl. gr. 8. (94 S.) Brünn, Knauthe. 1,50 M.
s. Nr. 314

1176. Groß, Peter, die Tropen und Figuren. Ein Hilfsbuch f. d. deutschen, latein. u. griech. Unterricht an höheren Lehranstalten. 2., um ein Verzeichniß der citierten griech., röm. u. deutschen Schriftsteller verm. Ausg. gr. 8. (VIII, 309 S.) Leipzig 1888, H. Bredt. 3 M.
Vgl. Wissenschaftl. Beilage d. Leipz. Ztg. 1888, Nr. 90.

1177. Kühnow, Ewald, Beobachtungen über das Verhältniß des Reims zum Inhalt. 8. (73 S.) Progr. d. Gymnasiums zu Stargard i. Pr., Nr. 130.

1178. Riese, Wilh., allitterierender Gleichklang in alter und neuer Zeit. 8. (38 S.) Halle 1888. Dissertation.

1179. Westphal, der Rhythmus des gesungenen Verses.
Allgem. Musikzeitung 1888, Nr. 24 ff.

1180. Bruchmann, K., über die Dichtersprache.
Preuß. Jahrbücher 61, H. 4.

1181. Hermann, Konrad, über das Malerische in der Sprache.
N. Jahrbücher f. Philologie u. Pädagogik Bd. 138, H. 9.

1182. Kirchbach, Wolfgang, Poesie und Rhetorik.
Der Kunstwart 1, 21 u. 22.

1183. Möller, Herm., zur althochdeutschen Allitterationspoesie. 8. (182 S.) Kiel 1888, Lipsius & Tischer. 5 M.

1184. Wilmanns, der altdeutsche Reimvers (Bibl. 1887, Nr. 1636).
Vgl. D. Lit. Ztg. 1888, Sp. 1256 f. (R. M. Meyer).

1185. Wilmanns, W., Untersuchungen zur mhd. Metrik. 8. (196 S.) Bonn, Webers Verlag. 4 M. Beiträge zur Geschichte der älteren deutschen Litteratur, 4. Heft. Enthält: 1. Der daktylische Rhythmus im Minnesang; 2. die Kürenberges wîse; 3. Gebrauch der Wörter mit kurzer Stammsilbe bei den Minnesängern.
Vgl. Centralorgan f. d. Interessen d. Realschulwesens 1888, 679 (Söhns).

1186. Sievers, E., die Entstehung des deutschen Reimverses.
Paul u. Braune, Beiträge 13, 121—166.

1187. Meyer, R. M., Grundlagen des mhd. Strophenbaus (Bibl. 1887, Nr. 1637).
Vgl. D. Lit. Ztg. 1888, Sp. 1526 f. (Röthe); Lit. Blatt 1888, Sp. 109—113 (R. Becker); Zs. f. vergl. Lit.-Gesch. u. Renaissance-Lit. N. F. 1, 265—268 (Valentin).

1188. Weißenfels, daktylischer Rhythmus (Bibl. 1887, Nr. 1637).
Vgl. Lit. Blatt 1888, Sp. 14—16 (R. Becker).

1189. Giske, H., über Aneinanderreihung der Strophen in der mittelhochdeutschen Lyrik.
Zs. f. d. Philologie 20, 189—202.

1190. Borheck, Max, über Strophen- und Vers-Enjambement im Mittelhochdeutschen. 8. (165 S.) Greifswalder Dissertation.

1191. Appl, J., der Versschluß in den mittelhochdeutschen Volksepen. 8. (21 S.) Progr. d. Obergymnasiums zu Bielitz.

1192. Galle, Rich., die Personification [als poetisches Kunstmittel und ihre Verwendung] in der mittelhochdeutschen Dichtung bis zum Beginne des Verfalles. Abhandlung. (Dissert.) gr. 8. (VI, 116 S.) Leipzig 1888, Gräfe. 2 M.

1193. Liliencron, R. v., die horazischen Metren in deutschen Compositionen des 16. Jahrh. Mit Notenbeilagen. (Orig.-Partitur nebst Übertragung in moderne Notenschrift.) gr. 8. (71 u. neue Partitur 34 S.) Leipzig 1888, Breitkopf & Härtel. 4 M.

1194. Waldberg, Max, Freih. v., die deutsche Renaissance-Lyrik. gr. 8. (VII, 274 S.) Berlin 1888, Hertz. 4,60 M.
Vgl. Grenzboten 47, H. 3.

1195. Opitzens, Martin, Aristarchus sive de contemptu linguae Teutonicae und Buch von der Deutschen Poeterey. Hrsg. von Geo. Witkowski. gr. 8. (VIII, 217 S.) Leipzig 1888, Veit & Co. 3 M.
Vgl. Lit. Centralblatt 1888, Sp. 1523; Blätter f. literar. Unterhaltung 1888, Nr. 52 (Boxberger).

1196. Berghoeffer, Ch. Wilh., Martin Opitz' Buch von der deutschen Poeterei. 8. (169 S.) Götting. Diss. Frankfurt a. M., Gebr. Knauer. 4,50 M.
Vgl. Deutsches Literaturblatt 11, Nr. 22 (Prosch).

1197. **Braitmaier**, Friedr., Geschichte der poetischen Theorie und Kritik von den Discursen der Maler bis auf Lessing. 1. Theil. 8. (XII, 313 S.) Frauenfeld, Huber.
Vgl. Lit. Centralblatt 1888, Sp. 1714; Korrespondenzblatt f. d. Gelehrten- u. Realschulen Württembergs 1888, 518 (Braitmaier).

1198. **Schipper**, J., englische Metrik, in historischer und systematischer Entwicklung dargestellt. 2. Theil: Neuengl. Metrik. 1. Hälfte: Verslehre. gr. 8. (XXVI, 464 S.) Bonn 1888, Strauß. 9,60 M.

1199. **Luick**, Karl, zur Theorie der Entstehung der Schwellverse.
Paul u. Braune, Beiträge 13, 388—392.

1200. **Luick**, K., die englische Stabreimzeile im XIV., XV. u. XVI. Jahrhundert.
Anglia 11, 392—443 u. 553—618.

1200[a]. **Wilda**, Oscar, über die örtliche Verbreitung der zwölfzeiligen Schweifreimstrophe in England. Inaugural-Dissertation. gr. 8. (66 S.) Breslau 1887, Köhler. 1 M.
Vgl. Lit. Blatt 1888, Sp. 88.

1201. **Lentzner**, Sonett (Bibl. 1886, Nr. 1648).
Vgl. Zs. f. d. österr. Gymnasien 1888, 1044 f. (Schipper).

1202. **König**, Goswin, der Vers in Shakespeares Dramen. gr. 8. (XII, 138 S.) Straßburg 1888, Trübner. Quellen u. Forschungen, Heft 61. — Zum Theil erschienen („Zu Shakespeares Metrik") als Straßburger Diss. 8. (76 S.) Straßburg, Trübner.

1203. **Hannemann**, Ed., metrische Untersuchungen zu John Ford. 8. (63 S.) Halle 1888. Dissertation.

1204. **English** Composition and Rhetoric. Enlarged Edition. Part Second. Emotional Qualities of Style. By A. Bain. London, Longmans.
Vgl. Academy Nr. 848 (Minto).

A. Gotisch, s. Nr. 265.

B. Althochdeutsch.

1205. **Braune**, Wilh., althochdeutsches Lesebuch, zusammengestellt und mit Glossar versehen. 3. Aufl. gr. 8. (VIII, 241 S.) Halle 1888, Niemeyer. 4 M.

1206. **Glossen.** — **Duvau**, glossaire latin-allemand, extrait du manuscrit Vatic. Reg. 1701.
Mélanges d'archéologie et d'histoire VIII, H. 5.
Glossen s. Nr. 287.

Isidor, s. Nr. 321 f.

1207. **Notker.** — **Kelle**, Kunstausdrücke (Bibl. 1887, Nr. 1661).
Vgl. D. Lit. Ztg. 1888, Sp. 696 (Roediger).

1208. **Kelle**, Joh., die St. Galler deutschen Schriften und Notker Labeo. Mit 6 Taf. Aus: Abhandlungen d. kön. bayer. Akad. d. Wiss. gr. 4. (76 S.) München, Franz' Verlag in Comm. 3 M.

1209. **Sonnenburg**, Notkers Boethius (Bibl. 1887, Nr. 1662).
Vgl. Anz. f. d. Alterthum 14, 144 (Baechtold).

1210. **Traube**, L., zu Notkers Rhetorik und der Ecbasis Captiui.
Zs. f. d. Alterthum 32, 388 f.
Notker s. Nr. 285 f.

1211. **Otfrid.** — Schütze, Beiträge zur Poetik Otfrids (Bibl. 1887, Nr. 1665).
Vgl. D. Lit. Ztg. 1888, Sp. 232 f. (R. M. Meyer); Lit. Blatt 1888, Sp. 108 f. (Piper); Anz. f. d. Alterthum 14, 227—229 (Steinmeyer); Zs. f. d. Philologie 20, 380 f. (Erdmann).

1212. Freytag, L., Proben einer Übersetzung von Otfrids Evangelienbuch.
Zs. f. d. deutschen Unterricht II, H. 6.

Otfrid s. Nr. 284.

1213. **Schlummerlied.** — Seydel, Rudolf, zum Schlummerlied.
Anz. f. d. Alterthum 14, 289—291.

C. Mittelhochdeutsch.

1214. Piper, P., geistliche Dichtung des Mittelalters. (1. Bd., S. 1—240) 8. Stuttgart, Spemann. Kürschners deutsche National-Litteratur, Lief. 458 bis 460. à 0,50 M.

1215. Piper, P., deutsche Spielmanns-Dichtung. 2. Bd. 8. (347 S.) Stuttgart, Spemann. Kürschners deutsche National-Literatur, Lief. 424, 427 u. 429. à 0,50 M.

1216. Hildebrand, Didaktik aus der Zeit der Kreuzzüge. 8. (V, 354 S.) Stuttgart, Spemann. Kürschners deutsche National-Litteratur Lief. 441, 443—445. à 0,50 M.

1217. Vetter, F., lehrhafte Literatur des 14. u. 15. Jahrhunderts. 1. Theil. 8. (XIII, 500 S.) Stuttgart, Spemann. Kürschners deutsche National-Litteratur, Lief. 419—422 u. 432. à 0,50 M.

1218. Grupp, Rudolf, die deutschen Didaktiker und die Schulen des 12. u. 13. Jahrhunderts. Ein culturhistorischer Versuch. 1. Theil. 8. (16 S.) Progr. des Gymnasiums zu Brandenburg a. d. H.

1219. Mourek, V. E., Neuhauser Bruchstücke einer Pergamenthandschrift altdeutscher Gedichte ernsten Inhalts.
Sitzungsberichte d. kön. böhm. Gesellschaft d. Wissenschaften 1889, 1. Juli, S. 131—176. — Darin: Euphrosynenlegende, Novelle von der Lucretia.

1220. **Albrecht von Eyb.** — Herrmann, M., ein Brief an Albrecht v. Eyb.
Germania 33, 499—506.

1221. Strauch, Ph., zu Albrecht von Eyb.
Anz. f. d. Alterthum 14, 147 f.

1222. Fey, Julius, Albrecht von Eyb als Übersetzer. 8. (40 S.) Halle 1888. Dissertation.

1223. Fiske, W., Francis Petrarch's treatise De remediis utriusque fortunae. Text and Versions. 8. (48 S.) Florenz, Le Monnier.
Bespricht, nach der Inhaltsangabe im Lit. Blatt 1888, Sp. 242, auch die niederländischen, englischen, deutschen (Albrecht v. Eyb) und schwed. Übersetzungen.

1224. **Albrecht von Johansdorf.** — Hornoff, J., der Minnesänger Albrecht von Johansdorf.
Germania 33, 385—437.

1225. **Annolied,** von Wilmanns (Bibl. 1887, Nr. 1678).
Vgl. Germania 33, 114 (Bartsch).

1226. Zarncke, F., zum Annoliede.
Berichte über die Verhandlungen der kön. sächs. Gesellschaft d. Wiss., philol.-histor. Classe 1887, H. 4/5.

1227. **Benedictinerregel,** von Sievers (Bibl. 1887, Nr. 1683).
Vgl. Lit. Blatt 1887, Sp. 201 (Behaghel).

Berthold von Holle s. Nr. 77.

1228. **Berthold von Regensburg.** — Waltz, Berthold von Regensburg, der große Prediger des Mittelalters.
Kirchliche Monatsschrift 7. Jahrg., Nr. 7.

1229. **Bibel.** — Keller, die Waldenser und die deutsche Bibelübersetzung (Bibl. 1887, Nr. 1688).
Vgl. Germania 33, 122 (Bartsch).

1230. Haupt, H., Waldensia. I. Articuli Waldensium. II. Regula Waldensium. III. Summa fratris Torsonis de haereticis. IV. Die Secte der Ortliber.
Zs. f. Kirchengeschichte 10, 311—329.

1231. Haupt, H., neue Beiträge zur Geschichte des mittelalterlichen Waldenserthums.
Histor. Zs. 61, 39—68.

1232. Ellinger, G., die Waldenser und die deutsche Bibelübersetzung.
Zs. f. d. Philologie 20, 1—37.

1233. Bornemann, zur Hypothese von der Waldenser Bibel.
Jahrbücher f. protest. Theologie 14, H. 1.

1234. Goll, Jaroslaw, die Waldenser im Mittelalter und ihre Litteratur.
Mittheilungen d. Instituts f. österr. Geschichtsforschung 9, 326—351.
Mhd. Bibel s. Nr. 77, 85 u. 1124; Waldenser s. Nr. 106.

1235. **Boners** Fabeln von Gottschick (Bibl. 1887, Nr. 1693).
Vgl. Germania 33, 128 (Bartsch).

1236. Spölgen, Ulrich Boner als Dialektiker. 4. (24 S.) Progr. d. Realgymnasiums zu Aachen.

Bruno von Hornberg, s. Nr. 1300.

1237. **Brunwart von Augheim.** — Pfaff, Fr., die Lieder des Brunwart von Augheim.
Zs. d. Gesellschaft f. Beförderung der Geschichts-, Alterthums- und Volkskunde von Freiburg, 7. Bd.
s. Nr. 1300.

Bûwenberg, s. Nr. 850.

1238. **Chroniken.** — Anshelm, Valerius, die Berner Chronik. Hrsg. vom histor. Verein des Cantons Bern. 3. Bd. gr. 8. (498 S.) Bern, Wyß. 6 M.

1239. Goebel, Poetry in the Limburger Chronik. II.
The American Journal of Philology 8, H. 4.

1240. Teige, die Quellen des sog. Dalimil.
Mittheilungen d. Instituts f. österr. Geschichtsforschung 9, H. 1/2.

1241. Eberhard Windecke, übersetzt von Hagen (Bibl. 1886, Nr. 2317).
Vgl. Gött. gel. Anz. 1888, Nr. 10 (Reifferscheid).

1242. Reifferscheid, über die Windeckhss. in Zürich.
Verhandlungen der 39. Versammlung deutscher Philologen und Schulmänner (Leipzig, Teubner), S. 166—170.
s. Nr. 74.

1243. Frankfurter Chroniken und analistische Aufzeichnungen der Reformationszeit. Nebst einer Darstellung der Frankfurter Belagerung von 1552. Bearbeitet von R. Jung. Lex.-8. (XXXII, 780 S.) Frankfurt a. M., Jügels Verlag. 12 M. Quellen zur Frankfurter Geschichte, hrsg. von H. Grotefend, 2. Bd.

1244. Ruppert, Ph., Konstanzer Beiträge zur badischen Geschichte (1888), enthält u. A.: Ulrich Richenthal; ein Ueberlinger Chronist des 15. Jahrhunderts.
s. Nr. 854.

1245. **Baumann**, F. L., die Werdensteiner Chronik. Eine Quelle zur Geschichte des Bauernkrieges im Allgäu. 12. (36 S.) Kempten, Kösel. 1 M.

1246. **Cliges.** — Bachmann, A., Bruchstücke eines mhd. Cliges.
Zs. f. d. Alterthum 32, 123—128.

1247. **Eilhart von Oberge.** — Muret, Ernest, Eilhart d'Oberg et sa source française. Sonderabdruck aus der Romania XVI. 8. (79 S.) Paris.

1248. **Erzählungen.** — Baechtold, J., Einundzwanzig Fabeln, Schwänke und Erzählungen des XV. Jahrhunderts.
Germania 33, 257—283.

1249. Henke, Oscar, drei altdeutsche Schwänke, übersetzt. 8. (40 S.) Programm des Gymnasiums zu Barmen 1888, Nr. 396. Barmen, Steinborn & Co. 1,20 M.
Kobold und Wasserbär, Weinschwelg, die beiden Kaufleute und die treue Hausfrau.
Mhd. Erzählungen s. Nr. 80.

1250. **Freidank**, von May (Bibl. 1887, Nr. 1714).
Vgl. Herrigs Archiv 80, 468.
s. Nr. 77.

1250ª. **Friedrich von Hausen.** — Schenk zu Schweinsberg, Gustav Freiherr, zur Frage nach dem Wohnsitze Friedrichs von Hausen.
Zs. f. d. Alterthum 32, 41—44.

1251. **Gebet.** — Bachmann, Albert, Bruchstücke eines Frauengebetes.
Zs. f. d. Alterthum 32, 50—57.

1252. **Geiler.** — Spirgatis, Max, zur Bibliographie Geilers von Kaisersberg.
Centralblatt f. Bibliothekswesen 5, H. 2.

1253. **Genesis.** — Zingerle, Paradiesgarten in der Genesis (Bibl. 1887, Nr. 1720).
Vgl. Zs. f. vergl. Lit.-Gesch. u. Renaissance-Lit. N. F. 1, 298 (Brenner).

1254. **Glossen.** — Jeitteles, Adalb., altdeutsche Glossen aus Innsbruck.
Germania 33, 287—311.

1255. Vocabularius Beronensis, von Brandstetter (Bibl. 1886, Nr. 1725).
Vgl. Germania 33, 124 f. (Bartsch).

Goldener, s. Nr. 1300.

1256. **Gotfried von Neifen.** — Uhl, Wilh., Unechtes bei Neifen. gr. 8. (222 S.) Paderborn 1888, Schöningh. 3 M. Göttinger Beiträge zur deutschen Philologie, IV.

1257. **Gotfried von Straßburg.** — Golther, Wolfgang, Gottfried von Straßburg, Tristan und Isolde (S. 1—336). 8. Stuttgart, Spemann. Kürschners deutsche Nationallitteratur, Lief. 466—468. à 0,50 M.

1258. Glöde, O., die Reimbrechung in Gottfrieds von Straßburg Tristan und den Werken seiner hervorragendsten Schüler.
Germania 33, 357—370.
s. Nr. 847 u. 1875.

1259. **Hans von Bühel.** — Seelig, Fritz, der elsäßische Dichter Hans von Bühel.
Straßburger Studien 3, 243—335.

Hardegger, s. Nr. 1300.

1260. **Hartmann von Aue.** — Bech, Fedor, Hartmann von Aue. 3. Theil. Iwein, oder der Ritter mit dem Löwen. 3. Aufl. 8. (XIX, 304 S.) Leipzig, Brockhaus. 3,50 M. Deutsche Classiker des Mittelalters, mit Wort- und Sacherklärungen, begründet von Fr. Pfeiffer, 6. Bd.
Vgl. Wissenschaftl. Beilage d. Leipz. Ztg. 1888, Nr. 76.

1261. Grimme, F., zu Iwein, V. 553 ff.
Germania 33, 58. — Der wunderbare Brunnen wird in einem persischen Geschichtswerke nachgewiesen.

1262. **Heiligthumsbücher.** — Beißel, Stephan, weitere, in Folge der Ausstellung des heiligen Rockes um das Jahr 1512 gedruckte Trierer Heiligthumsbücher.
Centralblatt f. Bibliothekswesen 5, H. 8.

1263. Heilthumsbücher.
Kunst-Chronik 23. Jahrg. Nr. 20.

Heinrich von Freiberg, s. Nr. 77.

1264. **Heinrich von Hesler.** — Steinmayer, noch einmal Heinrich von Hesler.
Zs. f. d. Alterthum 32, 446–449.
s. Nr. 77.

1265. **Heinrich Laufenberg.** — Müller, Ed. Rich., Heinrich Loufenberg, eine litterarhistorische Untersuchung. gr. 8. (VII, 157 S.) Berlin 1888, W. Webers Verlag. 2,40 M.

1266. **Heinrich von Melk,** von Lorenz (Bibl. 1887, Nr. 1729).
Vgl. Zs. f. d. Philologie 20, 123—126 (Seemüller).

Heinrich Teschler, s. Nr. 1300.

1267. **Heinrich v. d. Türlin.** — Krüger, einige Besserungen zur Krone.
Zs. f. d. Alterthum 32, 143 f.

1268. **Heinrich von Veldeke.** — Roetteken, die epische Kunst H. v. Veldecke und H. v. Aue (Bibl. 1887, Nr. 1733).
Vgl. D. Lit. Ztg. 1888, Sp. 1186 f. (Wilmanns), und 1438–1440 (Entgegnung von Roetteken und Antwort von Wilmanns); Lit. Blatt 1888, Sp. 527—529 (Ehrismann).
s. Nr. 77.

Heinrich Wittenweiler, s. Nr. 74.

Heldenbuch, s. Nr. 77; Heldensage, s. Nr. 794 ff.

1269. **Hiltbolt von Swanegou.** — Aron, Otto, zu Hiltbolt von Swanegou.
Anz. f. d. Alterthum 14, 230.

1270. **Hugo von Trimberg.** — Ehrismann, G., zu Germania XXXII, 97.
Germania 33, 45. — Renner.

1271. **Johann von Soest,** von Pfaff (Bibl. 1887, Nr. 1738).
Vgl. Lit. Blatt 1888, Sp. 201—203 (Suchier).

1272. Bahder, K. v., Johann von Soest 'Dy gemein Bîcht'.
Germania 33, 129—158.

1273. **Joseph.** — Piper, P., das Gedicht von Joseph nach der Wiener und der Vorauer Handschrift nebst einigen Angaben über die Überlieferung der übrigen alttestamentlichen deutschen Texte des 11. Jahrhunderts.
Zs. f. d. Philologie 20, 257—289 u. 430—481.

1274. **Kaiserchronik.** — Zingerle, Oswald, ein Bruchstück der Kaiserchronik.
Zs. f. d. Alterthum 32, 57—60.

1275. **Kaspar v. d. Roen.** — Zimmerstädt, Franz, Untersuchungen über das Gedicht Kaspars v. d. Roen „Der Wunderer". gr. 4. (28 S.) Programm des Luisenstädt. Realgymnasiums. Berlin 1888, Gärtner. 1 M.

1276. **Klage.** — Mourek, V. E., Prager Bruchstück einer Pergamenthandschrift der Klage.
Sitzungsberichte der kön. böhm. Gesellschaft d. Wissenschaften 1887, 10. Jan., S. 3—24.

1277. **Klaus Wisse.** — Parzifal von Claus Wisse und Philipp Colin [1331 bis 1336]. Eine Ergänzung der Dichtung Wolframs von Eschenbach, zum ersten Male hrsg. von Karl Schorbach. gr. 8. (LXX S. u. 880 Sp.) Straßburg, Trübner. 10,50 M. Elsäßische Litteraturdenkmäler aus dem XIV. bis XVII. Jahrh., hrsg. von E. Martin u. E. Schmidt. 5. Bd.
Vgl. Lit. Centralblatt 1888, Sp. 1456 f.; D. Lit. Ztg. 1888, Sp. 1039—1041 (Edw. Schröder).

1278. **Konrad.** — Rolandslied, von Golther (Bibl. 1887, Nr. 1740).
Vgl. Germania 33, 116 f. (Bartsch); Zs. f. vergl. Lit.-Gesch. u. Renaissance-Lit. N. F. 1, 465—467 (Bechstein).

1279. Schürer, Heinrich, die Sprache der Handschrift P des Rolandsliedes. gr. 8. (46 S.) Programm des Communalgymnasiums zu Komotau. Komotau 1887.
Vgl. Germania 33, 234 f. (Bartsch).

1280. Seelmann, Emil, Bibliographie des altfranzös. Rolandsliedes, mit Berücksichtigung nahestehender Sprach- und Litteraturdenkmale verfaßt. gr. 8. (XIII, 113 S.) Heilbronn 1888, Gebr. Henninger. 4,80 M.

1281. **Konrad von Ammenhausen.** — Vetter, Ferd., das Schachzabelbuch Kunrats von Ammenhusen, Mönchs und Leutpriesters zu Stein am Rhein. Nebst den Schachbüchern des Jacob v. Cessole und des Jacob Mennel hrsg. von F. V. 2. Lief. (Sp. 225—432) Frauenfeld, Huber. 2,40 M. Bibliothek älterer Schriftwerke der deutschen Schweiz, hrsg. von Baechtold u. Vetter, Ergänzungsband, 2. Lief.
Vgl. Germania 33, 117 (Bartsch).

1282. **Konrad von Zabern,** von Ernst Martin.
Straßburger Studien 3, 238—240.

1283. **Kudrun.** — Neumann, Friedr., über die Entwicklung der Kudrundichtung. gr. 4. (27 S.) Progr. des Sophien-Gymnasiums zu Berlin. Berlin 1888, Gärtner. 1 M.

1284. Gudrun, übersetzt von Freytag (Bibl. 1887, Nr. 1744).
Vgl. Zs. f. d. deutschen Unterricht 2, H. 2 (R. Schneider).

1285. Schmidt, Leonh., Gudrun. Eine Umdichtung des mittelhochdeutschen Gudrunliedes. 8. (XIX, 114 S.) Wittenberg 1888, Herrosé Verlag. 1,80 M.
Vgl. Deutsches Litteraturblatt 1888, 150 (Keck).

1286. **Kunz Has.** — Matthias, E., der Nürnberger Meistersänger Kunz Has.
Mittheilungen d. Vereins f. Geschichte d. Stadt Nürnberg H. 7, 169—236.

1287. **Kürenberger.** — Schröder, E., die erste Kürnbergerstrophe.
Zs. f. d. Alterthum 32, 137—141.

1288. Sievers, E., die erste Kürenbergerstrophe.
Zs. f. d. Alterthum 32, 389—394.

s. Nr. 1185.

1289. **Lamprecht.** — Kinzel, K., Quelle und Schluß des Vorauer Alexander.
Zs. f. d. Philologie 20, 88—97.

1290. **Legenden.** — Wanderlegenden, von Rochholz (Bibl. 1886, Nr. 1767).
Vgl. Lit. Centralblatt 1888, Sp. 128 (R. Köhler).

1291. Steinmeyer, zum Leben der heil. Elisabeth.
Anz. f. d. Alterthum 14, 291.

s. Nr. 813 ff.

1292. Strauch, P., Bruchstück einer md. Margarethenlegende.
Zs. f. d. Alterthum 32, 423—430.

1293. Greifeld, Oscar, Servatius, eine oberdeutsche Legende des 12. Jahrhunderts. (33 S.) Berliner Dissertat. 1887 (Berl. Jahresber. 1888, XIV, 47).

1294. Poppe, Paul, über das Speculum humanae salvationis und eine mitteldeutsche Bearbeitung desselben. Inaugural-Dissertation. gr. 8. (88 S.) Berlin 1887. Straßburg, Trübner. 2 M.

1295. Geiger, Karl, Elisabetha Bona von Reute, die Patronin und Wunderthäterin Schwabens. Eine Heiligengeschichte. S.-A. aus den deutsch-evang. Blättern. 12. (84 S.) Barmen 1888, Klein. 1 M.
Vgl. Theolog. Lit. Blatt 1888, Sp. 274.

1296. Baumeister, Elisabetha Bona von Reute.
Protest. Kirchenzeitung 1888, Nr. 27.

Alexiuslegende, s. Nr. 777; Euphrosyneulegende, s. Nr. 1219.

Lied, historisches, s. Nr. 985; Marienlied, s. Nr. 81.

Lucidarius, s. Nr. 77.

Lucretia, s. Nr. 1219.

1297. **Meißner.** — Frisch, Adolf, Untersuchungen über die verschiedenen mhd. Dichter, welche nach der Überlieferung den Namen Meißner führen. Dissertation. gr. 8. (VI, 76 S.) Jena 1887, Pohle. 1,75 M.

1298. **Minnesang.** — Des Minnesangs Frühling, hrsg. von Karl Lachmann u. Moritz Haupt. 4. Ausg. besorgt von F. Vogt. gr. 8. (VIII, 343 S.) Leipzig, Hirzel. 5 M.
Vgl. Lit. Centralblatt 1888, Sp. 1583 f.

1299. Traube, L., zu MF. 3, 1—6.
Zs. f. d. Alterthum 32, 387 f.

1300. Grimme, F., Beiträge zur Geschichte der Minnesinger III.
Germania 33, 47—57. — 1. Brunwart v. Augheim; 2. Bruno v. Hornberg; 3. Walter v. Breisach; 4. Der schuolmeister von Ezzelingen; 5. Goldener; 6. Pfeffel; 7. Der von Sachsendorf; 8. Hardegger; 9. Meister Heinrich Teschler.

1300ª. Schönbach, A., zu Germania 32, 411 ff. (= Bibl. 1887, Nr. 1756ª).
Anz. f. d. Alterthum 14, 229.

1301. Grimme, Fritz, die Bezeichnungen *her* und *meister* in der Pariser Handschrift der Minnesinger.
Germania 33, 437—448.

1302. Weber, Franz, Minnesinger. Deutsche Liederdichter des 12., 13. u. 14. Jahrhunderts aus der Manesseschen Liederhandschrift und anderen Sammlungen ausgewählt und neuhochdeutsch übertragen. 8. (VI, 148 S.) Halle, Hendel. 0,25 M. Bibliothek der Gesammtlitteratur d. In- u. Auslandes Nr. 211.

1303. Drees, politische Dichtung der Minnesänger (Bibl. 1887, Nr. 1758).
Vgl. Lit. Blatt 1888, Sp. 294 (R. Becker); Herrigs Archiv 80, 466 f.

1304. de Gruyter, das deutsche Tagelied (Bibl. 1887, Nr. 1759).
Vgl. D. Lit. Ztg. 1888, Sp. 629 f. (R. M. Meyer).

1305. Baebler, J. J., ein Tagelied.
Germania 33, 283—286.

1306. Kraus, Miniaturen (Bibl. 1887, Nr. 1762).
Vgl. Lit. Centralblatt 1888, Sp. 894 f. (H. J.); D. Lit. Ztg. 1888, Sp. 279 f. (F. X. Kraus); Allgem. Ztg. 1887, Nr. 343 (Rahn).

1307. Oechelhäuser, Miniaturen (Bibl. 1887, Nr. 1763).
Vgl. Lit. Centralblatt 1888, Sp. 1317 f. (H. J.); D. Lit. Ztg. 1888, Sp. 983 (F. X. Kraus); Westdeutsche Zs. 8, 73—80 (Lamprecht); Mittheilungen des Instituts für österr. Geschichtsforschung 9, 521 f. (Riegl).

1308. **Zangemeister**, Karl, zur Geschichte der großen Heidelberger, sog. Manessischen Liederhandschrift.
Westdeutsche Zs. 8, 325—371.

1309. **Trübner**, K. J., die Wiedergewinnung der sog. Manessischen Liederhandschrift.
Centralblatt f. Bibliothekswesen 5, H. 4/5.

1310. **Obser**, Karl, die Wiedererwerbung der sog. Manesse-Handschrift.
Karlsruher Ztg. 1888, Beilage zu Nr. 121.

1311. Die manessische Liederhandschrift.
Illustrierte Ztg. Nr. 2336.

1312. **Frommel**, W., die wiedergewonnene Liederhandschrift der Heidelberger Bibliothek.
Daheim 1888, Nr. 33.

1313. Die Manessesche Liederhandschrift.
Kunst-Chronik 23. Jahrg. Nr. 24 ff.

1314. **Janitschek**, H., die Miniaturen der Manessischen Handschrift.
Die Nation 1888, Nr. 24.

1315. Die Manessesche Liederhandschrift.
Allgem. Ztg. 1888, Beilage Nr. 60.

1316. **Die** Nachbildung der Manesseschen Handschrift in Heidelberg.
Germania 33, 173—175.

Minnesang, s. Nr. 1185 ff.

1317. **Mystik.** — **Michelsen**, Karl, Meister Eckart. Ein Versuch. gr. 8. (30 S.) Berlin, Mittler & Sohn. 0,60 M.

1318. **Plümacher**, O., Meister Eckhart.
Zs. f. Philosophie und philos. Kritik N. F. 93, 176—213.

1319. **Denifle**, H., der Plagiator Nicolaus von Straßburg.
Archiv f. Litteratur- u. Kirchengeschichte d. Mittelalters 4, 312—329.

1320. **Munz**, der große Gottesfreund im Oberlande.
Der Kirchenfreund 22, 129—136 u. 145—152.

1321. **Tauler**, La merveilleuse histoire du révérend père Jean Tauler, traduite de l'Allemand par M. H. 12. (85 S.) Genève, imprimerie J.—G. Fick. 6 fr.

Mystik s. Nr. 106.

1322. **Neidhart von Reuenthal.** — Über die Heimat Neidharts von Reuenthal.
Verhandlungen des histor. Vereins von Oberpfalz und Regensburg, 42. Bd.

1323. **Zingerle**, O., zur Neidhartlegende.
Zs. f. d. Alterthum 32, 430—436.

1324. **Nibelungenlied**, von Laistner (Bibl. 1887, Nr. 1785).
Vgl. Germania 33, 127 f. (Bartsch).

1325. **Zarncke**, Nibelungenlied (Bibl. 1887, Nr. 1788).
Vgl. Germania 33, 108 (Bartsch).

1326. **Bartsch**, Nibelungenlied (Bibl. 1887, Nr. 1789).
Vgl. Germania 33, 117 (Bartsch).

1327. **Binder**, Streifzüge auf dem Gebiete der Nibelungenforschung (Bibl. 1887, Nr. 1796); Hans Schmidt, über das attributive Adjectiv im Nibelungenliede und in der Ilias (Bibl. 1887, Nr. 257); Filipsky, das stehende Beiwort im Volksepos (Bibl. 1886, Nr. 1661[a]).
Vgl. Germania 33, 125 f. (Nagele).

1328. **Das** Nibelungenlied für das deutsche Haus nach den besten Quellen bearb. von Emil Engelmann. 2. Aufl. Lex.-8. (IV, 236 S.) Stuttgart 1889, Neff. 6 M.

1329. Der Nibelungen Not in metrischer Übersetzung, nebst Erzählung der älteren Nibelungensage von H. Kamp. 2. erheblich verb. Aufl. gr. 8. (VIII, 199 S.) Berlin 1888, Mayer & Müller. 2,25 M.

1330. Das Nibelungenlied. Schulausgabe, bearbeitet von Karl Holdermann. 8. (116 S. u. 1 Titelbild.) Berlin, Reuther. 0,80 M. Meisterwerke der deutschen Litteratur, hrsg. von K. Holdermann u. L. Sevin. 1. Bdchn.

1331. Woerner, Thomas, das Nibelungenlied. Bearbeitet und eingeleitet. 8. (231 S.) Stuttgart, Cotta. 1 M. Cottasche Bibliothek der Weltlitteratur, Bd. 173.
Vgl. Wissenschaftliche Beilage d. Leipz. Ztg. 1888, Nr. 113.

1332. Schramm, H., über die Einheit des 20. Liedes von den Nibelungen (Bibl. 1887, Nr. 1795).
Vgl. Zs. f. d. österr. Gymnasien 1888, 277 f. (Prosch); Gymnasium 1888, Nr. 15 (Saliger).

1333. Stuhrmann, Idee und Hauptcharaktere der Nibelungen (Bibl. 1887, Nr. 1797).
Vgl. Zs. f. d. österr. Gymnasien 1888, 626 (Löhner).

1334. Kettner, E., zur Kritik des Nibelungenliedes. VIII. Die Texte A und B.
Zs. f. d. Philologie 20, 202—225.

1335. Martin, E., zu den Nibelungen.
Zs. f. d. Alterthum 32, 380—386.

1336. Haas, Karl, der Schelch im Nibelungenliede.
Germania 33, 312.

1337. Bartsch, Ad., die Weidmannssprache im Nibelungenliede.
Der Weidmann 19, Nr. 49.

1338. Müller, Richard, was wissen wir von der Burg Pechlarn?
Blätter d. Vereins f. Landeskunde von Niederösterreich 22, 436—439.
Nibelungen, s. Nr. 797 ff. u. 1359.

1339. **Niklaus von Wyle.** — Baechtold, J., zu Niklaus v. Wyle.
Zs. f. vergl. Lit.-Gesch. u. Renaissance-Lit. N. F. 1, 348—350.

1340. **Orendel.** Ein deutsches Spielmannsgedicht, mit Einleitung und Anmerkungen herausg. von Arnold E. Berger. gr. 8. (XVI, CXV, 192 S.) Bonn 1888, Webers Verlag. 9 M.
Vgl. Zs. f. d. österr. Gymnasien 1888, 753—755 (Singer).

1341. Beer, L., der Stoff des Spielmannsgedichtes Orendel.
Paul u. Braune, Beiträge 13, 1—120.

Oswald, s. Nr. 839.

1342. **Oswald von Wolkenstein**, von Schrott (Bibl. 1887, Nr. 1807).
Vgl. Germania 33, 237 f. (Bartsch).

1343. **Ottokar.** — Lampel, Jos., die Landesgrenze von 1254 und das steirische Ennsthal, mit 32 urkundl. Beilagen.
Archiv f. österr. Gesch. 71, 2. Hälfte, S. 297—452. — Wichtig für die Kritik von Ottackers steirischer Reimchronik (N. Archiv f. ältere deutsche Gesch. 13, 656).

1344. **Passional.** — Curtius, C., ein Bruchstück des alten Passionals.
Anz. f. d. Alterthum 14, 230 f.

Pfeffel, s. Nr. 1300.

1345. **Philipp** (der Karthäuser), von Edward Schröder.
Allgem. D. Biographie 26, 71 f.

1346. Mourek, V. E., Krumauer Bruchstück eines mitteldeutschen geistlichen Gedichts.
Sitzungsberichte d. kön. böhm. Gesellschaft d. Wiss. 1888, 5. März, S. 3—33. — Aus Br. Philipps Marienleben.

1347. **von Pholspeunt**, Heinrich, von Roethe und Frölich.
Allgem. D. Biographie 26, 91 f.

1348. **Der Pleier**, von Steinmeyer.
Allgem. D. Biographie 26, 269 f.

1349. Tandariuš a Floribella. **Skládání staročeské s německým Pleyerovým**, von V. E. Mourek.
Abhandlungen d. kön. böhm. Gesellschaft d. Wiss. 1887, 3—103. — Vgl. Athenäum (Prag 1887), S. 260 ff. (E. Kraus).

1350. **Predigt.** — Linsenmeyer, Geschichte der Predigt (Bibl. 1887, Nr. 1816.
Vgl. Histor. Zs. 60, 291—293 (Kattenbusch); Histor. Jahrbuch 9, 124—127 (Keppler); Theolog. Lit. Ztg. 1888, Nr. 1.

1351. Altdeutsche Predigten, hrsg. v. Ant. E. Schönbach. 2. Bd.: Texte. Lex.-8. (XII, 328 S.) Graz 1888, Styria. 9 M.
Vgl. Lit. Centralblatt 1888, Sp. 1417 f.; Theol. Lit. Blatt 1888, Sp. 382.

Predigt s. Nr. 77.

1352. **Priameln**, von Euling (Bibl. 1887, Nr. 1819).
Vgl. Lit. Blatt 1888, Sp. 492—494 (Bachmann).

s. Nr. 80.

1353. **Prischuch**, Thomas, von Roethe.
Allgem. D. Biographie 26, 600 f.

1354. **Psalmen, Windberger.** — Wallburg, Paul, über die Windberger Interlinearversion der Psalmen. 8. (VII, 115 S.). Straßburger Dissertation.

1355. **Pütrich von Reichertshausen**, von Roethe.
Allgem. D. Biographie 26, 744—746.

1356. **Räthsel**, von K. Bartsch.
Germania 33, 57.

1357. **Reinbot von Dorn.** — Steinmeyer, zu Reinbot von Dorn.
Anzeiger f. d. Alterthum 14, 145—147.

1358. **Reinhart Fuchs.** — Braune, W., Reinhart Fuchs.
Paul u. Braune, Beiträge 13, 585 f.

1359. **Reinmar der alte**, die Nibelungen, von Ortner (Bibl. 1887, Nr. 1823).
Vgl. Lit. Blatt 1888, Sp. 343—346 (R. Becker); Anzeiger f. d. Alterthum 14, 121—128 (Steinmeyer); Germania 33, 236 (Bartsch); Zs. f. d. Philologie 20, 382—384 (R. M. Meyer); Zs. f. d. österr. Gymnasien 1888, 1003—1006 (Löhner); Zs. f. d. Gymnasialwesen 1888, 303 ff. (Bötticher).

1360. **Reinolt.** — Pfaff, F., zu Reinolt von Montelban.
Germania 33, 31—33.

1361. Pfaff, F., die Handschriften des Reinolt von Montelban II.
Germania 33, 34—45.

1362. **Reisen.** — Jacob, K. G., Bericht über neue Erscheinungen auf dem Gebiete der Palästinalitteratur 1886.
Zs. d. deutschen Palästinavereins 11, H. 2.

1363. Schiltberger, von Langmantel (Bibl. 1887, Nr. 1828).
Vgl. D. Lit. Zeitung 1888, Sp. 982 (Furrer).

1364. Röhricht, R., Studien zur mittelalterlichen Geographie und Topographie Syriens.
Zs. d. deutschen Palästinavereins 10, H. 4.

1365. Arnold Buchell, iter coloniense.
Mittheil. aus d. Stadtarchiv von Köln, H. 13.

1366. Wernicke, E., die Pilgerreise des letzten Grafen von Katzenellenbogen.
Zs. f. d. Alterthum 32, 44—50.

Reisen, s. Nr. 83.

1367. **Rosenplüt.** — Euling, K., zwei ungedruckte Rosenplütsche Sprüche.
Zs. f. d. Alterthum 32. 436—445.

1368. **Rudolf von Ems.** — Geßler, A., Bruchstück einer Barlaamhs.
Anzeiger f. d. Alterthum 14, 147.

Rumeland, s. Nr. 77.

Schauspiel, s. Nr. 994 ff., 1598 ff.

Sachsendorf, s. Nr. 1300.

Schulmeister von Eßlingen, s. Nr. 1300.

1369. **Schwabenspiegel.** — Bachmann, A., Bruchstück einer Handschrift des Schwabenspiegels.
Alemannia 16, 87—89.

1370. v. Rockinger, über die Benutzung des sogenannten Brachylogus juris romani im Landrechte des Deutschenspiegels? und des sogenannten Schwabenspiegels.
Sitzungsberichte d. philos.-philol. u. histor. Classe d. k. bayer. Akad. d. Wiss. zu München 1888, 2. Bd., H. 1.

1371. **Seifrid Helbling,** von Seemüller (Bibl. 1887, Nr. 1835).
Vgl. Germania 33, 235 (Bartsch); Zs. f. d. Philologie 20, 126—128 (Kinzel).

1372. Ehrismann, G., zum Seifrid Helbling.
Germania 33, 370—379.

1373. **Spervogel.** — Pfaff, Friedrich, die Burg Steinsberg bei Sinsheim und der Spruchdichter Spervogel.
Zs. f. d. Gesch. d. Oberrheins N. F. 5, 75—117.

Sprüche, s. Nr. 80.

1374. **Steinhöwel.** — Knust, H., Nachtrag zu XI, 197 fgg. (Steinhöwels Aesop).
Zs. f. d. Philologie 20, 237.

1375. **Steinmar,** von Meißner (Bibl. 1887, Nr. 1838).
Vgl. Zs. f. d. Philologie 20, 116—122 (Berger).

1376. Wyss, Bernh., zu Steinmar.
Germania 33, 158.

1377. **Stricker.** — Ammann, Verhältniß von Strickers Karl zum Rolandsliede (Bibl. 1887, Nr. 1840).
Vgl. Zs. f. d. österr. Gymnasien 1888, 87 (Khull); Gymnasium 1888, Nr. 15 (Saliger).

1378. Einert, E., Pfaffe Amis 1—72.
Germania 33, 46.

Thomassin, s. Nr. 77.

König Tirol, s. Nr. 1396.

1379. **Todtentanz.** — La Danza macabra, ovvero il ballo della morte: curiosità storico-letteraria; 91 dialoghi umoristici filosofico-morali fra l'uomo, ne' suoi diversi stati sociali, condizioni della vita, e la morte. Traduzione libera parafrasata dal francese e dal tedesco (secoli XV—XVIII), con varianti ed aggiunte in prosa rimata pel dott. Ferdinando Gorè. 8. (132 S.) Milano, tip. A. Gattinoni. 4 L.

1380. **Ulrich von Eschenbach.** — Schönach, L., Bruchstück aus dem Alexander des Ulrich von Eschenbach.
Zs. f. d. Alterthum 32, 65—69.

s. Nr. 288.

1381. **Ulrich von Liechtenstein,** Frauendienst. Herausgegeben von Reinhold Bechstein. 2 Theile. 8. (XXXVIII, 313 u. VIII, 365 S.) Leipzig 1888,

Brockhaus. 7 M. Deutsche Dichtungen des Mittelalters mit Wort- und Sacherklärungen, herausg. von Karl Bartsch, 6. u. 7. Bd.

Vgl. D. Lit. Ztg. 1888, Sp. 1112—1114 (Schönbach); Deutsches Lit. Blatt 1888, S. 101 f. (Max Koch); Wissenschaftl. Beilage d. Leipz. Ztg. 1888, Nr. 55.

1382. Bechstein, R., Erwiderung. Zum Geschlecht Ulrichs von Liechtenstein.

Germania 33, 506 f. — Gegen Schönbachs Kritik.

1383. Becker, Reinhold, ritterliche Waffenspiele nach Ulrich von Liechtenstein. (Programm, Düren 1887, s. Bibl. 1887, Nr. 1194).

Vgl. Lit. Blatt 1888, Sp. 78—80 (Ehrismann).

1384. Becker, Reinhold, Wahrheit und Dichtung in Ulrich von Liechtensteins Frauendienst. 8. (116 S.) Halle 1888, Niemeyer. 2 M.

Walter von Breisach, s. Nr. 1300.

1385. **Walther von Rheinau**, von Vögtlin (Bibl. 1886, Nr. 1837).

Vgl. Anzeiger f. d. Alterthum 14, 35—42 (Hauffen).

1386. Hauffen, A., Walther von Rheinau. Seine lateinische Quelle und sein deutsches Vorbild.

Zs. f. d. Alterthum 32, 337—379.

1387. **Walthers von der Vogelweide**, Gedichte, übersetzt v. Bodo Wenzel. 8. (XI, 184 S.) Plauen 1889, Neuperts Verlag. 2 M.

Vgl. Wissenschaftl. Beilage d. Leipziger Zeitung 1888, Nr. 135.

1388. Wildenow, Beziehungen Walthers (Bibl. 1887, Nr. 1854).

Vgl. Herrigs Archiv 80, 465 f.

1389. Nagele, Anton, nochmals die Reiserechnungen Wolfgers von Ellerbrechtskirchen. gr. 8. (38 S.) Programm der Staats-Oberrealschule zu Marburg in Steiermark.

1390. Knortz, Karl, Lieder aus der Fremde. Freie Übersetzungen. (106 S.) Glarus 1887, Vogel.

Nach Centralorgan f. d. Interessen des Realschulwesens 1888, 26 (Söhns), sind darin auch Übersetzungen aus Walther v. d. Vogelweide.

Walther v. d. Vogelweide, s. Nr. 77 u. 418.

Weingrüße. s. Nr. 80.

1391. **Weisthümer**. — Österreichische Weisthümer. Gesammelt v. d. kais. Akad. d. Wiss. 5. Bd. 1. Hälfte. gr. 8. Wien, Braumüller. 14 M.

Inhalt: Die tirolischen Weisthümer. Hrsg. von Ign. Zingerle und Jos. Egger. IV. Thl.: Burggrafenamt und Etschland. 1. Hälfte. (560 S.)

1392. Birlinger, A., das Hunno Weisthum von Bodmann.

Alemannia 16, 237.

Bruder Wernher, s. Nr. 975.

1393. **Wernher der Gärtner**. — Keinz, Meier Helmbrecht und seine Heimat (Bibl. 1887, Nr. 1859).

Vgl. Zs. f. d. Philologie 20, 379 (Kinzel).

1394. Wernher der Gärtner, Meier Helmbrecht. [Nach K. Schröders Textübersetzung.] Die älteste deutsche Dorfgeschichte. Für Schule u. Haus hrsg. v. Wohlrabe. 2. Aufl. 12. (IV, 79 S.) Halle, Tausch & Grosse. geb. 1 M.

1395. **Winsbeke**. — Leitzmann, Albert, zur Kritik und Erklärung des Winsbeken und der Winsbekin.

Paul u. Braune, Beiträge 13, 248—277.

1396. Leitzmann, Albert, König Tirol, Winsbeke und Winsbekin. 8. (IV, 60 S.) Halle, Niemeyer. 0,80 M. Altdeutsche Textbibliothek, hrsg. von H. Paul, Nr. 9.

Vgl. Lit. Centralblatt 1888, Sp. 1522 f.

1397. **Wirnt v. Gravenberg.** — Irrgang, Max, zum Wigalois. 8. (45 S.) Hallenser Dissertation.

1398. Knoll, Emil, ein Bruchstück des Wigalois.
Zs. f. d. Alterthum 32, 60—65.
s. Nr. 77.

1399. **Wolfram von Eschenbach.** — Parzival, von Engelmann (Bibl. 1887, Nr. 1871).
Vgl. Blätter f. litterar. Unterhaltung 1888, Nr. 6 (O. Müller).

1400. Stosch, Johannes, zur Frage nach der Abfassungszeit der Titurellieder.
Zs. f. d. Alterthum 32, 471 f.

1400^a. Lucae, K., Håberjoel.
Zs. f. d. Alterthum 32, 472. — Zu Willehalm 356, 7.
Parzival, s. Nr. 1714; Graalsage, s. Nr. 790 f.; Willehalm, s. Nr. 77.

Litteratur des 16. Jahrhunderts.

1401. Monnier, Marc., Litteraturgeschichte der Renaissance von Dante bis Luther. Deutsche autoris. Ausg. gr. 8. (VII, 522 S.) Nördlingen, Beck. 7 M.
Vgl. Deutsches Litteraturblatt 11, 163 (L. Witte).

1402. Janssen, Joh., Geschichte des deutschen Volkes seit dem Ausgange des Mittelalters. 6. Bd. Kunst- und Volkslitteratur bis zum Beginn des dreißigjährigen Krieges. 1.—12. Aufl. gr. 8. (XXXI, 522 S.) Freiburg i. Br., Herder 1888. 5 M.

1403. Wetzstein, O., die deutsche Geschichtschreibung zur Zeit der Reformation. Ein Beitrag zur Geschichte der Historiographie. 4. (29 S.) Programm der Realschule zu Neustrelitz. Leipzig, Fock. 0,80 M.

1404. Werner, Julius, die Reformation und das deutsche Volksthum. 1.—4. Tausend. (25 S.) Halle, Strien. 0,20 M. Flugschriften des Evangelischen Bundes, H. 12.

1405. Bender, Gymnasialreden (Bibl. 1887, Nr. 1878).
Vgl. D. Lit. Ztg. 1888, Sp. 123—125 (Th. Ziegler).

1406. Horawitz, Humanismus in den Alpenländern (Bibl. 1887, Nr. 1887).
Vgl. Lit. Centralblatt 1888, Sp. 1081; D. Lit. Ztg. 1888, Sp. 1853 f. (L. Geiger).

1407. Reinhardstöttner, Beziehungen der italienischen Litteratur zum bayerischen Hofe (Bibl. 1887, Nr. 1889).
Vgl. Giornale storico della lett. ital. 10, 437; Modern Language Notes 3, H. 5 (Warren).

1408. Geiger, L., die Juden und die deutsche Litteratur des 16. Jahrhunderts.
Zs. f. Geschichte d. Juden in Deutschland II, H. 3/4.

1409. Lasson, A., die philosophische Weltanschauung der Reformationszeit.
Preußische Jahrbücher 62, H, 5.

1410. Hagen, Briefe von Heidelberger Professoren (Bibl. 1887, Nr. 1879).
Vgl. Histor. Zs. 60, 544 f. (J. W.).

1411. Horning, Wilh., aus dem lateinischen Briefwechsel von Melanchton, Brenz, Chemnitz, Jac. Andreä, Sulzer, Cyriacus Spangenberg, Paul Eber, Dav. Chyträus, Heßhusius, Flacius Illyricus u. A. m. Dr. Joh. Marbach, Präsident d. Kirchenconvents, Prof. d. Theologie u. Pfarrer bei St. Nicolai in Straßburg 1545—1581. Als Anhang zu Marbachs Lebensbild hrsg.

Zum 350jährigen Jubelfest d. protest. Gymn. in Straßburg. gr. 8. (48 S.) Straßburg 1888, Vomhoff. 1,50 M.
Vgl. Theolog. Lit. Blatt 1888, Sp. 449.

1412. Bossert, Briefe zur Geschichte der Reformation in Franken. 1. Johann Poliander an Adam Weiß. 2. Th. Billikan an Ad. Weiß. 3. Harscher an Weiß.
Theolog. Studien aus Württemberg 1888, 76—83.

1413. Les Correspondants d'Alde Manuce: matériaux nouveaux d'histoire littéraire (1483—1514), publiés avec un etude par P. de Nolhac. 8. (104 S). Rome, impr. Vaticane. Extr. des Studî e documenti di storia e diritto, 1887 bis 1888.

1414. Predigten aus der Reformationszeit. Mit einer Einleitung über das Predigtwesen in der Reformationszeit. Herausg. G. L. Schmidt. gr. 8. (V, 228 S.) Langensalza 1888, Beyer & Söhne. 1,80 M.

1415. Bossert, die rein evangelische Predigt bis 1527 (Karsthans [Joh. Murer], Sebastian Lotzer, Krautwasser, Starzler, Eberlin, Eycher u. Schedlin).
Blätter f. württemberg. Kirchengeschichte 1887, H. 1 ff.

1416. Verhandlungen der 3. Versammlung des Vereins akademisch gebildeter Lehrer an den badischen Mittelschulen. gr. 8. (74 S.) Karlsruhe, Bielefeld. 1,50 M.
Enthält u. a.: Über neuere Beurtheilungen des deutschen Humanismus im 15. und 16. Jahrhundert.

1417. Hartfelder, K., eine deutsche Übersetzung von Ciceros Cato aus der Humanistenzeit.
Germania 33, 27—31.

1418. Slevogt, Hugo, Technopaegnion Poeticum ex codice M. S. edidit H. S. Specimen II. 4. (10 S.) Programm der Realschule und des Progymnasiums zu Ohrdruf.

1419. **Agricolas** Briefe, von Hartfelder (Bibl. 1887, Nr. 1896).
Vgl. Berliner philol. Wochenschrift 1888, Nr. 5 (Noble).

1420. **Aegidius Albertinus**. — Reinhardstöttner, Karl v., Aegidius Albertinus, der Vater des deutschen Schelmenromans.
Jahrbuch f. Münchener Geschichte 2, 13—86.

1421. **Amerbachius**. Universitati litterarum et artium Bononiensi solemnia sæculiaria octava a. d. III. idus Junius anni MDCCCLXXXVIII celebranti pie sincereque gratulantur Universitatis Basileensis Rector et Senatus. Insunt Amerbachiorum epistolæ mutuæ Bononia et Basilea datæ (edid. A. Teichmann). 4. (VI et 54 S.) Basileæ, Typis Schultzii, Acad. Typogr.
Vgl. Revue critique 22, Nr. 45.

1422. **Andreä**. — Braun, J. Andreäs Wirksamkeit in Sachen der Reichsstadt Memmingen.
Theolog. Studien aus Württemberg 9, 1—36 u. 121—165.
Jacob Andreä, s. Nr. 1411.

1423. **Aventinus**. — Turmairs Werke (Bibl. 1887, Nr. 1902).
Vgl. D. Lit. Ztg. 1888, Sp. 598 f. (Roediger).

1424. Riezler, zum Schutze von Aventins Annalen (Bibl. 1886, Nr. 1879).
Vgl. D. Lit. Ztg. 1888, Sp. 599 f. (Roediger).

1425. Aventin-Fund an der bayerischen Staatsbibliothek.
Allgem. Ztg. 1888, Beilage Nr. 227.

Brenz, s. Nr. 1411.

Bugenhagen, s. Nr. 1647 ff.

1426. **Hermann v. d. Busche.** — Liessem, H. J., bibliographisches Verzeichniß der Schriften Hermanns von dem Busche. (Forts.) Nebst neuen Actenstücken zum Reuchlinschen Streite. 4. (22 S.) Programm des Kaiser Wilhelm-Gymnasiums zu Köln, 1888.
Vgl. Berl. philol. Wochenschr. 1888, Nr. 1 (Nohle); Theol. Lit. Blatt 1888, Sp. 196.

1427. **Busteter,** von Peters (Bibl. 1887, Nr. 1910).
Vgl. Lit. Blatt 1888, Sp. 349 f. (Socin); Anz. f. d. Alterthum 14, 226 f. (Martin); s. auch Alemannia 16, 280 f. (Birlinger).

1428. **Camerarius.** — Seckt, Felix, über einige theologische Schriften des Joachim Camerarius. 4. (31 S.) Programm des Friedrich Wilhelm-Gymnasiums zu Berlin.

Chroniken, s. Nr. 1238 ff.

Chyträus, David, s. Nr. 1411.

1429. **Cochläus.** — Kreß, Georg Freih. v., die Berufung des Johannes Cochläus an die Schule bei St. Lorenz in Nürnberg im Jahre 1510.
Mittheilungen d. Vereins f. Geschichte d. Stadt Nürnberg H. 7, 19—38.

1430. **Culmann.** — Holstein, H., ein unbekanntes Drama von Leonhard Culmann.
Zs. f. d. Philologie 20, 346—349.

1431. **Dalberg,** von Morneweg (Bibl. 1887, Nr. 1920).
Vgl. Korrespondenzblatt d. Westdeutschen Zs. 8, Sp. 139—142 (Knod); Mittheilungen a. d. histor. Litteratur 16, 159—161 (P. Buchholz); Quartalblätter d. histor. Vereins f. d. Großherzogthum Hessen 1888, 27 f.; Deutsches Litteraturblatt 11, 4 f. (v. Liliencron); Allgem. Ztg. 1888, Nr. 56 u. 57.

1432. Lebensgang eines deutschen Bischofs um 1500.
Der Katholik 1888, 1, 73—80. — Joh. v. Dalberg.

1433. **Dietenberger.** — Wedewer, Herm., Johannes Dietenberger 1475 bis 1537. Sein Leben und Wirken. Mit 4 Taf. gr. 8. (VIII, 499 S.) Freiburg i. Br. 1888, Herder. 8 M.
Der Katholik 1888, 2, 326—331 (H.).

1434. **Dringenberg.** — Herrmann, Max, Ludwig Dringenberg in Heidelberg.
Zs. f. d. Geschichte d. Oberrheins N. F. 4, 119.

Eber, Paul, s. Nr. 1411.

1435. **Eberlin von Günzburg,** von Radlkofer (Bibl. 1887, Nr. 1925).
Vgl. Lit. Centralblatt 1888, Sp. 653; D. Lit. Ztg. 1888, Sp. 874—876 (Druffel); Zs. f. vergl. Lit.-Gesch. u. Renaissance-Lit. N. F. 1, 378 (Geiger); Mittheilungen a. d. histor. Litteratur 16, 247 ff. (R. Schmidt); Theol. Lit. Ztg. 1888, Nr. 6 (Friedensburg).

1436. Werner, Jul., Johann Eberlin v. Günzburg, der evangelisch-sociale Volksfreund. Sein Leben und Wirken in den religiösen und politischen Kämpfen der Reformationszeit. Für die Gegenwart dargestellt. 12. (VII, 153 S.) Heidelberg 1889, C. Winter. 2 M.

1437. Vogt, Wilh., Johann Eberlin von Günzburg.
Allgem. Ztg. 1888, Beilage Nr. 3.

1438. **Erasmus.** — Nolhac, Erasme en Italie (Bibl. 1887, Nr. 1929).
Vgl. Lit. Centralblatt 1888, Sp. 761 f. (F. R.); D. Lit. Ztg. 1888, Sp. 632 (Horawitz); Zs. f. vergl. Lit.-Gesch. u. Renaissance-Lit. N. F. I, 378—380 (Geiger); Academy Nr. 834 (Toynbee); Revue des questions historiques 43, 664 f.; Revue critique 22, Nr. 5; Revue des deux mondes 1888, Juli; Giornale storico della lett. ital. 11, H. 1/2.

1439. **Faustbuch.** — Zarncke, F., zur Bibliographie des Faust-Buches.
Berichte über die Verhandlungen der kön. sächs. Gesellschaft der Wissenschaften zu Leipzig 1889, H. 1/2.

1440. **Engel**, Karl, das 300jährige erste Faust-Buch vom Jahre 1587. Ein Buchjubiläum. Oldenburg, 1887, Schulze.

1441. **Ellinger**, Georg, zu den Quellen des Faust-Buches von 1587.
Zs. f. vergl. Lit.-Gesch. u. Renaissance-Lit. N. F. 1, 156—181.

1442. **Nicoladoni**, Alex., das Volksbuch vom Dr. Faust und seine Bearbeitungen.
Deutsche Ztg., Wien 1888, 15. u. 16. Juli; s. Goethe-Jahrbuch 9, 321.

1443. **Minor**, Jacob, zum Jubiläum des Faustbuchs.
Deutsche Dichtung, hrsg. von Franzos, 3, H. 1—3; s. Goethe-Jahrbuch 9, 321.

1444. **Keller**, L., zum Jubiläum des Faust-Buches.
Allgem. Ztg. 1888, Nr. 345 f.

1445. **Bierbaum**, O. J., Goethes Faust und die mittelalterlichen Faust-Bücher.
Wissenschaftl. Beilage der Leipz. Ztg. 1888, Nr. 108.

1446. **Frantz**, A., Kunst und Litteratur. Gesammelte Vorträge, hrsg. von A. Roeper. (IV, 199 S.) Berlin 1888, Hartmann.
Enthält S. 107—154: Faust, das Zauberwesen, das Volksbuch und auf der Bühne.
Faustsage s. Nr. 781 ff.; Puppenspiel, s. Nr. 1000ᵃ f.

1447. Flacius. — **Niemöller**, J., Mathias Flacius und der flacianische Geist in der protestantischen Kirchenhistorie.
Zs. f. kathol. Theologie 1888, 75—115.
s. Nr. 1411.

1448. Flugschriften aus der Reformationszeit. VII. Restitution rechter und gesunder christlicher Lehre. Eine Wiedertäuferschrift von Bernh. Rotmann [Münster 1534]. 8. (XII, 114 S.) Halle, Niemeyer. 1,20 M. Neudrucke deutscher Litteraturwerke des XVI. u. XVII. Jahrh., Nr. 77 u. 78.

1449. **Matthias**, E., ein Pasquill aus der Zeit des Schmalkaldischen Krieges.
Zs. f. d. Philologie 20, 151—172.

1450. Frischlin. — **Wallner**, Jul., Nicodemus Frischlins Entwurf einer Laibacher Schulordnung aus dem Jahre 1582. 8. (35 S.) Programm des Obergymnasiums zu Laibach.

1451. Glarean. — **Fritzsche**, O. F., Glareana.
Centralblatt f. Bibliothekswesen 5, H. 2.

1452. **Glareani** Dodecachordon. Basileae MDXLVIII. Übersetzt und übertragen von Peter Bohn. Leipzig, Breitkopf u. Härtel. 16 fr. Publicationen älterer praktischer und theoretischer Musikwerke, vorzugsweise des XV. u. XVI. Jahrhunderts. hrsg. von d. Gesellschaft f. Musikforschung, Jahrg. XVI, 1888, Abth. I. Bd. XVI.

1453. Göding. — **Zimmermann**, Paul, Heinrich Gödings Gedicht von Heinrich dem Löwen.
Paul u. Braune, Beiträge 13, 278—310.

1454. Grünpek. — **Czerny**, der Humanist und Historiograph Kaiser Maximilians I. Josef Grünpeck.
Archiv f. österr. Geschichte 73, H. 2.

1455. **Lange**, Adolf, Ulrich von Hutten. Zur Erinnerung an die Feier seines 400jährigen Geburtstages am 21. April 1888 dem deutschen Volke dargestellt. 8. (III, 131 S. m. Bild.) Gütersloh, Bertelsmann. 1,50 M.
Vgl. Deutsches Litteraturblatt 11, 168 (Haug); Wissenschaftl. Beilage d. Leipz. Ztg. 1888, Nr. 36.

1456. Reichenbach, A., Ulrich von Hutten. Der deutsche Dichter und Kämpfer für Geistesfreiheit. Für das deutsche Volk bearb. 2. Aufl. 8. (VI, 154 S.) Leipzig 1888, O. Wigand. 1 M.

1457. Boden, Karl, der deutsche Patriot Ulrich von Hutten als Ritter und Volksmann, als Dichter und Schriftsteller. Dem deutschen Volke geschildert. 8. (VI, 104 S.) Leipzig, Spamer. 0,80 M.

1458. Gesprächbüchlein Ulrichs von Hutten. Sprachlich erneuert, mit Einleitung und Anmerkungen versehen von Karl Müller. gr. 16. (165 S.) Leipzig, Reclams Universalbibliothek Nr. 2381 u. 2382. geb. 0,80 M.

1459. Grundlehner, F. H. J., Ulrich von Hutten.
Theol. Studien 1888, 139—153.

1460. Levertin, Oscar, Ulrich von Hutten.
Ny svensk Tidsskrift 1888, H. 7—8, S. 419—439.

1461. Geiger, Ludwig, Ulrich Hutten: Joh. Bolte, ein ungedruckter Brief Huttens.
Deutsche Dichtung 1888, H. 2.

1462. Weitere Artikel anläßlich der Huttenfeier: G. Egelhaaf, Ulr. v. H. Zs. f. Gesch. u. Politik 5, 245 ff.; Derselbe, Ulr. v. H., D. Lit. Blatt 1888, S. 13 f.; Otto Dreyer, zu Huttens 400jähr. Geburtstage, Protest. Kirchenztg. 1888, Nr. 17; J. Thikötter, Ulr. v. H. und Franz v. Sickingen, Deutsch-evang. Blätter 1888, 77—103; Ulr. v. H., Grenzboten 47, Nr. 14; J. Duboc, zu Huttens Gedächtniß, Gegenwart 33, Nr. 17; Alfred Stern, Ulr. v. H., Allgem. Ztg. 1888, Beil. Nr. 111; Boden, der deutsche Patriot Ulr. v. H., Wissenschaftl. Beil. d. Leipz. Ztg. 1888, Nr. 32, s. auch Nr. 36; A. Kleinschmidt, zu Ulr. v. Huttens Gedächtniß, Illustrierte Ztg. Nr. 2337; J. Pistor, an Ulr. v. Huttens Geburtsstätte, Daheim 1888, Nr. 29; D. v. Geyern, Ulr. v. Hutten, Über Land und Meer, 60. Bd., Nr. 28; Schorers Familienblatt 1888, 9, Nr. 17; Deutscher Mercur 19, Nr. 17; Alex. Nicoladoni, Ulr. v. H., Deutsche Worte, 8. Jahrg., H. 3.
s. Nr. 1511.

1463. Huttich. — Johann Huttich von Mainz († 1544).
Der Katholik 1888, 2, 418—432.

1464. Justus Jonas. — Kindscher, Justus Jonas an Fürst Georg 1549; Joachim Greffs Tod 1552.
Mittheilungen d. Vereins f. Anhaltische Gesch. u. Alterthumskunde V, H. 4/5.

1465. Jungius. — Wohlwill, Emil, Joachim Jungius. Festrede zur Feier seines 300. Geburtstages am 22. October gehalten. Mit Beiträgen zu Jungius' Biographie und zur Kenntniß seines handschriftlichen Nachlasses. 8. (III, 87 S.) Hamburg, Voß. 2 M. Programm des Johanneums zu Hamburg.
Vgl. Allgem. Ztg. 1888, Beilage Nr. 335.

1466. Kirchenlied. — Blätter für Hymnologie, hrsg. von Albert Fischer und Johannes Linke Jahrg. 1888.

1467. Bäumker, Kirchenlied (Bibl. 1887, Nr. 1945).
Vgl. Zs. f. vergl. Lit.-Gesch. u. Renaissance-Lit. N. F. 1, 139 ff. („Aus dem Grenzgebiete der Litteratur und Musik".)

1468. Nesemann, Kirchenlied (Bibl. 1887, Nr. 1947).
Vgl. Theol. Lit. Ztg. 1888, Nr. 5 (Achelis); Theol. Lit. Blatt, Sp. 165 (Pistorius); Allgem. conservative Monatsschrift 45, 1119.

1469. **Zuck**, Otto, das Kirchenlied, im Anschluß an biblische Lebensbilder behandelt. Mit einem Anhang: kurze Geschichte des Kirchenliedes. 2. Aufl. gr. 8. (VIII, 267 S.) Bernburg 1887, Bacmeister. 2,60 M.

1470. **Zahn**, Joh., Liederbuch für den Männerchor. Mit einer Einleitung über die Entwicklung des deutschen Männergesangs, kurzen biographischen Notizen über die Dichter und Componisten der Lieder, nebst Winken für Chordirection. Zunächst für das Bedürfniß höherer Lehranstalten hrsg. 5. mit einem Anh. neuer Lieder verm. Aufl. 2. Abdr. 8. (XIV, 380 S.) Nördlingen 1885, Beck. 0,80 M.

1471. **Zahn**, J., die Melodien der deutschen evangel. Kirchenlieder, aus den Quellen geschöpft und mitgetheilt. (In circa 40 Heften.) 1.—5. Heft. gr. 8. (1. Bd. S. 1—400.) Gütersloh, Bertelsmann. à 2 M.
Vgl. Theol. Lit. Blatt 1888, Sp. 190.

1472. **Wetzstein**, O., das deutsche Kirchenlied im 16., 17. u. 18. Jahrhundert. Eine litterarhistor. Betrachtung seines Entwicklungsganges. gr. 8. (IV, 132 S.) Neustrelitz 1888, Barnewitz. 2 M.
Vgl. Lit. Centralblatt 1888, Sp. 1081 f.; Theol. Lit. Ztg. 1888, Nr. 13 (Köstlin); Theol. Lit. Blatt 1888, Sp. 165 (Walther); Wissenschaftl. Beilage d. Leipz. Ztg. 1888, Nr. 48.

1473. **Schultz**, Franz, und Rob. **Triebel**, die gebräuchlichsten Lieder der evangel. Kirche, als Grundlage zur Veranschaulichung der Geschichte der kirchl. Dichtung für die Schule erläutert. 9. Aufl. gr. 8. (XVI, 222 S.) Breslau, Dülfer. 2,25 M. — Hilfsbücher beim evangel. Religionsunterricht, 3. Theil.

1474. **Meyer**, U. T., die deutschen Classiker und das Kirchenlied. Eine Betrachtung. gr. 8. (44 S.) Emden, Schwalbe. 0,60 M.
Vgl. Blätter für Hymnologie 1887, Nr. 11.

1475. **Westermayer**, G., das deutsche Kirchenlied im Salzburger Sprengel um die Mitte des 16. Jahrhunderts.
Histor.-polit. Blätter f. d. kathol. Deutschland 102, 249—260.

1476. **Dreves**, G. M., Beiträge zur Geschichte des deutschen Kirchenliedes. II.
Kirchenmusikal. Jahrbuch 1888, 29—39.

1477. **Hosäus**, Dichter und Dichterinnen aus dem Hause der Askanier (Schluß; s. Bibl. 1887, Nr. 1949).
Mittheilungen d. Vereins f. Anhaltische Geschichte u. Alterthumskunde V, H. 4/5.

1478. **Carstens**, Zusatz und Berichtigung zu „die geistlichen Liederdichter Schleswig-Holsteins", Nachtrag u. Forts. (s. Bibl. 1887, Nr. 1950).
Zs. d. Gesellschaft f. Schleswig-Holstein-Lauenburgische Geschichte 18. Bd.

Kirchenlied, s. Nr. 81.

1479. **Kratzer**. — **Reinhardstöttner**, Karl v., die erste deutsche Übersetzung von Baldassare Castigliones „Cortegiano".
Jahrbuch f. Münchener Geschichte 2, 494—499. — Von Lorenz Kratzer, 1565.

1480. **Lemnius**. — **Holstein**, H., Simon Lemnius.
Zs. f. d. Philologie 20, 481—487.

1481. **Lindener**. — **Birlinger**, A., zu Michael Lindener ed. Lichtenstein.
Alemannia 16, 280.

1482. **Lobspruch**. — **Geiger**, Ludwig, ein Lobspruch auf Paris 1514.
Zs. f. vergl. Lit.-Gesch. u. Renaissance-Lit. N. F. 1, 366—371.

1483. **Luther**. — Luthers Schriften, hrsg. von Walch (Bibl. 1887, Nr. 1963).
Vgl. Theol. Lit. Blatt 1888, Nr. 26 (Walther).

1484. Probebibel und Bibelrevision, s. Theol. Jahresbericht (oben Nr. 106), S. 26 ff.

1485. Linke, Martini Lutheri Exegetica opera latina (Bibl. 1887, Nr. 1964).
Vgl. D. Lit. Ztg. 1888, Sp. 505—507 u. 584 (Kolde).

1486. Dr. Martin Luther. Ausgewählte Predigten und Casualreden. Mit einer einleitenden Monographie von Joh. Zimmermann. (1. u. 2. Bd.) 8. (XXVIII, 161 u. 170 S.) Leipzig, Fr. Richter. 3,20 M. Die Predigt der Kirche, Classikerbibliothek der christl. Predigtlitteratur, hrsg. von G. Leonhardi, Bd. 2 u. 3.

1487. Tschackert, P., unbekannte handschriftliche Predigten und Scholien Martin Luthers, aufgefunden, beschrieben und untersucht. gr. 8. (IV, 72 S.) Berlin, Reuther. 2 M.
Vgl. D. Lit. Ztg. 1888, Sp. 1033 f. (Kolde); Theol. Lit. Blatt 1888, Sp. 329 (G. Buchwald); Theol. Lit. Ztg. 1888, Nr. 25 (Enders).

1488. Buchwald, Georg, 11 ungedruckte Predigten von Martin Luther, gehalten in der Trinitatiszeit 1539, nach Zwickauer und Heidelberger Handschriften zum ersten Male veröffentlicht. gr. 8. (V, 116 S.) Werdau, Anz. 2 M.
Vgl. Theol. Lit. Blatt 1888, Sp. 335 (Walther); Wissenschaftl. Beilage d. Leipz. Ztg. 1888, Nr. 53.

1489. Buchwald, unbekannte handschriftliche Predigten Luthers auf der Hamburger Stadtbibliothek.
Theol. Studien und Kritiken 1889, H. 2.

1490. Enders, Luthers Briefwechsel (Bibl. 1887, Nr. 1978).
Vgl. Theol. Studien und Kritiken 1888, H. 2 (Kawerau).

1491. Abel, Eugen, unedierte Briefe von Luther, Melanchthon und Leonhard Stöckel.
Ungarische Revue 7, H. 10.

1492. Sendbrief vom Dolmetschen und drei andere Schriften weltlichen Inhalts von Martin Luther. Mit Einleitung und Anmerkungen hrsg. von Rud. Lehmann. gr. 16. (115 S.) Leipzig, Reclams Universalbibliothek Nr. 2373. geb. 0,60 M.

1493. Luther, M., Trost in allerlei Traurigkeit. 8. (VIII, 256 S.) Calw, Vereinsbuchhandlung. 0,80 M.
Vgl. Theol. Lit. Blatt 1888, Sp. 420.

1494. Luthers Fabeln, nach seiner wiedergefundenen Handschrift hrsg. und eingeleitet von Ernst Thiele. Mit 1 Facs. 8. (XVI, 19 S.) Halle, Niemeyer. 0,60 M. Neudrucke deutscher Litteraturwerke des XVI. u. XVII. Jahrh., Nr. 76.

1495. Die reformatorischen Hauptschriften Dr. Martin Luthers. Mit einer Einleitung von K. A. v. Hase. 8. (III, 314 S.) Gotha, Perthes. 2,40 M. Bibliothek theolog. Classiker. Bd. 2.

1496. v. Druffel, über Luthers Schrift an den Kurfürsten Johann Friedrich von Sachsen und den Landgrafen Philipp von Hessen wegen des gefangenen Herzogs Heinrich von Braunschweig. 1545.
Sitzungsberichte der philos.-philol. u. histor. Classe der kön. bayer. Akad. d. Wiss. zu München 1888, 2. Bd., H. 2, S. 279—308

1497. Geß, Fel., Luthers Thesen und Herzog Georg von Sachsen.
Zs. f. Kirchengeschichte 9, H. 4.

1498. **Müller, Georg,** drei Wittenberger Ordinationszeugnisse, ausgestellt von Luther, Melanchthon und Bugenhagen.
Zs. f. kirchliche Wissenschaft und kirchliches Leben 9, 471—476.

1499. **Dommer, A. v.,** Lutherdrucke auf der Hamburger Stadtbibliothek 1516—1523. gr. 8. (V, 277 S.) Leipzig 1888, Grunow. 10 M.
Vgl. Centralblatt f. Bibliothekswesen 5, H. 6 (J. Köstlin); Theol. Lit. Blatt 1888, Sp. 335 (Walther); Theol. Lit. Ztg. 1888, Nr. 18 (Enders).

1500. **Lutherworte vom Jahre 1544.** Aus einer Handschrift des 16. Jahrhunderts, bisher unseres Wissens ungedruckt.
Die christliche Welt 1888, S. 425.

1500[a]. **K[awerau], G.,** neue Lutherfunde.
Ebenda S. 435 f.

1501. **Doleschall,** Lutherreliquie (Bibl. 1887, Nr. 1976).
Vgl. Theol. Lit. Zeitung 1888, Nr. 18 (Enders); Theol. Lit. Blatt 1888, Nr. 36 (Walther).

1502. **Dorneth, J. v.,** Martin Luther. Sein Leben und sein Wirken. 2. Theil. gr. 8. (194 S.) Hannover, Schmorl u. v. Seefeld. 2 M.
Vgl. Theol. Lit. Blatt 1888, Sp. 336 (Walther).

1503. **Kolde, Theod.,** Martin Luther, der Reformator der Kirche. Akademische Festrede, im Auftrag der hochwürd. theolog. Facultät zu Erlangen am 10. Novbr. 1883 gehalten. gr. 4. (22 S.) Erlangen 1883, Metzer. 1 M.

1504. **Stein, Armin** [H. Nietschmann], das Buch vom Doctor Luther. Mit dem Bildniß Dr. Martin Luthers, gestochen v. A. Krauße. gr. 8. (XII, 475 S.) Halle 1888, Buchhandlung des Waisenhauses. 4,80 M.
Vgl. Deutsches Litteraturblatt 11, 124 (G. Hertzberg).

1505. **Küntziger, F.,** Luther. Étude biographique. 8. (127 S.) Brüssel u. Paris, A.—N. Lebègue et Ce. 1,50 fr.

1506. **Steiff,** zur Entführung Luthers auf die Wartburg.
Theolog. Studien aus Württemberg 1888, 210—212.

1507. **Böhringer, Paul,** Käthe, die Frau Luthers. Ein christl. Frauenbild. 12. (40 S.) Barmen, Klein. 0,10 M. Für die Feste und Freunde des Gustav Adolf-Vereins Nr. 67.

1508. **Rietschel, Georg,** Luther und sein Haus. 8. (58 S. u. 2 Holzschn.) Halle, Niemeyer in Comm. 0,20 M. Schriften f. d. deutsche Volk, H. 1.
Vgl. Theol. Lit. Blatt 1888, Sp. 478.

1509. **Beyschlag, Willibald,** Luthers Hausstand in seiner reformatorischen Bedeutung. 12. (39 S.) Barmen, Klein. 0,50 M.

1510. **Hedge, F. H.,** M. Luther and other essays. 12. (III, 326 S.) Boston, Roberts. 2 Doll.

1511. **Werckshagen, C.,** Luther und Hutten. Eine historische Studie über das Verhältniß Luthers zum Humanismus in den Jahren 1518—1520. Mit e. Vorwort von W. Bender. gr. 8. (VII, 94 S.) Wittenberg, Herrosé. 1,50 M.
Vgl. Lit. Centralblatt 1888, Sp. 1407 f.; Deutsches Litteraturblatt 11, 59 (Egelhaaf); Theol. Lit. Zeitung 1888, Nr. 22 (Kippenberg); Theol. Lit. Blatt 1888, Sp. 263 f. (Gußmann).

1512. **Grünberg,** die reformatorischen Ansichten u. Bestrebungen Luthers und Zwinglis in Bezug auf den Gottesdienst.
Theolog. Studien u. Kritiken 1888, H. 3.

1513. **Roeder, Karl,** die Einwirkung Dr. Martin Luthers auf die evangelische Kirchenmusik. gr. 8. (27 S.) Neuwied, Heusers Verlag. 0,40 M. S. A. aus dem Rheinischen Schulmann.

1514. Grundt, Fr., Luthers Betonung des Schrift- und Sprachstudiums, besonders des hebräischen.
Zs. f. kirchliche Wissenschaft u. kirchliches Leben 9, 505—510.

1515. Grundt, Fr., Hat Luther der Reise nach Rom eine Förderung seiner hebräischen Kenntnisse zu verdanken?
Zs. f. kirchliche Wissenschaft u. kirchliches Leben 9, 312—316.

1516. Gottschick, Luthers Anschauungen vom christl. Gottesdienst (Bibl. 1887, Nr. 1991).
Vgl. Göttinger gel. Anz. 1888, Nr. 4 (Kawerau); Theol. Lit. Blatt 1888, Sp. 153 u. 161.

1517. Keferstein, Luthers Verhältniß zu den weltlichen Dingen.
Rheinische Blätter f. Erziehung u. Unterricht 1888, 315—326 u. 440—452.

1518. Schaeffer, C. W., Luthers doctrine in its first stage.
The Lutheran Church Review 1888, April.

1519. Rupp, J. C. F., Luthers place in history.
The Lutheran Quarterly 1888, 414—420.

1520. Pfleiderer, O., Luther as founder of protestant morals.
The Lutheran Quarterly 1888, 31—53.
Luther s. Nr. 297 ff., 323, 1124, 1523.

Marbach, s. Nr. 1411.

1521. **Masius'** Briefe ed. Lossen (Bibl. 1887, Nr. 1997).
Histor. Zs. 60, 315—318 (v. Druffel); vgl. Mittheil. d. Instituts für österreich. Geschichtsforschung 9, 149—151 (Horawitz); Revue historique 37, 188—190 (R.).

1522. **Mathesius.** — Loesche, Johann Mathesius, ein Beitrag zur Reformationsgeschichte des nordwestlichen Böhmens.
Jahrbuch d. Gesellschaft f. d. Geschichte d. Protestantismus in Oesterreich 9, 1—38. — Vgl. Mittheil. d. Vereins f. Gesch. d. Deutschen in Böhmen 20, Beil. S. 81 f.; Theol. Lit. Blatt 1888, Sp. 319 f. (Scheuffler).

1523. Mathesius, J., M. Luthers Leben in 17 Predigten, herausgeg. von Buchwald. 8. (434 S.) Leipzig, Reclams Universalbibliothek. 0,80 M.

1524. **Meistersinger.** — Plate, Otto, die Kunstausdrücke der Meistersinger.
Straßburger Studien 3, 147—237.
s. Nr. 1286; Meistersinger s. Nr. 1585 f.

1525. **Melanchthon.** — Hartfelder, Karl, die Berufung Melanchthons nach Heidelberg 1546.
Zs. f. d. Gesch. d. Oberrheins N. F. III, 112—119.

1526. Hartfelder, Karl, der Aberglaube Philipp Melanchthons.
Histor. Taschenbuch 6. Folge, 8. Jahrg., S. 231—269.

1527. Westhoff, J. T. G., M. Phil. Melanchthon. (XII, 20 S.) Amsterdam, Höveker. 1,20 fl.

1528. Distel, Th., eigenhändige Briefe Melanchthons an Katharina, Herzogin zu Sachsen, einen Freiberger Knaben betreffend. 1550 u. 1551.
Mittheilungen vom Freiberger Alterthumsverein H. 24, 65 f.

1529. Unruh, Th., Etwas über Melanchthons Verdienste um das Schulwesen.
Evang. Monatsblatt f. d. deutsche Schule 10, 309—312.
Melanchthon s. Nr. 1411, 1491, 1498.

Murer, s. Nr. 1415.

1530. **Murners** geistl. Badenfahrt, von Martin (Bibl. 1887, Nr. 2010).
Vgl. Revue critique 22, Nr. 42.

1531. Fester, eine Erwähnung Thomas Murners von 1538.
Zs. f. d. Gesch. d. Oberrheins N. F. III, 230 f.

1532. **Murrho.** — Wolff, G., **Sebastian Murrhos Geburts- und Todestag.**
Anzeiger f. d. Alterthum 14, 293—301.

1533. **Paganus**, Peter, von Joachim.
Allgem. D. Biographie 25, 62.

1534. **Pankratius**, Andreas, von Wagenmann.
Allgem. D. Biographie 25, 119—121.

1535. **Pantaleon**, Heinrich, von Bolte.
Allgem. D. Biographie 25, 128—131.

1536. **Pantzer**, Hans, von Roethe.
Allgem. D. Biographie 25, 131.

1537. **Pantzer**, Paul, von Holstein.
Allgem. D. Biographie 25, 131 f.

1538. **Papeus**, Petrus, von Holstein.
Allgem. D. Biographie 25, 141 f.

1539. **Papius**, Ambrosius, von H. Holstein.
Allgem. D. Biographie 25, 134 f.

1540. **Paracelsus.** — Aberle, C., **Grabdenkmal, Schädel und Abbildungen des Theophrastus Paracelsus (Forts.).**
Mittheil. d. Vereins f. Salzburger Landeskunde 28, 269—355.

1541. **Pauli**, Johannes, von Oesterley.
Allgem. D. Biographie 25, 261 f.

1542. Bolte, J., **Predigtmärlein Johannes Paulis.**
Alemannia 16, 34—53 u. 233.

1543. **Peristerus**, von Wagenmann.
Allgem. D. Biographie 25, 377 f.

1544. **Suffridus Petrus** (Sjoerd Pietersz), von P. L. Müller.
Allgem. D. Biographie 25, 539 f.

1545. **Petsch**, Johann Friedrich, von l. u.
Allgem. D. Biographie 25, 540.

1546. **Peucer**, Kaspar, von Wagenmann.
Allgem. D. Biographie 25, 552—556.

1547. **Peutinger**, Konrad, von H. A. Lier.
Allgem. D. Biographie 25, 561—568.

1548. **Pfeffer.** — Holstein, H., **der „Dramatiker" Marcus Pfeffer.**
Zs. f. d. Philologie 20, 232—237.

1549. **Pfefferkorn**, Johannes, von Ludwig Geiger.
Allgem. D. Biographie 25, 621—624.

1550. **Pfeffinger**, Johannes, von Lechler.
Allgem. D. Biographie 25, 624—630.

1551. Seifert, Fr., **Joh. Pfeffinger, der erste lutherische Pastor zu St. Nikolai und Superintendent zu Leipzig.**
Beiträge z. sächsischen Kirchengeschichte 4, 33—162.

1552. **Pfeilschmidt**, Andreas, von H. Holstein.
Allgem. D. Biographie 25, 658.

1553. **Pfintzing**, Melchior, von Roethe.
Allgem. D. Biographie 25, 664 f.

1554. **Pharetratus**, Michael, von H. Holstein.
Allgem. D. Biographie 25, 737.

1555. **Philicinus**, Petrus, von H. Holstein.
Allgem. D. Biographie 25, 742.

1556. **Philomathes**, Wenzeslaus, von Wilhelm Bäumker.
Allgem. D. Biographie 26, 89.

1557. **Phrygio, Paulus Constantinus** (Seidensticker), von Knod.
Allgem. D. Biographie 26, 92 f.

1558. **Pierius,** Urban (Birnbaum), von G. Lechler.
Allgem. D. Biographie 26, 117—122.

1559. **Pirckheimer als Geschichtsschreiber,** von Markwart (Bibl. 1887, Nr. 2044).
Vgl. D. Lit. Zeitung 1888, Sp. 317 f. (Heyck); Bl. f. d. bayer. Gymnasialschulwesen 1888, 144 (Rück).

1560. Drews, Pirckheimers Stellung zur Reformation (Bibl. 1887, Nr. 2046).
Vgl. D. Lit. Zeitung 1888, Sp. 305—307 (A. Baur); Histor. Zs. 59, 139—141 (Ellinger); Theol. Lit. Zeitung 1888, Nr. 7 (Enders).

1561. Pirckheimer, Bilibald u. Charitas, von L. Geiger.
Allgem. D. Biographie 26, 810—817 u. 817—819.

1562. **Piso, Jacob,** von Fr. Teutsch.
Allgem. D. Biographie 26, 184 f.

1563. **Pistorius,** Johann, der ältere und der jüngere, von Gaß.
Allgem. D. Biographie 26, 197—199 u. 199—201.

1563ª. **Pistorius, Maternus,** (Pistoris, Pistoriensis), von R. Hoche.
Allgem. D. Biographie 26, 201 f.

1564. **Plateanus,** Petrus, von Otto Kämmel.
Allgem. D. Biographie 26, 241—243.

1565. **Platner,** Tilemann, von E. Jacobs.
Allgem. D. Biographie 26, 262—265.

1566. **Platter,** Thomas u. **Felix,** von J. Bächtold.
Allgem. D. Biographie 26, 265—267.
s. Nr. 856.

1567. **Plieningen,** Dietrich von, von Th. Schott.
Allgem. D. Biographie 26, 297 f.

1568. **Poach,** Andreas, von Buchwald.
Allgem. D. Biographie 26, 325—331.

1569. **Pole, Zacharias,** (Poleus), von H. Holstein.
Allgem. D. Biographie 26, 382.

1570. **Poliander, Johann,** von C. A. v. Hase.
Allgem. D. Biographie 26, 388 f.
s. Nr. 1412.

1571. **Pollius,** Johannes, (Pollen, Polhenne), von Franz Jostes.
Allgem. D. Biographie 26, 395 f.

1572. **Pondo,** Georg, (Pfundt), von Bolte.
Allgem. D. Biographie 26, 407 f.

1573. **Pontanus,** Georg Barthold, von Ant. Weis.
Allgem. D. Biographie 26, 412 f.

1574. **Pontanus,** Jacob, von R. Hoche.
Allgem. D. Biographie 26, 413.

1575. **Porta,** Konrad, von H. Holstein.
Allgem. D. Biographie 26, 445.

1576. **Posthius,** Johannes, (Post), von Wegele.
Allg. D. Biographie 26, 473—477.

1577. **Prasinus,** Johannes, von H. Holstein.
Allgem. D. Biographie 26, 509 f.

1578. **Praetorius,** Joachim, von v. Bülow.
Allgem. D. Biographie 26, 518 f.

1579. **Praetorius, Michael,** von R. Eitner.
Allgem. D. Biographie 25, 530—533.

1580. **Prätorius**, Petrus, von Bolte.
Allgem. D. Biographie 26, 533 f.

1581. **Praetorius**, Stephan, von l. u.
Allgem. D. Biographie 26, 534 f.

1582. **Praetorius**, Zacharias, von l. u.
Allgem. D. Biographie 26, 535.

1583. **Probst**, Jacob, von Iken.
Allgem. D. Biographie 26, 614—617.

1584. **Probst**, Peter, von Roethe.
Allgem. D. Biographie 26, 617 f.

1585. **Puschmann**, Adam Zacharias, von Roethe.
Allgem. D. Biographie 26, 732—736.

1586. Adam Puschmann, gründlicher Bericht des deutschen Meistergesanges. 1. Aufl. [1571]. Herausg. v. R. Jonas. 8. (X, 47 S.) Halle, Niemeyer. 0,60 M. Neudrucke deutscher Litteraturwerke des XVI. u. XVII. Jahrh. Nr. 73.

1587. **Ranzau**. — Bertheau, Fr., Heinrich Ranzau als Humanist (1526 bis 1599).
Zs. d. Gesellschaft f. Schleswig-Holstein-Lauenburg. Gesch. 18, 133—196.

Reisen, s. Nr. 1362.

1588. **Reuchlin**. — Holstein, H., Johann Reuchlins Comödien. Ein Beitrag zur Geschichte d. latein. Schuldrama. gr. 8. (VIII, 172 S.) Halle 1888, Buchhandlung d. Waisenhauses. 4 M.

1589. **Rivius**. — Gerlach, Schreiben des Freiberger Rectors Johann Rivius.
Mittheilungen vom Freiberger Alterthumsverein, Heft 24.

1590. **Hans Sachs'** Leben, von Genée (Bibl. 1887, Nr. 2054).
Vgl. Lit. Centralblatt 1888, Sp. 824.

1591. Genée, Rudolf, die Bibliothek des Hans Sachs.
Allgem. Zeitung 1888, Beil. Nr. 50.

1592. Bösch, Hans, Hans Sachs' Spruchgedichte von den Nürnberger Kandelgießern.
Mittheilungen aus d. germanischen Nationalmuseum 2, 73—82.

1593. Bolte, J., zur Alemannia I, 19.
Alemannia 16, 68. — Lied des Hans Sachs.

1594. Dorer, Edmund, Hans Sachs' Gedanken über Krankheit und Gesundheit, Alter und Jugend.
Westermanns Monatshefte 32, Nr. 6.

1595. Hans Sachs, the People's Goethe of the 16. century.
The Westminster Review 1888, März.
s. Nr. 290.

1596. **Sarcerius**. — Röselmüller, Ant. Wilh., das Leben und Wirken des Erasmus Sarcerius. Ein Beitrag zur Reformationsgeschichte. gr. 4. (28 S. mit Bild.) Programm des Realgymnasiums zu Annaberg (Graser). 0,80 M.

1597. Taverners [Erasmus] Sarcerius on predestination.
The Lutheran church Review 1888, October.

1598. **Schauspiel**. — Brüning, théâtre en Allemagne (Bibl. 1887, Nr. 2059).
Vgl. Zs. f. vergl. Lit.-Gesch. und Renaissance-Lit. N. F. 1, 299 (Creizenach); Histor. Zs. 59, 137 f. (Ellinger).

1599. Weilen, der ägyptische Joseph (Bibl. 1887, Nr. 2060).
Vgl. Germania 33, 120 f. (Bartsch); Zs. f. vergl. Lit.-Gesch. und Renaissance-Lit. N. F. 1, 384—388 (Holstein); Revue critique 22, Nr. 9.

1600. Weilen, A. v., nachträgliche Bemerkungen zum Josephdrama.
Anzeiger f. d. Alterthum 14, 231 f.

1600[a]. Susanna, ein oberengadinisches Drama des 16. Jahrhunderts. Mit Anmerkungen, Grammatik und Glossar herausgegeben von Jacob Ulrich. 8. (VI, 140 S.) Frauenfeld, Huber. 3 M.
Vgl. D. Lit. Zeitung 1888, Sp. 964 f. (W. Meyer). „Wörtliche Übersetzung eines deutschen Schauspieles von Birck."

1601. Straumer, Friedr., eine deutsche Bearbeitung des „Selbstpeinigers" des Terenz aus dem 16. Jahrhundert. 4. (35 S.) 1888. Programm des Gymnasiums zu Chemnitz.

1602. Crüger, über das Straßburger Theater von der Reformation bis zum 30jährigen Kriege.
Verhandlungen der 39. Versammlung deutscher Philologen und Schulmänner (Leipzig, Teubner), S. 186—189.
s. Nr. 74.

1603. Crüger, J., zur Straßburger Schulcomödie.
In: Festschrift zur Feier des 350jährigen Bestehens des protest. Gymnasiums zu Straßburg i. E. I. Theil. (Straßburg 1888, Heitz. 2 Theile. 10 M.) — Vgl. D. Lit. Ztg. 1888, Sp. 1557 f. (Ziegler).

1604. Zeidler, Jac., die Schauspielthätigkeit der Schüler und Studenten Wiens. 8. (44 S.) Programm des Gymnasiums zu Oberhollabrunn.

1605. Teuber, Oscar, Geschichte des Prager Theaters, von den Anfängen des Schauspielwesens bis auf die neueste Zeit. 3 Theile. gr. 8. Prag, Haase. 18 M.
Vgl. Blätter f. literar. Unterhaltung 1888, I, 207 f. (Feodor Wehl).

1606. Filtsch, Eugen, Geschichte des deutschen Theaters in Siebenbürgen.
Archiv d. Vereins f. siebenbürg. Landeskunde N. F. 21, 515—590.

1607. Gaedertz, Karl, archivalische Nachrichten über die Theaterzustände von Hildesheim, Lübeck, Lüneburg im 16. u. 17. Jahrh. Beiträge zur deutschen Cultur- und Kirchengeschichte, gesammelt und mit Anmerkungen hrsg. gr. 8. (VI, 160 S.) Bremen 1888, Müller. 4 M.

1608. Wehrmann, Beiträge zur pommerschen Litteraturgeschichte.
Monatsblätter hrsg. von d. Gesellschaft f. pommersche Geschichte 1888, H. 11.

1609. Holstein, H., zur Litteratur des lateinischen Schauspiels des 16. Jahrhunderts.
Zs. f. d. Philologie 20, 97—108.

1610. Bolte, J., kleine Beiträge zur Geschichte des Dramas.
Zs. f. d. Alterthum 32, 1—24.

1611. Bolte, J., die streitenden Liebhaber, eine Gesangsposse aus dem 17. Jahrhundert.
Vierteljahrsschrift f. Litteraturgeschichte 1, H. 1.

1612. Meißner, englische Comödianten (Bibl. 1885, Nr. 1552).
Vgl. Anz. f. d. Alterthum 14, 88 f. (Seuffert).

1613. Trautmann, italienische Schauspieler am bayerischen Hofe (S.-A. von Bibl. 1887, Nr. 2078 [München, Lindau]).
Vgl. Zs. f. vergl. Lit.-Gesch. u. Renaissance-Lit. N. F. 1, 475 f. (Crüger); Giornale storico della lett. ital. 10, 439.

1614. Trautmann, Karl, französische Schauspieler am bayerischen Hofe.
Jahrbuch f. Münchener Geschichte 2, 185—334.

1615. Jostes, Franz, englische Schauspieler in Münster.
Nd. Korrespondenzblatt 13, 37 f.

1616. **Schmelzl**, von Spengler (Bibl. 1886, Nr. 2024[a]).
Vgl. Anz. f. d. Alterthum 14, 88 f. (Seuffert).

1617. Schullerus, A., Oper und Kirchenmusik.
Siebenbürg. Korrespondenzblatt 11, 12—15.

Schauspiel, s. Nr. 994 ff., 1691 f.

1618. **Scheit.** — Strauch, Ph., zwei fliegende Blätter von Caspar Scheit.
Vierteljahrsschrift f. Lit.-Gesch. 1, H. 1.

1619. **Schwänke.** — Bobertag, F., 400 Schwänke aus dem 16. Jahrhundert. 8. (XXIV, 409 S.) Stuttgart, Spemann. Kürschners deutsche Nationallitteratur Lief. 416—418. à 0,50 M.
Vgl. Zs. f. deutsche Sprache 2, 35 f. u. 394 f. (Kummerow, Worterklärungen.)

1620. **Selnecker.** — Dibelius, D., zur Geschichte und Charakteristik Nicolaus Selneckers.
Beiträge zur sächsischen Kirchengeschichte 4, 1—20.

1621. **Sleidanus.** — Hollaender, A., Beiträge zur Biographie Sleidans.
Korrespondenzblatt d. Westdeutschen Zs. 8, Sp. 150—153.

1622. Hollaender, Alcuin, Sleidaniana.
Zs. f. d. Geschichte d. Oberrheins N. F. 4, 337—342.

1623. **Cyriacus Spangenberg.** — M. Cyriacus Spangenbergs Briefwechsel. Gesammelt u. bearb. von Heinr. Rembe. Briefe von 1550—1584. gr. 8. (147 S.) Dresden 1888, H. J. Naumann. 2,25 M.

1624. Rembe, der Briefwechsel des M. Cyriacus Spangenberg (2. Hälfte: Briefe von 1573—1584).
Mansfelder Blätter, Jahrg. 2.

s. Nr. 1411.

1625. **Joh. Spangenberg**, bellum grammaticale ed. Schneider (Bibl. 1887, Nr. 2097).
Vgl. Lit. Centralblatt 1888, Sp. 184 f.

1626. **Wolfhart Spangenberg**, ausgewählte Dichtungen (Bibl. 1887, Nr. 2099).
Vgl. Lit. Blatt 1888, Sp. 254 f. (Socin); Anz. f. d. Alterthum 14, 128—130 (Pniower); Germania 33, 121 (Bartsch).

1627. **Speratus.** — Rogge, B., Paul Speratus, ein Herold des Evangeliums in Mähren und Reformator des Herzogthums Preußen. 2. Aufl. 12. (15 S.) Barmen, Klein. 0,10 M. Für die Feste und Freunde des Gustav Adolf-Vereins, Nr. 9.

1628. Birlinger, A., Paul Speratus.
Alemannia 16, 154—157.

Sprüche, s. Nr. 1009, auch Nr. 1015.

1629. **Staupitz.** — Keller, Ludwig, Johann Staupitz und die Anfänge der Reformation. Nach den Quellen dargestellt. gr. 8. (XIII, 434 S.) Leipzig 1888, Hirzel. 7 M.

1630. **Sturm.** — Veil, H., zum Gedächtniß Johannes Sturms. Eine Studie über J. Sturms Unterrichtsspiele und Schuleinrichtungen mit besonderer Berücksichtigung seiner Beziehungen zu dem niederländischen Humanismus. In: Festschrift z. Feier d. 350jährigen Bestehens d. protest. Gymnasiums zu Straßburg i. E. I. Theil. (Straßburg 1888, Heitz. 2 Theile. 10 M.)
Vgl. D. Lit. Ztg. 1888, Sp. 1556 f. (Ziegler).

Sulzer, s. Nr. 1411.

1631. **Georg Thyms** Gedicht Thedel von Wallmoden. Hrsg. von Paul Zimmermann. 8. (XVI, 68 S.) Halle, Niemeyer. 0,60 M. Neudrucke deutscher Litteraturwerke des XVI. u. XVII. Jahrhunderts, Nr. 72.

1632. **Toxites.** — Schmidt, C., Michael Schütz, genannt Toxites. Leben eines Humanisten und Arztes aus dem 16. Jahrh. gr. 8. (VII, 131 S.) Straßburg 1888, Schmidt. 2,80 M.

1633. **Trotzendorf.** — Sturm, L., Valentin Trotzendorf und die lateinische Schule zu Goldberg. Festschrift zur Feier des 400jährigen Geburtstages Trotzendorfs, geb. den 14. Februar 1490. Mit dem Bildnisse Trotzendorfs. gr. 8. (164 S.) Ebenda. 1,80 M.

1634. **Tschudi.** — Vögelin, S., Aegidius Tschudis epigraphische Studien in Südfrankreich und Italien. Ein Beitrag zur Geschichte des deutschen Humanismus.
Mittheilungen der Antiquar. Gesellschaft in Zürich 23, H. 1 (47 S.) Leipzig 1888, in Comm. bei K. W. Hiersemann. 2,70 fr.

Wildenberg, Anark v., s. Nr. 81.

1635. **Weigel.** — Israel, A., M. Val. Weigels Leben und Schriften. Nach den Quellen dargestellt. Mit Weigels Bildniß und einer Nachbildung seiner Handschrift. gr. 8. (II, 167 S.) Zschopau, Raschke. 3 M.

1636. **Wimpfeling.** — Knod, G., zur Bibliographie Wimpfelings. (Ein Nachtrag zu Schmidts Index Bibliographicus.)
Centralblatt f. Bibliothekswesen 5, H. 11.

1637. Martin, Ernst, Stylpho Jacobi Vympfelingii Sletstatini.
Straßburger Studien 3, 472—484.

1638. Holstein, ein Wimpfeling-Codex.
Allgem. Ztg. 1888, Beilage Nr. 108.

1639. **Zanchius.** — Böhl, die Harmonia Confessionum nach Zanchius' Briefwechsel.
Reformator. Kirchenztg. 49, 774—776.

1640. **Zwingli.** — Baur, Aug., Zwinglis Theologie, ihr Wirken und ihr System. 2. Bd. 1. Hälfte. gr. 8. (400 S.) Halle, Niemeyer. 9 M.

1641. Baur, A., zur Einleitung in Zwinglis Schrift: In catabaptistarum strophas elenchus.
Zs. f. Kirchengeschichte 10, 330—344.

1642. Persius, Conrad, Huldreich Zwingli. 12. (42 S.) Barmen, Klein. 0,10 M. Für die Feste und Freunde des Gustav Adolf-Vereins, Nr. 63.

1643. Usteri, J. M., zur theologischen Entwicklung Zwinglis.
Theolog. Studien und Kritiken 1889, 140 f.
s. Nr. 1512.

D. Altsächsisch.

1644. Steinmeyer, zum sächsischen Taufgelöbniß.
Anz. f. d. Alterthum 14, 287—289.
Heliand, s. Nr. 278 f.

E. Mittelniederdeutsch.

1645. **Aesopus.** — Sprenger, R., zum nd. Aesopus.
Nd. Jahrbuch 13, 69—74.

1646. **Bibel.** — Nörrenberg, C., eine alte nd. Bibelübersetzung.
Nd. Korrespondenzblatt 13, 28.

1647. **Bugenhagens**, Johs., Briefwechsel. Im Auftrage d. Gesellschaft f. pommersche Geschichte u. Alterthumskunde gesammelt u. hrsg. von O. Vogt. gr. 8. (XXI, 636 S.) Stettin, Saunier in Comm.
Vgl. Lit. Centralblatt 1888, Sp. 1369 f.; Theol. Lit. Blatt 1888, Sp. 399.

1648. Vogt, Dr. Johannes Bugenhagens Briefwechsel.
Baltische Studien 38. Jahrg., H. 1 ff.

1649. Vogt, O., Bugenhagens Briefwechsel und Lebensbild.
Protest. Kirchenztg. 1888, Nr. 32.

1650. Vogt, Dr. Johannes Bugenhagens Briefwechsel.
Monatsblätter, hrsg. von d. Gesellschaft f. pommersche Geschichte u. Alterthumskunde, Jahrg. 1888.

1650ª. Hering, Herm., Doctor Pomeranus, Johannes Bugenhagen. Ein Lebensbild aus der Zeit der Reformation. gr. 8. (IV, 175 S.) Halle, Niemeyer in Comm. 2,40 M. Schriften d. Vereins f. Reformationsgeschichte, Nr. 22.
s. Nr. 1498.

1651. **Arnold Buschmann.** — Luther, Johannes, ein Kölner Druck des Mirakels von Arnt Bosmann aus dem Jahre 1506.
Nd. Korrespondenzblatt 13, 28 f.

1652. **Chronik.** — Les mémoires de Barthélemy Sastrow, bourgmestre de Stralsund, trad. par Ed. Fick. 2 Vol. in 4⁰. Genève, imprimerie J. G. Fick (Basel u. Genf, H. Georg).
Chronik, s. auch Nr. 1652.

1653. **Daniel von Soest**, ein westphälischer Satiriker des 16. Jahrhunderts, herausgeg. u. erläutert von Franz Jostes. gr. 8. (XII, 404 S.) Paderborn 1888, Schöningh. 8 M. Quellen und Untersuchungen zur Geschichte, Cultur und Litteratur Westphalens, I. Bd.
Vgl. Lit. Centralblatt 1888, Sp. 763; D. Lit. Ztg. 1888, Sp. 979—981 (Edward Schröder); Nd. Korrespondenzblatt 13, 14—16 (K. E. H. Krause); Blätter f. literar. Unterhaltung 1888, Nr. 26 (Schröter).

1654. **Gelegenheitsgedicht.** — Hille, Doctor Ludwig Hansens Jubiläumsgedicht auf Itzehoe vom Jahre 1738.
Nd. Korrespondenzblatt 13, 67—69.

1655. **Gerhard von Minden.** — Damköhler, Ed., zu Gerhard von Minden.
Germania 33, 497—499.

1656. Damköhler, Ed., zu Gerhard von Minden.
Nd. Jahrbuch 13, 75—81.

1657. Sprenger, R., Brake (zu Jahrbuch XIII, 80).
Nd. Korrespondenzblatt 13, 88.

1658. **Guido von Alet**, von H. Brandes.
Nd. Jahrbuch 13, 81—96.

1659. **Joris.** — Hofmeister, A., und H. C. Rogge, nog iets over den Rostocker band met tractaten van David Joris.
Bibliograph. Adversaria II. Reeks, Deel 2, S. 86—93. — Vgl. Nd. Korrespondenzblatt 13, 79 f. (K. E. H. Krause).

Kalenberger, s. Nr. 1828.

1660. **Kalender.** — Schlüter, W., ein niederdeutscher Kalender auf das Jahr 1563.
Nd. Korrespondenzblatt 13, 35—37.

1661. **Lauremberg.** — Bolte, J., Laurembergs handschriftlicher Nachlaß.
Nd. Jahrbuch 13, 42—54.

1662. Sandvoß, F., zu Lauremberg 1, 352.
Nd. Korrespondenzblatt 13, 3 f.

Reimbüchlein, s. Nr. 1017.

1663. **Reinke de Vos**, von Prien (Bibl. 1887, Nr. 2134).
Vgl. D. Lit. Ztg. 1888, Sp. 392 f. (Seelmann); Nd. Korrespondenzblatt 13, 31 f. (Hofmeister); Herrigs Archiv 80, 468 f.; Athenäum Nr. 345.

1664. Prien, hochdeutsche Reinke-Übersetzung (Bibl. 1887, Nr. 2185).
Vgl. Herrigs Archiv 80, 468 f.

1665. Sprenger, R., zu Reinke de Vos.
Germania 33, 220—224.

1666. Damköhler, Ed., zu Reinke de Vos.
Germania 33, 379—384.

1667. Sandvoß, Meibôm to Aken (zu Reineke Voß v. 2781).
Nd. Korrespondenzblatt 13, 47 f. — Dazu R. Pick, S. 72 f.

1668. Brandes, H., die litterarische Thätigkeit des Verfassers des Reinke.
Zs. f. d. Alterthum 32, 24—41.

1669. Lange, Martin, Goethes Quellen und Hilfsmittel bei der Bearbeitung des Reinecke Fuchs. 4. (18 S.) Programm des Gymnasiums zu Dresden — Neustadt.

1670. **Rosenkranz.** — Hölscher, B., der goldene Rosenkranz, deutsch und lateinisch, nach alten Manuscripten.
Zs. f. vaterländ. Geschichte u. Alterthumskunde Westphalens 46, 60—72. (Aus: Berliner Jahresbericht 1888, XVII, 26).

1671. **Schauspiel.** — Gaedertz, niederdeutsches Drama (Bibl. 1885, Nr. 1557).
Vgl. Herrigs Archiv 80, 353—356.

1672. Wedde, Johs., Theophilus. Das Faust-Drama des deutschen Mittelalters, übersetzt und mit einer erläuternden Einleitung versehen. 8. (LXIII, 79 S.) Hamburg, Grüning. 2 M.
s. Nr. 994 ff., 1598 ff.

1673. **Johan Statwech,** von W. Seelmann.
Nd. Jahrbuch 13, 121—128.

1674. **Tundalus.** — Grimme, F., ein neues Bruchstück der niederrheinischen Tundalusdichtung.
Paul u. Braune, Beiträge 13, 340—358.

1675. **Gregorius Wagner.** — Hofmeister, Ad., Rime van dem Talltergen, Todeligen, Schendigen Hasen Dûuele, von D. Gregorius Wagner von Resell.
Nd. Korrespondenzblatt 13, 1—3. — Einleitendes Gedicht zu der Ausgabe von Musculus' Hosenteufel, 1556; dazu Bolte, S. 29.

F. Altfriesisch.

1676. Gallée, H. J., Bruchstücke einer altfriesischen Psalmenübersetzung.
Zs. f. d. Alterthum 32, 417—422.

G. Alt- und Mittelniederländisch.

1677. **St.-Amand** I, V. 66 door Em. Spanoghe.
Tijdschrift voor Ned. Taal- en Letterkunde VIII, 320.

1678. **Bibel.** — Doedes, J. J., een tot heden onbekend Nieuw — Testament in het Nederlandsch, 1530.
Bibliographische Adversaria 2. R. I, S. 22—25.

Bijns, Anna, s. Nr. 512.

1679. **Jan Boendale,** ook geheeten Jan De Clerc, zijn leven, zijne werken en zijn dood, door H. Haerynck. 8. (225 S.) Gent, Leliaert, Siffer et Ce. 3 fr.

1680. **Cornhert,** door Jan ten Brink. 8. (14 S.) Gent, Leliaert, Siffer et Ce. 0,30 fr. S.-A. aus: Dietsche Warande.

1681. **Flandrijs.** Leidener Bruchstück, von Joh. Franck.
Tijdschrift voor Ned. Taal- en Letterkunde VIII, 247—253.

1682. **Floris ende Blancefloer**, von W. Zuidema.
Noord en Zuid 11, H. 4.

1683. **G. de Groote.** — Een mystiek boekje op naam van Gerrit de Groote, door J. G. R. Acquoy.
Handel. en Mededeel. van de Maatsch. der Nederl. Letterkunde 1888, S. 64 bis 74.

1684. **Lieder.** — Niederländische geistliche Lieder, von Bäumker.
Vgl. de Nederl. Spectator 1888, 287—289 (J. G R. Acquoy).

1685. Middeleeuwsche geesteljke liederen en leisen, door J. G. R. Acquoy. 4. (XII, 57 S.) 's-Grav., Nijhoff. 3,50 fl.

1686. Eenige oude Dietsche versjes (Geistliche Lieder des 15. Jhdts.) door V. Becker.
De Katholiek VI, 385—394.

1687. Ontwect van slape wie dat ghy zijt! Oud Nederlandsch lied, door Fl. van Duyse.
Tijdschrift der Vereen. voor Noord-Nederlandsche Muziekgeschiedenis III, 111 bis 119.

1688. Brandes, Hermann, kleine mittelniederländische Dichtungen.
Nd. Jahrbuch 13, 111—121.

1689. De twee eerste Musyckboekskens van Tielman Susato door J. C. M van Riemsdijk.
Tijdschrift der vereen. voor Noord-Nederlandsche Muziekgeschiedenis III, 61 bis 111.

1690. Hs. Nr. 1042 van Meerman (eene verzameling van meerendeels geestelijke liederen tot omstreeks 1525) door J. G. R. Acquoy.
Handel. en Mededeel. van de Maatsch. der Nederl. Letterkunde 1888, S. 56—64.

1691. Een geuzenlied (van † 1569), door J. N. Uitterdijk.
Bijdr. tot de Geschiedenis van Overijssel IX, 94—96.

1692. **Limborch.** — Het Brusselsche handschrift van den Limborch en zijn belang voor den door Van den Bergh uitgegeven tekst, door J. Verdam.
Verslagen en Mededeel. der kon. Akad. van Wetensch. Afd. Lett. 3. R. V, S. 125—153.

1693. Het Brusselsche handschrift van H. van Akens's Limborch, door J. Verdam.
Tijdschrift voor Nederl. Taal- en Letterkunde VIII, 161—210.

1194. Het Heidelbergsche handschrift van den Limborch, door E. T. Kuiper.
Tijdschrift voor Nederl. Taal- en Letterkunde VIII, 210—220.

1695. **Maerlant.** — Van ons Heren Wonden, door H. E. Moltzer.
Tijdschrift voor Ned. Taal- en Letterkunde VIII, 1—6.

1696. de Pauw, Nap., de vijf nieuwe handschriften van Maerlant's Spiegel Historiael.
Verslagen en Mededeel. der kon. Vlaamsche Academie 1888, S. 378—385.

1697. Alexander IV 876, door Cornelia van de Water.
Tijdschrift voor Nederl. Taal- en Letterkunde VIII, 221—223.

1698. Roersch, Lodewijk, Woordenboek op Alexanders geesten van Jacob Van Maerlant. 1e aflev. (A—Daar). 8. (II, 68 S,) Gent, Leliaert, Siffer et Ce. 1 fr. — Uitgaven der koninkl. vlaamsche Academie.

1699. Dander Martijn V. 79—91, door Cornelia van de Water.
Tijdschrift voor Nederl. Taal- en Letterkunde VIII, 228—231 u. 320.
Maerlant s. Nr. 77.

1700. **Penninc**, von Martin.
Allgem. D. Biographie 25, 357 f.

1700ᵃ. **Dirk Potter**, von Martin.
Allgem. D. Biographie 26, 487.

1701. Potter (Dirc, Middeleeuwsche liefdesgeschiedenissen door Jan ten Brink.
Nederland 1888, II, S. 357—404.

1702. **Potter** (Gerijt) van der Loo en zijne vertaling van Froissart, door J. W. Muller.
Tijdschrift voor Ned. Taal- en Letterkunde VIII, 264—295.

1703. **Reinaert**. Reinaerdiana door J. W. Muller.
De Nederl. Spectator 1888, 122—124 u. 133—136.

1704. Reinaert II V. 5048 f. door Cornelia van de Water.
Tijdschrift voor Ned. Taal- en Letterkunde VIII, 223—225.

1705. De **Sachsenspiegel** in Nederland, uitg. door B. J. L. de Geer van Jutphas, 1ˢᵗᵉ stuk. Oudere tekst (XII, 191 S.) 's-Grav., Nijhoff. 3,50 fl. Werken van de vereeniging tot uitg. der bronnen van het oude vaderlandsche recht Nr. 10.

1706. **Schauspiel**. — Maes, J., Oorsprong en ontwikkeling van het nederlandsch drama in de middeleeuwen.
Het Belfort 1888, März.

1707. Worp, J. A., Plautus op ons tooneel.
Tijdschr. voor Nederl. Taal- en Letterkunde 8, 81 ff.

1708. Houwaert als tooneeldichter. Plagiaat in de 16ᵈᵉ eeuw, door G. Kalff.
Tijdschrift voor Ned. Taal- en Letterkunde VIII, 231—235.

1709. De Sevenste Bliscap van Maria. Mysteriespel de XVᵉ eeuw, uitgegeven op last der Kon. vlaamsche Academie van taal- en letterkunde door K. Stallaert. 8. (XXXII, 116 S.) Gent, S. Leliaert, A. Siffer & Cᵉ. 2,50 fr. — Bijvoegsel aan de Sevenste Bliscap van Maria. Woordenlijst. Door K. Stallaert. 8. (S. 117—142.) Ebenda. 0,50 fr.

1710. **Spruchdichtungen**. — Bäumker, W., mittelniederländische Spruchdichtungen.
Nd. Jahrbuch 13, 104—110.

1711. **Westfriesche Stadrechten**, uitg. door M. S. Pols. (I, 234 u. 186 S.) 's-Grav., Nijhoff. 7,80 fl. Werken van de vereeniging tot uitgave der bronnen van het oude vaterlandsche recht Nr. 7.

1712. **Verschiedenes**. — Twee handschriften uit de XVᵈᵉ eeuw. (Ein Leben Jesu und niederländ. Gebete), door J. Gielen.
De Maasgouw VI, S. 1 ff.

1713. Anth. van Hemert, Rem. van Eertborre en Frans Amelzy, Ned. schrijvers der 16. eeuw, door K. Sermon.
Verslagen en Medeel. der Kon. vlaamsche Acad. 1888, S. 40—66.

1714. Hamel, A. G. van, Parsifal — Perceval.
De Gids LII, III, S. 290—324.

1715. De Potter, F., onze boeren volgens de Middelnederlandsche dichters. 8. (19 S.) Gent, Leliaert, Siffer & Cᵉ. S.-A. von Het Belfort III, 105—119.

H. Altenglisch.

Bibliographie, s. oben Nr. 91 u. 114. — Lesebücher, s. Nr. 1143 ff.

α) Angelsächsisch.

1716. Bibliothek der angelsächsischen Poesie, begründet von Ch. W. M. Grein. Neu bearb., verm. und nach neuen Lesungen der Handschriften hrsg. von Rich. Paul Wülker. 2. Bd., 1. Hälfte. gr. 8. (VI, 210 S.) Kassel 1888, Wigand. 8 M.

1717. **Beówulf.** — Beówulf, mit ausführlichem Glossar hrsg. von Moritz Heyne. 5. Aufl., besorgt durch Adolf Socin. gr. 8. (X, 299 S.) Paderborn, Schöningh. 5 M. — Bibliothek der ältesten deutschen Litteraturdenkmäler, 3. Bd.

1718. ten Brink, B., Beowulf. Untersuchungen. gr. 8. (VIII, 248 S.) Straßburg, Trübner. 6 M. Quellen u. Forschungen, H. 62.
Vgl. Anglia 11, 319—321 (R. Wülker); Zs. f. Volkskunde 1, 101 f. (E. H. Meyer).

1719. Sarrazin, Gregor, Beowulf-Studien. Ein Beitrag zur Geschichte altgermanischer Sage und Dichtung. gr. 8. (VII, 220 S.) Berlin, Meyer u. Müller. 5 M.
Vgl. Anglia 11, 536—539 (R. Wülker).

1720. Kittredge, G. L., zu Béowulf 107 ff.
Paul u. Braune, Beiträge 13, 210.

1721. Corson, H., A Passage of „Béowulf".
Modern Language Notes III, H. 4. — V. 2725 (nach Heyne).

1722. Earle, A Translation of the Beowulf in English Prose. Oxford, Clarendon Press.

1723. Nader, Syntax des Beowulf. Tempus und Modus im Beowulf. (Forts. von Bibl. 1887, Nr. 2178).
Anglia 11, 444—499.

1724. **Caedmon.** — Hunt, Th. W., Caedmons Exodus and Daniel. Edited from Grein. Third Edition. Boston 1888, Ginn & Co.
Vgl. Anglia 11, 321 f. (R. Wülker).

1725. Kempf, E., Darstellung der Syntax in der sog. Caedmonschen Exodus. 8. (55 S.) Leipziger Dissert. Leipzig, Fock. 1 M.
Vgl. Anglia 11, 323 (R. Wülker).

1726. Cook, A. S., Milton and Caedmon.
Academy Nr. 869.

1727. **Cynewulf.** — Zupitza, J., Cynewulfs Elene, mit einem Glossar hrsg. 3. Aufl. 8. (VIII, 89 S.) Berlin, Weidmannsche Buchhandlung.

1728. Glöde, O., Cynewulfs Juliana und ihre Quelle.
Anglia 11, 146—158.

1729. Napier, A. S., The Old English Poem „The Fates of the Apostles".
Academy Nr. 853.

1730. Cremer, M., metrische und sprachliche Untersuchungen der altenglischen Gedichte Andreas, Gûđlâc, Phoenix (Elene, Juliana, Christ). Ein Beitrag zur Cynewulffrage. 8. (51 S.) Bonner Dissert.

1731. Frucht, Ph., Metrisches und Sprachliches zu Cynwulfs Elene, Juliane und Crist. Greifswalder Dissert. 1887.

1732. Leiding, Herm., die Sprache der Cynewulfschen Dichtungen Crist, Juliana und Elene. gr. 8. (79 S.) Göttinger Dissert. Marburg, Elwert. 1,80 M.
Vgl. D. Lit. Ztg. 1888, Sp. 1114 f. (Holthausen).

1733. **Judith.** — An Old English Epic Fragment. Edited, with Introduction, Translation, Complete Glossary and Various Indexes. By Albert S. Cook. 8. (66 S.) Boston, Heath & Co.
Vgl. Anglia 11, 540 f. (Wülker).

1734. York Powell, F., The Cliff of the Dead among Teutons.
Academy Nr. 859 u. 860. — Anschließend an Judith, V. 111—121; dazu Mayhew, ebenda Nr. 861 („does Old-English neowel mean dark"?); F. York Powell, Nr. 862; G. Vigfusson, Nr. 863; Albert S. Cook, Nr. 865; W. H. Stevenson, Nr. 866.

1735. **Waldere.** — Dieter, F., die Walderefragmente und die ursprüngliche Gestalt der Walthersage. II.
Anglia 11, 159—170.

1736. **Klage der Frau etc.** — Hicketier, F., Klage der Frau, Botschaft des Gemahls und Ruine.
Anglia 11, 363—368.

1737. **Vercelli-Buch.** — Cook, A. S., Cardinal Guala and the Vercelli book. Supplement to the report of the secretary of the board of regents Sacramento, California University. 8. S.

1738. **Aelfred.** — Wichmann, J., König Aelfreds angelsächsische Übertragung der Psalmen I—LI excl.
Anglia 11, 39—96.

1739. Gieschen, L., die charakteristischen Unterschiede der einzelnen Schreiber im Hatton Ms. der Cura Pastoralis. 8. (96 S.) Greifswalder Dissert.

1740. Wülfing, Ernst, Darstellung der Syntax in König Alfreds Übersetzung von Gregors dem Großen „Cura Pastoralis". 1. Hälfte. gr. 8. (69 S.) Bonner Dissert. Leipzig 1888, Fock. 1,50 M.
Vgl. Anglia 11, 322 f. (R. Wülker); Lit. Blatt 1888, Sp. 372.

1741. **Aelfric.** — Zimmermann, D., die beiden Fassungen des dem Abt Aelfric zugeschriebenen angelsächsischen Tractats über die siebenfältigen Gaben des heiligen Geistes. 1888. Leipziger Dissert.
Vgl. Anglia 11, 555 f. (R. Wülker).

1742. Schrader, Studien zur Aelfricschen Syntax (Bibl. 1887, Nr. 2200).
Vgl. D. Lit. Ztg. 1888, Sp. 1500 (Holthausen); Lit. Blatt 1888, Sp. 351—353 (Klinghardt).

1743. Wells, B. W., Strong Verbs in Aelfrics Judith.
Modern Language Notes III, H. 1.

1744. Wells, B. W., Strong Verbs in Aelfrics Saints.
Modern Language Notes III, H. 4 u. 5.

1745. **Alcuin.** — Assmann, B., Übersetzung von Alcuins de virtutibus et vitiis liber ad Widonem Comitem.
Anglia 11, 371—391.

1746. **Eadwine's** Canterbury Psalter. Ed. with Introduction and Notes by Fred. Harsley. Part II. Text and Notes. Early English Text Society Nr. 92. London 1889.
Vgl. Anglia 11, 641 (Wülker).

1747. **Evangelien.** — Skeat, The Gospel according to Saint Matthew (Bibl. 1887, Nr. 2202).
Athenäum Nr. 3145; Modern Language Notes 3, Nr. 5 (Cook).

1748. **Benedictinerregel.** — Bibliothek der angelsächsischen Prosa. Begründet von Ch. W. M. Grein. Fortgesetzt unter Mitwirkung mehrerer Fachgenossen von Rich. Paul Wülker. 2. Bd. 2. Hälfte. gr. 8. Kassel 1888, Wigand. 6 M.
Inhalt: Die angelsächs. Prosabearbeitungen der Benedictinerregel. Hrsg. von Arn. Schröer. 2. Hälfte (XLIV u. S. 143—260).

1749. The Rule of St. Benet. Latin and Anglo-Saxon Interlinear-Version, hrsg. von H. Logeman. gr. 8. (LXIII, 125 + 4 S.) Utrechter Dissert. Utrecht u. London 1888, Trübner & Co.
Vgl. Anglia 11, 541 f. (R. Wülker).

1750. Glossen. — Zupitza, J., Two Glosses in Dr. Sweets „Oldest English Texts".
Academy Nr. 844. — Immunes orceas (Corpus Glossen Nr. 1080); orca, orc (Epinal Gl. Nr. 680, Corpus Gl. 1454); dazu H. Logeman, ebenda Nr. 846; Sweet, ebenda, Nr. 847.

1750ª. Logeman, H., A new Aldhelm Gloss.
Academy Nr. 849. — S. Aldhelmi de Laude Virginitatis mit engl. Glossen; doxian (Kluge, Engl. Studien 11, 511) — dosc.

1751. Napier, A., altenglische Glossen.
Engl. Studien 11, 62—67.

1752. Dieter, Ferd., zum Verhältniß der ältesten Glossen-Hss.
Engl. Studien 11, 491 f.

1753. Holthausen, F., Anglo-Saxonica.
Anglia 11, 171—174. — 1. ae. Glossen zu Isidors Synonyma; 2. Varia.

1754. Urkunden. — Earle, a kandbook to the land-charters and other saxonic documents. 8. (426 S.) Oxford, Clarendon Press, London, Frowde. 16 sh.
Vgl. Academy Nr. 851.

1755. de Gray Birch, Walther, an Anglo-Saxon charter.
Athenäum Nr. 3186.

1756. Verschiedenes. — Logeman, H., Anglo-Saxonica Minora.
Anglia 11, 97—120. — Gebete, Glossen (Windnamen); histor. Fragment, Predigten. Dazu R. Wülker, ebenda S. 631.

1757. Napier, A., altenglische Kleinigkeiten.
Anglia 11, 1—10. — Prosastücke meist geistlichen Inhalts.

1758. Assmann, B., Prophezeiung aus dem 1. Januar für das Jahr.
Anglia 11, 369.

1759. Aßmann, B., Vorzeichen des jüngsten Gerichts.
Anglia 11, 369—371.

β) Mittelenglisch.

1760. Amadas. Hippe, Max, Untersuchungen zu der me. Romanze von Sir Amadas. 8. (43 S.) Breslauer Dissert. u. S.-A. aus Herrigs Archiv, Bd. 81.

1761. Benedictinerregel. — Schröer, Arn., die Winteney-Version der Regula S. Benedicti, lateinisch und englisch, mit Einl., Anmerkungen, Glossar und einem Facs. zum ersten Male hrsg. gr. 8. (XXVIII, 175 S.) Halle 1888, Niemeyer. 5 M.
Vgl. Anglia 11, 323 f. (R. Wülker); Gött. gel. Anz. 1888, Nr. 26 (Morsbach).

1762. Auchinleck-Ms. — Krause, F., kleine Publicationen aus der Auchinleck-Hs. IX.
Englische Studien 11, 1—62. — The King of Tars.

1763. Barbour. — Baudisch, Charaktere im Bruce (Bibl. 1887, Nr. 2165).
Vgl. Engl. Studien 11, 308 (Kölbing).

1764. The Bruce; compiled by Master John Barbour. Edited with a Preface, Notes and Glossarial Index by W. W. Skeat. Part. IV. London 1889.
Vgl. Anglia 11, 642 (Wülker).

1765. Barbour's Legends of the Saints, by W. M. Metcalfe. Scottish Text Society.

s. Nr. 598.

1766. **Beves.** — The Romance of Sir Beues of Hamtoun. Edited by E. Kölbing. Part II. Early English Text Society. Extra Series XLVIII. London, für 1886.
Vgl. Anglia 11, 325 (Wülker).

1767. The **Bibles** of England. A Plain Account for Plain People of the Principal Versions of the Bibles in English, by Andrew Edgar and Alexander Gardner.

1768. The Story of the Psalters; a History of the Metrical Versions of Great Britain and America, from 1549 to 1885. By Henry Alexander Glaß. London, Kegan Paul, Trench & Co.
Vgl. Academy Nr. 830.

1769. Buelbring, K. D., The Earliest Complete English Prose Psalter.
Academy Nr. 868, S. 407ᶜ.

1770. **Caxton.** — The Curial made by maystere Alain Charretier. Translated thus in Englysh by William Caxton. 1484. Collated with the French Original by Paul Meyer and edited by F. J. Furnivall. gr. 8. (20 S.) Early English Text Society, Extra Series LIV. London 1888.
Vgl. Anglia 11, 637 f. (Flügel).

1771. The **English Charlemagne Romances.** Part XII. The Boke of Duke Huon of Burdeux, done into English by Sir John Bourchier, Lord Berners, and printed by Wynkyn de Worde, about 1554. A. D. Edited by S. L. Lee. Part IV. Early English Text Society. Extra Series L. London, für 1887.
Vgl. Anglia 11, 325 (Wülker); Academy Nr. 828; Athenäum Nr. 3176.

1772. **Chaucer,** by Adolphus William Ward. New ed. 8. (194 S.) London, Macmillan. 1 sh. (English Men of Letters).

1773. Chaucers Canterbury Tales. Edited by Alfred Pollard. Vol. 2. 12. London, Paul, Trench & Co. Parchment Library.

1774. Canterbury Poets. — Chaucer, Selected and edited by Frederik Noel Paton. London, Walther Scott.
Vgl. Academy Nr. 864 (Alfred W. Pollard).

1775. Willert, Hans, G. Chaucer. The Hous of Fame. (Text, Varianten, Anmerkungen.) gr. 4. (45 S.) Berlin, Gaertner. 1 M.

1776. Chaucer, The Minor Poems, edited by W. W. Skeat. Oxford, Clarendon Press Series. 1888.
Vgl. Anglia 11, 641 f. (Wülker).

1777. Gräf, Ad., das Perfectum bei Chaucer. Eine syntaktische Untersuchung. 8. (96 S.) Kieler Dissert., und gr. 8. (102 S.) Colberg, Warnke. 1,50 M.
Vgl. Anglia 11, 326 (Wülker).

1778. Heußler, Fr., die Stellung von Subject und Prädicat in der Erzählung des Melibeus und in der des Pfarrers in Chaucers Canterbury Tales. 8. (28 S.) Programm des Gymnasiums in Wesel 1888, Nr. 434.

1779. Skeat, W. W., The word „*Herenus*“ in Chaucer.
Academy Nr. 818 u. 825.

1780. **Skeat,** W. W., „The Craft of Lovers“.
Academy Nr. 826.

1781. **Skeat,** W. W., The Date of Chaucer's „Lenvoy a Bukton“.
Academy Nr. 832.

1782. **Skeat,** W. W., Two more sources of Chaucer's Works.
Academy Nr. 831, 834, 835.

1783. **Mc Clumpha**, Charles Flint, The Alliteration of Chaucer. Leipziger Dissert.
Vgl. Anglia 11, 326 (Wülker).

1784. **Kölbing**, E., zu Chaucers Sir Thopas.
Engl. Studien 11, 495—511.

1785. **Paget Toynbee**, The Colour „Pers" in Chaucer.
Academy Nr. 855; dazu J. P. Emslie, ebenda Nr. 856; Logeman, Nr. 857; Toynbee, Nr. 859.

1786. **Kittredge**, G. L., Chaucer and Maximianus.
American Journal of Philology IX, H. 1.

1787. **Palgrave**, Chaucer and the Italian Renaissance.
The Nineteenth Century, September.

1788. **Kittredge**, G. L., John Heywood and Chaucer.
American Journal of Philology IX, H. 4.

1789. **Hales**, John W., Geoffrey and Thomas Chaucer.
Athenäum Nr. 3153. — Dazu W. Rye, ebenda Nr. 3154; J. Hamilton Wylie u. Walford D Selby, Nr. 3155.

1790. Selby **Walford** D., Geoffrey Chaucer and William de Beauchamp, Knt.
Athenäum Nr. 3161.

1791. **Selby**, Walford D., Three New Chaucer Notices.
Athenäum Nr. 3144.

1792. **Furnivall**, F. J., The Chaucer Article in The Dictionary of National Biography.
Academy Nr. 866.

1793. **Graham**, Wilson, A Chaucer Concordance.
Academy Nr. 848; s. auch Athenäum Nr. 3171, S. 162ᵃ.

1794. **The Chaucer** Society's Second Series veröffentlicht nach Academy Nr. 859, S. 256: Originals and Analogues of the Canterbury Tales, part V (Schluß), by W. A. Clouston; John Lane's Continuation of Chaucer's Squire's Tale, edited by F. J. Furnivall, part I; Supplementary Canterbury Tales; 2, The Tale of Beryn, part II, Forewords by F. J. Furnivall, Notes by F. Vipan etc., and Glossary by W. G. Stone; with an Essay on Analogues of the Tale, by W. A. Clouston.

1795. Cursor Mundi. — **Hupe**, H., zum Handschriftenverhältniß und zur Textkritik des Cursor Mundi.
Anglia 11, 121—145.

1796. **Hupe**, H., The Mss. of the English versions of the Cursor Mundi, their Forms and Dialects.
Academy Nr. 864, S. 341, und Athenäum Nr. 3187 (Vortrag in der Philol. Society).

1797. **Kaluza**, M., zum Handschriftenverhältniß und zur Textkritik des Cursor Mundi.
Engl. Studien 11, 235—275.

1798. Dunbar, von Schipper (Bibl. 1887, Nr. 2225).
Vgl. Zs. f. vergl. Lit.-Gesch. u. Renaissance-Lit. N. F. 1, 295—297 (G. Sarrazin).

1799. Gawain. — **Bradley**, Henry, The English Gawain-Poet and „The Wars of Alexander".
Academy Nr. 819.

1800. Godric. — **Zupitza**, J., Cantus beati Godrici.
Engl. Studien 11, 401—432.

1800ᵃ. Sir Gowther, von Breul (Bibl. 1886, Nr. 2184).
Vgl. Anz. f. d. Alterthum 14, 205—210 u. 304 (Brandl).

1801. **Guy of Warwick.** — The Romance of Guy of Warwick. Edited by J. Zupitza. Part II.. Early English Text Society. Extra Series XLIX. London 1887.
Vgl. Anglia 11, 324 f. (Wülker).

1802. **Ipotis**, von Gruber (Bibl. 1887, Nr. 2228).
Vgl. Anglia 11, 642 f. (Wülker).

1803. **Layamon.** — Zessack, Alex., die beiden Handschriften von Layamons Brut und ihr Verhältniß zu einander. gr. 8. (62 S.) Breslauer Dissert. Breslau, Köhler. 1 M.
Vgl. Lit. Blatt 1888, Sp. 470.

1804. Krautwald, Heinr., Layamons Brut, verglichen mit Waces Roman de Brut in Bezug auf die Darstellung der Culturverhältnisse Englands. I. gr. 8. (32 S.) Dissert. Breslau, Köhler. 1 M.

1805. **Legenden.** — Horstmann, C., Nachträge zu den Legenden.
Herrigs Archiv 80, 114—135.

1806. Retzlaff, O., über den nordenglischen Legendencyclus der Mss. Harl. 4196 und Cotton. Tib. E. VII. 8. (58 S.) Berliner Dissert.

1807. The Early South English Legendary or Lives of Saints. I. Ms. Laud. 108. Edited by C. Horstmann. Early English Text Society Nr. 87. London 1887.
Vgl. Anglia 11, 543 f. (Wülker).

1808. Legends of the Saints in the Scottish Dialects of the Fourteenth Century. Part I. Edited by W. M. Metcalfe. Scottish Text Society.
Vgl. Academy Nr. 857.

1809. The Life of Saint Werburge of Chester. By Henry Bradshaw. Englisht A. D. 1513, Brinted by Pynson A. D. 1521, and now Reedited by C. Hortsmann. Early English Text Society Nr. 88. London 1887.
Vgl. Anglia 11, 543 f. (Wülker).

1810. Skeat, W. W., Legend of Good Women. Edited by W. W. St. Oxford, Clarendon Press.

1811. Fischer, R., zur Sprache und Autorschaft der mittelengl. Legenden St. Editha und St. Etheldreda.
Anglia 11, 175—218.

Brendanus-Legende, s. Nr. 809.

1812. **Lydgate.** — Horstmann, K., Kalender in Versen.
Herrigs Archiv 80, 116—135 (Berliner Jahresbericht 1888, XVI, 419).

1813. **Malory.** — Sommer, H. O., The Relationship of the Several Editions of Malory's „Morte Darthur".
Academy Nr. 860.

1814. **Robert Manning.** — Furnivall, F. J., Chronicles of Robert of Brunne. 2 Vols. London, „Master of the Rolls" Series.
Vgl. Academy Nr. 845 (Elton).

1815. **Mandeville.** — Bovenschen, Untersuchungen über Johann von Mandeville und die Quellen seiner Reisebeschreibung.
Zs. d. Gesellschaft f. Erdkunde zu Berlin 1888, H. 3/4.

1816. **Dan Michel.** — Evers, R. W., Beiträge zur Erklärung und Textkritik von Dan Michels Ayenbite of Inwyt. gr. 8. (V, 117 S.) Erlangen, Deichert. 2 M. Erlanger Dissert.

1817. **L. Minot.** — Dangel, Max, Laurence Minots Gedichte. 4. (18 S.) Programm des städt. Realgymnasiums in Königsberg.

1818. **Occleve.** — Skeat, W. W., A Poem by Hoccleve.
Academy Nr. 836 u. 838.

1819. Aster, Fr., das Verhältniß des altengl. Gedichts „De regimine principum" von Thomas Hoccleve zu seinen Quellen nebst einer Einleitung über Leben und Werke des Dichters. 8. (57 S.) Leipziger Dissert.

1820. **Robert von Gloucester.** — The Metrical Chronicle of Robert of Gloucester. Edited by William Aldis Wright. 2 Vols.
Vgl. Athenäum Nr. 3165.

1821. Robert of Gloucester, von W. H. Cooke und W. Aldis Wright.
Athenäum Nr. 3159, 3160 u. 3166.

1822. Simon de Montfort and his Cause 1251—1266. Extracts from the Writings of Robert of Gloucester, Matthew Paris, William Pishanger, Thomas of Wykes etc. Selected and arranged by W. A. Hutton. 8. (189 S.) New-York, Putnam's Sons.

1823. **Parson of Kalenborow.** — Schröder, Edward, der Parson of Kalenborow und seine niederdeutsche Quelle.
Nd. Jahrbuch 13, 129—152.

1824. **Parthenay.** — Hattendorf, Wilh., Sprache und Dialect des spätmittelengl. Romans of Parthenay. 8. (54 S.) Göttinger Dissert.

1825. **Partonopeus.** — Weingärtner, Felix, die mittelenglischen Fassungen der Partonopeussage und ihr Verhältniß zum altfrz. Originale. Dissert. gr. 8. (64 S.) Breslau, Köhler. 1 M.

1826. **Predigten.** — Horstmann, C., proprium Sanctorum, Zusatz-Homilien des Ms. Vernon.
Herrigs Archiv 80, 83 ff. u. 299 ff.

1827. Vollkardt, W., Einfluß der lateinischen geistlichen Litteratur auf einige kleinere Schöpfungen der englischen Übergangsperiode. gr. 8. (68 S.) Leipzig 1888, Fock. 1,50 M. Leipziger Dissert.
Der Nachweis wird geliefert an einigen Stücken der von Morris hrsg. Predigten. — Vgl. Anglia 11, 324 (Wülker).

1828. **Rolle.** — Andreae, Percy, die Handschriften des Pricke of Conscience von Richard Rolle de Hampole im Britischen Museum. gr. 8. (61 S.) Dissert. Berlin 1888, Mayer u. Müller. 1,50 M.
Vgl. Academy Nr. 825; s. auch Athenäum Nr. 3155, S. 473ᶜ.

1829. Middendorf, H., Studien über Richard Rolle von Hampole unter besonderer Berücksichtigung seiner Psalmencommentare. gr. 8. (61 S.) Leipziger Dissert. Leipzig, Fock.
Vgl. Anglia 11, 326.

1830. Buelbring, K. D., The four Dublin MSS. of Hampole's Pricke of Conscience.
Academy Nr. 868, S. 407ᶜ.

1831. **Rose.** — Lindner, F., die englische Übersetzung des Romans von der Rose.
Engl. Studien 11, 163—173.

1832. Skeat, W. W., A further Note on the „Romaunt of the Rose".
Academy Nr. 853.

1833. **Schauspiel.** — Stoddard, Francis H., References for students of Miracle Plays and mysteries. 8. (67 S.) Berkeley 1887. University of California Library Bulletin Nr. 8.
Vgl. Lit. Blatt 1888, Sp. 117—120 (Fr. Neumann); Anglia 11, 325 f. (Wülker); Anz. f. d. Alterthum 14, 229 (Schönbach); Centralblatt f. Bibliothekswesen 5, 327 f. (Suchier).

1834. Hohlfeld, A., die altengl. Collectivmisterien, unter besonderer Berücksichtigung des Verhältnisses der York- und Towneley-Spiele.
Anglia 11, 219—310.

1835. Dibdin, James C., The Annals of the Edinburgh Stage with an Account of the Rise and Progress of Dramatic Writing in Scotland. 8. (508 S.) Edinburgh, Cameron.
Vgl. Athenäum Nr. 3181.

1836. Gaedertz, K. Th., zur Kenntniß der altengl. Bühne nebst anderen Beiträgen zur Shakespeare-Litteratur. Mit der ersten authentischen inneren Ansicht des Schwan-Theaters in London und Nachbildung von Lucas Cranachs Pyramus und Thisbe. Bremen 1888, Müller. 2 M.
Vgl. Lit. Centralblatt 1888, Sp. 1489—91 (C); Academy Nr. 840 (Blind).

1837. Seege of Troye. — Granz, Th., über die Quellengemeinschaft des me. Gedichtes Seege oder Batayle of Troye und des mhd. Gedichtes vom trojanischen Kriege des Konrad von Würzburg. Leipziger Dissert. 1888.
Vgl. Anglia 11, 327 (Wülker).

1838. Torrent of Portyngale. — Reedited from the unique Ms. in the Chetham library, Manchester, by E. Adam. 8. (XXXIV, 120 S.) London. Early English Text Society, Extra Series, LI.
Vgl. Anglia 11, 542 (Wülker).

1839. Vices and Virtues, being a Soul's Confession of its Sins, with Reason's Description of the Virtues. Ed. by Ferd. Holthausen. Part. I. Text and Translation. 8. (151 S.) Early English Text Society Nr. 89. London 1888.
Vgl. Anglia 11, 544 (Wülker).

Wiclef, s. Nr. 106.

1840. Ywain und Gawain, von Schleich (Bibl. 1887, Nr. 2267).
Vgl. Lit. Centralblatt 1888, Sp. 1417 (Wülker); D. Lit. Ztg. 1888, Sp. 394 f. (Breul); Lit. Blatt 1888, Sp. 262 f. (Einenkel).

I. Altnordisch.

Bibliographie, s. oben Nr. 91 u. 115 ff.; auch Nr. 73.

1841. Vigfusson. — Powell, corpus poet. boreale (Bibl. 1886, Nr. 2210).
Vgl. Gött. gel. Anz. 1888, Nr. 5 (Hoffory).

1842. Edda Snorra Sturlusonar, T. III (Bibl. 1887, Nr. 2269*).
Vgl. Lit. Blatt 1888, Sp. 155—156 (Mogk); Anz. f. d. Alterthum 14, 263—267; Gött. gel. Anz. 1888, Nr. 5 (Burg).

1843. Gering, Glossar (Bibl. 1887, Nr. 2271).
Vgl. Lit. Centralblatt 1888, Sp. 25 f. (Mogk); Arkiv f. nord. Filologi 5, 168 bis 171 (Ranisch); Zs. f. d. österr. Gymnasien 1888, 57 f. (Detter).

1844. Eddalieder. Altnordische Gedichte mythologischen und heroischen Inhalts, hrsg. von Finnur Jónsson. I. Gedichte mythologischen Inhalts. 8. (XIV, 138 S.) Halle, Niemeyer. 3 M. Altnordische Textbibliothek, hrsg. von E. Mogk, Nr. 2.
Vgl. Revue critique 22, Nr. 11.

1845. Sijmons, B., die Lieder der Edda. 1. Bd. Text. 1. Hälfte: Götterlieder. gr. 8. (XVI, 222 S.) Halle, Buchh. d. Waisenhauses. 5 M. Germanistische Handbibliothek. 7. Bd. 1. Hälfte.
Vgl. D. Lit. Ztg. 1888, Sp. 1452—54 (Niedner).

1846. Heusler, Vǫlo spǫ́ (Bibl. 1887, Nr. 2272).
Vgl. Zs. f. d. österr. Gymnasien 1888, 755 f. (Detter).

1847. **Ranisch**, Wilh., zur Kritik und Metrik der Hamþismál. Inaugural-Dissert. gr. 8. (81 S.) Berlin, Mayer & Müller. 2 M.

1848. **Jónsson**, F., Hárbarþsljóþ.
Aarbøger for nord. oldkyndighed II. R., Bd. 3, H. 2.

1849. **Baumgartner**, A., das altnordische Sonnenlied (Sólarljóð). Ein christlicher Gesang der Edda.
Stimmen aus Maria-Laach 1888, H. 4.

1850. **Meyer**, R. M., die Anordnung der eddischen Heldenlieder.
Zs. f. d. Alterthum 32, 402—407.

1850[a]. **Saemund Sigfússon**, von Oscar Brenner.
Allgem. Ztg. 1888, Beilage Nr. 163.

1851. **Vetter**, Ferd., an der Wiege der älteren Edda.
Neue Züricher Ztg. 1888, Nr. 295, 297, 298, 299, 300.

1852. **Sz.**, die Quellen der Edda.
Am Urds-Brunnen Bd. 6, Jahrg. 7, Nr. 11.

1553. **Ólsen**, Björn Magnússon, nogle bemærkninger till et vers i Haustlöng.
Arkiv f. nord. Filologi 5, 285—288.

1854. **Wisén**, Th., Emendationer och exegeser till norröna dikter. III. 8. (S. 49—80.) Lund 1888. Akadem. Programm.

1855. **Falk**, Hj., med hvilken ret kaldes skaldesproget kunstigt?
Arkiv f. nord. Filologi 5, 245—277.

1856. **Þorkelsson**, Jón, Háttalykill Lopts ríka Guttormssonar kveðinn til Kristínar Oddsdóttur.
Småstykker udgivne af Samfund til udgivelse af gammel nordisk litteratur, H. 11.

1857. **Hammershaimb**, Faerøsk Anthologi (Bibl. 1887, Nr. 2283), 3. Heft. 8. (S. 433—460 + 96 S.) Kopenhagen 1888. 3 Kr.

1858. **Noreen-Schück**, Bröms Gyllemärs Visbok (Bibl. 1887, Nr. 2284).
Vgl. Archivio per lo studio delle trad. pop. VI, H. 4 (Di Martino).

1859. The **Landnáma-Bóc**, edited by G. Vigfusson and F. York Powell. Oxford, Clarendon Press.

1860. **Islandske** Annaler indtil 1578. Udg. for det norske historiske Kildeskriftfond ved Gustav Storm. 8. (2 + LXXXIV + 667 S.) Kristiania 1888. 7 Kr.
Vgl. Lit. Centralblatt 1888, Sp. 1652 f. (Mogk).

1861. **Gardiner**, An Island Chronicle.
The Antiquary 1888, August.

1862. Sagor. — **Jónsson**, Finnur, Egils Saga Skallagrímssonar (Bibl. 1887, Nr. 2288). 8. (S. 433—465 + XCV S.) 3. Heft. (Schluß.) Kopenhagen 1888. 3 Kr.

1863. **Falk**, Hj., Bemerkungen zu den Lausavísur der Egilssaga.
Paul u. Braune, Beiträge 13, 359—366.

1864. **Dodge**, D. K., On a verse in the old norse „Höfudlausn".
Modern Language Notes III, Nr. 1.

1865. **Khull**, Ferd., die Geschichte des Skalden Egil Skallagrimson. Ein german. Dichterleben aus dem 10. Jahrh. Dem Altisländ. nacherzählt. gr. 8. (VI, 184 S.) Wien, Graeser. 3 M.

1866. **Khull**, Ferd., Viga-Glum. Eine german. Bauerngeschichte der Heidenzeit. Aus dem Altisländ. frei u. verkürzt übertragen von F. Khull. Lex.-8. (32 S.) Progr. des II. Staatsgymnasiums in Graz. 2 M.

1867. **Möbius**, Kormaks saga (Bibl. 1886, Nr. 2289[a]).
Vgl. Anz. f. d. Alterthum 14, 43—55 (Heinzel); Germania 33, 116 (Bartsch).

1868. Ólsen, Björn Magnússon, om versene i Kormaks saga.
Aarbøger for nord. Oldkynd. og hist. 1888, 1—86. (Aus: Berliner Jahresbericht 1888, XII, 198.)

1869. Sage von **Thorwald Kodransson**, von Lasonder (Bibl. 1887, Nr. 2290).
Vgl. Lit. Blatt 1888, Sp. 50 f. (Brenner).

1870. **Völsunga Saga**: The Story of the Volsungs and Nibelungs, edited, with Notes, by H. H. Sparling. London, Scott.

1871. Cederschiöld, Gustaf, bidrag till kritiken af **Bandamannasagas** text.
Arkiv f. nord. Filologi 5, 150—154.

1872. **Ǫrvar-odds saga**, hrsg. von R. C. Boer. 8. (LII, 220 S.) Leiden 1888, Brill.

1873. Calaminus, W., zur Kritik und Erklärung der altnordischen **Frithjofssage**. gr. 8. (77 S.) Dissert. Jena 1887, Pohle. 2 M.

1874. Icelandic sagas, ed. Vigfusson (Bibl. 1887, Nr. 2296).
Vgl. Academy Nr. 845 (Elton).

1875. Glöde, G., der nordische **Tristanroman** und die ästhetische Würdigung Gottfrieds von Straßburg.
Germania 33, 17—27.

Nord. Sagen s. Nr. 797 u. 1075 ff.

1876. **Gesetzbücher**. — Noreen, Adolf, bidrag till äldre **Västgötalagens** täkstkritik.
Arkiv f. nord. Filologi 5, 385—394.

1877. Lorenzen, M., nyfundne fragmenter af en codex af Magnus Erikssons landslag.
Arkiv f. nord. Filologi 5, 110.

Nord. Gesetze, s. Nr. 648 u. 650.

1878. Carpenter, W. H., A Fragment of Old Icelandic.
Modern Language Notes III, H. 3. — **Homilie**.

1879. Larsson, Studier över den stockholmska **homilieboken** (Bibl. 1887, Nr. 2300).
Vgl. Lit. Centralblatt 1888, Sp. 452 (Mogk); Lit. Blatt 1888, Sp. 444 f. (Brenner); Anz. f. d. Alterthum 14, 267—273 (Heinzel).

1880. Wisén, Th., några ord om den stockholmska **homilieboken**. Ett genmäle. 8, (2 + 38 S.) Lund 1888, Gleerup. 0,75 Kr. (Auch als Beilage zu Arkiv f. nord. Filologi IV.)
Vgl. Lit. Blatt 1888, Sp. 444 f. (Brenner).

1881. Wisén, textkritiska anmärkningar (Bibl. 1887, Nr. 2301).
Vgl. Lit. Blatt 1888, Sp. 444 f. (Brenner).

1882. Larsson, L., Svar på profässor Wiséns „Textkritiska anmärkningar till den stockholmska homilieboken" (Bihang till förf. Studier över den stockholmska homilieboken I—II). 8. (74 S.) Lund 1888, Malmström & Komp. (Auch als Beilage zu Arkiv f. nord. Filologi IV.)
Vgl. Lit. Blatt 1888, Sp. 444 f. (Brenner).

Heil. Brigitta, s. Nr. 810 ff.

1883. **Schauspiel**. — Comoedia de Mundo et Paupere, et dansk skuespil fra begyndelsen af det 17. aarhundrede, udgivet for Universitets-Jubilaeets danske samfund H. 41 af S. Birket Smith. 8. (XVIII, 119 S.) Kopenhagen 1888, Thieles Buchdruckerei. 3,25 Kr.

1884. Hegelund, P., Susanna og Calumnia, udg. paa ny af S. Pirket Smith. 1. Heft. 8. Kopenhagen 1888, Universitets-Jubilaeets danske samfund H. 45. 2,50 Kr.

1885. **Johannes Messenius** samlade dramer utgifna af Henrik Schück. H. 4. (S. 207—260) Upsala 1888.

1886. **Olaus Petri.** — Schück, H., några småskrifter af Olavus Petri.
Samlaren 1888, 5—26.
s. Nr. 812.

1887. **Klaus Lyskander,** Billeslägstens Rimkrønike, udg. af H. F. Rørdam. 8. Kopenhagen 1888, Universitets-Jubilaeets danske samfund, H. 43. 2,50 Kr.

1888. **Verschiedenes.** — Daae, L., ur en svensk handskrift från början af sextonde århundradet.
Hist. tidskr. (schwed.) 1888, 167—170.

1889. Wiselgren, H., Reconditi labores Otryckta böcker af svenska författare från 15- och 16 hundratalen.
Samlaren 1888, 99—114.

1890. (Klemming, G. E.), Sveriges älsta tidning.
Samlaren 1888, 174—178.

1891. Svenskt Diplomatarium från och med år 1401. Utgifvet af riksarchivet genom Carl Silfverstolpe. D. 3, H. 2, 3 (S. 97—292) Stockholm 1888, Norstedt & söner. 5 Kr.

1892. Svenska Riksdagsakter jämte andra handlingar, som höra till statsförfattningens historia under tidehvarfvet 1521—1718. Första delen II. 1544—1560. Med understöd af statsmedel utg. af K. riksarkivet genom E. Hildebrand. 8. (S. 413—835 + 12 S.) Stockholm, Norstedt & söner. 10 Kr.

1893. Svenska riksrådets protokoll. Med understöd af statsmedel i tryck utgifvet af kongl. riksarkivet genom Severin Bergh. V. 1635. 8. (IX + 444 S.) Stockholm 1888, Norstedt & söner. Handl. rör. Sveriges historia. Ser. 3.

1894. Sverges traktater med främmande magter jemte andra dit hörande handlingar utgifna af O. S. Rydberg. Fjerde delen III, IV. 1561—1571. 8. (S. 329—604 + VI S.) Stockholm, Norstedt & söner. 9 Kr.

1895. Konung Gustaf den förstes Registratur. Utg. af kongl. riksarchivet genom Victor Granlund. XI. 1536—1537. 8. (4 + 432 + 75 S.) Stockholm 1888, Norstedt & söner. 9 Kr. Handl. rör. Sveriges historia. Ser. 1.

1896. Ödberg, F., Förteckning öfver räfste tingsdombref för Vestergötland under medeltiden.
Vestergötlands fornminnesföreningens tidskrift H. 4/5, S. 1—24.

1897. Permebref samt andra äldre handlingar, de flesta rörande domkyrka i Skara.
Vestergötlands fornminnsföreningens tidskrift H. 4/5, S. 61—112.

1898. Diplomatarium norvegicum. Oldbreve til Kundskab om Norges indre og ydre Forhold, Sprog, Slägter, Säder, Lovgivning og Rettergang i Middelalderen. Samlede og udgivne af C. R. Unger og H. J. Huitfeldt-Kaas. Saml. 12, Anden Halvdel. 4. (S. 417—918) Kristiania 1888, P. T. Malling. 6 Kr.

LITTERATUR.

Beiträge zur Syntax der Mainzer Mundart. Gießener Dissertation von H. Reis. Mainz 1891. 46 S.

Die Mundarten, die nach ihrer Laut- und Formenlehre uns in Programmen und Dissertationen immer näher gerückt werden, haben nach ihrer syntaktischen Seite noch wenig Beachtung gefunden. Wohl wird in den einzelnen Idiotica auch für die Syntax Material aufgespeichert, aber es gleicht einem Schatze, der erst gehoben werden muß. Und doch kann die Mundart zur Aufhellung der Schriftsprache und ihrer Probleme von der Syntax aus noch mehr beitragen als von anderen Gebieten der Grammatik her. Und daneben verspricht sie hier schon dadurch mehr Anregung, daß der Blick nicht am Körperlichen haften bleibt, sondern von einzelnen Fügungen aus viel eher in die Anschauungsweise und die Eigenart bestimmter Volksgruppen dringt.

Trotzdem hatten wir bislang nur eine syntaktische Darstellung einer Mundart, die Untersuchungen von G. Binz zur Baselstädtischen Mundart (Stuttgart 1888), an die sich Reis schon insoferne anlehnt, als er aus der Mainzer Mundart denjenigen Theil der Syntax darstellt, den Binz für die Baselstädtische ausgeschlossen hatte, das Capitel der Wortformen. Gleichwie die verdienstvolle Arbeit von Binz ist auch die von Reis der Anregung Behaghels entsprungen, nur daß Reis anscheinend noch entschiedener unter dessen Einfluß steht. Die psychologischen Momente, die hier als Quelle syntaktischer Verschiebungen bloßgelegt werden, sind alte Bekannte aus der Laut- und Formenlehre; deutlich tritt die Neigung zu Tage, die Syntax unter dem Gesichtspunkte der Abhängigkeit von formellen Verschiebungen zu betrachten.

Von hier aus haben sich Anschauungen wie die über das dialectische statt *wir*, *eich* statt *ich* entwickelt, gegen deren Herleitung aus *mir* dem Dat. Sing., resp. Acc. Plural schon Tobler meines Erachtens mit Recht Einsprache erhoben hat. Auch die Darstellung auf S. 12 wurzelt hierin, wo die Einwucherung von Hilfsverben ganz aus dem Formenmangel des Flexionssystems erklärt wird, statt aus der allgemeinen Erfahrung, daß die Formen im Laufe der Zeit sich abnützen und das verflüchtigte Gewicht durch Häufung zu ersetzen suchen. Hierher gehört auch die Erklärung des *wo* im Relativsatze (*die Leute*, *wo*) S. 25, der Reis S. 26 als zweite diejenige folgen läßt, die auch Referent vertritt. Inwiefern in diesen Zusammenhang auch die Erklärung des periphrastischen Perfects gehört, ist an anderer Stelle ausführlicher dargelegt[1]).

Mehr aus dem Charakter einer Erstlingsschrift erklärt sich wohl die Abneigung des Verfassers, von den Einzelheiten zu allgemeineren Ergebnissen aufzusteigen, die z. B. an der flüchtigen Behandlung des Präsens historicum auffallen muß (S. 19).

[1]) Vgl. Wunderlich, Der deutsche Satzbau. Stuttgart, Cotta, 1892. S. 48 ff.

Als Erstlingsarbeit in anderem Sinne hatte die vorliegende Studie auch mit Schwierigkeiten zu kämpfen, die nicht verkannt werden sollen. Wie sehr auf uns Syntaktikern der Zwang lastet, in unsere Darstellung immer wieder Auskünfte einzumischen über die Methode, die wir befolgen, über die Voraussetzungen, von denen wir ausgehen, hat Referent erst neuerdings wieder empfunden, da er die Einzeldarstellung eines Schriftstellers unternahm und ihm als unumgängliche Vorarbeit hierzu eine theoretische Darstellung der Gesammtsyntax daraus erwuchs. Bei Reis tritt diese Zwangslage ganz besonders in dem Abschnitte über die Modi zu Tage. Um zu dem Schlusse zu gelangen, daß im Nebensatze der Indicativ vorherrscht (S. 27), der Conjunctiv aber meist in denselben Fällen eintritt wie in der Schriftsprache (S. 2. 29), macht er uns vorher mit seinen Anschauungen über die Entwicklung aller unserer Nebensatzformen bekannt. Anderseits aber vermissen wir gerade an anderen Stellen die Betonung der historischen Grundanschauung, so wenn S. 29 von einem „Weglassen" der Conjunction *daz* gesprochen wird. Auch die Behauptung, daß der pronominale Vorläufer des Daßsatzes (*es*) zur Hervorhebung der Thatsächlichkeit dienen solle (S. 29), gehört hierher. Das *es* ist auch in dieser Function rein pronominal, es weist auf den Inhalt des Satzes voraus, weil er dem Bewußtsein des Redenden schon innewohnt. Dies trifft aber meist auf thatsächliche Inhalte zu.

Was die Ergebnisse selbst nun anbetrifft, so haben wir solche, in denen sich die Mainzer Mundart von anderen abhebt[2]) (vgl. S. 34. 37. 38. 39. 40. 43[2]). 44) und solche, die allgemeiner für die Umgangssprache namentlich des Südens gelten. Wir sehen, daß die Futurumschreibung mit *werden* hier nur rein modal verwendet wird (S. 23), daß *als* (S. 27) nicht in Temporalsätzen und *da* (S. 27) nicht in Causalsätzen auftritt, daß der Absichtsatz mit Vorliebe an *daß* mit dem Indicativ festhält (S. 28) und die indirecte Rede in der Umgangssprache ebensowenig beliebt ist (S. 29) als der Infinitiv mit *zu* (S. 31), während das Particip Präs. dort überhaupt ganz unbekannt ist (S. 30). Hübsch beobachtet sind auch die Frage- und Heischeformen an Stelle der Conditionalpartikeln, sowie die Differenzen im Numerus S. 35 ff., wo namentlich das Plural-*s* ansprechend erklärt wird. Daß Referent an der von Reis (S. 42) vorgetragenen Erklärung des Personalpronomens im Dativ neben dem Possessivpronomen (*meinem Vater sein Haus*) gegen Tobler festhält, ist ebenfalls in der Schrift über den deutschen Satzbau (S. 154 ff.) ausführlicher erörtert.

HEIDELBERG, Juli 1892. H. WUNDERLICH.

---

[2]) Ob wirklich das mittelhochdeutsche *iu* der Adjectivflexion sich unter der ländlichen Bevölkerung erhalten hat, darüber dürften wohl nur Kenner des Mainzer Dialectes mit dem Verfasser rechten.

VERZEICHNISS

DER MITARBEITER UND DEREN BEITRÄGE IN BAND 25—37 DER GERMANIA.

Althof, Hermann.

Kritische Bemerkungen zum Waltharius. XXXVII, 1.

Amira, K. v.

Zur Textgeschichte des Frostuþingsbók. XXXII, 129.

Andresen, K. G.

1. Heutige Geschlechtsnamen aus *Thiuda, Diet.* XXVII, 149.
2. Heutige Geschlechtsnamen aus *Hrod, Hruod.* XXVIII, 46.
3. Heutige Geschlechtsnamen aus *hlod, hlud* und aus *liud.* XXIX, 301.
4. Personennamen. XXXI, 439.

Apfelstedt, Friedrich.

1. Bruchstücke eines unbekannten epischen Gedichtes. XXVI, 95.
2. Zur Pariser Liederhandschrift. XXVI, 213.

Bäbler, J. J.

Ein Tagelied. XXXIII, 283.

Bächtold, J.

1. Züricher Tristan - Bruchstücke. XXIX, 71.
2. Züricher Parzival - Bruchstück. XXX, 317.
3. Zur Geschichte der Manessischen Liederhandschrift. XXXI, 437.
4. 21 Fabeln, Schwänke und Erzählungen des XV. Jahrhunderts. XXXIII, 257.

Bahder, Karl v.

I. Aufsätze:

1. Zum König Rother. XXIX, 229 u. 257.
2. Lamprechts Alexanderlied und seine Heimat. XXX, 385.
3. Zu Wernher vom Niederrhein und dem wilden Mann. XXX, 396.
4. Worterklärungen. XXX, 399.
5. Zu Spervogel. XXXI, 98.
6. Gereimte Beichte aus Upsala. XXXI, 99.
7. Canticum Rustardini. XXXI, 104.
8. Des Hundes Nôt. XXXI, 105.
9. Kopenhagener Bruchstücke. XXXI, 280.
10. Johann von Soest ʻDy gemein Bichtʼ. XXXIII, 129.

II. Miscellen:

XXVIII, 252, 384.

Bahlmann, P.

Die Sprichwörter aus des Johannes Murmellius' „Pappa puerorum". XXXV, 400.

Baier, Adalbert.

Der Eingang des Parzival und Gotfrids Tristan. XXV, 404.

Barack, K. A.

1. Bruchstücke zweier Handschriften der Kaiserchronik. XXV, 98.
2. Bruchstücke mhd. Gedichte in der Universitäts- und Landesbibliothek zu Straßburg. XXV, 161.
3. Bruchstück aus Wolframs Parzival. XXX, 84.
4. Bruchstück aus Rudolfs von Ems Wilhelm von Orlens. XXX, 107.

Bartsch, Adolf.

1. Drei Akrosticha. XXXVI, 196.
2. Bruchstücke einer Handschrift der ʻKönigstochterʼ Hans des Bühelers. XXXVI, 246.

Bartsch, Karl.

I. Aufsätze:

1. Die Petersburger Handschrift der Geislerlieder. XXV, 40.

2. Akrostichon bei Heinrich von dem Türlin. XXV, 96.
3. Bruchstücke zweier Handschriften der Kaiserchronik. XXV, 98.
4. Peters von Arberg große Tageweise. XXV, 210.
5. Mhd. Kettenreime. XXV, 335.
6. Zur Textgeschichte von Eilharts Tristrant. XXV, 365.
7. Gebet des XII. Jahrhunderts. XXV, 393.
8. Nicolaus von Landau. XXV, 418.
9. Der Trierer Aegidius. XXVI, 1.
10. Zum Trierer Silvester. XXVI, 57.
11. Zum Floyris. XXVI, 64.
12. Zwei geistliche Volkslieder. XXVI, 101.
13. Volkslieder des XV. Jahrhunderts. XXVII, 225.
14. Psalterien mit deutschen Randbemerkungen. XXVII, 339.
15. Bruchstücke von Konrads Trojanerkriege. XXVII, 356.
16. Kritische Glossen zu einem unkritischen Texte. XXVII, 359.
17. Zu Priester Arnolds Juliane. XXVIII, 257.
18. Poetische Bearbeitung des Maccabäerbuches. XXVIII, 267.
19. Neue Bruchstücke von Sanct Nicolaus. XXIX, 36.
20. Erbsal. XXIX, 134.
21. Die fünfzehn Zeichen von dem jüngsten Gericht. XXIX, 402.
22. Liebeslied aus dem XV. Jahrhundert. XXIX, 406.
23. Über den Tanz. XXX, 193.
24. Die erste Seite der Iweinhandschrift. XXXI, 122.
25. Zu Tatian XXXI, 245.
26. Urkunde mit gereimtem Eingang. XXXI, 442.
27. Deutsches aus einer Escorialhandschrift. XXXI, 497.
28. Der Müttinger. XXXII, 246.
29. Bruchstücke aus Strickers Karl. XXXII, 488.

II. Miscellen:

XXV, 121, 253, 507; XVII, 127, 255; XXVIII, 128; XXIX, 509; XXX, 410; XXXI, 126, 245, 246; XXXII, 127, 382, 384; XXXIII, 57, 255, 508.

III. Recensionen:

XXV, 113; XXVI, 248; XXVIII, 103; XXXI, 123, 233; XXXIII, 108, 116, 118, 234.

IV. Bibliographische Übersicht der Erscheinungen auf dem Gebiete der germanischen Philologie im Jahre 1879: XXV, 453; 1880: XXVI, 423; 1881: XXVII, 421; 1882: XXVIII, 423; 1883: XXIX, 419; 1884: XXX, 411.

Bech, Fedor.

I. Aufsätze:

1. Necken. XXV, 272.
2. Zu Heinrich Frauenlob. XXVI, 257 u. XXIX, 1.
Nibel. 698, 2—3 ed. Bartsch XXVI, 350.
3. Merkwürdiges Zeugniß von der in Halle a./S. um 1477 herrschenden Sprache. XXVI, 351.
4. Nachträge. XXVI, 422.
5. *Dougen*. XXVII, 101.
6. Zum Wortschatze des Chemnitzer Urkundenbuches. XXVII, 159.
7. Vom Eichhorn als Wildpret. XXVII, 189.
8. *Tinne*. XXVII, 190.
9. Zu den Pariser Tagezeiten. XXVII, 385.
10. Wortformen auf *eze*. XXVIII, 296.
11. Kleine Beiträge. XXVIII, 385.
12. Zu Lamprechts Alexander. XXX, 257.
13. Zu Kudrun. XXXII, 116.
14. Zu Walther 25, 35 f. XXXII, 117.
15. Lesefrüchte. XXXV, 185 u. 339.

II. Miscelle:

XXVI, 379.

Bechstein, Reinhold.

I. Aufsätze:

1. Zu Hartmanns Erec. XXV, 319.
2. Drei Conjecturen zu Hartmanns Iwein. XXVI, 385.
3. Anmerkungen zu Heinrichs von Freiberg Tristan. XXXII, 1.
4. Karl Bartsch †. XXXIII, 65.
5. Gottfried-Studien. I. V. d. Hagens.
6. Collation der Florentiner Tristan-Hs. XXXV, 35.
7. Karl Koppmann, zu Walther v. d. Vogelweide. XXXVI, 258.

II. Miscelle:

XVI, 380.

III. Recensionen:

XXVII, 105; XXVIII, 375; XXXVI, 96; XXXVII, 235.

Becker, Reinhold.

I. Aufsatz:

Zu Friedrich von Hausen. XXVIII, 272.

II. Miscelle:

XXXI, 500.

III. Recension:

XXIX, 360.

Beer, L.

Zur mytholog. Methode. XXXIII, 1.

Behaghel, Otto.

I. Aufsätze:

1. Heinrich von Veldeke und Ulrich von Zazikhofen. XXV, 344.
2. Zum Heliand. XXVII, 415.
3. Das Verhältniß der Texte von Lamprechts Alexander. XXXI, 121.
4. Zum Heliand und zur Heliandgrammatik. XXXI, 377.
5. Mhd. *iu* und *ü*. XXXIV, 247 u. 370.
6. Messer. XXXIV, 264.
7. Zu Wolfram. XXXIV, 487.
8. Die Heimat Walthers von der Vogelweide. XXXV, 199.
9. Arnstädter Bruchstücke. XXXV, 385.
10. Zum Lanzelet Ulrichs von Zazikhoven. XXXV, 413.
11. Zu Hans von Bühel. XXXVI, 241.
12. Zu Wolframs Liedern. XXXVI, 257.
13. Zu Germania XXXVI, 2; XXXVI, 314 u. 196 ff.
14. Zu den Mittheilungnn von F. W. E. Roth. XXXVII, 296.

II. Miscelle:

XXVIII, 253.

III. Recension:

XXXIV, 520.

Bernouilli, A.

1. Bruchstücke eines Trojanergedichtes. XXVIII, 30.
2. Reimsprüche des XV. Jahrhunderts. XXX, 214.

Binz, Gustav.

Basler Bruchstücke des Lekensspiegels. XXXVII, 410.

Birlinger, Anton.

I. Aufsätze:

1. Zum älteren mittelfränkischen Sprachschatze. XXV, 347.
2. Nochmals Gîselitze in Meier Helmbrecht. XXV, 432.
3. Bruchstücke aus Hartmanns Iwein. XXVI, 99.
4. Aufzeichnungen der Nonne Adelheid von Linnich. XXVIII, 25.
5. Bruchstücke eines geistlichen Lehrgedichts. XXVIII, 301.
6. Geistliche Lieder vom Niederrhein. XXIX, 409.
7. Bruchstück aus Rudolfs Weltchronik. XXX, 183.

II. Miscellen:

XXV, 507, 508; XXVI, 381.

Blaas, C. M.

1. Volksthümliches aus Niederösterreich. XXV, 426; XXVI, 229 u. XXIX, 85.

2. Bruchstücke aus einem mitteldeutschen Arzneibüchlein. XXVI, 338.
3. Psalterien mit deutschen Randbemerkungen. XXVII, 339.
4. Aus den Predigten Georgs von Giengen. XXX, 88.

Blau, Max Friedrich.

Zur Alexiuslegende. XXXIII, 181 u. XXXIV, 156.

Böckel, Otto.

1. Zur Leonorensage. XXXI, 117.
2. Segen aus dem Odenwalde. XXXI, 345.

Böhme, F. M.

1. Peters von Arberg große Tageweise. XXV, 210.
2. Nachträge zum 'Altdeutschen Liederbuch'. XXXI, 51.

Böhme, Oscar.

1. Beiträge zur Altersbestimmung der in Weigands Wörterbuche enthaltenen nhd. Wortformen. XXVIII, 358 u. 391.
2. Zu Lexers mhd. Handwörterbuche. XXX, 111.
3. Die Übereinstimmung zwischen dem Wigaloistexte und den Lesarten der Handschriftengruppe Bb in Hartmanns Iwein. XXXV, 257.

Bohnenberger, K.

Schwäbisch *e* als Vertreter von *a*. XXXIV, 194.

Borinski, Karl.

1. Zur Warnung. XXXV, 286.
2. Eine ältere deutsche Bearbeitung von Robert le Diable. XXXVII, 44 u. 201.

Bossert, G.

Zwei Lieder aus der Zeit des Schmalkaldischen Krieges. XXX, 211.

Boßler, L.

Die Ortsnamen von Starkenburg und Rheinhessen. XXIX, 307.

Brachmann, Friedrich.

Zu den Minnesängern. XXXI, 443.

Brandstetter, Rennward.

Die Luzerner Bühnenrodel. XXX, 205 u. 325; XXXI, 249.

Brenner, Oscar.

1. Zum Speculum Regale. XXX, 55.
2. Italienisch-deutsche Vocabulare des XV. u. XVI. Jahrhunderts. XXXI, 129.
3. Leute. XXXIV, 245.
4. Ein Brief. XXXIV, 369.
5. Zu Germania XXXIV, 369. XXXV, 413.

Brunner, Hugo.

Miscelle:

XXXI, 246.

Buchwald, G.

Eine Quaestio 'Quodlibetica' des Johann Fabri de Werdea aus dem Jahre 1502. XXXVI, 275.

Buitenrust Hettema, F.

Der alte Druck der Westerlauwerschen Rechte. XXXV, 1.

Cederschiöld, G.

Eine alte Sammlung isländischer Æfindýri. XXV, 129.

Christ, Karl.

Die sogenante Otterbuße. XXXI, 432.

Crane, J. J.

Two Mediaeval Folk-Tales. XXX, 203.

Czerny, A.

I. Aufsatz:

Gedicht aus dem XV. Jahrhundert. XXIX, 404.

II. Miscelle:

XXVIII, 120.

Damköhler, Eduard.

1. Zu Reinke de Vos. XXXIII, 379.

2. *ader* = aber. XXXIII, 480.
3. Zu Gerhard von Minden. XXXIII, 497 u. XXXV, 412.
4. Mundart der Urkunden des Klosters Ilsenburg und der Stadt Halberstadt und die heutige Mundart. XXXV, 129.
5. Zum Satzbau bei Luther. XXXV, 412.
6. Zu Reinke de Vos. XXXVII, 417.

David, Eduard.

Die Wortbildung der Mundart von Krofdorf. XXXVII, 377.

Deiter, Hermann.

Miscelle:

XXVI, 506.

Dunger, Hermann.

1. Der Tristanteppich von Schwarzenberg. XXVIII, 1.
2. 'Hörner aufsetzen' und 'Hahnrei'. XXIX, 59.

Edzardi, Anton.

I. Aufsätze:

1. Zur Þiđrekssaga. XXV, 47, 142, 257 u. 384.
2. Rosengarten und Nibelungensage. XXVI, 172.
3. Kopenhagener Bruchstücke von Rudolfs Weltchronik. XXVII, 60.
4. Fensalir und Vegtamskviđa 12, 5 ff. XXVII, 330.
5. Kleine Beiträge zur Geschichte und Erklärung der Eddalieder. XXVII, 399 u. XXVIII, 17.

II. Recension:

XXVI, 242.

Ehrismann, Gustav.

I. Aufsätze:

1. Das Handschriftenverhältniß des Renner. XXX, 129.
2. Bruchstück eines Facetus. XXX, 284.
3. Zu Eilharts Tristrant V. 1183. XXXI, 56.
4. Spruch auf den schwäbischen Städtekrieg. XXXI, 311.
5. Zum Stricker. (Kleinere Gedichte XI, 207). XXXI, 314.
6. Die Augsburger Hs. des Renner. XXXI, 315.
7. Rennerbruchstücke. XXXI, 393.
8. Paulinzeller Rennerbruchstücke. XXXII, 97.
9. Zu Germania XXXII, 97. XXXIII, 45.
10. Verzeichniß der selbständig erschienenen germanistischen Schriften Karl Bartschs. XXXIII, 94.
11. Zum Seifried Helbling. XXXIII, 370.
12. Eine Hs. des Pfaffen Amis. XXXIV, 251.
13. Jappesstift. XXXIV, 492.
14. Gruntwelle, Selpwege. XXXV, 55.
15. Meatris. XXXV, 58.
16. Unsih, Juwih. XXXV, 58.
17. Ags. *twégen*, *bégen* und einige germanische Verwandtschaftsbegriffe. XXXV, 168.
18. Zum Schlegel des Rüdeger von Hunthofen. XXXV, 403.
19. Ahd. *liuzil* — *lutzil*. XXXVI, 136.
20. Drittes Paulinzeller Rennerbruchstück. XXXVI, 313.
21. Wer nicht weiß, was rechte Lieb sei. XXXVI, 319.
22. Kleinigkeiten. XXXVII, 104.
23. Die Vorsilben *miss-* und *voll-* im Germanischen. XXXVII, 435.

II. Bibliographische Übersicht der Erscheinungen auf dem Gebiete der germanischen Philologie im Jahre 1885: XXXV, 59, 218; 1886: XXXV, 355, 414; 1887: XXXVI, 101, 201, 321, 439; 1888: XXXVII, 297.

Einert, E.

Pfaffe Amis 1—72. XXXIII, 46.

Euling, K.

1. Hs. 1590 der Leipziger Universitätsbibliothek. XXXIII, 159.

2. Mnd. geistliche Gedichte. XXXV, 391.

Faber, M.

Hans Rosenplüt ein Rothschmied XXXV, 407.

Falk.

Miscelle:

XXVI, 382.

Fischer, Hermann.

I. Aufsätze:

1. Kleine Mittheilungen. XXX, 98.
2. Anfrage. XXX, 124.
3. Bruchstücke aus Rudolfs Weltchronik. XXX, 175.
4. Zur Geschichte des deutschen Vocalismus. XXXVII, 108.

II. Recensionen:

XXVII, 233; XXXVI, 406.

Förstemann, Ernst.

Thumelicus. XXVIII, 188.

Franck, J.

Der Minnesänger Puller von Hohenburg und die Burg Wasichenstein. XXV, 329 u. XXVI, 380.

Fränkel, Ludwig.

1. Bibliographie der Uhland-Litteratur. XXXIV, 345.
2. Bemerkungen zur Entwicklung des Grobianismus. XXXVI, 181.
3. Zum Proteusmärchen und anderen wandernden Stoffen. XXXVI, 308.
4. Zu W. Hauffs „Abner“. XXXVII, 38 u. 120.

Frommann, K. G.

1. Neujahrsgruß an die Frauen, von Hans Krug. XXV, 107.
2. Zur Luther-Grammatik. XXVI, 409.

Fulda, Ludwig.

Noch einmal Zelt und Harnisch im 1. und 2. Buche des Parzival. XXXI, 41.

Gallée, J. H.

1. Segenssprüche. XXXII, 452.
2. Zur Legende der heil. Kumernus oder Wilgefortis. XXXIII, 311.

Garthaus, Franz.

Zur Spervogelfrage. XXVIII, 214.

Gaster, M.

Zur Quellenkunde deutscher Sagen und Märchen. XXV, 274 u. XXVI, 199.

Gelhe, Th.

I. Aufsatz:

Bruchstücke aus Rudolfs Weltchronik. XXX, 191.

II. Miscelle:

XXX, 382.

Geete, Robert.

Morgenstunde hat Gold im Munde. XXVI, 348.

Giske, H.

Zur Textkritik des Ezzoleichs. XXVIII, 89.

Glöde, O.

I. Aufsätze:

1. Der nordische Tristanroman und die ästhetische Würdigung Gottfrieds von Straßburg. XXXIII, 17.
2. Die Reimbrechung in Gottfrieds von Straßburg Tristan und den Werken seiner hervorragendsten Schüler. XXXIII, 357.
3. Noch einmal zur Tristansage. XXXV, 344.

II. Recensionen:

XXXVII, 367.

Goedeke, K.

Meisterlieder. XXVIII, 38.

Golther, Wolfgang.

1. Norddeutsche und süddeutsche Heldensage und die älteste Gestalt der Nibelungensage. XXXIV, 265.

2. Die Sprachbewegung in Norwegen. XXXIV, 411.
3. Die Wielandsage und die Wanderung der fränkischen Heldensage. XXXIII, 449.

Gombert, A.

1. Beiträge zur Altersbestimmung der in Weigands Wörterbuche enthaltenen mhd. Wortformen. XXIX, 345 u. 385.
2. Bemerkungen zum deutschen Wörterbuche. XXXIV, 253, 371 u. 493.

Grienberger, Theodor v.

1. Salzburger Bruchstücke. XXXI, 93.
2. Zur deutschen Heldensage. XXXII, 92.
3. Die Vorfahren des Jordanes. XXXIV, 406.
4. Êriliva. XXXIV, 410.
5. Austrônia. XXXVII, 241.

Grillenberger, Otto.

Zu R. Köhlers Abhandlung: „Mich wundert, daß ich fröhlich bin". XXXVI, 318.

Grimme, F.

1. Anklänge an das deutsche Volksepos in Ortsnamen. XXXII, 65.
2. Beiträge zur Geschichte der Minnesänger. XXXII, 367 u. 411, und XXXIII, 47.
3. Zu Iwein V. 553 ff. XXXIII, 58.
4. Die Bezeichnungen *her* und *meister* in der Pariser Hs. der Minnesinger. XXXIII, 437.
5. Die Schweizer Minnesänger. XXXV, 302.
6. Zum Leben Ulrichs von Lichtenstein XXXV, 406.
7. Über die Heimat des Minnesingers Wachsmuot von Künzingen. XXXVII, 146.
8. Vornamenlose Minnesinger. XXXVII, 150.

Haas, Karl.

Der Schelch im Nibelungenliede. XXXIII, 312.

Hagen, Paul.

I. Aufsatz:

Parzivalstudien. XXXVII, 74 u. 121.

II. Recension:

XXXVI, 437.

Hansen, Joseph.

Miscelle:

XXXII, 383.

Hardenberg, C. v.

1. Geistliches Gedicht des XIII. Jahrhunderts. XXV, 339.
2. Die vier Temperamente. XXVII, 418.

Hartfelder, K.

Eine deutsche Übersetzung von Ciceros Cato aus der Humanistenzeit. XXXIII, 27.

Hellen, E. v. d.

Zur Kritik des Wessobrunner Gebetes. XXXI, 272.

Herrmann, Max.

1. Ein Brief an Albrecht von Eyb. XXXIII, 499.
2. Zur fränkischen Sittengeschichte des XV. Jahrhunderts. XXXV, 45.

Heraeus, W.

Miscelle:

XXIX, 134.

Herzog, Hans.

1. Urkundliches zu mhd. Dichtern. XXIX, 31.
2. Die beiden Sagenkreise von Flore und Blanscheflur. XXIX, 137.
3. Zum Memento mori. XXXV, 60.
4. Zum Clîes und Engelhard. XXXI, 325.
5. Her Goeli. XXXI, 326.

Heusler, Andreas.

Zur Lautform des Alemannischen. XXXIV, 112.

Hirt, Hermann.

Zur Metrik des altsächsischen und ahd. Aliterationsverses. XXXVI, 139 u. 279.

Hoefer, A.

I. Aufsatz:

Die Liebe als Gegenstand der volksthümlichen deutschen Poesie. XXX, 401.

II. Miscelle:

XXVIII, 119.

Hohenbühel-Heufler.

Alte Priameln in Mils. XXVIII, 417.

Holthausen, Ferdinand.

1. Zum Ruodlieb. XXIX, 336.
2. Über den Tanz. XXX, 193.
3. Die Quelle des Luzerner Fastnachtspieles vom Jahre 1592. XXXI, 110.
4. Zum Rolandsliede. XXXI, 120.
5. Beiträge zur vergleichenden Märchen- und Sagenkunde. XXXI, 327.

II. Miscelle:

XXXI, 357.

Hornemann, F.

Zu Walthers Vocalspiel. XXIX, 42.

Hornoff, J.

Der Minnesänger Albrecht von Johannsdorf. XXXIII, 385, u. XXXIV, 75.

Jeitteles, Adalbert.

I. Aufsätze:

1. Das Volkslied von Faust. XXVI, 352.
2. Färbemittel und andere Recepte. XXIX, 338.
3. Die fünfzehn Zeichen von dem jüngsten Gericht. XXIX, 402.
4. Bruchstück aus Rudolfs Weltchronik. XXX, 120.
5. Lied vom Ursprung der Eidgenossenschaft. XXX, 323.
6. Lobgesang auf Maria. XXXI, 291.
7. Mittheilungen aus Grazer Handschriften. XXXII, 99.
8. Altdeutsche Glossen aus Innsbruck. XXXIII, 287.
9. Zur nhd. Syntax. XXXII, 356.
10. Predigt auf Johannes den Täufer. XXXV, 170.
11. Mhd. *Tôre*. XXXVII, 264.
12. Zu Germania XXXIII, 313, und XXXV, 262 ff.; XXXVII, 268.

II. Miscellen:

XXVI, 376, 506; XXXI, 367.

Jellinek, M. H.

Zur Declination der ahd. Abstracta. XXXVI, 137.

Jostes, F.

1. Beiträge zur Kenntniß der niederdeutschen Mystik. XXXI, 1 u. 164.
2. Zur Freckenhorster Heberolle. XXXIV, 297.

Kahle, Bernhard.

Aus isländischer Volksüberlieferung. XXXVI, 369.

Kaindl, R. F.

1. Einige Bemerkungen über den Gebrauch der Fremdwörter bei Gottfried von Straßburg. XXXVII, 272.
2. Zu „*sîn*“ in Gottfrieds Tristan v. 559. XXXVII, 416.

Kauffmann, Friedrich.

I. Aufsatz:

Über ahd. Orthographie. XXXVII, 243.

II. Recension:

XXXVII, 368.

Keinz, Friedrich.

1. Bruchstücke von Marienlegenden. XXV, 82.

2. Bruchstück aus der Kindheit Jesu. XXV, 194.
3. Wigamur, Münchener Bruchstücke. XXVII, 289.
4. Psalterien mit deutschen Randbemerkungen. XXVII, 339.
5. Mittheilungen aus der Münchener kön. Bibliothek. XXXI, 57 u. 128.

Klee, G. L.

I. Aufsätze:

1. Zu Kudrun XXV, 396.
2. Die Hochzeit der Frau Füchsin. XXIX, 253.

II. Miscelle:

XXVI, 127.

Köhler, Reinhold.

1. Schildebürger als Name des Todes. XXV, 360.
2. In die Hand, nicht in die Speisen schneiden. XXVIII, 11.
3. Der Fisch Celebrant. XXVIII, 9 u. 512.
4. Zu einem Spruche Meister Rumelants. XXVIII, 185.
5. Erbagast, der aller Diebe Meister ist. XXVIII, 187.
6. Zur Legende von der Königin von Saba oder der Sibylla und dem Kreuzholze. XXIX, 53.
7. Abermals von Elbegast. XXIX, 58.
8. Jammer lernt Weinen. XXIX, 408.
9. Zu Dietrichs von Glezze Gedicht 'Der Borte'. XXXI, 49.
10. Mich wundert, daß ich fröhlich bin. XXX, 313.
11. Eine koptische Variante der Legende von Gregorius auf dem Stein. XXXVI, 198.

Kolb, Chr.

Bruchstück aus der Aventiure Krone. XXXI, 116.

Kölbing, Eugen.

1. Ein Bruchstück des Valvers þáttr. XXV, 385.
2. Zur Tristansage. XXXIV, 187.

Kottenkamp, J.

Zu Gottfrieds Tristan. XXVI, 393.

Kratochwil, Franz.

Über den gegenwärtigen Stand der Suchenwirt-Handschriften. XXXIV, 203, 303 u. 431.

Kraus, Ernst.

1. Über Heinrich von Freiberg. XXX, 1.
2. Ein Bruchstück des Schwabenspiegels. XXX, 170.

Kräuter, J. F.

Bericht über die Verhandlungen der deutsch-romanischen Abtheilung auf der 34. Versammlung deutscher Philologen und Schulmänner in Trier. XXV, 117.

Krüger, K.

Otfried II, 4, 16. XXXII, 297.

Laistner, Ludwig.

1. Nobisbaus und Verwandtes. XXVI, 65 u. 176.
2. Zur ältesten Alba. XXXVI, 415.
3. Zum Reinfried und Archipoeta. XXVI, 420.
4. Ur und Wisent. XXXI, 395.

Lambel, Hans.

I. Aufsatz:

Fragment einer Tristandichtung. XXVI, 356.

II. Miscelle.

XXVI, 256.

III. Recensionen:

XXV, 377; XXVI, 356, 370.

Landau, Alfred.

Miscelle:

XXVI, 382.

Lauchert, F.

Straßburger Bruchstück des Wilhelm von Österreich. XXXVII, 39.

Lehmann, Hans.

Über die Waffen im ags. Beowulfliede. XXXI, 486.

Liebrecht, Felix.

I. Aufsätze:

1. Salomon und Marolf. XXV, 33.
2. Tpru, Purt. XXV, 88 u. XXVI, 508.
3. Kleine Mittheilungen. XXV, 295.
4. Zur norwegischen Volkskunde. XXV, 388.
5. Der Wind in der Dichtung und auch anderswo. XXIX, 243.
6. Arsloh. XXXI, 205.
7. Das nordische Museum. XXXII, 376.
8. Narrengesellschaften. XXXIII, 175.
9. Seewasser in Tempeln. XXXIII, 177.
10. Ein Volksvers. XXXIII, 179.
11. Zur Volkskunde. XXXV, 201, 346.

II. Miscellen:

XXX, 216, 355; XXXII, 493; XXXIII, 243.

Nekrolog:

XXIX, 378.

III. Recensionen:

XXVI, 115, 121, 365; XXVII, 115, 228, 376; XXVIII, 107, 112, 381, 421; XXIX, 354; XXX, 125, 350; XXXI, 347, 351, 355, 498; XXXII, 374.

List, W.

Bruchstück von Jacobs von Maerlant Rymbybel. XXIX, 398.

Lohmeyer, E.

1. Aus der fürstlich Starhembergischen Schloßbibliothek zu Efferding. XXXI, 215.
2. Zum Türheimer Willehalm. XXXII, 332.
3. Zu Germania XXXI, 325; XXXVI, 200.

Lorenz, H.

Das Zeugniß für die deutsche Heldensage in den Annalen von Quedlinburg. XXXI, 137.

Losch, Friedrich.

1. Die Berner Runenalphabete. XXX, 287.
2. Zu den Berner Runenalphabeten. XXXI, 118.
3. Die mit dem Suffix *ni* gebildeten Verbalabstracta im Gotischen. XXXII, 223.
4. Zur Runenlehre. XXXIV, 397.

Lübben, August.

Miscelle:

XXVII, 379.

Marold, Karl.

1. Kritische Untersuchungen über den Einfluß des Lateinischen auf die gotische Bibelübersetzung. XXVI, 129; XXVII, 23; XXVIII, 50.
2. Bericht über die Verhandlungen der germanisch-romanischen Section auf der 35. Versammlung deutscher Philologen und Schulmänner in Stettin. XXVI, 250.
3. Zu Otfried. XXXI, 119.
4. Ahd. Glossen aus Juvencushandschriften. XXXII, 351.
5. Otfrieds Beziehungen zu den biblischen Dichtungen des Juvencus, Sedulius, Arator. XXXII, 385.

Maurer, Konrad.

I. Aufsätze:

1. Die Sprachbewegung in Norwegen. XXV, 1 u. 128.
2. Über Ari Froði und seine Schriften. XXXVI, 61.

II. Miscelle:

XXVI, 505.

III. Recension:

XXV, 232.

Meltzer, Otto.

Zu Nicolaus von Jeroschins Deutschordenschronik, Annaberger Bruchstücke. XXXII, 126.

Michels, Victor.

Zur Beurtheilung von Jacob Grimms Ansicht über das grammatische Geschlecht. XXXVI, 121.

Milchsack, Gustav.

Miscelle:

XXVII, 123.

Mitzschke, Paul.

1. Ein Bruchstück aus Bruder Philipps Marienleben. XXXVII, 183.
2. Aus einem Erfurter latein.-deutschen Glossar des Jahres 1410. XXXVII, 185.
3. Verschmelzung von Präposition + Artikel mit folgender Ortsbezeichnung. XXXVII, 188.

Mogk, E.

I. Aufsatz:

Kopenhagener Bruchstücke von Rudolfs Weltchronik. XXVII, 60.

II. Nekrolog:

Prof. Dr. Anton Edzardi. XXVIII, 126.

Möller.

Miscellen:

XXVI, 382; XXX, 256.

Morgenstern, Gustav.

Zu den Konungasǫgur. XXXVII, 231.

Müller, Alois.

Miscelle:

XXX, 381.

Müller, J. G.

Der Väter Buch. XXV, 409.

Müller, Walther.

Zum Väterbuch. XXXI, 321.

Nagele, Anton.

I. Aufsätze:

1. Hannsen-Wein. XXXI, 346.
2. Die Chronologie der Sprüche Walthers von der Vogelweide. XXXII, 165 u. 257.

II. Anzeige:

XXXIII, 125.

Nerger, K.

I. Aufsatz:

Zu Hartmanns Iwein V. 3473/74. XXVII, 350.

II. Miscelle:

XXV, 384.

Nestle.

Landsknechtlieder. XXV, 91.

Neubourg, H.

Zum Kürenberger. XXX, 78.

Neumann, Friedrich.

1. Untersuchungen über Alpharts Tod. XXV, 300.
2. Tell—Dellinger—Heimdall. XXVI, 343.
3. Iron und Apollonius (Thiđrekssaga Cap. 245—275). XXVII, 1.
4. Die Entwickelung der Ortnitdichtung und der Ortnitsage. XXVII, 191.
5. Zur Geschichte des Wolfdietrich. XXVIII, 346.

Neumann, Fritz.

K. Bartsch als Romanist. XXXIII, 98.

Neuwirth, Josef.

Die Zwettler Verdeutschung des Cato. XXXII, 78.

Niessen, L.

Die Bibliothek des Barbaraklosters in Delft. XXXI, 334.

Obser, Karl.

Historische Volkslieder aus dem österreich. Erbfolgekriege. XXXV, 181.

Ólsen, Björn Magnússon.

Zur neuisländischen Grammatik. XXVII, 257.

Ortner, M.

Ulrich von Lichtenstein und Steinmar. XXXII, 120.

Osthoff, Hermann.
Recension:
XXV, 109.

Peter, Arthur.
Die deutschen Prosaromane von Lanzelot. XXVIII, 129.

Peters, F.
Märchen aus Lothringen. XXXIII, 224 u. 333.

Peters, Ignaz.
Die Zahl der Blätter des Codex argenteus. XXX, 314.

Pfaff, Friedrich.
I. Aufsätze:
1. Konrad von Zabern. XXV, 105.
2. Ein Tristanfragment. XXV, 192.
3. Die Rolle des Bartholomäusstifts. XXV, 417.
4. Bruchstück einer Hs. von Reinbots Georg. XXVII, 144.
5. Lied des XVI. Jahrhunderts. XXVIII, 421.
6. Der älteste Tristrantdruck. XXX, 19.
7. Die Hss. des Reinolt von Montelban. XXXII, 49.

II. Miscellen:
XXVII, 255; XXXII, 507.

Piper, Paul.
I. Aufsätze:
1. Segen aus St. Gallen. XXV, 67.
2. Altdeutsche Pflanzennamen. XXVI, 401.

II. Recension:
XXVIII, 99.

Poeck, W.
Aberglaube und Beschwörungsformeln aus der Lüneburger Haide. XXXVII, 114.

Rade, R.
Jêsus. XXIX, 418.

Raßmann, A.
Wodan und die Nibelunge. XXVI, 279 u. 376.

Rehorn, K.
1. Die Chronistenberichte über Bruder Bertholds Leben. XXVI, 316.
2. Der heilige Kumernus oder die heilige Wilgefortis. XXXII, 461.

Reis, Hans.
Mischungen von Schriftsprache und Mundart in Rheinhessen. XXXII, 443.

Reißenberger, Karl.
Fragmente aus der Weltchronik Rudolfs von Ems. XXXIV, 490.

Reitzenstein, R.
Ahd. Glossen aus Rom. XXXI, 331.

Roth, F. W. E.
1. Ein nd. Gedicht des XV. Jahrhunderts über das Weltende. XXXII, 93.
2. Kleine Mittheilungen aus Darmstädter Handschriften. XXXII, 253.
3. Altdeutsche Hss. der Bibliothek zu Darmstadt. XXXII, 333.
4. Deutsch-lateinische Gedichte aus der Zeit des dreißigjährigen Krieges. XXXVI, 179.
5. Mittheilungen aus mhd. Hss. XXXVI, 262.
6. Mittheilungen. XXXVII, 62.
7. Mittheilungen aus mhd. Hss. und alten Drucken. XXXVII, 191.
8. Mittheilungen. XXXVII, 282.

Roethe, G.
Zu mhd. *Tôre*, XXXVII, 439.

Schild, P.
Recension:
XXXVII, 233.

Schlossar, Anton.
Volksmeinung und Volksaberglaube aus der deutschen Steiermark. XXXVI, 380.

Schmidt, Reinhold.

1. Alte Ergänzungen des Alphabets. XXXVI, 274.
2. Ein Bruchstück eines deutschen Cato. XXXVI, 267.

Schmidt, Ludwig.

1. Über den Namen Arminius. XXVIII, 342 u. XXIX, 416.
2. Arminius und Siegfried. XXXVI, 315.

Schnell, Hermann.

Zu den Münchener Bruchstücken von Marienlegenden. XXXII, 427.

Schröer, K. J.

I. Aufsatz:

Erinnerungen an K. Bartsch. XXXIII, 59.

II. Recensionen:

XXVII, 113; XXXIV, 513.

Schuchardt, Hugo.

Miscelle:

XXIX, 256.

Schumann, Colmar.

Zum Heliand. XXX, 65.

Sieber, L.

1. Bruchstücke einer Minnesängerhandschrift. XXV, 72.
2. Bruchstück eines unbekannten epischen Gedichtes. XXV, 192.

Singer, S.

1. Zum Willehalm Ulrichs von dem Türlin. XXXI, 343 u. 430.
2. Verzeichniß der in der erzbischöflichen Diöcesanbibliothek in Erlau vorhandenen altdeutschen Codices. XXXII, 481.
3. Zum Willehalm Wolframs von Eschenbach. XXXII, 490.

Socin, A.

Zu den Schweizer Minnesängern. XXXVI, 311.

Sprenger, R.

1. Zum Meier Helmbrecht. XXV, 407.
2. Zu von der Hagens Gesammtabenteuer. XXVI, 104.
3. Zu den Predigten aus St. Paul. XXVI, 105.
4. Die Legende vom Judenknaben. XXVII, 129.
5. Alber von Regensburg und die Eneide. XXVII, 287.
6. Zu Konrads von Fußesbrunnen Kindheit Jesu. XXVII, 370; XXX, 153 u. XXXVII, 173.
7. Zu Hartmanns Erec. XXVII, 374.
8. Zu Hartmanns 2. Büchlein. XXVII, 375.
9. Kleine Beiträge. XXVII, 420.
10. Zu Konrads von Heimesfurt Urstende. XXVIII, 85.
11. Zum Pfaffen Amis. XXVIII, 190.
12. Zu Arnolds Juliane. XXX, 75.
13. Zu Kudrun. XXXII, 330.
14. Zu Gerhard von Minden. XXXII, 460 u. XXXIV, 481.
15. Zu Reinke de Vos. XXXIII, 220 u. XXXVI, 193.
16. Zu Albers Tnugdalus. XXXV, 404.
17. Zu Reinhart Fuchs. XXXVI, 195.
18. Zum armen Heinrich. XXXVII, 171.
19. Zu Ulrichs von Lichtenstein Frauendienst. XXXVII, 174.
20. Zu Ulrichs von Lichtenstein Frauenbuch. XXXVII, 180.
21. Zum Schlegel des Rüdeger von Hunkhofen. XXXVII, 181.
22. Winkelsehen. XXXVII, 182.
23. Mnl. Proiêl. XXXVII, 183.
24. Zu Lexers mhd. Handwörterbuch. XXXVII, 367.
25. Zu Albers Tnugdalus. XXXVII, 414.
26. Zum Meier Helmbrecht. XXXVII, 414.
27. Zur Vogelbeize. XXXVII, 415.
28. Zu Konrads von Megenberg Buch der Natur. XXXVII, 415.
29. Lurlenberg. XXXVII, 416.

30. Zur strophischen Bearbeitung des Herzogs Ernst. XXXVII, 440.

Steffenhagen, E.

Kieler Bruchstück aus Bertholds von Holle Demantin. XXVII, 406.

Steiff, Karl.

Mittheilungen aus der kön. Universitätsbibliothek Tübingen. XXXIII, 481 u. XXXVI, 316.

Stiefel, A. L.

Über die Quellen der Hans Sachsischen Dramen. XXXVI, 1 u. XXXVII, 203.

Szamatólski, Siegfrid.

Im Streit um den Streit der drei Brüder. XXXVII, 110.

Teige, Josef.

1. Der Übersetzer des sogenannten Dalimil. XXVIII, 412.
2. Zur Zeitbestimmung der gereimten Übersetzung des sog. Dalimil. XXIX, 418.

Tobler, Ludwig.

1. Morgenstunde hat Gold im Munde. XXV, 80.
2. Kuniowidi im Merseburger Spruch. XXX, 63.

Treutler, H.

Recension:

XXV, 240.

Trötscher, H.

Zum mhd. Wörterbuche. XXX, 315.

Vernaleken, Theodor.

1. Das Wasser des Lebens. XXVII, 103.
2. Volkssagen. XXVII, 367.
3. Mythische Nachklänge. XXVIII, 14, u. XXIX, 411.

Vetter, Ferdinand.

1. Kleine Mittheilungen. XXVII, 219 u. 410.
2. Lateinische und deutsche Verse und Formeln aus einer Basler Handschrift. XXXII, 72.

Vielhaber, G.

Zur Textkritik des Speculum Sapientiae Cyrilli. XXIX, 341.

v. Wagner.

Über die Jagd des großen Wildes im Mittelalter. XXIX, 110.

Walter, E. Th.

Über den Ursprung des höfischen Minnesangs und sein Verhältniß zur Volksdichtung. XXXIV, 1 u. 141.

Walther, Paul.

1. Der Name Germanus. XXX, 306.
2. Zu Walther von der Vogelweide. XXX, 310; XXXII, 197 u. 299.
3. Arnstädter Bruchstücke. XXXV, 385.

Wegener, Ph.

Niederdeutsches. XXV, 415.

Weidling, Friedrich.

Zum Ezzoleich. XXXVII, 69.

Weller, Emil.

1. Hans Sachs. XXV, 230.
2. Schweizer Dramen. XXV, 361.
3. Zum Repertorium Typographicum. XXV, 420; XXVIII, 251 u. XXIX, 407.
4. Nachlese zu „Die ersten deutschen Zeitungen". XXVI, 106.

Werner, J.

Ein lateinisches Gedicht. XXXVII, 230.

Widmann.

I. Aufsatz:

Eine Hs. der Gesta Romanorum zu Wiesbaden. XXIX, 342.

II. Miscelle:

XXVIII, 382.

Wilhelmy, Emil.

Mittelniederländisches, XXIX, 401.

Wilken, E.

Metrische Bemerkungen. II. XXVIII, 308.

Wlislocki, H. v.

1. Die Ragnar Lodbrokssage in Siebenbürgen. XXXII, 362.
2. Die Mäusethurmsage in Siebenbürgen. XXXII, 432.
3. Von den drei Frauen. XXXII, 442.
4. Der verstellte Narr. XXXIII, 342.
5. Zu den „drei Marien" XXXIV, 130.

Wolkan, R.

Ein Geschlecht „von der Vogelweide" in Böhmen. XXXI, 431.

Wolpert, G.

Bruchstück aus Ulrichs von dem Türlin Wilhelm. XXVIII, 337.

Wülcker, E.

I. Aufsatz:

Luthers Stellung zur kursächsischen Kanzleisprache. XXVIII, 191

II. Recension:

XXV, 381.

Wyß, Bernhard.

Zu Steinmar. XXXIII, 158.

Zarncke, Friedrich.

Zu Germania XXIV, 392 f.; XXV, 72.

Zimmermann, Paul.

1. Bruchstücke einer Katharinenlegende. XXV, 198.
2. Bruchstücke aus Hartmanns Iwein. XXV, 395.
3. Die geschichtlichen Bestandtheile im Reinfried von Braunschweig. XXXI, 151.

Zülch, G.

Bruchstücke einer Hs. des Willehalm. XXXI, 211.

INHALT.

	Seite
Die Wortbildung der Mundart von Krofdorf. Von Ed. David	377
Basler Bruchstücke des Lekenspiegels. Von Gust. Binz	410
Zu Albers Tnugdalus. Von R. Sprenger	414
Zum Meier Helmbrecht. Von Demselben	414
Zur Vogelbeize. Von Demselben	415
Zu Konrads von Megenberg Buch der Natur. Von Demselben	415
Lurlenberc. Von Demselben	416
Zu „*sin*“ in Gottfrieds Tristan V. 559. Von R. F. Kaindl	416
Zu Reinke de Vos. Von Ed. Damköhler	417
Mischungen von Schriftsprache und Mundart in Rheinhessen. Von H. Reis	423
Volksräthsel. Von Karl Hartmann	426
Die Vorsilben *miss-* und *voll-* im Germanischen. Von G. Ehrismann	435
Zu mhd. *Töre*. Von G. Roethe	439
Zur strophischen Bearbeitung des Herzog Ernst. Von R. Sprenger	440
Berichtigung	440

Bibliographie:

Bibliographische Übersicht der Erscheinungen auf dem Gebiete der germanischen Philologie im Jahre 1888. Von Gustav Ehrismann.	441
Verzeichniß der Mitarbeiter und ihrer Beiträge in Band 25—37 der Germania. Von G. Ehrismann	490

Litteratur:

H. Reis, Beiträge zur Syntax der Mainzer Mundart. Von H. Wunderlich	488

Buchdruckerei von Carl Gerold's Sohn in Wien.

CPSIA information can be obtained
at www.ICGtesting.com
Printed in the USA
LVHW100559210323
742065LV00002B/98

9 783382 007393